KB159358

반공주의와 한국문학

■

상허학회

열린 학문을 향해

『상허학보』 15집을 출간한다. 최근 상허학회는 학회 창립 10주년 기념 심포지움과 상허 이태준 선생 탄신 100주년을 기념하는 학술대회를 개최하고 그 결과물을 세상에 내 놓은 바 있다. 올해에는 〈반공주의와 한국문학〉이라는 주제의 심포지움을 개최하였으며 이번 호에 그 결과물을 담아낸다.

이러한 활동을 통해 회원 모두가 소망했던 것은 좀 더 활기찬 학회를 건설하는 일과 학문적으로 업그레이드된 학회지를 만드는 일이었다. 상허학회는 그간 한국 근대문학 연구의 중심적인 화두를 지속적으로 고민해왔고, 이미 상당한 업적물도 산출했다고 자부한다. 그 결과 우리가 처음으로 제기하거나 지속적으로 문제제기했던 많은 연구테마들이 이제 한국 근대문학계의 보편적인 연구 관심사로 자리 잡아왔다. 『상허학보』가 '등재후보학술지'에서 '등재학술지'로 승격한 것은 이러한 우리의 노력과 무관하지 않을 것이다. 하지만 현재까지의 성과에 만족하지 않고 우리들 마음속에 담겨 있는 꿈을 이루기 위해 앞으로도 최선을 다할 것을 다짐한다. 그러한 의지가 이번 15집에도 담겨 있으리라 믿는다.

이번에 상허학회는 나름의 조직개편을 단행하고 새로운 집행부를 출범시켰다. 우리 모두가 정성을 들였던 지점은, 민주적인 학회 운영과 주체적인 회원의 양성, 그리고 진취적인 연구를 지향했던 상허학회의 창립정신을 보다 공고화하는 일이었다. 이를 위해서는 개별 회원 모두의 책임과 권리를 강화하고 참여의 폭을 확장시켜야 한다. 지금까지도 이를 위해 꾸준히 노력했지만 올해 총회에서는 보다 확실하게 회원 중심의 학회를 만들고자 회칙개정을 비롯한 몇몇 변화를 시도했다. 특히 이사진을 대폭 확대하고 상임이사들이 역할에 따른 임무를 충실하게 수행할 수 있도록 회칙 일부를 개정했다.

다음으로 소규모 세미나 그룹들의 연구를 활성화하고자 하였다. 그동안 상허학회는 학자들의 소통공간만이 아니라 연구공간으로서의 역할도 수행해왔다. 학회(學會)이자 연구소(硏究所)인 셈이었다. 기존의 심포지움이나 학술발표회가 시의적인 기획에 의해 만들어진 것이 아니라 세미나 팀을 중심으로 한 오랜 공동연구의 소산이었다는 것을 우리는 자랑스럽게 생각한다. 그 결과 회원들의 연구 업적이 의미 있는 연구물로 인정받을 수 있었다고 판단한다. 또한 이것은 짧은 기간 동안의 연구성과에 집착하는 것이 아니라 지속적으로 연구역량을 강화하려는 우리 학회의 의지를 보여줌과 동시에, 다양한 차이에도 불구하고 서로의 학문에 대한 열망을 존중해주는 전통을 만들어온 회원들의 학자로서의 자세가 이루어낸 성과라고 믿는다.

마지막으로 상허학회는 앞으로도 보다 젊은 학문후속세대들의 활기차고, 심도 깊은 학문의 장으로 기능하면서 우리 문학계를 주도적으로 이끌 수 있는 새로운 방법론과 열린 시각을 창출할 것을 다짐했다. 여러 학회가 각자의 특성에 따라 다양한 활동을 벌일 때 우리 학계의 학문적 발전이 더욱 융성해지리라 믿는다. 상허학회는 이후로도 젊은 연구자들의 목소리와 연구 성과를 적극적으로 담아내는 학회로서 학계에 공헌하고자 한다.

이번 15집도 이러한 의미가 담긴 논문들로 짜여졌다. 특히 특집으로 구성된 〈반공주의와 한국문학〉은 한국 근대문학 연구의 중요한 결절점을 지적하고 있다는 점에서 주목을 요한다. 이는 분단 이후 문학사에 대한 근원적인 문제제기일 뿐만 아니라 문학과 사회 정치의 관계에 대한 반성을 제기했다는 점에서 의미 있는 연구라 여긴다. '반공주의'를 논하지 않고 분단 이후의 한국문학과 사회를 논할 수는 없는 일이기 때문이다. 이번에 수록되는 논문들은 개별 작가의 문학론를 비롯한 동시대의 문학제도, 그리고 그에 따른 다양한 형태의 논쟁, 작품창작의 무의식의 지점에까지 스며든 반공주의의 실상과 그 영향를 심도있게 다루고 있다. 이번에는 일곱 분이 발표에 참여했는데, 이를 바탕으로 앞으로 보다 심화된 연구를 진척할 예정이어서 독자들과 함께 기대해도 좋을 듯하다.

일반논문은 여섯 편을 실었다. 1910년대 번안소설로부터 1970년대의 대중소설에 이르기까지 관심의 폭이 넓다. 이것은 일차적으로 우리 회원들의 학문적 관심사가 다양하다는 사실을 반증한다. 그러나 자세히 살펴보면 이들 각각의 논문들이 현재 학계의 학문적 관심사와 논쟁적 주제에 대한 나름의 응전이란 사실을 알 수 있을 것이다. 일독을 권한다.

이번 15호에 '이태준 연구'가 없는 것이 아쉽다. 하지만 현재, 상허를 보던 과거의 시점이 다층적이고 다면적으로 바뀌어 가고 있음을 감안할 때 앞으로 더 깊이 있는 상허 이태준 관련논문들의 출현을 위해 잠시 쉬어가는 것일 뿐이라고 생각한다. 더 훌륭한 상허 관련논문들이 제출될 것을 믿어 의심치 않는다.

상허학회는 지금까지 그랬듯, 학문후속세대들의 적극적인 연구의 장으로서 앞으로 우리나라 학문의 선도적 역할을 주도해 나갈 것임을 확신한다. 이렇게 할 수 있도록 지원을 아끼지 않는 분들이 많이 계신다. 학회의 고문이자 정신적 지주이신 민충환 선생님과 학보 출판을 맡아

주시는 깊은샘 박현숙 사장님께는 특별히 감사의 말씀을 드리지 않을 수 없다. 학회 발전을 위해 수고를 아끼지 않은 전임 이사진과 새로 일을 맡게 된 모든 분들도 빠질 수 없다. 잊을 수 없는 것은, 열렬한 애정으로 학회 발전을 이끌어내는 회원 여러분과 늘 엄정한 비판자로 격려를 아끼지 않는 여러 동학들이다. 진심으로 감사의 말씀을 드린다.

2005년 8월 여름을 굽어보며
상허학회 대표이사 김 현 숙

상허학보
15집

◈ 목　　차 ◈

I

특 집

김동리 순수문학론의 세 층위

—반공주의와 순수문학의 상동성을 중심으로

김 한 식*

목 차

1. 들어가는 말

한국에서 반공주의는 모든 이념을 압도할 만한 최고의 가치이며 국시로 여겨졌음에도 불구하고, 공산주의에 대한 반대라는 주장 이외에는 고정된 내용을 갖지 않은 이데올로기이다. 반대로 반공주의는 다른 다양한 이념들과 접합하여 존재하는 담론구성체였기 때문에 더욱 강력한 힘을 발휘할 수 있었다. 반공주의는 그 내용의 경직성보다는 그 무내용성으로 인해 무소불위의 위력을 떨칠 수 있었던 셈이다.[1] 반공주의의

* 상명대 교수.

1) 김정훈・조희연, 「지배담론으로서의 반공주의와 그 변화」, 『한국의 정치사회적 지배담

빈 내용을 채우는 것은 주로 '반북주의'나 '친미주의'였다. 반공주의는 정치적이고 철학적인 내용을 갖춘 일반적인 '공산주의 반대'로 출발했다기보다는 현실적으로 존재하는 '북한'이라는 적(敵)에 대한 대응 논리로 자리잡았던 것이다. 처음에는 이념적 · 정치적 차원의 대립 수준에 머물던 반북(反北)은 한국전쟁이라는 강렬한 경험을 통해 강한 설득력을 얻게 된다. 한국전쟁이라는 최초의 경험은 이후 시시때때로 호출되어 반공주의를 강화하는 데 결정적인 역할은 한다. 정치적으로 '반공'은 친미를 드러내기 위한 수단이나 친일 행적을 숨기기 위한 도구로 사용되기도 하는데, 여기서 '반공=반북=친미'라는 공식이 형성된다.

반북주의를 기반으로 한 반공주의는 다양한 이데올로기를 접합하여 때로는 억압의 수단으로 때로는 동원의 수단으로 활용되었다. 민족주의, 권위주의, 발전주의 등은 필요에 따라 반공주의와 접합된 대표적 이데올로기였다. 해방기 이후 반공주의는 공산권의 '세계정복' 책략에 대항하는 민족주의적 성격을 갖고 있었으며 박정희 시대 반공주의는 경제성장이라는 발전주의와 결합하여 강한 국민동원력을 발휘하였다. 여타 이데올로기와의 결합 과정에서 반공주의는 외부의 적에 대한 대항이념으로서뿐 아니라 내부의 반대를 억누르는 억압 이데올로기의 성격을 갖게 된다. 반공 또는 승공을 위해 내부의 '작은' 문제는 마땅히 감내해야 하는 것으로 취급되었으며, 문제를 이야기하는 것만으로도 이적행위가 될 수 있었다.

반공주의가 낳은 가장 큰 비극은 '적'과 '아'를 이분법적으로 구분하고자 하는 흑백 논리를 확산시켰다는 데 있다. 반공주의의 이분법은 개개인의 삶을 지배하는 '중요한' 원칙으로 자리 잡아 일상을 구속하고 강제하는 역할을 수행해 왔다. 이분법은 이쪽 아니면 저쪽을 선택해야 하는 상황으로 개인을 몰아갔으며, 다양하고 복잡한 사고 자체를 애초에 차단하여 우리 사회 전체를 획일화하는데 영향을 미치게 된다. 논리적

론과 민주주의 동학』, 함께읽는책, 2003, 124쪽.

사고나 토론 문화와 같은 민주주의의 기본마저 무시하는 전근대적인 사회 풍토를 조성하는 데도 반공주의의 영향이 절대적이었다. 메카시즘적 보수주의는 물론 지역주의와 학벌주의 등 다양한 파벌주의도 반공주의가 강요한 이분법과 무관하지 않다. '적'과 '아'가 나누어지는 살벌한 사회에는 생존을 위해 어느 한 쪽 '편'이 되지 않으면 안 되었기 때문이다. 중립은 곧 양쪽 모두에게 '적'으로 의심받기도 하였다.

문학도 반공 이데올로기의 영향에서 결코 자유로울 수 없었다. 특정한 문학 경향에 대한 '접근 금지'는 그 대표적인 사례일 것이다. 1980년대 중반까지 중등학교 교과서에는 정부에서 허락한 작가들의 작품만이 실렸고, 주로 연구자들이 보는 영인본 도서에서도 일부 작가들의 이름은 복자로 처리되어 있었다. '금지'된 작가의 작품은 공식적인 경로로 출판될 수 없었으며 대학 강의실에서도 잘 다루어지지 않았다. 이런 상황에서 문학사의 복원이라는 것은 불가능했다. 단정 수립 이후 오랜 시간동안 반쪽 문학만이 존재했었다고 해도 지나친 말이 아닐 것이다. 더욱 심각한 것은 이렇듯 왜곡된 환경 속에서 이루어진 문학 교육 탓에 대다수 국민들에게 문학에 대한 편협한 생각이 자리 잡게 되었다는 사실이다. 토속적인 것이 민족적인 것으로, 현실 상황에 대해 고민하지 않는 것이 본격적인 것으로, 이루지 못할 추상적인 꿈을 추구하는 것이 낭만적인 것으로 오랫동안 대접받아 왔다.

제도권 문단 역시 문학에서의 반공 이데올로기 확산에 기여한 바가 크다. 남한의 제도권 문단은 실상 반공을 받아들이고 그것의 확산에 기여한 문인들에 의해 성립되었다. 해방 후 혼란기 속에 정착된 남한의 문단이 좌익 문학과 치열하게 대결했던 문인들이 세운 것이라 할 수 있기 때문이다. 전쟁기간 동안은 '자유 민주주의 수호'를 위해 활동했거나 '적'들을 피해 고난을 겪었던 이들이 모인 것이 남한의 제도권 문단이었다. 그들의 수용한 지배 이데올로기가 반공이었다면 문학 이념으로 내세운 것은 '순수'였다. '예술지상주의'와는 층위를 달리하는 남한 문단의 순수문학은 반공주의 못지 않게 내포가 분명하지 않은 개념이지만, 순수문학을 내세움으로서 이들은 '순수하지 못한' 문학들에 대항해 나갔다.

주지하다시피 순수문학이 문단의 주도권을 장악하게 된 결정적 계기는 반공주의의 정치적 승리였다. 따라서 애초에 순수문학의 문단 장악은 문학논리의 정교함이나 설득력과는 무관했다고 할 수 있다. 단정 수립과 전쟁, 분단 과정을 거치면서 남측의 문학경향은 자연스럽게 좌익 이념과 거리가 먼 쪽으로 자리를 잡게 되었던 셈이다. 일단 수중에 들어온 문단의 주도권을 유지하는 방법은 발표 매체의 확보와 교과서의 장악이었다.[2] 발표 매체의 확보가 구미에 맞는 문학을 재생산하기 위해 중요한 일이었다면, 교과서 장악은 새로운 세대의 문학관 형성을 위해 중요한 일이었다. 『문예』, 『신천지』, 『현대문학』, 『월간문학』, 『한국문학』 등은 이러한 목적에서 창간된 잡지들이었다.[3]

해방기 〈청년문학가협회〉를 이끌었던 김동리, 조연현, 서정주, 박목월, 조지훈 등이 이 '문단주도세력'[4]에 해당하는 문인들이다. 이들 중 김동리의 역할이 특별이 중요한데, 그는 '순수문학'으로 비순수 문학에

---

2) 김동리가 해방기 좌익 문인들과의 논쟁을 통해 확립한 순수문학－본령정계의 문학이 교과서에 가장 확실히 반영된 것은 1970년대이다. 유신의 전통 강조, 민족 강조가 김동리의 문학론과 닿아 있었기 때문이라고 생각한다. 또 이 때는 정권이 반공주의를 국가 전 영역에 관철시킬만한 힘이 생긴 시기이기도 하다. 그 이전 특히 1950년대는 '문단주도세력'이 문단을 장악하고 있었지만 교과서의 문학 부분이 이들의 논리를 십분 수용하고 있다고 보기는 어렵다(차혜영, 「문학교육과 정전 구성의 원리」, 『상허학회 심포지움 발표자료집』, 2005. 5. 28, 참조).

3) 순문예지에 대한 애착은 '문단주도세력'이 일제 말 『문장』을 통해 데뷔했거나 『문장』을 주 활동 무대로 삼았던 이들이라는 사실과 무관하지 않은 것으로 보인다. 알다시피 『문장』은 가람, 상허, 지용이 주관한 잡지로 그들의 문학적 취향이 그대로 녹아 있는 잡지였다. 김동리가 상허의 에피고넨으로 청록파가 지용의 에피고넨으로 불렸던 사실은 이 잡지의 영향력이 얼마나 컸었던가를 짐작하게 한다. 동시대의 『인문평론』 역시 강한 자기 색깔을 가지고 있었던 잡지였다. 특히 비평이 아닌 창작을 통해 자신의 입지를 굳혀야 했던 이들에게는 발표 지면의 확보가 다른 무엇보다 중요하였을 것이다.

4) 조연현은 〈청년문학가협회〉 출신으로 〈문학가협회〉, 〈문인협회〉를 구성한 문인들을 '문단주도세력'이라고 부른다. 명명법과 대상은 김윤식이 '문협정통파'라고 부른 것과 크게 다르지 않다. '혁명주체세력'이 주는 어감과 유사한 이 말은, '정통파'라는 말이 주는 주관적 느낌이 적다.

대항한 대표적 이데올로그였을 뿐 아니라 주요 문예잡지를 창간, 주관하였고 교과서에서 수용된 문학사, 문학론을 생산한 이론가였기 때문이다. 이념이 개입된 듯한 문학에 공산주의 이미지를 덧씌워 '반공주의'를 유별나게 드러냈다는 점에서도 김동리는 주목할 만한 인물이다. 또 김동리는 자신의 문학 주도권을 유지하는 과정에서 지속적으로 이분법적 타자 배제의 논리를 활용했다. 타자 배제의 논리는 반공주의와 구조적 상동성을 가진 것으로써 우리 문학사의 왜곡을 가져온 주 원인이었다.

이 글에서는 '문단주도세력'의 문학론을 대표하는 김동리의 순수문학론이 시대의 흐름에 따라 어떻게 변화하게 되는가를 살피려 한다. 앞서 말한 대로 순수문학은 문학에서 반공주의의 내면화에 절대적 영향을 미쳤다고 생각하기 때문이다. 이는 반공주의 이데올로기가 문학에 미친 영향을 살피는 일인 동시에 순수문학론 자체가 가진 한계를 점검해보는 작업이 될 것이다.[5)]

2. 반공주의와 순수문학

순수문학의 주체 확립 전략은 반공주의의 그것과 매우 유사하다. 개념을 생산하여 내포를 채워나가는 것이 아니라 상대방의 문제를 지적함으로서 스스로의 정당성을 확보하는 방향을 택한다는 점, 상대방에 대응하기 위해서는 이질적인 요소를 기꺼이 포섭한다는 점에서 그렇다. 일상적인 용어 사용 방법을 넘어서고 있다는 점에서도 둘에는 유사한 점이 있다. 반공이 '공산주의' 이상을 반대하는 것과 마찬가지로 '순수'

5) 이 글에서는 노골적으로 공산주의 혹은 북에 대한 적개심을 드러낸 문학을 다루지 않는다. 실제 반공주의를 그것들을 통해 확인할 수 있는 것이 사실이지만 문학적으로 영향력이 지속적이지 못했고 문학적 가치 면에서 보잘 것 없는 문학을 다루는 일은 무용하다고 생각하기 때문이다. 그보다는 문학인 또는 일반 독자들의 내면에 큰 영향을 준 '순수문학' 안에 내재된 반공주의, 또는 반공주의에 의한 변화를 살펴보는 것이 반공주의의 실체에 다가가는 길이라 생각한다.

도 '비순수' 이상을 공격하는 경우가 많다.

반공주의가 그렇듯이 순수문학도 수용의 논리보다는 배제의 논리를 주로 사용한다. 배제의 논리가 가진 약점은 자신과 대적할 수 있는 뚜렷한 대상이 존재할 때는 나름대로 논리적이고 체계적이라는 느낌을 주지만, 대결 대상이 사라졌을 때는 자기 논리의 정당성을 확보하는 데 어려움을 겪게 된다는 데 있다. 따라서 배제의 논리가 설득력을 얻기 위해서는 끊임없이 배제의 대상을 찾아야 한다. 이때 무리하게 배제의 논리를 확대하다 보면 제한된 자기 동일성 영역을 제외한 모든 것에 대한 거부로 이어질 수도 있다. 이 경우 타자에 대한 정당한 인식이 어려워지고 스스로의 논리도 불구로 떨어질 가능성이 크다. 비록 적대적일지라도 주체를 세워주는 것은 타자의 존재인데 타자의 상실은 스스로의 주체성도 잃게 만들 수 있다. 배제해야 하는 대상이 사라졌을 때 자신은 텅 비게 되고, 그 텅 빔은 다시 적대적 세력을 필요로 하는 악순환을 겪게 된다.

배제의 논리가 가진 이러한 함정을 김동리의 순수문학론을 통해 확인할 수 있다. 식민지시대부터 1970년대까지 일관되게 유지되어 온 그의 문학이념이 특히 중요하게 부각되는 시기는 해방부터 전후에 이르는 몇 년간이다. 이 시기는 문학적 · 정치적으로 새로운 나라의 기초가 형성되는 시기였다고 할 수 있다. 나라의 기초를 만드는 이 시기에 김동리는 좌익 문학에 대한 공격과 민족과 전통, 인간 본성이라는 개념을 앞세워 남쪽의 문학 이념을 선도하였다. 그가 상대해야 했던 '적'들이 생활과 구체를 '지나치게'(또는 생소하게) 강조했기에 이에 대항하기 위한 논리로 추상과 보편을 내세웠던 셈이다. 이 시기 김동리의 논리는 상대방의 논리가 갖는 상대적인 취약점을 지적하고 이를 통해 반사 이익을 얻는 길을 택한다. 그러나 1950년대 중반 이후 김동리의 비평은 상대방을 갖지 않은 상태에서 자신들의 논리를 재생산하는 데 그치고 만다. 대적할 만한 논리적 대타를 전혀 갖지 못한 데서 생긴 문제이다. 시대와 어울리지 않는 순수문학의 논리는 동시대 작품에서 창작적 성과를 발견하는 데도 어려움을 겪게 되는데, 이때 김동리가 선택하는 길은 이념이 의심스러운 현재 문학에 대한 공격이나 세계문학이라는 더 큰 범주로의 탈출이었다.

다양성을 상실한 문학적 상황은 문단 권력에 대한 과도한 집착으로 이어졌다. 단정 수립 이후 단일한 이념이 지배하는 상황에서는 이념의 대결이란 의미가 없어지고, 개인의 욕망은 그 이념을 실현하기 위한 제도를 장악하는 데 집중된다. 여기서 제도란 〈한국문학가협회〉 또는 〈한국문인협회〉라는 기구와 '문예잡지'라는 매체였다. 〈한국문인협회〉는 1961년 쿠데타 이후 이전 문학 단체를 해산하고 1961년 12월 30일 결성된 통합 문인 단체로, 이전에 활동하던 〈한국문학가협회〉, 〈자유문학자협회〉, 〈시인협회〉, 〈소설가협회〉, 〈전후문학가협회〉의 구성원들이 참가한 단체이다. 그러나 실제는 〈한국문학가협회〉가 주도한 단체로 볼 수 있다. 초기 이사장은 전영택, 부이사장은 김광섭, 이희승, 김동리가 맡았으나 1965년 당시 이사장은 박종화, 부이사장은 김광섭, 김동리, 모윤숙이 맡았다.[6] 이 시기 이사장을 맡았던 전영택과 박종화는 문단의 어른이기는 했지만 실제 일을 주관하지는 않았다. 실제로 협회를 움직인 인물은 김동리였다. 박종화가 자리를 물러난 1970년부터는 김동리와 조연현이 교대로 이사장을 맡으며 예전 〈청년문학가협회〉 출신 문인들이 협회를 주도해간다. 김동리는 문예잡지에도 지속적으로 간여한다. 해방 직후 『문예』의 창간과 『신천지』의 편집에 관여하고, 이후 문인협회장이 되어서는 『월간문학』을 창간하고 협회장에서 물러난 후 『한국문학』 창간한다. 잘 알려진 대로 『월간문학』과 『한국문학』은 조연현이 주관으로 있었던 『현대문학』에 대응하기 위해 김동리가 역량을 모아 창간한 잡지였다.[7]

사실 문학 권력에 대한 김동리의 끊임없는 도전과 좌절은 순수문학

6) 한국문인협회 편, 『해방문학 20년』, 정음사, 1965.

7) 문협 안에서의 주도권 다툼과 문예지의 창간에 대해서는 조연현의 「내가 살아온 한국문단」(『조연현 문학전집』 1권, 정음사, 1975), 홍기돈의 「김동리와 문학권력」(『한국문학권력의 계보』, 한국출판마케팅연구소, 2004)과 김명인의 『조연현－비극적 세계관과 파시즘 사이』(소명, 1994), 정규웅의 『글동네에서 생긴 일』(문학세계사, 1999)을 참조할 수 있다.

이 결정적인 약점을 드러낸 지점이다. 순수문학을 주장했던 문인들이 끊임없이 문학 권력에 도전했다는 점은 언뜻 모순된 것으로 보인다. 순수문학은 기본적으로 문학의 영역과 정치의 영역을 분명히 구분한다는 것이 일반적인 상식이기 때문이다. 그러나 이 점에서 김동리의 순수문학이 갖는 고유한 면이 작용한다. 그는 문학에서 현실적인 요소들을 부인했음에도 불구하고 문학 외적인 영역에서의 현실 관여는 거부하지 않았다. 이는 그의 문학론이 해방기 좌익 문인들과의 논쟁을 통해 정립된 것이라는 사실과 무관하지 않아 보인다. 좌익 문인들에 대결하는 문학의 논리는 순수여야 했지만 그것을 가지고 현실적 싸움을 벌이기 위해서는 정치의 영역에 들어가야 했던 것이다. 자신의 목소리를 낼 수 있는 마당을 확보해야 한다는 필요가 제도에 대한 집착으로 이어졌다 할 수 있다. 멀리 보면 그의 문학론이 기득권을 쥐고 있는 기성문인과의 대결로 시작되었다는 점과도 관련된다.

사실 순수의 논리가 관철될 수 있는 영역은 창작 행위에 그칠 수밖에 없다. 문학 제도는 창작과 달리 정치와 현실의 영역이 될 수밖에 없어서, 문학처럼 추상적이거나 보편적인 영역으로 남기는 곤란한 분야이다. 그런데 문학과 현실을 구분하는 순수문학의 이분법 논리로 문학 제도에 접근한다면 정치 영역에서의 '순수한' 태도를 지향하게 되는 문제를 낳게 된다. 문학 쪽에서 본다면 문학과 현실의 분리는 모든 비문학적인 요소에 대한 철저한 부정이라고 할 수 있지만, 현실 쪽에서 본다면 순수한 문학 대 순수하지 못한 현실이라는, 선명한 대립구도를 낳는다. 이러한 논리가 극단화되면 순수한 문학을 위해 순수하지 못한 현실을 버리는 경우가 생길 수 있고, 반대로 순수한 문학과 순수하지 못한 현실이라는 대립 구도를 통해 순수하지 못한 현실을 긍정하는 경우도 생길 수 있다.[8] 김동리를 비롯한 문단 주도 세력들이 선택한 것은 후자의 길

8) 류찬열, 「문학의 권력화와 정전화에 대한 성찰과 반성」, 『한국문학권력의 계보』, 한국출판마케팅연구소, 2004, 213쪽.

이었다. 문학제도와 관련하여 순수가 현실 긍정을 선택하게 된다면, 다른 선택의 국면에서도 현실 긍정으로 흐를 수밖에 없는 것이 순수문학의 취약점이었다. 문학과 현실을 이분법적으로 사고한다면, 결국 순수한 문학을 위해서 순수하지 못한 현실은 부정되는 것이 아니라 언제나 긍정될 수밖에 없는 것이다.

반공주의는 문단을 순수문학 일변도로 만들어 놓았는데, 문단에서 타자의 부재는 작품의 빈곤과 편향을 낳게 된다. 좌우익 대결 후 10여 년 동안은 그 편향이 매우 크게 나타나는데, 해방 이전 수준을 회복하는 데도 오랜 시간을 필요로 하게 된다. 〈문인협회〉가 해방 이후 문단사를 정리한 『해방문학 20년』의 소설 부분 정리를 보면 반공주의 또는 순수문학이 미친 부정적 영향을 짐작해 볼 수 있다.[9] 다분히 비평적인 성격이 짙어 진위를 분석해 볼 필요가 있지만, 당시 소설의 흐름을 간접적으로 확인해 볼 수 있는 자료이기는 하다. 이 글의 내용은 해방 이후에는 이전의 이러한 주도적 경향이 크게 약화되었다는 것 정도로 정리할 수 있다. 여기서 특별히 눈길을 끄는 것은 첫 번째 항, 노동자 소설이 없어진 이유에 대한 분석이다. "그 이유는 작품들이 대부분 지식인으로서, 공장 기타의 노동자의 생활을 알 수 없는 것도 있겠고, 한편으로는 자칫 잘못 하다간 공산주의자로 오인 받을까 봐 두려워서인 것도 있을 것이다."[10] 노동자를 다루는 것이 작가들 사이에서 금기처럼 작용하고 있었

---

9) 이 책에서 소설부분의 정리를 맡은 정태용은 소설에서 해방 전에는 있었으나 해방 후에는 없어진 것과 해방 전에는 없었으나 해방 후에는 생긴 것들을 나열하고 있다. 그는 해방 이전에 있었으나 해방 이후 소설에서 찾아보기 어려워진 것을 다섯 가지로 정리한다. 첫째는 노동자의 소설이 없어졌다는 점, 둘째는 농민소설이 완전히 없어지지는 않았으나, 아주 적어졌다는 점, 셋째는 봉급생활자, 소시민을 다룬 소설과 지식인의 소설도 드물어졌다는 점, 넷째는 인간을 다루는 데 있어서, 양심의 문제는 거의 망각되어 가고 있다는 점, 다섯째는 자연의 묘사나 자연미가 소설에서 제외되어 가고 있다는 점이다. 위의 다섯 가지 요소들은 사실 근대 소설이 시작된 이후 우리 소설이 지속적으로 관심을 보이던 대표적인 제재들이다. 노동자 농민, 소시민의 삶은 소설 제재의 대부분을 차지했다고 보아도 무리는 없을 것이다(한국문인협회 편, 『해방문학 20년』, 정음사, 1965, 34쪽).

음을 짐작할 수 있는 말이다. 생활을 알 수 없다는 말은 다른 항에서도 동일하게 사용된다. 해방 후 소설에 새롭게 나타난 특징도 정리하고 있다. 이에 대해서 다음과 같이 다섯 가지를 제시하고 있다. 첫째, 전쟁소설, 정치소설 등이 나타난 것이 새로운 국면이고, 둘째, 깡패소설이 등장 셋째, 창부 소설이 나온 점을 든다. 넷째는 해방 전의 연애소설이 차츰 성(性)소설로 발전해 가고 있음을 느끼게 한다는 점이며, 다섯째는 실존주의와 함께 프랑스의 앙띠 · 로망이 시도되고 있다는 점이다. 당시 유행한 소설 경향이 무엇인지 짐작할 수 있을지언정 참신한 경향의 소설을 찾아보기는 어렵다. 주로 소재 차원의 새로움이라 할 수 있다.

현재의 시점에서 문학에서의 반공주의를 문제 삼는 이유는 위에서 드러난 바와 같은 편향성을 문제 삼기 위해서이다. 단일한 정치적 견해가 지배할 경우 전체주의로 이어지듯이 단일한 문학 이념이 대응 이념 없이 오래 지속될 경우 문학은 다양성을 상실하고 자유로운 정신을 잃게 된다. 이는 문학의 장점이자 존재 이유인 타자에 대한 이해와 다양한 삶에 대한 깊이 있는 천착을 불가능하게 한다. 김동리의 순수문학론이 이를 보여주는 대표적인 사례일 것이다.

3. 세대론의 전략 - 인간 개성과 생명의 구경

김동리 순수문학론의 원형을 발견할 수 있는 것은 1930년대 후반 신세대 논쟁에서이다. 이 논쟁은 그 전개 과정 자체가 깊이 있는 이론 전개를 보여 주었기 때문이 아니라 이 논쟁에서 얻어진 문학정신의 본질에 관한 이론가들의 견해가 해방 이후 우리 문단에 매우 큰 영향을 미쳤다는 점에서 중요하다. 특히 인간성 옹호론과 순수문학 이론의 접합이 이 논쟁의 전개과정을 통하여 이루어졌다는 사실은 무시할 수 없

---

10) 한국문인협회 편, 『해방문학 20년』, 정음사, 1965, 34쪽.

다.[11] 사실 인간성 옹호라는 말은 1930년대 후반 휴머니즘 논쟁과 맥을 같이하는 것일 터, 순수문학과는 쉽게 연결되지 않는 논의이다. 그러나 김동리는 휴머니즘의 인간중심주의를 경향문학과 대비시킴으로써 그것을 순수문학 안으로 끌어들이려 한다. 그의 순수문학론이 갖는 독특함이 여기에서 비롯된다고 할 수 있다. 김동리 평론에서 전가의 보도로 사용되는 '인간의 개성과 생명의 구경 탐구'가 구체화되기 시작하는 것도 이 때이다.

이 시기 김동리의 순수문학론은 세대론의 성격을 띠고 있었다. 그는 기성의 작품에는 전 작품 세계를 압도하며 흐르고 있는 어떤 우상적인 이념에 지배되어 있음에 비해 신세대의 작품에는 개성과 구경에 대한 탐구가 두드러진다는 주장을 내놓는다. 이때 '우상적인 이념'이 무엇을 의미하는지는 명확하다. 세대론을 통해 구분하고자 했던 이전의 문학경향, 즉 경향문학을 의미한다. 그러나 경향 문학에 대한 부정이 특정한 이념에 대한 적대적인 거부인지는 분명하지 않다. 기성 문인들의 경향이 가진 문제점을 지적하고 자신들(신세대)의 문학이 가진 정당성을 주장하기는 하지만 비판의 초점은 '우상적인 이념' 일반이라고 볼 수 있다.

여기서 김동리가 말하는 우상은 근대정신의 일정한 흐름 전체를 말한다. 그는 자본주의의 물신주의나 마르크시즘 그리고 일본의 군국주의조차 근대정신의 흐름으로 비판한다. 구체적으로는 경향문학을 거부하고 있지만 그 거부는 특정한 이념 하나에 제한된 것은 아니었다. 우상적인 것의 현상태가 마르크시즘이었다면 그것과 유사한 형태의 우상도 거부할 수 있다는 것이 이 시기 김동리의 생각이었다. 이는 이후에 근대의 초극 등으로 평가되기도 한다. 근대 정신에 대한 전반적인 거부는 그것의 한 발현 형태인 군국주의 시대를 맞아 과감히 붓을 꺾고 고향으로 내려갈 수 있었던 정신적 근거가 되기도 한다.[12]

---

11) 김영민, 『한국문학비평논쟁사』, 한길사, 1992, 512쪽.

12) 따라서 김동리의 세대론을 〈문장〉파와 관련짓는 것이 가능하다. 김윤식은 〈문장〉의 전근대적, 고전적 복고주의의 폐쇄적 세계관은 한국이라는 민족적 이념과 부합되었다

그가 물질주의 정신을 비판하는 기준은 경향문학이 '사조적인 이념적 우상에 예속'되어 있다는 데 있다. 그는 경향문학과 관계된 이들이 "사조에 휩쓸리게 된 다른 일면의 진의"를 이해한다고 말하고 자신의 논의가 "중세의 '신'이나 근대의 '물질' 자체의 사상적 의의를 시비"하는 것은 아니라고 말하다. 단지 문학적 측면에서 그러한 노력이 이념적 우상에의 예속으로 떨어질 '운명적인 조건'(전통 빈약, 비개성)을 가지고 있다는 의미에서 문제라고 말하며,[13] 이념에 대한 명확한 판단을 드러내고 있지 않다.

세대논쟁에서 순수라는 말을 먼저 사용한 것은 유진오이다.

> 하여간 나는 일개 문인으로서 문학에 있어서의 '순수'라는 것을 생각하기 요새보다 더 절실한 적이 없다. 순수란 별다른 것이 아니라, 모든 비문학적인 야심과 정치와 책모를 떠나 오로지 빛나는 문학정신만을 옹호하려는 의열(毅烈)한 태도를 두고 말함이다. 문단의 사조가 전면적으로 혼돈 속에서 헤매고 있을 때 문학인－지식인의 긍지와 특권을 유지 옹호해주는 것은 오직 순수에의 정열이 있을 뿐이다.[14]

순수는 김동리의 고유한 용어가 아니라 이 시기 문학의 화두 중 하나였다. 위 예문을 통해 유진오가 주장하는 순수의 모습을 확인할 수 있다. 유진오가 말하는 순수의 핵심은 "비문학적인 야심과 정치와 책모를 떠나 오로지 빛나는 문학정신"에 있다. 이처럼 순수를 새삼 강조하는 이유는 문단이 전반적으로 혼란에 빠져 있기 때문이라고 말한다. 흔히 전

고 말한다. 그것과 연관되는 순수라든가 인간성 탐구 혹은 개성과 생명의 구경탐구는 문학가로서는 처세하기 힘든 시기에 가져야 될 모랄 문제였다고 지적한다. 김남천의 모랄론이 자기 고발의 형식을 띠고, 프로문학을 초극하려 했을 때 나타난 것이라면, 세대론은 신체제를 앞에 놓고 나타난 제2의 모랄론이라 할 수 있다는 것이다(김윤식, 『근대문예비평사연구』, 384-385쪽). 이렇게 보면 김동리가 가진 장점이란 결국 문장파가 가지고 있는 장점과 크게 다르지 않다는 말이 된다.

13) 김동리, 「신세대의 정신」, 『문장』, 1940. 5, 95-96쪽.

14) 유진오, 「순수에의 지향」, 『문장』, 1939. 6, 139쪽.

형기로 평가되는 1930년대 말, 빛나는 문학정신만을 지키자는 주장은 주변의 영향에서 자유로울 수 있는 방법의 모색이라는 의미를 갖는다. 비문학적인 것에 의해 문학이 압사당하기 직전이었기 때문에 이런 생각은 유진오만의 고유한 것일 수 없었다. 비록 이후 유진오의 행적이 어떠했든 간에 시대의 고민을 담고 있는 주장이었다. 그가 말하는 빛나는 문학정신은 "순수 중의 순수로 자타가 공유하는 그들의 문학은 실로 심각한 인간고의 표현"이며 세계적 수준의 "순수를 계승하기 위해 좀더 시대적 고민 속으로 몸을 던"[15]지는 데 있었다.

이 논쟁이 시작될 무렵 김동리는 공격의 위치에 있다기보다는 방어하는 자리에 있었다. 신세대의 각성을 촉구하는 기성세대에 대해 이미 신세대들은 변화된 시대에 맞게 변화된 관점으로 문학을 하고 있다는 점을 변호하는 입장이었다. 그는 신인에 대해 "신인으로서 기성 작단에 대립할 새 성격을 가진 자"라고 정의하지만 새 성격의 실체를 하나로 묶지는 않는다. 그 이유는 "새 성격 그 자체가 다분히 주관적이라고 보매, 동시에 또 개성적이 아닐 수 없"기 때문이었다. 하지만 신세대들을 묶을 수 있는 성격은 "이론보다, 작품이 앞서게 되는 것"이라고 주장하였다.[16]

「순수이의」에서 거론된 이런 초보적인 수준의 세대 언급은 다른 글 「신세대의 정신」에서 구체화된다. 논의 수준도 조금은 공격적이 된다. 여기서 김동리는 "경향문학 퇴조 이후 현저한 변모를 갖게 된 이 땅 문단의 신생면, 이것이 우리 문단현실이요 세대론의의 대상"[17]이라고 분명히 규정한다. 세대론은 단순히 나이의 문제가 아니라 새로운 국면에 처한 문단 현실 자체를 대상으로 삼는다는 말이다. 예전 경향문학 중심의 시대가 가고 새로운 시대가 왔으니 그 시대를 다루는 것이 세대론이라는 말이다. 김동리는 신세대의 의미를 적극적으로 구명하고 문학적 특질도 구체적으로 분석한다.

---

15) 앞의 글, 136쪽.

16) 김동리, 「순수이의」, 『문장』, 1939. 8, 148쪽.

17) 김동리, 「신세대의 정신」, 『문장』, 1940. 5, 81쪽.

> 한 세대를 형성할 이념으로서 크던적던(나는 적다고 하지 않는다) 그것이 제 자신에서 배태하여 제자신에게 빚어진 정신이 아니면, 이 땅 문단과 같이 전통이 빈약한 데서는 도저히 진정한 신세대는 출현할 수 없는 법이다. 비단 문학만이 아니라 종교나 철학의 경우를 보더라도 외래의 어떤 위대한 사상이 타민족에 들어가려면, 그 민족 본래의 어떤 고유한 개념이 범주를 거쳐(거기서 소화되어서) 그 민족 특유의 체취와 형태를 띠고 발휘되는 것이었다. 그것이 다만 그러한 개념의 범주의 문제에만 끝이지 않고, 전체적으로 전통자체가 빈약하다든가 환경적 조건이 성숙해 있지 못할 때엔 그 외래의 사상 혹은 원리란 그것을 신봉한 모든 지식인의 이념적 우상에만 그치고 마는 사실을 우리는 과거 모든 민족의 정신사상에서 보아온 바이다.[18]

그가 말하는 순수는 상대방을 배제하려는 의도보다는 주체성 정립을 위한 시도에 가까움을 확인할 수 있다. 상대방에 대한 공격도 기왕의 것들에서 벗어나 새로운 것이 정당성을 얻으려는 노력 정도로 이해할 수 있다. '인간의 개성과 생명의 구경 탐구'라는 문학의 본래 기능을 다하기 위해 필요한 것으로 김동리는 민족 본래의 것에 대한 추구를 주장한다. 민족 본래의 것을 추구하는 데는 이전 문학이 가진 문제에 대한 진단이 따르는데 그 진단에 따르면 우리 문학의 문제점은 외래의 사상이나 원리에 대한 경도이다. 이를 극복하기 위해 "민족 특유의 체취와 형태"를 띠고 발휘되는 것이 새로운 세대의 정신인 셈이다.

민족과 전통의 강조는 김동리의 이후 비평에서도 매우 중요한 의미를 갖는다. 그는 위기의 시대에 문학을 하는 자신들의 위치가 절실할 수밖에 없다는 것을 "어떤 원리나 주의가 외부로부터 사조적으로 들어와 피동적으로 덮어씌워진 것이 아니라, 한 절벽에 이르러 꺾이느냐 일어나느냐 하는 문단생리의 배수진에서 그것(신생면)이 출발했기 때문"이라고 표현한다. 그런 폐해를 없애는 것이 신생면의 세대론이다. 따라서 세대론에서는 "본질적으로 한 민족을 단위로"하기 때문에 "'세계사(문화)적 조류로서'라는 견지를 떠나서, 어느 한 민족의 문학이나 미술 등

---

18) 「신세대의 정신」, 82쪽.

의 세대문제를 논의함이 가능할 뿐"이다. 이는 "인간이 각자 지니고 있는 고유한 개성과 인생관만이 문학의 진정한 내용이 될 수 있"고, 사상이나 이념이라는 것도 여기에 기초하지 않으면 그것은 "생명과 개성의 구경 추구일 수 없으며, 한갓 '이념적 우상에의 예속'에 불과하다"는 주장이기도 하다. 생활과 운명과 의욕의 조화를 강조한다든지 이데올로기의 폐해를 지적한다는 점에서 해방기와 전쟁 이후의 비평과 큰 흐름에서는 일치한다.

물론 "인간이 각자 지니고 있는 고유한 개성과 인생관"이 무엇을 말하는 지가 명확하게 밝혀져 있지 않으므로 그의 주장을 드러난 그대로 수용하기는 힘들다. 그가 강조한 민족과 전통의 실체에 대해서도 의심의 눈길을 주기에 충분하다. 전통이란 발견되는 것이기에, 어떤 이념에 의해 선택되느냐의 문제가 중요하지 전통을 강조한다는 것 자체는 특별한 의미를 갖지 않기 때문이다. 김동리의 경우 민족적 특성에서 전통을 발견한다고 해야 그것은 '민족적=전통적=한국적=토속적'이라는 애매모호한 개념 사용에 바탕을 두고 있는 것이 현실이다.[19] 또 민족과 전통의 강조는 계급을 강조하는 좌익 이념에 대한 대응 개념으로 자주 언급되는 것이기도 하다. 통시적인 고찰을 통해 계급의 의미를 약화시키고 막연한 심정적 공동체인 민족을 정치적 동원 단위로 설정하는 방식은 해방 이후의 논쟁에서 분명해진다. 그 전조를 30년대 후반 김동리의 글에서 발견할 수 있는 것이다.

이 글이 무조건적인 배제의 논리 이상을 보여준다는 판단은 김동리가 평론가가 아닌 소설가의 자리에 서 있음으로 해서 더욱 분명해진다. 김동리는 막연히 문학론을 설파하는 것이 아니라 구체적인 작가의 작품 경향을 들어 주장의 설득력을 얻으려 노력한다. 최명익, 허준, 정인택 등의 작품을 분석하기도 한다. 그는 민족의 정신 사상에서 나온 문학의

19) 이경수, 「순수문학의 구축 과정과 배제의 논리」, 『한국문학권력의 계보』, 한국출판마케팅연구소, 2004, 83쪽.

하나로 자신의 「무녀도」를 들어 설명한다. 김동리는 자신이 「무녀도」에서 다룬 것은 민속적 신비성이 아니라 조선의 무속이 "민족특유의 이념적 세계인 신선관념의 발로"[20]라는 생각 때문이라고 한다. 한 인간이 자연에 융합되는 모습을 그리고 싶었다는 것이 그의 주장이다. 이러한 작품 판단의 옳고 그름을 떠나 김동리의 논리 체계가 가진 일관성은 발견할 수 있다.

그러나 김동리가 유진오의 지적에 대해 답하지 않는 부분도 있다. 애초에 유진오는 "비문학적인 야심과 정치와 책모를 떠나"는 것에서 순수의 의미를 찾았다. 김동리는 순수를 말하며 문학 외적인 활동과 문학과의 연관을 언급하지 않는다. 사실 이는 기성들에게 돌릴 말이기도 하다. 문학 외적인 여건에서 유리한 지점을 점령하고 있는 기성과 신세대라고 할 수 있는 김동리의 입장이 다를 수밖에 없었던 것은 분명하다. 또 비평가와 작가의 입장이 달랐을 것이라는 짐작도 가능하다. 그가 늘 스승처럼 생각했던 문장파의 이태준과 정지용은 비록 순수문학을 한 사람들이지만 〈문장〉이라는 잡지를 가지고 있었다. 비평가를 갖지 못한 신세대의 입장에서 평론가들에 맞설 수 있는 것을 잡지를 경영하는 것이었을지 모른다.

대체적으로 이 시기 김동리의 논리는 경향 문학이 득세하던 이전 시기와 평론가 그룹에 대한 거부반응에서 나온 것으로 보인다. 그렇다고 김동리의 문학론이 그들에 대한 완전한 배제의 논리로 발전한 것은 아니다. 그의 고민은 동시대를 살아가는 문학인들 모두에게 해당하는 것이었고, 새롭게 창작활동에 시작하는 작가들에게는 더욱 절박한 문제였다. 이 시기 김동리는 기성 문인들이 생각의 전환을 이야기할 때 신세대는 이미 변화된 모습으로 활동을 하고 있다고, 자신들이 정체성을 문단을 향해 강력히 주장하고 있었다.

---

20) 김동리, 「신세대의 정신」, 문장, 1940. 5, 91쪽.

4. 해방기의 김동리 - 계급문학과 민족문학

문인들에게 해방기는 문학론의 선택이 체제 선택과 직결되는 시기였다. 이를 바꾸어도 참이 되는데, 체제를 선택하면 문학론도 그 체제에 맞는 것이 선택되어야 했다. 그러나 선택할 수 있는 체제는 다양하지 않았다. 남 아니면 북, 계급주의 문학 아니면 순수문학만이 주어져 있었다. 남을 선택한 경우에는 북의 그것을 펼 수 없고, 북을 선택한 경우에는 남의 그것을 펼 수 없었다. 정치 체제의 확정과 함께 문학론도 확정되는 기이한 상황이 해방기에 벌어졌고, 이런 상황은 최근까지도 이어져왔다. 김동리가 해방 공간에서 마주한 것도 이런 현실이었다.

김동리가 해방기에 본격적으로 주창하게 되는 순수문학의 내용은 해방 전 「신세대의 정신」에서 언급했던 내용과 본질적으로 다른 것은 없다. "문학정신의 본령정계의 문학"을 내세우고 그것이 인간성 변호와 개성향유를 전제하고 있다는 것을 강조한다는 점에서 그렇다. 하지만 주변의 상황은 매우 달라져 있었다. 세대론의 대상은 경향문학의 퇴조 이후 갈팡질팡하던 선배문인들이었고, 이 시기 김동리가 다투어야 하는 대상은 이념에 대한 확신을 가지고 있는 좌파 문인들이었다. 세대론의 경우 비록 유진오와 논쟁을 하기는 했지만 변화된 현실에 대한 반응이라는 점에서 앞선 문인들과 굳이 적대적인 관계가 될 필요는 없었다. 이에 비해 해방기의 논쟁은 사활을 건 치열한 것이었다. 문학만으로 그칠 수가 없는 환경이 강요되고 있었던 셈이다.

김동리가 문학론과 정치적 상황이 분리될 수 없음을 이해하고 있었다는 사실은 해방 후 주목할 만한 최초의 글 「순수문학의 진의」에서부터 드러난다. 그는 이 글에서 문학론과 함께 정치 체제를 거론한다. 그는 개성의 자유와 인간성의 존엄을 목적으로 하는 조류를 데모크라시로, 과학이라 불리는 현대적 우상을 숭배하는 과학주의적 기계관의 결정체를 유물사관으로 보고 있는데,[21] 스스로 유물사관에 반대하는 자리에 서야 한다는 것을 자각하고 있었다. 세대론에서도 경향 문학에 대한 입장을 분명히 보여주기는 했지만 그것은 시차를 두고 벌이진 문학 조류에 대한 반응이어서 대립과 선택을 강요한 것은 아니었다.

계급 문학에 맞서는 순수문학의 논리는 '민족문학'이었다. 여기서 민족문학은 민족의 당면한 현실에 대한 고민을 최우선 과제로 하는 경향이 아니라 민족 전통 혹은 민족의 운명이라는 추상적인 지향을 드러내는 민족문학[22]이다.

> 문학정신의 본령이 인간성 옹호에 있다고 볼 때 오늘날과 같은 민족적 현실에서의 인간성의 구체적 앙양은 조국애나 민족혼을 통하여 발휘되어 있는 것이며 이것의 진정한 문학적 구현이야말로 문학 이외의 목적의식에서 경화(硬化)한 것이 아니라면－참된 순수의 정신에도 통해 있다고 하지 않을 수 없을 것이다.[23]

민족문학론이 유물론과 비교하여 강조하는 것은 민족 '정신'이다. 아래 예문에서 볼 수 있듯이 민족정신은 결국 조국애나 민족혼으로 이어진다. 조국애나 민족혼의 발현이 인간성 옹호의 문학적 구현이라고 볼 때, 여기서 배제되는 계급문학은 인간보다 다른 무엇을 강조하는 것이 된다. 목적의식에 경도된 계급 문학은 순수문학에서 벗어난 것이 된다. 여기서 조국애나 민족혼은 조국과 민족이라는 개념의 내포에 의해 설명되는 것이 아니다. '목적의식에 경화한 것'을 제외하면 '참된 순수의 정

---

21) 김동리, 「순수문학의 진의」, 『문학과 인간』, 청춘사, 1952, 107쪽.

22) 민족문학이라는 용어는 당시 계급문학과 순수문학 양쪽에서 함께 사용한다. 어떤 것이 민족문학이냐에 대한 견해에 있어 큰 차이가 있었던 셈이다. 김동리는 "지금까지 '당의 문학' 계열의 문학인들은 자기 자신들의 문학적 표어를 정면으로 '계급문학'이니 '경향문학'이니 하지 않고 슬그머니 '민족문학'이란 잠칭을 사용하여 왔"다고 말한다. 이는 볼셰비키 정치단체들이 민주주의를 내세우는 것과 같다는 것이다(김동리, 「당의 문학과 인간의 문학」, 『문학과 인간』, 209쪽). 그러나 이러한 생각은 민족문학이 민족의 현실과 어떻게 관계 맺어야 하는가를 고민하는 문학이어야 한다는 진지한 고민을 받아들이지 못하고 있다.

23) 김동리, 「문학과 문학정신」, 『문학과 인간』, 153쪽.

신'이 된다는 배제의 논리로 설명된다.

김동리의 문학론이 구체화되는 것은 신진 비평가들에 의해 순수문학이 공격을 받고부터이다. 주요 공격 내용은 순수문학이 상아탑류의 문학이라는 점이다. 이에 대응하여 순수문학과 다른 문학을 분명하게 구분하여 설명하고 있다는 것이 「본격문학론과 제3세계관의 전망」[24]이라는 글이다. 이 글에서 김동리는 계급 문학에 대해 정면으로 대응한다. 이 글은 김병규의 글에 대한 반론의 성격을 띠고 있는데, 논쟁에 어울리게 자신과 논쟁자 사이의 세계관적 모태에 대해서 문제 삼는다. 즉 유물사관을 문제삼고 있는 것이다. "물질적 생활 자료의 산출 방법이 사회적, 정치적 및 정신적 일반생활상의 과정을 결정한다"는 유물론 원칙에 의해 지배되는 것이 계급문학이고, 이것은 일면의 진실을 가지고 있지만 "일반생활에 있어서 그 자유향상의 욕구와 방법은 사회적 정치적 및 물질적 일반 생활의 과정을 결정한다"(123쪽)고, 말보다도 의미가 단순하다고 지적한다. 그리고 정신과 물질 이전의 '생명력'을 내세운다. 이어 "이 자유지향의 욕구라는 주체적 조건과 물질적 생활 자료의 산출방법이라는 객관적 조건이 상호제약하며 상생상극하야 인간역사의 변증법적 전개를 초래하고 있다는 것을 알지 못한다"고 공격한다. 자본주의 사회의 지양을 외치는 유물사관은 일면 타당해 보이지만 결국 "일면 근대주의의 연장이란 의미에서 있어선 마땅히 지양되어야 할 과학주의 물질주의 기계주의 공식주의의 결정체라고 볼 수밖에 없다"(125쪽)는 것이 김동리의 주장이다. 사실 이러한 비판은 실제 사회주의 이론 전체에 대한 것이 아니라 자신의 경험에 의해 해석한 제한된 사회주의에 대한 공격이다. 논리적, 과학적 차원이기보다는 경험론적 차원의 비판이라 할 수 있다.

계급문학에 대한 김동리의 생각은 현실에서 구체적인 사건을 만나게 된다. 좌우익의 이념 대결의 영향이 문학에서 어떻게 나타날 수 있는지를 알려준 사건이 1947년의 응향 사건이었다. '『응향』 사건'이란 북조선

24) 김동리, 「본격문학과 제3세계관의 전망」, 앞의 책.

문학예술총동맹의 지부에 해당하는 원산문학동맹의 이름으로 나온 시집『응향』에 실린 일부 시에 대한 북조선문학예술총동맹 차원의 비판과 이에 따른 결정을 일컫는 말이다. 이 시집은 강홍운 · 구상 · 노향근 · 박경수 등의 시를 싣고 있는 것으로, 북조선문학예술총동맹은 이 중에서 구상의「길」을 포함한 일부의 시들이 당시의 진보적 민주주의의 현실과는 관계없는 조선 현실에 대한 회의적 · 공상적 · 퇴폐적 · 현실 도피적 · 절망적 경향을 띤 것으로 파악하고 1947년 1월에「시집『응향』에 관한 결정서」를 발표했다.[25] 그 결정서의 내용은 문학이 '인민'에게 복무해야 한다는 말로 집약된다. 김동리는 이 사건에 대해「문학과 자유를 옹호함」이라는 글을 썼거니와 이전까지 써왔던 계급 문학에 대한 부정적인 인상이 강화되는 계기가 된다.

신세대 논쟁에서 출발한 순수문학의 논리는 기성과 다른 자기 세대의 독특함을 내세우는 데서 시작했지만 해방기 논쟁 과정을 겪으면서 점차 배제의 논리로 기울게 된다. 배제의 논리를 펼 경우 배제 대상들 사이의 차이들은 쉽게 무화되곤 한다.

> 그러므로 문학은 어떠한 목적을 막론하고 목적달성의 도구가 되어서는 아니 된다는 것이다. 게르만의 피를 선동하기 위한 나치스 문학이나, 황도정신을 고취하기 위한 일제의 소위 황도 문학이나 소연방주의를 구가선전하기 위한 '인민신'의 문학이나 그것이 다 같이 국책문학인 점에 있어, 또 정치주의적 목적문학인 점에 있어서는 아모 것도 다를 것이 없는 것이다.[26]

위 글은 문학을 목적 달성을 위한 문학과 그렇지 않은 문학으로 양분하는 김동리의 논리를 보여준다. 다른 글을 참고해 보아도 김동리가 보는 문학은 현실적 목적을 달성하기 위한 문학과 인간 본령 정계를 위한 문학으로 양분되는 듯 하다. 김동리에게 나치스 문학=황도문학='인

25) 김재용,『북한문학의 역사적 이해』, 문학과지성사, 1994, 128쪽.

26) 김동리,「문학과 자연을 옹호함」,『문학과 인간』, 청춘사, 1952, 143쪽.

민신'의 문학이라는 등식이 성립되는 이유가 여기에 있다.

위 글의 구분에 의하면 공리주의 문학들은 그 정치성에 있어서 서로 같은 것이며, 공리주의 안에서의 차별성은 무시해도 좋은 것이 된다. 현실적 가치를 주장하는 것 자체가 문제이지 그것들 사이의 차이는 중요하지 않기 때문이다. 이런 주장은 표면적으로 다양한 공리적 문학을 문제삼는 것 같지만 실제로는 현재 의미 있는 또는 직접적인 관련이 있는 공리주의 문학을 공격하는 것이 된다. 특정한 문학의 논리를 본격적으로 공격하지 않아도 자연스럽게 공격 대상이 좁혀지는 셈이며, 그때마다 사용하는 무기는 늘 같은 칼이다. 공리성을 문제삼을 수만 있다면 어떤 문학이라도 같은 방식으로 공격할 수 있는 것이다.

자신을 중심으로 했을 때 타자는 공통점을 가진 대상으로 쉽게 묶일 수 있다. 이 때 중요한 것은 자신의 이론이 전체에서 차지하고 있는 비중이다. 타자들의 크기가 일방적으로 커 보인다거나 자신의 크기가 지나치게 작아 보일 경우 이는 자신의 이론이 가진 편협함을 반증하는 것이 될 수도 있다. 공통점으로 묶은 대상들이 실제로 큰 차별성을 가지고 있을 때 그들을 하나로 묶는 이론은 편벽한 것이 되고 마는 셈이다. 사실 문학은 김동리의 말대로 인간성의 본질을 추구하는 문학과 현실 당파의 이익을 대변하는 문학으로 나뉘는 것이 아니다. 인간성의 본질을 어떻게 보는지, 인간성의 본질을 추구하기 위해 어떤 가치가 유용한지 또 그것을 위해 문학은 무엇을 해야 하는지 또는 할 수 있는지에 의해 다양한 스펙트럼이 존재하게 된다. 자기중심의 타자 배제 논리는 이런 스펙트럼을 모두 놓치고 만다.

배제의 논리로 이어지는 논리는 현실에서 설득력을 갖기가 매우 어렵다. 그러나 이런 취약한 이론에도 불구하고 김동리는 다행히 고비 때마다 상대방의 결정적인 약점을 발견할 수 있었다. 그 약점은 주로 문학외적인 것이었다. 해방기에는 찬탁과 반탁의 문제가 호재였고, 한국 전쟁 이후 전쟁의 참상으로 이념이나 인간성에 대한 환멸이 크게 일어난 것도 모두 그에게 유리하게 작용하였다. 한 연구자의 지적대로 "〈구경적 삶의 형식〉이 김동리의 주무기지만, 이 무기의 힘보다도 상대방의 아킬레스건의 발견이 김동리의 승부수가 놓인 곳이었다. 해방기의 경우 하룻밤 사이에 반탁에서 찬탁으로 표변하는 180도 전향이 바로 상대방이 노출한 아킬레스건이었다."[27] 그리고 이후에는 굳이 상대방의 아킬레스건을 발견할 필요조차 없이 적이 제거된 상황에서 독주를 하게 된다. 전후 근대화 과정을 통해 '순수'와 '전통'은 최고의 문학적 가치로 대접받았다.

김동리 문학론이 가진 가장 큰 문제점은 자신이 뿌리내리고 있는 현실에 대한 구체적인 파악을 결하고 있는 점이다. 경험에 기초하여 심정적 비판을 하고 있기는 하지만 그것이 논리적이거나 체계적이라고 볼 수는 없다. 그가 계급에 맞서 내세우는 민족과 전통은 오래되고 고유한 것을 말함으로써 현재를 제거하는 논리로 동원된다. 해방기의 민족과 전통의 강조는 일제 말기 전통과 민족을 말하면서 무언가를 지키려 했던, 또 지킬 수 있었던 상황과는 매우 다른 것이다. 초월, 영원, 운명, 구경 등을 내세워 민족과 전통을 이야기하면 인간의 현재와 미래를 통합하여 사고하는 듯 하지만, 사실 '본질적인 것'에서 현재를 물러서게 하는 결과를 낳게 된다. 과거 · 현재 · 미래를 아우를 수 있는 보편적인 주제란 결국 불확실한 현재나 알 수 없는 미래보다 과거를 향할 수밖에 없기 때문이다. 이는 커다랗고 위대한 주제를 이야기함으로써 자잘해 보이는 구체적인 문제들의 가치들을 하찮게 만들어 버리는 보수주의자들의 전통적인 전략에서 크게 벗어나지 않는다. 실제로 '구경적 삶의 형식' 같은 추상적인 주장은 아무런 내용을 담고 있지 않기 때문에 구체적인 공격을 상대적으로 덜 받아왔다. 일관된 주장임에도 불구하고 김동리의 문학론이 의미를 갖는 시기가 특별히 있는 이유가 여기에 있을 터인데, 한국 전쟁 이후에는 문학론 내의 원리가 아니라 문학 외적인 논리가 주장의 정당성을 부각시켜주었던 것이다. 김동리가 주장하는 영원성 · 보편성론은 인간에 대한 상식화된 지식들을 되풀이함으로써, 인간

27) 김윤식, 『해방공간 문단의 내면 풍경』, 민음사, 1996, 79쪽.

에 대한 이해를 추상화시킬 위험을 안고 있는 것이다. 진정한 인간의 구경은 인간을 현실적 상황 하에서 조명함으로써만 입체적으로 드러나는 것이며 인간성의 옹호 역시 구체화될 수 있는 것이기 때문이다.[28]

그의 문학이 갖는 이러한 성격은 한국 전쟁 이후 우리 근대의 발전 과정과도 통하는 면이 있다. 근대화 '발전 이데올로기'가 물질적인 면에서는 서구의 그것을 추종하지만 정신적인 면에서는 전통적인 것을 추구하는 불균형을 노정해 왔다는 사실은 잘 알려져 있는 바, 비합리적 세계인식을 보여주는 김동리의 문학은 이러한 발전 과정에서 중요한 이데올로기로 동원되었다고 할 수 있다. 근대화를 통해 물질적으로 부강해지는 사회는 지향하지만, 서구의 자유 민주주의나 개인주의에 기반한 문화나 정신은 받아들이지 않은 것이 우리 현대 정치사의 독특한 측면이었다. 따라서 물질적 서구화와 정신적 한국화를 지향하는 문화적 장치가 근대화 기획 속에서 구축되기에 이른다.[29]

김동리 문학에 있어 전통은 근대 이후에 발견된 향수로서의 전통, 비합리주의로서의 전통에 가깝다. 여기서 전통이 현재에 되살릴 수 있는 실용적인 유산이라는 보장은 없다. '가버린 시절'에 대한 수요와 공급이 늘어나는 것은 실제로는 '과거가 불가피하게 현재에 대해 요구하는 바를 거부'하려는 수단인 경우가 많고, 이럴 경우 향수로서 향유되는 과거는 진지하게 받아들일 필요가 없기 때문이다.[30]

5. 김동리와 반공주의 – 현실 긍정과 체제 순응의 논리

김동리에게 해방기의 상황은 적과 아를 분명히 가르는 '최초의 장

---

28) 이주형, 「김동리 〈순수문학론〉의 반현실주의」, 『김동리』, 살림, 1996, 724쪽.

29) 김은실, 「한국 근대화 프로젝트의 문화 논리와 가부장성」, 『우리안의 파시즘』, 삼인, 2000, 116쪽.

30) 하비 케이, 오인영 역, 『과거의 힘』, 삼인, 2004, 40쪽.

면'31)과 같은 역할을 하였다. 그에게는 자신과 상대되는 자리에 놓인 다양한 논리들이 하나의 공통점으로 묶이듯이 이후에는 과거와 현재의 논리들도 유사점을 중심으로 묶인다. 문학 비평 활동이 같은 것을 묶고 다른 것을 갈라 바른 자리를 찾아주는 것이라고 할 때 한국 전쟁 이후 김동리의 나누기와 묶기는 그 작업 자체의 유용성을 의심할 정도의 수준에 이른다. 타자를 구분해 내는 김동리의 이분법이 극에 달하는 것은 1970년대 후반이다. 현실과 정치의 이분법이 현실 긍정으로 이어지고 자신이 긍정하고 있는 현실에 대한 부정에 대해 민감하게 반응하는 단계에 이른다. 현실 부정은 곧 사회주의나 북에 대한 긍정으로 의심받는다. 이런 생각 역시 논쟁의 형식으로 드러난다.

1970년대가 마무리되어가는 1978년 김동리는 「한국문학이 나아갈 길」이라는 강연을 한다. 강연의 주 내용은 현재의 문학이 공리성과 사회성에 치우침이 우려할 수준에 이르렀다는 것이다. 그 구체적인 대상으로 계간지를 중심으로 활동하는 비평가들을 지목하고 있다. 이 강연 내용이 소개된 뒤, 구중서·임헌영·홍기삼 등이 반론을 제기한다. 이 반론에 대하여 김동리는 「문학엔 임무가 있을 수 없다」, 「이럴 수도 저럴 수도 있는 것이 아니다」라는 글로 대응에 나선다. 이 밖에도 김동리는 「한국문학 어디서 와서 어디로 가는가」라는 백철과의 대담을 통해서도 자신의 의견을 강하게 내세운다.

논쟁은 김동리가 비평가들의 비평 경향을 공격하는 방향으로 이루어진다. 김동리가 가장 불만을 갖는 것은 현장 비평가들의 평가 기준, 나아가 그들의 가치관이다. 당시 김수영과 신동엽을 높이 평가하는 비평가들의 태도에 대해 "유치환의 철학이나 박목월의 서정보다 김·신(김

31) 그 밖에 김동리에게서 최초의 장면을 확인할 수 있는 가장 좋은 텍스트는 「밀다원 시대」가 아닌가 생각한다. 더 이상 밀려날 곳이 없는 땅 끝으로 밀려났다는 생각은 상대방에 대한 공포와 적의를 키우기에 충분할 조건이었으리라 짐작한다. 이에 대해서는 다른 논의가 필요할 것 같다. 최초의 장면에 대한 탐구는 월남한 작가들의 다양한 내면을 살피는 데도 중요한 역할을 할 것이라고 생각한다.

수영, 신동엽) 양씨의 현실부정의 깃발을 내세워야 하는 경위와 저의가 무엇이냐"[32]고 공격하는 것이 대표적이다. 그들의 문학적 성취를 객관적으로 평가한 것이 아니라 그들의 문학이 가지고 있는 공리성을 지나치게 평가한 것이 아니냐는 주장이다. 여기서 김동리는 김수영과 신동엽의 시가 유치환, 박목월의 그것보다 우수할 수 있다는 가능성에 대해 전혀 고려하지 않는다. 그들은 공리적인 문학을 했기 때문이다.

그렇다면 김동리가 새삼스럽게 나이를 잊고 논쟁에 뛰어든 이유는 무엇인지가 궁금해진다. 1950년대 이후에 문학의 공리성을 내세우는 비평가들은 많이 있었다. 순수 참여 논쟁으로 총칭되는 문학 논쟁은 사회참여 논쟁, '앙가제' 논쟁, 시의 불온성 논쟁 등이 있었다. 이 때는 특별한 대응을 하지 않던 김동리가 직접 논쟁에 나선 것은 이례적임이 틀림없다. 이에 대해서는 두 가지 가능성이 생각해 볼 수 있다. 하나는 '순수문학'의 자장에서 벗어난 문학론은 많이 있었으나 그것은 주로 비평가들의 문학 논쟁이었다. 그러나 이 시기의 김동리가 문제 삼은 것은 구체적인 문학 작품에 대한 평이다. 순수 영역으로 김동리가 늘 강조하던 문학 작품에 대한 평가는 간과하기 어려웠을 수 있다. 더 중요한 이유는 이 시기에 이르면 김동리, 조연현으로 대표되는 '문단 주도 세력'을 대신해서 공리주의 문학과 싸워 줄 비평가가 없었기 때문이다. 1960년대 순수·참여 논쟁은 사실 김동리와 조연현을 스승으로 둔 신인들이 전면에 나선 논쟁이었다. 그러나 1970년대 후반에 들어서 문단 내에서 순수의 설득력은 매우 약해져 있었다. 바야흐로 문단의 주도권이 옮겨져 가는 상황에서 원로들이 직접 나설 수밖에 없었다고 할 수 있다.[33]

김동리의 글에는 순수문학을 주장하던 시절의 날카로움은 사라지고

---

32) 김동리, 「문학엔 임무가 있을 수 없다」, 『우리문학의 논쟁사』, 어문각, 1985, 473쪽.

33) 물론 이 시기 김동리의 글은 식민지시대나 해방기의 글과 비교해 볼 때 질적인 면에서 매우 떨어진다고 할 수 있다. 그러나 이 글에서 김동리의 이 시기 글을 문제 삼는 이유에는 그 글의 논리적 타당성이나 이론의 정교함과 함께 김동리의 변화를 확인한다는 측면도 있다.

상대방에 대한 비논리적 인신공격이 두드러진다.

> 자기가 공산체제를 원하든 원하지 않든 자유체제를 공격하는 일이 자유체제를 육성시키고 발전시키는 것보다 반대 체제에 함수관계로 플러스하는 것이 열에 아홉입니다. 그래서 작가가 어두운 면을 보는데 문제가 있다고 봅니다. 어두운 면을 그리는 자체는 사실 할 수 없다고 봅니다. 내 자신도 대다수의 작품이 어두운 것 그린 게 많습니다만. 그러니까 작가가 어두운 면 그린다고 해서 그것이 체제 탓이라고 책임 돌리는데 문제가 있습니다. 어두운 면 그린다는 그것이 체제 탓의 의도가 아니더라도 평론가가 하느냐 안하느냐에 문제가 있습니다.[34)]

> 인도와 박애는 숭고한 사상이지만, 국가와 민족은 우리의 모든 이해와 운명이 직결되는 핏줄같은 것이지만, 그리고 억울한 자, 가난한 자가 부와 권력에 짓눌리는 현실의 일각은 정의의 피를 끓게 하지만, 그렇더라도 문학이 그들 편에 서고, 그들을 돕기 위한 목적으로 사용되어서는 안 된다.
>
> 문학은 인간자체와 더불어 그 어떠한 다른 가치에도 종속될 수 없기 때문이다. 문학이 '누구 편'에 서거나 그러한 목적을 위해 '사용'될 때 그것은 경향문학이나 목적주의 문학에 불과하며 진정한 인간의 문학이라 할 수 있는 본격문학에서 이탈될 수밖에 없기 때문이다.[35)]

위 예문에는 문학 작품을 통한 정치 행위, 나아가 비평 활동을 통한 정치행위에 대한 거부감이 그대로 드러나 있다. 비평에 비해 노골적인 이념공세라는 인상을 강하게 준다. 문학의 문제를 넘어 그런 문학론을 펴는 비평가의 이념을 문제삼고 있는 것이다. 이념 문제는 당연히 이적행위의 가능성으로 이어진다.

이념의 문제를 넘어 위 예문에는 체제 수호의 문제까지 거론된다. 체제의 문제가 현실 긍정의 이유로 동원되고 있는데, 상대 체제를 이롭게

---

34) 김동리 · 백철 대담, 「한국문학 어디서 와서 어디로 가는가」, 『현대문학』, 1979. 6, 318-319쪽.

35) 김동리, 「이럴 수도 저럴 수도 있는 것이 아니다」, 『우리문학의 논쟁사』, 어문각, 1985, 489쪽.

할 수 있으므로 우리 체제에 대한 비판을 자제해야 한다는 반공 이데올로기의 전형을 볼 수 있다. "자유체제를 공격하는 일이 자유체제를 육성시키고 발전시키는 것보다 반대 체제에 함수관계로 플러스하는 것이 열에 아홉"이라는 주장은 현실의 언로를 막는 전형적인 방법이다. 내부의 문제에 대한 건강한 비판을 '이적행위'로 몰아가는 가장 확실한 현실 긍정의 정치학이라고 할 수 있다. "자유체제에 대한 모순을 지적하고 거부한다면 결국 사회주의 체제밖에 올 게 없"[36]다는 주장은 문학도 아니고 문학 제도도 아닌 순수한 정치의 영역에 닿아 있는 것이다. 말하자면 어두운 면을 그리더라도 체제는 건드리지 말아야 한다는 주장이다. 또 설령 작가가 어두운 면의 문제를 체제 탓으로 그렸더라도 평론가가 그렇게 말해서는 안 된다고 한다.

아래 예문에서는 심지어 '인도와 박애', '국가와 민족', '가난한 자가 부와 권력에 짓눌리는 현실'까지도 관심의 대상에서 제외해야 한다고까지 말한다. "억울한 자, 가난한 자가 부와 권력에 짓눌리는 현실의 일각은 정의의 피를 끓게 하"지만 그렇더라도 문학은 그들의 편을 들어서는 안된다고 말한다. 문학은 어떤 가치에도 종속될 수 없는 것이기에 당장 눈앞에서 피를 끓게 하는 현실에도 눈을 감아야 한다는 것이다. 여기까지 이르면 문학이 할 수 있는 일은 사실 '순수' 외에 아무것도 남지 않게 된다. 신세대 문학논쟁에서 시작하여 해방기를 거치면서 확신을 얻은 인간 구경의 탐구는 이 시기에 오면 절박한 현실적 가치들을 무시할 만큼 비대해졌다. 여기서는 계급문학이라는 대타 논리는 차라리 부수적인 데 머문다. 순수문학의 타자 배제의 논리는 체제 긍정과 수호의 논리로 사용되기 시작한다.

사실 박정희 정권 말기에 해당하는 1970년대 말 이념에 대한 공격은 공격을 당하는 이들에게는 내용의 사실 여부와 관계없이 치명적인 상처가 될 수 있었다. 주지하다시피 이 시기는 반공주의가 최고점에 달한 때

---

36) 김동리 · 백철 대담, 「한국문학 어디서 와서 어디로 가는가」, 『현대문학』, 1979. 6, 316쪽.

였다. 이승만 시기가 한국전쟁을 통해 군대, 경찰과 같은 국가의 물리적 억압기구들을 급속히 확대하면서 사회를 전시동원체제화하였지만 국가의 감시체제 및 국가의 시민사회에 대한 통제력이 상대적으로 약했던 반면, 박정희 정권은 정치, 경제, 사회, 문화의 전 영역에 걸쳐 확고한 통제력을 확보하였을 뿐 아니라 그것을 병영적으로 통제했다.[37] 이런 시기에 문단의 원로로 대접받고 있었던 김동리의 공격은 큰 파괴력을 가질 수 있었다. 문학이 문학 외의 영역으로 넘어간다고 생각할 때 문학외적인 영역을 통해 문학내의 '바르지 않은 길'을 바로잡아 주려 했던 것이 김동리의 이 시기 모습이라고 할 수 있다.

과거의 경험으로 현재를 재단할 때 생길 수 있는 폭력은 다음 글에서도 확인된다.

> 자네는 시나 소설은 모름지기 부정부패를 척결하는 기계같이 알지만, 나의 의견은 다르다네. 부정부패는 수사 기관과 또는 정치 활동을 통하는 것이 훨씬 직접적이고 효과적이라고 보네. 소설이나 시도 그런 일을 할 수 있지만, 직접 법과 행동으로 하는 데 비하면 약하고 비능률적일세. 더구나 문학은 작가의 개성과 문학관이 다르므로 모든 문학이 다 그런 정치적인 보조기관 노릇이나 해서는 안 되네.[……]
>
> 해방 직후의 공산주의 문인들도 꼭 자네와 같이 말했다는 사실을 잊지 말기 바라네. 그들도 겉으로는 공산당을 표방하지 않았지만, 그들의 속셈은 공산당에 플러스하는 것이 유일한 목적이었네.[38]

과거의 '잘못된' 이론과 유사한 면이 있으므로 현재의 이론도 당연히 '잘못된' 것이라는 논리를 펴고 있다. 이는 매우 폭력적인 일반화이다. 이러한 일반화의 기원을 찾아가보면 해방 직후 좌익 문인들에 대한 고정된 이미지가 결국 현재의 문학을 판단하는 기준이 되고 있음을 알 수

---

37) 김정훈 · 조희연, 앞의 글, 130쪽.

38) 김동리, 「작가와 현실 참여－R군의 현실 참여에 대한 대화를 중심으로」, 『나를 찾아서』, 민음사, 1997, 379쪽.

있다. 주장의 유사성을 들어 의도나 효과까지 같을 것이라는 생각이다. '겉으로'는 표방하지 않지만 '속셈'은 다르다는 주장은 논리의 차원으로 반박할 수 없는 억지에 가깝다. 문학론을 두고 논쟁을 벌이기에 앞서 그를 주장하는 사람에 대한 불신이 전제되어 있기 때문에 논리적인 설득의 길도 막혀 있다. 또 하나 인상적인 대목은 "정치 활동을 통하는 것이 훨씬 직접적이고 효과적"이라는 첫 문단의 표현이다. 앞서 살폈듯이 자연인으로서 김동리는 현실 정치에 완전히 거리를 두고 있지는 않았다. 오히려 정치에 더 적극적으로 참여한 문인으로 기억된다.

이 글의 마지막이 다음과 같이 마무리되는 것은 아마도 우연이 아닐 것이다.

> 나는 자네가 현실 참여란 정치적인 복선을 치지 말도록 충고하고 싶을 뿐일세. 그리고 나는 자네 이상으로 현실 참여를 하고 있다는 사실을 잊지 말기를 바라네.[39]

위는 김동리 순수문학의 본질을 보여주는 예문이라고 할 수 있다. 정치적 목적을 가진 문학은 굳이 현실참여라는 말을 붙이지 말고 노골적으로 정치적 의도를 드러내라는 주장이다. 또 자신은 문학작품으로 현실 참여를 하고 있지는 않지만 더 직접적인 참여를 하고 있다는 말도 덧붙인다. 앞서 살폈듯이 순수문학은 현실 참여 문학을 배제하는 듯한 인상을 준다. 그러나 실제로 김동리가 거부하는 현실 참여는 특정한 경향에 한정되는 것일 뿐이다. 그 결과로 남은 김동리의 문학은 정치적으로는 현실을 긍정하고 작품에서는 현실의 문제를 '초월'한 것이었다. 반대로 말하면 현실의 문제를 초월한 듯한 김동리의 문학은 그 초월로서 현실 정치에 참여하고 있는 것이 된다. 이 과정에서 나와 다른 타자들은 상대를 이롭게 하는 이적행위자로 몰리기도 한다.

1970년대 후반 김동리의 태도는 해방기 '응향 사건'에 대해 보인 자

---

39) 앞의 글, 381쪽.

신의 반응을 부정하는 것이기도 하다. 「문학과 자유를 옹호함」이라는 글에서 김동리는 "작가는 불완전한 현실에 대해 부정적이어야 한다"[40] 고 말한다. 작가가 만약 정치적 현실을 긍정하려 하거나 선전하려 하는 행위는 '문학의 타락'이라고 말한다. 이 글은 특별히 '당의 문학'을 비판의 대상으로 삼고 있지만 현실 또는 현재의 정권에 안주하는 모습을 보인다는 점에서 1970년대의 김동리를 설명해 주기도 한다. 김동리는 스스로 그렇게 비판하던 '목적문학'을 하고 있는 셈이다. 순수문학이 상대와의 투쟁을 통해 애써 만들어놓은 논리가 결국 마지막에 이른 곳이다.

6. 순수문학론이 남긴 것

김동리는 1930년대 후반부터 1970년대 후반에 이르기까지 일관되게 개성과 생명, 그리고 궁극을 내세우는 순수문학론을 펼쳤다. 주로 논쟁을 통해 모양이 갖추어진 그의 문학론은 같은 내용의 반복처럼 보이지만 시대적 조건의 변화에 따라 조금씩 달라진 모습을 보였다. 몇 번의 논쟁을 거치면서 김동리는 자신의 생각을 점점 배타적인 것으로, 정치적인 것으로 바꾸어 간다.

식민지 시대 김동리는 달라진 상황에 대응하기 위한 논리, 자기 세대의 문학을 변호하기 위한 논리로 '본령 정계의 문학'을 내세웠다. 비록 경향문학에 대한 거부감을 가지고 있기는 했으나 그것이 상대방에 대한 전면적인 거부로 이어졌다고 보기는 어렵다. 비평가로서의 견해 차이를 확인할 수 있는 정도에서 논쟁이 이루어졌다. 해방기는 자신이 선택한 문학론이 곧 체제의 선택과도 이어지는 상황이었다. 이 경우 문학론의 선택은 체제의 선택이었고, 중간은 허락되지 않았다. 좌익 문인에 대한 공격의 범위가 정치 사회적인 사상에까지 이르는 것이 이 시기의 특징

40) 김동리, 「문학과 자유를 옹호함」, 『문학과 인간』, 청춘사, 1952, 140쪽.

이었다. 상대방에 대한 거부도 전면적이다. 이데올로기로서의 반공주의가 확립되기도 전에 이미 반공은 피할 수 없는 것으로 받아들여졌다. 반공주의가 그렇듯이 이 시기 김동리의 이론은 철저한 배제에 기초한 이론이 된다.

단독 정부 수립 이후 순수문학은 경쟁 대상을 잃고 있었다. 그러나 1970년대 후반 현실 비판을 내세우는 비평가들이 득세하자 김동리는 다시 그들과 논쟁에 나선다. 이 때의 논쟁은 김동리의 일방적인 공격으로 진행된다. 공격의 방법으로는 과거의 경험을 현재로 불러내는 방식을 택하고 있다. 적과 아의 구별이 논리적 차원에서보다는 심리적 차원에서 이루어지는데 현재와 과거와의 비교나 보이지 않는 위험에 대한 언급으로 현실 안주를 추구하는 보수주의의 전형을 보여준다. 이는 노쇠한 노인의 반응으로 단순히 취급할 수 있는 것이기도 하지만 반공주의의 만연으로 인한 한국 문단의 불구성을 보여주는 것이기도 하다. 타자 없이 자기 안에 갇힌 문학의 마지막이며 현실에 순응하고 체제에 안주하는 문학의 결말이기도 하다.

본론에서 살핀 대로 김동리식 비평의 가장 큰 문제는 다양한 문학의 가능성을 애초에 부정하게 된다는 점에 있다. 문학이 하나의 가치를 향해 열병하는 것이 아니라, 현실에서 발견하는 구체적 가치들을 통해 일반화·추상화된 가치들을 확인하거나 거기에 충격을 주는 것이라면 다양한 문학을 말살하는 어떤 비평도 생산적일 수 없다. 만약 순수문학을 주장할 수 있으려면 현실에서 가치들의 옳고 그름을 따지기 이전에 다양한 가치의 공존 또는 경쟁을 인정해야 한다. 그러나 김동리 식의 순수는 어느 쪽 정치 논리를 받아들이느냐에 따라 순수와 그 반대가 성립되어도 좋은 불평등한 순수였다 할 수 있다.

주제어 : 반공주의, 순수문학론, 반북주의, 배제, 김동리, 분단, 공존

◆ **국문초록**

강진호, 「1930년대 후반기 신세대 작가 연구」, 『한국근대문학작가연구』, 깊은샘, 1996.

김동리, 「당의 문학과 인간의 문학」, 『문학과 인간』, 청춘사, 1952.

———, 「문학과 자연을 옹호함」, 『문학과 인간』, 청춘사, 1952.

———, 「문학엔 임무가 있을 수 없다」, 『우리문학의 논쟁사』, 어문각, 1985.

———, 「문학적 사상의 주체와 그 환경」, 『문학과 인간』, 청춘사, 1952.

———, 「순수문학의 진의」, 『문학과 인간』, 청춘사, 1952.

———, 「순수이의」, 『문장』, 1939. 8.

———, 「신세대의 정신」, 『문장』, 1940. 5.

———, 「이럴 수도 저럴 수도 있는 것이 아니다」, 『조선일보』, 1978. 10. 4.

———, 「작가와 현실 참여－R군의 현실 참여에 대한 대화를 중심으로」, 『나를 찾아서』, 민음사, 1997.

———, 백철 대담, 「한국문학 어디서 와서 어디로 가는가」, 『현대문학』, 1979. 6.

김명인, 『조연현－비극적 세계관과 파시즘 사이』, 소명, 1994.

김영민, 『한국문학비평논쟁사』, 한길사, 1992.

김윤식, 「소설과 우연성의 문제」, 『한국근대문학사상연구 2－문협정통파의 사상구조』, 아세아문화사, 1994.

김윤식, 『해방공간 문단의 내면 풍경』, 민음사, 1996.

김정훈 · 조희연, 「지배담론으로서의 반공주의와 그 변화」, 『한국의 정치사회적 지배담론과 민주주의 동학』, 함께읽는책, 2003.

류찬열, 「문학의 권력화와 정전화에 대한 성찰과 반성」, 『한국문학권력의 계보』, 한국출판마케팅연구소, 2004.

박종홍, 「〈구경적 생의 형식〉의 서사화 고찰」, 『김동리』, 살림, 1996.

유금호, 「본향에의 항수와 외출의 의미」, 『김동리』, 살림, 1996.

유종렬, 「김동리 소설과 죽음의 모티브」, 『김동리』, 살림, 1996.

유진오, 「순수에의 지향」, 『문장』, 1939. 6.

이경수, 「순수문학의 구축 과정과 배제의 논리」, 『한국문학권력의 계보』, 한국출판마케팅연구소, 2004.

이주형, 「김동리 〈순수문학론〉의 반현실주의」, 『김동리』, 살림, 1996.

정규웅, 『글동네에서 생긴 일』, 문학세계사, 1999.

조연현, 「김동리론」, 『동리문학이 한국 문학에 미친 영향』, 중앙대 예술대학문예창작학과, 1979.

차혜영, 「문학교육과 정전 구성의 원리」, 『상허학회 심포지움 발표 자료집』, 2005. 5. 28.

한국문인협회 편, 『해방문학 20년』, 정음사, 1965.

홍기돈, 「김동리와 문학권력」, 『한국문학권력의 계보』, 한국출판마케팅연구소, 2004.

하비 케이, 오인영 역, 『과거의 힘』, 삼인, 2004.

R. 니스벳 · C. B. 맥퍼슨, 강정인 · 김상우 역, 『에드먼드 버크와 보수주의』, 문학과지성사, 1997.

◆ 국문초록

반공주의가 낳은 가장 큰 비극은 '적'과 '아'를 이분법적으로 구분하고자 하는 흑백 논리를 확산시켰다는 데 있다. 반공주의의 이분법은 개개인의 삶을 지배하는 '중요한' 원칙으로 자리 잡아 일상을 구속하고 강제하는 역할을 수행해 왔다. 문학도 반공 이데올로기의 영향에서 결코 자유로울 수 없었다. 특정한 문학 경향에 대한 '접근 금지'는 그 대표적인 사례일 것이다. 더욱 심각한 것은 이렇듯 왜곡된 환경 속에서 이루어진 문학 교육 탓에 대다수 국민들에게 문학에 대한 편협한 생각이 자리 잡게 되었다는 사실이다. 토속적인 것이 민족적인 것으로, 현실 상황에 대해 고민하지 않는 것이 본격적인 것으로, 이루지 못할 추상적인 꿈을 추구하는 것이 낭만으로 오랫동안 대접받아 왔다. 제도권 문단 역시 문학에서의 반공 이데올로기 확산에 기여한 바가 크다.

반공주의가 그렇듯이 순수문학도 수용의 논리보다는 배제의 논리를 주로 사용한다. 배제의 논리가 설득력을 얻기 위해서는 끊임없이 배제의 대상을 찾아야 한다. 이때 무리하게 배제의 논리를 확대하다 보면 제한된 자기 동일성 영역을 제외한 모든 것에 대한 거부로 이어질 수도 있다. 이 경우 타자에 대한 정당한 인식이 어려워지고 스스로의 논리도 불구로 떨어질 가능성이 크다. 비록 적대적일지라도 주체를 세워주는 것은 타자의 존재인데 타자의 상실은 스스로의 주체성도 잃게 만들 수 있다. 배제해야 하는 대상이 사라졌을 때 자신은 텅 비게 되고, 그 텅 빔은 다시 적대적 세력을 필요로 하는 악순환을 겪게 된다.

배제의 논리가 가진 이러한 함정을 김동리의 순수문학론을 통해 확인할 수 있다. 식민지 시대 김동리는 달라진 상황에 대응하기 위한 논리, 자기 세대의 문학을 변호하기 위한 논리로 '본령 정계의 문학'을 내세웠다. 비록 경향문학에 대한 거부감을 가지고 있기는 했으나 그것이 상대방에 대한 전면적인 거부로 이어졌다고 보기는 어렵다. 비평가로서의 견해 차이를 확인할 수 있는 정도에서 논쟁이 이루어졌다. 해방기는 자신이 선택한 문학론이 곧 체제의 선택과도 이어지는 상황이었다. 이 경우 문학론의 선택은 체제의 선택이었고, 중간은 허락되지 않았다. 좌익 문인에 대한 공격의 범위가 정치 사회적인 사상에까지 이르는 것이 이 시기의 특징이었다. 상대방에 대한 거부도 전면적이다. 이데올로기로서의 반공주의가 확립되기도 전에 이미 반공은 피할 수 없는 것으로 받아들여졌다. 반공주의가 그렇듯이 이 시기 김동리의 이론은 철저한 배제에 기초한 이론이 된다. 김동리 비평의 가장 큰 문제는 다양한 문학의 가능성을 애초에 부정하게 된다는 점에 있다. 문학이 하나의 가치를 향해 열병하는 것이 아니라, 현실에서 발견하는 구체적 가치들을 통해 일반화·추상화된 가치들을 확인하거나 거기에 충격을 주는 것이라면 다양한 문학을 말살하는 어떤 비평도 생산적일 수 없다.

◆ SUMMARY

A Study On Three Degrees of Kim Dong-Lee's Pure Literature

Kim, Han-Sik

Even though anti-communism in Korea was regarded the first value which can govern every ideology and the national policy, the ideology has only the meaning of being against communism. On the contrary, anti-communism was a discourse constructing thing, thus, it had a powerful effect. Anti-communism based on anti-North is used a way of oppression or a way of aid with the attachment of various ideologies.

Kim, Dong-Lee developed the theory of Pure Literature which represented individuality, vitality and the ultimate from the late of 1930s to the late of 1970s. His literary theory looked like a repetition of the same content, however, it showed a little bit different figures according to the changes of the times. As the anti-communism was, Kim, Dong-Lee's theory during the colonial period was based on a thorough exclusion.

After the separated regimes were settled, the Pure Literature lost its competitive object. When the critics who criticize the reality of the society in the late of 1970s gained power, Kim, Dong-Lee started joining the controversy. His theory showed the typical conservatism which pursued an established reality by comparing the present and the past and commenting phantom danger. His theory showed the unbalanced Korean literary society caused by the dominationof anti-communism. It is the end of literature without Others and the end of literature which can be easily satisfied with the reality.

One of the biggest problems of Kim, Dong-Lee's critics lies in the fact that his theory cannot help but negate the possibility of diverse literature from the beginning. If the Pure Literature could be reasonable, it should admit the co-existence or competition of diverse values.

Keyword : anti-communism, anti-North, exclusion, separated regimes, co-existence, Kim, Dong-Lee

－이 논문은 2005년 6월 30일에 접수되어, 소정의 심사과정을 거쳐 2005년 8월 19일에 게재가 확정되었음.

반공주의와 검열 그리고 문학

이 봉 범*

목 차

1. 검열과 문학의 관계

검열(censorship)은 국가권력이 안정적인 지배를 효과적으로 재생산하기 위해 행사하는 폭력이다. 그 폭력은 대다수 피지배자들의 사상과 표현을 억압·통제하여 주어진 현실관계의 구조를 그대로 수용하기를 강요한다. 하지만 검열이 폭력에만 의존하는 것은 아니다. 아니 의존할 수 없다. 지속적인 물리적 강제력을 통한 억압은 값비싸고 비능률적인 방법이다. 폭력이 또 다른 폭력을 야기하기 때문이다. 즉 국가권력이 유지코자 하는 현실관계는 언젠가 외면적 갈등으로 분출하게 될지 모르는 잠재적 긴장을 그 자체 내에 내포하고 있는데, 폭력에의 전적인 의존은

* 성균관대 강사.

그 잠재적 긴장을 현실화시켜 결국 지배체제를 위협하는 원인이 된다.

따라서 폭력적 억압이라는 강제와 동시에 피지배자의 정신과 생활양식을 특정한 방향으로 조형시켜 현실을 변화시키려는 시도를 사전에 효과적으로 제어해야 한다. 그들을 지배의 동의체계 속으로 포획·순치시킬 필요가 있는 것이다. 다시 말하면 피지배자로 하여금 검열을 당연시하고 검열에 자신을 동일화시키거나 자발적으로 자신을 검열케 하는 검열의 내면화를 겨냥한다. 길모퉁이에 경찰관을 배치는 것보다 내면화된 검열의 작동, 즉 '혁명은 더 잔인한 독재를 낳는다', '현실의 불합리란 언제나 존재하는 것이다', '국가권력에 대항하는 것은 매국행위다'와 같은 말이 인구에 회자케 하는 것이 훨씬 효과적이고 저렴한 방법이다. 이와 같이 내면화된 검열과 이에 기초한 타자에 대한 검열이 현실에서 광범하게 비가시적으로 작동케 하는 것이 검열이 궁극적으로 의도하는 지점이라고 할 수 있다. 그랬을 때 지배구조의 안정적 재생산이라는 검열의 목적이 달성될 수 있는 것이다.

그런데 검열이 현실사회에서 효과적으로 작동하기 위해서는 검열이 제도적으로 행사되어야 한다. 제도적으로 행사된다 함은 검열이 다양한 기제를 통해 공식적으로 이루어진다는 것을 의미하는데, 그러기 위해서는 근대적 제도가 지녀야 하는 최소한의 형식적 합리성을 표방할 수밖에 없다. 이는 폭력성을 사회적 차원에서 은폐하려는 구실이자 피지배자의 저항을 이념적·논리적 차원에서 무력화시키려는 주요한 방편이기도 하다.[1] 그 정당화 기제에는 법적 차원, 이데올로기적 차원 등 여러 가지가 있다.

법적 기제는 검열의 폭력성, 반민주성이라는 본질을 합법성이라는 형식을 통해 정당화하는 수단이다. 해방 후 한국현대사에서 검열의 대표적인 법적 기제로는 국가보안법과 형법을 들 수 있다. '국가의 안전을

1) 박헌호, 「문화정치기 검열과 그 대응의 논리」, 『식민지 검열체제의 역사적 성격』(동아시아학술원 연례학술회의 자료집), 2004, 86쪽.

위태롭게 하는 반국가활동을 규제함으로써 국가의 안전과 국민의 생존 및 자유를 확보함을 목적으로'(제1조) 제정된 국가보안법이 얼마나 검열의 법적기제로서 무소불위를 힘을 발휘했는가는 자명한 사실이다. 형법 또한 243~245조('성 풍속에 관한 죄') 조항에 의거한 풍속검열을 통해 표현의 자유를 억압해왔다는 사실은 최근까지에도 사회문화적 쟁점으로 등장했던 '예술이냐, 외설이냐' 논쟁을 통해 확인되는 바다.[2] 그러나 이 법적기제들, 특히 국가보안법은 제정 절차를 포함해 내용 전반이 사회적·도덕적 기초를 전혀 가지고 있지 않기 때문에, 다른 한편으로는 도덕성을 상실한 국가권력이 그것을 행사했기 때문에 국민적 동의를 이끌어내는 데는 한계가 있다. 검열을 둘러싸고 검열자와 피검열자의 일차적 쟁점이 검열의 합법성에 대한 논란일 수밖에 없었던 것은 이 때문이다. 법적 기제 및 그것이 행사되는데 동원되는 경찰, 군대, 법원과 같은 물리적 억압 기구에 의한 검열은 강제력의 무한 증식을 야기할 수밖에 없다. 그 과정은 국가권력의 지배력이 취약하다는 것의 역설적 표시임은 두말할 나위가 없다.

오히려 이데올로기적 기제에 의한 검열이 능률적이고 경제적이다. 피지배자들(지배자들을 포함하여)이 지배적인 사회관계를 전체적으로, 근본적으로 공정한 것 또는 다른 어떤 가능한 대안보다 나은 것으로, 변화 불가능한 것으로 인식시키는 것이 강제력보다는 더욱 효과적일 것이다. 사회적 안정 정도에 따라 다르게 나타날 수는 있으나 전반적으로 볼 때 이데올로기가 법률보다 더 지속적이고 더 큰 영향력을 발휘한다. 따

2) 가령 염재만의 소설 「반노」는 성인들의 일상적인 성행위를 묘사한 부분이 외설로 간주되어 작가가 불구속되었고, 1975년 무죄판결을 받으면서 영화로 제작되기도 했으나 납본필증이 나오지 않아 1995년 26년 만에 무삭제 원본이 출간되는데, 이를 통해 풍속검열의 실상과 본질의 일단을 여실히 확인할 수 있다. 풍속검열이 작동하는 대표적인 지점인 예술과 외설이란 단순 대립구도는 한국사회에서 매우 뿌리깊은 것인데 이런 성담론의 통제는 지배권력의 음험한 이율배반적 이데올로기를 고착화시키기 위한 교묘한 사회적 장치라는 혐의를 벗어나기 어렵다. 이에 대해서는 「특집: '거짓말' 사태와 우리 시대의 성담론」(『민족예술』, 2000. 3) 참조.

라서 검열은 이데올로기적 조작을 필수적으로 동반한다. 즉 지배이데올로기가 사회모순을 관리하고 지배구조를 재생산하는 주요 수단이 되는 것이다. 지배이데올로기가 사회현실에 전일적으로 관철될 때 지배구조는 많은 사회적 불만에도 불구하고 비교적 안정적인 상태를 유지할 수 있는 것이다. 해방 후 지배이데올로기로서의 반공주의가 국가안보라는 미명 아래 저항세력을 효과적으로 제압하고 나아가 억압적 자기검열체제를 국민 대다수에게 강요하여 지배 권력의 안정적 재생산을 도모했던 일련의 역사적 과정을 통해서 지배이데올로기에 의한 검열의 효력을 여실히 확인할 수 있다. 이런 상황에서 비이데올로기적 주장은 이데올로기로부터의 자유를 나타내기보다는 오히려 특정하고 편협한 지배이데올로기에 연루되어 있다는 것을 드러내주는 것에 불과하다. 물론 지배이데올로기에 의한 통제는 물리적 강제력을 통해 가능하고 동시에 물리적인 강제를 뒷받침해주는 토대가 된다.

해방 후 한국현대사에서 법적, 이데올로기적 제반 장치를 통한 국가권력의 검열이 얼마나 혹심했는가는 특정 (공안)사건을 떠올릴 필요도 없이 각자 내면에 똬리를 틀고 앉아 심심치 않게 사회적 판단과 행동을 규율하는 자기검열 체계를 생각해보면 된다. 그 자동성이 본인에게 국한되지 않고 타자에 대한 검열로까지 자연스럽게 확장되는 것에 이르면 우리사회가 '검열제국'이라는 것을 수긍할 도리밖에 없게 된다. 국가보안법 폐지를 논리적으로 설파하는 지식인들에게서마저 그 논리의 핵심에 반공이데올로기가 여전히 작동하고 있음을 확인할 때 검열의 비극적 효과에 아연해질 수밖에 없다.

최근 『태백산맥』의 이적성 시비가 검찰의 무혐의 처분으로 종결된 것에서, 또 1994년에 발생한 '한국사회의 이해' 사건이 10여 년 만에 대법원에서 최종적으로 무죄판결(2005. 3)을 받은 것에서 과거와 비해 우리사회가 민주화됐다고 위안하는 것도 섣부른 판단이다. 그러기에는 검열이 여전히 사회정치적 영역에서뿐만 아니라 개인들의 무의식의 영역에서 그리고 상호간에 완강하게 작동하고 있기 때문이다. 그럼에도 해방 후 검열이 언제, 어떻게, 누구에 의해 이루어졌는지, 보다 구체적으로는 검열의 기구, 절차, 방법, 효과에 대한 종합적인 연구는 아직 이루어진 바 없다.[3] 아이러니컬한 대목이다.

문학의 영역으로 옮겨보면 상황은 더욱 심각하다. 문학이 검열의 칼날에 가장 전폭적으로 또 예리하게 적용될 것이라는 사실은 상식에 속한다. 식민지시대 모든 표현(물)이 검열을 통과해야만 사회적으로 소통될 수 있었으며 그 과정에서 작가의 창작행위를 포함한 문학 활동 전반이 위축, 왜곡되었다는 사실은 최근 연구에서 명징하게 드러난 바 있다.[4] 이와 같은 검열의 폭압성은 비단 식민지시대에만 국한된 역사적 현상은 아니다. 해방 후 검열은 식민지검열의 제도적 유산이 승계되고 이와 더불어 새로운 검열체계가 도입·확립되면서 더욱 폭력적으로 재생산된다.[5] 따라서 식민지시대와 마찬가지로 해방 후의 모든 문학적 표

3) 물론 언론, 출판 분야에서의 연구 성과는 꽤 많은 편이다. 하지만 대부분 각 영역에서 이루어진 검열을 작용과 반작용이라는 이분법적 틀로 재단·서술하고 있어, 검열에 대한 이해가 국가권력의 '폭력사' 또는 저항세력의 '수난사', '저항사'라는 수준을 벗어나지 못하고 있다. '국가보안법'에 대한 연구 또한 국가보안법의 억압성을 규명하는데 그치고 있어 이를 둘러싸고 벌어진 다양한 문맥이 규명되고 있지 못하다. 따라서 기존 연구는 검열을 둘러싼 검열자와 피검열자의 상호관계 및 그로 인해 발생하는 다양한 현상들, 특히 검열의 핵심이라고 할 수 있는 검열효과의 다양한 맥락에는 접근조차 못했다고 평가할 수 있다.

4) 이에 대한 본격적, 체계적인 연구는 『식민지 검열체제의 역사적 성격』(자료집)에 실린 5편의 논문에서 명백하게 확인할 수 있다. 이 글 또한 위의 연구 성과들에 기댄 바 크다.

5) 그 제도적 유산의 핵심에는 각종 법적·이데올로기적 잔재가 존재한다. 일제가 민족해방운동을 박멸하기 위해 도입한 반공이데올로기는 냉전과 분단을 통해 확대 발전되고 또 그 법적 기제였던 '치안유지법(1925)'과 '사상범보호관찰법(1936)'은 각각 '국가보안법'(1948)과 '사회안전법(1980)'으로 고스란히 승계된다. 이에 대해서는 조국, 「한국 근현대사에서의 사상통제법」(『역사비평』 창간호, 1988) 참조. 또한 식민지시대 검열의 법적 기제의 한 축이었던 '신문지법'도 전쟁 전까지 언론 규제의 법적 장치로 기능한다. 더욱 문제적인 유산은 문인들의 습성화된 검열 여독이다. 가령 채만식의 자전적 소설인 「민족의 죄인」의 한 구절, 즉 해방 후 검열이 사라진 관계로 긴장이 풀려 오히려 글쓰기가 더 힘들다는 작중화자(채만식)의 발언은 식민지시대 검열의 파괴적 영향력이 당대를 넘어 지속되고 있음을 여실히 입증해준다. 이러한 생체화된 검열의 여독 혹은

현과 출판은 모두 검열을 통과해야만 했다. 계엄 및 긴급조치와 같은 비상시에는 사전검열의 형태로 평상시에는 사후검열의 형태로, 한마디로 검열은 해방 후 모든 출판물에 대한 최종심급이었다고 해도 과언이 아니다.

하지만 이에 대한 연구 또한 전혀 이루어지지 않은 형편이다. 사회적 파장을 불러일으킨 몇몇 필화사건을 통해서[6] 아니면 지속적으로 양산된 금서목록이나 발금본(發禁本)을 통해서[7] 혹은 체제순응적인 지식인들의 곡필(曲筆)의 통해서[8] 검열의 존재와 영향력을 확인할 수 있을 따름이다. 특히 검찰이 보유하고 있는 이적표현물 목록을 보면 해방 후 검열이 어느 정도로 광범하게 지속적으로 이루어졌는가를 명백하게 확인해준다.[9] 그러나 그 이상에 대해서는 전혀 알지 못한다. 위의 자료집들은 검열의 흔적을 드러내주거나 검열의 폭력성이라는 가장 기본적인 면만을 확인해줄 뿐이다. 즉 검열이 국가권력에 의해 자행된 폭력이며 따라서 우리 현대문학사는 수난사였다는 정도의 원초적인 인식을 제공할 따름이다.

그런데 문학에서의 검열은 사회정치적 영역에서의 검열과 같은 맥락에 위치하면서 동시에 나름의 독자적인 메커니즘이 존재했을 것으로 추정된다. 일단 '추정'이라고 표현할 수밖에 없는 이유는 심증은 있되 명백한 물증이 없기 때문이다. 아마도 이 점이 문학영역에서 검열을 연구하는데 최대의 장애요인일 것이다. 다만 문학은 상대적 자율성과 독자

피해의식이나 수동적 방어기제의 습성화는 해방 후 국가권력의 검열이 보다 효과적으로 작동하는데 보이지 않는 영향을 끼쳤을 것으로 판단된다.

6) 김삼웅 편저, 『한국필화사』, 동광출판사, 1987.
   김지하 외, 『한국문학 필화 작품집』, 황토, 1989.

7) 이강민, 「70년대 '문제' 딱지 붙은 책들」, 『정경문화』, 1984. 12.
   윤재걸, 「禁書」, 『신동아』, 1985. 6.
   김삼웅, 『금서: 금서의 사상사』, 백산서당, 1987.

8) 김삼웅, 『곡필로 본 해방 50년』, 한울, 1995.

9) 대검찰청, 『판례상 인정된 이적표현물 목록』, 1997.

성이 존재하기에 여타 분야와 달리 명시적인 것보다는 은밀하게 그리고 복합적인 방식으로 검열이 이루어졌을 것으로 판단된다. 문학에서 검열이 갖는 일단의 맥락과 특징은 부르디외의 연구에서 확인할 수 있다.

> 검열이란 특정한 언어적 코드를 위반하는 것을 지적해내고 또 그것을 억압하기 위해서 마련되었던 어떠한 심급에서의 법적 절차가 아니라, 표현에의 접근통로와 표현형태를 동시에 통제함으로써 표현을 지배하는 장(field)의 구조 자체이다. 이 구조적 검열은 장의 제재수단들을 통해서 행사되며, 여러 종류의 표현들의 가격이 형성되는 일종의 시장으로서 기능한다. 다시 말해 구조적 검열은 권위를 부여받은 대변인을 포함해서 모든 종류의 상징적 상품 생산자에게 부과된다. 권위를 부여받은 대변인의 권위 있는 담론에는 다른 어떤 담론보다도 공식적인 적절성 기준에 부합하는 경우에도 구조적 검열이 부과되며, 피지배적 위치를 차지하고 있는 사람들은 침묵을 선고받거나 놀라우리만치 노골적인 표현을 할 수밖에 없다. …… 개별 행위자들이 객관적으로 말할 수 있도록 인가된 것만을 말할 수 있을 경우 검열은 가장 완벽하고 비가시적인 것이 된다. 이 경우, 그는 자신의 검열관이 될 필요는 없다. 왜냐하면 그는 그 자신이 내면화했고 그의 모든 표현에 형태를 부과하는 감각과 표현형식을 통해서 어떤 의미에서는 영원히 검열을 받고 있기 때문이다.[10]

부르디외가 지적한 구조적 검열의 작동메커니즘은 문학에서의 검열이 매우 다양한 측면에서 복합적으로 작동함을 알려준다. 검열이 선택과 배제를 초월하여 문화(문학)생산자 모두에게 부과되며, 그것이 모든 표현의 형태에 부과하는 감각과 표현형식을 통해 영원히 검열을 받는다는 지적은 문학에서의 검열이 어떤 맥락에서 현시되는가를 시사해준다. 그는 장의 구조에서 실행되는 검열이 형식 부과를 통해 형식을 결정할 뿐만 아니라 내용도 결정하며 나아가 수용형태 역시 결정한다는 것, 즉 형식부과 전략의 효과를 중요하게 거론하는데 이는 문학상의 검열이 단

---

10) 삐에르 부르디외, 『상징폭력과 문화재생산』, 새물결, 1995, 228-229쪽.

순히 텍스트의 창작과 승인의 절차라는 측면에서뿐만 아니라 그것의 사회적 소통과 수용에도 결정적으로 작동한다는 것을 밝혀주고 있는 것이다. 요컨대 문학에서의 검열을 고찰하는 시선이 그 검열의 효과, 즉 검열이 작품의 내용과 형식을 어떻게 규정하며 나아가 특정 시대의 문학을 어떻게 조형시키는가에까지 미쳐야 함을 알려준다 하겠다.

그런데 부르디외가 말한 구조적 검열은 해방 후 우리 문학상황에 직접 적용하기에는 여러 난점이 존재한다. 무엇보다 구조적 검열은 문학장의 자율성에 기초한 것인데 우리의 경우는, 그런 경우가 없는 것은 아니나 매우 미미한 편이고, 검열 자체가 주로 폭력에 기초해서 이루어지는 특성이 존재하기 때문이다. 특히 표현에의 접근통로와 표현형태를 통제하는 주요 기제가 반공이라는 강력한 지배이데올로기라는 점에서 더욱 그러하다. 이에 필자는 문학상의 검열을 국가폭력이라는 차원에서 접근하고자 한다.

한국현대사는 강제와 동의의 두 지배원리의 역관계에 따라, 보다 근본적으로는 지배－피지배의 힘의 균형관계에 따라 폭력의 정도가 다르게 발현되었지만 전체적으로 국가폭력이 일관되게 관철되는 특징을 보여준다. 그 폭력은 사회정치적 차원에서뿐만 아니라 인간의 정신, 영혼의 영역에까지 작용할 정도로 주도면밀했다. 그리고 그것은 하나의 견고한 네트워크를 형성하여 행사되어 왔다.

> 우리나라에서의 국가폭력의 네트워크는 폭력 행위를 정당화하는 지배이데올로기로서 반공이데올로기와 레드 콤플렉스의 동원, 무소불위의 힘인 국가보안법 체계와 그 구체적인 실행체로서 '남산', 억압된 사회화 과정을 통해 국민들로부터 무의식적 동의를 이끌어내는 제도 교육, 지배이데올로기를 선전하고 확산하는 반동적 보수언론, 권력에 영합하는 해바라기성 지식인들의 '먹이사슬 카르텔'로 구성되어 있다.[11]

---

11) 조현연, 『한국 현대정치의 악몽』, 책세상, 2000, 22쪽.

이러한 국가폭력의 네트워크는 사회전반에 걸쳐 장기적으로 집요하게 관철된다. 문학도 예외는 아니다. 다만 문학은 이와 더불어 또 다른 억압 장치(기구)들이 부가될 수 있다. 가령 검찰 및 사법부, 그리고 이들에게 폭력행사의 이론적 자양분을 제공하는 관변단체(대표적으로 '공안문제연구소', '현대사상연구원'),[12] 형식적으로는 자율성을 지니고 있으나 검열대행기관의 성격을 지닌 각종 민간자율기구(대표적으로 '도서잡지윤리위원회',[13] '간행물윤리위원회'[14])등이 포함될 수 있다.

이렇게 국가폭력의 차원에서 문학상의 검열을 접근하면 검열의 기구, 절차, 방법 및 기준 등 검열의 외적 체계를 거시적으로 파악할 수 있는 이점이 있다. 반면 검열의 보다 중요한 국면인 문학상의 독특한 맥락, 즉 검열에 대한 문학적 대응양식의 다양한 면모와 그 내적 편차, 검열에 의해 발생한 특수한 문학적 조형의 양태와 그것의 문학사적 전개

12) 이들 관변단체들은 지배이데올로기를 논리적으로 연구하고 그 정당성을 전파하는 첨병 역할을 한다. 대체로 친정부적 이데올로그들이 책임을 맡고 있는데, 그들의 역할이 노골적으로 발현되는 지점은 사상 및 표현의 자유에 대한 법적 공방에서 검찰과 사법부에 논리를 제공하는데 있다. 소위 그들의 '감정서'는 검·경찰의 경전과 같은 것이었다. 가령 '한국사회의 이해' 사건의 공소장에서 이적성을 주장한 거의 모든 대목은 공안문제연구소의 감정서에 의존한 것이었다. 이들의 감정서와 변호인 측의 감정서(한상진)를 비교해보면 그 실체를 보다 명백하게 확인할 수 있다. 이에 대해서는 『'한국사회의 이해'와 국가보안법』, 한울, 2005, 293-341쪽 참조.

13) 이는 고은의 「1950년대」(『세대』, 1971. 2∼1972. 3. 연재)에 관한 도서잡지윤리위원회의 결정문에서 확인된다(1972. 4. 6). 즉 공익에 위배된다는 이유로 게재중지할 것을 결정하고 있다. 이 때 위원으로 활동한 인물 가운데 김윤성, 유주현, 조연현 등의 문인들이 포함되어 있다. 『세대』, 1972. 6.

14) 간행물윤리위원회(1997년 청소년보호법에 의해 법정기구로 전환)의 자체 통계에 따르면, 1970년∼1999년까지 도서(3,323권), 잡지(8,865권), 만화단행본(5,729권), 주간신문(985권), 전자출판물(77권), 특수일간신문(38권) 등 총 19,107권의 **사후심의**가 있었고, 만화의 경우로 한정해보면 통과(122,875권), 수정통과(54,375권), 재심(1,863권), 반려(831권), 전면수정(1,174권), 전면개작(179권), 폐기(1,657권), 재심기각(4권) 등 총 182,958권에 대한 **사전심의**가 있었다. 자율적 심의라고 하지만 그것은 명백한 검열(사전 혹은 사후검열)에 해당된다. 순기능의 측면을 전혀 도외시할 수 없으나 전반적으로 표현의 자유를 제한한 점은 숨길 수 없다. 한국간행물윤리위원회, 『간행물윤리30년』, 2000, 512-513쪽.

를 파악하기는 어렵다. 다만 이 글에서는 이와 같은 문제점을 염두에 두고 검열의 외적 체계를 파악하는 과정에서 부분적이나마 이 부분에 대해 언급할 것이다.

그러나 위에서 제시한 국가폭력 네트워크 전반을 고찰하지 않는다. 필자의 능력에 한계가 있으며 또한 이를 체계적으로 고찰하기 위해서는 긴 호흡이 필요할 것 같다. 따라서 이 글은 해방 후 문학검열 연구의 시론임을 미리 밝혀둔다. 이에 해방 후 문학상의 검열에서 핵심사항이라고 할 수 있는 이데올로기적·법적 기제로서의 반공이데올로기와 국가보안법(반공법 포함)의 실체 및 작동 양상을 우선 고찰한다. 그리고 검열의 폭력적 본질이 가장 적나라하게 현시되는 이적표현물 및 금서 문제를 다루고, 검열의 또 다른 결과이자 동시에 검열에 대한 문학적 대응의 가시적인 일 표현인 필화를 살펴보고자 한다. 이를 통해 문학적 검열의 거시적인 틀이 파악될 수 있으리라 믿는다.

2. 검열의 이데올로기적·법적 기제

1) 이데올로기적 기제로서의 반공과 그 전파자로서의 교육 및 매체

우선 반공이데올로기와 문학의 관계를 고구하는 것은 무척 어렵다. 해방 후 남한 문학에서 반공이 문학을 특정한 방향으로 양식화하는 원리였다는 것은 분명한 사실이나 이를 논리적으로 입증하기란 무척 어렵다.[15] 그렇다고 작가의 신원(身元)문제로 접근할 수도 없다. 물론 해방

15) 1980년대 혹심한 검열을 우회하기 위한 전략으로서 광범하게 대두된 '무크지'운동이 대표적인 경우이다. 이런 면모는 문학(운동)뿐만 아니라 예술 전반에서 이루어진 것으로 판단된다. 가령 1970년대 심사(사전·사후검열)가 가장 심하게 행해진 만화의 경우 심의에 굳어져서 새로운 아이디어 창출이 봉쇄된 결과 순정만화가 득세하게 되는 일련의 과정은 검열을 감안하지 않으면 이해하기 힘들다. 우리에게 친숙한 '아기공룡 둘리'의 경우 작가 김수정에 따르면 보도검열단에 의한 엄혹한 검열이 이루어지던 1983년

과 전쟁으로 이어지는 역사적 격변에서 사회주의 이데올로기를 거부한 일부 문인들(이른바 월남작가들)에게는(또는 그들의 작품) 반공이데올로기가 원초적으로 내포될 수밖에 없는 형국이지만 그렇다고 그것을 일반화하기란 곤란하다.[16] 또한 전쟁을 직접 경험하면서 체득된 공산주의에 대한 생리적 거부감이 국가권력의 이데올로기적 조작과 맞물려 생존논리로 내면화되지만 그것의 사회적(문학적) 발현은 다양한 굴절과 외피를 통해 드러날 뿐이다.

게다가 반공은 고정불변의 실체가 아니라 한편으로는 멸공, 승공과 같은 적개심의 형태로 다른 한편으로는 발전, 안정, 성장, 근대화와 같은 또 다른 형태로 이데올로기로 그리고 자유, 민주, 정의, 애국, 통일과 같은 가치와 혼효되는 등 마치 아메바처럼 무정형의 운동을 통해 의미의 자기증식이 끊임없이 이루어진다. 따라서 문학텍스트에 발현된 반공을 획정하기가 매우 곤란하며 고로 그것을 통해 검열의 양상을 고찰하는 것은 일정한 한계가 존재할 수밖에 없다. 이에 보다 거시적인 차원, 즉 문학의 콘텍스트적 맥락에서 반공이데올로기가 문학에 개입하는 검열의 문제를 살펴보기로 한다.

해방 이후 국가폭력은 무엇보다 반공이데올로기의 소환과 주체화를 통해 작동한다. 잘 알다시피 반공이데올로기는 식민지시대 민족해방사상과 운동을 탄압하는 핵심기제였다. 그것이 해방 후 미국의 세계지배

심의완화를 위한 방편으로 동물캐릭터를 생각해냈다고 술회한 바 있다.

16) 물론 작가의 신원문제는 문학과 반공주의의 관련을 이해하는데 중요한 지점이 된다. 친일 여부, 월남(의 원인) 여부, 부역 여부 등 일제강점기에서부터 전쟁기간까지 작가들의 행적은 대체로 반공의식의 수준 및 그것의 문학상 반영과 유관하다. 가령 박영준의 『荊冠』(『동아일보』, 1955. 10. 26~1956. 3. 26)에 제시된 '일제보다 공산주의가 더 해악적 존재'라는 부분은 인민군에게 납치되어 끌려가던 중 탈출한 작가의 전기적 사실을 감안하지 않는다면 이해하기 어렵다. 그러나 전기적 사실과 작품 속의 반공의식을 직접 연관시키는 것은 곤란하다. 신문연재소설의 경우 그와 더불어 발표매체의 성향, 당대에 관철되고 있는 지배이데올로기의 수준 등 다양한 매개 변수가 존재하기 때문이다. 1950년대 신문연재소설의 반공주의에 대해서는 김동윤, 『신문소설의 재조명』, 예림기획, 2001, 97-108쪽 참조.

전략과 이승만 및 친일파의 유착에 의해 확대 재생산되어 한국사회 전반을 규율하는 지배이데올로기로 군림한다. 특히 1948년 극우반공체제가 구축되면서 배타적 권위를 획득한 반공이데올로기는 이후 냉전체제 및 분단구조와 악순환의 관계, 즉 남북대립구조가 반공주의 생성의 바탕이자 자기증식의 자양분이며 또한 반공주의가 그 대립구조를 더욱 강화하는 메커니즘이 작동되는 것이다.[17] 이 과정에서 '빨갱이'가 대량 양산되고 그 빨갱이 망령은 모든 것을 용공과 반공이라는 단세포적 이분법으로 재단하고 체제이탈적인 일체의 표현은(마음가짐까지) 빨갱이의 제물이 되고 만다.

> 불원한 장래에 사어사전(死語辭典)이 편찬이 된다고 하면 빨갱이라는 말이 당연히 거기에 오를 것이요, 그 주석엔 가로되,
> "1940년대의 남부조선에서 볼쉐비키, 멘쉐비키는 물론, 아나키스트, 사회민주당, 자유주의자, 일부의 크리스찬, 일부의 불교도, 일부의 공맹교인(孔孟敎人), 일부의 천도교인, 그리고 주장 중등학교 이상의 학생들로써 사회적 환경으로나 나이로나 아직 확고한 정치적 이데올로기가 잡힌 것은 아니요, 단지 추잡한 것과 부정사악(不正邪惡)한 것과 불의한 것을 싫어하고, 아름다운 것과 바르고 참된 것과 정의를 동경 추구하는 청소년들, 그 밖에도 ×××과 ××××당의 정치노선을 따르지 않는 모든 양심적이요 애국적인 사람들, (그리고 차경석의 보천교나 전용해의 백백교도 혹은 거기에 편입이 될 가능성이 있다) 이런 사람들을 통틀어 빨갱이라고 불렀느니라." 하였을 것이었었다.[18]

채만식이 1948년 10월에 발표한 「도야지」의 한 구절이다. 극우반공체제가 성립된 전후 반공의 맹목성을 통렬하게 풍자하고 있는 이 빨갱이 정의는 불행하게도 우리 현대사의 전도를 정확하게 예측해주고 있다.[19] 아니 '사어사전'에 등록된 것이 아니라 살아서 그것도 모든 사회

17) 서중석, 『한국현대민족운동연구』 2, 역사비평사, 1996, 제3장 참조.

18) 채만식, 「도야지」, 『채만식전집』 8, 창작과비평사, 1989, 335-336쪽.

19) 이미 당대에도 빨갱이라는 단어의 위력은 대단했다. 일간신문의 사설에서조차 '빨갱

적 가치를 압도하는 무소불위의 가치로 군림하게 되는 과정은 더 이상 논증이 필요치 않다.[20] 그러한 반공이데올로기와 빨갱이 콤플렉스는 전쟁을 거치고 냉전 및 분단체제가 구조화되면서 "수상-불순-좌익/좌경-친북-용공-간첩"이라는 반공주의의 자동적 조건반사의 회로판을 작동시키게 되고 나아가 "반공주의는 단순한 북한 공산주의에 대한 비판이나 거부가 아니고 한국사회의 억압적이고 불평등한 질서를 정당화하고, 보호하고 그것을 재생산하는데 결정적으로 기여하고 있는 생체권력"[21]이 되기에 이른다. 그 생체권력화, 즉 억압적 자기검열의 광범한 완성으로 한국사회 전반은 사상색맹증(사상공포증)의 도가니에 갇히게 되는 것이다.

한편 지식인들에게 있어서 반공이데올로기는 어떤 존재였는가. 다시 말하면 이들은 공산주의를 어떻게 인식하고 있었을까. 그 일단을 안호상의 경우를 통해 확인해보자.

> 첫째, 공산주의를 신봉한다는 것은 그 자체가 곧 소련에의 隷屬을 의미하는 것. 둘째, 오직 정복하는 자유가 있을 뿐 그 밖의 그 어떠한 자유도 허용되지 않는다. 셋째, 유물론사회에서는 도의라든가 도덕이란 찾아볼 길이 없

이' 전횡의 심각성을 고발하고 있을 정도다. '私感에 대한 보복수단으로서의 빨갱이, 요구해서 주지 않으면 빨갱이, 同商 해서 남는 이익을 독점코자 타 일방을 빨갱이로, 정치노선이 달라도 빨갱이로 등 빨갱이는 약국의 감초처럼 어디에나 이용되지 않는 곳이 없다'(『조선일보』, 1950. 4. 1. 사설).

20) "내가 빨갱이가 되어야 하는 이유는 공산주의자이기 때문이 아니라 앙가주망이라는 말을 알았기 때문"이라는 홍세화의 말에서 빨갱이라는 단어의 포식성이 어떻게 의미증식을 거쳐 사상적 올가미로 작용했는가를 여실히 확인할 수 있다. 홍세화, 『나는 빠리의 택시운전사』, 창작과비평사, 1995, 151쪽.

21) 권혁범, 임지현 외, 「내 몸 속의 반공주의 회로와 권력」, 『우리 안의 파시즘』, 삼인, 2000, 55-61쪽. 반공주의 회로판이 어떻게 작동되는지는 이문구의 『산넘어 남촌』(창작과비평사, 1990)의 시골 노인과 다방종업원의 대화 장면에서도 희화적으로 그려지고 있다. 올림픽을 위해 전 국민이 야단법석을 부리는 것을 병통이라고 하자 다방종업원이 그래도 어쨌든 북한괴뢰들보다 낫다는 대꾸에 노인이 부지불식간에 얼른 좌우를 둘러보고 사람이 아무도 없는 것에 적이 안심한다는 부분이다(190쪽).

> 다(인간 개개인을 기계로 취급). 넷째, 인간을 인간으로서 취급하고 대우하는 것이 아니라 그 인간이 소유하고 있는 노동력을 기준으로 하여 평가. 다섯째, 공산주의의 궁극적 목적은 어디까지나 세계적 정복에 있는 것으로서 현대의 문명문화를 완전히 역전케 하는 원시적 搾取精神으로 가득 차 있다.[22)]

군사쿠데타 후 '어째서 공산주의를 반대합니까? 어째서 혁명정부를 지지합니까?'라는 설문에 답변한 내용이다. 초기 이승만정권의 최대 이데올로그 중의 한 사람으로 일민주의 창안을 주도했던 안호상의 공산주의 인식은 부자유, 비도덕, 비인간, 문명파괴 등으로 요약할 수 있는데(역으로 반공이란 곧 자유, 도덕, 인간, 문명수호 등의 보루), 당대 지식인 일반의 인식으로 해석해도 큰 무리가 없을 듯하다.[23)] 이러한 인식 내용은 검증, 분석, 통찰의 과정이 생략된 채 지식인뿐만 아니라 모든 국민들에게 보편적으로 수용되는 것이었다. 물론 국가권력이 위로부터 강제한 것이긴 하지만 여기에는 반공이 전쟁의 즉자적 체험과 결부되면서 강력한 파괴력을 발휘한 결과이기도 하다.

> 旺盛한 戰意는 旺盛한 敵意에서 오는 걸세. 그리고 또 旺盛한 敵意는 旺盛한 憎惡感에서 오는 거고, 그런데 우리들이 敵의 正體를 한번 알고 불붙는 敵意에, 사모치는 憤怒에, 돌을 깨물면서라도 打倒하지 않고는 못 배기네. 왜 그런가? 저들은 人間의 '尊嚴'과 '人權'을 짓밟고 '自由'를 抑壓 剝奪하는 人間의 逆賊이요, 人類의 逆賊일세. 또 저들은 祖國을 賣却하고 民族을 抹殺하려는, 그래서 우리를 外敵의 奴隷를 만들려는 祖國의 怨讐요,

---

22) 안호상, 설문조사 답변, 『신사조』, 1962. 3. 소설가 김광주의 답변 또한 엇비슷하다. 그의 답변 요지는 공산주의가 사고나 성행위까지 감시하는 인류의 독소라는 것이다.

23) 도덕의 잣대를 통해 좌우 이데올로기의 우열을 인식하는 하는 이미 전쟁 전에 김동리의 작품에서 검출되는 바다(『해방』, 『동아일보』, 1949. 9. 1~1950. 2. 16). 민주의 잣대 또한 반공의 유무를 나누는 기준이 된다. 남정현의 「天地玄黃」의 한 부분, 즉 "형씨, 미안하지만 증인이 되어 주셔야 하겠소. 우리 껍데기는(아버지) 미안하지만 간첩이란 말이오. 간첩이 아니라면 원 그다지도 행동이 지독하게 비민주적일 수가 있겠소. 왜 정부에서는 늘 말하지 않던가요. 간첩이란 민주질서를 파기하는 자라고 말이오. 우리 껍데기가 그렇거든요."에서 확인된다.

民族의 仇敵일세. 어떻게 저 놈들을 때려 부수지 않고 견뎌낼 수 있겠나. 어떻게 창자를 끄집어내어 씹어 뱉지 않고 배겨낼 수 있겠나.[24)]

시인이자 정치(평론)가로 1950년대 이승만 독재정권에 비판적 논설로 대응했던 김동명에게조차 반공은 조국과 민족을 위한 절대적인 최상의 가치로 인식되고 있다. 삐라(bill)를 연상케하는 마지막 문장과 같은 섬뜩한 부분이 책 여기저기에 산재되어 있는데 그 맥락은 대부분 전쟁 체험의 즉자성에 바탕을 두고 있다. 지식인들에게 있어(일반 민중을 포함하여) 반공이데올로기가 원초적인 차원에서 받아들여졌던 것은 전쟁 체험이 가장 주된 원인이지만 다른 한편으로는 공산주의에 대한 체계적인 연구가 부재했던 당대 지적 상황과도 유관하다. 1960년대 초반까지 공산주의에 대한 체계적인 연구는 없었다고 해도 과언이 아니다. 있다 하더라도 공산주의는 반인간적이고 자유와 평등의 이념을 거부하는 인류의 적이라는 수준을 넘지 못했다.[25)] 공산주의에 대한 이론적・체계적 연구서는 1968년에 처음 등장한다. 『공산주의 이론과 실제－이론비판 및 실제분석』(한국반공연맹, 1968. 5)라는 책으로, '반공지도자들의 사상적 지도역량 배양'과 '국민들에 대한 효과적인 계몽 선도'를 위해 15인의 각계 전문가들이(대학교수, 아세아문제연구소 및 공산주의문제연구소 소속 연구원) 편찬한 최초의 반공교육용 교재이다. 공산주의이론 비판과 북한에 대한 실태분석을 담고 있는 이 책은 몇 차례의 증보를 거치면서 대국민 반공교육의 지침서로 공인되는 가운데 큰 영향력을 발휘하게 된다.

---

24) 김동명, 『敵과 同志』, 창평사, 1955, 101쪽.

25) 박동운, 『통일문제연구－공산전략논고』, 대외문제연구소, 1960. 12, 2쪽. 저자가 진일보한 반공이론교양자료로 자신하는 부록의 '소련혁명사' '공산주의이론개요' 부분도 공산진영과 자유진영의 대립 구도 속에서 그 우열을 입증하는데 필요한 논거를 배타적으로 강조하는 것에서 크게 벗어나고 있지 못하다. 따라서 4・19혁명의 의의를 민주주의를 확립함으로써 반공 역량을 축성하자는 이념을 선양한 것으로 규정하는 것은 그리 놀랄 만한 것이 아니다. 이런 맥락에서 보면 공산주의의 사상과 이론 및 그 역사를 비교적 객관적인 시각에서 중점적으로 기술하고 있는 양호민의 지적 작업－『공산주의의 이론과 역사』(중앙문화사, 1956)－은 예외적인 경우에 해당된다.

물론 지식인들이 반공이데올로기를 수용하는 맥락은 다양하다. 좌익들로부터 정신적인 열등감을 느끼고 그것을 만회하기 위해 맹목적인 반공 투사로 변신하거나,[26] 아니면 친일콤플렉스를 치유하기 위해 더욱 반공에 헌신 체제순응자로 변질한다.[27] 어떤 경우이든 빨갱이가 아니라는 존재증명을 통해 생존 및 지적활동을 도모한다는 점은 공통적이다. 특히 국민보도연맹 가입, 잔류 부역의 경력을 가진 문학지식인들은 김태준의 사형(1949)과 유진오의 처형(1949년 사형 선고, 전쟁 발발 직후 처형) 그리고 전시하 문학가동맹에 가입・활동한 노천명이 징역 20년을 선고받은 것을 통해 일찌감치 반공이 생존의 논리라는 것을 뼈저리게 체득하고 침묵과 자학으로 세월을 보내야만 했다. 예를 들어 염상섭의 『일대의 유업』(1960)의 서문을 보면, 그가 비록 종군작가로 참전했음에도 불구하고 보도연맹에 가입했던 사상적 오점으로 인해 자신의 작품 활동이 얼마나 옥죄었는가 그리고 그것이 이후 행로에 어떻게 자기검열을 거쳐 왔는가를 여실히 확인할 수 있다. 정치사회적 영역에서뿐만 아니라 문학영역에서도 반공의 논리는 전가의 보도처럼 군림하는 것이다. 그것은 개인의 차원에서뿐만 아니라 공적 담론에서조차 여실히 발휘된다. 가령 1960년대 이어령－김수영 불온시 논쟁에서, 1970년대 후반 김동리－구중서, 임헌영, 홍기삼의 사회주의리얼리즘 논쟁에서 단적으로 확인된다. 두 논쟁 모두 전후맥락에 관계없는 '불온하다', '사회주의적'이라는 단어 하나에 의해 논쟁의 승패(?)가 좌우되는데, 이를 통해 조악한 반공주의가 문학에서 어떻게 폭력적으로 관철되는가를 목격할 수 있다.

---

26) 박태순・김동춘, 『1960년대의 사회운동』, 까치, 1991, 42쪽.

27) 김삼웅은 해방 후 지식인의 행태를 야누스형과 하이에나형으로 비유 구분하고 있다. 전자는 세월이 풀릴 때는 제법 바른 소리, 큰 소리를 치다가도 시국이 난기류가 덮이면 금방 침묵의 보호색을 뒤집어쓰고 고고형으로 둔갑, 칩거하는 반면 후자는 사자소리만 들려도 벌벌 떨다가 사자 시체에는 먼저 덤벼드는 지극히 약삭빠른 간교한 지식인을 말한다. 전제나 독재권력에는 찍소리 한마디 못하고 움츠리다가 이들이 쫓겨간 다음에는 가장 먼저 해방을 부르짖고 민주화의 외침에 목이 터지는 지식인 또한 하이에나형으로 간주하고 있다. 김상웅, 『곡필로 본 해방 50년』, 한울, 1995, 13쪽.

한편 반공이데올로기의 확대재생산에 기여한 것은 교육과 언론매체이다. 알다시피 교육과 매체는 이데올로기를 전파하는데 가장 강력하고 효율적인 장치이다. 물론 이 제도적 장치보다도 우선적으로 강력한 전파력을 지녔던 것은 '삐라'였다. 전쟁 기간에서는 물론이려니와 전후에도 삐라는 또 다른 계몽의 이름으로 정책적 슬로건의 가장 강력한 장치로 부각된다. 전쟁의 상흔을 치유하기 위한 재건과 반공의 새로운 국가관의 유포를 통한 체제의 유지, 사회적 사건과 정치적 변동을 설득하고 무마하기 위한 장치로서 삐라는 매우 유효한 수단이었다.[28] 전쟁의 상흔을 지속적으로 확인시켜주고 피아의 선명한 편가르기와 적개심을 부추기는 삐라의 심리적 조작은 적어도 체계적인 반공교육이 이루어지기에 앞서 대중들의 의식을 반공이데올로기로 옭아매는데 매우 효과적이었다. 전후의 많은 출판물에 등장하는 '우리의 맹세' 또한 삐라의 변종이라 할 수 있다. "우리는 대한민국의 아들 딸 죽엄으로써 나라를 지키자/ 우리는 강철 같이 단결하여 공산침략자를 쳐부시자/ 우리는 백두산 영봉에 태극기 날리고 남북통일을 완수하자"는 문구가 강령 수준으로 제시되고 있는데, 이 또한 국민들에게 호전적인 반공의식을 고취시키는데 기여했을 것이다.[29] 이는 1960년대 '국민교육헌장'과 같은 훈육담론, 이승복의 신화화를 거치면서 그 음습한 효과를 더욱 강력하게 발휘하기에 이른다.

반공교육의 실상과 폐해는 남정현의 소설에서 간명하게 확인된다.

> 제딴엔 앞으로 위대한 동물학자가 되기 위한 예비지식을 쌓노라고 그러는지는 몰라도 제가 보기엔 아마 북한에서 산다는 인종도 저와 흡사한 종류

---

28) 김진송, 「전쟁 삐라와 슬로건 사회」, 『문화읽기: 삐라에서 사이버문화까지』, 현실문화연구, 2000, 122쪽.

29) 필자가 확인한 바로는 이 '우리의 맹세'가 등장한 것이 언제부터였는지는 정확히 알 수 없으나(1955년으로 추정) 이어령의 『저항의 문학』 재판(1960. 5)에도 첨부되어 있는 것으로 보아 4·19 직후에도 여전히 존재했음을 알 수 있다. 그것은 5·16쿠데타 직후에는 '혁명공약'으로 대체된다.

의 짐승이 아닐까 하고 생각하는 듯싶었습니다. 그렇습니다, 아버지. 요새 애들은 왜 그런지 북한엔 공산당이 산다고만 알지, 사람이 산다는 사실은 좀처럼 인정하려 들지 않는 것입니다. 하물며 우리들의 사랑하는 부모며 처자며 형제가 살고 있다고 하면 그들이 곧이듣겠습니까. 웃음거리가 될 뿐이지요. 좌우간 요즈음 소년소녀들이 알고 있는 북한에는 그저 모조리 때려 죽여야 마땅할 흉측한 종자만이 살고 있다는 사실뿐인 것입니다. 몸서리가 쳐지는 일이지요. 이것이 반공교육입니까. 이러고도 무슨 통일을 하겠다구요. 무엇 때문에 공산당과 동포에 대한 깊은 애정과를 구별하여 가르치지 못하는지요, 아버지.[30)]

공산당과 동포에 대한 애정을 동일시하는 반공교육의 허상, 그 반공교육이 통일의 지름길이라는 주장이 얼마나 모순적인가를 통렬하게 비판하고 있다. 이 비판은 지금까지도 유효하다. 즉 현재 학교에서 이루어지는 반공교육의 실상 또한 1960년대와 본질적으로 달라진 것이 없기 때문이다. 분단시대 내내 지식과 정서의 교육장인 학교가 반공주의·반공사상이라는 반가치적 교조만을 교육하여 맹목적·감정적 애국심을 조장·주입하는 과정은 곧 지적 비정상인을 양성하는 것이었음은 주지의 사실이다.[31)] 반공교육의 심각성은 교과서에서 더욱 완강하게 나타나는데, 국어교과서는 여전히 맹목적 애국심을 강요하는 국수적 민족주의 내지 사이비 애국주의가 주조를 이루며 관급성(官給性) 문화 및 정책전달을 일방적으로 전달하는 언어로 가득 차 있다. 분단인식 또한 북한 공산집단의 호전성 때문에 분단이 고착화되고, 그들 때문에 통일에 대한 전망과 남한의 독자적인 발전에 장애가 있다는 반공이데올로기의 강화에 모아지고 있으며, 분단이 누구에 의해 생겼는지, 왜 대립적 상태로 분단이 지속되고 있는지, 어떤 방법이 자주적이며 평화적인 분단극복의 방안인지를 설명하려 하지 않으며, 자본주의의 고도한 발전을 통해 체제적 우월성을 확보한 남한이 분단극복의 주도권을 행사해야 한다는 내

30) 남정현, 「부주전상서」, 『분지』, 한겨레, 1987, 291-292쪽.

31) 이영희, 『반세기의 신화』, 삼인, 2005(개정판), 277-317쪽 참고.

용을 적극적으로 강조하고 있을 뿐이다.[32] 이는 국사교과서에서도 마찬가지로 나타난다. 반공규율권력의 해체적 변형이 가시화된 21세기에 접어들어서도 국사교과서는 여전히 북한을 이적단체로 규정하고 있으며, 북한은 무력도발을 일삼고 독재에 허덕이는 체제로 결국 대한민국에 흡수되어야 할 '민족의 일부'로 인식되는 등 전반적으로 정치적 경직성과 이데올로기적 배타성이 완강하게 자리잡고 있다.[33]

그리고 반공이데올로기와 레드콤플렉스의 확대재생산을 통해 국가폭력의 일상화에 가장 큰 기여를 한 것은 언론매체였다. 정론직필보다는 곡필로 얼룩진 우리 언론의 오욕은 '카멜레온언론'과 '하이에나언론'이라는 비유 속에 잘 함축되어 있다. 즉, 늘 권력의 탄압으로부터 살아남기 위해 변신을 거듭해야 했던 '카멜레온언론', 떠오르는 권력은 추켜세우고 쓰러지는 권력은 짓밟는 '하이에나언론'은 정치권력에 종속되어 특유의 권력을 누려왔던 우리 언론의 숨길 수 없는 모습이다.[34]

식민지시대 제도적으로 허용된 특권, 즉 '하나의 정부'로서의 위상을 점하면서 식민권력의 의도와 규범을 일상적으로 환기시켜주는 가장 확실한 제도적 장치였던[35] 신문의 매체적 기능은 해방 후에도 여전히 지속 확대된다. 그 특권을 둘러싸고 벌어지는 정치권력과 언론의 쟁투가 현대 한국언론사를 관통한다고 볼 수 있는데, 그 대결과 긴장상태 그리고 포획·순치의 드라마틱한 과정은 곧 국가권력의 폭력적 검열이 적용·관철되는 과정이기도 하다. 해방 직후 이념적 색채를 선명하게 표

32) 조진경 편저, 『청년이 서야 조국이 산다』, 백산서당, 1989, 48-70쪽 참고.

33) 이신철, 「한국사 교과서 속의 북한, 그리고 통일을 향한 민족사 서술 모색」, 『한국사 교과서의 희망을 찾아서』, 역사비평사, 2003. 논자는 국사교과서의 이런 부정성은 '사회과 교육과정' 및 '국사교육 내용 전개의 준거안'이라는 지침이 교과서 서술에서의 역사해석을 제도적으로 제약한 결과인 동시에 검정통과를 염두에 둔 대부분의 출판사나 필자들 스스로가 보다 엄격한 기준을 따랐기 때문이라고 분석하고 있다. 이런 맥락은 국어 및 문학교과서에도 적용될 수 있는데, 특히 출판자본이나 필자들의 수세적 태도는 일종의 검열이 작동한 것으로 볼 수 있다는 점에서 시사하는 바가 크다.

34) 강준만, 『권력변환』, 인물과사상사, 2000, 11쪽.

35) 박헌호, 앞의 글, 100-105쪽 참조.

방하면서 정치권력의 대리전을 수행했던 신문은 그러나 군정법령 제88호 '신문 기타 정기간행물 허가에 관한 건'의 공포로 '허가제'가 부활되고 이를 무기로 한 미군정의 언론대학살로 말미암아 좌익지(미군정 비판지 포함) 대부분이 정간, 폐간되고 우익지 전성의 환경이 조성된다. 게다가 단정 수립 직후 언론에 대한 7개 조항 지침이 제정되고[36] 이어 제정된 국가보안법으로 인해 1949년에 이르면 좌익지는 남한에서 완전 소멸된다. 바야흐로 신문계는 이념이 배제된 가운데 정치적 성향의 차원에서의 여당지와 야당지로 구분되는 시대가 도래하는 것이다.

이 점은 반공이데올로기와 언론의 관계를 고찰하는데 대단히 중요한 의미를 갖는다. 즉 이후 권력과 언론의 길항 및 공모의 메커니즘은 각각의 생존권을 위한 권력투쟁이라는 축을 중심으로 이루어진다는 것 따라서 반공의 문제는 언론에게 자명한 것으로 받아들여졌던 것이다. 『동아일보』가 스스로를 "뚜렷한 반공의 전통을 자랑하는 신문"(1956. 4. 12. 사설)이라고 선전하는 것도, 반공대열의 선두에 섰던 카톨릭계 『경향신문』이 강제 폐간되는 것(1959. 4. 30)도 그리 놀랄만한 사실이 아니다. 또한 1980년대 초 대다수 신문이 박정희 및 유신체제 비판에 서로 앞장섰던 것도 이런 맥락에서 이해 가능하다.[37] 신문에 있어 반공의 자명성은 5·16, 유신, 광주민중항쟁과 같은 역사적 격변에 대응했던 논조, 보도내용에서 여실히 확인되는 바다. 따라서 1950년대 이후 한국 신문은 반공이데올로기를 선전 유포했던 가장 강력한 전파자였으며, 레드콤플렉스의 확대재생산 및 내면화의 가장 확실한 제도적 장치였다고 해도 과언이 아니다. 이른바 진보신문도 정도의 차이는 있을지언정 예외는

36) 그 7개 조항 지침이란, 대한민국의 국시와 정부정책을 위반하는 기사, 정부를 모략하는 기사, 공산당과 이북북괴정권을 인정하거나 비호하는 기사, 허위의 사실을 날조하여 선동하는 기사, 우방과의 국교를 저해하고 국위를 손상시키는 기사, 자극적인 논조나 보도로써 민심을 소란시키는 기사, 국가의 기밀을 누설하는 기사 등을 말한다. 이 보도 제한은 이후 확대발전되어 언론통제의 주요 근거가 된다.

37) 정상호, 한국정치연구회 편, 「박정희신드롬의 정치적 기원과 그 실상」, 『박정희를 넘어서』, 푸른숲, 1998, 76-77쪽 참조.

아니었다.

정치권력과 언론의 길항관계는 상호 역관계에 따라 시기적 차이가 존재한다. 그러나 언론의 정론직필을 두려워할 수밖에 없었던 정치권력은 언론을 순치포획하기 위해 각종 방법을 동원한 언론통제를 일관되게 추진해왔다. 형사법적 처벌에 의한 통제(언론인 체포, 구금, 구속 등), 행정처분에 의한 통제(정간, 폐간 등), 내용 검열에 의한 통제(압수, 보도제한 등), 경제적 통제(특혜, 차별화 전략 등) 등의 방식으로 구분할 수 있는데, 그 다양한 언론통제의 산물이 언론분야 필화사건의 대거 양산이다. 특히 검열에 의한 통제방식은 항상적으로 또 주도면밀하게 수행된다. 그 면모가 뚜렷하게 드러나는 두 가지 경우를 살펴보자. 이를 통해 해방 이후 검열의 작동을 파악할 수 있는 일 단서를 포착할 수 있다.

먼저 5·16쿠데타 후 군사정권은 입법 과정을 생략한 채 5개항의 기본방침과 20개항의 세부지침으로 구성된 새로운 '언론정책'을 시행하여 신문의 정론성을 약화시키고 다른 한편으로 '특수범죄처벌에 관한 특별법'을 제정, 그 가운데 제6조를 적용하여 『민족일보』를 비롯한 다수의 신문매체를 탄압 포획한다.[38] 쿠데타 당일부터 언론·출판에 대해 사전검열(포고령 제1호)을 천명했던 쿠데타세력은 5월 18일 '언론출판검열방침'을 발표 검열을 공식화한다. 9개항으로 이루어진 이 검열방침은 이적행위뿐만 아니라 치안유지, 국민감정을 저해 등 언론출판의 본원적 기

38) 한국혁명재판사편찬위원회, 『한국혁명재판사』 제5집, 1962, 부록(376-1178쪽) 참조. 부록에는 군부세력이 제정한 각종 악법과 그 시행 및 처벌자 명단이 자세히 기록되어 있다. 특히 '특수범죄처벌에 관한 특별법'의 제6조(특수반국가행위), 즉 "정당, 사회단체의 주요 간부의 지위에 있는 자로서 국가보안법 제1조에 규정된 반국가단체의 이익이 된다는 정을 알면서 그 단체나 구성원의 활동에 찬양, 고무, 동조하거나 또는 기타의 방법으로 그 목적수행을 위한 행위를 한 자는 사형, 무기 도는 10년 이상의 징역에 처한다"는 규정을 적용해 민족일보관계자, 혁신당, 민족자주통일중앙협의회, 조국통일민족전선, 통일사회당, 범혁신동지회, 민주민족청년동맹, 사회당 및 사회대중당, 한국영세중립화통일추진위원회, 서울초등교원노조 등 4·19 직후 족출한 진보운동세력 전반을 거세시키고 있는 것을 확인할 수 있다. 국문학자 조윤제(일련번호 421번), 소설가 이병주(일련번호 441번)도 포함되어 있다.

능을 완전히 압살하는 수준이다. 그런 공식적 검열과 아울러 은밀한 검열체계 또한 작동했다. 그 단적인 예가 '공보부조사국'에서 주간(週刊)으로 펴낸 「국내정세 · 신문분석」이다.[39] '국내정세(정치, 경제, 사회, 문화)+신문논조'와 '신문태도분석(분석개관+1면과 사회면의 톱 및 중요기사와 사설+주간의 문제점)'의 체제를 지닌 이 책자를 통해 당시 권력기관이 신문에 대해 어떻게 검열을 했는지를 여실히 알 수 있다. 그 내용의 상세함에 혀를 내두를 정도인데, 특히 신문에 대한 분석은 사설에서부터 만화, 표제에 이르기까지 전체를 대상으로 하고 있으며 '보도제한'에 대한 위배 사항, 당시 각 신문의 주간별 톱 및 사회면 기사내용의 비교분석표도 첨부되어 있다. 폭력적 언론통제와 더불어 검열의 주도면밀함에 언론이 권력에 장악되는 것은 시간 문제였으며, 그 결과는 '벙어리 신문'[40]이라는 말로 요약된다. 물론 여기에는 매체에 대한 선택-배제의 차별화전략을 통한 특혜라는 경제적 당근책도 중요하게 작용했다. 이와 같은 언론출판에 대한 공식 · 비공식 검열체계는 그 정도가 증폭되면서 박정희시대 전반을 가로지르며 관철된다.

더욱 악랄한 언론탄압과 간행물(신문, 잡지) 검열은 1980년대 초 언론사통폐합 사건에 나타난다. 정권을 장악하기 위한 신군부의 여론조작과 보안사 언론대책반을 중심으로 한 언론통제책은 매체가 국가권력에 폭력적으로 흡수되는 과정을 극적으로 보여준다.[41] 1980년 11월 전두환이 결재한 '언론창달계획'은 신문, 방송, 통신, 지방신문, 경제신문 등 모

---

39) 필자가 확인한 것은 제9호부터 제43호까지다(1965. 3~10). 이것이 언제까지 시행됐는지는 정확히 알 수 없다. 다만 꽤 오랜 기간 이루어졌을 것으로 추정할 따름이다. 언론관계 연구서에는 이 문건에 대해 전혀 언급되어 있지 않다.

40) 박권상, 『자유언론의 명제』, 전예원, 1983, 32쪽.

41) 김기철, 『합수부사람들과 오리발 각서-80년 신군부의 언론사 통폐합진상』, 중앙일보사, 1993. 이 책은 당시 '보도검열단' 및 '언론대책반'에서 직접 활동했던 필자의 회고기인데, 회고라는 형식이 갖는 약점을 감안하더라도 신군부의 언론통제책에 대한 전모를 파악하는데 많은 도움을 받았을 수 있다. 특히 '부록'에 제시된 각종 자료는 1980년대 검열의 실상을 파악하는데 중요한 의미를 지닌다.

든 매체를 자신들의 구미에 맞게 재편하고자 한 그림표로서 자율결의방식을 유도하는 동시에 관계기관의 간여와 조정을 명시하고 있다. 1980년 10월 보안사 언론대책반이 작성한 '언론건전육성종합방안보고'(건의안)는 5공의 언론정책의 전모가 잘 나타난 문건이다. 당시 언론의 현실(언론인들의 의식성향 포함)에 대한 분석을 바탕으로 그 개선방향, 기본방침, 육성(통합)방안, 통제강화책 등을 체계적으로 명시하고 있는데, 주목할 사항은 계엄령 하 보도검열을 자율통제화 방향으로 개선할 필요가 있다는 지적, 간행물 172종 1차 등록 취소와 아울러 2차 처분대상 선정작업을 진행 중이라는 점, 새로운 법규를 제정하여 언론사 및 언론단체를 통합 단일화하겠다는 점 등이다. 그리고 1980년 5월 '국보위'에서 작성한 언론구조개편 및 문화, 예술, 교육을 망라한 '국가홍보 기본계획'이라는 문건에는 1980년대 언론출판 및 문화예술 전반에 관한 통제정책이 조각되어 있다. '새 시대 전개에 능동적 역할을 수행하는 언론상 정립'과 '국가 지향 목표를 선도하고 국민을 동원하는 홍보 체계 수립'을 목표로 언론은 물론이고 문화예술 활동 전반에 대한 제도적 규제책, 안보반공조직 강화 방안, 반공교육을 포함한 국민교육 강화 방안, 반체제 대응 전략 및 이념 모색 등에 대한 계획은 5공의 언론출판예술에 대한 폭력적 탄압을 예비하고 있다. 특히 행정적 규제책으로는 반체제문화 및 의식의 확산을 제어할 수 없다는 판단 아래 등록 취소, 검열, 삭제, 필자 처벌과 같은 보다 강력한 탄압책이 필요하다고 언급한 대목에 이르면 1980년대 자행된 국가권력의 사상적 문화적 탄압이 치밀하게 기획된 것이었음을 알 수 있다. 이 모든 통제책의 구상은 '언론기본법'으로 수렴되고 이에 근거한 보도지침과 검열의 정당성 문제는 1980년대 내내 핵심 쟁점이 된다. 특히 보도지침(보도금지사항)은 기사의 제목과 내용, 단수, 사진의 크기와 구성까지 일일이 간섭할 정도로 언론통제의 골간을 형성하는데, 당연히 이에 대한 비판과 저항은 국가보안법을 통해 억제된다. 1986년 민주언론운동협의회가 '보도지침사례집'을 공개 발표하여 국가보안법 및 기타 법률 위반으로 기소되었던 사건이 그 단적인 예다. 이상과 같은 일련의 과정은 곧 언론의 대정부 비판 기능을 원천적으로 봉쇄하는 것으로『조선일보』를 비롯한 대다수 매체가 자발적 협조를 통해 통치체제의 일원으로 포섭되었던 것은 어찌 보면 당연한 수순이었다.

반공주의의 재생산은 생존논리에 바탕을 둔 아래로부터의 동의기반의 창출보다는 국가폭력에 의한 위로부터의 강압을 통해서 주로 이루어졌다. 이는 무엇보다 반공주의 그 자체의 모순에서 비롯된 것이다. 반공이 민족공동체의 다른 일방을 적대시하는 지향이기에 그 속에 민족주의적 딜레마를 내장하고 있으며 따라서 반공이 수동적 동의를 넘어 능동적 동의로 발전하는 것은 애초부터 불가능한 것이었다.[42] 이로 인해 반공이데올로기는 폭력적인 방식으로 관철될 수밖에 없었고 아울러 교육 및 매체의 전파력을 통한 동의 창출의 기반을 지속적으로 확대시키는 것이 필요했다. 지속적인 저항을 야기함에도 불구하고 국가권력이 교육과 각종 매체를 장악하기 위해 무리수를 두었던 것도 이런 맥락에서 이해 가능하다. 폭력에 기초한 국가권력의 딜레마라고나 할까.

2) 법적 기제로서의 국가보안법과 억압적 국가기구

법적 기제에 의한 억압 또한 이데올로기적 차원 못지 않게 강력한 힘을 발휘한다. 국가폭력이 가장 원시적인 형태로 발현되는 것은 법적 강압과 통제이다. 왜냐하면 반공은 그 자체로 논리적 체계를 갖춘 이데올로기라기보다 그 어의처럼 대타성을 본질로 하면서 존재·작동하기 때문에 필연적으로 자신의 존재를 정당화하기 위해 그것의 대립적 실체를 끊임없이 재생산하여 사회내부의 적으로 규정해야 하는데, 그러한 상징조작을 제도화하는 효과적인 수단이 바로 법적 장치이기 때문이다. 그 '내부의 적'(=간첩)이 모든 국민들을 대상으로 하는 것이었다는 점에

42) 조희연, 「박정희 시대의 강압과 동의」, 『역사비평』, 2004년 여름호, 166-169쪽 참조.

서 법적 기제는 공포 그 자체였다.

> 나의 뜻을 거역하고 있는 손의 이 불온한 동작을 면밀히 관찰하노라면, 나는 불쾌한 한계를 지나 때론 일종의 공포증을 느끼는 것이다. 정말 불온한 사상에 전염되어 그 소행이 역적 비슷하게 되어버린 위인은 우리 아버지가 아니라, 바로 이놈의 손인지도 모르겠다는 생각이 나의 온몸을 자르르 훑기 때문인 것이다. 동시에 은닉죄란 이름의 형법 제 몇 조의 조항이 꼭 뱀의 혓바닥과 같은 모습을 하고 커다랗게 나의 눈앞에서 꿈틀거리는 것이 아닌가. 나는 몸서리를 치는 것이다. 고발할까. 암 그래야지. 잠시도 망설일 필요란 없는 것이다. 국민된 사람으로서의 의무를, 아니 나라가 지시하는 사항을 어기면 벌을 받는다. 제아무리 친분이 두텁고 그 정상이 측은하다 하더라도 불온분자를 옆에 두고 비호할 수는 없는 것이다. 옥살이를 감수할 성질이 아닌 담에야 말이다. 순간 나는 갑자기 애국자가 되어버린 성싶은 흐뭇한 기분으로 하여 어깨가 다 으쓱 올라가는 것이었다.[43]

희화적인 모습이지만 여기에는 반공주의의 내면화에 따른 자기검열과 그것을 강제하고 있는 실정법의 위력이 어느 정도였는지가 잘 나타나 있다. 불온하다고 느끼는 순간 자동적으로 법을 떠올리고 그 공포는 국가의 시책에 어긋나는 행동을 자행하는 자기 자신(자신의 손)을 고발하는 것으로 이어지는 회로망, 그러면서 이 사회의 떳떳한 일원임을(애국자) 스스로 증명하는 이 희극적인 모습은 그러나 국가폭력 시대의 삶의 리얼리티였다.

반공주의를 강제하는 핵심적인 법적 기제는 '국가보안법'('반공법'과 '사회안전법' 포함)이 다. 국가보안법은 단정수립 후 4·3사건 및 여순사건을 계기로 남로당을 포함한 좌익세력을 척결하려는 목적으로 제정(1948. 12), 한국전쟁 이전까지 두 차례의 개정(1949. 12/1950. 4)과 전후 한 차례 개정과정(1958)을 더 거쳐 1950년대 내내 반공이데올로기와 빨갱이 콤플렉스를 재생산하는 최고의 법적 도구로 작용한다.[44] 제정 및

43) 남정현, 「천지현황」, 앞의 책, 295-296쪽.

개정의 절차적 위법성을 차치하고서라도 법 위계상 형법의 특별법인 국가보안법이 형법보다 먼저 제정되었다는 것에서 이미 국가보안법의 전도가 예비되어 있는 것이었다. 제1조 '국헌을 위배하여 정부를 참칭하거나 그에 부수하여 국가를 변란할 목적'에 대한 처벌 규정에서 정부와 국가는 곧 극우반공체제인 단독정부를 의미하는 것이며 따라서 북한에 대한 지지 및 동조는 물론이고 반공에서 일탈한 일체의 반정부적인 표현과 활동이 원천 봉쇄될 수밖에 없었다. 특히 제7조(찬양 · 고무 등) 5항 즉, "제1항 · 제3항 또는 제4항의 행위를 할 목적으로 문서 · 도서 기타의 표현물을 제작 · 수입 · 복사 · 소지 · 운반 · 반포 · 판매 또는 취득한 자는 그 각항에 정한 형에 처한다(개정 1991. 5. 31)."는 규정의 과도한 적용으로 말미암아 출판 · 문학 · 학문 · 예술 분야에서의 표현의 자유는 원천적으로 봉쇄된다.

반공법은 군사정권에 의해 1961년 7월에 공포되어 1980년 국가보안법에 흡수 · 통합되기까지 20여 년 동안 사상통제와 함께 반독재민주화운동 세력을 탄압하는 정략적 도구로 위력을 발휘한다. 박정희시대에 이루어진 사상 및 표현의 자유에 대한 탄압은 대부분 반공법에 근거를 두고 있는데, 실제 그 적용과정에서 자의적인 법 조항과 광범위한 적용으로 인해 '막걸리보안법'이란 유행어를 낳기도 했다. 목적범에 한해 처벌할 수 있는 국가보안법과 달리 인식범에게도 적용되는 반공법의 악랄함은 상상을 초월하는 것이었다. 그리고 유신헌법 제10조 1항에 근거를 두고 만들어진 '사회안전법'(1975)은 국가보안법 · 반공법 등을 위반하여 처벌받은 사상범에게 전향을 강요하고, 이를 거부할 경우 그를 '재범할 위험성'이 없을 때까지 무한정으로 수감할 수 있게끔 하는 법이다. 일제 때 반공주의를 뒷받침하기 위한 제정된 '사상범관찰보호법'(1936)과 '조선사상범예방구금령'(1941)을 고스란히 이어받은 이 법은, 특히 보안처

44) 국가보안법의 제정 및 개정에 대해서는 박원순, 『국가보안법 연구』 1, 역사비평사, 1989, 제3부 참조.

분 면제 요건으로 반공정신이 확립되어 있어야 함을 규정하고(제7조) 그것을 전향서 작성 여부로 판단한다는 점에서 사상통제를 넘어 인간정신의 말살하는 악법이었다.

반공주의를 강제하는 이와 같은 반민주적 악법으로 말미암아 반공 이외의 어떠한 이념이나 사상도 금지·불법화하여 사상적 색맹현상을 초래한다. 또한 막걸리보안법의 사례에서 적나라하게 드러나는 것처럼 감시와 처벌의 일상화를 통해 반공주의의 일상적 구속력이 확대 증폭되는 가운데 반공주의의 내면화가 자연스럽게 이루어진다. 더불어 모든 형태의 이탈행위가 사전 억제되는 효과도 발생한다. 그리하여 반공=자유민주주의=선=애국/용공=공산주의=악=매국이라는 극단적인 이분법이 확고하게 뿌리내리고 국민 모두에게 양자택일의 선택을 요구하기에 이른다. 송두율 사건에서 확인되는 것처럼 제3의 선택(경계인)은 지금까지도 결코 용납될 수 없는 것이다. 따라서 국가보안법의 위력 앞에 헌법 제19조 '양심의 자유', 제21조 '언론출판의 자유', 제22조 '학문과 예술의 자유'는 법조문에만 존재하는 금과옥조였을 뿐이다. 언론출판, 문학예술, 교육, 종교 등 사회전반에 국가보안법이 적용된 실제가 그것을 증명해준다.[45] 그 적용과정을 통해 우리는 국가보안법이 반공뿐만 아니라 친미, 분단, 자본의 논리를 일탈하는 사상과 행위를 처벌하기 위해 만든 '프로크루테스의 침대'[46]였다는 사실을 여실히 확인하게 된다.

그 프로크루테스의 침대는 고문과 조작을 필연적으로 동반한다. 여기에 국가폭력의 실행자로서 검찰, 경찰, 중앙정보부, 보안사 등과 같은 물리적 억압기구가 존재한다. 이들 기관은 일반 형사사건뿐만 아니라 국가보안법 위반사건에 대한 수사권을 행사했던 기관들이다. 특히 법으로부터 자유롭고 사회적 통제로부터도 벗어난 초법적 기관이었던 '남산'(중앙정보부)은 공작정치, 고문정치의 산실로 그 말만 들어도 극도의

45) 국가보안법 적용에 대해서는 박원순, 『국가보안법 연구』 2, 역사비평사, 1992, 1-2부 참고.

46) 조국, 『양심과 사상의 자유를 위하여』, 책세상, 2001, 117쪽.

공포심을 유발할 정도로 악명이 높았다. 수많은 간첩을 만들어냈던 남산은 사회내부를 통제하여 정권안보를 공고히 하는데 중추적인 역할을 했다. 그리고 중앙정보부의 역할 중 '문학예술의 사상 평가'도 포함되어 있는데,[47] 필화를 겪었던 대다수 문인들이 혹독한 고문을 당했던 것도 이 때문이다. 문학에 있어서는 중앙정보부뿐 아니라 위에 제시한 모든 억압적 국가기구가 앞 다투어 검열에 간여하게 된다. 억압기구 상호간의 협조와 갈등이 교차하면서 발금(압수), 체포, 정간(폐간) 등이 1990년대까지 지속되어왔다.

이러한 억압적 국가기구가 국가보안법을 적용하는 과정은 그 절차의 위법성은 두말할 나위 없고 사건의 진실을 왜곡 조작하는 과정에서 그 폭력성을 노골적으로 드러낸다.[48] 이른바 '프레임워크'가 공공연하게 자행되는데, 계보와 조직 및 구성체계를 중시하는 프레임워크란 일목요연하게 틀그림으로 작성되며 어느 누구라도 이런 '틀'에 끼어들게 되면 도무지 어찌해볼 도리가 없게 된다. 그것은 곧 '고문과 조작의 시대', '감옥의 전성시대'가 전개되는 것을 의미한다.[49] 그 과정 또한 남정현 소설에 잘 나타나 있다.

> 그래도 신문 한 장을 제대로 읽을 줄을 모르는 나의 부친 따위가 머릿속에 젠장 무슨 세상이 큰일 날 정도의 그렇게 무게 있는 사상이 들어 있을 것인가. 세상에 와서 오로지 목재를 다듬고, 그리고 제자식 하나밖에 돌볼 줄을 모르는 거의 이 원시적인 형태의 본능만이 뾰족하게 살아 움직이는 나의 부친을 상대로 하여 엄청나게 사상문제를 탓잡아 가지고는 그를 구속하고 기소한 당국의 처사를 보고 나는 다만 아연할 뿐이었던 것이다. …… 대대로 무슨 가보처럼 온 집안이 섬기어 온 뒷동산의 그 이백여 세나 된 은행나무를 잘랐다는 사실이 어찌하여 공산당의 사주를 받은 불온한 사상의 결과이어야 하겠는가 말이다. …… 그 상다리가 부러진 것이 무엇 때문에 나

47) 김충식, 『남산의 부장들』 I, 동아일보사, 1992, 11쪽.
48) 박원순, 『국가보안법 연구』 2, 역사비평사, 1992, 제3부 참고.
49) 박태순 · 김동춘, 앞의 책, 206-214쪽 참고.

> 의 부친의 사상 탓일 수가 있는가. 하필이면 몇몇 일본의 유력한 재벌들을 초청하여 한잔 기울이는 자리에서 상다리가 부러져 와르르 넘어지고 쏟아지는 바람에 문제의 그 모부 장관이 망신을 당한 까닭은 어디까지나 상다리가 지탱할 수 있는 힘의 한계성을 무시하고 과중하게 올려놓은 고량진미의 부피 때문이었을 것이다. …… 어이없게도 나의 부친이 상을 만들어 바친 것은 고관인 자기의 명예를 훼손하기 위한 행위였음이 분명하고 적어도 대한민국의 고관을 망신시킨 것은 누가 보아도 대한민국 자체를 망신시킨거나 다름이 없으며 대한민국을 망신시키려는 작업에 발 벗고 나설 인물은 미안하지만 공산당의 영향을 받지 않고는 불가능하다는 이론이었다.[50]

프레임워크가 활발하게 작동하던 시대의 한 단면을 잘 보여주는 부분이다. 자식의 취직과 출세를 위해 가보처럼 여겨온 은행나무로 주안상을 바친 것이 종국적으로 빨갱이로 귀착되는 논리정연한(?) 과정을 통해 프레임워크의 가공할 위력을 엿볼 수 있다. 인간과 진실은 불행하게도 프레임워크에서 삭제되어 있는 것이다. 그 위력은 여기에서만 그치는 것이 아니다. 국가보안법 위반자는 긴급조치나 다른 정치범과는 달리 '색깔'보유자로 찍혀 민주화운동권에서조차 편견을 씻어내기 어려운 또 다른 배제와 소외를 당해야만 했다.[51] 아이러니컬하게도 국가보안법(반공법)의 프레임워크에 의해 만들어진 간첩이 하도 많다 보니 '간첩'이란 단어가 갖는 공포가 점차 희석되는 시대가 1960~70년대 우리의 비극적 현실이었다.

지금까지 해방 후 검열의 이데올로기적 기제로서의 반공과 법적 기제로서의 국가보안법의 작동에 대해 살펴보았다. 다소 장황하게 살펴본 이유는 이 두 축이 상호보완을 이루면서 자행된 국가권력의 폭력이 정치적인 영역뿐만 아니라 언론출판·문학예술·학술의 모든 영역에서 검열의 핵심 기제로 작용해왔기 때문이다. 적어도 이를 통해 해방 후 분

---

50) 남정현, 「천지현황」, 앞의 책, 300-301쪽.

51) 임헌영, 「74년 문인간첩단의 실상」, 『역사비평』, 1990년 겨울호, 301쪽.

단시대에서 국민들에게 주어진 사상·양심·표현의 자유란 극우반공주의체제를 인정하고 그 체제에 순응하거나(적극적이든 소극적이든 관계없이) 또는 체제 내에서의 협력을 전제로 하는 것이었다는 사실을 확인하게 된다. 이런 큰 테두리 안에서 문학(작품)은 이중삼중의 검열을 거쳐 사회적으로 소통 가능했다. 처벌－유인시스템에 의해 내면화된 자기검열, 신문, 잡지 등 매체의 검열, 민간자율기구의 대행적인 검열, 억압적 국가기구의 폭력 등 문학의 생산－유통－수용(향유)의 전 과정 요소요소에 공식적·비공식적인 검열의 칼날이 작동했다. 그 암울한 현실은 픽션을 능가하는 것이었다.

> 현실에 참패한 픽션.
> 픽션을 제압한 현실.
> 이것이 곧 카오스의 세계요, 또한 이 땅의 생생한 리얼리즘이 아니겠습니까. 그렇습니다 아버지. 소설에서나 있을 수 있는 이야기는 이제 분명히 현실에서나 있을 수 있는 이야기로 대치되어버린 그러한 토지 위에서 우리들은 생활하고 있는 겁니다.[52]

3. 문학에서의 검열의 양상과 특징

문학에서의 검열을 고찰하기란 쉽지 않다. 무엇보다 물증을 찾기 어렵다. 해방 이후는 더욱 어렵다. 식민지시대는 그런대로 검열의 흔적이 많이 남아 있고 또 검열의 문제가 사회문화적 쟁점으로 여러 차례 부각된 바 있어 이에 대한 방증 자료들이 존재하기에 비교적 수월한(?) 편이다.[53] 반면 해방 이후는 분명 검열이 존재했음에도 불구하고 그 물증들이 별로 없어 자칫하면 심증을 나열하는 수준으로 그칠 우려가 많다. 검

52) 남정현, 「부주전상서」, 앞의 책, 274쪽.

53) 그 한 예인 복자(覆字)에 대해서는 한만수, 「식민지시대 문학검열에 의한 복자의 복원에 대하여」, 『상허학보』 14집, 2005, 참고.

열의 명명백백한 흔적을 보여주는 대표적인 경우가 『민족일보』(1961년 5월 18일/제91호)인데, 거의 모든 지면의 기사가 '깎여'있다.[54] 쿠데타세력의 언론·출판에 대해 사전검열 및 '언론출판검열방침'에 의한 공식적 검열의 산물이다. 그러나 문학(작품)에서 그런 흔적은 없다. 김수영의 『동아일보』칼럼('4·19 사태에 대한 문화인의 제언')이 검열당국에 의해 전문 삭제된 것과 같은 경우도 엄밀하게 말하면 신문검열의 산물일 뿐이다. 따라서 해방 이후 문학검열의 전체상을 복원하기란 매우 어렵다. 특히 문학에서 검열의 핵심이라 할 수 있는 자기검열 문제는 더욱 그러하다. 문학인들의 몇몇 회고나 수기를 통해 확인할 수 있을 따름이다. 가령 6·25의 모든 죽음을 빨갱이가 반동이라고 해서 죽인 것으로만 썼다는 정직하지 못했던·정직할 수 없었던 정황에 대한 박완서의 심경고백을 통해서[55] 전쟁에 대한 '공적 기억'에서 벗어난 일체의 문학적 표현이 금압·배제되고 또 그것이 자연스럽게 내면화된 경우를, 또 정치권력의 눈치를 보지 않아도 되는 세상에 자기방어의 기제(자기검열)가 여전히 작동하고 있음을 고백하는 공선옥의 경우를 통해[56] 자기검열이 전쟁 체험의 여부와 관계없이 이 시대 모든 작가들에게서 작동되고 있음을 확인할 수 있으나 그 이상을 밝히는 것은 여전히 어렵다.

---

54) 특이한 것은 1면 '五 一六 쿠데타 性格 천명'이란 활자가 깎이지 않았다는 점이다. 당시는 물론이고 그 이후로도 오랫동안 신문에서 5·16을 쿠데타로 명명한 경우가 없었다는 점을 감안하면 대단히 파격적인 기사인데 검열을 통과해 활자화된 것은 의문이다. 여하튼 이 검열이 있은 다음날 『민족일보』는 강제 폐간당한다. 남북협상, 중립화통일, 민족자주통일을 주장했던 『민족일보』의 필화사건은 판시문에도 명시되어 있는 바와 같이 그것이 빌미가 되어 북괴의 주장에 고무 동조했다는 이유로 관련자 전원이 중형을 선고받는다. 한국신문사상 신문인이 극형 또는 중형을 받은 것은 처음이다. 이 사건은 통일에 관한 일체의 담론을 원천봉쇄하는 계기가 되었고, 또 신문매체의 정론성을 옥죄는 결정적인 계기가 된다. 선고사실을 유일하게 다룬 『한국일보』는 사설을 통해(8. 29) "우리는 革裁에서 국가의 안전을 위하여 이번에 준엄한 판결을 내린 것을 이해할 수 있다"고 밝힌 바 있다.

55) 박완서 외, 「(좌담)6·25 분단문학의 민족동질성 추구와 분단 극복의지」, 『한국문학』, 1985. 6, 48쪽.

56) 공선옥, 「공선옥의 살아가는 이야기 37－자기검열의 이면」(http://www.news.go.kr).

그리고 문학과 검열의 관계 영역 확정의 어려움도 존재한다. 영화, 연극, 음악, 무용 기타 예술적 또는 오락적 관람물은 각각 관계법에 의해 사전검열을 받는다. 영화는 영화법 제12조(검열), 영화법시행령 제18조(검열기준)에 의해 각본에 대한 사전심의를 받고, 연극은 공연법 제14조 2항 및 공연법시행령 제51조(각본심사)에 따라 대본을 사전심사 받는다.[57] 반면 문학(작품)은 직접 검열과 관련된 관계법이 없다. '도서관법'(1963) 및 그 '시행령'(1965. 3)의 제정・공포로 납본제도가 시행되고 그 법정운영기관인 '국립중앙도서관'의 '출판물납본월보'가 1965년 5월부터 발행되지만 식민지시대처럼 납본제('신문지법'에 의거)를 통한 검열이 이루어졌다는 증거를 찾기 어렵다. 문학작품은 주로 그것이 게재되는 신문출판매체에 의한 검열을 통해 간접적으로 검열을 받는다고 할 수 있다. 따라서 문학상의 검열문제는 결국 매체의 검열문제와 연동시켜 살펴야 하는 복잡성이 있기 때문에 그것을 입체화하는데 많은 어려움이 따른다.

한편 해방 후 문학검열의 문제가 문단적 의제로 등장한 것은 1960년대 후반 김수영－이어령의 '불온시논쟁'에서다. 시의 '불온성'에 대한 논전 과정에서 당대 한국문학을 위협하는 요소로 검열의 문제가 제기된다. 이어령은 한국문화의 위기의식은 정치적 기상도에 따라 좌우되었다는 전제 아래 창조의 자유가 官의 캐비닛 속에 맡겨져 있다는 주장을 통해 정치권력의 검열문제를 제기하지만 그와 동시에 '숨어있는 또 다른 검열자(대중의 검열자)', 즉 문학을 정치도구화하여 문학자체를 부정하는 사이비시인과 비평가들과 같은 존재가 문화발전을 저해하는 심각한 원인이라고 비판한다. 다시 말하면 문화는 타살보다는 자살에 더 심각한 위기가 내포되어 있다는 것이다.[58] 반면 김수영은 문화의 침묵은

57) 연극에서의 사전검열(대본심사)이 문제에 대해서는 박명진, 「1970년대 연극제도와 국가 이데올로기」, 『민족문학사연구』 제26호, 2004, 참고.

58) 이어령, 「'애비'가 지배하는 문화」/ 「누가 그 弔鐘을 울리는가?」/ 서랍 속에 든 '불온시'를 분석한다」, 홍신선, 『우리문학의 논쟁사』, 어문각, 1985.

문화인의 소심증과 무능에서보다는 유상무상의 정치권력의 탄압에 더 큰 원인이 있으며, 그 '怪獸' 앞에 무력한 대소의 언론기관의 편집자들의 실질적인 검열관의 기능을 발휘하고 있다고 주장하다. 이를 바탕으로 그는 이어령이 제기했던 숨어있는 검열자의 문제를 다른 각도에서 논급한다.

> 오늘날 우리들이 두려워해야 할 '숨어있는 검열자'는 그가 말하는 '대중의 검열자'라기보다는 획일주의자가 강요하는 대제도의 유형무형의 문화기관의 '에이전트'들의 검열인 것이다. 단 하나의 이데올로기를 대행하는 것이 이들이고, 이들의 검열제도가 바로 '대중의 검열자'를 자극하는 거대한 테제가 되고 있는 것이다. '대중의 검열자'가 '눈으로 볼 수 없는 자각조차 할 수 없는 숨어 있는' 검열자라고 「문예시평」자는 말하고 있지만, 대제도의 검열관 역시 그에 못지 않게 눈으로는 볼 수 없는, 자각조차 할 수 없이 숨어 있는 것이다. 이들의 대명사가 바로 질서라는 것이다.[59]

검열의 문제를 바라보는 입각점에 큰 차이가 있지만, 적어도 당대 문화(학)를 위협하는 원인의 중심에 검열문제가 존재한다는 공통된 인식을 통해 검열의 심각성을 간접적으로나마 확인할 수 있다. 특히 '질서'라는 단어에 집약되어 있는 것처럼, 문화를 단 하나의 이데올로기와 동일시하는 획일주의의 검열과 함께 그것에 기생하고 있는 유형무형의 문화기관의 에이전트들의 검열의 폐해를 지적한 김수영의 견해는 검열의 차원이 획일주의를 강요하는 국가권력을 정점으로 매체를 포함한 다양한 기관들의 검열(대행)이 공식적·비공식적 차원에서 복합적으로 작동하고 있음을 시사해준다.[60]

---

59) 김수영, 「실험적인 문학과 정치적 자유」, 홍신선 편, 위의 책, 266쪽.

60) 어찌 보면 국가권력의 검열보다도 그에 종속·유착된 검열 대행기관의 검열이 더 실질적인 영향력을 끼쳤다고 볼 수 있다. 그 물증을 찾기는 어렵지만, 가령 4.·19 직후의 자유공간에서 대학신문에 '학문의 자유'라는 계몽적 원론해설을 실으려다 신문이 회수 소각된 사실을 경험하면서 정부권력의 검열 못지 않게 무서운 검열이 기관이나 단체의 자체검열이고 규제라는 사실을 알게 되었다는 한상범의 회고는 그 점을 잘 보여주는

기실 1948년 극우반공주의가 헤게모니를 장악한 이래 검열은 거의 자동적으로 이루어진 것이나 다름없다. '월북문인저서 판매금지'(1949. 11. 7)와 전쟁 직후 공산주의계열의 저작물, 월북 좌익문인들의 문학작품, 공산국가 출신 문인들의 작품, 정치적인 중립화이론이나 학술저서 번역물의 출판금지 등 반공 이외의 일체의 출판물 금압정책이 공식적으로 이루어졌지만, 반공규율권력이 전일적으로 작동하던 1960년대까지는 문인들을 포함한 모든 매체들의 자발적 검열이 공고하게 이루어졌고 또 그것이 당연한 것으로 받여들여졌던 것으로 판단된다. "민족문학의 목표가 공산당의 분쇄에 있다"는 이헌구의 주장이[61] 별다른 저항 없이 지속적으로 관철되는 과정이었다.[62] 그것은 반공 이외의 다른 메시지가 나타날 여지를 주지 않는 조건이 재생산되었다는 것을 의미한다. 김수영이 지적한, 오직 하나의 이데올로기를 강요하는 획일주의의 검열은 바로 이 점을 처음으로 공식적으로 제기한 것이다.

그렇다면 그 획일주의, 즉 반공이데올로기가 검열에 작동된 양상은 무엇인가. 앞서 언급했듯이 해방 이후 검열체제는 반공이데올로기와 국가보안법의 상호보완을 축으로 하여 이루어졌다. 그 양상(결과)이 가시적으로 확인되는 것은 금서(발매 또는 판매금지 포함)와 이적표현물이다. 먼저 사후검열의 한 형태인 금서는 해방공간에서부터 지속적으로

사례이다. 한상범, 『금서, 세상을 바꾼 책』, 이끌리오, 2004, 246쪽.

61) 이헌구, 「민족문학정신의 재인식」, 『백민』, 1948. 3.

62) 이는 우익(이념적 정체성을 공유하는 집단이기보다는 느슨한 반공연합체)이 문단의 헤게모니를 장악한 것과도 유관하다. 국가폭력의 관철과 더불어 반공주의가 내면화된 문인들에게 있어 지배권력이 요구하는 특정한 규범(반공)은 신성불가침의 교조였을 것이다. 그 교조는 실체적 진실보다는 고정화된 관념으로 존재하여 실체적 사건들을 재해석하는 인식틀로 작동하게 된다. 분단과 전쟁을 다룬 대다수의 작품이 상당기간 동안 관념편향적이고 스테레오타이프한 반공의 상을 구성했던 원인 가운데 하나가 여기에 있다. 가령 『한국전쟁문학전집』(한국문인협회 편, 휘문출판사, 1969)을 펴내면서 한국전쟁을 자유세계와 공산세계의 대결로 파악하는 김동리의 인식구조는 김동리 개인을 넘어 대다수 문인들에게 반공이데올로기가 어떻게 규범적으로 작동하고 있는가를 또 그것이 얼마나 완강하게 유지되고 있는가를 잘 보여준다.

나타난다. 광무신문지법과 군정법령 88호가 적용되어 『民聲』의 압수처분, 임화의 시집 『讚歌』를 비롯한 단행본들이 압수·삭제조치가 이루어지며, 『문장』 속간5호 발매금지 및 폐간처분(1948. 12. 8. 국가보안법 저촉), 『문학』, 『우리문학』과 같은 잡지, 『소련기행』, 『농토』, 『미국군정사』 등의 단행본 발매금지(1948. 12. 10), 『국제신문』(1949. 2. 1), 『서울신문』(1949. 5. 15), 『화성매일신문』(1949. 6. 6) 등 일간지의 정·폐간이 줄을 잇는다. 좌익사상의 확산방지라는 목적은 당시 금서목록에서도 확인되는데, 김오성의 『지도자군상』(대성출판사, 1946), 이강국 외, 『민주주의 12강』(문우인서관, 1946), 정시우 편, 『독립과 좌우합작』(삼의사, 1946), 인정식의 『조선의 토지문제』(청수사, 1946), 권태섭의 『조선경제의 기본구조』(동심사, 1947) 등 총27권이다.[63] 사회주의관련 도서에서부터 부르주아민주주의개혁 과제에 관련된 내용에 이르기까지 반공 이외의 일체의 사상관련 출판물은 검열에서 자유롭지 못했음을 알 수 있다. 이러한 검열은 '월북문인저서 판매금지'(1949. 11. 7) 조치로 수렴되면서 더 이상 남한에서는 사회주의관련 출판이 원천적으로 봉쇄된다. 1950년대 조연현의 『한국현대작가론』이 월북작가를 다루었다는 이유로 판매금지조치를 당한 것, 또 1960년대까지는 다수의 필화사건이 있었음에도 판금·발금도서는 거의 눈에 띄지 않는다는 사실을 통해서 이 때 취해진 검열의 수준이 어느 정도였는지, 그 영향력이 얼마나 강력하게 발휘되었는지를 가늠해볼 수 있다.

판금이 대거 양산되는 것은 1970년대다. 유신시기의 검열은 그동안 비공식인 방식 위주로 시행되던 것이 공식적·전면적인 방식으로 급선회한다. 여기에는 박정희정권의 체제위기와 아울러 민주화운동세력의 성장 또한 중요하게 작용했다. 앞서 언급한 검열의 효과가 더 이상 유지될 수 없는 상황에서 보다 강력한 통제정책으로 나아갈 수밖에 없었다. 출판협회와 서적상연합회와 같은 기관을 통한 대행검열의 강화하여 문

63) 한철희, 「해방 3년, 절판도서의 총목록」, 『정경문화』, 1984. 8.

제적 출판물 보급의 원천 봉쇄, 경찰과 같은 억압기구를 통해 대대적인 단속 시행, 출판사등록 취소 및 출판물 집필・출판・판매한 저자와 출판사 및 서점의 의법조치 등[64] 보다 체계적・폭력적인 검열정책이 시행되는 것이다. 특히 긴급조치 9호(1975. 5)의 선포는 폭력적인 출판물탄압의 신호탄이었다. 1975년 8월 긴급조치 위반혐의로 15종의 출판물을 판금시킨 이래 유신시기 반공법 및 긴급조치에 의해 판금된 출판물은 대략 50여 종이다(음란도서는 제외).[65] 그 사유는 공산주의 관련 도서, 폭력을 정당화하는 유해도서, 반체제・반정부적 사회비판서, 음란・저속도서이다. 범위 또한 광범위하여 정치경제・사회문화・철학종교・교육 등 여러 분야를 모두 포괄하고 있다. 김병익의 『지성과 반지성』(민음사/사회비평적 에세이), 김우창의 『궁핍한 시대의 시인』(민음사), 김지하의 『황토』(한얼문고/긴급조치9호 위반), 마르쿠제의 『이성과 혁명』(대양서적/폭력을 정당화), 문병란의 『竹筍밭에서』(한마당/외설), 박현채의 『민족경제론』(한길사/폭력을 정당화), 송건호 외 『해방전후사의 인식』(현실 왜곡, 부정), 『신동엽전집』(창작과비평사), 양성우의 『겨울공화국』(창작과비평사), 염무웅의 『민중시대의 문학』(창작과비평사), 이영희의 『우상과 이성』(한길사/현실 왜곡, 부정), 조태일의 『국토』(창작과비평사) 등 문학관련 도서가 큰 비중을 차지하고 있다.

금서의 전성시대는 1980년대다. 그런데 1980년대 전두환정권의 출판정책은 오락가락했다. 1981년 2월 이념서적 출판 허용→1985년 1월 이념도서의 대대적 압수→1987년 출판자유화 조치로 인한 판금 해제(431종) 및 유지(219종)로 이어지는 정책은 당시 정치상황과 밀접한 관련을 지니고 있는 것으로 출판관련 및 문화관련 단체와 큰 마찰을 빚는다. 특히 1985년 이념서적에 대한 대대적 압수조치에 의한 금서의 양산은 그 기준의 모호함과 행정기관(문공부)의 금서 지정의 적법성 문제를 둘러싸

64) 조상호, 『한국언론과 출판저널리즘』, 나남출판, 1999, 159-160쪽 참고.

65) 이강민, 「70년대 '문제' 딱지붙은 책들」, 『정경문화』, 1984. 12.

고 뜨거운 공방이 이루어진다.[66] 87년 판금 해제의 경우에도 기준의 객관성 및 선별 해금의 문제가 논란되기는 마찬가지이다. 금서는 사회과학관련서적이 압도적이었는데, 문학의 경우는 『민중시대의 문학』, 『겨울공화국』 등 1970년대 금서가 재지정되거나 『브레히트연구』, 『민중연극론』 등 저항문학, 민중문학의 경향을 지닌 외국 번역물들이 새로 추가된다.[67]

위에서 언급했듯이, 1980년대 출판금압정책을 둘러싸고 벌어진 논란의 핵심은 그것의 법리성 문제였다. 보수언론조차 행정기관이 금서의 판정권을 갖는다고 전제한 것을 비판하면서 그 판단과 확인은 사법적 소추, 즉 명확한 법리 위에서 전개되어야 함을 강조할 정도다.[68] 그런데 필자가 최근 입수한 대검찰청 자료에 의하면, 사법적인 판단에 의해 금서로 최종 검증 및 확정된 출판물이 엄청나게 존재했음을 확인할 수 있었다. 「판례상 인정된 이적표현물(도서, 유인물) 목록」이다.[69] 총 1,220

66) 당시 단속대상은 ① 반국가단체와 국외 공산계열의 활동을 찬양, 고무하거나 자유민주주의와 자본주의를 적대시하고 공산주의 이론을 동조 찬양하는 내용. ② 공산주의 혁명이론에 편승하여 사회폭력 투쟁과 노동투쟁을 선동 고무하는 내용. ③ 좌경불온사상을 고취하는 외국 사상서적의 불법반입 및 이를 복사 제작한 지하간행물과 유인물. ④ 현실을 왜곡비판하거나 허위사실을 유포하여 국가사회의 안녕질서를 해치는 서적과 유인물 등이었다. 윤재걸, 「금서」, 『신동아』, 1985. 6, 400쪽. 이를 통해 1980년대 검열에서 반공이데올로기와 국가보안법이 발휘한 막강한 위력을 다시 한번 확인할 수 있다.

67) 조상호, 앞의 책, 345쪽. 1987년 해금조치 과정에서 미해금(판금)된 서적은 219종인데, 문학관련 서적은 『문제는 리얼리즘이다』를 비롯해 총 9종이다. 미해금 목록은 『조선일보』, 1987. 10. 20자에 제시되어 있다.

68) 「'출판의 자유'의 법리(사설)」, 『동아일보』, 1985. 5. 11/ 5. 10일자 「금서선별에 신중 절실」 기사.

69) 이 문건에서 발견할 수 있는 또 하나의 사실은 검찰청에 의한 검열이 현재까지도 진행되고 있다는 점이다. 즉 "북한의 대남도발공세에 효율적으로 대처하고 국내좌익세력의 확산을 차단하기 위하여 검찰의 대공수사기능을 강화하기 위한 방안"으로 대검찰청 산하에 '민주이념연구소'라는 부속기구를 두고(대검훈령 제75호/1997. 1. 10) 공안관련 출판물 · 유인물에 대한 분석 및 평가가 시행되고 있다(제3조 4항). 그 활동 내역은 '1997~2000년도 연도별 이적표현물 접수 및 분석 건수'라는 자체 통계에 잘 나타나 있다. 이를 통해 국가권력의 검열기구가 여전히 엄존, 작동하고 있음을 알 수 있다.

종이 수록된 이 목록은 말 그대로 사법적 판단에 의해 이적표현물로 확정된 것들이다. 당연히 그 법적 근거는 국가보안법이다. '제목+저·편자명(발행)+廳名 +관련사범(공백-담당검사 혹은 공소자로 추정됨+법원-1, 2, 3심)+비고(확정/미확정)'의 체제를 지닌 이 목록에는 1967년 고리끼의 『어머니』(67고단9486)에서부터 1995년까지 28년 동안 법원에서 심사, 확정(미확정 일부 포함)된 출판물 일체가 수록되어 있다. 이 문건을 통해 우리는 두 가지 사실을 확인할 수 있다. 첫째, 국가보안법에 근거한 국가권력의 검열이 항시적으로 이루어졌음이 명백하게 입증된다는 점이다. 물론 문공부 및 경찰에 의해 자행된 폭력적 검열의 증거가 다수 있지만 법원의 결정은 이와는 질적으로 다른 것으로, 검열의 적법성 시비를 잠재우고 검열의 합법성을 최종 승인한다는 의미를 지닌다. 둘째, 사법부도 검열기구에 포함될 수밖에 없다는 사실이다. 법(원)이 국가권력에 어떻게 종속되어왔는지는 간첩을 양산하는 과정에서 적나라하게 드러난 바 있다. 법의 지배라는 것이 법의 탈을 쓴 폭력의 지배에 다름 아니며 법원(법률가)이 자의든 타의든 이 과정에서 직접적, 간접적인 기여를 해왔다.[70] 이 문건은 이를 다시 한번 입증해준다.

지금까지 검열이 작동되었던 양상의 한 측면인 금서문제를 살펴보았는데, 이를 통해 제한적이나마 몇 가지 사실을 검출할 수 있다. 먼저 금서(이적표현물 포함)가 주로 국가보안법을 기제로 해서 이루어져왔다는 사실이다. 1948년 극우반공체제의 성립과 그에 따른 좌익세력의 완전 괴멸이 이루어진 상황에서 국가보안법을 무기로 사상통제를 지속적으로 수행해왔다는 것은 국가권력의 검열이 겨냥한 것이 실은 좌익 확산을 방지하기 위한 것보다 정치적인 차원, 즉 정권안보를 위한 것이었음을 알 수 있다. 즉 정치권력의 위기국면을 탈출하기 위한 방책으로 또는 특정 정치적 목적을 효과적으로 달성하기 위한 방편이었다. 어찌 보면 이것이 검열의 궁극적인 목적일 수도 있다.[71] 그리고 그 적용과정에서

70) 김두식, 『헌법의 풍경-잃어버린 헌법을 위한 변론』, 교양인, 2004, 머리말.

비전문성과 폭력성이 여실히 발휘된다는 점이다. 검열주체(억압적 국가기구)의 무지와 비전문성은 금서목록의 내용에서뿐만 아니라 그 판단기준이 문공부, 검찰, 경찰, 내무부 등 억압기구마다 차이가 있다는 것에서도 알 수 있다.[72] 그 비전문성을 관변단체를 통해 보충한다 하더라도 한계가 있을 수밖에 없었다. 고로 비전문성은 곧 폭력성으로 나타난다. 무자비하게 행해지다 보니 최소한의 형식적인 동의를 창출하기보다 오히려 반감, 저항을 야기하고 그것이 결국은 지배 권력에 부메랑이 되어 돌아오는 결과를 초래하게 되는 것이다.

한편 검열의 문제를 논할 때 간과할 수 없는 것이 필화(筆禍)이다. 실상 한국현대사는 필화사라 해도 과언이 아닐 만큼 각종 필화로 얼룩져 있다. 언론(인) 필화는 말할 나위도 없고 잡지 및 출판물 필화도 상당수다.[73] 그것도 이데올로기와 관련된 필화가 대부분이다. 물론 반체제적인 동시에 특정 사회상황과 관련된 것, 지방색 문제, 외설문제로 필화를 겪은 경우도 더러 있지만 주조는 이데올로기 관련 필화이다. 이 또한 국가보안법, 반공법, 긴급조치법과 같은 각종 악법을 기제로 해서 발생한다. 행정처분 위주의 금서와 달리 필화는 책임자에게 형사소추와 같은 사법처분이 중심이 된다는 점에서 검열의 폭력성이 가장 노골적으로 나타나는 지점이다. 특히 문학필화는 작품에 직접 검열의 칼날이 가해진 심각성을 내장하고 있다.

---

71) 이 점은 식민지시대 금서목록에서도 확인할 수 있는 바다. 즉 금서의 근거가 풍속, 출판보다 주로 치안유지법에 의해 행해졌음을 알 수 있다. 이중안, 『책의 운명』, 혜안, 2001, 14~15장 목록 참고. 이 같은 사실은 식민지시대 검열의 꼭지점이 식민권력을 유지하는 것에 있었음을 의미한다. 최근 최수일의 연구에 따르면 문학부문의 삭제가 경향문학 혹은 계급문학 경향의 작품보다는 국권회복과 관련된 작품에 그것도 전면삭제 형태로 이루어졌음을 실증한 바 있다. 제한적이나마 이를 통해 총독부의 검열이 의도한 지점을 추정할 수 있다. 최수일, 「근대문학의 재생산 회로와 검열」, 『한국 근대문학, 재생산 구조의 제도적 연원』, 성균관대 기초학문육성지원팀 자료집, 2005. 5. 21, 594-96쪽 참조.

72) 박원순, 『국가보안법 연구』 3, 역사비평사, 1992, 162-165쪽.

73) 김상웅 편저, 『한국필화사』, 동광출판사, 1987.

그런데 필자의 판단으론 각종 필화사건을 나열하여 국가폭력의 실상을 폭로하는 작업은 별반 의미가 없다고 생각한다. 물론 이문구의 「오자룡」 필화(1975), 한수산의 「욕망의 거리」 필화(1981), 김성동의 「풍적」 필화(1983) 등은 모두 작가의 창작활동 및 삶에 엄청난 변화를 초래한 결정적인 계기였고, 특히 한수산 필화사건의 경우 갖은 고문을 당해 당사자는 절필·도일했고, 연루된 박정만은 자살로 정규웅은 고문후유증으로 고생하는 등 엄청난 충격을 던져줬지만[74] 그것의 실질적인 영향력은 개인적인 차원을 넘어서지 못했다. 이에 필화가 검열의 효과가 가장 잘 나타나는 지점이라는 전제 아래 그 면모를 잘 보여주는 「분지」 필화와 「오적」 필화를 살펴보기로 한다.

남정현의 「분지」 필화사건은 1965년 3월호 『현대문학』에 발표된 「분지」가 5월 8일 북한노동당 기관지 『조국통일』에 전재되자, 같은 해 7월 9일 '반미의식 고취'를 이유로 반공법 4조 1항[75] 위반으로 입건되어 선고유예의 유죄 판결(1967. 6. 28)을 받은 사건이다. 발표 당시에는 아무런 문제가 없었다가 북한 노동당 기관지에 전재됨으로써 새삼스럽게 문제가 되어 문단적, 사회적 파장을 일으키게 된다. 그 파장만큼이나 이 사건은 여러 측면에서 중요한 의미를 갖는다. 먼저 반공이데올로기 및 국가보안법을 축으로 한 국가권력의 검열이 표면화되면서 검열의 심각성이 인식되는 계기가 된다. 이 작품이 "주한 미군의 만행과 피해대중의 참상을 묘사하는 등 현실을 왜곡 선전하여 반미감정과 반정부의식을 고취함으로써 북괴의 대남적화전략의 상투적 활동에 동조" 하였다는 검찰측 주장(김태현 부장검사)과, "작품을 읽는 독자들에게 반미적 반정부적 감동을 일으키게 하고 심지어 계급의식을 고취할 요소가 다분하다"는 재판부의 판결(박두환 판사), 그리고 "한 작가의 분지(憤志)를 곡해함은 분지(焚紙)의 위험을 초래할 뿐"이라는 변론(한승헌 변호사)은 반공이데

74) 김지하 외, 『한국문학 필화 작품집』, 황토, 1989, 287-292쪽 참고.

75) "반국가단체나 그 구성원 또는 국외의 공산계열의 활동을 찬양·고무 또는 이에 동조하거나 기타의 방법으로 반국가단체를 이롭게 한 자는 7년 이하의 징역에 처한다."

올로기에 의한 검열이 현실적으로 어떻게 상충되는가를 명백하게 드러내준다. 그 상충에는 범죄성립 여부를 떠나 '표현의 자유'를 둘러싼 관계당사자들 간의 기나긴 치열한 공방이 내장되어 것이다. 지배권력이 합법적인 표현의 '가이드라인'을 보여줌과 동시에 지배이데올로기에 반하는 문학활동이 어떤 탄압을 받게 되는가를 재인식시키는 결정적인 계기가 된다.[76] 그것은 곧 선택을 암묵적으로 강요하는 것이었다. 적어도 침묵에 의한 수동적 동의를 유인하는 것이었다.

이 사건의 파장은 창작의 자유라는 측면에서 작가들에게만 충격을 준 것이 아니라 표현의 자유의 영역에 속하는 모든 분야에 심각한 위기의식을 야기한다. 그 반응은 선고유예 판결 있은 다음날 신문에서 제기된다.

> ……선고유예를 선고하였다. 어떻게 보면 검사의 7년 구형에 대해 선고유예의 판결을 내렸으니 매우 관대한 재판 같기도 하다. 그러나 어떤 특정피고인의 懲罪여부에 관심이 있은 것이 아니고 現實定法下 언론이나 예술이 보유하는 '양심의 자유'와 '표현의 자유'가 어느 한계까지냐 하는 본질적인 문제가 크나큰 관심의 초점이었던 만큼 비록 가장 가벼운 선고유예라 하더라도 유죄 판결 자체에 심각한 문제점이 제기되어 있는 것이라 아니할 수 없다. 목적범인 국가보안법과 달라서 반공법은 그 해석 적용상 정치적으로도 허다한 물의를 일으키고 있는 문제의 법률인 만큼 법원은 판결문은 일형사사건의 유무죄와 관계없이 앞으로 사회전반에 매우 중대한 영향을 미칠 것이 틀림없다. …… 이번 판결문의 삼단논법대로 반공법을 적용한다면 대한민국에서 반공법에 저촉되지 않는 언론이나, 정치활동이나, 예술활동이 있을 수 없게 된다는 논리에 귀착된다.[77]

---

76) 풍속검열의 측면에서는 1964년에 어느 정도의 가이드라인이 만들어진 것으로 보인다. 1964년 5월『동아일보』에 연재되던 정비석의『욕망해협』에 대해 백철, 황산덕이 선정적 표현을 문제삼고 공개적으로 비판하고,『경향신문』에 연재되던 박용구의『계룡산』이 형법 제243조에 의해 외설죄로 고발되는 등 문학에서의 풍속(외설)문제가 처음으로 집중적으로 제기된다. 이에 대해서는 고를 달리하여 고찰할 것이다.

77) 「반공법 해석과 '분지' 판결(사설)」,『조선일보』, 1967. 6. 29.

반공법 해석의 자의성과 그 적용의 불일치성을 꼬집으며 반공법을 확대 적용하는 것에 깊은 우려를 표명하고 있다. 이들이 분석한 판결문의 삼단논법은 반공법에 의한 무분별한 검열의 문제 핵심을 정확히 간파한 것인데, 중요한 것은 그것이 자신들에까지 미쳐서는 안 된다는 수동적 방어자세를 취하고 있는 점이다. 이러한 위기의식 및 수동적 방어기제의 작동은 문학을 포함한 모든 사회적 영역에 일반화되었을 것이다. 이를 계기로 모든 매체 또는 지식인들은 급속하게 순종·협력과 저항의 두 길로 재편되어 갈 수밖에 없었다.

그 후자의 길을 걸어가다 또 다른 필화를 겪게 되는 것이 김지하의 「오적」이다. 이 필화사건은 『사상계』 1970년 5월호에 게재된 김지하의 「오적」이 '계급의식을 조성하여 북한의 선전자료에 이용당했다'고 하여 필자는 물론이고 잡지발행인 부완혁, 편집국장 김승균, 이 시를 신민당 기관지 『민주전선』에 전재한(군장성을 비판하는 부분 19행을 삭제하고 전재됨) 혐의로 『민주전선』 주간 김용성, 편집위원 손주항 등이 반공법 위반으로 구속되어 모두 유죄판결을 받은 사건이다. 이 사건으로『사상계』는 발행 중단된다. 이 사건은 정략적 차원에서, 즉 정권 유지를 위해 필화(검열)가 악용되는 사례를 잘 보여준다. 김지하와 부완혁 『사상계』 사장이 당국에 환문(喚問)되어 잡지의 압수선에서 문제를 일단락되었던 것인데,[78] 이 작품이 야당 기관지 『민주전선』에 전재됨으로써 사건으로 비화된 것이었다. 1970년은 1969년 3선 개헌 파동의 여파가 이어지고 또 이듬해로 다가온 양대 선거를 앞둔 시점이라는 것을 감안할 때 정치적 대립이 최고조로 이르렀을 것이며 따라서 야당을 비롯한 민주세력을 탄압할 필요성이 대두되었다는 점 따라서 「오적」과 같은 희생물이 필요했을 것이다.[79]

78) 김삼웅, 『한국필화사』, 동광출판사, 1987, 206쪽.

79) 이는 거의 같은 시기에 발생한 『다리』지 사건에서도 확인되는 바다. 1970년 11월 월간 『다리』가 학생운동을 특집으로 다루었는데, 시판된 지 한참 뒤인 1971년 2월 12일 김상현, 윤재식, 윤형두 등은 반공법 제4조 1항 위반 혐의로 입건되고, 필자인 임중빈은 같

다른 한편으로 「오적」 필화사건은 검열을 둘러싼 검열자와 피검열자의 경계가 명확하게 그려지는 계기가 된다. 특히 표현의 자유라는 명분으로 자신들의 생존권을 유지하기 위해 국가권력의 부당한 검열에 비판적 거리를 유지했던 언론이 철저하게 국가권력에 순치, 포획되었음을 여실히 보여준다. “한 측면만을 가지고 부정과 부패가 전부인양 다룬 공정성을 잃은 것이라든지, 그 표현이 불쾌할이만큼 상스러운 것으로 채워져 있는 시답지 못한 하찮은 것이라는 점을 부인할 수는 없다”(『경향신문』, 1970. 6. 10. 사설), “우리의 판소리 형식을 빌어 사회를 풍자하려는 뜻이 분명했으나 그 내용이 누구의 눈에도 좀 지나치다는 느낌을 주었던 것만은 부인할 수 없는 사실이었다 할 것이다”(『중앙일보』, 1970. 6. 10. 사설), “문제의 담시는 일종의 狂歌狂言에 속하는 것이라 생각되며 仁人賢者로서는 정면으로 상대할 것이 못 된다 여겨진다. 그 담시가 우리 국가와 국민 전체를 도매금으로 전면 부정하는 것이라면 그것은 폭력혁명을 선동하고 북괴도당에 附從하려는 결과로밖에는 되지 않는 것이다”(『한국일보』, 1970. 6. 6. 사설). 특히 『한국일보』는 한 발 더 나아가 작가를 ‘피해의식과 과대망상에 젖은 노이로제 환자’로 규정하고 있다. 당대 국가권력의 폭력적 검열에 부화뇌동하는 언론의 적나라한 면모를 보여준다. 이 사건 이후 검열을 둘러싼 검열자와 피검열자의 치열한 싸움이 이어지는데, 그 과정에 김지하는 박태순의 표현처럼 “김지하라는 고유명사는 한 자연인의 이름이 아니라 1970년대 한국사회의 압제 상황을 단적으로 표상하는 이 시대의 기호학”[80]과 같은 존재였다.

은 혐의로 구속된다(「사회참여를 통한 학생운동」). 이적행위를 도저히 찾아볼 수 없는 이 글이 필화를 겪게 된 것은 이 잡지의 실질적인 경영인이 야당 국회의원 김상현이었기 때문이다. 즉 야당지도자(김대중)를 위한 정치적 복선에서 반공법으로 엮어진 사건이다. 이에 대해서는 『다리』, 1972년 10월호 부록(영인본), 범우사, 2004, ‘특집’란 참고.

80) 박태순, 「유신시대의 몰락에 관한 문학적 이해」, 『내일을 여는 작가』, 1998년 봄, 378쪽.

4. 결론 및 남는 문제들

지금까지 반공주의와 검열 그리고 문학의 관계를 통해 해방 후 문학검열의 체계 및 작동양상을 살펴보았다. 국가권력이 안정적인 지배를 재생산하기 위해 행사하는 위한 제도적 장치인 검열은 폭력적 억압이라는 강제와 동시에 피지배자들을 지배의 동의체계 속으로 포획하여 검열을 당연시하고 자발적으로 검열케 하는 검열의 내면화를 궁극적으로 의도한다. 해방 후는 반공주의와 그것의 물적 토대인 국가보안법이 상보적 관계를 이루면서 검열의 폭력성이 제도적으로 행사되는 특징을 보여주는데, 문학 또한 예외가 아니었다. 문학의 생산－유통－향유의 전 과정에 공식적・비공식적인 검열이 작동했으며 그 과정을 통과해야만 비로소 문학작품은 합법적인 출판물이라는 사회적 승인을 받는 동시에 소통이 가능했다.

그러나 이 글에서는 문제제기의 차원에 그쳤을 뿐 해방 후 문학검열의 전반을 체계적으로 규명하지 못했다. 실상 국가폭력의 차원에서 문학검열을 접근할 때 검열의 작동양상, 기구, 절차, 방법 등 검열의 외면을 조감하는데 이점이 있는 반면 정작 문학검열의 핵심이라고 할 수 있는 검열에 대한 문학적 대응의 다양한 양상 및 그로 인해 조형된 문학텍스트의 미적・양식적 특성 등을 파악하는데 한계가 있을 수밖에 없다. 즉 문학검열의 작동과 구현을 단순화할 위험이 있는 것이다. 다만 이 글은 문학검열의 외적 체계를 재구성하여 해방 후 문학검열의 전체적인 윤곽을 잡아보려는데 주안점을 두었으며 그 결과 반공주의와 검열 그리고 문학의 관계가 대강이나마 파악되었으리라 믿는다.

해방 후 문학검열에 대한 연구가 심화되기 위해서는 다음과 같은 문제가 규명되어야 한다. 우선 검열연구의 시작이자 종착이라고 할 수 있는 검열체계를 명확하게 정립하는 것이 필요하다. 검열의 주체, 범위, 기구, 기준, 절차, 방법 등 검열을 구성하는 제반 요소들의 관계가 체계화・구조화되어야만 검열의 작동메커니즘이 명료하게 파악될 수 있다.

물론 이 요소들 각각은 언론출판매체의 검열을 포함하여 무엇보다 실증작업을 통해 파악 가능하다. 이와 더불어 검열체계의 시대적 변모과정을 고찰하는 것 또한 해방 후 문학검열의 양상과 특징을 파악하는데 꼭 필요한 작업이다. 가령 반공주의와 검열의 관계만 보더라도 국가권력이 반공이데올로기를 소환하고 강제하는 수준에 따라 또는 지배－피지배의 힘의 균형관계에 따라 그 정도와 수준이 현격하게 다르게 나타나기 때문에 통시적 안목을 갖추는 것이 요청된다. 그리고 해방 후 검열체계를 입체화하기 위해서는 정치검열과 아울러 풍속검열의 측면을 규명해야 한다. 풍속검열은 문학뿐만 아니라 영화, 연극 등 대중예술 영역 전반에 적용된 검열형태인데, 이를 규명하기 위해서는 형법을 비롯한 각종 관계 법령 및 시행령을 검토해야 함은 물론이고 검열대행 기능을 수행한 각종 민간자율기구에 대한 조사가 이루어져야 가능할 것이다. 그 이외에도 문학검열의 효과, 특히 부르디외가 언급한 형식부과전략이 문학(작품)에 어떻게 관철되는지 또 그것이 특정시기 문학을 조형시킨 양상이 무엇인지 등을 보다 세밀하게 고찰해야만 검열연구의 핵심에 조금이나마 다가설 수 있을 것으로 판단된다. 이런 맥락에서 보면 해방 후 문학검열에 대한 연구는 이제부터 시작이라고 할 수 있겠다.

주제어 : 반공주의, 검열, 국가폭력, 이데올로기적 기제, 법적 기제, 필화, 금서, 국가보안법

◆ 참고문헌

강준만, 『권력변환』, 인물과사상사, 2000, 11-15쪽.
김기철, 『합수부사람들과 오리발 각서－80년 신군부의 언론사 통폐합진상』, 중앙일보사, 1993, 274-302쪽.
김삼웅, 『한국필화사』, 동광출판사, 1987, 190-206쪽.
김삼웅, 『곡필로 본 해방 50년』, 한울, 1995, 13-20쪽.
김동명, 『적과 동지』, 창평사, 1955, 100-120쪽.
김지하 외, 『한국문학 필화 작품집』, 황토, 1989, 9-454쪽.
남정현, 『분지』, 한겨레, 1987, 291-337쪽.
대검찰청, 『판례상 인정된 이적표현물(도서, 유인물) 목록』, 1999.
박동운, 『통일문제연구－공산전략논고』, 대외문제연구소, 1960, 2-10쪽.
박원순, 『국가보안법 연구』 2, 역사비평사, 1992, 53-224쪽.
박태순·김동춘, 『1960년대의 사회운동』, 까치, 1991, 42-60쪽.
박헌호, 「문화정치기 검열과 그 대응의 논리」, 『식민지 검열체제의 역사적 성격』(동아시아학술원 연례학술회의 자료집), 2004, 85-128쪽.
서중석, 『한국현대민족운동연구』 2, 역사비평사, 1996, 258-285쪽.
윤재걸, 「금서」, 『신동아』, 1985. 6, 400-405쪽.
임지현 외, 『우리 안의 파시즘』, 삼인, 2000, 55-61쪽.
임헌영, 「74년 문인간첩단의 실상」, 『역사비평』, 1990년 겨울호, 301쪽.
조　국, 『양심과 사상의 자유를 위하여』, 책세상, 2001, 21-49쪽.
조상호, 『한국언론과 출판저널리즘』, 나남출판, 1999, 159-160쪽.
조현연, 『한국 현대정치의 악몽』, 책세상, 2000, 22-38쪽.
조희연, 「박정희 시대의 강압과 동의」, 『역사비평』, 2004 여름, 166-169쪽.
채만식, 『채만식전집』 8, 창작과비평사, 1989, 326-364쪽.
학문사상표현의자유수호를 위한 공동대책위원회 엮음, 『'한국사회의 이해'와 국가보안법』, 한울, 2005, 293-341쪽.
한국간행물윤리위원회, 『간행물윤리 30년』, 2000, 512-513쪽.
한국반공연맹, 『공산주의 이론과 실제』, 1968, 5-196쪽.
한국혁명재판사편찬위원회, 『한국혁명재판사』 5집, 1962, 376-1178쪽.
한상범, 『금서, 세상을 바꾼 책』, 이끌리오, 2004, 246-247쪽.
홍신선, 『우리문학의 논쟁사』, 어문각, 1985, 237-277쪽.
삐에르 부르디외, 『상징폭력과 문화재생산』, 새물결, 1995, 228-229쪽.

◆ **국문초록**

이 논문은 반공주의와 검열 그리고 문학의 관계를 통해 해방 후 문학 검열의 체계 및 양상을 고찰하는데 주안점을 두고 있다. 국가권력이 안정적인 지배구조를 효과적으로 재생산하기 위한 제도적 장치인 검열은 폭력적 억압이라는 강제와 동시에 피지배자들을 지배의 동의체계 속으로 포획·순치시켜 검열을 당연시하고 자발적으로 검열케 하는 검열의 내면화를 겨냥한다. 내면화된 검열과 이에 기초한 타자에 대한 검열이 현실에서 광범하게 비가시적으로 작동케 하는 것이 검열의 궁극적으로 의도하는 지점이다. 그것은 다양한 기제를 통해 제도적으로 또 공식적으로 행사된다.

해방 후 한국사회에서는 반공이라는 이데올로기적 기제와 국가보안법이 상호보완을 이루면서 사회 전반에 걸쳐 검열이 폭력적인 형태로 자행되었다. 1948년 극우반공체제가 구축되면서 배타적인 권위를 획득한 반공이데올로기는 이후 냉전체제 및 분단구조와 악순환의 관계를 통해 확대재생산되어 '수상－불순－좌익/좌경－친북－용공－간첩'이라는 반공주의의 자동적 조건반사의 회로판을 작동시키게 되고 나아가 한국사회 전반을 사상색맹증의 도가니에 갇히게 만든다. 교육과 언론매체 또한 반공주의의 확대재생산에 기여했다. 그리고 반공은 그 자체로 논리적 체계를 갖춘 이데올로기라기보다 그 어의처럼 대타성을 본질로 하면서 존재·작동하기 때문에 필연적으로 자신의 존재를 정당화하기 위해 그것의 대립적 실체를 끊임없이 재생산하여 사회내부의 적으로 규정해야 하는데, 그러한 상징조작을 제도화하는 효과적인 법적 장치가 필요했고 그 중심에로 국가보안법이 존재한다. 따라서 국민들에게 주어진 사상·양심·표현의 자유란 극우반공주의체제를 인정하고 그 체제에 순응하거나 또는 체제 내에서의 협력을 전제로 하는 것이었다. 이런 체제 하에서 문학은 이중삼중의 검열을 거쳐 사회적으로 소통 가능했다. 처벌－유인시스템에 의한 내면화된 자기검열, 매체의 검열, 민간자율기구의 대행적인 검열, 억압적 국가기구의 폭력 등 문학의 생산－유통－향유의 전 과정에 공식적·비공식적인 검열이 작동했으며 그 과정을 통과해야만 비로소 문학작품은 합법적인 출판물이라는 사회적 승인을 받을 수 있었다.

문학에서 검열의 폭력성이 가장 잘 나타나는 부분은 금서와 필화이다. 금서 혹은 이적표현물은 해방 직후부터 지속적으로 양산되는데, 이는 1948년 극우반공체제의 성립과 그에 따른 좌익세력의 완전 괴멸이 이루어진 역사적 상황을 감안할 때, 좌익 확산을 방지하기 위한 것보다 정략적인 목적(정권안보)을 효과적으로 달성하기 위한 차원에서 검열이 행사되었음을 말해준다. 직접 검열의 칼날이 가해지는 필화는 합법적인 표현의 가이드라인을 보여줌과 동시에 지배이데올로기에 반하는 문학이 어떤 탄압을 받게 되는가를 재인식시키는 결정적인 계기로 작용했다. 그것은 선택을 강요하는 것이며 적어도 침묵에 의한 수동적 동의를 유인하는 것이었다. 즉 필화는 문학 검열의 효과가 가장 강력하게 발휘되는 지점인 것이다.

◆ SUMMARY

Anti-communism, Censorship, and Literature

Lee, Bong-Beom

The purpose of this thesis is to study the systems and the aspects of the literature censorship throughout the relationship of anti-communism, censorship, and literature. Censorship aims at the internalization of censorship as well as the violent suppression as the systematic device for reproducing stable control organization effectively. It is used systematically and officially in various ways. After the liberation from Japan, the two－mechanism of ideology and national security law－complemented each other in Korean society, as a result, censorship was conducted all over the society as the form of violence. Thus the freedom of idea, conscience, and expression meant to accept and obey ultra-rightists anti-communism system or to cooperate in the system. Under this system, literature had to be censored several times for going into the society. The formal and informal censorships like internalized self-censorship by punishment-temptation system, censorship of media, censorship acted by private autonomous organizations, the violence of suppressive governmental organizations and so on were conducted in all the process of production, distribution, enjoyment of literature. And the only literary works passing through censorship could be accepted as lawful publications.

The very things to show most the violence of censorship in literate are prohibited books and serious slip of the pen. The prohibited books have been made constantly since the liberation from Japan. This shows that censorship was done to effectively achieve the political purpose rather than to prevent leftist powers from spreading, when considering the historical situation of the formation of ultra-rightists of anti-communism system in 1948 and the perfect destruction of leftist powers. More directly censored serious slip of the pen not only showed the guideline of lawful expression but also made people recognize anew how literature against dominant ideology was oppressed. It led to forced selection and, at least, passive same opinion by silence. In other words, the serious slip of the pen was the most effective device to censor literature.

Keyword : anti-communism, censorship, state force, mechanism of ideology, mechanism of law, serious slip of the pen, prohibited book, national security law

－이 논문은 2005년 6월 30일에 접수되어, 소정의 심사과정을 거쳐 2005년 8월 19일에 게재가 확정되었음.

국어 교과서와 지배 이데올로기

—1차~4차 교육과정기 중·고등학교 국어교과서를 대상으로

차 혜 영*

목 차

1. 문제제기

본고는 반공주의와 한국문학을 논하는 광의의 주제 중에서 중·고등학교 국어교과서와 반공주의의 관련을 연구하기 위해 기획되었다. 따라서 국어교과서와 국어교육에 대한 광범위하고 다양한 분야에 걸친 기존의 연구경향과는 차별성을 두고자 한다. 이 글은 지배 이데올로기와 교육 및 교과서가 상보적으로 밀접한 연관을 갖고 있다는 점에서 출발하여 국어교과서에서 지배이데올로기가 관철되는 양상을 구체적으로 분

* 연세대 강사.

석하고자 하는 것이다. 이는 국어교육 및 문학교육에서의 교수학습에 대한 연구나 교육현장에서 이루어진 교육운동 차원의 연구 등 '어떻게 가르칠 것인가'에 대한 관점과 달리, '가르쳐야하는 것'으로 주어진 교과서가 어떤 이데올로기에 의해 구성되었는가를 분석하는 방식에서 접근하고자 하는 것이다. 한 국가 공동체의 지배 이데올로기를 가장 직접적이고, 효율적으로 주입하는 수단이 교육 및 교과서라고 할 때, 그 이데올로기가 국어교과서에 발현, 관철되는 현상을 추적하고자 하는 것이다.

한 국가에 있어서 학교는 대표적인 이데올로기적 국가장치라고 할 수 있다. 그러나 이데올로기적 국가장치로서의 학교에서 교육내용으로 전수되는 것은 이데올로기와 과학 둘 다를 포함한다. 이는 수학이나 과학, (외국)언어와 같은 과학 혹은 기능적인 차원이 우선시되는 교과, 가사나 가정, 실업과 같은 해당 공동체의 생활인으로서의 직업교육을 담당하는 교과, 그리고 사회, 도덕, 국민윤리, 국사 등 국가공동체의 이데올로기 교육이 월등히 앞서는 교과 등, 개별 교과에 따라 과학(가치중립적이고 기능적인)과 이데올로기의 결합양상과 정도는 상대적이라고 할 수 있다. 따라서 반공주의가 국어교과서에 직접적이고, 전일적이고, 유일하게 관철된다는 판단은 일단 유보해야한다. 교과서에 관류되는 이데올로기가 반공이데올로기뿐인 것도 아니고, 그 이데올로기가 국어교과서에만 유일하게 관철되는 것도 아니기 때문이다. 반공이데올로기를 비롯한 지배이데올로기는 도덕, 국민윤리, 국사, 사회교과에 더 직접적이고 전일적으로 관철되는 것이 사실이다.

이 때문에 국어교과서와 한국사회 지배이데올로기로서의 반공이데올로기와의 관련양상을 살피기 위해서는, 반공주의를 포함한 지배 이데올로기가 다양한 교과 영역에서 관철되는 양상과 국어교과만의 특수성을 변별해서 살필 필요가 있다. 그리고 국어교과서의 경우, 국어교과서가 내세우는 정체성, 즉 다른 교과와 차별화되는 전문성과 그 전문성 안에서 이데올로기가 관철되는 방식을 구별해서 살필 필요가 있다. 이 국어교과서가 내세우는 정체성, 즉 다른 교과와 차별화되는 전문성이 언어와 문학이라고 할 때, 언어가 기능의 습득이 목표라면, 문학은 문학다움의 이미지, 좋은 문학의 조건, 그 문학을 향유함으로서 도야되는 정서와 감성 등 심미적 차원을 목표로 할 것이다. 그리고 좋은 문학의 모범으로서의 문학적 정전은 궁극적으로 그 사회의 지배 이데올로기와 모종의 연관관계를 가질 것이다.

이하에서는 1차부터 4차 교육과정까지의 중학교와 고등학교의 국어 교과서를 주요 대상으로, 지배이데올로기가 교과서에 관철되는 양상과 국어교육에서 그것이 관철되는 특수성을 중심으로 논의하고자 한다. 1차 교육과정은 1955년, 2차 교육과정은 1963년, 3차 교육과정은 1973년, 4차 교육과정은 1981년에 이루어졌다던 것에서 보듯, 전쟁 직후, 5·16 군사쿠데타, 10월 유신, 5공화국의 집권 등 정권이 새로이 출범할 때마다 교육과정이 개편되었다. 이처럼 교육과정의 개편시기와 새로운 정권의 출현 및 변화가 명백한 상관관계를 갖는 것이 1차부터 4차 교육과정까지의 특징이다. 그러면서도 그 30여 년 동안 민족주의와 반공주의가 결합된 지배 이데올로기의 내용 자체는 거의 동일한 특징을 보인다고 할 수 있다. 그러나 1987년 6월 민주화 운동에 따른 지배 권력의 일정정도의 퇴각과 함께 개편된 5차부터 현재까지의 교육과정은, 그 내용과 체계에서 현격한 차이를 갖는다. 국어교과만 하더라도 국어에 포함되었던 '문학'이 독립된 교과서를 갖게 된 것도 5차 교육과정부터이고, 1차부터 4차까지 자리를 감추었던 카프 등의 금지된 문학영역들이 국어 및 문학 교과서에 등장하는 것도 이시기 이후이다. 따라서 4차 이전과 5차 이후는 다른 관점에서 연구되어야 한다고 본다. 본고에서는 일단 1차부터 4차까지의 국어 교과서만을 대상으로 하고자 한다.

2. 국어교과서의 특수성

한국교육사에서 나타나는 제반 이데올로기는 여러 가지 '이념교육'

으로 대표된다. 예컨대 민주시민교육, 국민윤리교육, 산업교육, 민족주체성 교육, 국민정신교육, 새마을 교육, 유신교육 등이 그것이다. 시기별로는 1950년대에는 도덕교육, 기술교육, 반공교육을 주로 강조했고, 1960년대에는 민주시민교육, 국민정신의 개조로 표현되었으며, 1970년대에는 국민자질의 함양, 생산적 교육, 주체적 교육 등으로 대표되는 유신교육과 새마을 교육이 나타났다.[1] 1980년대 이후에는 주로 이데올로기 비판 교육이라는 측면에서 국민정신교육으로 나타났다.[2]

교육과정을 통해서 지배이데올로기를 직접적이고 전일적으로 관철시키는 것은, 국어교과보다는 국사, 국민윤리, 도덕, 사회 등이다. 이들 교과에서는 분단을 친미와 반공이데올로기로 전유하고, 경제발전을 통해 '세계로 웅비하는 한민족'이라는 이미지를 통해 민족주의와 발전주의를 결합시키는 등 국어교과와는 비교할 수 없게 지배이데올로기를 직접적으로 관철시킨다. 실제로 "4월 의거가 독재에서 나라를 구하고 민주주의를 회복하기 위한 의지였다면, 5월 혁명(5 · 16)은 정치 혼란과 공산위험으로부터 나라를 지키고 부패와 부정을 일소하여, 조국의 근대화를 추진하려는 혁명이라고 할 수 있다."[3]거나 "제5공화국은 정의 사회를 구현하기 위해 모든 비능률, 모순, 비리를 척결하는 동시에 국민의 진정한 행복을 위해 민주 복지국가 건설을 지향하고 있는 만큼 우리나라의 장래는 밝게 빛날 것이다."[4]처럼 당대 지배 정권의 정당성을 직접적으로 서술하는 것은 물론, "5월 혁명(5 · 16) 이후 혼란과 무질서를 바로잡고 3차에 걸친 경제 개발 계획을 성공리에 완수함으로써, 경제생활이 자립을 이룩할 수 있는 자립경제의 기틀을 마련하였다. 이로써 대한민국은 북한을 월등히 능가하는 경제성장을 이룩하여 민족 변영의 새 전기를 마련하게 되었다."[5]처럼 체제 경쟁에 입각한 반공이데올로기가

---

1) 이돈희 · 김선양 외, 「교육사조의 변천」, 『한국사회와 교육』, 교육과학사, 1980.
2) 정세구 「국민정신교육의 내용과 방법」, 『교육』 16, 중앙교육연구원, 1981년 3월.
3) 중학교 『국사』 하(3차), 173쪽.
4) 「민주주의 발전의 새 전기」, 고등학교 『국사』 하(3차), 178쪽.

자립경제라는 발전이데올로기와 결합하고, 민족번영의 새 전기를 이루는 민족주의와 결합하기도 한다. 나아가 "국가를 보위하고 발전시키기 위해서는 국민 모두가 하나로 뭉쳐 각자에게 주어진 사명을 다하는 자세가 필요하다. 국민의 결속과 헌신이야말로 정치적 질서를 유지하고, 그 효율성을 높이며 문화를 꽃피우고 국민생활의 안정과 번영을 가져오며, 이러한 결속과 헌신은 모든 국민이 지녀야할 도덕적 자세"[6]라고 강조됨으로써 국가주의 이데올로기를 명시화하기도 한다. 이처럼 사회, 도덕, 국민윤리, 국사 교과서들은 정권의 정당성과 지배이데올로기를 대다수 청소년들에게 직접적으로 주입하고 동원해왔다고 할 수 있다.

이와 같이 지배이데올로기를 직접적으로 진술하고 강요하는 국사, 사회, 도덕, 국민윤리 등의 교과에 비한다면 국어교과서 속의 지배이데올로기는 상대적으로 간접화되어 있다고 할 수 있다. 그 간접화의 방식은, 한편으로는 언어교육이라는 기능주의의 방식으로, 한편으로는 문학작품 및 읽기 자료로서의 '사실 텍스트'의 차원으로, 때로는 학생작품이라는 방식으로 간접화되어있다고 할 수 있다. 그러나 이 간접화가 이데올로기 주입에서의 강도의 약화를 의미하는 것은 아니다. 이는 지배체제와 교육체계, 교육체계내의 교과영역들 간의 관계, 각 교과에 할당된 고유성 속에서의 일종의 위계와 역할 분담의 한 양상이라고 할 수 있다.

먼저 국어교과의 경우 과학과 이데올로기는 기능교육의 차원과 가치관 형성교육의 차원으로 말할 수 있을 것이다. 기능적 요소로서 말하기, 듣기, 읽기, 쓰기, 언어(문법), 작문, 문학 등이 해당되지만, 교육과정 변천과 교과서 제도의 국정화 과정을 통해 드러나듯 국가권력 차원에서 독점된 가치관 교육이 함께 병행되어왔다고 할 수 있다.[7]

---

5) 「민주주의 발전의 새 전기」, 고등학교 『국사』 하(3차), 173쪽.

6) 「민족공동체 의식」, 중학교 3학년 『도덕』, 188쪽.

7) 이는 교육과정 개편 때마다 국어교과교육의 목표 설정에서 드러난다. 1차 교육과정의 "개인적 언어생활의 기능을 쌓는 것"과 "중견국민으로서의 교양을 갖추는"것에 목표를 설정한 것처럼 모호하고 막연한 차원에서 이후의 교육과정에서는 기본적 언어교육이외에 "국어와 국어로 표현된 문화를 깊이 사랑하고 그에 대한 이해를 넓게 하여 민족문

실제 국어교과 과정의 변천을 살펴볼 때, 1차와 2차 교육과정에서는 기능적 차원을 표나게 강조하고, 3차와 4차 교육과정에서 가치관 형성 교육을 강조했음이 드러난다. 그러나 국어교과의 특수성은 이 두 영역, 즉 과학과 이데올로기, 기능적 요소와 가치관형성이라는 두 차원이 '선택적일 수 없다'는 사실일 것이다. 이는 곧 국어교과에서 기능적 차원으로서의 언어교육을 강조하는 것은, 존재하는 이데올로기적 차원의 자명성을 전제하는 이데올로기와 동전의 양면이라고 할 수 있다.

이는 실제로 언어생활(말하기, 듣기, 읽기, 쓰기)이 강조된 1차 교육과정의 경우, 'I. 현대생활과 국어'라는 단원의 하부단원에서 '1. 토의를 원만하게 진행하려면', '2. 현대생활과 신문'이라는 이론적 성격과 함께 읽기자료로서 '3. 기미독립선언문'이 게재되어있는 것이나, 2차 교육과정에서 'IV. 수필과 기행' 단원에서'수필을 쓰려면'이라는 이론적 기능적 설명과 함께 '피어린 육백리'와 '신록예찬'이 실려 있는 것이나, 'III. 논설과 논설문'이라는 단원의 하부단원에서 '1. 논문은 어떻게 쓰나'라는 실용적, 기능적 설명과 함께, '국민경제의 발전책', '새마을 운동에 관하여'라는 논설문 텍스트가 제시된 것이 예시적으로 보여주는 바이다. 글쓰기의 원칙과 방법이라는 이론적, 기능적 교육은 그 예시로써, "북한 동포를 붉은 무리의 손에 저대로 버려두기가 안타까와"(「피어린 육백리」) 하는 반공주의적 분단인식이 농후한 글과, '기미독립선언'이라는 민족주의적 이데올로기, 그리고 개발독재의 발전이데올로기를 전면화하는 새마을 운동 등의 이데올로기교육과 서로 불가분으로 결합되어있는 것이다. 이처럼 언어, 기능교육이 강조된 1차와 2차의 경우는 물론이고, 이데올로기 교육이 표나게 강조된 3차와 4차까지 이상의 예시된 이데올로기적 내용의 글들이 지속성을 갖고 국어교과서에 실려왔다. 따라서 국어교과가 갖는 특수성 중 하나는 이데올로기적 차원과 전문적 기능교육이 분리 불가능하다는 것이다. 그럼에도 불구하고 국사나 사회, 도덕

화 발전에 기여하게 한다."를 강조하는 것처럼 이념적 차원을 부가적으로 강조한다.

교과서와 달리, 국어교과의 정체성을 비이데올로기적 전문성이나 가치중립적 기능성으로 표면화할 수 있다는 것 자체가 언어영역으로서의 국어교과가 갖는 특수성일 것이다.8)

그런데 국어교과의 경우, 이데올로기적 차원과 기능적 차원이라는 두 차원과는 별도로 '기능적 요소'로 분류되는 국어과의 세부항목 내에서 또 다른 특수성이 있다. 이는 언어교육과 문학교육의 위상에 대한 문제이다. 국어교과만의 기능, 혹은 전문성으로 세부 항목화될 수 있는 것은, 말하기, 듣기, 읽기, 쓰기, 언어(문법), 작문, 문학 등이다. 이중에서 언어교육차원에 해당되는 것이 말하기, 읽기, 듣기, 쓰기이고 이것은 "교양 있는 생활에 필요한 국어사용의 기능과 성실한 태도를 기른다."거나, "국어를 통하여 사고력, 판단력, 창의력을 함양"9) 하는 것을 목표로 하는 일반적인 차원이다. 그런데 여기서 문학교육, 특히 교과서에 실리는 문학작품의 위상을 어디에 두는가에 관점의 차이가 있어왔고 이것이 교육과정의 변천과 함께 했다고 할 수 있다.

언어교육이 강조되었던 해방직후 미군정기와 정부수립기 등 초기의 국어교과서는 언어교육에 강조점이 두어졌다. 일제시대 빼앗겼던 말과 글을 회복해야한다는, 언어공동체로서의 민족의식이 앞선 결과라고 할 수 있다. 또한 1차, 2차, 5차 교육과정에서도 언어교육적 측면이 강했다. 1·2차 교육과정은 미국 교육사절단 및 친미성향의 교육관료들에 의해 주도되었고, 그들은 미국의 행동주의 심리학에 기반을 둔 생활중심 교육과정을 도입하여10) 교과를 편성, 회의, 토의, 연설 등 말하기의 기교나 방식이 강조되고11) 문학의 경우 실제 작품보다는 문학에 대한 설

8) 가장 철저하게 이데올로기적이면서 비이데올로기적인 것으로 자기정체성을 표명하려는 국어교과의 정체성 욕망은 어쩌면, 국어교과서를 통해 한국문학을 정전화시켜 온 방식과 유사하다고 할 수 있다. 국어교과와 문학정전 형성과의 관계는 고를 달리하여 살펴야할 과제이다.

9) 3차 교육과정, 1974년 개정고시(문교부령 제350호), 『국어과 한문과 교육과정기준』.

10) 권순긍, 「교과서 변천과 문학교육의 방향－고등학교 『국어』 교과서를 중심으로」, 한국문학교육학회, 『문학교육의 새로운 구도와 실천』, 태학사, 2001.

명[12])이 대부분을 차지하면서, 문학작품이 거의 실리지 않는 것이 특징이었다. 그리고 언어교육적 측면이 다시 강조된 것은 3, 4차 교육과정을 지난 후 5차 교육과정에서이다. 그러나 이 시기의 언어교육의 강조는 앞서 1차와 2차와는 다른 배경에서 이루어졌다고 할 수 있다.[13]) 이는 5차 개정 교과서, 즉 6공화국의 교과서가 제작된 시기는 1987년 6월 항쟁을 기점으로 민주 세력의 기세에 3차부터 이어진 국가이데올로기를 일정정도 포기 혹은 전환해야했던 시기라고 할 수 있다. 여기에 1980년대 후반부터 일기 시작한 현장교사들의 문학교육운동, 그리고 소련의 개혁개방 정책으로 인한 냉전적 이데올로기의 실효성 상실 등이 함께 작용하면서, 냉전, 반공, 국가주의에 기초한 교과서의 이데올로기가 퇴각할 수밖에 없었던 상황이라고 볼 수 있다. 5차 교과개정기의 국어교과서에 보이는 기능주의적 언어교육의 강조, 문학교육과의 분리[14])는 이와 같은 지

11) 예컨대 1차 교육과정기의 고등국어 III의 경우, '토의를 원만하게 진행시키려면'(올리버), '현대생활과 신문'(곽복산), 2차 교육과정기의 경우, '바른 언어생활'(김윤경), '회화와 독화'(박창해), '토론과 보고'(정태시), '바르게 듣고 빨리 쓰기'(한갑수), '실용문의 여러 가지'(문교부), '말의 속도와 강약'(정태시), '소설과 희곡 낭독법'(차범석), '회의 발언과 사회법'(이호진), '연설의 실제'(백낙준, 존 에프 케네디)가 있다.

12) 예컨대 1차 교육과정기의 고등국어 III의 경우, 현대문학에 대한 설명문은 '단편소설의 특질'(최인욱), '문학과 인생'(최재서), '문학과 예술'(최재서), '문학의 이해와 감상'(백철)이다. 반면 문학작품으로는, 「별」(알퐁스 도데)이 유일한 현대소설이고, 나머지는 고전문학작품이다. 2차 교육과정의 경우도, 문학에 관한 설명문으로, '소설의 첫걸음'(김동리), '시조와 자유시'(이은상, 구상), '오늘의 한국문학'(조연현), '시를 쓰려면'(김용호), '시적변용에 대하여'(박용철), '시인의 사명'(이헌구), '현대소설의 특질'(백철), '현대문학의 여러 가지 모습'(백철), '단편소설의 특질'(최인욱), '문학과 인생'(최재서), '소설의 감상'(곽종원), 등이 있지만, 현대문학, 특히 소설작품으로는 「뽕나무와 아이들」(상록수: 심훈), 「별」(알퐁스도데), 「마지막 한 잎」(시나리오각색, 오 헨리) 정도이다.

13) "문학작품은 국어과 교육에서 훌륭한 제재로서 활용되어야한다. 그러나 그것이 독립된 영역으로 설정될 성질은 아니다. 언어사용 기능의 신장이란 국어과 교육의 목표 속에서 작품의 감상을 위한 개념의 학습이 충분히 포괄될 수 있다… 요컨대 국어과 교육이란 틀에서 '문학'을 다룬다면, 독립된 영역으로서 아니라 언어기능 속에 포괄시켜야 할 것이다." 이용주, 「국어교육에서의 문학의 위치」, 『봉죽헌 박붕배 박사 회갑기념논문집』, 배영사, 1986, 324-333쪽.

배, 피지배 층 간의 이데올로기 상황의 변모와 타협의 결과로 볼 수 있을 것이다.15)

이상으로 국어교과와 다른 교과영역에서 이데올로기가 관철되는 양상을 비교하고, 국어교과만의 전문성과 교과과정 변천에 따른 강조점의 변화를 살펴보았다. 이것이 이데올로기와 국어교과를 외적인 관점에서 살펴본 것이라면, 이하에서는 구체적으로 교과서에 실린 텍스트 자체를 대상으로 지배이데올로기기가 관철되는 방식을 분석해보고자 한다.

3. 국어 교과서의 이데올로기 관철 방식

1) 지배 이데올로기의 기원, 텍스트의 지속성-반공, 민족, 순수

해방이후 국어교과 과정은 고전문학, 국어학 분야는 변치 않는 지속성을 보인다. 최현배, 이숭녕, 이희승, 허웅 등을 주요 필진으로 하는 국어학 분야와, 「춘향전」, 「홍길동전」, 「관동별곡」, 「사미인곡」, 「상춘곡」, 시조 등의 고전문학류 그리고 「훈민정음」, 「용비어천가」, 「두시언해」, 「소학언해」 등의 국어사 관련 문헌들이 변치 않는 텍스트 목록을 구성한다. 반면 논설문과 설명문, 수필, 그리고 시, 소설, 희곡을 포함한 현대의 글쓰기들은 시대에 따른 변모를 보인다. 정권에 따라 국어교과가 변화하면서도, 이처럼 변치 않는 목록을 갖고 있다는 것은 해방이후의 정권들이 그 내부에서의 변모에도 불구하고, 국어로 대표되는 언어공동체와

---

14) 5차 교육과정부터 6차 7차에까지 국어과에서 문학이 따로 독립하고, 5차 교육과정부터 언어의 사회성, 국어의 순화, 좋은 글의 요건, 문장쓰기, 글쓰기의 과정, 단락쓰기, 글의 구성, 설득의 의의 설득의 방법, 독서의 방법, 토의의 방법, 토론의 방법, 표현하기와 고쳐 쓰기 등 언어생활 방면의 글이 압도적으로 많아지고, 국어교과서에 실린 현대문학작품(소설)으로는 『삼대』가 유일하다.

15) 권순긍, 「교과서변천과 문학교육의 방향-고등학교 『국어』 교과서를 중심으로」, 한국문학교육학회, 『문학교육의 새로운 구도와 실천』, 태학사, 2001, 210-211쪽.

고전문학 및 국어사로 표현되는 민족문학의 자산에 공통의 이데올로기적 기반을 구축하고 있음을 나타내는 것이라고 할 수 있다.

시대에 따라 가장 많은 변모를 보이는 것은 현대문학이지만, 그 내부에서 변화의 편폭에는 차이를 보인다. 반공이데올로기 등의 지배이념을 가장 직접적으로 드러내는 희곡, 시나리오, 방송극 등의 희곡류가 변화없이 지속되는 장르 중 하나이다. 이 부류의 글들은 유치진의 「청춘은 조국과 더불어」, 김승규의 「등대」, 학생작품의 「누가 우리를 지켜줄 것인가」 등 그 구체적인 소재는 변모하지만, 조국애와 안보 개념에 입각한 반공이데올로기, 격정적인 자기헌신을 모범화하는 비장미를 동반하는 민족주의 등을 필두로 하는 주제상의 공통점을 보인다. 또한 이양하, 피천득, 이효석 등의 서정적 관조적 수필들과 이은상이 주요 필자로 등장하는 국토기행류가 변화없이 지속되는 장르이다. 이 세 종류 즉 반공드라마, 국토기행문, 서정적·관조적 수필류는, 현대문학 내에서 가장 오랫동안 동일한 텍스트가 반복적으로 게재된 분야이면서 동시에, 학교교육 밖에서는 거의 접하지 않는 문학장르이고, 또한 지배이데올로기가 가장 명시적으로 관철된다는 점에서 '교과서적인 문학 장르'로서 주목할 필요가 있다.

'국토기행류'는 현대시조와 더불어 가장 '교과서적인 문학 장르'라고 할 수 있을 것이다. 국어교과서에 가장 빈번하게 등장하지만, 학교교육을 벗어난 일반적 문학 분야에서는 지극히 주변적인 장르인 것이다. 중학교, 고등학교의 국어교과서의 경우 기능적 언어교육[16]과 국어학, 고전국학을 중심으로 한 1차 교과과정부터 5·16과 유신 이후까지 이은상의 국토기행류 수필은 지속적으로 실리고 있다. 중학교 국어에 실린 이은

16) 예컨대 1차와 2차의 중학교의 경우, '낭독과 발표', '설명과 논설', '신문과 잡지', '실용편지', '말과 글자' 등에 대한 원론적 설명이 앞서있다. 설명문의 예시로 주어진 것도 「곤충의 본능」(『파브르 곤충기』의 일부)이거나 「산림을 사랑하자」와 같은 글이고 '신문과 잡지'편에서도, 「학교신문과 교지」, 「학교신문과 교지 만들기」, 「신문과 잡지의 구실」, 「신문이 되어 나오기까지」 등의 실용적 설명의 글이 해당된다.

상의 국토기행문 「산 찾아 물 따라」, 「평양의 고적」, 그리고 고등학교 국어에 실린 「피어린 육 백리」가 대표적이라고 할 수 있다. 이글들은 민족주의적 일체감과 반공주의를 결합시키는 것이 특징이다. 「평양의 고적」에서 평양, 곧 북한 땅은 "갈 수 없는 곳이기에 더욱 그립다. 거기도 내 땅이요 내 강산인데, 자유 잃은 곳이기에 다시 그립다. 휴전선을 그어 놓고 넘어가지 못하는 북한 땅! 바라볼수록 민족의 비통한 눈물이 눈앞을 흐리게 하는 곳"[17]으로 회고된다. 이는 갈 수 없는 지역을 회고하는 국토애와 이를 통해 환기되는 심정적 민족주의가, 그곳을 가지 못하게 하는 북한 공산주의에 대한 적대감으로서의 반공의식과 결합되어있음을 보여준다. 이는 북한지역을 가고 싶은 고향이면서 동시에 "자유 잃은 곳"이자 동시에 "민족의 비통한 눈물"로 연결하고 사고 속에서도 분명하게 드러난다. 남한의 설악산을 여행한 「산 찾아 물 따라」에서도 예컨대 '장수대'를 지나며 지명의 유래를 따라, "이런 명산에 무서운 장수들이 왜 들어왔나!" 하면서 시작되는 감상은 "이같이 아름다운 곳에서 그같이 피비린내 나는 싸움을 왜 했던고! 오직, 우리들은 공산침략에 대항하여 자유의 전쟁, 정의의 전쟁을 겪을 수밖에 없었다. 자유를 지키기 위하여, 정의를 세우기 위하여, 수많은 젊은이들의 피를 흘렸던 것이다. 자유란, 정의란 그렇게도 고귀한 것임을 뼈저리게 느끼는 것이다."[18]처럼 "배달의 겨레가 살고 있는 우리 강토"는 공산침략과의 전쟁으로부터 수호되어야하고, 이는 자유와 정의를 수호하는 것이라는 반북의식으로 동일화된다. 결국 북한 공산집단의 호전성 때문에 남과 북이 분단되었고, 그들이 통일의 걸림돌이며, 남한은 그런 북한에 대항해 자유와 정의를 수호하고 "세계 속으로 웅비하는"[19] 민족정통성을 지닌 것으로 전제되는 것이다.

국토기행류의 글들은 이처럼 국토회복이라는 정서에 입각한 민족주

---

17) 『중학국어』 II-1, 1973, 77쪽.

18) 『중학국어』 I-1, 1968, 55-56쪽.

19) 이은상, 「피어린 육백리」, 고등학교 『국어』 1(2차, 4차).

의를 바탕으로 반공, 반북주의와 자유 남한의 정당성이라는 이데올로기가 결합해있는 것이 특징이라고 할 수 있다. 이은상 이외에도 다양한 기행문과 거기에 등장하는 유적지들이 역사와 결합되고, 수학여행과 기행문 쓰기라는 생활과 실용성이 결합되어 기능과 이데올로기, 심정적 민족주의와 반공이데올로기가 결합되어 전형적인 교과서 문학으로 자리매김된다고 할 수 있다.

이와 같은 국토기행류이외에 이데올로기를 명시적으로 전달하는 문학장르로서, 시나리오와 방송대본을 포함한 희곡류가 있다. 유치진의 「청춘은 조국과 더불어」나 「조국」(고등학교), 김승규의 방송대본 「등대」(중학교), 그리고 학생작품으로서 「누가 우리를 지켜줄 것인가」(중학교) 등이다.

중학교 국어의 학생작품인 「누가 우리를 지켜줄 것인가」는 2차와 3차에 걸쳐 지속적으로 실리는 것으로, "이번 우리학교 방송반에서는 총력안보의 투철한 정신을 교우들에게 고취하기 위하여 제작"된 것으로 동해안 어촌에 침투한 간첩선을 주민들의 신고와 경찰, 예비군, 공군, 해군의 협동작전으로 물리치는 내용을 담고 있는 것이다.

> 아버지: 난 초소로 갈 테니, 넌 마을로 가서 예비군 소대장님에게 알려라,
> 철수: 부대하고 지서는요?
> 아버지: 소대장님이 연락할게다. 만일 소대장님이 안계시거든 삼촌께 알려서 비상종을 울리게 해라.
> ……
> 노인: 이상한 배가 나타났대요. 자, 어서 가서 물도 준비하고 주먹밥도 만듭시다.
> ……
> E. 발 맞추어 뛰어가는 군화소리
> M. 향토예비군의 노래
> E. 희미하게 들리는 파도소리
> ……
> 노인: 원 별 말씀을, 자 어서 드세요, 나라를 지키느라고 이렇게들 애들 쓰

시는데, 이까짓 주먹밥 좀 해 온 게 뭐 그리 대단하겠소?

예비군A: 그러나 저러나 놈들을 잡아야할 텐데…

어나운서: 뉴스를 말씀드리겠습니다. …동해안에 침투한 수상한 무장선은, 즉시 출동한 우리 공군기 및 해군 함정의 정지명령에도 불구하고, 오히려 사격을 가하며 도주하다가 마침내 아군의 포격에 의하여 격침되었습니다.

일동: 야! 만세, 만세……[20]

이와 같이 희곡류의 작품들은 단일한 시간 안에 이루어지는 단일한 사건을 대상으로 하기에 주제가 명확하고 집중적으로 드러난다는 것이 특징적이다. 즉 시나 소설, 수필이 가질 수 있는 은유나 암시 등이 희박하다는 것이다. 이처럼 명확하게 드러나는 주제는, 위의 글에서 보듯이 국가안보, 반공이데올로기, 조국에의 헌신과 희생을 비장하게 강조하는 민족주의 등이다. 또한 이 작품들은 드라마라는 특성상, 대부분의 수업 시간에 상연과 낭독 등의 형태로 역할극을 병행하는 특징을 갖는다. 이 역할극 속에서 적과 아의 선명한 이분법, 음향효과 등을 통한 비장미와 집단적 동일시를 통해 반공이데올로기가 효과적으로 관철되는 것이 특징이다.

이상에서 살펴본 국토기행문과 반공드라마는 반공이데올로기와 민족주의라는 지배이데올로기를 관철시키는 전형적인 '교과서적 문학'이라고 할 수 있다. 이 두 장르는 학생시절의 교과서를 벗어나면 일상생활의 문화소비자로서는 거의 접하지 않는 분야라는 점에서, 그리고 소풍이나 답사, 수학여행, 그리고 역할극이나 낭송 등 학창시절에 고유하게 진행되는 집단 활동과 관련되어있다는 점에서 특유의 교과서적 문학이라고 볼 수 있을 것이다. 이처럼 학교제도가 고유하게 강제하는 집단 활동과 관련된 장르에서 애국애족에 호소하는 민족주의와 반공주의가 가장 강도 높게 나타나고 있는 것이다.

---

20) 『중학국어』 II-2, 1973년, 106-112쪽.

이 두 장르이외에 또 하나의 '교과서적 문학'으로 지속성을 보이는 것이 서정적, 관조적 수필을 들 수 있다. 수필은 '무형식의 형식'이라는 정의답게 교육대상인 청소년들이 가장 쉽게 접하고 가장 쉽게 쓸 수 있는 장르이다. 중고등학교 국어교과서에는 다양한 수필들이 등장하는데, 이중 이양하의 「신록예찬」, 「페이터 산문」, 「나무」, 민태원의 「청춘예찬」, 피천득의 「인연」, 「수필」, 이효석의 「낙엽을 태우며」, 방정환의 「어린이 예찬」, 김진섭의 「백설부」, 「매화찬」, 정비석의 「산정무한」, 안톤 슈낙의 「우리를 슬프게 하는 것들」이 1차부터 4차까지 거의 한결같이 실리고 있는 것들이다.

이 수필들은 대부분 구체적인 일상을 소거한 관념적인 '예찬'류이거나, 교양과 지식의 과시, 이국적 풍물과 정서에의 동경, 가난과 행복에 대한 소박하고 감상적인 이해, 근대적인 물질문명으로부터의 도피 등이 특징적이다. 가장 많은 분량의 글에 이와 같은 경향이 지속적이고 일관되게 관철됨으로써, '문학'을 비일상적인, 탈이념적인, 비사회적인 '순수'로 등치하도록 작용하고 있다고 할 수 있다. 앞서 언급한 국토기행류와 반공드라마가 이데올로기를 표나게 내세운 것이라면, 이 수필들은 이데올로기를 가장 철저하게 삭제한 '순수'한 것이라고 할 수 있다. 이와 같은 종류의 수필들은 현재까지도 '좋은 문장'의 범례로서 지속적으로 재생산되면서, '문학다움'의 이미지를 순수한 것으로 표상하는 상상력을 재생산하는 데 기여하고 있다고 할 수 있다.

이는 해방이후 교과서에서 실린 소설 중에서 가장 오랫동안 지속되어 실린 소설이 이효석의 「사냥」, 황순원의 「소나기」, 알퐁스 도데의 「별」이라는 점과도 무관치 않다. 생활을 소거한 가장 '순수'한 상태를 '아름다움'으로, '문학적인 것'으로 표상하는 데 이런 서정적 관조적 수필과, 서정적 단편소설이 기여하고있는 것이다. 감수성이 예민한 청소년기의 시기, 그리고 대부분의 평범한 사람들에게 교양교육으로서의 문학교육, 미적교육이 이루어지는 거의 유일한 시기에, 앞서의 반공주의나 국가주의 한편으로, 문학적인 것, 미적인 것의 원형으로 이런 서정적 수필과 순수단편소설이 지속적으로 존재해왔다고 할 수 있다.

이상으로 1차부터 4차까지의 현대문 및 현대문학류의 글들 중, 내용과 장르상 상대적으로 변화 없이 지속된 글들이 가진 이데올로기적 특징을 살펴보았다. 이를 통해 볼 때, 해방이후 남한 문학을 지배한 이데올로기와 문학의 상이 구축되는 데, 국토기행문, 반공드라마, 순수서정수필을 통해서 민족주의와 반공주의 그리고 탈이념적이고 비일상적인 순수문학의 상이 지배적이었음을, 그리고 그것이 구체적인 국어교과서를 통해서 지속적이고 일관되게 전달되고 있음을 살필 수 있었다. 그리고 이러한 변치 않는 글들의 저류에 국어사와 고전문학 텍스트들이 변치 않는 민족문학의 자산으로 버티고 있다고 할 수 있다.

2) 지배 이데올로기의 변용, 텍스트의 추가 · 갱신–발전, 안보, 국가

현대소설과 논설문, 설명문 영역의 글, 즉 '구체성과 일상성 혹은 이념성에 연루된 산문'영역의 글들은 정권이 바뀌고 그에 따라 교육과정이 개편될 때마다 가장 많은 변모를 보인다.[21] 그러나 그 변화의 내용이 당대정권의 지배이데올로기를 직접적으로 표명하는 것이라고만 볼 수는 없다. 예컨대 유신정권 때인 3차 교육과정부터 편입된 오영수의 「요람기」(중학교)나 김동리의 「등신불」(고등학교)이 유신정권의 이념인 민족주의나 발전이데올로기 혹은 국가주의를 직접적으로 표현한다고 볼 수는 없기 때문이다. 국어교과서에 실리는 현대소설과 이데올로기의 관계는 훨씬 매개되고 복합적인 방식이라고 할 수 있다. 이 글에서는 이와 같은 현대 산문 영역을 중심으로 한국사회의 지배이데올로기가 국어교과서에 관철되는 양상과 내용을 살펴보고자 한다.

21) 변화를 보이는 것 중 중요한 장르가 시이다. 그러나 시 장르는 그 내부에서 현대시조와 같은 변치 않는 장르와 3월의 호국시, 6월의 보훈시와 같은 기념적 성격의 시, 그리고 청록파와 생명파의 순수서정시 등 그 내부에서 세부적으로 다루어야할 영역이기에 이 글에서는 제외하고자 한다.

정권의 지배적 이념의 변경에 따라 교육과정이 개편되고 교과서가 개편되어온 것은 주지의 사실이다. 그러나 이 변화는 급격한 변화라기보다는 기존의 내용에 약간의 체계변경과 이데올로기의 강조에 따른 추가의 형태를 갖는 것이다. 이 때문에 교과서에 자주 실리는 교과서 문인, 교과서적 수필 등은 지속적으로 유지되는 한편으로, 5·16과(2차), 10월 유신(3차), 그리고 제5공화국(4차) 등 정권의 이데올로기에 따른 강조점의 변경에 따라 새로운 이념이 추가되는 것이다.

1차 교육과정은 앞서 언급했듯 실용적 언어교육이 강조되었기에, 이데올로기와 문학교육이 이후에 비해 상대적으로 미약했던 시기라고 할 수 있다. 이 시기에는 고등학교의 경우, 국어학과 고전문학의 비중이 압도적으로 많고, 앞서 언급한 수필류 글 몇 편과 소설로 알퐁스 도데의 「별」과 심훈의 「상록수」(「뽕나무와 아이들」)가 실려있는 정도이다. 중학교의 경우에도 간첩을 다룬 반공주의적인 시나리오인 「등대」와 「누가 우리를 지켜줄 것인가」, 그리고 미국을 여행한 천관우의 여행기 「그랜드 캐년」과 '유엔과 우리나라' 단원의 세 편의 글 「유엔의 근본정신」, 「유엔헌장과 한국」(신익희), 「한국은 유엔의 전진기지」(이철원) 등의 글처럼 반공주의와 친미주의적 글들이 있다. 이는 해방이후 친일 경력 때문에 지지기반이 없이 지배를 유지해야했던 남한의 지배세력들에게 있어서 미국이 표방하는 반공주의는 자신들의 기득권을 유지할 수 있는 유일한 구원이었다는 점과 관련될 것이다.

그러나 5·16이후 2차 교육과정 개편과 10월 유신 이후 3차의 교육과정 개편에서는 이념교육, 가치관 교육이 대폭 증가하는 것이 특징적이다. 특히 유신 체제 이후 1974년 3월에 고시된 3차 교육과정부터 이념교육이 강화된다는 것은 앞서 언급한 바와 같다. 이는 고등학교의 경우 형식적 단원구성에서 논설문, 설명문이 강화되는데, 대부분 애국심을 강조하고 과학기술의 진흥과 경제발전책을 강조하는 발전이데올로기를, 민족을 위한 개인의 헌신으로서의 국가주의와 연결시키거나 북한공산집단의 위협을 강조하는 위기담론과 결합시키는 반공 안보이데올로기와 연결시키는 것이 대부분이다.

「국민경제의 발전책」(최호진)은 앞서 잠시 언급한대로 '논설과 논설문'이라는 단원하에 '논설문은 어떻게 쓰나'라는 실용적 설명문과 함께 논설문의 예시로 주어진 것이다. "경제가 성장하려면, 즉 국민소득이 증대되려면 투자가 증대되어야하고, 투자가 증대되려면 저축이 많아야한다."라고 전제하고 "민족자본의 축적이 빈약한 우리나라에 있어서 국민경제 부흥에 드는 막대한 생산자본금을 조달하기 위해 …앉아서 죽음을 기다릴 것이 아니라 혈로를 개척하겠다는 결의로써 장기성 생산자금의 조달, 공급방책을 강구해야한다."[22]라고 언급한다. 이를 위해 "'라인 강의 기적'을 이룩한 독일의 경제부흥이나 일본의 경제부흥"을 모범적인 예로 들기도 한다. 이 시기 독일의 경제부흥이나 덴마크, 또는 이스라엘 등 패전국 혹은 약소국의 상태에서 경제부흥을 이룬 국가들의 예를 제시하면서 발전을 위한 국민총화를 역설하는 담론이 다수 등장한다. 「새마을 운동에 관하여(박형규)」 역시 이와 같은 형태의 글인데, 앞서의 글이 외부적 모델을 제시하는 방식을 취한다면, 이 글은 국가 내부의 국민들을 개발의 주체로 호명하는 구체적인 운동으로서, 일종의 국정 홍보용 글이라고 할 수 있다.

> '새마을 운동'은 이런 판단에 입각해서 정부의 정책방향과 자기발전을 추구하는 국민들의 노력을 합리적이며 소망스러운 방향으로 돌리기 위해 마련된, 광의적인 인간 노력의 방향전환이라고 할 수 있다.
>
> 우리나라가 이런 점에 착안해서 국정의 일대전환을 가져 온 것은 5·16 혁명이후, 민족중흥을 위한 조국근대화를 다짐하고, 자주, 자조적인 국력배양을 목표로 제 1차 경제개발 5개년 계획을 추진하기 시작한 데서부터 출발된 것이다…이러한 노력이 최대의 효과를 가져오기 위해서는 지역사회의 주민, 곧 국민들의 노력과 협조가 병행해야한다. 국민들의 자조적이며 협동적인 노력이 앞장서야한다는 것을 깨달았던 것이다…… 이러한 국민노력의 올바른 방향을 위한 정책 설정이 바로 '새마을 운동'으로 나타나게 되었

---

22) 『고등국어』 I(2차, 3차 교육과정), 1976년, 222-225쪽.

> 고… 이러한 새마을 운동은, 덴마크나 이스라엘의 개척사와 근대화과정을 살펴보면 그 본질과 중요성을 보다 명확하게 이해할 수 있다.
>
> 황무지를 옥토로 만드는데 앞장섰던 달가스 부자의 국토 녹화운동, 협동조합운동으로 농민협동체제를 모범적으로 확립한 크리스천 존이나 요젠센의 민간주도의 개발운동이 오늘날 지상낙원인 덴마크를 건설한 것이다.
>
> 우리는 민족중흥을 위한 조국 근대화 작업을…… 지금 추진하고 있는 새마을 운동은 국민 각자의 근면하고 자조적이며 협동적인 노력을 더 한층 요청하고 있다.[23]

이와 같이 새마을 운동을 홍보하는 글은 같은 시기 중학교의 국어교과의 경우, 「새마을 이야기」[24]에서는 구체적으로 근면, 자조 협동의 정신, 운동의 주체와 정부의 역할이 문답식으로 기술되어있다. 5・16과 유신 체제 속에서 강조된 것이 표면적으로는 민족을 생존의 단위로 호출하는 경제발전의 이데올로기였다면, 이것은 국가의 안보가 개인의 생존에 앞선다는 국가이데올로기, 이를 북한공산집단의 침략이라는 상시적 위협을 일깨움으로서 위협과 공포를 함께 조장하는 안보이데올로기와 함께 하는 것이다. 「유비무환」(박형규)은 이의 대표적 사례라고 할 수 있다.

> 남북대화의 개시를 안정된 평화로 인식한다든지, 그들의 적화통일 기본전략의 포기라고 속단하고, 조금이라도 우리의 대비태세를 늦추는 기색을 보인다면, 언제 또다시 우리의 안정과 평화가 위협을 받을는지 모르는 것이다. 우리가 국가안보태세를 강화해야할 근본적인 이유가 바로 여기에 있는 것이다.
>
> 오늘날의 전쟁은 전선의 전후방의 구별이 없는 국가 총력전이기 때문이다. 국가 총력전이란 물질적인 자원과 수단만을 가리키지 않는다. 보다 중요한 것은 실로 전 국민의 저력의 총화이다. 다시 말하면 국민의 결속도, 국론의 통일 여하, 그 조직적 체제와 사회기풍, 개개인의 생활력 등 극히 일반적

23) 「새마을 운동에 관하여」, 위의 책, 230-234쪽.

24) 『중학국어』 II-2, 1978년, 76-79쪽.

> 생활의 종합적 상황이 국가총력의 바탕이 된다고 할 것이다.
>
> 따라서 국가 총력전의 시대인 오늘날, 어떠한 비상사태에 대비하는 국가안보태세는 필연적으로 국가 총력을 경주한 '총력안보태세'여야 하다는 것은 너무나 당연한 일이다. 1971년 12월 6일 정부가 국가비상사태를 선언하고 그 대비책으로 총력안보태세의 강화를 역설하게 된 까닭이 여기 있는 것이다. 이것은 내가 살고 나의 발전을 스스로 보장하기 위한 길이라는 것을 우리는 명심해야할 것이다. 국가는 나의 모태요, 방파제이며, 국가의 운명은 곧 나의 운명이며, 국가의 안위는 나의 생존과 안전, 자유와 행복을 좌우하는 것이기 때문이다.
>
> 따라서 우리는 모름지기 국가를 내 몸과 같이 생각하고, 국가의 안위를 내 몸의 그것으로 받아들여, 어떤 위협, 어떤 도전으로부터라도 국가를 수호하고, 그 안전을 게을리 해서는 안 된다……우리는 살아야한다. 우리민족은 생존권을 유지하고 빛나는 내일을 향해 전진해야한다. 그러기 위해서는 유비무환의 정신을 깨닫고, 우리 하나하나가 올바른 국가관과 정신자세를 확립하고, 건전한 생활태도와 견실한 생활력으로써, 그리고 이를 바탕으로 한 국민총화로써, 강력하고도 완벽한 총력안보태세를 갖추지 않으면 안 될 것이다. 유비면 무환이다.[25]

이러한 글들은 대부분 텍스트 차원에서 끝나지 않고, '익힘문제', '공부할 문제'를 통해서 이데올로기를 특별히 강조하고 '복습'하고 '발표'하고 '내면화'하도록 구성되어있다.

> 공부할 문제
>
> 1-1. 국가안보의 필연성에 대하여 몇 사람이 말해보자.
>
> 2-1 이글의 주제는 무엇인가?
>
> 2-2. 다음에 관하여 좀 더 소상히 알아보자.
>
> (가) 4대군사노선
>
> (나) 간접침략
>
> (다) 7·4남북공동성명 이후의 북한의 태도
>
> 2-3 다음은 무슨 뜻인가?

25) 「유비무환」, 인문계고등학교 『국어』 3, 1976년, 23-27쪽.

(가) 생존권(生存權)
(나) 실리 추구(實利追求)
(다) 전국민(全國民)의 저력(底力)과 총화(總和)
(라) 총력안보(總力安保)
3-1. 다음을 생각해 보라
(가) 허점과 오판
(나) 약소민족의 운명과 자조정신(自助情神)[26]

이와 같이, 반공이데올로기를 바탕으로 한 공포와 위협을 전제로, 국가와 개인의 일체를 강요하면서 경제 발전에의 동원을 강제하는, 국가=안보=발전이 일체가 된 지배이데올로기가 주조를 이루는 논설문은 고등학교의 경우에 두드러지지만, 중학교의 경우에도 「자원의 이용」(신문사설), 「마흔 살의 사관후보생」(유홍렬), 「국토를 애인같이」(이은상) 등 사설과 수필의 형식으로 동일하게 강조된다. 예컨대 「국토를 애인같이」의 경우 임진왜란 때의 충무공 이순신의 일화를 지금 현재의 반공전선과 동일화하는 사유를 통해서 국가주의와 반공주의가 결합되고 있는 것이다.[27] 임진왜란과 반공전선을 동일화하는 사유는, 다른 한편으로는 민족의 생존과 개인의 생존을 동일화하고, 이는 개인이 생존하기 위해서는 국가와 동일화하도록 위협하는 것이기도 하다.[28]

이 시기의 변화는 이와 같은 논설문이나 국정홍보 차원의 동원 이데올로기 차원에만 그치지 않는다. 이 시기, 특히 유신 이후인 3차 교육과

---

26) 위의 책, 28쪽.

27) "우리는 지금 반공전선에서 싸우고 있다. 죽기 아니면 살기다. 싸우지 않으면 죽는 길밖에 없는 두 갈래 길 중에 어느 한 길만이 있을 뿐이다…… '국토를 애인같이!' 이 한 마디로서 표어를 삼아야 한다." 『중학국어』 3-2, 1978, 132쪽.

28) 한국에서 반공주의는 지배집단의 차원에서나 피지배 집단의차원에서 모두 생존의 논리였다. 해방이후 지배집단은 사회적 기반을 갖지 못하였기 때문에 자신들의 정치적 생존을 위해 반공주의를 지속적으로 재생산할 수밖에 없었으며, 피지배집단은 육체적, 사회적 생존을 위해 반공주의를 수용할 수밖에 없었다. 김정훈·조희연, 「지배담론으로서의 반공주의와 그 변화－'반공규율사회'의 변화를 중심으로」, 『한국의 정치사회적 지배담론과 민주주의 동학』, 함께 읽는 책, 2003. 8. 25. 125쪽.

정에서 두드러지게 일어나는 변화 중 하나는 탈이념적 차원의 '한국적인 것'을 강조하는 다양한 수필, 일화류의 글들이 등장한다는 것이다. 이는 중학교의 경우, 「세종대왕」(이병도), 「솔거와 담징」(문일평), 「옛 기록에서」(김부식 외)[29] 등의 글과 「행주산성」(유광렬),[30] 「추석의 민속놀이」(최상수) 등의 글이다. 고등학교의 경우는 '온고의 정'이라는 단원하의 「고인과의 대화(이병주), 「설」(전숙희)나 '국토와 역사'라는 단원하의 「민족문화의 전통과 계승」(이기백), 「마고자」(윤오영), 「향약과 계」(손인수) 등이다.

이런 종류의 글은 1차 때부터 상당수를 차지하고 있는 국어사, 국어학, 한글로 번역된 고전 텍스트와는 성격을 달리한다. 1차 때부터의 국학적 글들은 명백히 옛 저자의 글로서 일종의 텍스트로 주어지는 것이라면, 이들 수필과 일화 성격의 글들은 세시풍속, 의식주 등의 생활습속, 혹은 일화를 통해 전해지는 옛이야기 등, 텍스트가 아닌 정서적이고 심정적인, 그리고 풍속적인 차원에서의 한국적인 것, 우리의 것에 대해 강조하는 것들이다. 국어교과서에서 다루어지는 '우리의 것'에 대한 강조는 익숙하고 자명한 듯하지만, 사실은 3차 교육과정, 유신 이후 새롭게 추가된 목록인 것이다.

이 시기는 앞서 보았듯, '국가=안보=발전'을 동일화하는 '국가총력전'을 통해 이룩될 경제발전에의 환상이 주조를 이룬 시기이다. 또한 이전의 1차와 2차 교육과정에서 「그랜드 캐년」이나 '유엔과 한국' 관계의 글은 물론, '말하기'의 실예로써 제시된 게네디[31]와 링컨[32]의 연설이 자취를 감춘 시기이기도 하다. 한편에서는 조국근대화와 경제발전에의 환상이 제시되고, 한편에서는 마고자와 추석의 세시풍속, 향약과 계, 솔거와 담징을 이야기하면서 근대화의 주체성, '국적'을 환기하는 것이 동시

29) 『중학국어』 3-2, 1978.

30) 『중학국어』 2-2, 1978.

31) 「연설의 실제」(백낙준 역, 존 에프 케네디).

32) 「게티스버그 연설」, 『중학국어』 3-1, 1968.

적으로 진행된 것이다. 그리고 이는 국어교과서보다 더 직접적으로 정치이데올로기를 홍보했던 여타의 교과서에서 서구적 민주주의를 비판하면서 '한국적 민주주의'를 강조하던 것과 동궤의 것이라 할 수 있다.

> 오늘날처럼 국내외로부터의 위협이 심각할 때는 혼란을 방지하기 위하여 민주정치에 다소의 제한을 가하는 경우도 없지 아니하다…… 오늘날 우리가 놓여있는 현실여건을 감안할 때에 자유민주주의의 이념과 제도를 무턱대고 모방하기는 어렵다.[33]

> 한국적 바탕 위에 기초도 없이 받아들여졌던 서구적 정치·경제·문화 등은 여러 가지 모순과 허점을 내포하고 있어, 나라의 발전과 번영에 장애가 될 때가 많았다.[34]

> 우리의 정치 문화는 민주주의의 실현을 가능하게 했던 구미의 그것과 다르며, 자율적 시민 정신을 기르는 데 시간이 더 필요한 상태에 있다.[35]

> 우리의 헌정사를 되돌아보면 6차에 걸친 헌법개정은 그 대부분이 주로 서구적인 민주정치제도를 모방한 것이었고, 이로 인한 비능률과 국력의 낭비는 국가의 발전을 저해하는 요인이 되기도 했다.[36]

이처럼 조국근대화와 총력안보 그리고 한국적 민주주의를 강조하는 유신의 이데올로기가 국민윤리, 사회, 그리고 국어교과서의 논설문이나 설명문 등에서 정권홍보에 가까울 만큼 이데올로기를 직접적으로 강조하고 있다. 이와 같은 직접적 이데올로기의 강요를 한축으로 하면서, 다른 한편으로는 한국적 민주주의와 호응하는 '한국적인 것', '전통적인 것'에 대한 정서적, 풍속적 차원 글들이 국민정서 교육의 일환으로 증가

---

33) 「현대국가관의 여러 형태」, 고등학교 『국민윤리』, 198쪽.
34) 고등학교 『국민윤리』, 161쪽.
35) 「우리나라의 정치발전」, 고등학교 『사회』 II, 97쪽.
36) 고등학교, 『정치·경제』, 63쪽.

하는데 이는 국어교과가 갖는 전문성 속에서 이데올로기를 특수한 방식으로 전유, 동일화하는 방식이라고 할 수 있다.

이 국어 교과만의 전문성과 정권의 이데올로기가 호응하는 경우로, '교과서 소설'을 들 수 있다. 해방 후 국어교과서에 실린 소설을 일람할 때, 1차부터 4차까지의 교육과정 대략 30여 년 동안, 이데올로기적 차원이 강조되었던 시기와 문학교육, 특히 현대소설이 집중적으로 실렸던 시기는 3차와 4차, 즉 유신체제와 5공화국의 시기이다. 1차 교육과정에서 중학교의 경우, 국내 소설로는 이효석의 「산」, 「사냥」, 유진오의 「창랑정기」 등이지만, 이후 「사냥」을 제외하면 지속되지 않는다. 고등학교의 경우에는 심훈의 『상록수』(「뽕나무와 아이들」로 개제)뿐이다. 이처럼 국어교과에서 한국 현대 소설이 미미한 지위를 차지하던 것에서 이후 5・16, 10월 유신, 5공화국의 등장과 함께 대폭적으로 늘어나고 있다. 10월 유신이후 1975년부터 교과서에 새로 실린 소설로는, 김동인의 「붉은 산(조국)」, 김동리의 「등신불」, 오영수의 「요람기」, 유주현의 「탈고 안 될 전설」, 이주홍의 「메아리」, 정한숙의 「금당벽화」 등이다. 「요람기」와 「메아리」 등이 보여주는 탈이념, 탈생활적 순수, 진공상태의 무시간성과 「금당벽화」와 「조국」이 보여주는 애국애족의 이념을 강조하는 것이 고르게 배치되면서, 교과서 소설의 이미지가 만들어졌다고 할 수 있다.

이와 같은 교과서 소설이 확립된 시기는 어느 때보다 한국적 민주주의로 대변되는 민족주의 국가이데올로기 그리고 반공이데올로기가 결합하면서 견고한 체계를 이루었던 시기라고 할 수 있다. 한국 현대소설의 '교과서적 정전'이 창출되고 확장된 시기가 유신과 5공화국 시기라는 것은 주목을 요하는 사실이다.[37] '교과서적 문학작품'과 그것을 자명

---

37) 1981년 개정고시(문교부 고시 제442호)된 교육과정에서 국어과의 경우 기존의 말하기, 읽기, 듣기, 쓰기의 영역이, '표현과 이해'로 통합되고, '언어'와 '문학'이 신설되어 세 영역으로 나뉘었다. 이 속에서 '표현과 이해'의 영역에서 문학작품이 대거 등장했고, 개정의 기본방향도 1. 언어기능의 신장 강화, 2. 문학교육의 강화, 3. 언어교육의 체계화, 4. 가치관 교육의 내면화로 나타났다. 가치관교육과 문학교육이 동시적으로 강화된 것이다.

화하면서 성립된 한국문학의 정전의 이미지는 대부분, 농촌, 전원, 순수, 전통으로 요약될 수 있기 때문에 해방 혹은 전쟁직후부터 시작된 것이라고 생각되기 쉽지만, 실제로 그런 작품이 교과서에 실리기 시작하고, 한국적인 것으로 이미지화되기 시작한 것은 유신과 5공화국이라는 개발독재와 국가 이데올로기가 전면화된 시기인 것이다. 대부분 해방이전 혹은 1950년대의 씌어진 작품들이, 1970년대 이후 발견, 선택되어 교과서에 실렸고, 그 이후 자명화되어 기원이 삭제된 것이라고 할 수 있다.

4. 이데올로기의 위계와 분담

이상으로 반공주의를 포함한 지배 이데올로기가 다양한 교과 영역에서 관철되는 양상과 국어교과만의 특수성을 변별해서 살펴보고, 국어교과서에 실린 글들을 종류별로 분석함으로써 한국사회의 지배이데올로기가 관철되는 양상을 살펴보았다.

먼저 1차부터 4차 교육과정기의 중·고등학교 국어교과서를 대상으로 현대문 및 현대문학류의 글들 중, 내용과 장르상 상대적으로 변화 없이 지속된 글들이 가진 이데올로기적 특징을 살펴보았다. 이를 통해 볼 때, 해방이후 남한 문학을 지배한 이데올로기와 문학의 상이 구축되는데, 국토기행문, 반공드라마, 순수서정수필, 황순원의 「소나기」나 알퐁스 도데의 「별」 등을 통해서 민족주의와 반공주의 그리고 탈이념적이고 비일상적인 순수문학의 상이 지배적이었음을, 그리고 그것이 구체적인 국어교과서를 통해서 지속적이고 일관되게 전달되고 있음을 알 수 있다.

또한 조국근대화와 총력안보 그리고 한국적 민주주의를 강조하는 유신의 이데올로기는, 교과서 체계 내에서 공통의 목표와 지반 위에서, 각기의 고유한 위계와 역할을 분담하고 있다고 할 수 있다. 중학교와 고등학교 내에서 논리와 정서의 차이, 단순성과 복잡성의 차이를 통해서, 그리고 국어교과서와 기타 다른 교과서 사이에서는 이념의 강제와 그것의 심정적 정서적 내면화의 방식으로 위계화되고 분유되고 있는 것이다. 즉 감상적이고 관조적 수필이 탈이데올로기적이고 서정적인, '순수한 문학'의 이미지를 전면화하는 것은, 한편으로는 반공드라마와 국토기행류를 통해 반공주의와 민족주의라는 정치적 이데올로기를 전면화하는 동일 체계 내에서의 분유의 형식이라고 할 수 있는 것이다. 또한 유신기의 국어교과서에서 '한국적인 것', '민족적인 것이 세계적인 것'임을 강조하는 회고적 감상과 수필들은, 국사, 정치경제, 국민윤리 등의 정치적인 교과서를 통해 서구적 민주주의와 제도적 합리성을 원색적으로 비판하며, 국가주의와 총력안보를 표면화하는 정치적 강제와 같은 체계 내에서의 분담인 것이다. 이데올로기의 설득과 강제, 동원과 위협, 집단적 정서적 내면화 등의 층위에서 교과영역들이 위계화되고 분유되어 있는 것이다.

그리고 이런 분담의 형식과 국어교과의 전문성이 결합하면서 문학, 아름다움, 순수라는 탈이데올로기적 표상과, 한국적인 것, 전통적인 것이라는 지극히 이데올로기적 표상이 결합하면서 한국문학의 이미지가 정착되었다고 할 수 있다. 본고는 지배이데올로기와 국어교과서와의 관련양상을 살피고자 한 글이기에, 교과서에 실린 소설 텍스트와 그것이 한국문학의 정전으로 확립되는 동력에 대해서는 상세한 분석을 유보하였다. 이는 고를 달리하여 살펴야하리라고 본다.

주제어 : 국어교과서, 지배이데올로기, 조국근대화, 총력안보, 강제, 내면화, 위계화, 분담, 반공드라마, 국토기행문, 서정적 수필

◆ 참고문헌

1. 원자료

1차~4차 교육과정기 중학교, 고등학교 국어교과서.

2. 단행본, 논문

이종국, 『한국의 교과서』 상, 대한교과서 주식회사, 1988.

———, 『한국의 교과서 출판변천사』, 일진사, 2000.

성기조 엮음, 『고교엘리트 문학 6, 수필』, 학영사, 1994.

곽병선, 이혜영, 『교과서와 교과서 정책』, 한국교육개발원, 1986.

한국교육개발원, 제3・4차 교육과정의 교과서, 『한국의 교과서 변천서』, 한국교육개발원, 1982.

윤구병, 『교과서와 이데올로기』, 천지, 1988.

박붕배, 『한국의 국어교육전사』 상・하, 대한교과서주식회사.

박붕배 외, 『광복 40년의 교과서』 소설/ 시, 나랏말쓰미, 1986.

진태하, 「국어교과서 70년의 변찬」, 『신동아』 38호, 1967. 10.

정준섭, 『국어교과과정의 변천』, 대한교과서 주식회사, 1995.

국어교육을 위한 교사모임, 『국어 교과서 지침서』, 푸른나무, 1989.

———————————, 『통일을 여는 국어교육』, 푸른나무, 1987.

———————————, 『교과서에 나오지 않는 소설』, 푸른나무, 1989.

전국교직원노동조합, 『통일을 여는 국어교육』, 1989.

정재찬, 『문학교육의 사회학을 위하여』, 역락, 2003.

김동환, 「소설의 다성성과 그 문학교육적 의미」, 『논문집』 43집, 한국국어교육연구회, 1991.

김상욱, 「현실주의론의 소설교육적 적용 검토」, 서울대 석사논문, 1992.

최현섭, 「소설교육의 사적고찰」, 성균관대 박사논문, 1988.

김창원, 문학교육의 목표변천 연구」, 『국어교육』 73・74집, 한국국어교육연구회, 1991.

이대규, 「교과서로서의 문학의 구조」, 서울대 박사논문, 1988.

류순자, 「중등학교국정국어교과서 편제변천에 관한 연구」, 연세대 석사논문, 1983.

서병숙, 「고등학교 반공교육에 대한 연구, 고려대 석사논문」, 1981.

엄진웅, 「중학교 국어과 교육과정에의 변천과 그 특성에 대하여」, 서울대 석사논문, 1976.

염해일, 「고등학교 국어과 표현·이해의 영역 연구」, 영남대 석사논문, 1988.
오성철, 「박정희의 국가주의 교육론과 경제성장」, 『역사문제연구』 II, 역사비평사, 2003.
전환규, 「학교교육에서의 문화적 재생산의 한계－제3차 교육과정 2기(1978～1981)를 중심으로」, 연세대 석사, 1984.
황인성, 「반공교육의 내용과 효과에 관한 연구」, 한양대 석사논문, 1989.
김금숙, 「중등학교 국어과 국정교과서 단원 배열 분석」, 고려대 석사논문, 1973.
김승삼, 「현행중학교 국어교과서 내용 분석」, 영남대 석사논문, 1985.
김은수, 「중고등학교 교과서의 소설연구－소설교육과 지침 설정을 위하여」, 전남대 석사논문, 1976.
나효순, 「중학교 국어교과서의 논설문에 대한 문장구조분석연구」, 한양대 석사논문, 1985.
구성회, 「교과서에 반영된 한국민주주의 대한 연구」, 연세대 석사논문, 1974.

◆ 국문초록

본고는 지배 이데올로기와 교육 및 교과서가 상보적으로 밀접한 연관을 갖고 있다는 점에서 출발하여 국어교과서에서 지배이데올로기가 관철되는 양상을 분석했다. 1차부터 4차 교육과정기의 중·고등학교 국어교과서를 대상으로 현대문 및 현대문학류의 글을 대상으로, 반공주의를 포함한 지배 이데올로기가 다양한 교과영역에서 관철되는 양상과 국어교과만의 특수성을 변별해서 살펴보고, 국어교과서에 실린 글들을 종류별로 분석함으로써 한국사회의 지배이데올로기가 관철되는 양상을 살펴보았다.

이를 통해 볼 때, 해방이후 남한 문학을 지배한 이데올로기와 문학의 상이 구축되는데, 국토기행문, 반공드라마, 순수서정수필, 순수단편소설을 통해서 민족주의와 반공주의 그리고 탈이념적이고 비일상적인 순수문학의 상이 지배적이었음을 밝혀내었다. 문학에 있어서의 이러한 경향은, 정치적으로는 조국근대화와 총력안보 그리고 한국적 민주주의를 강조하는 유신의 이데올로기가 강조된 시기에 더욱 두드러졌다. 이런 정치적 지배이데올로기는 교과서 체계 내에서 공통의 목표와 지반 위에서, 각기의 고유한 위계와 역할을 분담하고 있다고 할 수 있다. 중학교와 고등학교 내에서 논리와 정서의 차이, 단순성과 복잡성의 차이를 통해서, 그리고 국어교과서와 기타 다른 교과서 사이에서는 이념의 강제와 그것의 심정적, 정서적 내면화의 방식으로 위계화되고 분유되고 있는 것이다. 또한 유신기의 국어교과서에서 '한국적인 것', '민족적인 것이 세계적인 것'임을 강조하는 회고적 감상과 수필들은, 국사, 정치경제, 국민윤리 등의 정치적인 교과서의 서구적 민주주의와 제도적 합리성에 대한 비판, 국가주의와 총력안보를 표면화하는 정치적 강제와 같은 체계 내에서의 분담인 것이다.

결국 지배이데올로기의 설득과 강제, 동원과 위협, 집단적 정서적 내면화 등의 층위에서 교과영역들이 위계화되고 분유되어 있다고 할 수 있는 것이다.

◆ SUMMARY

The literature textbook and the dominant ideology

- The middle · high school' literature textbook

Cha, Hye-Young

This thesis focus on external appearance of the relation of ideology, the education, and the school textbook. This thesis applies to the modern literature in middle and high school textbook and others from the first educational curriculum plan to the fourth.

I analized the appearance that several dominant ideologies including anti-communism have been potential through the above school textbook. The way how to access to analsis as follows:

1. compare the literature school textbook with other subject school textbook.
2. the difference in the kinds of genre of literature school textbook.
3. the difference in level of middle and high school.

described that the images of the nationalism, anti-communism and unusual purity have been produced principally in the field of travel literature, anti-communism drama, pure short novel, romantic essay as the consequence of the speciality of school textbook.

And I also detailed that the requirement of korean development, the indispensability of national security and the unique democracy in Korea, etc political dominant ideology have been forced to students in proper form of cooperation and share with the other subject school textbook.

I described that the subject curriculums have been ranked in grade as pursuading, forcing, threatening, internalization in mind in the way of mobilizing the dominant ideology.

The characteristic functions has been alloted to the school textbook in the above ranks and shares.

Keyword : anti-communism drama, country travel literature, lyrical essay, pure novel, anti-communism, dominant ideology, forcing, threatening, internalization, literature school textbook

-이 논문은 2005년 6월 30일에 접수되어, 소정의 심사과정을 거쳐 2005년 8월 19일에 게재가 확정되었음.

마음의 검열관, 반공주의와 작가의 자기 검열

-김승옥의 경우

유 임 하*

목 차

1. 반공주의와 한국문학의 연관

해방 이후 작가들에게 부과된 창작의 문화적 조건은 전면적이든 부분적이든 반공주의의 규율체제하에 놓여 있었다고 할 만하다.

해방 이후 '반공주의'는 '자명한 이데올로기적 전제'[1]에 기초하여 한

* 동국대 강사.

1) '반공의 자명한 전제'는 억압적인 이데올로기가 가진 일반적 특성과 그다지 다르지 않다. 이에 관해서는 테리 이글턴, 여홍상 역, 『이데올로기 개론』, 한신문화사, 1994, 77쪽 참조.

국사회의 성원들에게 어떤 회의나 일탈도 금기시하는 국가 규율장치로 작동해 왔다. 반공주의는 자신의 정당성을 확보하는 방책의 하나로 '반공' 그 자체를 보편화하고 영구화한다. 이데올로기의 보편화 과정에서 일어난 의미의 재구성은 먼저 우리/타자(또는 적/우리)라는, 민족이 아닌 사상의 종족성을 구성하는 정치적 기획이었음을 보여준다. '우리'라는 범주는 타자에 대한 규정 없이 만들어지지 않는다. 우리/타자의 관계는 좌우정치의 헤게모니 투쟁과정에서 형성된 진영화의 결과이다. 우파 진영은 이 분할을 선/악의 구도로 몰아가며 "특정한 장소와 시간의 특정한 가치와 이해가 모든 인류의 가치와 이해로 투사"[2)]시키면서 절대화를 시도한다. 반공의 일반화를 거쳐 확장된 인류의 차원이란 이를테면 절대적 가치의 최종지점이다. 이 과정에서 공산주의자는 축출하고 절멸시켜야만 세계 평화가 도래한다는, 가공할 만한 인종주의적 전제가 당위적인 명제로 화한다. 반공의 이데올로기적 전제, 그 폭력적인 구성에 대한 회의는 결코 부정해서는 안되는 신성한 전제이자 계율이다. 그것은 이데올로기적 전제가 회의되는 순간 이데올로기적 기반과 가치 자체가 무너져 버리기 때문이다. 그러므로, 반공의 신성한 전제에 대한 어떠한 형태의 도전도 불용되는데, 그것이 허용되는 순간 적대 진영이 유리하게 활용할 뿐만 아니라 사회적으로 돌림병처럼 확산될 가능성이 상존하기 때문이다. 작가들은 반공 규율체계의 강압성과 이념 검증의 강박증에 사로잡혀 공포와 불안을 느꼈고, 검열과 필화, 감시와 처벌을 경험해야만 했다. 반공주의가 작가들에게 기입한 공포의 권력은 '반공을 추문화하는 일체의 근원과 가능성'에 대한 문제제기를 봉쇄했다. 그 결과, 작가들은 '사회를 분열시키는 나쁜 본보기', '공산주의라는 악'에 동조하거나 그에 상응하는 일체의 담론과 그것이 '일반화될 가능성'을 스스로 검열하기에 이른다.

반공주의는 개인을 사상의 필터로 여과하며 국가장치의 관리 아래

---

2) 테리 이글턴, 앞의 책, 같은 곳.

놓인 국민으로 통합하는 한편, 계층별, 집단별로 구획하여 규율의 네트워크 안에 단자화된 개인, 순응하는 주체로 주조해내는 일련의 면모는 전형적인 근대국가의 규율방식이다.[3] 반공주의를 유지하기 위한 특무대, 중앙정보부와 같은 기관 설립과 운용, 반공법과 국가보안법을 통한 사법제도와 행형 및 판례들의 축적, 공안문제연구소 설립과 자문 등을 통해서 정치활동, 언론과 출판, 문학예술, 교육, 종교, 노동운동, 통일운동 등 사회 전반을 망라한 방대한 감시체계가 구축되기에 이른다.[4] 반공 규율사회에서는 "개인조차 (…) '이데올로기적' 표상의 허구적 원자일지 모르며, 그러한 개인의 모습은 바로 '규율'이라고 명명되는 권력의 특수한 기술에 의해서 제조되는 현실의 모습일지 모른다."[5] 문학 또한 예외가 될 수 없다.

반공주의의 규정력은 작가들에게 공포와 자기검열이라는 심리적 현실을 창출한다.[6] 처벌의 확신을 사회 성원들의 내면에 기입된 생체권력은 작가들에게, 금기에 대한 공포증을 야기하는 초자아로 자리잡는 것이다. 이 '마음의 검열관'은 작가의 전의식과 의식의 세계를 검열한다. 그런 맥락에서 반공주의는 처벌의 사법적 권능을 '정신'까지도 관장하는 규율체계로 전환시킨 근대 국가장치의 이데올로기적 기반인 셈이다. 반공주의가 작가 내면에 기입한 것은 '처벌당한다'는 마음 속의 확신, 혹은 그것보다는 미약할지 모르나 처벌당할지도 모른다는 두려움이다. 반공주의는 동서 냉전체제를 내면화시킨 규율사회 안에 가동되는 최소한의 전제이자 정치적 국면에 따라 달라지는 억압의 기제이다. 이 기제는 분단체제 안에서 배타적인 민족주의를 기반으로 반북의 정서를 복제

---

3) 미셸 푸코, 오생근 역, 『감시와 처벌』, 나남출판, 2003. 재판, 213-302쪽 참조.

4) 박원순, 『국가보안법연구』 2, 역사비평사, 1992, 302쪽.

5) 미셸 푸코, 위의 책, 302쪽.

6) 감시와 처벌의 규율장치는 일상적으로 인식되는 생활 영역을 떠나 추상적 의식의 영역 속으로 들어가고, 그 효과를 가시적인 강렬함에서가 아니라 숙명적인 필연성에서 찾음으로써, 처벌의 소름끼치는 광경이 아니라 처벌당한다는 확신을 사회적 성원들의 마음에 심어놓는다. 미셸 푸코, 위의 책, 32-33쪽 참조.

해내고, 맹목적인 친미주의를 증폭시키며 근대화 담론과 결합하면서 정권 안보의 정치적 효과를 누리는 '배제와 증오의 정치학', 미시권력의 기반에 지나지 않는다. 해방 이후 작동해온 반공주의라는 '특수한' 규율체계는 '특수한' 한국문학의 제도와 담론, 정전에 이르는 광범위한 문화적 현실을 생성시켰다고 할 수 있다. 그렇기 때문에 반공주의라는 규율장치와 문학의 중층적인 연관은 문학의 양상이나 정체성마저 규율체계의 억압을 내면화한, 그리하여 권력에 의한 훈육과 기술에 순응하며 주조된 것이라는 가정을 가능하게 해준다. 그러나 이러한 문제들은 언어의 건축학적 구조를 해명하는 미학주의의 작업과정에서는 그다지 관심을 끌지 못했다. 미학주의가 지향하는 일련의 논의 절차는 언어의 유기적 질서와 구조화에 대한 편중된 관심으로 이어지면서 문학 외부의 현실과 그 현실의 억압성이 한국문학을 어떻게 왜곡시켰는가 하는 문제들을 누락시키고 만다.

이 글은 '반공주의의 억압과 그에 따른 한국문학의 왜곡'이라는 문제의식을 바탕으로 작가의 자기검열의 문제를 논의하고자 한다. 이 글에서 대상으로 삼은 김승옥은 월북가족이나 좌익가족 출신의 작가로 알려져 있지 않았고 그러한 문학을 표방하지도 않았다. 그러나 그는 좌익 아버지나 외삼촌의 좌익활동 경력을 침묵하였다가 뒤늦게 고백한 바 있다. 이러한 고백은 단순히 가족사에 대한 뒤늦은 고백이 가진 함의보다도 그의 1960년대 소설에서 두드러지는, 아버지의 부재 현상과 무관하지 않으며 이는 자기검열의 결과임을 말해준다. 김승옥을 사례로 삼아 자기검열을 통해서 아버지의 부재처리가 어떤 미적 특성을 획득하게 되는지를 살피는 일은 김원일, 이문구, 김성동, 이문열처럼 아버지에 대한 긍정/부정의 행로 사이에 놓인 사례들을 검토하는 출발점이 될 수 있다는 점에서 논의의 가치가 있다.

2. 검열체제와 작가의 자기 검열

프로이트의 논법을 빌려 말하면, 작가의 상상력과 글쓰기라는 행위는 외현된 꿈-내용에 비유될 수 있다. 잠재된 꿈-내용을 의사 앞에서 기억해낸 환자의 외현된 꿈-내용은 창작심리와 글쓰기의 과정에 가깝다. 잠재된 꿈-내용을 외현된 꿈-내용으로 전환하는 과정에서 전의식과 의식 사이에는 프로이트가 꿈-내용의 무의식적 검열을 비유적으로 언급해서 말한 '마음의 검열관'이 자리잡고 있다. 이 존재는 무의식에서 분출되는 리비도의 공상을 추잡함으로 몰고 가며 외현된 꿈-내용에서 이를 고의로 누락시키거나 삭제하는 역할을 담당한다. '마음의 검열관'은 신체에 기입된 반공주의라는 억압적 규율장치가 작가의 자기검열을 능동적으로 수행하게 만드는 무의식의 실체이자 자기검열의 보이지 않는 주체에 해당한다.[7] '마음의 검열관'은 예측할 수 없는 상상력, 곧 리비도적 공상을 억압하고 제어하며 신체에 기입된 공포를 견디어내기 위해서 자기보존과 방어의 심리기제를 가동시킨다.

리비도적 공상에 대한 자기검열을 두고 프로이트는 '추잡함'의 삭제 또는 누락으로 꿈-내용을 해석하지만, 반공주의의 강압적인 규율장치를 의식하는 작가들의 자기검열은 다소 다르게 나타난다. '외현된 꿈-

7) 지그문트 프로이트, 임홍빈·홍혜경 공역, 「꿈-검열」, 『정신분석강의』 상권, 열린책들, 1997, 193-210쪽 참조. 프로이트는 '자원봉사'에 관한 꿈을 통해서 꿈-검열 기제를 리비도적인 공상의 전형적인 모습으로 파악하고 검열의 결과를 추잡함의 제거라고 설명하고 있다. 프로이트는 외현적 꿈에서 잘려나간 부분(자원봉사의 꿈에서는 웅성거림으로 나타난다-인용자)이 검열에 의해 희생된 부분으로, 이로 인해 꿈-왜곡이 생겨난다고 본다. 프로이트가 말하는 외현된 꿈의 균열된 부분(또는 삭제된 부분)은 바로 이 지점에서 꿈-검열이 이루어진 것이다. 프로이트는 대다수의 경우 꿈-검열이 원래 표현하고자 했던 것 대신에 표현을 완화시키거나 유사한 것으로 변죽을 울리며 암시로 끝나고 마는 제2유형과 강조점의 이동에 따른 내용의 재편성을 통해 외현적 꿈에서 잠재적 꿈-사고를 추측해낼 수 없는 제3유형도 있다고 본다(198-199쪽). 그는 "재료의 누락, 수정, 내용의 재편성 등은 (…) 꿈-검열의 작용이며 꿈-왜곡의 수단"이라고 말한다(199쪽). 특히 그는 수정과 재편성을 꿈-작용의 '전치'라고 부른다(199쪽).

내용', 즉, 기술된 것인 텍스트에는 좌익의 아버지에 대한 자기보존적인 침묵과 의도적인 은폐가 있어 보인다. 1940년을 전후로 태어나 10대의 성장기에 경험한 작가들의 경우,[8] 이들의 문학적 자아는 트라우마와 상처의 불가해한 근원에 대해서 다음과 같은 질문을 던진다; 전쟁이란 무엇인가, 왜 전쟁은 일어났는가, 왜 싸워야만 하는가, 아버지는 왜 부재하는가, 아버지는 왜 좌익에 가담했는가, 왜 아버지는 죽어야만 했는가 또는 왜 아버지는 돌아오지 않는가, 나는 누구인가 등등…. 그런데 이들 질문에 대한 해답은 반공주의의 감시와 규율이 지배하는 현실에서는 쉽게 접근하거나 성취되기 어렵다. 이들 질문은 반공주의라는 억압적 금기의 벽에 부딪쳐 차단되고 마는 것이다. 이는, 김수영이 이어령과의 불온시 논쟁에서 절대로 과소평가해서는 안된다고 지적했던 "금제의 힘",[9] 금기의 위력이기도 하다. 억압된 것들의 침묵은 고스란히 유년기의 무의식으로 남아 은폐되거나 왜곡된 방식, 우회적인 표현으로 분출되는 것이다. 그러니까 가족사의 경험과 관련된 억압된 기억과 침묵은 해답구하기의 포기를 뜻하지는 않는다. 세계를 향한 의문과 해답찾기는 장성하여 사회적 개인으로 살아가면서 반공의 규율장치와 필연적으로 대면하는 과정에서[10] 잘 조직된 글, 곧 자기검열을 거친 외현된 꿈-내용으로 나타난 것이다. 한때 풍미했던 분단이야기라는 양식도 그런 맥락에서 주목해볼 가치가 있다. 어린 서술자를 등장시켜 유년기 또는 성장

---

8) 1940년대를 전후로 태어나 유소년기의 체험을 대상으로 삼는 작가로는 유재용(1936), 이청준(1939), 한승원(1939), 김주영(1939), 김용성(1940), 전상국(1940), 김승옥(1941), 현기영(1941), 이문구(1941), 김원일(1942), 이동하(1942), 윤흥길(1942), 황석영(1943), 조정래(1943), 김성동(1947), 이문열(1948) 등이 있다.

9) 김수영, 「지식인의 사회참여」, 『김수영문학전집 · 2 · 산문』, 민음사, 2003. 개정판, 218쪽.

10) 김원일의 『노을』에서 의미심장한 장면 하나는 애써 외면하며 평범한 회사원으로 살아온 주인공이 간첩사건에 우연찮게 연루되면서 아버지에 대한 관심과 이해가 촉발되는 부분이다. 이 사건을 계기로 주인공이 보여주는 '아버지로의 회향(回向)'은 사회적 그동안 자신의 생존을 위해 외면했던 문제들이 규율사회의 감시 속에서 언제든지 속박과 위해를 가할 수 있다는 뒤늦은 자각을 통해서 이루어진 주체적 전환의 경로임을 말해준다.

기에 겪은 불가해한 체험으로 소급시킨 문학적 자아는 역사의 광기와 폭력을 응축과 상징, 우회와 암시로 처리하기 위한 전략적인 장치를 마련한 것으로 볼 여지가 충분하다. 곧, 어린 서술자는 자기검열을 피해 반공의 억압적 규율을 우회하고 설정된 금기의 현실을 돌파하기 위해 고안된 존재인 것이다.

반공주의에 입각한 검열체계의 가동은 남정현의 '「분지」 사건'(1965)[11]에서 표면화된다. 이 사건은 작가들에게 검열의 공포 효과를 발휘하며 검열의 위력을 과시한다. 이 사례는 문학적 의도와는 무관하게 북한체제의 정치적 선전에 이용당할 수 있다는 특수성을 환기하며 사상에 저촉되면 처벌당할 수 있다는 공포를 작가들의 내면에 기입했다. '분지사건'을 계기로 각 신문사와 잡지사는 신문연재작품에 대해 신문윤리위원회, 잡지윤리위원회, 예술문화윤리위원회에서는 내용을 심의하는 대중검열체계를 가동한다. 이러한 현실에서 한 신문사에서는 문인들에게 사전심의에 대해서 설문조사를 실시하고 있다.[12] 설문에 응한 전광용은 "윤리라는 말 자체가 상대적"이므로 "시간과 공간에 달라지는 윤리인데 어떻게 어떤 항목을 마련해서 일도양단할 수 있단 말인가"라고 반문하고 작가 자신의 "책임있는 심의", 곧 자기 양식의 판단이라고 본다. 강

11) 한승헌, 「남정현의 필화, '분지'사건」, 『남정현문학전집 · 3』, 국학자료원, 2002, 278-298쪽 참조.

12) 신문연재 작품에 대한 심의는 신문윤리위원회가, 잡지에 관해서는 잡지윤리위원회가, 제소된 작품에 대해서는 예술문화윤리위원회에서 심의하고 있다는 것을 보여주고 있다(『서울신문』, 1967. 5. 23). 아래의 신문 기사는 분지 사건과 작품 심의에 관한 문제가 1967년 7월까지도 지속적으로 거론되고 있음을 보여준다.
안수길, 「'糞地'는 無罪다—文學의 抵抗精神沮害는 부당」, 『동아일보』, 1967. 5. 25.
신동문, 「文藝作品 비판은 良識에—小說 '糞地' 是非」, 『조선일보』, 1967. 5. 30.
이범선, 「先入見없는 批判을—小說 '糞地' 是非」, 『조선일보』, 1967. 5. 30.
장경학, 「讀者들엔 批判意識, 作品을 制裁면 創作意慾 위축—小說 '糞地' 是非」, 『조선일보』, 1967. 5. 30.
홍기삼, 「金春洙씨와 「未熟」—「南廷賢事件」을 읽고」, 『동아일보』, 1967. 6. 17.
안수길, 「有罪는 創作意慾 위축—南廷賢事件의 判決을 보고」, 『동아일보』, 1967. 7. 1. 등.

신재 또한 "문학작품에 대한 심의란 어떤 名分과 형식에 의해서도 하지 말아야 한다는 것은 상식 이상의 원칙"이며, "모든 것은 作家의 良識과 판단에 맡겨야 할 문제"로서 "작가는 어떤 모양이든지 간에 制約을 바라지 않으며 다만 자연적인 반발이나 항의에 대하여 스스로 판단하여 자기작품을 쓰고 지킬 뿐"이라고 응답하고 있다. 검열과 심의에 대한 문인들의 반응은 예상되는 바와 같이 심의에 동조하지 않고 모든 창작활동과 양식을 작가의 판단에 맡겨야 한다는 입장을 취하고 있다.

설문조사에서 김승옥은 신문윤리위원회의 심의에 대해, "모든 것은 作家의 良識"의 문제로 귀결되지만, 신문이라는 매체의 특성상 "최소한도의 심의는 불가피하"다는 생각과 "오히려 작은 일 때문에 큰 것을 망치지 않을까 하는 두려움, 주변의 소동 때문에 전체 작가가 당하고 있는 것 같은 불안감"을 피력하고 있다.[13] 그가 말하는, "두려움"과 "불안감"은 사실 작품의 심의가 미칠 작가의 사회적 생존과 직결된 소시민적 두려움과 불안을 보여준다. 이 같은 두려움과 불안은 그의 개인사와 관련지어 보면, 뜻밖에도 반공주의의 억압 때문에 침묵하거나 은폐해온 자기검열과 무관하지 않아 보인다. 잘 알려져 있듯이, 그의 문학은 김원일이나 이문구, 김성동처럼 좌익 아버지에 대한 고백을 거쳐 아버지 당대의 역사에 대한 폭력성과 비극에 대한 고발을 지향하지도, 이문열처럼 이데올로기에 대한 철저한 거리두기와 아버지에 대한 부정으로 일관하지도, 박완서처럼 오빠의 좌익경력을 검열의 시대적 변화에 맞추어 진실을 드러내는 방식을 취하지도 않았다. 김승옥이 설문에서 피력했던 불안감의 정체는 반공주의가 만들어낸 금기에 대한 의식, 자기검열을 통해서 아버지의 이해와 긍정/비판과 부정이라는 양 극단을 지향하지 않았던 가족사적 경험에 대한 생존본능에 가까워 보인다.

13) 『서울신문』, 1967. 5. 23.

3. 작가의 자기 검열: 김승옥의 경우

1) 가족사의 내력과 자기 검열

김승옥은 2001년 가을(9. 22) 한 좌담에서 좌익에 연루된 가족사를 처음 발언했다.[14] 50여 년에 가까운 긴 침묵이 뜻하는 바는 그 세월만큼 문제가 그리 간단치가 않음을 시사해준다. 거기에는 좌익에 연루된 아버지에 대한 연민과 애증이 맞물려 있을 뿐만 아니라 반공의 규율체계가 엄존했던 사정도 있었을 것이다. 그러나 그 침묵이 말해주는 것은 작가 자신의 자기검열은 매우 치밀하게 작동했으리라는 심증이다.

회상에 따르면, 그는 1950년대 초등학교 시절 반공교육과 미국식 민주화교육을 받았다는 회고와 함께(29쪽), 여순사건이 일어난 순천에서 성장했다는 것, 일찍 시작된 독서는 이미 초등학교 때 한설야니 이기영을 다 읽어치웠고, 대학에 들어와서는 루카치 정도가 새로운 존재였다는 것을 알려준다. 또한 그의 회상은 집안에 좌익분들이 계셔서 피해다니고 도망다닌 (성장기의) 기억이 있다는 것, 그래서 개인적으로는 좌익적 분위기란 게 싫은 느낌이었다는 것, 집안 외삼촌이 순천중학 학생동맹 위원장이었고 좌익군인들을 따라가 지리산에 입산했다가 조여드는 진압작전에 위험을 느껴서 서울로 도망하였다는 것, 휴전 후 외삼촌은 신학교에 들어가 개신교 목사가 되었다는 것, 아버지는 일제 때부터 남로당 당원이었으며 자신이 여덟 살 때인 1949년 무렵 세상을 떠나셨다는 것, 아버지의 전력 때문에 여순사건 이후 집안에 대한 감시가 심해지자 초등학교를 여러 번 전학 다녔다는 것을 말해주고 있다.[15] 이 글은 김승옥의 가족사에 대한 세밀한 내력에 대한 관심보다도, 소략하게나마 드러난 가족사의 내력이 어떻게 그의 문학적 특징을 낳았고, 그 과정에

14) 좌담 내용은 최원식 · 임규찬 공편, 『4월 혁명과 한국문학』, 창작과비평사, 2002, 18-67쪽 참조할 것. 이하 좌담내용은 책의 쪽수만 기재함.

15) 위의 책, 41-42쪽.

서 자기검열의 기제가 어떻게 작동했는지를 거론해 보고자 한다.

가족사의 내력을 조심스럽게 발언하는 김승옥의 태도는 박완서의 경우와는 크게 차이난다. 박완서의 경우, 자전적 요소와 관련된 자기검열은 '오빠의 좌익 전력'에 대한 묘사를 중심으로 이루어지는데, 이는 가족주의의 틀과 반공주의의 시선에서 벗어나지 않는 소극성을 보여준다.[16] 하지만 김승옥은, 김원일·이문구·이문열·김성동처럼 "반체제 분자의 자식"(42쪽)으로 성장했음에도 불구하고, 이들이 지향하는 분단문학에 합류하지 않는다. 이 차별성은 그의 지적 조숙성과 "집안에 좌익 분들이 계셔서 피해다니고 도망다닌 (성장기의) 기억"과 "좌익적 분위기란 게 싫은 느낌"[17]에서 비롯된 것으로 보인다. 그렇다고 해서 "빨갱이의 아들"[18]이라는 자의식과, 감시 규율에 대한 두려움과 불안을 지닌 한 작가로서 반공주의의 검열기제에 순응했다고 보는 것도 온당하지 않다. 1960년대에 주로 발표된 그의 소설에서 반복적으로 등장하는 여수, 순천이라는 공간,[19] 그 안에 담긴 반공주의에 대한 우회적이고 징후적인 면모는 대단히 풍부하게 발견된다. 이는 곧 자기검열의 문제와 직결된 것임을 일러준다. 그런 까닭에 탈냉전의 분위기가 자명해진 2001년의 시점에 이르러서야 소략하나마 좌익의 아들임을 밝히고 있는 점은 대단히 시사적이다. 그의 고백은, 두려움과 불안 속에 자기검열의 기제를 작동시키며 창작에 임했으리라는 충분한 개연성을 갖는다. 그의 문학이 보여주는 다양성과 이데올로기와 관련된 자전적 요소들의 파편성은 반

---

16) 강진호, 「반공주의와 자전소설의 형식」, 『국어국문학』 133집, 국어국문학회, 2002, 334쪽.

17) 최원식·임규찬 공편, 앞의 책, 41쪽.

18) 김승옥 소설에서 "빨갱이의 아들"이라는 표현이 등장하는 대목은 「내가 훔친 여름」(『김승옥 전집·2』, 문학동네, 1995, 167쪽)에서이다. 선배가 애인의 집에 가서 그 아버지께 정식으로 청혼하는 대목에서 발화된다.

19) 김승옥의 소설에서 여수, 순천이 가진 공간적 함의는 다시 조명될 필요가 있다. 이곳은 「생명연습」, 「건」, 「역사」, 「누이를 이해하기 위하여」, 「무진기행」, 「환상수첩」 장편 『내가 훔친 여름』에 이른다. 또한 작가는 '동두천'이라는 제목으로 연재했다가 중단한 뒤 제목을 바꾼 중편 「재룡이」(1968) 또한 여수, 순천 지역의 대체에 가깝다.

공주의의 억압적인 규율체계 안에서 수동적/적극적으로 대응해온 여러 궤적에서도 특히 심미적 지향을 표방하는 문학에 내재된 반공주의와의 길항을 규명하는 데 선례가 될 수 있다.

창작의 심리과정에서 작용하는 작가의 자기검열은 금기와 억압, 쓰려는 것과 쓸 수 없는 것의 충돌에서 발생한 균열을 봉합하려는 노력을 촉발시킨다. 이 노력은 권력자의 편을 끝없이 의식하며 표현을 약화시키거나 암시적으로 처리하기도 하며, 핵심적인 내용을 아예 다른 소재로 대체하는 방도를 강구하는 모습으로 나타난다. 암시와 생략, 희화화, 금기의 우회나 침묵 등에 주목해야 하는 까닭도 여기에 있다. 이러한 특징들은 작가 자신이 반공주의라는 미시권력과 공포의 효과를 감내하며 벌이는 주체의 고투일 뿐만 아니라 부당한 권력과 규율에 저항하며 형성되는 시민적 주체의 경로에 해당된다.

2) 아버지 부재 처리와 가족로망스

김승옥은 자신의 문학적 방향성을 두고 대학교 2학년 때 쓴 데뷔작 「생명연습」과 그 이후 발표된 자신의 소설에 관해 다음과 같이 발언하고 있다.

> (전략) 그래서 첫 데뷔작품이 내가 겪은 6·25가 어떤 의미를 갖고 있는가, 나에게 6·25란 어떤 의미인가 하는 주제로 대학교 2학년 때 쓴 「생명연습」이었어요. 말이 나왔으니까 좀 얘기하자면 우리 세대의 문학은 어떤 의미에서는 6·25문학이라고 봐야 해요. 4·19세대의 문학이라고들 하지만 사실은 우리 세대가 어린 시절에 겪은 6·25이후의 체험담들이 결국은 우리 1960년대 문학의 기본적인 배경이 된다고 봐야 하지 않을까. 적어도 나의 경우에는 6·25를 어떻게 봐야 할 것인가 하는 주제를 가지고 6·25 이후 한국인은 아버지를 상실한 세대, 민족대혼란의 전쟁과 이데올로기 때문에 성리학적 전통문화가 깨져버리고 아직은 새로운 것이 붙잡히지 않는 세대, 이렇게 압축시켜보자 해서 그렇게 썼던 거죠. 데뷔작 이후에 쓴 소설들도

거의 모두 그런 주제들이었죠.

—좌담, 같은 책, 32쪽.

김승옥이 말하는 '6·25에 대한 의미찾기', 곧 「생명연습」에서 발견되는 6·25의 의미는 전쟁 그 자체를 가리킨다기보다는 가족에 미친 충격에 대한 글쓰기의 벡터로 볼 수 있다. 그 방향성은 작품의 의도가 전쟁이 초래한 아버지 상실의 충격과 그 부재에서 오는 상처임을 시사해준다. 「생명연습」[20]에서, 가족상황에 대한 유년의 기억은 흡사 프로이트가 말한 '가족로망스'와 그 안에 담긴 외디푸스적 도정에 가깝다. 아버지의 부재, 아버지의 결핍에서 오는 어머니의 남성 편력과 이를 응징하려는 형의 모의, 형의 모의가 실패하면서 좌절을 거쳐 감행된 누이와 나의 살해 행위, 뒤따른 형의 자살은, "인간의 성장의 전형적인 위기를 해결하기 위하여 상상력이 거기에 호소하게 되는 하나의 방법"[21]이라는 맥락에서 보면, 성장기에 입은 트라우마, 전쟁의 상처를 추스리는 일련의 과정을 보여주는 전형적인 성장의 일화에 가깝다. 그러나 그 상처는 어디에서 온 것이며, 어떻게 변형되고 응축된 것인가? 일단 발화되지 않은 채 누락된 사실 하나는 죽음으로 처리된 아버지의 부재 또는 결핍이다. 이야기는 아버지의 죽음에 관해 철저히 침묵하는 대신, 어머니의 남성 편력과 형의 윤리적 응징, 어머니와 형을 화해시키려는 누나의 슬픈 노력을 담은 가족로망스로 나타나고 있다.

그러나 가족로망스의 내용은 자전성과 결부된 트라우마를 감추기 이해서 또하나의 삽화를 전면에 내세우고 있다. 그 삽화는, 학과의 지도선생인 한교수와의 대화나 회고담, 엽색행각을 일삼는 친구의 만남과 대화들이다. 「생명연습」에서 누락시킨 '아버지의 부재'를 대체하는 것은,

20) 이 글에서 인용하는 김승옥의 모든 텍스트는 『김승옥전집』, 문학동네, 1995년에 의거한다. 이하 작품명, 권수와 쪽수만 기재함.

21) 마르트 로베르, 김치수·이윤옥 공역, 『기원의 소설, 소설의 기원』, 문학과지성사, 1999, 41쪽 각주 참조.

아버지 없는 현실에서 가족들이 앓고 있는 상처와 갈등, 죄의식으로 얼룩진 가족간의 불화, 곤고한 성장의 고통에 관한 내력이다. 어머니와 오빠의 애증이 "한 오라기의 죄도 섞이지 않"(40쪽)은 "풀 수 없는 오해들"(43쪽)과 "다스릴 수 없는 기만"(43쪽)들로 얼룩진 성장기의 자욱한 불행들을 견디어내며 살아온 것, 이것이야말로 1950년대의 처연하기 그지없는 성장의 다른 이름, '생명연습'이 가진 본래의 뜻이다. 이렇게 보면, '마음의 검열관'은 전의식과 의식 사이에서 아버지를 부재처리하고 아버지에 대한 모든 언급을 삭제한 뒤 어머니－형, 누나－나의 처연한 가족로망스를 탄생시킨 동력이 된다.

아버지와 관련된 자전성을 삭제한 후에 남는 것은, 아버지의 부재에서 오는 어머니의 고단한 생계살이와 피난지에서의 궁핍상에 관한 소략한 내용이다. 그리고 그 내용은 누나의 편지에서도 드러나는 것처럼 "거의 완전한 허구"(42쪽)로 바뀐다. 하지만 이 허구성은 자전성의 출처를 가진 요소들이 이야기로 구성되는지를 보여주는 심리적 기제에 지나지 않는다. "거의 완전한 허구"라는 말에서도 알 수 있듯이(사실 '완전한 허구'란 없다), 가족로망스의 내용은 아버지의 부재 속에 어머니를 의심하는 나의 무의식을 형과 누나로 분열시켜 애증이 교차하는 선악의 인물 구도로 바꾸어놓고 있음을 보여준다. 이는 근대소설의 연원을 가족로망스로 언급한 마르트 로베르의 심리학적 기원과 정의에 어느 정도 부합한다.[22] 「생명연습」에 등장하는 "화사한 왕국"도 그런 예의 하나이다. 이 왕국은 아버지가 부재하는 현실에서 어머니의 생계살이에서 오는 고독의 불안과 공포를 견디어내기 위해 만들어낸 동경의 세계, 곧 자기만의 상상이 만들어낸 결과이다. 서술자에 의해 상정되는 왕국에서는

22) 마르트 로베르의 관점이 근대소설의 심리학적 기원을 가족로망스와 외디푸스적 도정에서 구하고 작가들을 업둥이와 사생아로 나누는 방식도 여기에 부합한다. 그러나 김승옥의 경우, 아버지의 부재와 상실이 아버지의 고귀함이나 어머니의 타락 사이에 좌익가족이라는 특수성이 자리잡고 있어서 로베르의 논리를 그대로 일반화시키기에는 무리가 있다.

"누구나 정당하게 살고 누구나 정당하게 죽어간다."(이 상상은 아버지는 정당하게 살았으나 부당하게 죽었다는 뜻이나 누구나 부당하게 살고 누구나 부당하게 죽어갔다는 뜻으로 바꾸어도 무방하다. 아니면 부당하게 살고 정당하게 살아간다는 뜻으로도 바꿀 수 있다. 이 풍부한 함의야말로 김승옥 소설이 가진 심미성의 단면 하나임에 분명하다). 또한 "피하려고 애쓸 패륜도 아예 없고 그것의 온상을 만들어주는 고독도 없는 것이며 전쟁은 더구나 있을 필요가 없다."(이 상상은 현실에서는 피할 수 없는 패륜-어머니의 부정과 형의 윤리적 응징 모의, 자살 등—과 그것의 온상을 만들어주는 고독만 있었고, 전쟁의 상처만 있었다는 말, 그 반대로 바꾸어도 무방할 만큼 함의가 풍부하다). 그러므로 화사한 왕국은 "누나와 나는 얼마나 안타깝게 어느 화사한 왕국의 신기루를 찾아 헤매었던 것일까!"(40쪽)라는 말처럼, 곤고한 현실을 헤쳐가는 한편 무력한 자신을 절감하며 아버지의 대체물을 찾아나선 도정에서 동경과 상상으로 마련한 또하나의 세계인 것이다.

「생명연습」의 자전적 출처를 가진 이야기의 본래 모습은 결국 형과 누나로 분화된 '나'의 부재처리한 아버지에 관한 이야기가 아닐까. 아버지의 상실에 대한 충격과 애정의 표현은 누락된 채(자기검열에서 삭제된 부분), 어머니의 부정에 대한 의심, 그에 대한 윤리적인 응징이 형이라는 아니마, 어머니를 용서하며 형과 화해를 꿈꾸는 누나라는 아니무스로 분화된다. 그러나 자아의 아버지 부재에 관한 이야기는 은폐되지 않는다는 불안감 때문에 김승옥은 거기에다 한교수와의 대화를 끼워넣은 다음, 한껏 주름을 지운 한 편의 이야기로 만들어낸 것이다. 이처럼 「생명연습」은 아버지 부재의 가족로망스를 한껏 주름을 가한 성장담으로 만들어내는 과정에서 오히려 풍부한 함의를 가미함으로써 전쟁으로 인한 가족의 상처를 섬세하게 포착하고 환기해내는 효과를 거둔 작품이다.

3) 자기 검열의 양상과 또다른 아버지 찾기

「생명연습」에서 회상되는 유년의 시간대는 "국민학교 육학년 때, 사변이 있던 그 다음해 이른 봄", '전쟁중의 여수'(1권, 「건」, 20쪽)이다. 「건」의 시간적 배경 역시 "6학년" 때이므로 1951년 무렵이다. 「생명연습」이 외디푸스적 도정을 담은 가족로망스의 외형을 가지고 있다면, 「건」은 빨치산의 내습으로 불타버린 도시를 무대 삼아 위악한 현실에 오염된 채 순수를 모독하며 성장담에 가깝다. 그러나 「건」의 텍스트 곳곳에는 여순사건의 흔적들이 파편처럼 널려 있다. 자전성의 출처를 가진 이들 파편은 변형과 응축, 대체를 통해서 텍스트의 전면에 흩어져 있는 것이다. 「생명연습」에는 부재 처리되었던 아버지가 「건」에서는 빨치산의 시신을 처리하는 노역자로 등장하고 있다. 작중의 어린 서술자는 시신을 처리하는 장례업자로 변형된 아버지를 등장시켜 좌익의 사상에 가담한 아버지를 부정하는 행동을 취한다. 서술자는 아버지가 파놓은 무덤자리 안에 빨치산의 주검을 담은 관에 힘껏 돌팔매질을 하는 위악함을 보여준다. 그 위악함은 아버지의 정치노선에 대한 부정의 형국이다. 어린 서술자의 이러한 행동은 「생명연습」에서 보여준 내밀한 가족로망스 구도가 변주되어 아버지에 대한 부정과 거부를 한껏 부각시킨 것으로 해석될 수 있다. 위악하고 고단한 성장의 주체는 아버지가 선택한 이데올로기란 "꽁꽁 뭉친 그런 신념덩어리"(54쪽)가 아니라는 것, 그러나 "벽돌이 쌓여 있는 더미의 강렬한 색깔"이 가진 "무시무시한 의지" "적갈색과 자주색이 엉켜서 꺼끌꺼끌한 촉감의 피부를 가진 괴물"(54쪽)임을 간파하고 있는 것이다. 적갈색과 자주색은 죽음의 부패를 상징하는 빛깔이다. 빨치산의 주검은 아버지의 죽음 또는 시신으로도 해석해볼 여지도 충분하다. 아버지에 대한 부정은 더 나아가 자신의 순수한 동심에 대한 자해로 이어진다. 어린 서술자는 순수한 세계를 상징하는 윤희누나를 훼손하려 든다. 비록 형들의 부정한 모의에 스스로 가담하는 모양새를 가지고는 있으나 자신의 방위대 지하실이라는 동심의 처소가 사라진 지금 그 동심의 세계란 더 이상 존재하지 않음을 그는 잘 알고 있다. 그는 이제 성인의 의례를 공모하는 조숙함으로 성장의 부정적 일탈을 가감없이 드러내 보이는 것이다. 그러므로 「건」은 전쟁에 대한 부정과 환멸이라는 의식을 동반하면서도 죽음에 가까운 아버지(또는 죽은 빨치산)를 동일시한 몸짓, 그 정치적 신념을 부정하며 여순사건에 관련된 트라우마 등 거기에 얽힌 성장체험을 세계의 타락과 오염을 받아들이는 성장담으로 변형시키고 있는 것이다.

그러나 「건」에는 여순사건에 연루된 좌익가족의 아들이 발설해서는 안되는 자전적 내력을 어떻게 변형시켰는지를 암시하는 대목이 감지된다. 작품에서 침묵되고 있는 것은 아버지의 사상 선택과 활동이 가진 함의이다. 이를 김승옥의 회고 내용과 겹쳐 읽어 보면, 아버지와 현실세계에 대한 상호관련성이 어렴풋하게 감지된다.

> "자라면서 어린시절부터 그런 갈등을 느꼈지요. 아버지가 옳으냐 내가 받은 교육이 옳으냐. 그래서 독서를 일찍 시작했던 것이 아닌가, 그렇게 생각해보곤 합니다. 아마 아버지는 일제에서 해방되기 위하여, 독립운동을 하기 위하여 남로당에 들어갔던 것이 아닐까, 아버지 세대에서는 제국주의가 아닌 국가, 피압박민족의 해방을 지원해주는 국가가 소련밖에 없었기 때문에 아버지도 맑시스트가 됐던 게 아닐까, 아버지에 대해 저는 그렇게 이해해보고 있습니다."
>
> ―좌담, 같은 책, 47쪽.

김승옥의 발언에서 추론해볼 수 있는 것은 외디푸스 콤플렉스와 관련된 갈등 부분이다. 조숙한 성장기에 가진 의문과 갈등은 아버지와 깊이 연관되어 있다. 이 갈등은 아버지의 좌익활동을 수긍하는 일면도 있었을 뿐만 아니라[23] 자신이 받은 미국식 민주교육과 비교해볼 때, 과연 아버지의 선택이 옳았는지에 대한 심리적 갈등이 담겨 있다. 사상에 대

23) 「생명연습」에서 어머니에 대한 형의 윤리적 응징은 아버지에 대한 애정에서 비롯된 것임을 상기해볼 필요가 있다.

한 의문과 아버지에 대한 심리적 갈등은 그의 1960년대 소설에서는 반공주의의 강압적인 검열과 감시규율체계 때문에 표출되지 못한다. 그 결과 이야기는 빨치산에 돌팔매질을 하는 위악한 아동으로 초점화되고 무전여행을 떠나려는 형의 욕망을 차단하려는 아버지의 윤리적 제재와 그 반발로 형들의 부정한 공모에 가담하는 오염된 존재로 분열된다. 세계의 위악함에 오염되는 '나'를 통해서, 아버지와의 갈등을 은폐하며, 이데올로기의 남루한 모습과 붉은 벽돌 담에서 무시무시한 적의를 절감하는 내용을 약화시키며, 급기야 이야기는 성장담으로 바뀐다.

김승옥의 소설에서 아버지의 부재, 아버지에 대한 이야기의 현저한 결핍은 강압적인 감시체제에 따른 자기검열과 무관하지 않다. 아버지의 부재 처리 또는 의도적인 누락을 통해 그의 소설이 보여주는 관심의 행방은 억압당하고 금제의 벽으로 둘러쳐진 사회, 그 사회를 관장하는 국가 아버지에 대한 관심으로 전개되고 있다.[24] 「역사」에서 보게 되는 하숙집의 청결함과, 할아버지를 중심으로 잘 짜여진 일상은 국가아버지가 강요하는 가부장적 규율사회의 알레고리에 가깝다. 정결한 하숙집을 향한 '흥분제 투여'라는 퇴폐적인 방식의 해프닝은 국가 아버지의 가부장적 규율에 대한 신성모독을 희화화시킨 표현의 수위 조절을 잘 보여준다. 흥분제 투여를 해프닝으로 처리한 점과 이 사건을 저지른 학생의 이야기를 듣는 외부 이야기의 존재는 정치적 비판을 감싸며 표현의 강도를 약화시킨다. 「역사」의 변형된 아버지 형상(곧 하숙집 할아버지)은

24) 그러나 김승옥의 소설에서 '빨갱이의 아들'이었다는 자전성이 표출되는 경우도 드물지만 전혀 없는 것은 아니다. 『내가 훔친 여름』(전집 3권, 문학동네, 1995, 167쪽; 168-169쪽)에는 강동순의 애인 '남형진의 입'을 빌려 발화되는 '공산주의자인 아버지'와 '빨갱이의 아들'이라는 고백 장면이 있다. 그는 강동순과 결혼하기 위해서 그녀의 아버지에게 희화적으로 자신의 가족사를 토로한다. 이는 자기검열에 따른 전형적인 '맥락의 변경'이다. 이는 초점화의 이동(프로이트의 용어로는 '중심점의 이동')을 통해서 자전성을 은폐하며 자기검열을 통과한다. 초점화의 이동을 통한 맥락의 변경, 의미의 전치(轉置)는, 앞서 거론했던 지리산에 입산했던 외삼촌의 행적과 남로당원이었던 아버지에 대한 언급을 고려하면, 자전성을 전혀 다른 내용으로 바꾸어버린 자기검열의 결과임을 확인시켜준다.

1950년대와 1960년대 국가라는 사회를 대변하는 가부장적 국가 아버지에 가깝다. 이 작품이 정치적이라는 것은, 낮은 계층과 부르주아 계층(계급으로도 대체가 가능하다)의 날카로운 대비, 절대가난에 놓인 하층민의 삶과 화사한 왕국에 속한 계층, 규율화된 일상을 야유하는 사회비판적인 시선에서도 충분히 감지된다. 밤에 이루어진 '역사'의 괴력은 하숙생의 답답함과 결부시켜 보면 사회변혁을 열망하는 리비도적 욕동에 가깝지만, 이 또한 비유적으로 처리함으로써 '의도를 감춘 표현'임을 알게 해준다. 이러한 표현강도의 약화, 액자화, 의도의 은폐 또는 표현의 위장은 자기검열의 구체적인 증거에 해당한다.

감시와 처벌에 대한 공포와 불안, 자기검열로 인해 자전적인 출처를 가진 재료를 그대로 재현할 수 없을 때, 아버지의 부재에서 오는 결핍을 메우기 위한 대체물을 이야기로 만들어낸다. 김승옥의 1960년대 소설은 「생명연습」에서 보았듯이 아버지를 부재처리하면서 그 책임을 어머니에 대한 원망과 증오를 바꾸며 처연한 가족로망스로 승화시켰다. 「생명연습」이 맥락화시킨 아버지 부재와 곤고한 성장은 전쟁 직후 가족의 상처에 대한 낯선 풍경을 죄의식과 분노, 거부와 부정, 관용과 화해이라는 분열된 자아의 울림으로 채웠던 것이다. 뿐만 아니라 「건」에서처럼 잠시 등장한 아버지가 「역사」에서 국가의 규율체계라는 새로운 아버지를 승인하면서도 다른 한편으로 그 강압성에 야유하는 비판을 담아내며 변주되는 궤적을 보여준다. 이런 측면에서 김승옥의 자기검열은 아버지의 부재처리에도 불구하고 아버지 찾기라는 근대적 개인의 행로를 세련되고 섬세하게 부조하는 미적 효과를 획득했던 것이다.

아버지의 부재처리, 아버지의 미약한 등장, 가부장적 아버지의 면모에 대한 비판과 야유는 결국 그의 소설이 자전적 출처에서 연유한 아버지의 사상을 저울질하는 것을 넘어선다. 그의 문학은 1960년대 국가아버지에 대한 저항의 맥락까지도 포괄함으로써 반공주의의 억압과 왜곡을 견디어내며 다채로운 세계를 만들어내는 동력으로 자기 검열을 작동시켰던 것이다. 그러한 예로는 「야행」을 들 수 있다. 이 작품은 규율과 억압에 길들여진 경제화된 개인이 어느 순간 돌연히 균열된 일상을 뚫고 들어와 일으키는 폭력, "내부에서 생겨난 공포와 혼란"(「야행」, 278쪽)을 야기하는 현실로부터의 해방의지를 문제 삼으며 "속임수로부터의 해방"(「야행」, 279쪽)을 거론하고 있다. 이는 규율과 억압적인 현실을 환유하며 일상의 규율과 무력하게 타협하고 마는 '자기'에 대한 구원의 문제와 연결되는 부분이다. 김승옥의 소설은 침묵된 아버지의 좌익활동과 사회주의에 대한 열망을 억제하며, "교과서에서 보고 배운 바대로 행동한 4·19의 진정성을 아버지의 대체물로 삼는 특징들을 보여주는 것이다. 「우리들의 낮은 울타리」에서 되뇌는 작가의 자기반영적인 고심, "'진정한 삶'에 대한 고정관념을 유일한 능력으로 하여 결국 먹고 살기 위해서 소설을 써왔단 말인가?"(1권, 325쪽)라는 통렬한 반성도 그러한 사례의 하나이다.

그러나 김승옥의 아버지 부재처리를 통한 자기검열은 아버지 찾기를 지속하지만 이후 전개된 엄혹한 반공주의의 규율체계 안에서 그리 성공적이지 않아 보인다. 그러한 징후는 「서울 1964년 겨울」의 사소함을 통한 존재확인이나 「역사」의 흥분제 투여와 같은 치기어린 야유의 방식에도 이미 깃들어 있다. 「무진기행」이나 「야행」은 일상에의 오염과 윤리적 전락에 대한 고통스러운 자기확인을 보여준다. 이들 작품에 편만한 것은 1960년대 이후 서서히 등장하는 규율사회와 경제화된 개인들의 급속한 전락의 이미지들이다. 자기해방을 위한 출구찾기가 실패한 지점이야말로 「야행」의 세계이다.[25] 「야행」에서 거리순례는 위장된 삶과 자신을 구원해줄 존재를 찾아나서는 행로이다. 이 뛰어난 환유는 그다지 주목되지는 못했으나 경제적 편의와 윤리적 정당성을 바꾸어버린 개발독재의 정치적 현실과 규율사회 속에서 경제화된 개인들의 소시민화라는 환부를 드러낸 것이다. 시민적 주체 형성에 실패하며 규율사회에 안착

---

25) 보다 상세한 논의는 유임하, 「닫힌 일상성과 해방의지－김승옥의 「야행」에 나타난 자기구원의 문제」, 『겨레어문학』 33집, 겨레어문학회, 2004.를 참조할 것.

하는 소시민적 전략을 보여주는 위악한 지식인상은 「서울달빛 0장」에서나 『강변부인』에 잘 드러나 있다.

김승옥의 1960년대 문학이 1970년대에 이르러 윤리의식의 실종과 성적 방종의 세태묘사로 급속하게 전락하고 마는 연유는 규율에 대한 길항을 통해서 모색해온 아버지의 가치찾기가 1970년대 이후 유신체제의 강압성 안에서 소시민화에 따른 좌절과 무관하지 않아 보인다. 이러한 문학적 전략은 그의 1960년대 소설이 보여준 내적 긴장이 주체 정립의 계기를 확보하지 못했기 때문으로 풀이할 수 있다. 더구나 그의 문학은 군사독재의 파고가 높아지는 현실에서 그 심미적 지향과 섬세한 감수성이 한껏 위축된다. 두번에 걸친 연재 중단과 무기력증, 1980년 5・18광주항쟁 이후 뒤따른 긴 문학적 휴면기는 그의 1960년대 문학적 소산들이 4・19혁명을 가능하게 한 1960년대 문화의 자장 안에서 잉태한 것임을 잘 보여준다.

4. 결론

작가들의 자기검열은 문학의 담론이 가진, 자전적인 요소나 현실의 소재를 허구화하는 일련의 과정에서 '마음의 검열관'을 통과하기 위해서 표현의 약화, 의미의 전치를 통한 내용의 변형, 초점화의 이동을 통한 맥락의 변경 등을 거치는 창작의 심리학적 과정이다. 이때 자전적인 요소에서 누락시켜야 하는 가족사의 내력은, 프로이트의 맥락에서는 '리비도에 대한 추잡함'에 해당한다. 비단, 김승옥의 경우만이 아니라 좌익가족 출신의 작가나 월남민 출신 작가들은 자기검열을 통해서 자신의 결격사유인 집안사람의 좌익 연루를 자신들의 일상이나 의식 속에서 고의로 누락시키거나 은폐했다. 그러나 아버지의 부재처리는 왜곡과 은폐라는 자기검열의 결과로만 귀착되는 것은 아니다. 김승옥의 경우 고단한 성장담을 가족로망스로 승화시켜 새로운 미적 효과를 성취했기 때문이다.

문학적 담론은 정치사회적 파고와 사태의 심각성에 비추어보면, 인물들의 심리적 현실이나 묘사의 특징은 대단히 모호한 것이 본질이다. 그러나 그 모호함은 문학이 가진 풍부한 암시성과 맥락화에서 비롯된 특징이기도 하지만, 작가 자신의 담론 수위 조절, 표현의 효율성을 제고하며 이룩한 미적 효과의 다른 모습이기도 하다. 한 예로 이문구가 피력한 『관촌수필』의 창작 계기를 들 수 있다.[26] 그는 아버지의 좌익활동과 가형들의 참람한 죽음, 고아의 처지에 가까운 가문의 몰락을 겪었고, 이를 소재로 한 일련의 연작을 통해서 자신이 소위 빨갱이 자식임을 작품 전면에 드러내 바 있다. 그러나 그는 자신의 가족사적 내력을 스스로 드러내는 한편 서술방식을 난삽하게 처리함으로써 당국의 검열을 회피했노라고 회고한다. 이문구의 일화처럼, 자기검열의 과정은 단순히 억압과 왜곡이라는 수동적인 차원으로만 그치지 않는다. 자기검열은 제도적 검열에 저항하며 문학적 전략을 고안하고 심미적 효과를 제고하는 문화적 조건이기도 했던 것이다.[27]

자기검열을 수행하는 작가 내면의 세계는 개인의 가족사나 성장체험의 다양함만큼, 편차 또한 커서 몇 가지 유형으로 분류하기란 어렵다. 다만, 텍스트에서 드러나는 자기검열의 방식에 주목해보면 공포에 시달리는 병든 주체의 양상에서부터 검열을 미리 예상하고 핵심적인 내용을 누락시키거나 유사한 것들로 대체하는 방식, 아니면 암시적 처리 등이 흐릿하게 감지될 뿐이다. 그러나 자기 검열의 과정은 무엇보다도 반공주의가 가한 억압의 강도와 그에 반응하는 자기보존적인 방어기제라고 규정할 수 있다. 하지만 자기보존적인 방어기제가 반공주의의 억압적 규율의 결과 주조된 것이기 때문에 그 자체가 작가의 정체성인지 아니면 자기보존의 기제인지를 분명하게 구별하기 어렵다. 반공주의의 억압

26) 이문구, 「'관촌수필'과 나의 문학 역정」, 『나의 문학이야기』, 문학동네, 2001, 147쪽.

27) 그러한 적극적인 사례 하나로는 김원일의 소설을 거론할 수 있다. 이에 관해서는 유임하, 「성장체험의 역사화와 아버지 찾기의 행로」, 『실천문학』, 2001. 여름호 참조.

이 필화를 통해서 초래한 공포와 불안 속에서 작가들은 자기보존을 위한 자기검열이라는 기제를 효과적으로 활용했던 것만큼은 분명한 사실이다. '일망감시의 규율'이라는 푸코의 논리에 비추어보면 한국문학이 반공주의라는 이데올로기 국가장치 아래 그에 부합하는 제도와 장을 형성해 왔다는 점을 부정할 수 없다.

반공주의에 순응적인 주체를 주조해내려는 국가의 근대적 기획은 광복 이후 자행된 폭력적인 권력과 제도의 무차별한 적용으로 나타난 바 있다. 억압적 규율에 따른 무차별한 반공주의의 적용은 작가들에게 공포증과 불안, 금기, 자기 검열의 글쓰기를 낳았다. 작가들의 자기검열은 그런 측면에서 금기에 대한 가위눌림, 곧 공포와 불안을 불러온다. 그러나 다른 한편으로 반공주의의 억압과 공포는 자각과 저항을 행동화할 시민적 주체를 형성하는 원천이 되기도 했다. 작가들은 자기검열을 통해서 제도적 억압과 검열을 효과적으로 우회하는 문학적 장치를 마련하고 심미성을 강화하는 등 근대적 주체의 미적 기획을 다양하게 모색하는 능동적인 효과를 창출했던 것이다. 이런 측면에서 김승옥의 문학은 자기검열을 통한 심미적 왜곡을 통해 자전성의 한계를 딛고 독자적인 세계를 구축한 사례의 하나임에 분명하다.

주제어 : 반공주의, 작가의 자기 검열, 공포증, 외디푸스 콤플렉스, 가족로망스, 성장소설

◆ **참고문헌**

강진호, 「반공주의와 자전소설의 형식」, 『국어국문학』 133집, 국어국문학회, 2002, 334쪽.

김득중, 「여순사건과 이승만 반공체제의 구축」, 성균관대 박사논문, 2004, 171-184쪽.

김수영, 「생활의 극복」, 『김수영문학전집 · 2 · 산문』, 민음사, 2003. 개정판, 97쪽.

———, 「실험적인 문학과 정치적 자유」, 『김수영문학전집 · 2 · 산문』, 민음사, 2003. 개정판, 222쪽.

———, 「지식인의 사회참여」, 『김수영문학전집 · 2 · 산문』, 민음사, 2003. 개정판, 215쪽, 217쪽.

김승옥, 「건」, 『김승옥전집 · 1』, 문학동네, 1995.

———, 「생명연습」, 『김승옥전집 · 1』, 문학동네, 1995.

———, 「내가 훔친 여름」, 『김승옥 전집 · 2』, 문학동네, 1995, 167쪽.

———, 「야행」, 『김승옥전집 · 1』, 문학동네, 1995, 278-279쪽.

———, 「우리들의 낮은 울타리」, 『김승옥전집 · 1』, 문학동네, 1995, 325쪽.

김 철, 「분단의 언어, 통일의 언어」, 『실천문학』 복간호, 1988. 봄, 47쪽.

박원순, 『국가보안법연구2』, 역사비평사, 1992, 302쪽.

신동문, 「文藝作品 비판은 良識에—小說 '糞地' 是非」, 『조선일보』, 1967. 5. 30.

안수길, 「'糞地'는 無罪다—文學의 抵抗精神沮害는 부당」, 『동아일보』, 1967. 5. 25.

———, 「有罪는 創作意慾 위축—南廷賢事件의 判決을 보고」, 『동아일보』, 1967. 7. 1.

오제도 편, 『적화삼삭구인집』, 국제보도연맹, 1951, 서문.

유임하, 「이데올로기의 억압과 공포」, 『현대소설연구』 25집, 한국현대소설학회, 2005. 3, 58-62쪽.

———, 「닫힌 일상성과 해방의 의지—김승옥의 「야행」에 나타난 자기구원의 문제」, 『겨레어문학』 33집, 겨레어문학회, 2004, 261-281쪽.

———, 「성장체험의 역사화와 아버지 찾기의 행로」, 『실천문학』, 2001. 여름호, 273-288쪽.

이문구, 「'관촌수필'과 나의 문학 역정」, 『나의 문학이야기』, 문학동네, 2001, 139-157쪽.

이범선, 「先入見없는 批判을—小說 '糞地' 是非」, 『조선일보』, 1967. 5. 30.

이어령, 「'에비'가 지배하는 문화」, 『조선일보』, 1967. 12. 28.

임종명, 「여순 '반란'의 재현과 대한민국의 형상화」, 『역사비평』, 2003. 가을호, 304-

334쪽.

———, 「여순사건의 재현과 공간」, 『한국사학보』 19집, 한국사학회, 2005. 3, 151-182쪽.

장경학, 「讀者들엔 批判意識, 作品을 制裁면 創作意慾 위축—小說 '糞地' 是非」, 『조선일보』, 1967. 5. 30.

최원식 · 임규찬 공편, 『4월 혁명과 한국문학』, 창작과비평사, 2002, 18-67쪽.

한만수, 「근대적 문학 검열 제도에 대하여」, 『한국어문학연구』 39집, 한국어문학회, 2002, 29-45쪽.

한승헌, 「남정현의 필화, '분지' 사건」, 『남정현문학전집 · 3』, 국학자료원, 2002, 278-298쪽.

홍기삼, 「金春洙씨와 '未熟—南廷賢事件'을 읽고」, 『동아일보』, 1967. 6. 17.

마르트 로베르, 김치수 · 이윤옥 공역, 『기원의 소설, 소설의 기원』, 문학과지성사, 1999, 41쪽.

테리 이글턴, 여홍상 역, 『이데올로기 개론』, 한신문화사, 1994, 77쪽.

미셸 푸코, 오생근 역, 『감시와 처벌』, 나남출판, 2003. 재판, 32-33쪽, 213-302쪽.

지그문트 프로이트, 임홍빈 · 홍혜경 공역, 「꿈-검열」, 『정신분석강의』 상권, 열린책들, 1997, 193-210쪽.

◆ 국문초록

해방 이후 한국작가들에게 반공주의의 규율체계와 그것의 강압성은 문화적 조건이었다. 반공주의는 작가들에게 이데올로기에 대한 공포증과 금기를 형성하며 창작의 열악한 환경으로 작용했고, 자기검열을 통한 표현의 왜곡과 저항의 단서를 제공했다. 이데올로기적 금기에 억눌려 작가의 내면은 자기검열의 기제에 의해 작동되는 징후들을 특징적으로 보여준다. 이 글은 프로이트의 '마음의 검열관'이라는 개념을 바탕으로 꿈-검열과 꿈-왜곡이라는 논리에 착안하여 김승옥이라는 작가의 자기검열 양상을 살펴보았다. 김승옥 소설은 아버지의 부재처리를 통해서 고통스러운 성장이야기에서 자전적 요소를 의도적으로 삭제하거나 누락, 변경시킴으로써 표현을 완화하거나 의미를 대체하고, 초점의 이동을 통한 맥락의 변경을 통해서 독특한 문학적 개성을 발휘하고 있다. 이는 김승옥 소설에서 자기검열이 반공 규율체계가 작가 내면에 기입한 금기의 실재를 확인하는 작업이자, 아버지라는 금기에 대해서 표현을 삭제, 대체, 맥락의 변경이라는 검열기제를 작동시키면서 아버지 찾기의 행로를 다변화하고 있다는 점을 뜻한다. 반공주의라는 규율체계가 가한 억압과 검열이 작가들에게 자기검열을 작동시키면서 형성된 사상적 금기는 수동적인 개인적 주체를 형성하게 만들기도 하지만 금기에 대한 인식과 성찰을 통해서 자기만의 문학적 개성을 만들어 내기도 한다. 이러한 예가 바로 김승옥의 경우이다. 이 같은 특징은 반공주의는 근대국가의 규율장치이자 문화체계로서 문학의 정체성까지도 주조하는 수동성과 함께 비판적 인식과 성찰을 통한 문학적 개성을 만들어내게 한, 한국문학의 특수한 면모를 말해준다.

◆ SUMMARY

Censor-Office in Mind, 'Bangongjuui' and Korean Writer's Self-censorship

－In case of Kim, Seung-ok

Yoo, Im-Ha

After the Independence from Japan, the ruling system and its repression were the cultural condition of Korean writers. They brought for Korean writers to a poor state of writing process forming the phobia and the taboo for Bangongjuui and offered the clue of distortion and resistance through writing. From 50's to 60's, literary discourse was particularly revealed the symptoms based on self-censor of writer's inner mind which was repressed by ideological prohibition.

This essay attempts to analyze the aspect of writer's self-censor, especially Kim, Seung-ok, from the viewpoint of dream-inspection and dream-distortion in the concept of Freud's 'inner inspector.' He was mitigating and substituting the expression and the meaning of his novels intentionally by omitting, falling, and altering the autobiographical factors through the absence of father in the agonizing process of growth, and so accomplishing the picture of his own literary personality by altering context through the point shift. This meant to vary the course of searching for father in his novels, considering that the self-censorship was to identify the oppressing system of Bangongjuui as the reality of prohibition inscribed in writer's inner world, and availing the inspective bases, that is, the omission, substitution, and alteration of expressions and context for taboo called the name of the Father.

The repression and inspection in the oppressing system of Bangongjuui was to reveal the self-censorship for writers, and so the ideological forbid dance resulting from it was to form writer's passive identity and assure his unique literary mind through the recognition and self-reflection for that prohibition. There was Kim, Seung-ok himself in such a case. Such a distinctive feature represented a particular aspect of Korean literature in that, as a restrictive ideology and cultural system in the modern nation, anti-communism together with the passivity made the literary picture through the critical cognition and introspection possible. Particularly, that passivity molded even the identity of Korean literature.

Keywords : discipline system of 'Bangongjuui'(Anti-communism), phobia, Writer's self-censorship, distortion, Oedipus complex, family romance, Bildungsroman

-이 논문은 2005년 6월 30일에 접수되어, 소정의 심사과정을 거쳐 2005년 8월 19일에 게재가 확정되었음.

반공에 전유된 자유, 혹은 자유주의

김 진 기*

목 차

1. 서론

문학을 문학이 놓인 자리인 사회와 연관시켜 이해하려는 연구경향은 문학연구의 중요한 한 축을 형성해 왔다고 할 수 있다. 최근 들어와 활성화를 보이고 있는 파시즘론 역시 이러한 한 축의 소산이라고 할 수 있다. 그러나 그러한 논의는 권력이 미세하게 침투하는 그 지점-의식과 신체-을 초점화하여 우리 안에 있는 파시즘적 현상들을 섬세하게 성찰하게 하는 중요한 효과를 환기시키는 하였지만 결과적으로 그러한 환기 의지가 너무 과도하게 작용하여 존재하는 모든 것들을 파시즘으로 규정하게 하려는 유혹을 불러일으켰을 뿐만 아니라 사회적 패러다임을 절망적으로 구축하게 하였다는 점에서 문제적이라 하겠다. 이러한 문제

* 건국대 교수.

의식 하에서 본 논문은 자유주의에 관심을 집중하기로 한다.[1] 이 말은 자유주의가 문학과 사회 모두에 걸쳐 심대한 영향을 끼쳤고 끼치고 있으며 또한 앞으로도 끼칠 것이라는 판단에 입각한 것이다. 다시 말해 자유민주주의라는 현실의 실정적 규정력에 대한 있는 그대로의 인정을 전제로 하고 그것의 단점과 장점을 분석해서 결국 우리 현실의 출발점으로 설정하지 않으면 안된다는 것이다.[2] 본 논문은 1950년대 전후의 문학을 통해 이러한 자유의 경로를 살피고자 한다. 물론 이때의 자유란 자유주의적 자유라는 구속성을 갖는다. 그 이유는 이 시기 자유주의가 공산주의와의 대치국면에서 대타적 개념으로 동원되었기 때문이다. 따라서 이 자유주의는 당시에 광범위하게 인용된 민주주의개념을 제한하고 있다. 말하자면 이 시기 자유주의는 민주주의와 결합된 관계망을 형성하여 자유민주주의라는 용어로 정착하고 있는 것이다.

이 자유민주주의는 우익이 이데올로기적으로 소화하지 않으면 안될 일종의 골칫거리였다. 좌파가 해방 후부터 민주주의라는 말을 전유하며 사상적으로 압박해 왔기 때문이다. 그들은 탁치 국면에서 찬탁만이 국제 민주주의를 구체적으로 실현한 것으로 보고 민주주의의 이름으로 반탁세력을 파쇼분자, 또는 친일 파쇼세력으로 공격하였다.[3] 이러한 좌파의 상징어 구사는 우파로 하여금 파시즘이라는 용어에 극도로 경계하게

1) 여기서 말하는 자유주의는 사상적 맥락에서 쓰인 것이고 현실적 맥락에서는 자유민주주의라는 용어를 사용하고자 한다. 민주주의는 사회주의와 자유주의 모두에 결합할 수 있다는 의미에서 자유민주주의는 자유주의적 민주주의의 성격을 띠고 있다. 자유민주주의의 성격은 자유주의자들이 노동자들의 요구조건을 받아들이는 과정에서 발생한 것이므로 현실적으로 가변적 수준을 유지해 왔다고 할 수 있다.

2) 이러한 입장에 대한 비판 중 가장 강력한 것으로 절차적 민주주의라는 자유민주주의의 특성이 시간과 정력의 소비에 비해 그 성과가 미미하거나 거의 없지 않느냐 하는 것을 들 수 있다. 그렇지만 합의에 도달하는 것 못지 않게 합의에 도달하려는 그 과정의 중요성은 아무리 강조해도 지나치다고 할 수 없을 것이다. 합의에 도달하려는 그 과정이 불러오는 효과는 합의에 도달한 이후의 효과 못지 않게 중요하다는 것이다.

3) 서중석, 「이승만정권 초기의 일민주의와 파시즘」, 『1950년대 남북한의 선택과 굴절』, 역사문제연구소 편, 역사비평사, 1998, 20쪽.

하였고 그로 인해 일민주의라는 이데올로기를 구축하게 하였으나 좌익이 전유한 민주주의라는 말을 재전유하지 않을 수 없었다. 왜냐 하면 당시 남한을 장악한 미군정에서 반공국가의 구축과 자유민주주의의 이식이라는 상한과 하한의 범위를 설정하여 관철시켰기 때문이다.[4] 또한 미국의 한국개입은 세계 자본주의 위계질서에서의 경제적 요인이 결정적 요인으로 작용하였다기보다는 아시아 냉전초소의 수호라는 정치 군사적인 요인에 기인하는 것이었다.[5] 그렇기 때문에 이승만이 현실 정치에서 수시로 자유민주주의 원칙을 교란할 때에도 어느 정도 용인해 줄 수 있었던 것이다. 이러한 맥락에서 살펴보았을 때 알 수 있는 바는 이승만과 자유당이 자유민주주의를 불가피하게 받아들일 수밖에 없었지만 이를 끊임없이 수정하여 자신의 일민주의에 포함시키려 노력했다는 사실이다.

자유를 강조하는 자유주의와 평등을 강조하는 민주주의가 결합할 수 있는 가능성은 권리의 평등성에 있다. 자유주의에서 강조하는 인간의 권리에 초점이 맞추어졌을 때 그것은 민주주의와 결합할 수 있는 것이다.[6] 이 권리의 제도화가 민주주의의 주요 과제라면 민주주의를 운위하는 것 자체가 권리로서의 자유주의를 논하는 것이라 하겠다. 해방직후 민주주의의 문제는 따라서 권리의 평등을 제도화하는 것에 집중하게 된다. 사상의 자유, 정치 활동의 자유, 언론 출판 결사의 자유, 사회운동, 시민운동 및 시민활동의 자유 등이 당시의 민주주의와 관련된 쟁점이었다면 그것이 자유주의적 권리와 불가분의 관계 하에 놓여 있음을 쉽게 간파할 수 있다. 이승만을 중심으로 한 일민주의자들은 이러한 기본적 자유를 하나하나 격파하여 이승만 유일체계를 구축하려 하였다.[7] 그들

4) 박명림, 「1950년대 한국의 민주주의와 권위주의」, 역사문제연구소 편, 앞의 책, 87쪽.

5) 박명림, 앞의 글, 앞의 책, 91쪽.

6) 노르베르트 보비오 지음, 황주홍 역, 『자유주의와 민주주의』, 문학과지성사, 1999, 제8장 '자유주의의 민주주의와의 만남' 참조

7) 여기서 일민주의를 집중적으로 거론하게 된 것은 일민주의가 이후의 각종 이데올로기

은 이 모든 자유의 근원에 개인주의가 있음을 전제, 개인의 탐욕과 무질서를 공격하고 더 큰 민주주의, 민족적 민주주의, 일민의 민주주의 등을 제시하게 된다. 안호상은 "일민은 생각도 같고 행동도 같아야 하며, 동일성과 통일성이 생명"이라고 주장한다. 그들은 정신적 일치원리와 물질적 공동원리는 하나를 완성하기 위한 양면이며, 양면의 중용을 조절하는 것이 일민주의라고 설명함으로써 파시즘[8]적 논리를 펼쳤다. 이러한 전체를 위한 기율과 절제야말로 민주주의를 성립시키는 기본적 계기라고 주장함으로써 자율과 자유라는 민주주의의 자리에 기율과 절제라는 전체주의적 논리를 놓고 있다.

뿐만 아니라 그들은 민주주의 근간이랄 수 있는 복수 정당제를 허용한다고 하면서 실제로는 그것을 파벌로 몰아붙이고 자유당만의 일당 정치를 지향해 나갔다. 그들은 '민족 분열자'를 최대의 적으로 삼고 분열을 통일시키기 위해 '도의 윤리론'과 '가족 유기체론'을 유포하려 노력하였다. 이러한 논리는 현실적인 계급 갈등을 부인하고 계급간의 화해와 계급갈등의 부재, 또는 현실이 무계급사회인 것처럼 보이기 위한 '총화단결론'의 일환이라고 할 수 있다. 그들은 법치주의나 개인의 자유, 권리 등의 주장이 오직 혼란된 민주주의를 양산할 뿐이고 개인적인 것이나 개인 이익 따위는 떳떳치 못한 것이라 주장하면서 이 모든 부패의 척결을 위하여서는 도의와 윤리에 기초한 질서 의식이 선행되어야 한다고 하였다. 이러한 도의 윤리론을 뒷받침하는 이론이 가족 유기체론인데, 그들은 국가는 가정의 확대이고 민족은 가정의 연장이라는 이념에서 '진정국가'가 성립한다고 주장하였다. 부모가 권리로서 자식을 대하

에 통일적인 구조로 자리잡고 있다고 판단되기 때문이다. 따라서 지배이데올로기의 원형을 그대로 간직하고 있다고 보아도 과언이 아니다.

8) 1950년대 사회를 파시즘의 사회로 보느냐 여부는 논란이 많다. 서중석은 민주주의의 근간이랄 수 있는 정당정치가 실제적으로 부재하였기에 1950년대 사회는 파시즘 사회라 규정하고 있고 박명림은 권력이 양당체제의 구성으로 인해 안정되지 못하고 권력 내부에 균열과 동요가 극심하였다는 점에서 파시즘 규정을 비판하고 있다. 이에 대해서는 서중석, 앞의 글, 앞의 책, 24쪽; 박명림, 앞의 글, 앞의 책, 92-93쪽 참조.

는 것이 아니고 자식도 부모를 권한을 주장하여 대하는 것이 아니듯이 일민주의 국가관에서는 국민이 개개인의 권한을 주장하여 국가나 동포를 대하지 말고 동포애, 조국애로서 대하여야 한다는 이러한 주장 역시 전체주의적 또는 파시즘적 사고의 일환이라 할 수 있다.

이러한 설명에서 확인할 수 있는 바는 이승만과 자유당이 미국이 강제한 자유민주주의를 수용하면서도 그것의 내포를 끝없이 반자유민주주의, 전체주의로 채워 넣으려 했다는 점이다. 말하자면 자신들의 이데올로기를 생산하기 위해 자유민주주의를 소환하여 그것의 폐허성을 적발하고 교정하여 자신들만의 자유민주주의를 구성하려 했다는 점이다.[9] 그러한 조작은 공산주의에 대항하기 위한 이념으로서의 자유민주주의의 필요성과 내부 권력 정비를 교란할 수 있는 그것(자유민주주의)의 파괴력 사이에 놓인 그들의 딜레마의 소산이라 하겠다.[10] 그렇지만 그들이 부단히 자유민주주의의 핵심 원칙들을 참조, 해체, 왜곡해 가는 과정에서 그러한 핵심 원칙들이 지식인들 사이에서 자연스럽게 논란의 대상으로 부각되지 않을 수 없었고 그 논쟁의 부각은 구체적으로 민주당과 사상계의 사상 공세로 나타나게 되었다.[11] 이로 인해 이러한 원칙들에 대한 논란이 권력의 내부에서 혹은 권력을 우회한 배제된 공간 속에서 서서히 발현되기 시작한다. 1960년대 문학에서 정치적 자유에 대한 사유가 다채롭게 전개된 것도 1950년대 자유주의의 구성과 그 균열의 맹아로부터 숙성한 것이라 하겠다. 따라서 1960년대 정치적 자유의 사유

9) 이러한 구성을 현실적으로 보강해 준 사건이 여순 사건이었다. 여순 사건에 대하여 재현하는 방식을 통해 반공주의와 대한민국을 탄생시키려 했다는 맥락 분석에 대해서는 임종명, 「여순 '반란' 재현을 통한 대한민국의 형상화」 참조

10) 박명림은 1950년대 자유주의와 민주주의에 대해서 냉전 자유주의, 반공 민주주의라는 용어를 구사하고 있다. 박명림, 앞의 글, 앞의 책, 87쪽.

11) 『사상계』는 1955년 8월 자유주의와 관련한 많은 논문을 실었는데 주요 논문은 안병욱, 「자유의 윤리」, 버어트런드 럿셀, 이용남 역, 「고민하는 자유와 그 향방」, 신상초, 「자유주의의 현대적 고찰」, 라인홀드 니이버, 「자유와 권위」 등이 있다. 이 논문들의 내용은 이승만에 의해 전유된 자유주의와 다른 원론적 고찰이 주를 이루고 있다. 민주당과 『사상계』의 입장을 설명해 준다고 하겠다.

구조를 살피기 위하여서라도 1950년대 자유주의가 문학 속에서 어떻게 발현되고 맥락화하여 그 특수성을 구현하는지가 해명되어야 할 것이다. 본 논문에서는 1950년대 자유주의가 어떻게 어용화하며 어떤 양상으로 변용되는지를 선우휘의 대표작품을 통해 분석해 보기로 하겠다.

2. 공산주의에 대한 자유주의적 비판

선우휘의 소설에서 눈여겨 볼 부분은 자유주의의 미적 전개과정이다. 주지하다시피 선우휘는 해방 전부터 페비언 사회주의의 영향을 심대하게 받은 바 있다.[12] 페비언 사회주의란 개량적 사회주의라는 점에서 사회주의와는 거리가 멀다. 페비언 사회주의는 영국의 지적 전통에서 발현된 것으로 영국의 사회경제적 변화의 산물이라 하겠다. 영국은 식민지 초과이윤을 통해 중산층을 민중과 이반시키고 민중 역시 초과이윤의 분배를 통해 변혁적 관점을 포기하기에 이른다. 이러한 일련의 과정에서 나온 이 사상은 발흥하는 중산층의 입장을 대변한 것으로서 민중의 계급성을 약화시키고 그들을 체제내로 수렴해 내며 마침내 자본주의적 질서를 정상화시키기에 이른다.[13] 자유주의가 자본주의의 이데올로기라는 것을 염두에 두면[14] 페비언 사회주의는 자유주의의 변형된 형

---

12) 이에 대해서는 선우휘·김동길 대담, 「세상사 순리로 풀어야」, 『월간조선』, 1985년 10월호, 선우휘·정규웅 대담, 「나의 문학, 나의 소설작법」, 『현대문학』, 1983년 9월호 참조. 김동길과의 대담에서 선우휘는 "제가 교육을 받던 일제 말기엔 공산주의란 엄두도 못냈죠. 잡혀가 죽었으니까요. 그대신 영국의 페비언 소사이어티 사회주의 정도는 얼마든지 용납을 받았잖습니까? 페비언 사회주의는 영국 노동당을 이론적으로 뒷받침한 사상인데 나도 그때 심취했었습니다."라고 말하고 있다.

13) 한수영, 「선우휘」, 『역사비평』, 2001년 겨울호, 65-67쪽 참조.

14) 역사적으로 정치이론의 자유주의적 전통은 항상 자본주의 경제체제와 연관되어 있다. 자유주의 정치이론은 자본주의의 출현과 함께 대두되었고 이것은 자본가의 욕구를 표명하고 있으며, 자율성과 자아충족은 사적인 재산권과 연관되어 있다. 그러나 수많은 자유주의 이론가는 정치이론과 경제이론의 분리를 주장하였으며 그 연관성을 최소화

태임을 알 수 있다.[15] 페비언 사회주의는 권력의 분화에 그 특징이 있으며 개성의 신장을 무엇보다도 우선시 한다. 권력의 분화는 마르크시즘적 권력 독점과 뚜렷이 구분되는 것으로서 다당제적 의회주의와 관련이 있다. 말하자면 페비언 사회주의는 자유민주주의의 절차를 통해 사회주의에 도달하려는 이상을 갖고 있다. 그것이 한갓 이상에 불과하다는 것은 이미 사회 질서가 자본주의화함에 따라 자본주의적 논리가 더 강하게 작용하기 때문이다. 그것은 또 달리 말하면 사회주의적 이상은 점진적으로, 언제나 유예된 상태에서, 일종의 자기기만의 형태로 존재할 수밖에 없음을 말해준다. 그 이상은 복지 후생을 통해 끝없이 연기되면서 자본주의의 모순을 은폐한다.

한편 페비언 사회주의가 더 중시하는 것은 개성의 신장, 혹은 풍요한 휴머니즘이다. 농담, 유머, 위트, 문화, 예술, 과학, 미의 추구, 우정, 종교, 해학 등에 대해 자유롭게 시간과 정열을 소비할 수 있어야 하며 물질적 생산의 가치보다는 개인적 덕성과 관련한 문화적 가치의 중요성을 보다 더 강조하고 있는 것이다.[16] 이러한 양상은 선우휘의 소설에 두루 나타나고 있다. 선우휘의 「불꽃」에는 페비언 사회주의에 크게 영향을 미친 토마스 힐 그린이 등장하고 있거니와 그를 인용하면서 고현이 자유가 어떻게 인간의 의지와 도덕적 발전에 쓰여질 수 있는가를 성찰하는 부분에 이르면 선우휘의 문학적 주요 주제가 바로 이 자유에 있음을 능히 확인할 수 있다.[17] 이 소설 전체가 전체주의의 폭력에 맞선 개인의

(또는 부정)하려고 하였다. 앨리슨 재거, 공미혜 · 이한옥 역, 『자유주의적 여성해방론』, 이론과 실천, 1992, 41-42쪽 참조.

15) 김명환, 「경제적 민주주의를 지향한 두 자유사회주의－페비언 사회주의와 길드 사회주의」, 『영국 연구』 제2호, 1998, 120쪽.

16) 서윤교, 「쇼우의 페이비어니즘과 사회개혁관 연구」, 『새한영어영문학』 제44권 1호, 21-22쪽. 자유주의 사상의 기저에는 물질과 정신, 동물과 인간, 감성과 이성의 이중성이 존재하고 있다. 물론 자유주의자는 후자에 가치를 부여하고 있다.

17) 황순원, 김성한 · 이어령 편, 『선우휘 문학선집 1』, 조선일보사, 1987, 64쪽. "그래도 이튿날 현은 취사장에서 얻어낸 누룽지를 가지고 간밤에 쪼그리고 앉았던 변소에서 먹었다. 그것을 뜯으면서 현은 그린의 '의지와 인간의 도덕적 발전에 쓰여지는 자유의 각종

소중한 가치를 역설하는 것으로 전개된 것은 선우휘가 자유의 문제를 식민지 시대의 모순과 관련시키는 중요한 가치로 인식하고 있음을 말해준다. 이 작품에 등장하는 고현의 부친과 조부는 한국 자유주의의 역사적 전개과정을 여실히 보여준다. 조부가 자유주의의 초창기 삶의 모습을 보여주고 있다면 부친의 삶은 자유주의의 투쟁적 자기전개 과정을 현시하고 있다.[18]

이 작품에서 고현은 '찬란한 꽃밭, 매미의 울음과 뭇새의 지저귐'을 갈구하며 "이것이 곧 인간의 삶, 생명을 받고 태어난 인간이면 누구나가 향유할 수 있는 삶의 조그만 권리"라고 주장하고 있다. 말하자면 온갖 번잡한 일상사에서 벗어나 자연적인 아름다움에 심취하며 자신의 덕성을 지켜 나가는 것, 이것이 자신에게는 조그마한 권리라는 것이다. 이는 "황금률을 뒤집어 놓은 것, 즉 남에게서 괴로움을 받기 싫은 것처럼 나도 남을 괴롭히지 않는다는 신조"에 의해 뒷받침되어 있다. 이 황금률이란 두말 할 것도 없이 자유주의의 황금률이다. 자유주의에서 자유란 이렇듯 타인의 삶을 방해하지 않는 범위내에서의 자유인 것이다.[19] 그렇지만 '타인을 방해하지 않는 범위'의 막연함이란 막막한 것이어서 어디까지가 타인을 방해하지 않는 것인가 하는 물음에 답하기가 그리 만만한 것은 아니다. 그래서 이러한 송사에 대비한 수많은 법률체계들이 만들어지는 것이며 판례에 기대지 않을 수 없는 것이다. 그럼에도 불구하고 선우휘의 자유주의적 인식에는 이 공적 영역에서의 법률적 인식이 전혀 나타나지 않고 있다.[20] 이러한 법률적 인식의 부재는 그로 하여금

의미에 대하여'가 어떤 것이었던지 무연히 생각하고 있었다." 참조.

18) 이에 대해서는 김진기, 「반공주의와 자유주의」, 『현대소설연구』 제25집, 한국현대소설학회, 2005. 3, 44-47쪽 참조.

19) 이러한 자유주의의 황금율을 가장 중요하게 제시하는 사람이 존 스튜어트 밀이다. 그의 저서 『자유론』(서병훈 역, 책세상, 2005)은 이러한 황금율을 구체적인 현실에 적용한 대표적인 사례이다.

20) 이러한 공적 자유주의의 부재는 아마도 자유주의의 현실적 제도화가 불가능했던 식민지시대에 그가 자유주의를 수용했기 때문이라 판단된다. 해방이후에는 자유민주주의의

스스로를 완전한 폐쇄성으로 몰아가게 한다. 그는 모든 공적 영역에서 도피하여 끊임없이 어머니 곁에 머물고 싶어하며 자연의 찬란함에 묻혀 한평생 살아가고자 할 뿐이다. 그것만이 자신의 조그마한 권리라는 것이다.

이러한 폐쇄적인 권리의식의 근저에는 그의 원체험이 있다. 조부를 혹부리 영감이라고 놀리는 아이를 때려주었을 때의 자랑스러움과 곤혹스러움이 그것. 조부를 놀리는 아이를 자랑스럽게 때려주고 왔을 때 할아버지가 보이는 질책은 "마치 주인에게 대드는 사람에게 덤벼들다 되레 주인의 몽둥이를 맞고 꼬리를 거두는 개에게 비길 수 있는 의혹과 환멸의 감정"을 낳게 하였던 것이다. 이 자기 부정적 인식은 그로 하여금 일체의 공적 영역에 간여하지 못하게 하였고 간여한다 할지라도 이내 자학의 방식으로 자신을 구성하게 하였다. 일본 유학시절 교수의 자아소멸론에 황소를 빗대가며 항의했다가 스스로의 치기에 환멸을 느끼는 장면은 '꼬리를 거두는 개'에 다름 아니라 할 것이다. 그가 일인 교수의 자아소멸론, 말하자면 천손 민족이라는 개념과 대동아공영권 사상('존재의 조화 원리')을 구현하기 위하여 '자아를 멸하여 대의'에 살아야 한다는 논리에 그토록 민감한 반응을 보인 이유도 비록 폐쇄적이긴 할지라도 자신의 개인주의적 자유 원칙에 비추어 보았을 때 그것은 도저히 받아들일 수 없는 것이었기에 가능했을 터이다. 그렇지만 이러한 자신의 반응에 곧바로 그는 "공연히 충동을 받고 발끈하고 일어선 자기의 멋"에 환멸을 느끼게 되는데 이러한 환멸의 배후에는 전술한 바 그의 원체험이 자리잡고 있다.

그렇지만 이것은 단순히 개인적 원체험에 불과한 사건이 아니다. 그

제도화가 가능했지만 이것이 정치적 자유주의로 현실화되지 못했던 것에는 많은 이유를 들 수가 있다. 무엇보다도 그것이 위로부터의 제도화였다는 것에 있고 밑으로부터의 제도화를 가능하게 하는 토대의 부재, 다시 말해 산업화 이전의 근대화에서 그 원인을 찾을 수 있을 것이다. 그로 인해 자유민주주의의 제도화가 가능했지만 그것은 유명무실할 수밖에 없었다. 박명림, 앞의 글, 앞의 책, 95-112쪽 참조.

원체험이 의미하는 바는 세상은 지배/피지배, 혹은 식민지/피식민지로 구성되어 있다는 것, 이 틀을 깼을 때는 그 자유의 대가를 톡톡히 치러야 한다는 것 등의 세상논리가 개입되어 있다. 말하자면 자유란 항거가 아니라 자신을 방어했을 때 비로소 가능하다는 것 등을 무의식에 각인시킨 중요한 사건이라는 것이다. 이로 인해 그는 이와 유사한 사건이 발생할 때마다 '말없이 발길을 돌'리게 된다. "처음에는 견디기 어려운 고통이었으나, 나중에는 도리어 일종의 쾌감까지 느끼게" 되었다는 그의 진술은 식민지 현실에서의 부정적 자유의식의 탄생을 보여주는 결정적인 단서라 하겠다. 앞서 그린의 말을 인용하였듯이 고현의 자유란 그것이 어떻게 인간의 의지와 도덕적 발전에 영향을 미치는가에 있는 것이지 자유를 지키기 위하여 어떻게 권력에 항거하거나 제도를 개선해야 하는가와는 거리가 먼 것이었던 것이다. 자유에 대한 이러한 고현의 부정적이고 관념적인 인식은 할아버지에게 있어서는 극단적 이기주의의 형태로 드러나 있다. 할아버지 역시 젊은 시절부터 부지런히 살아왔지만 '벼슬하는 놈들'에 의해 재산을 강탈당했을 뿐이었기 때문이다. 할아버지에게 있어서 나라란 있으나 마나였고 그나마 부친이 죽은 이유도 '일본놈이 아닌 같은 조선 종자 보조원 녀석' 탓이었다는 분노는 한국 자유주의자의 역사적 자기 진단이면서 동시에 "딴 녀석을 위해 손가락 하나 까닥거릴 것도 없고 손톱만큼이라두 남의 도움을 바랄 것도 없"다는 타인과 민족에 대한 극단적 허무주의이기도 하다.

그렇지만 할아버지의 이 같은 극언의 배후에는 진정한 나라, 다시 말해 국가가 국민을 수탈하지 않는 나라, 동족이 동족을 배반하지 않는 나라에 대한 지향이 내재해 있다. 환언하면 고현의 자기 부정의 배후에도 역시 자기 긍정의 강한 욕망이 내재해 있다. 그 욕망은 자기 학대가 불가피하게 향하게 하는 유토피아와 관련된다. 이 작품에서 그 유토피아는 민족주의로 읽을 수 있다. 아버지의 삶이 그것. 아버지는 3·1 거사와 관련해 이미 죽었으나 고현의 의식 속에서는 할아버지와 동격의 무게로 자리잡고 있다. 3·1운동이 자유주의 운동이라는 것은 그 이전에 신민회가 있었고 그 이후에 임시정부가 있었다는 것으로 설명이 가능하다. 이들의 강령에는 자유주의적 정책이 근간이 되고 있는 것이다. 동시에 이 자유주의 운동은 민족의 독립과 불가분의 관련성을 갖고 있다. 당시가 일제치하였으니 당연한 것이라 하겠다. 고현의 자유가 폐쇄성을 보인 이유도 민족의 식민화에 있었다면 그의 민족 해방의 의지는 곧 자유주의를 회복하는 것과 불가분의 관계를 보인다 하겠다. 이 회복은 자기 학대에 의한 자기 연민 때문에 극단적인 형식으로 전개된다. 선우휘의 소설에는 자신을 '버러지'로 규정하는 주인물들이 많이 등장하는데 그의 자기 연민에 의한 유토피아 지향은 자신을 '버러지'로 만든 현실의 부정적 대상에 대한 전면 부정을 함축하고 있다.[21] 그렇지만 그 부정은 곧 환멸로 전화됨은 앞서 살핀 그대로다. 이 환멸이 환멸로 끝나지 않고 비로소 행동화된 형태로 나타날 때가 바로 해방기인데 그 이유는 북쪽에 공산주의 '집단'이 자리잡게 되었던 것. 선우휘의 개인사적 관점에서 보자면 토지개혁과 관련한 사적 소유권의 박탈이 주요인이 되겠지만 이

---

21) 이와 같은 자기 부정과 유토피아 상상에 대한 메커니즘은 선우휘 소설을 이해하는데 매우 중요하다. 이것이 다음 장에서 『깃발없는 기수』를 분석할 때 내가 '주체의 재건'이라는 말로 표현한 것인데 이러한 메커니즘에 대해서는 바우만의 적절한 해석을 인용하는 것이 좋을 듯하다. 그는 "자유의 경험과 연관된 의미와 집단의 구성원이 되는 데 따르는 강제와 연관된 의미는 끊임없이 공동체에 대한 꿈을 낳는다. 특별한 종류의 공동체, 이를테면 역사가들이나 인류학자들에게 알려진 어떤 실제 공동체와도 닮지 않은 공동체에 대한 꿈을 낳는다. 자유의 당황스러운 양의성에 의해 조장되는 환상은 외로움에 대한 두려움과 억압에 대한 공포를 동시에 끝장내 주는 공동체를 눈앞에 불러낸다"고 지적한다. 지그문트 바우만, 문성원 역, 『자유』, 이후, 2002, 98쪽 참조. '버러지' 운운에 대해서는 「승패」의 다음과 같은 문장을 들 수 있다. "서울에서 웬만한 일자리를 얻는다면 마음먹었던 대로 말없이 가만히 살아갈 수는 있었다. 그러나―그러나 쥐죽은 듯 숨을 죽여가며 살아가는 삶이란 무엇인가? 그렇겐들 언제까지 살아가리라고 생각하느냐? 너는 끝내는 욕된 죽음을 당하리라. 버러지같은 그러한 삶이 무엇이 그렇게도 아쉽다는 것이냐? 나는 자문자답했다. 괴로운 며칠이 지났다. '살고 죽는 것이 아니다. 삶에 대한 의욕의 귀한 것, 의욕을 가지고 행동하는 것이 문제다' 나는 육군에 들어갔다. ―죽음을 당하기보다 먼저 해치려는 자를 죽여야 한다―그러한 나의 뇌리에 얼핏 서구의 얼굴이 스쳐갔다." 황순원, 김성한·이어령 편, 앞의 책, 권1, 152-153쪽.

작품에는 그러한 '소탈한' 방식으로 반공주의를 주장하고 있지는 않다. 예의 자유주의적 관점이 등장하고 있는 것이다.[22)]

이 작품에서 압권은 인민재판 장면이다. 조선생 부친이 끌려와 인민재판을 받을 때 '살인이다' 하고 외치면서 고현의 극적 재생 드라마는 전개된다. 이 사건의 핵심은 개인적 삶의 방식과 전체주의적 강제 사이에 놓여 있다. 이러한 대비가 가능했던 이유는 사적 소유권이 전면 박탈될 위기에 놓여져 있었기 때문이다. 이런 대립구조가 해방 전 주체의 폐쇄성으로 정리되었던 이유는 그때는 사적 소유권의 전면 박탈까지는 나아가지 않았기에 가능했을 터이다. 고현이 일본 나고야 부대에서의 비인간적 폭력에 치를 떨면서도 거기에 결코 저항하지 않고 차라리 도주의 길을 선택한 이유는 그 체제가 갖고 있는 사적 소유권의 긍정 때문이었다.[23)] 해방이 되고 마침내 권력 그 자체에 대해 목숨을 건 투쟁을 불사하는 이면에는 토지개혁을 두고 전개되는 공산주의자들의 폭력이 가로놓여 있는 것이다. 그렇지만 작품 내에는 이러한 사적 소유권보다는 개인적인 삶의 방식이 보다 중요한 가치로서 전면화되어 있다. '한명도 놓치지 않고 건드려 놓고야 말려는 유능하고 가혹한 업자, 구석구석을 파헤치려는 집요하고 치밀한 계산자'라는 공산주의자에 대한 규정은 사적 소유권을 박탈하는 존재라기보다는 개인적인 삶의 방식을 억압하는 규율자로서의 의미가 더 크다. 이처럼 서사의 내면을 작동하는 이러한 소유권 원칙과 달리 표면 서사에서 개인적 삶의 방식이라는 가치가 도드라지게 된 원인에는 적대적 대상을 부정하기 위한 명분으로서의 주체의 순수성이 작용하였기 때문일 것이다. 그 순수성이란 자유주의적 원칙에 충실한 것, 즉 '남에게 방해를 주지 않는 범위 내에서의 자율성

22) 앨리슨 재거는 자유주의가 자본주의의 출현과 함께 대두되었고, 이것은 자본가의 욕구를 표명하고 있으며, 자율성과 자아충족은 사적인 재산권과 연관되어 있다고 주장한다. 앨리슨 재거 지음, 지역여성연구회 공미혜, 이한옥 역, 『여성해방론과 인간본성』, 이론과 실천, 1999, 42쪽.

23) 이러한 해석은 조금 과도한 느낌이 없지 않지만, 즉 다양한 해석이 가능하겠지만, 논리 전개의 맥락에서 편의상 그대로 놓아 두기로 한다.

의 고조'라 할 수 있고 그 황금률을 뒤집으면 전술한 바 "남에게서 괴로움을 받기 싫은 것처럼 나도 남을 괴롭히지 않는다는 신조"가 되는 것이다.

선우휘의 민족주의는 이처럼 반공주의의 성격을 띠고 있고 그 내포를 자유주의가 채워나가고 있다.[24] 고현이 연호와의 대화에서 혁명으로 오히려 세상은 더 혼란스럽다는 것, 왜냐 하면 혁명 주체세력이란 청탁없는 청부업자이기 때문이라는 것, 그들의 위선적인 선동에 애매한 생명들이 죽어갔다는 것, 그들의 피가 결코 고귀하지 않고 헛되다는 것, 따라서 중요한 것은 인간이 지닌 어리석은 조건, 즉 '남을 억압하려는 포악성, 착취하려는 비정, 남보다도 뛰어났다는 교만, 스스로 나서려는 값싼 영웅주의적 참견, 남을 죽일 수도 살릴 수도 있다는 무엄'에 대한 항거가 혁명보다 훨씬 소중하다는 것 등을 역설하는 이유도 그의 세계관이 '죽는 인간에 있어서는 죽는 그 순간에 그 자신의 모든 것—아니 전세계가 상실된다'는 개인의 존엄성, 혹은 자유주의적 유아론에 근거하고 있기 때문에 가능했을 터이다.[25] 말하자면 자유주의는 인간 개개인이 현실적으로 차이가 있어 보이는 이유는 단지 그가 처한 실제의 환경 때문일 뿐이지 잠재적으로는 모두가 동일한 본성을 가지고 있다고 보기 때문에 그 실제 환경—개인의 역사적 배경이나 계급, 직위, 인종이나 성차 등—의 의미에 대해서는 간과해버리는 특성을 갖고 있는 것이다. 이렇게 이성을 강조하면서 그것의 사회적 관련성을 소거해 버리면 교육 환경의 불비로 이성이 충분히 발휘되지 못한 계층의 권리는 무시되고 사회적 모순에 대한 분석도 배제될 수밖에 없는 오류가 빚어진다.

---

24) 바로 이 부분에서 우리는 정치적 현실에서의 이데올로기적 난점을 문학적으로 보완하려는 1950년대의 미적 기획의 한 양상을 확인할 수 있다. 미를 전유하여 당시의 현실을 이데올로기적으로 재현하려는 경향에 대해서는 임종명, 앞의 글 참조.

25) 자유주의는 개인을 이성과 동물로 나누어 전자를 특화한다. 이를 추상적 개인주의라 한다. 이러한 추상성에서 인간의 사회적 상호의존성과 유아의 오랜 의존성을 무시하는 유아론이 도출된다. 유아론이란 개인은 다른 사람과 분리되어 자신만의 욕구와 이해를 추구하는 고독한 존재라는 자유주의적 가정을 말한다. 앨리슨 제거, 앞의 책, 55쪽.

이와 같은 자유주의적 개인론에 근거해 있기 때문에 주인공 고현의 의식 속에는 연호의 발언이 틈입할 여지가 없게 되는 것이다. 그래서 공산주의자가 구호처럼 외치는 '착취없고 계급없는 사회의 건설'이란, 고현의 비사회적 추상적 개인주의에 입각해 볼 때, 일종의 '개기름같이 번쩍거리는 욕망'에 불과하고 '자본가, 지주, 친일파, 반동분자'도 한갓 부수적인 인간의 현상에 불과할 수밖에 없었던 것이다.

이로 볼 때 고현의 민족주의는 반공주의적 자유주의의 내용으로 가득차 있음을 확인할 수 있다. 동시에 이 민족주의는 해방을 맞이하면서 그 실정적 내용을 확보하게 되는데 남북에 공히 형성되는 국가 만들기가 바로 그것. 인민재판에서 '살인이다' 외치며 마침내 총을 들게 된 그가 쫓겨 동굴에서 '껍질 속에서 아픔을 거부한 무엄과 비열'을 뉘우치며 '다음 차원에의 비약을 약속하는 불꽃, 무수한 불꽃, 찬란한 그 섬광, 불타는 생에의 의욕, 전신을 흐르는 생명의 여울' 속에 휩싸이는 부분은 어머니의 성경낭독이 말하는 희생양의식을 고취시키면서 새롭게 국가를 형성하려는 강렬한 국가주의의 상징적 처리에 다름 아니라 할 것이다.[26] 그 국가주의란 북쪽의 국가를 전면 배제하면서 남한만의 단독정부, 남한 중심의 통일을 주도하는 반공주의적 지배이데올로기를 적법화해주며 나아가 반공주의가 그 한계로 지적되는 방향성 부재를 자유주의로 보완해주려는 국가에 대한 문학적 기획의 일환이라 해도 과언이 아닐 것이다. 따라서 그의 자유주의 지향성이 힘의 논리로 발현되고 있음은 어쩌면 당연한 귀결인지도 모른다. 무기를 들고 동굴 속에서 적개심에 불타며 재생을 꿈꾸는 장면은 자유주의적 황금률이 내포하고 있는 소극성과는 전면 대치되고 있는 것이다.

이러한 힘에의 의지란 꽃밭의 삶을 추구하며 혼란이 없는 조용함의 세계를 추구하던 이전의 자유주의자 고현의 이미지와는 모순된 듯이 보인다. 이와 같은 모순 속에서 우리는 대립하면서 닮아가기란 명제를 재

---

26) 이러한 인식은 이미 형성된 국가를 정당화하려는 기원에의 회귀에 해당한다 할 것이다.

확인할 수 있거니와 그보다 더 중요한 것은 이렇듯 힘을 추구하게 될 때 그의 자유주의적 원칙은 일정하게 굴절될 수밖에 없을 것이라는 점이다. 그 굴절의 방식이란 곧 반공주의를 상위개념에 두면서 자유주의를 거기에 맞추어 나가는 방식, 즉 반공주의적 자유주의의 탄생이 그것이다. 말하자면 자유주의를 기초로 하여 그 원칙을 통해 공산주의를 비판하던 것이 반공주의가 중심이 되어 자유주의를 굴절하여 전유하는 방식이 전면에 나타나게 되었다는 것이다. 자유주의는 이제 단순히 개인주의적인 자유주의로 국한되지는 않는다. 공산주의로 인해 피해받는 '조용한 이웃'들을 대변하는 자로서의 자유주의로 변형되는 것이다.

> 이미 꽃밭의 시대는 끝난 것이다.
>
> 살아서 먼저 청부업자들을 거부하자. 떠들어대어야 인생은 더욱 무의미할 뿐이라는 것을 뼈저리도록 알려주자. 꺼리고 비웃는 데 그치지 말고 정면으로 알몸을 던져 거부하자. 나같은 처지의, 아니 나 이상의 경우의 무수한 인간들.
>
> 이웃을 보는 눈 귀 하나에도 조심을 담고, 건네는 한마디의 얘기에도 남을 괴롭힐 사 애쓰는 인간들. 늙은, 젊은, 어린 남녀의 수많은 얼굴들… 그리운 그 얼굴들이 있지 아니한가. 나는 외로울 수 없다. 이제부터 그들 가운데서 잃어진 나 자신을 찾아야 한다. 그리고 청부업자들을 격리하고 주어진 땅위에 그들과 함께 새로운 마을을 세우자. 거기에 내 덤의 삶을 바치는 것이다. 청부업자들의 교만과 포악을 곧 같은 인간인 자기자신의 부끄러움으로 돌리고 한결같이 고통을 참고 견뎌온 '조용한' 인간들. 광기(狂氣)의 청부업자는 사라지고 '조용한' 인간들의 세계가 와야 한다. 조용한 인간들의 세계…….[27)]

이제 고립된 개인으로서의 고현은 '그들 가운데서 잃어진 나 자신을 찾아야' 하는 공동체의 일원으로 바뀌게 된다. 그리하여 '청부업자들을 격리하고' '새로운 마을을 세우'지 않으면 안된다고 다짐한다. 그 마을

27) 황순원, 김성한 · 이어령 편, 앞의 책, 92쪽.

에는 '교만과 포악'의 인간은 배제되고 '이웃을 보는 눈 귀 하나에도 조심을 담고, 건네는 한마디의 얘기에도 남을 괴롭힐 사 애쓰는 인간'들만이 허용되어야 한다. 이 허용된 공간에서의 삶의 원리는 고현이 그동안 추구해왔던 '꽃밭의 시대', 곧 자유주의적 삶의 방식과 그다지 먼 곳에 있지 않다. 그렇지만 그는 '이미 꽃밭의 시대는 끝'났다고 단언하고 있지 않은가. 말하자면 이 '마을'은 현재적 공간이 아니라 '정면으로 알몸을 던져' 청부업자들을 거부한 이후에 이루어질 상상적 공간인 셈이다. 현재/미래의 이 사유구조는 현실에서의 적군/아군의 구조에 의해 강박적으로 추구될 수밖에 없다. 주체는 적군에 대한 말할 수 없는 적개심을 가지고 아군에 대한 구원의지를 강하게 피력하는데 이 구원의지가 바로 '조용함'의 유토피아로 표상되어 있는 것이다.[28] 그런데 이 맥락에서 우리는 그러한 고현의 구원의지가 그가 그렇게 타기해마지 않았던 '청탁없는 청부업자'의 모습과 유사하다는 것에 놀라게 된다. 이 의지는 누구도 청탁한 이가 없는데 '자기멋에 겨워서' 청부업자 노릇했던 공산주의자들과 그리 먼 곳에 있는 것이 아니다.

해방기의 민중들이 그렇게 '조용'했을리도 없었건만 굳이 그들을 조

---

28) 여기서 말하는 조용함은 이중적인 의미를 가지고 있다. 현재의 조용함과 이상으로서의 조용함이 그것이다. 현재의 조용함이란 탄압의 결과로서의 그것이고 이상으로서의 조용함이란 진정한 공동체 속에서의 가치발현이라는 의미를 가지고 있다. 이러한 내포적 의미는 징후적, 혹은 환유적으로 읽을 때 조용함을 구현하는 국가세우기와 그 일환으로서의 민족 소환하기의 구조 속에 위치 지을 수 있다. 이러한 메커니즘이 반공주의적 유토피아로 전화되는 것은 다음 장에서 서술하기로 하겠다. 마크 네오클레우스는 고통이 질서화된 과거를 부른다고 하면서 현실적 고통을 이성적이 아닌 믿음이나 열정으로 해결하려는 비합리성은 민족의 특정 과거를 이상적으로 설정하면서 고통없는 완전한 사회를 꿈꾼다고 한다. 이는 주) 20에서의 바우만의 설명을 좀더 구체화해 준다고 하겠다. 선우휘의 소설에서 이 메커니즘은 전술한 바 자기부정과 자기학대를 매개로 하여 구성된다는 특징을 보이고 있다. 마크 네오클레우스, 정준영 역, 『파시즘, 이후』, 2002, 159-168쪽 참조. 선우휘 소설에는 이성에 대한 불신이 도처에 나타나 있다. 예컨대 「승패」에서 서구의 조리정연한 논리에 대한 아이러니적 무력감이라든가, 「테러리스트」에서 걸의 현실을 이해하려는 욕망과 그 불능 사이의 딜레마, 「불꽃」에서 연호의 기계적인 마르크시즘에 대한 거부 등은 그 단적인 예라 하겠다.

용함으로 환치하려는 배후에는 자기 주변의 '조용한' 계층(지주계층?)을 민중으로 보편화시키고 그들의 조용함을 수난의 결과로 고발하면서 진정한 '조용함'의 세계에 도달하고자 하는 자유주의자의 욕망이 개재되어 있다. 그 자유주의자란 자유주의를 가능하게 했던 물적 기반과 정신적 기반을 상실한 기득권자로서의 강자(혹은 가능성으로서의 강자)라 할 것이다.[29] 이 상실의 결과로서 그들은 당연히 자신의 과거를 회복할 수 있는 가능성을 찾아나갈 수밖에 없는데 그 가능성이란 현실적으로 지배이데올로기로서의 반공주의와 그것을 생산하는 국가의 힘에 동일시되는 것이라 하겠다.

3. 자유주의의 왜곡, 반공주의적 자유주의

선우휘의 자유주의적 반공주의는 이제 반공주의적 자유주의로 새롭게 변모된다. 전술한 바와 같이 자유주의의 원칙을 통해 공산주의를 비판하는 방식에서 공산주의를 비판하면서, 즉 반공주의적 관점에서 자유주의를 왜곡시켜 전유하게 되는 것이다. 그러한 세계를 명시적으로 보여주는 작품이 중편 『깃발없는 기수』이다. 이 작품에는 「불꽃」에서 고현이 자유주의원칙으로 연호의 공산주의를 비판하는 방식에서 떠나 공산주의에 대한 적개심으로부터 출발하여 그 적개심의 명분을 위해 자유주의 원칙을 소환하고 있다. 말하자면 전자는 반공주의의 탄생이고 후자는 이미 탄생된 반공주의를 통해 자유주의를 재탄생시키고 있는 것이

29) 지그문트 바우만은 '우리의 타고난' 자유로운 개인이 오히려 드문 종류의 인간이며 국지적인 현상이라고 주장한다. 그런 인간이 존재하기 위해서는 아주 특수하게 연결된 환경이 있어야 했으며 그리고 그런 인간이 살아남기 위해서는 이 특수한 환경이 지속되어야만 했다는 것이다. 따라서 그는 자유로운 개인은 인류의 보편적인 조건이기는커녕 역사적이고 사회적인 창조물일 따름이라고 단언한다. 이 책에서 그는 자유가 사회적으로 특수한 강자와 관련된다는 사실을 정치하게 논증하고 있다. 지그문트 바우만, 앞의 책, 20-22쪽 참조.

다. 이 작품은 서술자이자 주인물인 윤을 중심으로 그의 친구 곰, 용수, 형운과 공산주의자 순익과의 관련성, 윤의 하숙집 가족의 이념적 갈등, 윤과 공산주의자 이철과의 적대감이라는 세 가지 축이 나란히 전개되고 있다. 사실 선우휘의 작품에는 「불꽃」만이 자유주의적 반공주의의 과정을 보여줄 뿐 나머지 대부분의 작품들이 반공주의적 자유주의의 과정을 드러내고 있음이 특징적이다. 그의 대표적인 다른 작품 「테러리스트」나 「오리와 계급장」, 「승패」, 「보복」, 「단독강화」 등은 이미 반공주의를 승인한 상태에서 사건이 형성되고 있는 것이다. 물론 「불꽃」 역시 그 작품을 쓸 당시의 작가의 내면이 이미 반공주의를 승인하고 있었음은 주지의 사실이다.

반공주의를 승인했다 함은 반공주의의 일정한 물적 기반이 전제되지 않고서는 성립되지 않을 것이다. 반공주의란 전술한 바와 같이 새롭게 탄생한 국가에 의해 전유된 지배이데올로기로서 멸공통일이나 승공통일 등의 국가주의적 민족주의 담론과 결합하여 남한 내부에서의 계급투쟁을 불법화하고 근대적 사유를 억압하며 광범위한 레드 콤플렉스로 국민을 국가에 종속시켜 반공규율사회를 보편화하였다. 따라서 반공주의란 단순한 이데올로기가 아니라 실제적 구속력을 갖춘, 비민주적 체제와 결합된 물리적인 성격을 갖고 있다고 말할 수 있다.[30] 이러한 반공주의란 일제의 통치수단이기도 하였다는 점에서 식민지적 정치 사회구조를 온존시키는 역할을 담당했다고 할 것이다. 일제는 의도적으로 지주와 자본가의 사유재산권을 부정하고 폭력혁명을 강조하는 공산주의의 논리를 부정적으로 부각하고 공산주의운동이 소련의 사주에 의한 것이라고 선전함으로써 지주와 자본가로 하여금 반공이데올로기의 수호자가 되도록 유도하였다. 이는 계급 대립의 조장을 통한 민족 분열인 바 이를 통해 식민지 지배에 대한 조선인의 투쟁을 부차화시키고 계급간의

30) 반공 규율사회와 그로 인해 형성된 의식의 반공주의 회로판에 대해서는 권혁범, 조한혜정 · 이우영 편, 「반공주의 회로판 읽기」, 『탈분단시대를 열며』, 삼인, 2000, 47-61쪽 참조.

대립을 전면에 부각시켜 민족해방운동의 성격을 희석, 은폐함으로써 궁극적으로는 민족해방운동을 무력화하고자 하는 것이었다. 이를 우리는 군국파시즘이라 말하거니와 군국파시즘은 기본적으로 반개인주의, 반자유주의, 그리고 반공산주의를 표방하였으며 공산주의와 소련에 대한 비판과 공격이 핵심을 이루었다.

한국 전쟁 이후 남한의 반공주의도 이와 유사하여 이승만 독재체제하에서 군국주의가 보편화하였고 이에 따라 반개인주의, 반자유주의, 그리고 소련과 북한에 대한 반공산주의가 정착하게 되었다.[31] 선우휘의 소설에는 이 같은 양상이 두드러지게 표출되는 바 이러한 전쟁 후 남한의 상황에서 그의 자유주의가 어떻게 반공주의에 전유되는가에 대한 연구는 한국자유주의의 행로와 관련하여 중요한 입지점을 주리라 판단된다. 『깃발없는 기수』는 반공주의의 주제화를 위하여 씌어졌다. 이러한 지적은 서술자 윤의 사상적 토대가 반공주의에 있다는 사실에서 확인할 수 있다. 순익을 제외한 그의 친구, 즉 용수, 곰, 심지어 중도적인 성격의 형운 조차 반공주의에 기울어져 있다. 뿐만 아니라 그의 가장 가까운 '형님'인 평청 회장은 골수 반공주의자이다. 이러한 인물 형상뿐만 아니라 서사 자체가 공산주의자 이철에 대한 윤의 증오로 구성되어 있으며 하숙집 가족이나 윤이 시위 때 구해주었던 소년 명철의 이야기는 모두 반공주의를 강화하기 위해 도입된 삽화였다는 점에서 이 작품의 반공주의적 성격을 증언해 준다고 하겠다.

반공주의란 계급간의 적대를 핵심으로 하는 공산주의에 대한 분명한 반대에 기초하므로[32] 적대로 비롯되는 사회적 혼란을 평정하고자 하는

31) 본 논문에서는 해방전과 해방후의 반공주의의 구조가 유사하다는 점에 착안했지만 이 과정에서의 매개고리가 이승만의 일민주의와 그것의 변종인 극우반공주의에 있음은 서론에서 전술한 바와 같다. 그럼에도 일제치하와 비교한 것은 반공주의와 자유주의의 오랜 연관성을 말하기 위함이고 식민지시대의 유제가 해방 후에도 여전히 지속하고 있음을 보여주기 위함이다.

32) 파시즘의 반혁명성에 대해서는 마루야마, 서동만 편역, 「파시즘의 본질」, 『파시즘연구』, 거름, 1983, 16-17쪽 참조. 마루야마는 "파시즘이 사회민주주의자와 자유주의자의

의지가 요구되는 것은 불가피한 일이었을 것이다. 이러한 평정에의 의지는 『깃발없는 기수』에서 민족을 소환하는 형태로 구현되고 있다.[33] 이는 식민지 상황을 갓 벗어난 해방기에서의 조선민들로서는 어쩌면 당연한 것인지도 모른다. 문학에 있어서도 〈문건〉과 〈문동〉으로 이어지는 과정의 핵심에 민족문학이 존재함은 저간의 사정을 말해주는 것이기도 하다. 그렇지만 식민 잔재를 일소하고 민족의 독립을 지고의 목표로 설정했을 때 이 목표를 둘러싸고 벌어지는 각축전은 그것을 어떤 방식으로 이룰 것이냐 하는 방법론의 문제에 귀착될 수밖에 없다. 프롤레타리아 독재인가, 아니면 부르주아 독재인가가 문제의 핵심. 이후 남한에서의 민족주의는 후자로 수렴되고 있음을 확인할 수 있는데 선우휘의 문제의식은 바로 이에 기반하여 전개되고 있음이 특징적이다. 『깃발없는 기수』는 작품 초반부부터 소련과 미국에 대한 적대감으로부터 비롯되고 있다. "로스케는 받아치우면 되고, 양키는 아랫동강이를 걷어차"야 한다는 윤과 그의 친구들의 공통된 감정은 해방기의 민족주의의 보편화를 설명한다.[34] 그렇지만 미국과 소련은 갓 해방된 약소국 조선의 입장에서 보면 초강대국이라 할 수 있으므로 이들 두 국가를 그렇듯 비판하면서도 그들이 자신들의 민족적 열세를 부정할 도리는 없다. 이로 인해 그들

존립에 대하여 언제까지 '관용'을 베풀 것인가는 원론적인 이데올로기상의 문제가 아니라, 혁명의 '한계상황'에 관한 문제다. 사회민주주의와 자유주의가 '혁명의 온상'으로 판단되면, 파시즘은 이것을 철저히 거세시키려 하지만, 그 반대로 그것이 혁명의 방파제 노릇을 하는 한, 파시즘은 이것을 방치하거나 혹은 지원하기조차 한다."고 말한다. 이와 같은 견지에서 본다면 당시의 사회적 성격을 파시즘이라 할 만하다.

33) 파시즘과 민족, 그리고 국가에 대한 연관성은 마크 네오클레우스, 앞의 책, 2장 '첫째, 나는 민족주의자가 되었다', 3장 '자본주의, 국가권력, 그리고 보수 혁명' 참조. 본 논문은 반공주의를 단순한 이데올로기가 아니라 반공파시즘(혹은 전체주의) '체제'로 보고 있다. 그것은 한반도가 미국과 소련의 냉전이데올로기가 첨예하게 대립하는 곳으로서 반공이데올로기가 다른 국가에서와 같이 국가권력과 느슨한 관계를 맺고 있는 것이 아니라 국가권력의 폭력성을 은폐하는 '가장' 주요한 최상의 층위에 존재하는 이데올로기적 수단이라는 의미를 띠고 있다.

34) 민족주의는 필연적으로 이방인 혐오증의 요소가 있다. 마크 네오클레우스, 앞의 책, 87쪽.

은 자신들을 '엽전'이라는 말로 비하하게 되는데 그러한 비하로 그들이 의도하는 바는 초국적 권력국가[35]에 대한 강력한 적개심의 표출이라 할 것이다. '엽전의 진가'를 보여주고자 하는 이면에는 무시당한 자로서의 열패감이 만들어낸 강력한 '주체의 재건'이라는 문제가 가로놓여 있다.

그렇지만 선우휘의 소설에서 이 재건은 좌파를 배제하는 반공주의의 관점을 취함으로써 외세를 배격하는 것이 아니라 외세를 무시, 혹은 심지어 수용하는 결과를 빚게 된다. 말하자면 외세가 중요한 것이 아니라 민족 내부의 계급대립의 문제가 우선한다는 것. 식민지로부터 해방된 조선에 있어 가장 중요한 과제는 민족의 통일이라는 것, 이 통일을 무시하는 세력이 좌익이라는 것, 이로 인해 사회적 혼란이 끊이지 않는다는 것, 따라서 민족적 통일과 단합을 위해서는 좌파를 일소해야 한다는 것 등이 『깃발없는 기수』에서 윤이 재삼 강조하고 있는 부분인 것이다.[36] 이러한 인식을 통해 윤은 무조건하고 좌파를 부정, 증오하고 있는데 하숙집 가족사나 노동자 소년 명철의 문제, 그리고 이철–윤임의 삽화는 모두 이를 증거하기 위한 논거들에 해당한다. 이로써 윤의 좌파에 대한 적대감을 확인할 수 있는데 이러한 적개심은 좌파의 논리를 전면 부정하는 결과를 빚는다.

> 문이 닫혀진 안이 차차 밝아 오면서 윤은 눈앞의 벽에 무수히 그적거려진 낙서를 보았다. 여체의 그림은 오직 하나밖에 없었다. 벽 전체가 정치적인 구호로 메워져 있었다.
>
> 인민위원회 만세, 공산당 만세, 강태 만세, 반동분자 주구, 졸도, 미제국주

---

35) 이 용어는 박명림의 '초국적 권력구조'란 말을 변용한 것이다. 박명림, 앞의 글, 앞의 책, 84쪽.

36) 이는 앞의 임종명의 연구결과와 동일한 구조를 취하고 있다. 이로 보아 선우휘의 작품세계는 여순반란 사건을 재현한 저널리즘의 이데올로기적 구조를 충실하게 따르고 있음을 확인할 수 있다. 이 구조는 동시에 일민주의의 이데올로기적 구조와 동일한 형태를 띠고 있는데 이로써 우리는 선우휘 작품세계란 곧 당대의 국가 수립과정에서 비롯되는 일민주의, 혹은 극우 반공주의의 이데올로기화가 필연적으로 노정할 수밖에 없는 자유주의적 균열지점을 봉합해 주는 미적 기획의 일환임을 확인할 수 있다.

의, 친일파, 빨갱이, 양키 고홈 등등의 어휘를 볼 수 있었다. 한참 더듬다가 윤은 웃호주머니에서 연필을 끄집어냈다. 여기저기 빈틈을 찾던 윤의 눈길이 문득 한군데 못박혀졌다. 윤은 거기 씌어진 낙서를 속으로 두 번을 읽었다. 세 번을 읽고 난 윤의 입에서 큰 웃음이 터져 나왔다. 뒤이어 흘러나오는 웃음은 그칠 줄을 몰랐다. 한참 후 웃음을 그친 윤은 다시 한 번 그것을 들여다보고 이번에는 시무룩한 표정을 지었다. 거기에는 짤막하게 이렇게 적혀 있었다.

'뒷간에 들었으면 똥이나 싸라'[37)]

이 인용은 국대안 문제로 어수선한 서울대학교 안에서의 학생들의 데모 사건을 다룬 부분인데 시위현장에서 벗어나 화장실에 들어갔을 때 거기에서 발견한 낙서들에 관한 이야기이다. 강한 반공주의자의 시각으로 현장을 취재하고 있는 기자 윤의 입장을 감안할 때 위 인용에서 보이는 공산주의자들의 구호는 중립적인 서술이 아니라 반공주의자의 눈으로 본 반어적인 표현임을 쉽게 알 수 있다. 다시 말해 '인민위원회 만세, 공산당 만세, 강태 만세, 반동분자 주구, 졸도, 미제국주의, 친일파, 빨갱이, 양키 고홈' 등등의 어휘들에서 공산주의자들이 긍정하는 '인민위원회, 공산당, 강태' 등은 주체(윤)의 입장에서는 비판적인 것이고 공산주의자들이 비판하는 '반동분자 주구, 졸도, 미제국주의, 친일파, 양키' 등은 주체에 의해 묵인 혹은 강하게 옹호될 수밖에 없게 되는 것이다. 이러한 과정을 통해 '반동분자, 친일파, 미제국주의'는 민족주의에 하등 위배될 것 없는, 오히려 민족을 구성하는 주체들로 다시 정립되고 만다.[38)] 따라서 해방기의 혼란에서 주체는 자신의 민족적 열패감을 극복하고 새로운 재건을 꿈꾸게 되지만 그 재건은 이렇듯 다시금 친일파와 외세를 불러들이는 반공주의 방식으로 구성된다는 특징을 보이고 있는 것이다. 결과적으로 반공주의는 계급간의 대립을 전면에 부각시켜

---

37) 선우휘, 『깃발없는 기수』, 황순원, 김성한 · 이어령 편, 권3, 71쪽.

38) 이러한 논리는 해방기 미군정 시기에 수다한 친일인사들이 반공을 외치면서 정치적 몰락을 다시금 회복하게 된 것을 정당화해주는 것이라 하겠다.

해방기의 진정한 민족적 목표였던 민족해방의 과제를 오히려 희석, 은폐시켜 버렸던 것이다.

이러한 과정에서 좌익에 저항하는 민족세력들은 '눈물'의 이미지로 고정되고 있음이 눈에 띈다. '망명가니, 지사니, 한다는 말과 한다는 짓이 답답하기 짝없어. 뭐냐 말야. 그저 눈물만 흘리면 그만이란 말야?'라는 언술에는 두 가지 점이 함축되어 있다. 그 하나는 '비단결같이 말만 늘어놓구 뒤로 돌아가선 꿍꿍이짓이나 하'는 좌익과 달리 민족에 대한 진실한 감정은 이들에게서만 찾을 수 있다는 것이고 다른 하나는 이 눈물에 내포된 유약성이 전술한 바 '주체의 재건'과 관련하여 '엽전의 진가'를 요구하면서 강력한 힘을, 혼란과 허위를 척결할 강력한 힘을 요청하게 한다는 것이다.[39] 이 힘이란 좌익과 맞서 싸울 수 있는 힘, 다시 말해 국가주의의 환유적 실체라 할 수 있는데, 여기서 우리가 관심 갖는 바는, 이 국가의 구성을 위한 방식이 자유주의와 불가분의 관계를 띠고 있다는 것이다. 이는 한국 자유주의자의 행보와 관련해 중요한 지점이라고 하겠다.

무엇보다도 이 자유주의적 성격은 서술자 윤의 반공주의를 구성하는 중요한 근거가 된다. 윤이 공산주의를 배격하는 이유는 크게 보아 첫째 공산주의자들은 개인의 영달을 위해 목적과 수단을 가리지 않는 위선자라는 것, 둘째, 거짓 선전 선동으로 인민을 잘못된 길로 이끌거나 그 조직의 생리가 개인의 자율적인 판단을 막는 비정한 것이라는 것 등을 들 수 있다. 첫째의 경우가 이철과 윤임과의 관계이다. 이철은 공산주의적 목표를 위하여 윤임을 간첩으로 이용해 먹는다는 것이 그것. 이는 인간을 수단이 아니라 목적으로 간주하는 자유주의적 덕목에 위배된다. 둘째의 경우는 성호와 명철의 사건에서 볼 수 있는데 개별성에 입각한 자율적 판단을 조직의 비정한 논리가 탄압하거나 순진한 어린애를 새빨간

39) 이 구조는 자유주의적 반공주의에서 보였던 주체의 자기부정과 자기학대적 유토피아 건설과 동일한 구조를 보이고 있다. 다른 점이 있다면 주체가 반공주의적 주체로 구성되어 있다는 차이점뿐이다. 이에 대해서는 주) 26 참조

거짓말로 유혹하여 진실-이철이 위선자라는 것-을 호도하고 있다는 것이 그것. 이는 개인의 자율성의 옹호라는 자유주의적 덕목에 위배된다. 이처럼 윤이 공산주의를 부정하는 근거 자체가 자유주의적이라는 점에서 이 작품의 자유주의적 특성을 간파할 수 있겠다. 이는 앞서 인용한 인용문에서 본 바와 같이 '변소에 들었으면 똥이나 싸라'는 명제와도 관련된다. 말하자면 이철이 윤임과 만나는 지극히 사적인 공간(산장호텔)에서는 남녀간의 사랑만 나누어야지 그 사랑을 정치적으로 이용해서는 안된다라는 것. 이는 공적 영역과 사적 영역의 명확한 분리라는 자유주의적 원칙을 지시한다. 뿐만 아니라 국대안 문제의 핵심을 이철의 배후조종에 둠으로써 데모가 시위 주체들의 신념의 표현이 되지 못한다는 비판은 양심과 신앙의 자유라는 자유주의적 덕목을 비판의 기준으로 그 배면에 깔고 있는 것이라 하겠다.

그렇지만 이러한 자유주의적 덕목으로 좌파를 공격하고 있기는 하지만 그러한 덕목이 남한의 보수 우익적 주체들에게는 해당되지 않는다는 점에서 문제적이다. 말하자면 순익이 평청에 끌려갔을 때 윤이 평청의 '형님'이 설파하는 전체주의적 논리에 대해서는 침묵해 버린다는 것이나 이철과 윤임의 사생활을 침해할 권리가 없음에도 결국 산장호텔에 침투해 그들의 사적 자유를 침해하는 것,[40] 자신과 권리-의무 관계가 전혀 없는 이철에 대해 그의 사상과 양심의 자유를 인정치 않고 그에 대해 정치적 암살을 자행하려 하는 것 등은 자유주의적 덕목에 대한 명백하고도 심각한 위반이라 할 것이다. 말하자면 타자에 대한 증오의 수단으로서 자유주의적 덕목을 반공주의적 주체, 혹은 주체들에 대해서는 면제해 버리는 결과를 빚고 있다는 것이다. 이는 강력한 반공주의적 적대감 때문에 스스로의 원칙을 저버린 것이었다고 해석할 수 있다. 따라

40) 자유주의에서 사생활보장권이란 개인 또는 어떤 초개인적 권위의 대행자인 다른 사람들이, 특별한 시간이나 특별한 행위 중에 특별한 장소에 침입하는 것을 거부하는 권리를 말한다. 주로 성생활을 의미하지만 공적인 영역의 사이의 막간이 여기에 속한다. 바우만, 앞의 책, 95쪽.

서 반공주의에 입각한 이 같은 자유주의적 비판은 '정치적 자유'라는 자유주의에 내재한 진보성과는 거리가 멀다.[41] 왜냐 하면 적을 비판하면서 그 비판의 기준을 남한의 권력들에게는 행사하지 못하게 하기 때문이다. 이렇게 하여 반공주의적 자유주의는 반공을 위해 자유를 제한하게 하고 제한되어 배제된 자유를 자유라는 이름으로 억압하며 자유의 고귀함으로 국가폭력을 은폐하는 국가권력의 주요한 이데올로기로 자리잡게 된다.

이 작품에서 이러한 자유주의적 왜곡 현상이 빚어지게 된 보다 더 중요한 이유는 그 정치적 비판이 자유주의적 황금률에 기반한 사적 개별성의 차원에서 성립되고 있기 때문이다. 이렇게 공적 자유의 사적인 전개의 원인은 첫째, 선우휘 자신의 반공주의적 논리가 너무 강했다. 그는 월남한 지식 엘리트로서 월남의 특수한 사적 동기로 인해 공산주의를 강하게 증오하지 않으면 안되었을 것이다. 둘째, 그러나 그러한 자전적 원인보다는 보다 근원적이고 구조적인 것으로서 자유민주주의의 외부적 주입을 들 수 있다. 원래 정당의 구성이나 선거권을 위시한 각종 민주주의적 권한은 밑으로부터의 요구로 현실화되는 것이 상례이나 우리의 경우 이러한 밑으로부터의 요구 이전에 이미 외부적으로 위로부터 주어진 것이어서 공적 자유에 대한 공적 인식이 전무한 상태였다. 이로 인해 국가는 민주주의적으로 규율되는 것이 아니라 가족을 통해 상상되어 가부장적 국가주의의 구조를 띨 수밖에 없었다. 이러한 상태에서 자유주의적 인식은 보편적이라기보다 소수 지적 엘리트에 의해 전유되었을 뿐이었다. 셋째는, 이와 연관된 것으로서, 정치적 자유를 논하기에는 해방기의 자유주의적 권력구조가 뚜렷하게 분화되지 않았다.[42] 말하자면 형식적인 민주적 장치와 달리 실제적으로는 유일당 구조를 취함으로써 각종 비민주적인 현상이 비일비재하였다. 신문사 사회부장의 자조적

41) 정치적 자유주의와 자유주의적 정치에 대해서는 이나미, 『한국자유주의의 기원』, 책세상, 2003, 23-31쪽 참조.

42) 박명림, 앞의 글, 앞의 책, 75-84쪽 참조.

인 신문론은 그를 증명한다. 뿐만 아니라 윤이 직접 정치적 암살을 자행한다든가, 이철을 찾아가 인터뷰하는 과정에서 그에게 인간적 모욕을 가한다든가 하는 장면들은 강한 정치성을 담보하고 있기는 하지만 정치적 자유의 개인주의적 실현이라는 한계로부터 자유롭지 못하다. 그런데 문제는 이처럼 정치적 자유와 개인주의적 자유를 구분하지 못하기 때문에 정치에 대한 개인주의적 비판이 결과적으로 반개인주의로 나타나고 있다는 것에 있다.

윤이 이철을 증오하는 이유에는 이처럼 공과 사가 뒤섞여 있다. 그는 공산주의의 화신이면서 동시에 이중인격의 소유자로 규정되고 있기 때문이다. 이철의 이중인격은 자유주의적 덕목(개인주의적인!)에 비추어 보았을 때 타인의 자유를 간섭하거나 방해, 혹은 침해하므로 윤의 입장에서는 결코 인정할 수 없는 것이었다. 이 부정은 공적 존재로서의 공산주의자에 대한 거부로 비약할 수밖에 없게 된다. 따라서 이철에 대한 윤의 증오는 그것이 개인적인 원한이면서 공적인 것, 다시 말해 국가 성립에 필요한 질서의 회복과 관련된다. 윤 역시 신문기자이긴 하지만 하나의 자연인으로서 행동하고 있으며 동시에 남한에 성립될 국가의 화신과 성격상 겹쳐져 있다. 윤이 미군을 성욕을 통해 자신과 비교하려는 행위 역시 개인적 열등감의 표현이면서 국가적 열등감－국가 성립의 불가피성－이 반영된 행위이다. 마찬가지로 국가적 적대감의 표현으로서의 공산주의자에 대한 증오가 성호와 명철의 가족 문제와 겹쳐지게 되는 것 또한 그러한 공사의 혼란스런 뒤섞임 때문이라 할 수 있다.[43] 이렇게 공

43) 이 작품에서 가족은 자유주의적 가족관, 즉 사적 영역이므로 국가가 관여할 수 없는 영역으로 규정되고 있다. 성호의 죽음의 원인이 아버지의 공산주의사상에 있기는 하지만 그러한 아버지를 서술자가 옹호하는 이유는 아버지는 아버지대로 특별한 사랑의 방식이 있다는 가족주의의 긍정에 있다. 말하자면 가족이란 공식적인 이념의 시각으로 볼 수 없는 사적 영역이라는 인식이 깔려 있다는 것이다. 문제는 이러한 사적 영역을 파괴한 주범이 공산주의 조직이라는 공적 권력이라는 것이고 이에 대해서만 자유주의적 비판이 감행되고 있다는 것이다. 그럴 경우 가족은 특화되고 가족적 시선으로 국가를 구성하려는 메커니즘이 발생하게 된다는 점에서 가족주의는 국가주의의 맥락에서

사가 혼란스럽게 뒤섞이게 된 원인으로서 우리는 앞서 세 가지를 든 바 있는데 그러한 세 가지를 감싸는 근원적인 원인으로서 국가성립기의 국가 만들기를 거론할 수 있다. 신생 대한민국으로서는 국가에 호출될 국민 만들기가 선결과제였는데 민족 구성원들에게 국가를 인지시키기 위하여서는 가족을 이끌어 들이지 않으면 안되었던 것이다. 말하자면 국가란 곧 유교적 가부장 구조와 흡사한 것이라는 각종 재현물들이 등장할 수밖에 없었던 것도 이러한 맥락에서 설명이 가능하다. 이로써 가부장적 국가주의가 탄생하게 되는데 여기서 권력과 국가의 충의 논리가 가부장과 가족구성원 사이의 유교적 효의 논리를 유비개념으로 하여 생산되게 되는 것이다. 국가와 가족의 중간매개항으로서 시민사회가 부재할 때 국가적 충의 논리하에서 자유의 공적 개념이 발붙일 공간이 애초부터 존재할 수 없을 것이란 사실은 자명하다고 하겠다.

문제는 국가와 가족의 구조적 상동성을 통해 민족을 보호해야 할 국가권력의 폭력성이 정당화되는 경로가 형성되게 된다는 것이다. 이와 같은 이유로 하여 이 작품에는 가족주의적 덕목[44]으로 좌파를 공격하는

재구성된 정치성을 띤다고 하겠다. 공적 영역과 사적 영역의 관련성에 대해서는 앨리슨 재거, 앞의 책, 198-199쪽 참조.

44) 1950년대 가족주의에 대해서는 약간의 설명이 필요하다. 사실 전쟁을 전후하여 한국의 가족주의는 극심한 자본주의적 변화를 겪게 되는데 이러한 변화는 일제 때도 나타난 것이었다. 일제는 지주-소작제도라는 자본의 논리를 구조화하면서 전통적인 양반세력들을 지주계층으로 흡수하여 농촌의 구성을 식민지 반봉건의 형태로 탈바꿈시켰다. 그러나 토지개혁과 한국전쟁을 통해 지주계층이 몰락하면서 농촌사회에도 근대화의 열풍이 불게 되자 전통적인 친족 대가족의 형태는 붕괴되기에 이른다. 그렇지만 이러한 붕괴는 지방의회 의원, 국회의원 선거 등을 치르면서 성씨를 중심으로 다시 재결합하는 양상을 보이게 되는데 그로 인해 한국전쟁 후 지방의 성씨간의 분쟁이 상당해 격화되었다고 한다. 그러나 이러한 전통적 구조 속으로 흡수되는 메카니즘과 동시에 이 구조를 깨는 다양한 현상도 나타났는데 농촌에서의 친족, 대가족 등의 결속력 붕괴(주로 상여메는 문제와 반상간의 통혼 문제를 통해 나타나는)와 자본주의의 물결 속에서 이촌향도 현상에 따른 도시에서의 핵가족화 현상이 그것이다. 전자의 경우 이 붕괴를 농협 등을 통해 국가가 흡수하려 하였으나 철저한 상명하달 형식으로 인해 국가에 대한 환멸이 나타나게 되었다. 국가에 대한 환멸과 공동체 의식의 붕괴는 신가족주의

현상이 집요하게 나타나게 된다. 하숙집 주인과 그의 아들 성호의 이념적 갈등에 대한 윤의 시각은, 아이들에게 그들이 하고자 하는 대로 허용해 주어야 하고 설혹 그것이 안되더라도—작품 안에는 성호의 죽음으로 처리되어 있다—아버지는 아버지 나름의 자식에 대한 사랑법이 있다는 것이다. 그리고 어머니는 이러한 아버지에 대한 헌신과 순종으로 묵묵

의 현상을 빚게 되었는데 물신만능주의, 학력을 통한 신분상승, 쾌락주의 등 철저한 핵가족적 욕망의 생성이 그것이다. 이와 같은 원자화된 가족이 견지하는 신가족주의는 국가와 가족 사이에 아무런 매개적 사회조직이 없이 가족이 국가, 즉 관과 수직적인 관계망을 형성하게 되는 조건에서 발생한 것이었다. 이러한 가족주의는 공공윤리의 부재와 궤도를 같이하면서 내 가족, 내 자식만이 소중하다는 의식과 행동들이 자리잡게 된 근원을 형성하고 있다. 이러한 무도덕적 가족주의의 고립성을 뚫고 국가주의가 가족주의를 지배하는 방식이 바로 독특한 위험회피와 사회적 지위 향상의 전략이었다. 즉 억압, 통제를 주요 활동으로 하는 국가의 등장은 파편화된 개인들 사이의 의사소통이나 자발적 조직화의 가능성을 좌절시키고 그들의 의욕 자체를 억제함으로써 기존의 질서 속에서 안전을 도모하고 복지를 증진시키는 방편으로서, 저항, 즉 수평적 조직화의 가능성을 크게 제약하였기 때문에 상당수의 상층부 농민은 '이농'이나 '교육'을 통한 가족 단위의 안전보장과 지위향상 전략에 호소하지 않을 수 없었다. 이러한 상황 속에서 충과 효를 강조하는 국가주의(일민주의)의, 가족을 통한 국가 상상하기 전략이 근대적 조건 속에서도 가능하게 되었던 것이다. 말하자면 이미 전쟁이라는 극히 이례적인 정치 상황은 농민들로 하여금 더욱더 자기보존적인 존재로 변화시켰다는 것이다. 김동춘, 「1950년대 한국 농촌에서의 가족과 국가—한국에서의 '근대'의 초상」, 역사문제연구소 편, 앞의 책, 220-227쪽; 충과 효의 국가주의의 논리에 대해서는 임종명, 앞의 글; 서동만, 앞의 글 참조. 이처럼 가족단위의 안전보장과 지위향상 욕망이 불러온 가족의 자기보존적 성격은 가족을 더욱 보수화하였으며 이러한 보수화가 충과 효를 강조하는 국가의 호출에 적극적으로 응답하게 하였는데 이 응답을 진척시킨 주요인으로서 라이히가 말한 성의 억압을 들 수 있을 것이다. 성에 대한 거부와 모성에 대한 신경증적 우상화, 그리고 아버지의 권위에 대한 존경심과 수용, 그로 인한 자유에 대한 두려움과 권위주의 지향성 등이 일민주의에서 말하는 인륜과 도덕의 강조, 이승만 개인의 우상화 등의 이데올로기에 쉽게 동화될 수 있도록 하는 조건이 되었다는 것이다. 빌헬름 라이히, 『파시즘의 대중 심리』 현상과 인식, 1986, 67-73쪽 참조. 라이히는 이러한 가족주의의 온상으로서 농민에 주목하고 있으며 그에 의하면 농민들은 전통적이며 동시에 정치적 반동의 영향을 가장 받기 쉬운 존재 양식, 즉 토지 구속성, 가족적 유대 등의 특징을 가지고 있다는 것이다. 즉 농부의 생산 양식은 가족 구성원 모두의 엄격한 가족적 유대를 수반하며 이러한 유대는 광범위한 성의 억제와 억압, 즉 가부장적인 성적 도덕성을 전제로 하고 있다는 것이다. 라이히, 앞의 책, 80-81쪽.

히 시련을 이겨내는 존재로 나타난다. 이러한 집안 문제에는 성년/미성년, 남자/여자, 모성/창녀의 가부장적 이데올로기가 가로놓여 있다.[45] 요컨대 이러한 유기적인 가족구조는 그 자체로 가부장 구조를 형성하면서 전술한 바 국가적 문제를 가족적인 시각으로 바라보게 한다는데 문제가 있는 것이다. 여성의 수난과 관련하여 이 작품에서 눈에 띄는 요소는 어머니는 모성으로 추앙받고 그 외의 여자들은 모두 단순한 성적 욕망의 대상이거나 창녀로 귀착되고 있다는 것이다. 한걸음 나아가 가족을 이끌어 들여 국가를 세우는 방식은 민족의 수난을 여성으로 치환하고 수난 받는 민족을 구제할 국가를 남성으로 치환하여 강한 군국주의 국가관을 형성하게 한다. 이럴 때 국가와 가족의 유비적 대비로 인해 가족의 고통을 떠맡는 여성은 그 수난으로 말미암아 숭고한 모성성을 부여받고 그러한 모성성이 결여된 집안외적 여성들은 창녀로 이원화되면서 여성에 대한 특수한 성격이 생산되게 되는 것이다. 뿐만 아니라 아버지와 아들은 성년/미성년으로 규정되면서 아들에 대한 사랑과 아버지에 대한 복종이 결합하게 되는데 이 또한 독재 권력을 합리화하는 이데올로기적 역할을 부여받게 된다. 여기서 자유주의적인 개인의 자율성은 존재해야 할 자리를 상실하게 된다. 이로써 정치적 자유는 실종되고 강자로서의 자유주의적 정치만이 자리잡게 되면서 개인주의적 자유주의가 반개인주의, 이를테면 전체주의적 자유주의(우리는 민족적 자유주의라는 말로 더 익숙하다.)로 변질되고 마는 것이다.

45) 이에 대해서는 라이히, 앞의 책, 136-137쪽 참조. 모성과 창녀를 가르는 기준은 쾌락의 유무, 혹은 성적 욕구와 생식을 구별지우는 것에 있다. 성적 쾌락을 위한 성의 경험은 여성과 어머니를 타락시킨다는 것이다. 이는 선우휘의 「불꽃」에서의 어머니 허벅지에 무수히 꽂힌 바늘 자국, 도피 중에 만난 소녀에 대한 욕망의 억압, 『깃발없는 기수』에서의 윤의, 미군 상대 여성과 이철의 연인 윤임에 대한 감정 등은 이러한 라이히의 설명을 잘 반영해 준다고 하겠다.

4. 결론

본 논문은 1950년대 대표 작가인 선우휘의 소설을 통해 한국 자유주의가 어떻게 생성, 왜곡되는가를 살펴보는데 그 의의가 있다. 한국 자유주의는 오랜 역사를 가지고 있고 그것이 국민들의 이데올로기로 내면화되어 왔지만 이에 대한 주목은 그리 크게 받지 못하였다. 그렇지만 자유주의는 국민뿐만 아니라 권력자에게도 작가에게도 모두 삼투되어 있었던 한국의 대표적인 지배이데올로기라 할 수 있다. 사회주의 이데올로기가 바다 표면에 출렁이는 파도였다면 그 밑을 무겁게 흐르고 있었던 저류는 분명 자유주의였던 것이다. 무엇보다도 사적 재산의 절대적 옹호라는 개념은 사회주의 이데올로기가 기세를 떨치던 때에도 누구도 거역할 수 없는 삶의 명제였다는 점에서 우리 사회에서의 자유주의의 위력을 감지할 수 있다. 말하자면 채만식의 「치숙」에서 보이는 '어리석은 조카'는 결코 예외적인 존재가 아니었던 것이다. 이 작품의 희화성과 아이러니가 마치 이 소년을 예외적인 존재인 것처럼 부각시키고 있지만 그것은 작가의 주관성에 불과할 뿐 현실은 전혀 그렇지가 않았던 것이다.

그 같은 사적 재산의 옹호와 천황제의 양가성은 한국 자유주의자의 특수한 운명을 말해주는 것이기도 하다. 해방 이후 이승만의 자유민주주의에서 이러한 사적 재산의 옹호와 자율성의 박탈이 맞물린 것은 따라서 한국적 자유주의의 한 특성에 연결되어 있는 것이다. 문제는 이러한 자유주의가 권력과 길항적이지 않을 수 있었던 이유에 있다. 그것은 바로 사회주의라는 이데올로기가 대두하였기 때문이다. 선우휘의 소설에서는 사회주의 권력에 대한 강한 적대감과 불신이 그려져 있다. 사회주의자들은 자유주의자들의 기본 전제인 사적 소유권을 부정할 뿐만 아니라 자신의 사적 소유를 기반으로 한 삶의 여유마저 박탈해 나갔다. 나아가 사적 소유를 토대로 한 물질적 확대에 대한 의지마저 거부해 버렸다. 이제 자유주의가 서야할 공간은 공산주의자들과 대적할 수 있는 지점뿐이다. 이 자유의 지점에서 「불꽃」의 유려함이 나온다. 권력과의 싸움에서 더 많은 자유를 요구하는 고현의 작품내적 행위는 눈부실 뿐만 아니라 감동적이기까지 하다. 그렇지만 공산주의가 한반도 북쪽으로 사라지고 공산주의를 배격해야만 했던 권력의 한 구성원이 되었을 때 그의 자유주의는 빛을 상실하고 만다. 그 자유주의는 왜곡되고 반공을 선언하는 권력의 요구에 굴복하고 마는 것이다. 이로써 자유주의의 주요 원칙들은 반공을 위해 유보되어야 하고 반공을 위해 봉사해야 하는 기득권의 자유주의, 말하자면 앞서 말한 바 한국적 자유주의의 탄생 앞에서 소멸되고 만다. 따라서 이 시기에 나온 작품은 이제 긴장도 사라지고 감동도 사라져 국가주의 이데올로기에 짙게 감싸이게 된다.

국가주의 이데올로기에 종속된 자유주의는 그 왜곡의 정당화를 위해 가족을 끌어오기 시작한다. 그렇지만 이 가족주의는 앞서 보았듯 여순 사건의 재현을 통해 국가주의 안에 이미 내재해 있었다는 점에서 자유주의의 국가주의적 착종을 가져 왔다고 할 수 있다. 시민과 시민사회가 부재한 해방기와 전후의, 혼란과 참상에서 이제 가족은 국가와 구조적으로 동일한 관계를 형성하게 되었다. 문제를 이렇듯 가족과 국가의 관련 하에 두게 된 것은 한국사회의 근원적 문제가 모두 이 관계에서 파생되었다고 판단되기 때문이다. 국가는 가족의 구조를 불러와 스스로의 권력구조를 가족화하고 가족은 권력의 구조를 불러와 스스로의 구조를 권력화하는 이 견고한 사슬을 끊지 않으면 자유민주주의의 진정한 발전은 불가능하다는 전제 하에서 이렇게 구도를 잡아보았던 것이다.

국가 권력과 유착되었던 자유주의는 4·19를 계기로 하여 권력과 분리되기 시작한다. 1960년대에 창작된 뛰어난 작품들은 대개가 권력과 분리되어 권력에 대해 더 많은 자유를 요구할 때 생산된다. 1960년대 이후 선우휘가 1950년대와 같이 중요한 작품을 생산하지 못한 이유도 공산주의라는 권력이 소멸(혹은 이동)하고 그 자리에 반공산주의적 권력이 자리잡고 있었기 때문이다. 반공주의라는 관점에서 선우휘는 반공산주의적 권력과 길항관계를 형성할 필요가 없었던 것이다. 그는 이제 권력에 저항하는 다양한 작가들과 스스로를 구분지으려 노력한다. 그가 권력에 비판적일 때도 있었지만 그것은 이제 관념으로 존재하는 자신의 자유주의적 기준에 의해서였을 뿐 그다지 절실한 문제는 아니었다. 그 같은 기준보다는 공산주의를 방어할 수 있는 국가권력이 더 중요했던 것이다. 반공주의적 권력 지향과 자유주의적 권력 비판은 한국자유주의자의 다양한 스펙트럼을 조건 짓는 두 축이다. 이로 인해 한국 자유주의는 다양한 양상을 보이고 있다. 본 논문은 이러한 다양성의 밑바탕에 근원적으로 무엇이 존재하는가를 분석해 보았다. 이제 앞으로의 과제는 이러한 다양한 자유주의가 어떻게 문학에 영향을 미쳤으며 그 다양성의 실체가 무엇인지를 문학 속에서 분석해 내는 것이라 할 것이다. 이러한 과제는 추후 계속 진행해 나간다는 말로 대신할 수밖에 없겠다.

주제어 : 선우휘, 자유주의, 자유민주주의, 반공주의, 공산주의, 사적 소유권, 한국적 자유주의, 가족주의, 일민주의, 국가주의 이데올로기

◆ **참고문헌**

김명환, 「경제적 민주주의를 지향한 두 자유사회주의－페비언 사회주의와 길드 사회주의」, 『영국 연구』 제2호, 1998.
문학과 비평연구회, 『한국문학권력의 계보』, 한국출판마케팅연구사, 2004.
서동만 편역, 『파시즘연구』, 거름, 1983.
서윤교, 「쇼우의 페이비어니즘과 사회개혁관 연구」, 『새한영어영문학』 제44권 1호.
선우휘, 『선우휘 문학선집 1』, 조선일보사, 1987.
———, 『선우휘 문학선집 2』, 조선일보사, 1987.
———, 『선우휘 문학선집 3』, 조선일보사, 1987.
———, 『선우휘 문학선집 4』, 조선일보사, 1987.
———, 『선우휘 문학선집 5』, 조선일보사, 1987.
역사문제연구소 편, 『1950년대 남북한의 선택과 굴절』, 역사비평사, 1998.
이나미, 『한국 자유주의의 기원』, 책세상, 2003.
조한혜정, 이우영 편, 『탈분단시대를 열며』, 삼인, 2000.
조희연, 『한국의 정치사회적 지배담론과 민주주의 동학』, 함께읽는책, 2003.
노르베르토 보비오, 황주홍 역, 『자유주의와 민주주의』, 문학과지성사, 1999.
빌헬름 라이히, 오세철·문형구 역, 『파시즘의 대중 심리』, 현상과 인식, 1966.
앨리슨 재거, 지역여성연구회 공미혜·이한옥 역, 『여성해방론과 인간본성』, 이론과 실천, 1999.
이매뉴얼 월러스틴, 강문구 역, 『자유주의 이후』, 당대, 2000.
J. S. 밀, 서병훈 역, 『자유론』, 책세상, 2005.
지그문트 바우만, 문성원 역, 『자유』, 이후, 2002.
한나 아렌트, 홍원표 역, 『혁명론』, 한길사, 2004.

◆ 국문초록

이승만과 자유당 정권은 미국이 강제한 자유민주주의를 수용하면서도 그것의 내포를 끝없이 반자유민주주의, 전체주의로 채워 넣으려 했다. 즉 자신들의 일민주의 이데올로기를 생산하기 위해 자유민주주의를 소환하여 그것의 폐허성을 적발하고 교정하여 자신들만의 자유민주주의를 구성하려 했다는 점이다. 그러한 조작은 공산주의에 대항하기 위한 이념으로서의 자유민주주의의 필요성과 내부 권력 정비를 교란할 수 있는 그것(자유민주주의)의 파괴력 사이에 놓인 그들의 딜레마의 소산이라 하겠다. 그렇지만 그들이 부단히 자유민주주의의 핵심 원칙들을 참조, 해체, 왜곡해 가는 과정에서 그러한 핵심 원칙들이 지식인들 사이에서 자연스럽게 논란의 대상으로 부각되지 않을 수 없었고 그 논쟁의 부각은 구체적으로 민주당과 사상계의 사상 공세로 나타나게 되었다. 이로 인해 이러한 원칙들에 대한 논란이 권력의 내부에서 혹은 권력을 우회한 배제된 공간 속에서 서서히 발현되기 시작한다. 1960년대 문학에서 정치적 자유에 대한 사유가 다채롭게 전개된 것도 1950년대 자유주의의 구성과 그 균열의 맹아로부터 숙성한 것이라 하겠다. 따라서 1960년대 정치적 자유의 사유구조를 살피기 위하여서라도 1950년대 자유주의가 문학 속에서 어떻게 발현되고 맥락화하여 그 특성을 구현하는지가 해명되어야 할 것이다. 본 논문에서는 1950년대 자유주의가 어떻게 어용화하며 어떤 양상으로 변용되는지를 선우휘의 대표작품을 통해 분석해 보는 것이 주요 목적이다.

선우휘의 소설에는 사회주의 권력에 대한 강한 적대감과 불신이 그려져 있다. 사회주의자들은 자유주의자들의 기본 전제인 사적 소유권을 부정할 뿐만 아니라 자신의 사적 소유를 기반으로 한 삶의 여유마저 박탈해 버렸다. 나아가 사적 소유를 토대로 한 물질적 확대에 대한 의지마저 거부해 버렸다. 이제 자유주의가 서야 할 공간은 공산주의자들과 대적할 수 있는 지점뿐이다. 이 자유의 지점에서 「불꽃」의 유려함이 나온다. 권력과의 싸움에서 더 많은 자유를 요구하는 고현의 작품 내적 행위는 눈부실 뿐만 아니라 감동적이기까지 하다. 그렇지만 공산주의가 한반도 북쪽으로 사라지고 공산주의를 배격해야만 했던 권력의 한 구성원이 되었을 때 그의 자유주의는 빛을 상실하고 만다. 그 자유주의는 왜곡되고 반공을 선언하는 권력의 요구에 굴복하고 마는 것이다. 이로써 자유주의의 주요 원칙들은 반공을 위해 유보되어야 하고 반공을 위해 봉사해야 하는 기득권의 자유주의, 말하자면 앞서 말한 바 한국적 자유주의의 탄생 앞에서 소멸되고 만다. 따라서 이 시기에 나온 작품은 이제 긴장도 사라지고 감동도 사라져 국가의 이데올로기에 짙게 감싸이게 된다.

국가주의 이데올로기에 종속된 자유주의는 그 왜곡의 정당화를 위해 가족을 끌어오기 시작한다. 그렇지만 이 자유주의는 앞서 보았듯 여순사건의 재현을 통해 국가주의 안에 내재해 있었다는 점에서 자유주의의 국가주의적 착종을 가져왔다고 할 수 있다. 시민과 시민 사회가 부재한 해방기와 전후의, 혼란과 참상에서 이제 가족은 국가와 구조적으로 동일한 관계를 형성하게 되었다. 문제를 이렇듯 가족과 국가의 관련 하에 두게 된 것은 한국사회의 근원적 문제가 모두 이 관계에서 파생되었다고 판단되기 때문이다. 국가는 가족의 구조를 끌어와 스스로의 권력구조를 가족화하고 가족은 권력의 구조를 불러와 스스로의 구조를 권력화하는 이 견고한 사슬을 끊지 않으면 자유민주주의의 진정한 발전은 불가능하다는 전제 하에서 이렇게 구도를 잡아보았던 것이다.

국가권력과 유착되었던 자유주의는 4·19를 계기로 하여 권력과 분리되기 시작한다. 1960년대에 창작된 뛰어난 작품들은 대개가 권력과 분리되어 권력에 대해 더 많은 자유를 요구할 때 생산된다. 1960년대 이후 선우휘가 1950년대와 같이 중요한 작품을 생산하지 못한 이유도 공산주의라는 권력이 소멸(혹은 이동)하고 그 자리에 반공산주의적 권력이 자리 잡고 있었기 때문이다.

◆ SUMMARY

Liberty, or Liberalism Appropriated by Anti-communism

Kim, Jin-Gi

Rhee Syng Man and liberal party as the political power accommodated the Free democracy with the United States forces, on the other hand they will fill with anti-Free democracy and totalitarianism. Namely they want to make only their Free democracy, exposing and correcting the nature of the ruins if Free democracy to produce their 'llminjuui' ideology. Such operation is an outcome their dilemma between the necessity if free democracy as the idea it will be able to disturb an inside power maintenance, But from the process which ceaselessly they refer, dissolve, distort a questionable matter of Free democracy, the questionable matter cannot help embossing the object if criticism naturally in an intellectual, concretely emboss of criticism appeared as thought offensive of Liberal Party and 〈Sasanggue〉.

Intention of the thesis is in which it sees how this liberalism, in novel of Sun U Hwi, appear. To his novel it confronts to a socialism power and strong the hostile feeling and disbelief are coming to draw. The socialists not only negated the private right of ownership which is a basic prerequisite of the liberalism but also even surplus if life it deprived the private possession of oneself in base. This time the liberalism is not only a possibility of fighting with the communists. Elegance of 〈the flame〉 comes out from the branch office of this freedom. The work inner act of Kohyon which demands more freedom from fight with power is not only dazzling but also impressing. But it is like that the communism disappears to the Korean Peninsula north and when becomes one member of the power must reject a communism his liberalism is losing the light. The liberalism is to be distorted and is to roll up in demand of power which declare anti-communism.

From this cause the important principles of liberalism must be reserved for an anti-communism, liberalism of the acquired right must serve, it talks an anti-communism and the cotton to precede from before being born of the Korean liberalism which it talks it disappears it is rolled up. The work which comes out consequently to this time disappears tension recently and also the impression disappears and it protects it becomes thick in ideology of the nation and this.

The liberalism which is subordinate to nationalism ideology for justification of the distortion of it start to pulls the family. But it is like that it brought the nationalism complication of liberalism from point, there is a possibility of doing inside nationalism as reappearance of 'Yu-soon' event it leads. From disastrous state and confusion of the liberation period and post war when the citizen and the civic society are absent, approximately, recently the family was formed the relationship and structure which is identical with the nation. The nation pulled the structure of the family summoned the structure of power and power anger the chain which is strong it does formed a oneself structure. Like this, in novel of Sun U Hwi, the mechanism of this liberalism and anti-communism is coming to draw depths

Key word : Free democracy, 'Ilminjuui' ideology, socialism, nationalism ideology, the structure of the family, anti-communism, Sun U Hwi

–이 논문은 2005년 6월 30일에 접수되어, 소정의 심사과정을 거쳐 2005년 8월 19일에 게재가 확정되었음.

전체주의적 반공주의와 순수 · 참여 논쟁

—이어령과 김수영의 〈불온시〉 논쟁을 중심으로

강 웅 식*

목 차

1. 서론: 전체주의적 반공주의와 1960년대의 현실지평

이 글의 목적은 1960년대 후반에 벌어졌던 이어령과 김수영의 이른바 〈불온시〉 논쟁에 대한 고찰을 통하여 문학과 사회의 관계에 관한 문제를 검토하려는 데 있다. 〈불온시〉 논쟁은 참여 · 순수의 문제와 연관된 논의의 범증 사례로 꼽을 수 있을 정도로 본격적인 수준의 것은 아니었다. 그럼에도 우연스럽게 촉발된 이 논쟁에서 〈참여〉, 〈순수〉, 〈문화〉, 〈정치〉, 〈자유〉 등 문학과 사회의 관계와 연관된 성찰에서는 필수

* 고려대 민족문화연구원 연구교수.

적으로 제기될 수밖에 없는 문제들을 환기하는 기표들이 포섭되었으며, 논쟁의 당사자인 이어령과 김수영은 나름의 논리에 입각하여 그 문제들을 풀어내고자 하였다.[1] 이 논쟁이 한국근대문학사의 맥락에서 중요한 이유는 논쟁의 당사자들이 당대의 현실 지평에 대한 상이한 관점에서 문학의 참여와 순수 문제를 풀고자 하였다는 사실에 있다. 기존의 논의가 없었던 것은 아니나 그 논의들의 문제의식이 문학 장에 제한되어 있었다는 필자 나름의 판단에 따라 이 글에서 재론해보고자 한다.[2]

문학에서 참여와 순수의 문제는 이미 문학과 사회의 관계를 전제로 설정된다. 이 때 사회를 개인적인 경험과는 다른 차원에 존재하는 것으로 설정할 경우 문학과 사회의 관계에 대한 성찰은 피상적이며 추상적인 수준을 벗어날 수 없게 된다. 〈사회적 실천과 신념의 장으로서의 사회는 단순히 개인적인 경험과는 다른 차원에 존재하는 것이 아니라 개인 스스로가 관계 맺어야 하는 어떤 것, 개인 스스로가 최소한으로 "구체화된", 혹은 외화된 질서로 경험해야 하는 어떤 것이다〉.[3] 그렇다면 〈불온시〉 논쟁의 배경을 이루는 1960년대의 현실지평은 어떤 성격의 것이었을까?

---

1) 이 글에서 〈기표〉라는 용어를 자주 쓰는 이유는 기표의 기의는 고정된 것이 아니라 누빔점(point de capiton)에 의해 "사후적"으로 구성된다는 라캉의 기표논리를 받아들였기 때문이다. 라캉의 기표 논리에 대해서는 다음 책 참조.

S. 지젝, 이수련 역, 『이데올로기라는 숭고한 대상』, 인간사랑, 2002, 177-225쪽.

2) 정효구, 「이어령과 김수영의 〈불온시〉 논쟁」, 『20세기 한국시와 비평정신』, 새미, 1997, 193-221쪽.

허윤회, 「1960년대 '순수' 비평의 의미와 한계: 순수·참여 논쟁을 중심으로」, 『1960년대 문학연구』, 민족문학사연구소 현대문학분과(편), 깊은샘, 1998, 223-248쪽.

이동하, 「한국 비평계의 〈참여〉 논쟁에 관한 연구」: 1960년대 말의 두 논쟁을 중심으로, 『전농어문연구』 제11집, 1999. 2, 83-174쪽.

고명철, 「문학과 정치권력의 역학관계: 이어령/김수영의 〈불온성〉 논쟁」, 『문학과 창작』, 2000. 1, 139-144쪽.

오문석, 『김수영의 시론 연구』, 연세대 박사학위논문, 2002. 8, 107-118쪽.

이 찬, 『20세기 후반 한국 현대시론 연구』, 고려대 박사학위논문, 2004. 12, 99-109쪽.

3) 지젝, 박정수 역, 『그들은 자기가 하는 일을 알지 못 하나이다』, 인간사랑, 2004, 92쪽.

광복 이후 현재에 이르기까지 한국 사회의 구성원들은 매우 특수한 역사적 체험 속에서 살아왔다. 아마도 그 체험의 내용을 단 하나의 기표로 표상하는 것은 불가능할 것이다. 아무리 공들여 고른다고 하더라도 그 어떤 것도 아닐 것이기 때문이다. 그럼에도 현재까지 지속되고 있는 과거의 역사적 체험을 객관화하기 위해 우리는 다른 기표들을 대신해서 그것을 표상해 줄 수 있는 어떤 기표를 필요로 한다. 그 기표로서 우리는 〈반공주의〉라는 기표를 들 수 있다. 〈반공주의〉에는 〈반공〉이라는 기표를 반공산주의(anti-communism)의 축약형으로 볼 수 없게 만드는 그 무엇이 있다. 〈반공〉에서 〈공〉은 일차적으로 〈사유재산을 부정하고 공유재산을 근거로 사회·정치 체제를 실현하려는 사상과 운동〉이라는 사전적 의미의 〈공산주의〉를 가리키는 것은 분명하다. 그러나 〈반공주의〉라는 기표가 환기하는 역사적 체험과 이데올로기의 장에서 〈반공〉이라는 기표는 〈반공산주의〉라는 기의만으로는 채워지지 않는 어떤 잉여의 의미효과를 생산한다. 다른 기표들을 대신해서 우리의 역사적 체험을 표상해줄 수 있는 〈특권적 기표〉(master-signifier)로서 〈반공주의〉를 들 수 있는 근거가 바로 여기에 있다. 다시 말해 그 근거는 우리가 겪은 역사적 체험의 특수성과 복잡성이 〈반공〉이라는 기표가 생산하는 잉여의 의미효과와 중첩된다는 데 있다.

〈반공주의〉는 특정한 이데올로기의 구성적 핵심을 가리키는 기표이면서 동시에 그 이데올로기 장 전체를 가리키는 기표이기도 하다. 일차적으로 〈반공주의〉는 냉전체제, 분단체제, 그리고 휴전체제(준전시체제)로 이루어지는 삼항구조 내부의 복합적인 연관관계를 그 구조적 맥락으로 하고 있다. 그 삼항구조에서 세 가지 계기들은 〈냉전 이데올로기〉라는 공통의 지반에 속해 있으면서도 그 기능면에서는 각각 상이한 기제로서 작동된다. 우리의 역사적 경험에 근거할 때, 냉전 이데올로기와 연관된 삼항구조 내부의 복합적인 연관관계를 그 구조적 맥락으로 하고 있는 〈반공주의〉에는 한 가지 결정적인 계기가 더 추가되어야 한다. 그것은 전체주의 체제이다. 삼항구조의 계기들을 중층적으로 포섭하면서 그 구조 내부에서 어떤 메커니즘이 작동하게 한 동인은 바로 독재 정권에 의한 전체주의 체제였다. 남북한 단독정부 수립 이후 한국사회를 지배해온 것은 한 사람의 절대 권력자를 중심으로 이루어진 독재였다. 근대 이후의 전체주의적 지도자와 근대 이전의 전체주의적 지도자 사이에는 그 존재론적 위상 면에서 건너뛸 수 없는 심연이 가로놓여 있다.[4] 근대 이전의 국가 권력자인 왕은 스스로 왕이기 때문에 지도자가 된다. 그는 애초에 신분상으로 왕으로 태어났다. 본질적인 수준에서는 신하들이 그를 왕으로 여기기 때문에 그가 왕이 되는 것이지만, 현상적인 수준에서는 그가 왕이기 때문에 신하들이 복종한다. 국정 수행 능력과 같은 그의 실제 능력은 그의 신분 자체의 절대적 성격에 비하면 부수적인 요소에 불과하다. 그런데 근대 이후의 국가 권력자는 자신의 실제 역량에 대한 다수의 신뢰와 동의를 근거로 하여 지도자가 된다. 다시 말해 자유민주주의의 사회·정치적 맥락에서 지도자의 카리스마는 실제 역량에 근거해야 하며, 그의 역량에 따른 절대 권력을 지지해주는 것은 대중적인 동의이다. 그러한 지지를 상실하고 실제 역량에 대한 동의가 지도자 자신에게 넘겨질 때 국가의 관료체제는 전체주의적인 것으로 변하여 날뛰기 시작한다. 대중적 동의를 받지 못함으로써 대중의 심정의 측면에서는 절대 권력의 자리에서 배제된 전체주의적 지도자는 〈카니발적 잔혹성으로 역사적 필연을 수행할 "책임"을 짐으로써 S2, 즉 지식의 연쇄(가령, "역사법칙에 대한 객관적 지식")를 체현한 대상의 형태를 취한다〉.[5]

---

4) 이것과 관련된 내용은 다음 책에서 참조.
슬라보예 지젝, 박정수 역, 『그들은 자기가 하는 일을 알지 못 하나이다』, 인간사랑, 2004, 455-488쪽.

5) 지젝, 앞의 책, 463쪽.
박정희의 경우, 그는 〈국민교육헌장〉에 명시된 〈민족중흥의 역사적 사명〉을 체현한 대상의 형태를 취했다. 또한 그는 어린아이들에게는 자애로운 대통령할아버지이지만 〈민족중흥의 역사적 사명〉을 망각한 내부의 배신자에게는 한 순간의 망설임도 없이 극단적이고 잔인한 결정을 내리는 존재였다. 이 점은 휴전선 너머의 김일성에게도 상동적인 현상으로 나타났다.

전체주의적 권력의 본질적 속성은 자기목적적이다. 그것은 〈민족주의〉나 〈경제개발〉과 같은 지식의 연쇄를 정권 재창출과 유지의 내적 근거로서 부단히 제시하면서, 다른 한 편으로 전체주의적 집권당이 사용해온 전형적 전략 가운데 하나인 안팎의 적을 만들어낸다. 전체주의적 권력은 적이 없다면 만들어내기라도 해야 한다. 적들의 위협을 명분으로 해서만 전체주의적 권력은 비상사태와 전일적인 통합을 지속시킬 수 있기 때문이다. 광복 이후 한국 사회에 출현했던 모든 전체주의적 권력은 부단히 안팎의 적을 만들어내야 하는 문제와 관련하여 매우 유리한 위치에 있었다. 항상 외부의 적과 실질적으로 대치해 있는 준전시체제로서의 휴전체제 상황에서는 굳이 새로운 시스템을 만들어낼 필요가 없었을 뿐만 아니라, 상징 조작을 통하여 내부의 적을 외부의 적과 동일시하기만 하면 되었기 때문이다. 〈반공주의〉에서 〈반공〉이라는 기표의 기의가 〈반공산주의〉라는 기표의 그것과 일치하지 않게 되는 지점도 이 지점이고, 〈반공주의〉의 구조적 맥락인 삼항구조에 전체주의 체제라는 계기가 추가적으로 포섭되어야 하는 이유도 여기에 있다.

이어령과 김수영의 〈불온시〉 논쟁은 〈전체주의적 반공주의〉라 칭할 수 있는 이데올로기의 장과 문학의 장의 접점과 연관된 구체적인 문제들을 살펴볼 수 있는 기회를 제공해준다. 이제 이 글의 본론에서는 〈전체주의적 반공주의〉의 시대라 요약할 수 있는 1960년대의 시대적 상황에 대한 이해를 전제로 이어령과 김수영의 〈불온시〉 논쟁을 검토하기로 한다.

2. 본론

이어령과 김수영의 〈불온시〉 논쟁을 구성하고 있는 것은 아래에 제시된 8편의 글들이다.

① 이어령, 「'에비'가 지배하는 문화—한국문화의 반문화성」, 『조선일보』, 1967. 12. 28.
② 김수영, 「지식인의 사회참여—일간신문의 최근 논설을 중심으로」, 『사상계』, 1968. 1.
③ 이어령, 「누가 그 조종을 울리는가?—오늘의 한국문화를 위협하는 것」, 『조선일보』, 1968. 2. 20.
④ 김수영, 「실험적인 문학과 정치적인 자유—'오늘의 한국문화를 위협하는 것'을 읽고」, 『조선일보』, 1968. 2. 27.
⑤ 이어령, 「서랍속에 든 '불온시'를 분석한다—'지식인의 사회참여'를 읽고」, 『사상계』, 1968. 3.
⑥ 이어령, 「문학은 권력이나 정치이념의 시녀가 아니다—'오늘의 한국문화를 위협하는 것'의 해명」, 『조선일보』, 1968. 3. 10.
⑦ 김수영, 「불온성에 관한 비과학적 억측—위험세력설정의 영향 묵과 못해」, 『조선일보』, 1968. 3. 26.
⑧ 이어령, 「불온성 여부로 문학평가는 부당—"논리의 현실검증 똑똑히 해보자"」, 『조선일보』, 1968. 3. 26.

이어령의 글(①)에 대한 김수영의 문제제기(②)로 촉발된 〈불온시〉 논쟁의 전개과정을 보면서 한 가지 의문을 갖게 될 것이다.[6] 그 의문이란 ⑤와 ⑥에서 보듯 논쟁의 전개과정에서 이어령의 반박문이 두 번 겹친다는 점과 ⑦과 ⑧의 발표일이 같다는 점이다. 사정은 다음과 같다. ③과 ⑤는 이어령이 ②에 대한 반박을 목적으로 동시에 쓴 것인데, ③은 일간지(『조선일보』)에 ⑤는 월간지(『사상계』)에 각각 실렸기 때문이다.[7] 그리고 ⑦과 ⑧의 발표일이 같은 것은 『조선일보』가 ⑥에 대한 반박문인 ⑦을 이어령이 먼저 읽게 하고 그에 대한 반박문으로 ⑧을 쓰게 한

6) 김수영의 ②는 이어령의 ①의 내용에 대한 전면적인 문제제기라기보다는 부분적인 것이었다. ②가 ③과 ⑤의 계기가 되긴 했지만, ③과 ⑤가 ②에 대한 전면적이고 본격적인 반박의 성격으로 씌어진 것이므로 〈불온시〉 논쟁에 불을 지핀 사람은 정확히 말해 김수영이 아니라 이어령으로 보아야 할 것이다.

7) 김수영이 ③과 ⑤를 모두 읽고 ④를 썼는지에 대해서는 확실히 알 수 없다. 이 문제에 대한 검토는 이동하의 다음 논문 참조. 이동하, 앞의 글, 앞의 책, 94-104쪽.

후 그것들을 동시에 게재했기 때문이다.

〈불온시〉 논쟁의 전개를 그 내용 면에서 파악해 볼 때, 우리는 위의 8단계를 논쟁의 핵심이 되고 있는 문제들을 중심으로 다시 아래와 같이 3단계로 정리할 수 있다.

(1) 〈에비〉와 〈불온한 작품〉의 문제: ①, ②
(2) 〈순수〉와 〈참여〉의 문제: ③, ④, ⑤
(3) 〈하나의 이데올로기〉의 문제: ⑥, ⑦, ⑧

그러면, 이제 문제가 되고 있는 핵심 사항들을 중심으로 하여 위의 세 단계들에 대하여 검토해보기로 하자.

1) 〈에비〉와 〈불온한 작품〉의 문제

「'에비'가 지배하는 문화」에서 이어령은 당대의 문화 현상을 세 차원으로 나누어 분석하면서 부정적인 양상들을 〈반문화성〉으로 규정하고 있다. 그 내용을 정리하면 아래와 같다.

(1-1) 정치권력이 점차 문화의 독자적 기능과 그 차원을 침해하는 경향이 있다 할지라도 문화의 침묵은 문화인들의 소심증에 더 큰 책임이 있다.
(1-2) 상업주의 문화가 노골화되고 있는 가운데 문화인들이 문화기업가에게 이용만 당했지 거꾸로 그것을 이용하는 슬기와 능동적인 힘을 보여주지 못하고 있다.
(1-3) 지적 수준은 향상되어 있지 않으면서 그 태도만은 소피스트케이트해진 대중들의 수준에 야합하여 문화인들이 뻔뻔스런 말과 상말로 이루어진 베스트셀러물이나 쓰고 있다.
(1-4) 〈정치권력의 에비〉, 〈문화기업가들의 지나친 상업주의 에비〉, 〈소피스트케이트해진 대중의 에비〉에 잔뜩 겁을 집어먹어 문화인의 역할을 제대로 하지 못하고 있는 문화의 상황이 바로 반문화적 〈에비〉의 무드이다.

위와 같은 내용을 골자로 하는 이어령의 「'에비'가 지배하는 문화」는 피상적으로는 〈전체적으로 보아 논지가 상당히 조리정연하게 잘 다듬어져 있는 인상〉[8]을 준다. 그러나 자세히 살펴보면 이어령의 논지에는 상당한 문제들이 내재되어 있다. (1-1), (1-2), (1-3)에서 이어령이 개탄하는 것은 문화와 문화인의 자율성과 순수성 상실이다. 정치권력의 침해, 상업주의의 유혹, 독자들의 저급한 요구 등을 문화인들이 거부하지 못하고 그것들과 타협하거나 야합하는 것은 문학인들이 자신의 자율성과 순수성을 상실하는 일임에 틀림없다. 그런데 문제는 그러한 〈자율성〉과 〈순수성〉의 성격과 수준에 있다. 먼저, (1-2)와 (1-3)의 문제와 연관된 이어령의 태도에서는 〈문화엘리트주의〉의 성향이 엿보인다. 〈클래식 음악을 감상한다거나, 난해한 현대시나 추상화를 감상한다는 것〉[9]의 가치를 강조하는 대목에서 우리는 그 점을 확인할 수 있다. 그러니까 이어령이 경계하는 것은 〈반교양적인 것〉, 다시 말해 천박하고 저급한 문화의 수준이다. 다음으로, 전체 문맥상 (1-1)에서 말하는 〈정치권력의 침해〉는 전면적인 성격의 것이기보다는 부분적인 성격의 것으로 보인다. 이를테면 그것은 국가 시책에 부응하는 내용의 작품을 써달라는 요구 같은 것으로 볼 수 있다. 절대적 권력의 요구라면 그것을 부정하는 것 자체가 대단한 저항이고, 또 문화인의 자율성과 순수성을 지키는 고귀한 태도일 것이다. 그런데 이 경우에도 이어령은 〈정치권력의 침해〉를 그렇게 심각한 수준에서 받아들이는 것 같지 않다. 그가 자신의 글의 서두에서 전제한, 〈상상적 강박관념〉에 불과한 〈에비〉의 수준으로 〈정치권력의 침해〉를 취급하고 있기 때문이다.

이어령의 주장과 관련하여 필자가 제기하고자 하는 문제는 당대의 현실 지평과 연관된 이해 수준이다. 우리가 앞서 살펴본 〈반공주의〉라는 기표가 환기하는 당대 현실의 지평과 그러한 지평 속에서 창작자가

---

8) 이동하, 앞의 글, 앞의 책, 88쪽.

9) 이어령, 홍신선 편, 「'에비'가 지배하는 문화」, 『우리문학의 논쟁사』, 어문각, 1985, 239쪽. 앞으로 이 책에서 인용하는 경우는 책이름과 쪽수만을 밝히기로 한다.

받는 심리적 억압의 문제를 그는 지나치게 소홀히 다루고 있다. 그와 같은 이해의 수준은 그가 자신의 논지 전개의 전제로 설정한 〈에비〉라는 기표의 효과에 대한 분석에 이미 잠재해 있다. 〈불온시〉 논쟁과 연관된 검토들에서 이 문제가 단 한 번도 거론되지 않은 것은 기이하기까지 한데, 문제의 대목을 살펴보기로 하자.

> 〈에비〉라는 말은 유아언어(幼兒言語)에 속한다. 애들이 울 때 어른들은 〈에비가 온다〉고 말한다. 그러나 그 말을 사용하는 어른도, 그 말을 듣고 울음을 멈추는 애들도, 〈에비〉가 과연 어떻게 생겼는지 모르고 있다. 즉 〈에비〉란 말은 어떤 구체적인 대상을 가리키는 명사가 아니다. 그것이 지시하고 있는 의미는 막연한 두려움이며 꼬집어 말할 수 없는 그리고 가상적인 어떤 금제의 힘을 총칭한다. 어렸을 때와 마찬가지로 인간들은 복면을 쓴 공포, 분위기로만 전달되는 그 위협의 금제적 감정에 지배되는 경우가 많다.[10)]

위의 인용문은 〈에비〉라는 기표가 발생시키는 공포 효과와 관련하여 매우 요령 있는 설명을 제시하였다는 인상을 준다. 이어령의 설명대로 어른도 아이도 〈에비〉가 어떻게 생겼는지는 아무도 모른다. 〈에비〉는 실물적(ostensive) 지시대상이 아닌 비실물적(non-ostensive) 지시대상을 가리키기 때문이다. 〈에비〉는 그처럼 실물적인 대상이 아님에도 불구하고 실질적인 기능을 한다. 〈에비〉가 환기하는 그 무엇 때문에 아이들은 울음을 멈추거나 더 이상 떼를 쓰지 않는다. 여기서 중요한 것은 바로 그 기능 또는 효과이다. 한편으로 그것은 거세공포의 효과와 상동적이다. 아이들은 그 어떤 무시무시한 괴물에게 잡아먹힐 수도 있다는, 다시 말해 모든 것을 잃어버릴 수도 있다는 두려움 때문에 눈앞의 어떤 쾌락을 포기한다. 다른 한편으로 아이들은 〈에비〉가 가리키는 것이 어떤 대상이 아니라 최후통첩이라는 사실을 알기 때문에 굳이 쾌락을 더 이상 고집하지 않는다. 고집의 대가는 상징적이거나 물리적인 폭력에 따른 심

---

10) 『우리 문학의 논쟁사』, 237쪽.

정적이거나 육체적인 고통일 것이기 때문이다. 요컨대 〈에비〉라는 기표가 갖는 효과는 그것이 환기하는 상상적 존재에 대한 두려움을 매개로 하여 타자에게 어떤 것을 금지하고자 하는 발화주체의 의도가 관철된다는 데 있다. 〈에비〉의 그와 같은 효과는 앞서 살펴본 전체주의적 반공주의의 이데올로기 효과와 매우 흡사하다. 전체주의적 반공주의는, 어른들이 〈에비〉라는 기표의 효과를 통하여 아이들의 욕망에 금제를 가하듯이, 〈반공〉이라는 기표의 효과를 통하여 개인들의 자유에 금제를 가한다. 표면적으로 〈반공〉은 〈공산주의〉만을 금지하는 것 같지만, 그것이 작용하는 심층적인 차원에서는 실제로 무엇이 금지되는지 알 수 없다. 〈반공〉에서 실질적인 힘을 행사하는 것은 규정되고 있는 대상인 〈공〉이 아니라 규정하는 의도인 〈반〉(금지)이다. 〈에비〉가 가리키는 것이 구체적인 대상이 아니듯이, 〈반공〉이 가리키는 것 역시 구체적인 대상이 아니다. 그리하여 전체주의적 권력에 위협이 된다고 판단되는 모든 것이 〈반공〉의 이름으로 금지될 수 있다.

이어령은 위에서 당대의 현실 지평과 관련하여 매우 유의미한 상징을 적출해냈다. 그러나 그는 〈에비〉라는 기표의 효과가 갖는 실질적인 〈금제의 힘〉보다는 〈에비〉라는 존재의 〈가상적〉 성격에만 주목한다. 그리하여 〈에비〉의 지시대상이 가짜라는 사실을 깨달으면 그것이 갖는 효과인 〈금제의 힘〉에서 벗어날 수 있다고 그는 주장한다. 문제의 핵심은 〈에비〉든 〈공〉이든 그것이 가짜라는 사실을 주체가 안다고 하더라도 〈금제의 힘〉은 실질적으로 작동될 뿐만 아니라 어떤 금지의 의도가 관철된다는 데 있다.[11] 전체주의적 반공주의와 연관된 당대 현실 지평에서 어떤 문제에 대해 성찰할 때 놓치지 말아야 하는 것이 바로 그 점이

11) 〈에비〉와 연관된 아이들의 심층 심리는 다음과 같은 것일 수도 있다: 〈나는 '에비'가 가짜라는 것을 알아. 하지만 내가 계속 고집을 피우면 '에비'에게 큰일을 당할 것이라고 믿어.〉 이데올로기 장에서 이루어지는 〈지식〉("알아")과 〈믿음〉("믿어")의 분열에 대해서는 다음 책 참조.
지젝, 박정수 역, 『그들은 자기가 하는 일을 알지 못 하나이다』, 인간사랑, 2004, 471-476쪽.

다. 그 점을 놓치게 되면 그러한 성찰이 피상적인 수준을 넘어설 수 없게 되기 때문이다. 「'에비'가 지배하는 문화」의 마지막 문장이 힘찬 수사에 비해 공허하게 느껴지는 이유도 바로 그와 같은 사실에 있을 것이다: 〈그러한 풍토에서 우리는 그 치졸한 유아언어의 '에비'라는 상상적 강박관념에서 벗어나 다시 성인의 냉철한 언어로 예언의 소리로 전달해야 할 시대와 대면하고 있다.〉

위에서 살펴본 이어령의 주장에 부분적인 이의를 제기하고 있는 것이 김수영의 「지식인의 사회참여」이다. 그 내용을 요약하면 아래와 같다.

(2-1) 언론의 자유는 언제나 정치의 기상지수와 상대적인 관계에 놓여 있는 것이고, 언론의 자유가 있다는 것은 그것이 정치의 기상지수의 상한선을 상회할 때에만 그렇다.

(2-2) 문화의 무시보다 더 나쁜 것이 문화의 간섭이고 문화의 탄압이다. 이러한 문화의 간섭과 위협과 탄압이 바로 독재적인 국가의 본질과 존재 그 자체이다.

(2-3) 이어령은 〈근대화해가는 자본주의의 고도한 위협의 복잡하고 거대하고 민첩하고 조용한 파괴 작업〉[12]을 지나치게 과소평가 한다. 문화계의 위축과 관련하여 이어령은 문화인의 소심증과 무능에 더 큰 원인이 있다고 보지만 나는 〈유상무상의 정치권력의 탄압〉에 더 큰 원인이 있다고 본다.

(2-4) 이어령이 말하는 〈에비〉는 〈가상적인 금제의 힘〉이 아니라 가장 명확한 〈금제의 힘〉이다. 이 〈금제의 힘〉을 〈문화인도 매스 미디어도 뒤엎지 못하기 때문에, 일이 있을 때마다 번번이 학생들이 들고 일어나는 것이다.〉[13]

(2-5) 〈나는 이 글을 쓰면서, 최근에 써 놓기만 하고 발표를 하지 못하고 있는 작품을 생각하며 고무를 받고 있다. 또한 신문사의 '신춘문예'의 응모작품 속에 끼어 있던 '불온한' 내용의 시도 생각난다. 나의 상식으로는 내 작품이나 '불온한' 그 응모작품이 아무 거리낌 없이 발표될 수

---

12) 『우리 문학의 논쟁사』, 250쪽.

13) 앞의 책, 251쪽.

> 있는 사회가 되어야만 현대사회라고 부를 수 있을 것 같고, 그런 영광된 사회가 반드시 머지않아 올 거라고 굳게 믿고 있다.〉[14)]

위와 같은 내용을 근간으로 하고 있는 「지식인의 사회참여」는 여러 가지 차원에서 중요한 통찰을 보여준다. (2-1)은 언론의 자유를 확인할 수 있는 기본 조건과 관련하여 구체적인 기준을 제시하였다. 김수영의 지적대로 〈정치의 기상지수의 상한선〉을 넘어야만 비로소 우리는 언론의 자유가 보장되었다고 말할 수 있을 것이다. 그렇게 되어야만 언론이 당대 정치의 부정적 양상에 대해 자유롭게 비판할 수 있을 것이기 때문이다. (2-1)의 연장선에서 (2-2) 역시 관료제도가 전체주의적 독재로 변질되는 지점을 적절하게 지적하였다. 문화에 대한 위협과 탄압이 독재 상태를 가늠하는 표지가 아니라면 달리 무엇이 그것일 수 있겠는가? (2-3)은 앞서 살펴본 이어령의 견해와 갈라지는 지점을 잘 보여준다. 여기서 흥미로운 것은 〈유상무상의 정치권력의 탄압〉이라는 대목이다. 이것은 이어령이 말한 〈정치권력의 침해〉와는 완전히 다른 느낌을 준다. 〈침해〉의 수준에서라면 〈소심증〉이나 〈무능〉이 문제가 되겠지만, 〈탄압〉의 수준에서는 문제가 달라질 것이다. (2-4) 역시 이어령의 견해와 갈라지는 지점을 보여주는데, 우리는 앞서 〈에비〉의 효과가 어째서 가장 명확한 〈금제의 힘〉일 수밖에 없는지 살펴본 바 있다. 그 〈금제의 힘〉을 〈문화인도 매스 미디어도 뒤엎지 못하기 때문에, 일이 있을 때마다 번번이 학생들이 들고 일어나는 것〉이라는 지적도 당대의 현실 지평에 대한 철저한 인식을 보여준다. 사실 그러한 상황은 당대뿐만 아니라 1980년대까지도 이어진 것이었다. (2-5)는 「지식인의 사회참여」에서 가장 핵심적인 부분이다. 이 부분은 내면화된 사회적 억압의 작인인 초자아와 연관된 문제를 건드리고 있다는 점에서도 중요하다. (2-5)에 따르면 김수영은 신작을 써놓고도 발표하지 못하고 있다. 그 작품의 어떤 것이 작품을 운산하는 시인 자신의 자기검열에 걸렸기 때문일 것이다. 그런데 여기서

---

14) 앞의 책, 251쪽.

주목되는 것은 〈고무를 받고 있다〉는 구절이다. 애써 쓴 작품을 발표조차 하지 못하는 상황에도 불구하고 그가 고무된 이유는 어디에 있을까? 비록 사후적인 자기검열 때문에 그 작품을 발표하지는 못하고 있지만, 적어도 작품을 쓰는 과정에서는 내면화된 사회적 억압을 돌파했다는 사실의 자각에서 그러한 〈고무〉의 원인을 찾을 수 있을 것이다. 다시 말해 그는 〈유상무상의 정치권력의 탄압〉을 뚫고 창작의 자유를 실천한 것이 된다. 김수영이 신문사 〈신춘문예〉의 심사과정에서 발견한 〈불온한 내용의 시〉에 호감을 갖는 이유도 그 작품 역시 나름으로 창작의 내면적 자유를 수행했다는 사실의 동의에 있을 것이다.

2) 〈순수〉와 〈참여〉의 문제

앞서도 이미 지적했듯이 이어령은 김수영의 「지식인의 사회참여」에 대하여 두 개의 반론을 썼다. 먼저 「누가 그 조종을 울리는가」를 살펴보자. 그 주요 내용은 아래와 같다.

(3-1) 문화의 위기는 단순한 외부로부터 받는 위협과 그 구속력보다는 자체 내의 응전력과 창조력의 고갈에서 비롯된다. 문예의 弔鐘은 언제나 문예인 스스로가 울려왔다는 사실이다.

(3-2) 참된 문화의 위협은 역설적이게도 구속보다도 자유를 부여받고 누리는 순간에 더욱 증대된다. 이솝의 우화 형식은 문화검열자의 눈을 속이기 위해 개발된 것이지만 결과적으로는 그 자체에 머무르지 않고 풍부한 문학적 심상의 창조가 되었다. 그(이솝－필자 주)에게 무한한 자유가 허락되어 직접적인 서술이 가능했더라면 오늘날까지 고전으로 읽히지 못했을 것이다. 권력을 가진 官의 검열자는 육안으로 식별할 수 있는 병균에 지나지 않으므로 결코 치명적인 것이라 볼 수 없다.

(3-3) 사회참여론자들은 실제 상황이 끝난 다음에 나타나는 기병대와 같거나 심지어 까마귀떼와도 흡사하다. 그런 사회참여론자들은 김수영의 말대로 해방직후와 4·19직후에 가장 많은 자유를 누리던 때였으나 <몇 개의 격문과 비라 같은 어휘밖에는> 남기지 못하였다. 이는 대중의 검

열자가 관의 검열자보다 몇 배나 더 문화인의 주체성과 그 창조적 상상력을 구속할 수 있는 힘을 지니고 있기 때문이다.

(3-4) 해방직후와 4·19직후에 얻은 것은 자유였지만 잃은 것은 〈순수한〉 시요, 소설이요, 예술이었다. 문화를 정치수단의 일부로 생각하고 문화적 가치를 곧 정치사회적인 이데올로기로 평가하는 오도된 참여론자들이야말로 스스로 예술본래의 창조적 생명에 조종을 울리는 사람들이다.

(3-1)에서는 「'에비'가 지배하는 문화」의 주장을 반복하고 있다. 여기서 주목해야 할 부분은 〈단순한 외부로부터 받는 위협과 그 구속력〉이라는 구절이다. 〈불온시〉 논쟁의 전개과정에서 반복되는 것이지만 이어령은 정치권력의 위협과 구속을 일관되게 〈단순한〉 것으로 본다. 예술가 자신의 〈응전력과 창조력〉을 강조하려는 관점의 결과로 볼 수도 있겠으나, 이는 〈정치권력의 탄압〉은 결코 단순하게 볼 문제가 아니라고 주장하는 김수영과 대척되는 것이다. (3-2)에서는 매우 위험한 역설의 논리를 보여준다. 권력자를 마음 놓고 비판할 수 있는 자유가 허용되었더라면 이솝은 굳이 에둘러 표현하는 〈우화〉의 형식을 개발하지 않았을 것이고, 결과적으로 그의 작품은 고전이 되지 못 하였을 것이라는 주장에서 지적될 수 있는 것은 다음과 같은 것이다. 창작의 자유가 주어졌을 때 가능한 것이 어째서 권력자를 직접(직설적으로) 비판하는 일만이겠는가 하는 점이다. 권력자를 마음 놓고 비판할 수 있는 상황이 되면 이어령이 의미하는 〈사회참여론자들〉조차도 그런 작품은 쓰지 않을 것이다. 이어령은 협소한 의미의 〈참여문학〉(그 자신의 용어로 말하자면 〈오해된 사회참여론자〉)에 한정해서 생각하기 때문에 정치적 억압이 제거된 상황에서 가능할 수 있는 많은 것들에 대해서는 전혀 고려하지 못 하였다. 〈권력을 가진 관의 검열자〉를 쉽사리 알아볼 수 있고 그렇기 때문에 어렵지 않게 대처할 수 있다는 주장 역시 설득력이 없다. 권력의 검열은 김수영의 말처럼 〈유상무상〉으로 작용함으로써 사회의 모든 시스템에 전파되고 그 속에서 우리는 그러한 검열의 기준을 내면화하게 된다. (2-3)에서 김수영은 이러한 과정을 가리켜 〈근대화해가는 자본주의의 고

도한 위협의 복잡하고 거대하고 민첩하고 조용한 파괴 작업〉이라고 말한 바 있다. (3-3)은 「지식인의 사회참여」에서 김수영이 주장한 내용에 대한 직접적인 반론을 목표로 한 것이다. 그 글에서 김수영은 〈8·15 직후 2, 3년 4·19 후의 1년〉 동안만 〈금제의 힘〉이 작동하지 않았다는 취지의 주장을 하였다. 김수영의 그러한 주장과 관련하여 (3-3)에서 이어령은 그처럼 무제한의 자유를 누렸던 시기에 오히려 좋은 작품이 나오지 않았다는 점을 지적하고 있다. 그 원인으로 이어령은 당시의 많은 〈사회참여론자〉들이 〈대중의 검열〉을 받아 대중들이 원하는 방향으로만 작품을 쓰고자 했다는 점을 들고 있다. 이는 (3-1)에서 제시된 자신의 논리, 즉 문화의 위기는 〈외부로부터 받는 위협과 그 구속력〉보다 문화인 자체의 〈응전력과 창조력〉이 고갈된 데서 비롯한다는 주장을 합리화하기 위한 것이다. (3-3)에서 짚고 넘어갈 필요가 있는 문제는 〈대중의 검열자〉에 관한 것이다. 이어령은 대중들의 맹목성을 경계하면서 〈맹목화된 대중〉들에게 올바른 방향을 제시해줄 수 있는 〈용기와 성실성〉이 문학인들에게 필요하다고 말한다. 얼른 보면 논리정연한 듯하지만, 이어령의 논리는 더욱 중요한 측면을 아예 삭제해버린 결과이다. 〈대중〉이란 집단적 주체로서의 〈우리〉이기도 하다. 한 시대의 정치적·사회적 상황 속에서 집단적 주체인 〈우리〉가 받는 고통과 바라는 욕망을 가장 생생하게 보여주는 것이 바로 〈대중〉이며, 그들의 맹목적인 힘의 방향이 한 시대와 사회를 변화시키기도 한다. 「'에비'가 지배하는 문화」에서도 그렇고 「누가 그 조종을 울리는가」의 (3-3)에서도 그렇고, 〈불온시〉 논쟁의 전개과정에서 이어령은 문화 엘리트주의를 일관되게 보여주고 있다.

(3-4)에서 주목되는 것은 〈순수한〉이라는 수식어이다. 이어령이 말하는 〈순수〉는 〈정치사회적 이데올로기〉를 배제한다는 의미를 함의하고 있다. 여기서 〈정치사회적 이데올로기〉는 정치사회적 관심과 방향 전부를 말하는 것이 아니라 한 가지 〈이데올로기〉만을 의미하는 것 같다. 따라서 〈순수〉 역시 피상적으로는 모든 직접적 정치성의 배제를 뜻하는 것 같지만, 실제로는 한 가지 이데올로기를 배제함으로써 다른 하나의 이

데올로기만을 수용하는 것이 된다. 이는 광복 이후 한국문학사의 맥락에서 제시된 〈순수문학〉이 항상 당대 사회의 공식적인 이데올로기가 허용하는 것만을 다룰 수밖에 없었다는 사실의 이유이다. 바로 그러한 이유 때문에 광복 이후 한국문학사의 맥락에서 〈순수문학〉은 〈전체주의적 반공주의〉에 의해 완벽하게 통제될 수 있었으며, 〈순수문학〉을 주창하는 문학인들은 그러한 통제를 억압이나 탄압으로 느끼지 않을 수도 있었다.

김수영의 「지식인의 사회참여」에 대한 본격적인 반론은 「서랍 속에 든 〈불온시〉를 분석한다」인데 그 내용의 핵심을 정리하면 아래와 같다.

(4-1) 참여론자는 〈영광된 사회〉가 와서 서랍 속에 보류된 자신의 불온한 시를 해방시켜줄 것을 원하고 사람이 아니라, 〈불온한 시〉가 〈영광된 사회〉를 이루도록 하는 데서 의의를 발견하는 일종의 戰士이다. 그러므로 〈영광된 사회〉가 왔을 때는 이미 그러한 불온시는 발표되지 않아도 좋을 것이다. 발표가 허락될 순간 이미 발표할 만한 가치를 상실해 버리는 것이 바로 〈참여시의 운명〉이기도 하다. 참여의 시가 〈시공을 초월한 영원성〉을 부정하는 것도 바로 그 점에 있다.

(4-2) 정치적 목적 때문에 불온시를 경계하는 측면과 문화적 목적 때문에 그런 것을 달갑지 않게 여기는 또 다른 측면이 있다. 불온시=명시라는 도식적인 비평기준이 최근 1, 2년 동안 한국시단의 자리를 찬탈하려고 했다. 어떤 정치적 목적을 위해서 시가 동원되고 있다는 면에서 어용시나 참여시나 핏줄이 같은 쌍둥이라고 할 수 있다. 그들은 다같이 시를 시로서 보려 하지 않고 정치사회의 목적을 위한 수단으로 본다.

(4-3) 김수영이 동경하고 있는 불온시들이 대체로 어떠한 성질과 어떠한 형식으로 쓰여진 시인가를 짐작하기 어렵지 않다. 첫째, 그것은 산문적인 형식으로 씌어진 시라는 것과, 둘째 시사성을 띤 것이라는 것과, 셋째 오늘의 빤하기 짝이 없는 그 문화검열자의 마음을 뒤집어 놓는 내용이라는 점이다.

(4-4) 우리는 결코 행복한 시대에 살고 있지 않다. 통곡을 해도 시원찮은 어려운 상황 속에서 글을 쓰고 있다. 관의 눈치를 살피지 않고 원고지를 대하지 않는 문인은 거의 없을 것이다. 가난과 위협 속에서도 왜 우리

는 글을 쓰는가? 시와 그 예술의 순수한 의미를 상실한다면 우리가 지금 지불하고 있는 그 고통과 시련이 얼마나 부질없는 도로일까? 그리고 더한 입장을 상실할 때는 참여조차도 불가능해진다. 우리는 오늘의 문학인은 관의 검열자와 문학을 정치도구로 착각하여 문학 자체를 부정하는 사이비시인과 비평가들의 협공을 당하고 있다.

위에서 (4-1)은 「지식인의 사회참여」(김수영)의 (2-5)에 대한 반박이다. (2-5)에서 김수영은 결코 〈불온한〉 작품이 아닌데도 그렇게 오해를 받을 소지가 있는 작품을 발표할 수 있는 〈영광된 사회〉의 도래에 대한 믿음을 피력하였다. 이에 대해 이어령은 한 시대의 정치사회적 조건을 바꾸기 위해 헌신하는 참여론자가 어째서 적극적인 참여를 하지 않고 미래에 대한 환상적 낙관론만 펼쳐 보이는지 비판하고 있다. 〈불온시〉 논쟁의 전체 전개과정에서 이어령이 저지른 가장 큰 잘못은 김수영을 일반적인 의미의 참여론자로 오해하였다는 것이다. 그런 오해 때문에 이어령은 김수영이 말한 〈불온한 내용의 시〉를 당대의 참여문학론자들이 주장하는 경향의 작품으로 해석하였다. 이러한 사정은 (4-3)의 내용을 보면 확인할 수 있다. 그런데 여기서 우리는 김수영이 이어령과의 논쟁이 벌어진 시점(1968)보다 2년 정도 앞선 시점(1966)에서 다음과 같은 주장을 펼쳤다는 사실을 주목할 필요가 있다.

이와는(〈예술파〉의 신진들과는—필자 주) 대극적인 위치에 놓여 있다고 보는 〈참여파〉의 신진들의 과오는 무엇인가. 이들의 사회참여의식은 너무나 투박한 민족주의에 기반을 두고 있다. 미국의 세력에 대한 욕이라든가, 권력자에 대한 욕이라든가, 일제시대에 꿈꾸었던 것과 같은 단순한 민족적 자립의 비전만으로는 오늘의 복잡한 상황에 놓여 있는 독자의 감성에 영향을 줄 수는 없다. 단순한 외부의 정치세력의 변경만으로 현대인의 영혼이 구제될 수 없다는 것은 세계의 상식으로 되어 있다.[15)]

---

15) 김수영, 『김수영전집·2·산문』, 민음사, 1981, 246-241쪽. 앞으로 이 책에서 인용할 때에는 '전집 2'로 표시하고 쪽수만을 밝히기로 한다.

이상의 내용에 근거할 때 우리는 김수영이 일반적인 의미에서 말하는 참여론자가 아니라는 사실을 알 수 있다. 이 점은 논쟁의 자료 자체에서도 분명히 드러나는 것인데도 이어령은 김수영의 주장을 자의적으로 곡해하여 그를 일반적인 의미의 〈참여론자〉로 몰아붙이면서 나름의 〈순수문학론〉으로 대응하였다. 아마도 이어령이 생각하는 〈참여시〉는 정치사회적 이데올로기의 추구를 위한 수단이나 도구로 쓰이는 시가 될 것 같다. 이 점은 「서랍 속에 든 〈불온시〉를 분석한다」의 내용만 살펴보아도 분명하게 확인할 수 있는 사실이다. 사실 (4-1), (4-2), (4-3)의 내용은 크게 다르지 않은데, (4-4)의 경우는 특별히 주목해 볼 필요가 있다. 필자의 관점에서 (4-4)는 당대의 현실 지평인 전체주의적 반공주의에 사로잡힌 대표적인 사례로 손꼽을 만하다. 여기서 〈가난과 위협〉을 전체주의적 반공주의가 제시하는 〈지식의 연쇄〉의 내용들 가운데 하나로 읽는 것은 지나친 억측일까? 〈더한 입장을 상실할 때는 참여조차 불가능해진다〉는 문장을 전체주의적 반공주의가 〈지식의 연쇄〉 가운데 하나로 제시하던 고전적인 〈위기론〉의 판본으로 읽는 것은 지나친 확대해석일까? 만약 그런 것들이 억측이나 확대해석이 아닐 수 있다면, 이어령이 주장하는 〈예술의 순수한 의미〉는 무엇일까? 그것이야말로 전체주의적 반공주의에 포섭되어 고분고분해짐으로써 〈지식의 연쇄〉의 내용 그 자체가 되어버린 성질의 것이 아닐까?

이상과 같은 이어령의 반박에 대한 재반박의 내용을 담고 있는 김수영의 「실험적인 문학과 정치적인 자유」의 주요 내용은 아래와 같다.

(5-1) 이어령은 모든 진정한 새로운 문학은 그것이 내향적인 것이 될 때는—즉 내적 자유를 추구하는 경우에는—기존의 문화형식에 대한 위협이 되고, 외향적인 것이 될 때에는 기성사회의 질서에 대한 불가피한 위협이 된다는, 문학과 예술의 영원한 철칙을 소홀히 하고 있거나 일방으로 적용하려 들고 있다. 모든 전위문학은 불온하다. 그리고 모든 문화는 본질적으로 불온한 것이다. 그것은 두말 할 것도 없이 문화의 본질이 꿈을 추구하는 것이고, 불가능을 추구하는 것이기 때문이다.

(5-2) 선진국의 자유사회의 문학풍토의 예를 보더라도 무서운 것은 문화를 정치사회의 이데올로기와 동일시하는 것이 아니라, 단 하나의 이데올로기와 동일시하는 것이다. 그리고 우리나라의 경우의 문화의 위협의 所在도 다름 아닌 바로 여기에 있는 것이다. 나치스가 뭉크의 회화까지도 퇴폐적이라는 이유로 그 전위성을 인정하지 않았듯이, 하나의 정치사회의 이데올로기만을 강요하는 사회에서는 '문예시평'자(이어령-필자 주)가 역설하는 응전과 창조력-나는 이것을 문학과 예술의 전위성 내지 실험성이라고 부르고 싶다-은 제대로 정당한 순환작용을 갖지 못하는 것이 원칙이다.

위의 내용 가운데 가장 중요한 것은 (5-1)이다. 김수영은 거기에서 일반적인 의미에서의 〈참여〉와는 다른 차원의 〈참여적인 것〉을 〈전위문학〉이라는 기표를 통하여 설명하고자 하기 때문이다. 이어령과 김수영의 〈불온시〉 논쟁을 매우 꼼꼼하게 검토하면서 이동하는 (5-1)에서 김수영이 의도하는 〈전위성〉의 의미를 〈전위문학이 기존의 문화형식에 대한 위협이 되는 경우〉와 〈전위문학이 기존의 사회질서에 위협이 되는 경우〉로 나누어 설명하였다.[16] 그러나 그렇게 보면 〈전위문학〉의 내적 분열과 통합을 오해하게 된다. 이동하의 관점으로 보게 되면, 〈전위문학〉은 불가피하게 〈내용상의 전위성〉과 〈형식상의 전위성〉으로 분열하게 된다. 김수영이 의도하는 〈전위문학〉은 〈내용이 형식이 되고 형식이 다시 내용이 되는〉 수준의 어떤 것이다. 필자가 보기에는, 김수영이 말하는 〈전위문학〉의 의미는 지젝이 그레마스의 〈기호학적 사각형〉을 변형하여 만든 〈의무론적〉 사각형과의 연관관계 속에서 파악할 필요가 있다. 지젝의 〈의무론적 사각형〉을 제시하면 다음과 같다.[17]

16) 이동하, 앞의 책, 111쪽.

17) 지젝, 박정수 역, 『그들은 자기가 하는 일을 알지 못 하나이다』, 인간사랑, 2004, 411쪽.

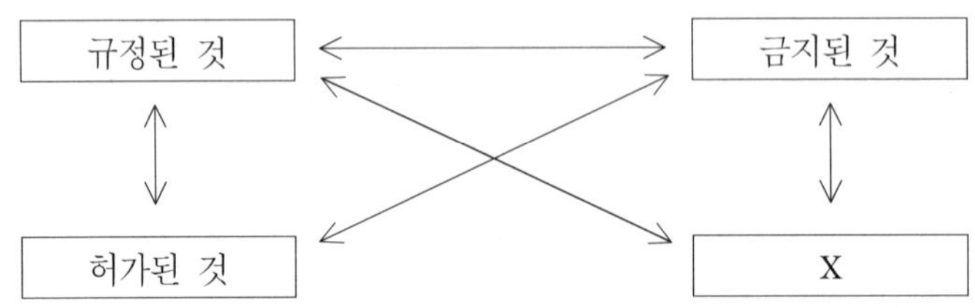

위의 도표에서 〈X〉는 〈규정되지 않았다〉는 의미에서 〈임의적〉이지만 그렇다고 단순히 〈허가된 것〉은 아닌 그런 자리를 차지한다. 이른바 김수영이 말하는 〈전위문학〉 또는 〈전위성〉이 차지하고 있는 자리가 바로 〈X〉의 자리이다. 이어령을 비롯하여 여러 문인들이 주장하는 이른바 〈순수문학〉은 〈허가된 것〉의 자리에 배정할 수 있다. 〈허가된 것〉의 자리는 〈규정된 것〉과 〈금지된 것〉의 대립에 의하여 생겨난 것이다. 다시 말해 〈규정된 것〉에 대한 부정의 부정에 의하여 생성된 자리이다. 〈예술은 창조〉라는 명제를 순수문학론자들이라고 해서 인식하지 않는 것은 아니다. 그들이 말하는 〈순수〉는 〈규정된 것〉, 즉 우리의 일상생활을 규정짓는 보편적인 거짓에 파묻혀 살아가는 자리를 지향하지 않는다. 〈순수〉 역시 나름으로는 〈규정된 것〉을 부정한다. 그런 맥락에서 〈순수〉 역시 어떤 〈우연성〉의 자리를 추구하지만, 그것은 기존의 장이 그 한계를 설정하는 〈가능성의 범위〉, 말 그대로 〈허가된 것〉에 불과하다. 그러한 〈가능성〉은 〈개량화되고 온순해진 우연성, 독침이 제거된 우연성〉이다.[18] 그것은 곧 지배적이고 보편적인 것의 일부가 되고 만다. 이와 비교할 때, 김수영이 말하는 〈전위문학〉은 〈기존 장의 한계에 도전하는 미증유의 것이 폭발적으로 출현하는〉[19] 장소인 〈X〉의 자리에 위치한다. 〈전위문학〉에 의하여 생성된 어떤 세계는 〈규정된 것〉이 아니면서 동시에 〈허가된 것〉도 아니다. 그것은 〈금지된 것〉을 아무것도 아닌 것으로 만듦으로써 그것의 숨겨진 메커니즘을 폭로하지만 그렇다고 중립적인

18) 지젝, 앞의 책, 409-410쪽.

19) 지젝, 앞의 책, 409쪽.

〈허가된 것〉으로 변질되지도 않는다. 미지의 알 수 없는 그 무엇이 〈X〉의 자리를 차지하게 되면, 그것은 〈규정된 것〉이나 〈허가된 것〉의 위치에서는 〈불온한 것〉으로 비칠 수밖에 없게 된다. 김수영이 말하는 〈참여적인 것〉으로서의 〈전위성〉이 차지하는 위치가 바로 〈X〉의 자리이다. 그것은 당대 문학 장에서 논의되던 참여·순수의 의미 맥락을 넘어선 자리에 있다.

(5-2)에서 김수영이 제기한 문제는 당대의 현실 지평에서 단 〈하나의 정치사회의 이데올로기〉만이 인정되고 있다는 사실이다. 사실 〈전체주의적 반공주의〉는 단 하나만의 〈정치사회의 이데올로기〉만을 규정하고 다른 것들을 금지했다. 김수영은 그러한 상황에서 야기될 수 있는 위험을 나치즘 치하에서 박해를 받은 뭉크의 경우를 예로 들어 지적하고 있다(내용을 인정하지 않는 사회에서는 형식도 인정하지 않는다). 그런데 여기서 유의해야 할 것은 김수영이 당대의 현실 지평에서 〈규정된 것〉이 아닌, 다시 말해 〈금지된 것〉인 어떤 이데올로기를 지향했다고 생각해서는 안 된다는 점이다. 두 가지가 적대적으로 대립하는 상황에서는 어느 하나를 비판하면 그것이 무조건 다른 하나를 선택하는 것으로 곡해되곤 한다. 이러한 양상 역시 전체주의적 반공주의를 비롯한 모든 전체주의의 메커니즘에서 흔히 볼 수 있는 것이다. (5-2)에서 김수영이 지적하고 있는 것은, 어떤 사회의 지평에서 〈하나의 정치사회의 이데올로기〉만이 인정될 경우 그 사회의 부정적 양상에 대한 내재적 비판의 자리가 상실된다는 점이었다.

3) 〈하나의 이데올로기〉의 문제

〈불온시〉 논쟁의 마지막 단계에서 쟁점화된 것은 바로 〈하나의 이데올로기〉와 연관된 것이었다. 김수영이 언급한 〈하나의 이데올로기〉의 문제에 대하여 비판적 의문을 제기한 이어령의 「문학은 권력이나 정치 이념의 시녀가 아니다」를 살펴보자.

(6-1) 김수영의 글은 〈진보〉가 곧 〈불온〉이고, 〈불온〉은 곧 〈전위적〉이고, 〈전위적〉인 것은 곧 훌륭한 〈예술〉이라는 산술적인 이데올로기의 편견에 가득 차 있다. 이러한 편견은 그 자신이 스스로 말했듯이 예술가에게 〈하나의 이데올로기〉만을 강요하는 결과를 가져온다.

(6-2) 오늘의 한국 위정자들은 다행히도 뚜렷한 이데올로기를 가지고 있지 않기 때문에 〈이것만 하라〉고 예술가에게 강요하지 않고 있다. 퇴폐적이든, 외설이든, 달을 그리든, 별을 그리든, 상관하지 않는다. 다만 그들이 요구하고 있는 것은 〈이것만 하라〉가 아니라 〈이것만 하지 말라〉이다. 즉 정권유지에 직접적인 해가 된다고 생각하는 것, 그 이외의 것은 콩이든 팥이든 도리어 관심이 없는 소극적 검열이다.

(6-3) 지금까지 문학의 순수성이 정치로부터 도망치는 데 이용되었다고 해서 순수성 그 자체를 부정해선 안 된다. 오늘의 과제와 우리의 사명은 문학의 순수성을 여하히 이 역사에 참여시키는가에 있다. 정치화되고 공리화된 사회에서 꽃을 꽃으로 볼 줄 아는 유일한, 그리고 최종의 증인들이 바로 그 예술가이다. 그 순수성이 있으니 비로소 그 왜곡된 역사를 향한 발언과 참여의 길이 값이 있는 것이다.

위의 내용들 가운데 (6-1)은 김수영이 말하는 〈전위성〉을 충분히 이해하지 못한 수준에서 진술된 것이므로 거론할 만한 것이 못된다. (6-2)는 김수영의 (5-2)에 대해 비판하고 있지만 중요한 핵심을 놓치고 있다. (6-2)에서 이어령은 〈한국의 위정자들은 다행히도 뚜렷한 이데올로기를 가지고 있지 않〉다고 말한다. 피상적인 수준에서 보면 그 말은 틀리지 않았다. 〈한국 위정자〉들은 자기 목적적인 권력을 지향하는 것 이외에는 특별한 〈정치사회의 이데올로기〉를 가지지 않았기 때문이다. 그러나 그들은 자기 목적적 권력 지향을 위한 토대로서 단 하나의 〈뚜렷한〉 정치사회의 이데올로기를 〈지식의 연쇄〉의 중심 내용을 삼는다. 그리하여 전체주의적 반공주의는 시장경제와 자유민주주의를 지키는 강철 같은 수호자로서 대상화된다. 이 지점에서 역설적인 전도가 이루어지는데, 이제 전체주의적 반공주의에 의하여 지탱되는 무소불위의 절대 권력에 대한 비판은 시장경제와 자유민주주의 자체에 대한 부정과 동일한 것이 된다. 〈하나의 정치사회의 이데올로기〉를 통하여 김수영이 제기한 문제의 핵심은 하나의 이데올로기에 근거한 권력이 〈이것만 하라〉고 말하지 않고 〈이것만 하지 말라〉고 말한다는 사실에 있다. 〈이것만 하지 말라〉는 규정과 명령은 전체주의적 관료 제도를 통하여 반복되면서 확대된다. 동일한 규정과 명령이 무제한적으로 반복될 때 그것은 의미규정의 마지막 흔적까지 잃어버리게 된다. 남겨진 것이라고는 일종의 〈최면을 거는 힘을 발휘하는 관성적인 현존〉[20]뿐인데, 그러한 관성적 현존으로서의 힘은 바로 〈안돼〉라는 금지와 부정의 힘이다. 결국 〈이것만〉이 아니라 〈모든 것〉이 금지되는 파국적 상황의 위험에 놓이게 되는 것이다. 이러한 문제의 맥락을 놓치고 있는 이어령이 (6-4)에서 〈정치로부터 도망치는 데 이용되었〉던 〈문학의 순수성〉을 다시 〈역사에 참여시키〉고자 한다고 해도, 그것은 공허한 제스처에 불과한 것이 될 수밖에 없다. 이미 앞 절에서 지젝의 〈의무론의 사각형〉을 통하여 검토하였듯이, 이어령이 생각하는 수준의 〈문학의 순수성〉은 역사에 참여한다고 해도 〈허가된 것〉의 자리를 차지할 수밖에 없을 것이기 때문이다.

출발부터 김수영의 본의를 오해하면서 시작된 〈불온시〉 논쟁은 그 과정에서도 이어령이 김수영이 제기한 문제의 수준에 이르지 못함으로써 아래와 같은 양상으로 일단락되었다.

(7-1) 전위적인 문화가 불온하다고 할 때, 우리의 머리에 떠오르는 것은 재즈 음악, 비트족, 그리고 1960년대에 무수한 앤티 예술들이다. 우리들은 재즈 음악이 소련에 도입된 초기에 얼마나 불온시 당했던가를 알고 있고, 추상미술에 대한 흐루시초프의 유명한 발언을 알고 있다. 그리고 또한 암스트롱이나 베니 굿맨을 비롯한 전위적인 재즈 맨들이 모던 재즈의 초창기에 자유국가라는 미국에서 얼마나 이단자 취급을 받고 구박을 받았는가를 알고 있다.

20) 지젝, 이수련 역, 『이데올로기라는 숭고한 대상』, 인간사랑, 2002, 183쪽.

(8-1) 김수영이 말하고 싶어 하는 꿈과 불가능의 추구라는 것도 문학의 형식적인 실험이 아니라 정치사회적인 이데올로기의 추구에 말뚝을 박아 놓은 것임을 알 수 있다. 논증의 방법으로 봐서 그가 내세운 전위성(불온성)은 A(재즈와 비트로 상징되는 예술적 실험의 불온성)가 아니라 B(정치사회 이데올로기로 평가되는 불온성)라는 움직일 수 없는 결론이 나온다.

(7-1)은 이어령의 「문학은 권력이나 정치이념의 시녀가 아니다」에 대하여 김수영이 반박한 「불온성에 대한 비과학적 억측」의 중심 구절이고, (8-1)은 김수영의 「불온성에 대한 비과학적 억측」에 대한 이어령의 반박인 「불온성 여부로 문학을 평가할 수는 없다」의 중심 구절이다. (7-1)에서 김수영은 〈전위성〉과 그에 대한 현상적 반응으로서의 〈불온성〉을 형식적인 수준에서만 예시하고 있다. 굳이 내용과 형식을 구분할 필요가 없는, 내용의 차원에서는 그것이 전부이고 형식의 차원에서는 또한 그것이 전부인 수준에서의 〈전위성〉과 그 효과로서의 〈불온성〉을 김수영은 형식의 수준에서만 예시하고 있는 것이다. 김수영이 그렇게 할 수밖에 없는 이유는 (8-1)에 들어 있다. 이어령은 김수영이 말하는 〈전위성〉과 〈불온성〉을 〈정치사회 이데올로기로 평가되는 불온성〉의 막다른 골목으로 몰아간다. 우리는 이미 김수영의 〈전위성〉과 〈불온성〉이 당대의 현실 지평에서 금지되어 있던 특별한 정치사회 이데올로기를 향한 것이 아님을 확인한 바 있다. 그럼에도 (7-1)에서 확인되는 김수영 담론의 위축은 전체주의적 반공주의의 벽에서 비롯된 것임을 우리는 부인할 수 없다.

3. 결론: 〈불온시〉 논쟁이 남긴 것

한국근대문학사의 맥락에서 이어령과 김수영의 〈불온시〉 논쟁이 남긴 것은 무엇일까? 사실 우리는 이 질문에 대한 답을 알고 있다. 논쟁의 과정 그 자체로 다시 돌아가 서로 충돌하면서도 겉도는 논리와 주장의 접점들을 재구성하는 과정에서 우리가 얻게 되는 그 무엇이야말로 그 논쟁이 우리에게 남긴 것이다. 그런데 그 논쟁으로 인해 파생된 어떤 효과나 잉여는 없는 것일까? 그것 역시 1960년대 후반 이후 한국근대문학사의 맥락을 재구성하는 과정에서 부단히 새롭게 확인되어야 하는 것이겠지만, 그런 효과나 잉여와 관련하여 한 연구자는 바로 김수영 자신의 시론이라고 말한다. 오문석은 〈온몸시론〉의 선언문으로 잘 알려져 있는 김수영의 「시여, 침을 뱉어라: 힘으로서의 시의 존재」를 〈이어령과의 치열한 공방전〉의 산물로 파악하는데, 이는 전후 맥락을 따져보면 매우 설득력이 있는 생각이다.[21] 사실 김수영은 그 논쟁에서 〈정치적 자유〉의 절대적 필연성, 〈규정된 것〉과 〈허가된 것〉의 자리가 아닌 어떤 돌발적인 우연성으로서의 전위문학의 자리, 하나의 정치사회 이데올로기만을 인정하는 사회가 다다를 수 있는 파국적 위험, 현상적인 정치세력에 대한 비판을 넘어선 어떤 〈참여적인 것〉 등에 대하여 매우 주목할 만한 통찰을 보여주었다. 그러나 한편으로 김수영은 예술의 형식적 자율성과 사회적 윤리성 사이의 미묘한 상호 작용에 대해서는 효과적인 관점을 제시하지 못하였던 것도 사실이다. 그렇다면 전후 맥락상 〈불온시〉 논쟁의 산물이 분명해 보이는 「시여, 침을 뱉어라」에서 김수영이 도달한, 시에 대한 생각은 어떤 것일까?

> 시는 온몸으로, 바로 온몸으로 밀고 나가는 것이다. 그것은 그림자를 의식하지 않는다. 그는 그림자에조차도 의지하지 않는다. 시의 형식은 내용에 의지하지 않고 그 내용은 형식에 의지하지 않는다. 시는 문화를 염두에 두지 않고, 민족을 염두에 두지 않고, 인류를 염두에 두지 않는다. 그러면서도 그것은 문화와 민족과 인류에 공헌하고 평화에 공헌한다. 바로 그처럼 형식은 내용이 되고 내용은 형식이 된다. 시는 온몸으로, 바로 온몸을 밀고 나가는 것이다.[22]

---

21) 오문석, 『김수영의 시론 연구』, 연세대 박사학위논문, 2002. 8., 107쪽.

위의 인용문에서 우선 눈에 띄는 대목이 있다. 문화와 민족과 인류와 연관된 현실의 문제를 〈염두에 두지 않는〉 시가 〈그러면서도〉 현실의 문제에 〈공헌한다〉는 부분이다. 예술작품의 형상화에서 현실의 문제에 결코 관심을 두지 않는 태도를 〈유미주의〉(aestheticism)라 부르고, 현실의 문제에 적극적인 관심을 두는 태도를 〈현실주의〉(realism)라 부를 수 있다. 〈그러면서도〉라는 접속사로 결합된 문장은 〈현실주의〉 태도와 〈유미주의〉 태도를 종합하려는 의도에서 구성된 것이다. 여기서 중요한 것은 종합이 단순한 절충의 수준을 넘어서는 것 같은 느낌을 준다는 점이다. 상극적인 것들로 규정해온 두 가지 태도가 시에서 모두 필요하다고 진술하지 않고, 〈유미주의〉 태도 자체에 이미 〈현실주의〉 태도가 내재해 있다고 진술한 데에 그 주장의 특별함이 있다. 그리고 〈그러면서도〉라는 접속의 맥락을 보충해주는 것이 〈시는 온몸으로, 바로 온몸을 밀고 나가는 것이다〉라는, 이른바 〈온몸시론〉라 불리는 시에 대한 김수영 나름의 정의이다.

그런데 위의 인용문을 구성하는 문장들은 거의 모두가 규정적인 기능을 하는 것들인데, 문맥 속에서 실제로 규정되는 것은 거의 없다. 뒷문장의 규정이 앞 문장의 그것을 부정하고, 동시에 앞 문장의 규정이 뒷문장의 그것을 부정하기 때문이다. 그러한 과정에서 문맥은 독자들에게 어떤 단일한 기표로는 온전하게 표상해 낼 수 없는 시의 〈내재적 운동〉을 환기시킨다. 〈내용〉과 〈형식〉 양쪽에 상호 주관성의 맥락에서 겹쳐 있는 〈의지하지 않는다〉는 말이 상기시키듯이 아마도 그러한 〈내재적 운동〉은 자율적인 것이리라. 자율적인 〈내재적 운동〉이 〈문화를 염두에 두지 않고, 민족을 염두에 두지 않고, 인류를 염두에 두지 않〉는 것은 당연하다. 그런데 문제는 〈그러면서도 그것은 문화와 민족과 인류에 공헌하고 평화에 공헌한다〉는 사실이다. 김수영은 시의 자율성 안에 이미 사회성이 있다고 주장하지만, 자율성이 사회성으로 전이되는 과정에는

---

22) 김수영, 전집 2, 253-254쪽.

분명한 논리상의 단락(短絡)이 있다. 그 단락을 채우는 것은 마치 공허의 위협에 맞서기 위해 강제된 방어기제와도 같은 끊임없는 윤리적 노동이다: 〈시는 온몸으로 온몸을 밀고 나가는 것이다〉.

윤리적 노동을 통하여 〈시〉는 하나의 실체이면서 동시에 주체가 된다. 그것은 자율성과 자유를 소유한 존재이긴 하지만 스스로를 부단히 밀고 나가야 한다는 점에서 자기 충족적 총체와 같은 존재는 아니다. 그러므로 그것은 끊임없는 노동을 통하여 〈자기형성의 차원에서 그의 '새로움'을 제시〉해야 한다.[23] 〈새로움〉에는 우리를 구속하는 힘이 있다. 그것은 자신과 연관된 것들이 맺는 관계의 좌표를 모두 바꾸어버리므로 우리는 그것이 전혀 발생하지 않은 것처럼 행동할 수 없다. 중요하다고 평가된 새로운 문학 기법이나 형식의 등장에도 굴하지 않고 과거의 낡은 것들을 고수할 수도 있다. 그러나 그것들은 원래의 순수함을 상실하고 과거에 대한 향수어린 모조품처럼 보이게 된다. 내재적 운동의 결과로서 생성된 〈새로움〉이 그것과 관계를 맺는 것들의 존재론적 좌표를 바꾸게 된다면, 그것은 바로 그 자체로써 세계에 공헌하는 것이 될 수 있을까?

김수영은 「시여, 침을 뱉어라」의 다른 부분에서 〈시의 형식〉을 〈기인(奇人)이나, 집시나, 바보멍텅구리〉에 비유한다.[24] 문맥 속에서 〈기인이나 집시나 바보멍텅구리〉는 전체주의의 획일화에 의해서도 말끔히 지워지지 않는 얼룩 같은 존재의 비유이다. 〈형식〉이란 어떤 사물을 바로 그 사물이게끔 해주는 것이다. 그렇다면 그러한 비유를 통하여 김수영은 사회에서 〈시〉가 갖는 위상학적 위치를 모든 전체주의적 지배 이데올로기가 지워버리고자 하는 흔적들의 자리에 놓으려는 것일까? 후기산업사회가 자랑하는 그토록 풍요로운 복지사회에, 전체주의적 관료체제가 그토록 매끄럽게 조직해놓은 시스템에 지워버릴 수 없는 어떤 끔찍

---

23) 김수영, 전집 2, 251쪽.

24) 전집 2, 253쪽.

한 상처가 있다는 것을 항상 환기하게 해주는 그런 흔적들 말이다. 김수영은 위의 단락이 들어 있는 글의 다른 부분에서 이렇게도 말한다: 〈"낙숫물로 바위를 뚫을 수 있듯이, 이런 시인의 헛소리가 헛소리가 아닐 때가 온다. 헛소리다! 헛소리다! 헛소리다! 하고 외우다 보니 헛소리가 참말이 될 때의 경이. 그것이 나무아미타불의 기적이고 시의 기적이다〉.[25] 이 〈아미타불의 기적〉과 〈시의 기적〉을 무제한적으로 반복되는 규정과 명령의 금지와 부정의 힘에 맞서는 〈시〉의 위반과 긍정의 음악으로 이해하는 것은 지나친 확대해석일까? 그것을 다시 아도르노의 다음과 같은 진술과 연결시키는 것은 지나친 견강부회일까?

> 예술작품은 마법에 걸린 현실과 거리를 둠으로써, 존재자들이 그 본래의 올바른 위치에 놓이게 하는 상태를 부정적으로 구현한다.[26]

위에서 제기한 질문들에 답하기 위해서 우리는 김수영의 문장들로 다시 돌아가 꼼꼼히 따져보아야 할 것이다. 그런데 그런 작업에 앞서 분명하게 확인할 수 있는 사실이 있다. 그것은 김수영의 이른바 〈온몸시론〉이 전체주의적 반공주의와 부단한 대결 속에서 생성되었다는 점이다.

주제어 : 김수영, 이어령, 순수, 참여, 불온시, 불온성, 전위

---

25) 전집 2, 251-252쪽.

26) T. W. 아도르노, 홍승용 역, 『미학이론』, 문학과지성사, 1984, 351쪽.

◆ **참고문헌**

고명철, 「문학과 정치권력의 역학관계: 이어령/김수영의 〈불온성〉 논쟁」, 『문학과 창작』, 2000. 1, 139-144쪽.

김수영, 『김수영전집·2·산문』, 민음사, 1981, 246-241쪽.

오문석, 『김수영의 시론 연구』, 연세대 박사학위논문, 2002. 8, 107-118쪽.

이동하, 「한국 비평계의 〈참여〉 논쟁에 관한 연구」: 1960년대 말의 두 논쟁을 중심으로, 『전농어문연구』 제11집, 1999. 2, 83-174쪽.

이어령, 홍신선 편, 「'에비'가 지배하는 문화」, 『우리문학의 논쟁사』, 어문각, 1985, 239쪽.

이 찬, 『20세기 후반 한국 현대시론 연구』, 고려대 박사학위논문, 2004. 12, 99-109쪽.

정효구, 「이어령과 김수영의 〈불온시〉 논쟁」, 『20세기 한국시와 비평정신』, 새미, 1997, 193-221쪽.

허윤회, 「1960년대 '순수' 비평의 의미와 한계: 순수·참여 논쟁을 중심으로」, 『1960년대 문학연구』, 민족문학사연구소 현대문학분과(편), 깊은샘, 1998, 223-248쪽.

S. 지젝, 박정수 역, 『그들은 자기가 하는 일을 알지 못 하나이다』, 인간사랑, 2004, 92쪽.

———, 이수련 역, 『이데올로기라는 숭고한 대상』, 인간사랑, 2002, 183쪽.

T. W. 아도르노, 홍승용 역, 『미학이론』, 문학과지성사, 1984, 351쪽.

◆ 국문초록

이 글의 목적은 1960년대 후반에 벌어졌던 이어령과 김수영의 이른바 〈불온시〉 논쟁에 대한 고찰을 통하여 문학과 사회의 관계에 관한 문제를 검토하려는 데 있다. 〈불온시〉 논쟁은 문학 장에서의 참여・순수의 문제와 연관된 논의의 대표적인 사례로 꼽을 수 있을 정도로 본격적인 수준의 것은 아니었다. 그럼에도 우연스럽게 촉발된 이 논쟁에서 〈참여〉, 〈순수〉, 〈문화〉, 〈정치〉, 〈자유〉 등 문학과 사회의 관계와 연관된 성찰에서는 필수적으로 제기될 수밖에 없는 문제들을 환기하는 기표들이 포섭되었으며, 논쟁의 당사자인 이어령과 김수영은 나름의 논리에 입각하여 그 문제들을 풀어내고자 하였다. 이 논쟁이 한국근대문학사의 맥락에서 중요한 이유는 논쟁의 당사자들이 당대의 현실 지평에 대한 상이한 관점에서 문학의 참여와 순수 문제를 풀고자 하였다는 사실에 있다. 1960년대의 현실 지평이라는 것은 〈반공주의〉가 환기하는 우리의 역사・사회적 삶의 지평과 다르지 않다. 사회를 개인적인 경험과는 다른 차원에 존재하는 것으로 설정할 경우 문학과 사회의 관계에 대한 성찰은 피상적이며 추상적인 수준을 벗어날 수 없게 된다. 이어령과 김수영의 〈불온시〉 논쟁은 〈전체주의적 반공주의〉라 칭할 수 있는 이데올로기의 장과 문학의 장의 접점과 연관된 구체적인 자료를 제공해준다. 이 논쟁과 연관된 논의가 없었던 것은 아니나 그 논의들의 문제의식이 문학 장에 제한되어 있었다는 필자 나름의 판단에 따라 이 글에서 재론하였다.

이 글에서 분석과 논증에 가장 크게 주의를 기울인 부분은, 김수영이 말한 〈참여적인 것〉, 〈전위적인 것〉, 그리고 〈불온성〉의 의미론적 위상을 밝혀내는 것이었다. 김수영이 의도한 것들의 의미를 이해하기 위해서는 지젝이 그레마스의 〈기호학적 사각형〉을 변형하여 만든 〈의무론적 사각형〉을 참조할 필요가 있다. 〈의무론적 사각형〉(본문참조)에서 〈X〉는 〈규정되지 않았다〉는 의미에서 〈임의적〉이지만 그렇다고 단순히 〈허가된 것〉은 아닌 그런 자리를 차지한다. 이른바 김수영이 말하는 〈전위문학〉 또는 〈전위성〉이 차지하고 있는 자리가 바로 〈X〉의 자리이다. 이어령을 비롯하여 여러 문인들이 주장하는 이른바 〈순수문학〉은 〈허가된 것〉의 자리에 배정할 수 있다. 〈허가된 것〉의 자리는 〈규정된 것〉과 〈금지된 것〉의 대립에 의하여 생겨난 것이다. 다시 말해 〈규정된 것〉의 부정의 부정에 의하여 생성된 자리이다. 〈예술은 창조〉라는 명제를 순수문학론자들이라고 해서 인식하지 않는 것은 아니다. 그들이 말하는 〈순수〉 역시 우리의 일상생활을 규정짓는 보편적인 거짓에 파묻혀 살아가는 자리, 즉 〈규정된 것〉을 지향하지 않는다. 〈순수〉 역시 나름으로는 〈규정된 것〉을 부정한다. 그런 맥락에서 〈순수〉 역시 어떤 〈우연성〉의 자리를 추구하지만, 그것은 기존의 장이 그 한계를 설정하는 〈가능성의 범위〉, 말 그대로 〈허가된 것〉에 불과하다. 그러한 〈가능성〉은 〈개량화되고 온순해진 우연성, 독침이 제거된 우연성〉이다. 그것은 곧 지배적이고 보편적인 거짓의 일부가 되고 만다. 이와 비교할 때, 김수영이 말하는 〈전위문학〉은 〈기존 장의 한계에 도전하는 미증유의 것이 폭발적으로 출현하는〉 장소인 〈X〉의 자리에 위치한다. 〈전위문학〉에 의하여 생성된 어떤 세계는 〈규정된 것〉이 아니면서 동시에 〈허가된 것〉도 아니다. 그것은 〈금지된 것〉을 아무것도 아닌 것으로 만듦으로써 그것의 숨겨진 메커니즘을 폭로하지만 그렇다고 중립적인 〈허가된 것〉으로 변질되지도 않는다.

미지의 알 수 없는 그 무엇이 〈X〉의 자리를 차지하게 되면, 그것은 〈규정된 것〉이나 〈허가된 것〉의 위치에서는 〈불온한 것〉으로 비칠 수밖에 없게 된다. 김수영이 말하는 〈전위적인 것〉으로서의 〈불온성〉이 차지하는 위치가 바로 〈X〉의 자리이다. 그것은 당대 문학 장에서 논의되던 참여·순수의 의미 맥락을 넘어선 자리에 있었다.

◆ SUMMARY

A Study on the 'Pure-Participation' Controversy at the Time of the Totalitarian 'Bhankongjuui'

- On the Focus with the Argument on 'Subversive Poetry' between Yee O-ryong and Kim Su-young

Kang, Woong-Sik

In this paper, I intended to examine the literature-society relationship by examining the argument on 'subversive poetry' between Yee Ô-ryǒng and Kim Su-young. The argument was not a full-fledged one, but it included such significants as 'participation', 'purity', 'culture', 'politics', and 'liberty', which were indispensible to discuss the literature-society relationship. In terms of Korean literary history, the argument is quite important in that the disputants illustrated different perspectives on the reality of the time. The 1960s was the time of anti-Communism. When the society was considered apart from individual experiences, speculation on the literature-society relationship could not help falling into superficiality and abstractness. The argument between Yee and Kim provided concrete sources related with the contact point of literature and the anti-Communism Ideology which tended to be totalitarian in the period. And this paper gave an attention to this contact point, whereas former researches on the same argument mainly focused on its literary part.

This paper is specifically focused on the semantic phase of what Kim called 'participation', 'avant-garde', and 'subversiveness'. To understand these words, I got a reference from the 'deontological square', which Slavoj ǐzek led out of the 'semiotic square' of A. J. Greimas. In the deontological square, 'X' is located in the status of what is not 'prescribed', thus facultative, as well as what is not simply 'permitted'. What Kim called 'avant-garde literature' or 'avant-gardeness' was located in the same status like the 'X'. The 'pure literature', what Yee Ô-ryǒng and other literati argued, could stand 'the permitted' in this perspective. The status of 'the permitted' brought out of the confrontation of 'the prescribed' and 'the prohibited'. In other words, it came from a denial of denying 'the prescribed'. The base of pure-literature's supports also was conscious of the proposition that "art is creation'. The 'pure' they claimed wasn't pointed to 'the prescribed', which meant being unconsciously immersed in the ruling universal Lie. To the contrary, 'the pure' also disavowed 'the prescribed' with its own way. In this context, 'the pure' could be considered to point to certain contingency too. However, this contingency was no more than 'the permitted' in that it was just in the 'boundary of possibility' restricted by the ready-established realm. This 'possibility' could be said a 'gentrified', 'pacified', and 'sting plucked out' contingency, which easily turned into the part of the ruling universal Lie. Relatively, what Kim Su-young argued avant-garde literature was located in the status of the 'X', where the unknown burst out challenging the restriction of the ready-established world. The realm created by avant-garde literature was neither prescribed nor permitted. It held up to ridicule the Prohibition, laid bare its hidden mechanism, without thereby changing into a neutral 'permissiveness'. When something unknown stands the place of the 'X', it cannot help being considered as 'subversive' in the perspective of 'the prescribed' or 'the permitted'. Kim Su-young's avant-garde 'subversiveness' stood on the very status of the 'X', and it was over the context of the 'pure-participation' controversy at the time.

Keyword : subversive poetry, Yee Ô-ryǒng, Kim Su-young, participation, purity, subversiveness, avant-garde

-이 논문은 2005년 6월 30일에 접수되어, 소정의 심사과정을 거쳐 2005년 8월 19일에 게재가 확정되었음.

반공의 규율과 작가의 자기 검열*

―『남과 북』(홍성원)의 개작을 중심으로

강 진 호**

목　차

1. '반공'의 규율과 소설의 개작

문학이 고유의 미적 양식을 정립하고 자율성을 확보하기 위해서는 그것을 가로막는 제반 전근대적 요소들을 극복하는 집요한 노력을 필요로 한다. 일제 식민통치가 사회적 근대성의 구현에 일정하게 기여했음에도 불구하고 긍정적으로 평가될 수 없는 것은 그것이 궁극적으로 우리를 억압하고 배제하는 과정을 통해 이루어진 타율적 근대화였기 때문이다. 미적인 측면에서도 그것은 예술 고유의 전유방식을 왜곡하거나

* 이 논문은 2004년도 성신여자대학교 학술연구조성비 지원에 의하여 연구되었음.
** 성신여대 교수.

특정한 방향으로만 유도했지 자율성을 심화시키지는 못하였다. 이를테면, 일제가 용인하는 범위에서만 자율성이 허용되었지 그것에 반하면 혹독한 탄압과 함께 존재 자체를 위협받았다. 그런 맥락에서 식민통치는 근대성(modernity)의 구현 과정에서 극복해야 할 전근대적 질곡과도 같은 것이었다. 근대성을 향한 현대문학의 긴 도정에서, 6·25 전쟁 이후 일상생활을 사로잡은 반공주의 역시 같은 맥락에서 이해될 수 있다. 이승만에서 박정희로 이어지면서 반공주의는 정권을 유지하기 위한 효과적인 도구로 활용되었고, 그 과정에서 작가들은 제재와 표현에서 심각한 제약을 받았다. 1950년대 이후 계속된 필화사건에서 알 수 있듯, 일정한 금제의 선을 넘으면 작가들은 '국가보안법'이라는 금단의 그물에 걸려 마치 기독교 이외의 어떤 사상과 움직임도 용납하지 않았던 중세의 마녀사냥과도 같은 박해를 받았다.[1] 반공주의(anti-communism)는 공산주의를 반대한다는 단순한 내용에서 벗어나 비판자를 탄압하고 규율하는 금압의 도구였고, 그런 점에서 그것은 작가들의 창작과 상상력을 억압하는 전근대적 질곡과도 같았다.[2] 체제에 대한 불만과 저항을 '마녀'라는 이름으로 제거함으로써 사회적 안정을 도모했듯이, 반공주의는 '친공', '용공', '이적'이라는 딱지를 붙여 정권의 균열을 봉합한 규율의 기제였다. 이 과정에서 아직도 지속되는 분단체제는 그것을 정당화시켜 준 효과적인 알리바이로 기능하였다. 남과 북이 대치하는 현실을 적절

1) 문인들의 회고를 통해서 드러난 검열과 필화사건은 『중앙일보』 2003년 9월 5일에서 동년 11월 30일까지 총 9회에 걸쳐 분재된 특집 기획 「어둠의 시대 내가 겪은 남산」에서 구체적으로 확인할 수 있다. 여기서 이호철, 이문구, 천상병, 김지하 등이 문인 탄압과 고문에 얽힌 일화를 소개하고 있다.

2) 반공주의는 원래 종전 직후 미국의 외교정책으로 채택되어 소련을 비롯한 공산국가를 국제사회에서 고립시키고 미국의 영향력을 전 세계에 확대하려는 목적을 갖고 있었다. 제국주의의 이해를 관철시키려는 전략적 도구였다는 점에서 다분히 근대적 외양을 갖고 있지만, 우리의 경우는 그와는 달리 공산주의에 대한 두려움과 공포심을 활용해서 정권을 유지하는 '요술 방망이'와도 같았다는 점에서, 말하자면 일정한 내용을 갖는 이념이라기보다는 (공산주의와 전쟁에 대한) 공포심에 근거를 둔 '사회적 심리'이자 동시에 억압의 편의적 도구였다는 점에서 전근대적이다.

하게 소환하고 악용하면서 조금이라도 체제에 비판적인 모습을 보이면 여지없이 '붉은 딱지'를 붙였고 그 과정에서 작가들의 창의와 진보성은 심각하게 훼손될 수밖에 없었던 것이다.

이 글에서 문제 삼고자 하는 것은 반공주의가 작가들에게 자기 검열의 기제로 내면화되어 작품의 구성과 서사를 심각하게 왜곡한 전근대적 질곡이었다는 데 있다. 이런 사실은 여러 경우에서 확인되거니와, 특히 심각했던 것은 전쟁이나 좌익의 문제를 다룬 작품들이다. 반공주의는 공산주의에 대한 단순한 부정이 아니라 고문이나 연좌제와 같은 원초적 공포와 결합되어 있었고, 그래서 분단과 이데올로기의 문제를 파헤치고자 할 경우 작가들은 자칫 반공주의의 검열에 걸려들지 않을까 하는 심한 강박관념에 시달렸다.[3] 특히 전쟁의 본질을 천착하고 분단 현실을 문제 삼고자 할 경우 작가들은 한층 신중해질 수밖에 없었는데, 그것은 전쟁을 다루기 위해서는 남과 북의 이데올로기를 천착하지 않을 수 없고, 또 그것을 초래한 미·소 양진영에 대해 거론하지 않을 수 없었던 까닭이다. 그런데 북한과 소련에 대해서는 부정적 시각만 허용되었지 결코 객관적인 서술이 용인되지 않았다. 박완서의 경우에서 확인되듯이, 전쟁 중에 일어난 모든 만행은 '공산주의자들의 몫'이었다. 반공주의의 무의식적 규율로 인해 그녀는 인민군과 국군 사이에 끼어 무참하게 죽어간 '오빠의 죽음'을 오랜 동안 인민군의 만행으로만 기술해야 했다. 자전소설과도 같은 『목마른 계절』(1972), 「부처님 근처」(1973), 「엄마의 말뚝 2」(1985), 『그 많던 싱아는 누가 다 먹었을까』(1992), 『그 산이 정말 거기에 있었을까』(1995)에서 드러나듯, 박완서는 1985년 이전에는 공산

---

3) 이러한 사실은 작가들의 다음 글들을 통해 확인할 수 있다. 박완서의 「구형(球型) 예찬」(『두부』, 창작과비평사, 2002), 좌담 「6·25 분단문학의 민족동질성 추구와 분단 극복의 지」(『한국문학』, 1985. 6), 김원일의 대담 「인간과 문학의 심오한 본질을 향한 도정」(『문학정신』, 1990. 5), 홍성원의 「보완과 개작에 대한 짧은 해명」(『남과 북』, 문학과지성사, 2000), 『증언으로서의 문학사』(강진호 외, 깊은샘, 2003)에 수록된 남정현 및 임헌영 대담, 홍성원·강진호 대담 「삶과 역사의 진실을 향한 우보(牛步)」(『작가연구』, 깊은샘, 2004. 5) 등.

주의를 매우 부정적으로 서술했고 또 오빠가 인민군에 의해 총살당한 것으로 처리했으나, 1990년 이후에는 그와 정반대로 인민군뿐만 아니라 국군에 대해서도 비판적인 태도를 보이고 또 오빠의 죽음 역시 남・북한 모두에 의한 것으로 기술한다. 말하자면 반공주의의 압력으로 인한 자기 검열의 모습을 보이다가 그것의 통제력이 약화된 1980년대 후반에야 사실을 사실대로 복원한 것이다.[4] 이런 현상은 특히 남북한 간의 체제 경쟁이 본격화된 박정희 집권 이후 더욱 심해서, 홍성원의 진술대로 "북한에 대한 표현의 상한선은 '감상적 민족주의 언저리거나 당국에 의해 철저히 도식화된 반공 가이드라인 내'로 제한"되었고, 그래서 "한국전쟁을 소재로 다룬 작품에서 전쟁의 절반을 담당한 북한 쪽 이야기를 빼버"리거나 "유보할 수밖에 없"[5]게 된다.

대하소설 『남과 북』은 이런 일련의 과정을 전형적으로 보여준다. 『남과 북』은 원래 『세대』지에 1970년 9월부터 1975년 10월까지 『육이오』라는 제목으로 5년 2개월이라는 긴 기간 동안 62회에 걸쳐 연재된 원고지 9천 6백장에 이르는 대작이다. 6・25 전쟁이 발발한 시점에서 종결되는 3년여의 시간을 배경으로 한 대(大) 서사임에도 불구하고 작가는 창작 당시부터 작품에 대해 심한 자괴감을 갖고 있었다고 한다. 그 이유는, 언급한 대로, "적이라고 부르는 북측에 대해 외부에서 부단히 가해지는 표현상의 여러 가지 제약과 간섭" 때문이었다. 혼자 싸우는 것이 전쟁이 아니라면 우리와 마주한 북쪽에도 적이라고 불리는 실체가 존재하지만 작가에게 허용된 적에 대한 기술은 극도로 제한되었고, 그 결과 "약간의 탄력성을 지닌 이쪽의 사정에만 많은 작품량을 할애"할 수밖에 없는 "화가 치밀 만큼 불편하고 안타까"[6]운 상황이었다. 그런데

---

4) 여기에 대해서는 강진호의 「반공주의와 자전소설의 형식(박완서론)」, 『현대소설사와 근대성의 아포리아』, 소명출판사, 2004. 참조.

5) 홍성원, 「보완과 개작에 대한 짧은 해명」, 『남과 북』 1권, 문학과지성사, 2000, 6쪽.

6) 홍성원의 「후기」(『남과 북』 7권, 서음출판사, 1977. 5, 451-452쪽) 및 「한국전쟁에 대한 새로운 조명」(『문학과 지성』, 문학과지성사, 1973년 여름호) 참조.

작가를 더욱 당혹스럽게 한 것은 그 후에 가해진 조롱적인(?) 언사였다. 「보완과 개작에 대한 짧은 해명」에서 고백한 것처럼, 작가는 우연히 일본 여행을 하다가 "북한에서 홍선생님을 반공작가 제1호로 지목하고 있"고, 그래서 "(『남과 북』이) 일본어로 번역되지 못하도록 북녘 사람들이 여러 가지로 신경을 쓴다."[7]는 말을 듣는다. 작품의 미진함을 스스로 자각하고 있던 차에 동포인 북한 사람들에게서 '기피 작가로 지목'되었으니 충격은 클 수밖에 없었고, 결국 1년 간의 긴 시간을 투자해서 원고지 천 매 이상을 보완한 증보판을 서둘러 출간하게 된 것이다.

이 글은 이런 사실을 전제로 『세대』지에 수록된 『육이오』와 개작된 문학과지성사 간행의 『남과 북』(2000)을 비교하면서, 현대문학사가 안고 있는 이 전근대적 질곡의 양상을 고찰해 보고자 한다. 먼저, 시대적 제약으로 인해 야기된 원본과 개작본의 상이점 가령, 원본에서 보여준 '반쪽만의 전쟁'이 개작본에서는 어떻게 '남과 북의 전쟁'으로 수정·보완되었는지, 그 과정에서 인물과 서사가 어떻게 변했는가를 살펴보고자 한다. 다음으로, 1970년대 판 『남과 북』이 갖는 특성 즉, 작가의 시각과 내용 등의 문제를 살피고자 한다. 미리 말하자면, 『세대』지의 『육이오』는 단순히 반공 이념을 서사화한 반공소설만은 아니라는 게 필자의 판단이다. 1970년의 상황에서, 6·25 전쟁을 이 작품처럼 사실적이고 입체적으로 조망한 소설을 찾기는 힘들다. 지리산 일대에서 활동한 빨치산의 이념과 고뇌를 다룬 1972년의 『지리산』(이병주)이나 1960년대의 『시장과 전장』(박경리), 『광장』(최인훈) 등은 모두 전쟁의 한 단면이나 이데올로기만을 문제 삼았지 홍성원처럼 전쟁의 발발에서 휴전까지의 긴 시간을 전·후방과 국제적 역학 관계 속에서 입체화하고 있지는 못하다. 특히 전쟁의 와중에서 자행된 국군과 미군의 학살과 만행, 전근대적 신분제도의 붕괴와 새로운 계층의 부상 등에 대한 증언의 서사는 1970년대 초기소설에서 결코 찾을 수 없는 이 작품만의 독특한 성과이다. 1970

7) 홍성원, 「보완과 개작에 대한 짧은 해명」, 『남과 북』 1권, 문학과지성사, 2000, 5쪽.

년은 '울진－삼척 무장공비 침투사건'과 그 과정에서 비극적 죽음을 당한 '이승복 사건'이 일어난 2년 뒤의 시기로, 북한군과 중공군을 인간적이고 친근한 존재로 묘사하고 국군의 양민학살을 고발했다는 것은 국가보안법이 서슬 퍼렇게 날을 세웠던 시절의 글이라고는 도저히 믿기지 않을 정도다. 그런데도 이 작품은 그 동안 '제2회 반공문학상 대통령상'(1977년)[8] 수상작이라는 편견에 가려서 온전한 조망을 받지 못했던 것으로 보인다.[9] 비슷한 제재의 『지리산』, 『불의 제전』, 『태백산맥』 등이 높은 평가를 받았던 사실을 고려하자면 『육이오』 역시 이제는 그 실상이 제대로 분석되고 평가되어야 한다는 게 필자의 생각이다.

본고는 이런 의도에서 『세대』지에 수록된 『육이오』와 본격적인 개작이 이루어진 '문학과지성사' 판의 『남과 북』을 비교할 것이고, 필요한 경우에는 '서음출판사'(1977)와 '문학사상사'(1987) 판을 참조하기로 한다. 논의의 편의를 위해서 1970년대 『세대』에 연재된 작품은 원래 제목대로 『육이오』로, 2000년도 '문학과 지성사'에서 출간된 개작본은 『남과 북』으로 표기하기로 한다.

2. 개작으로 드러난 반공의 규율과 양상

1970년 9월부터 『세대(世代)』지에 연재된 『육이오』와 2000년의 『남과 북』을 비교해보면 주요 사건이나 주제, 작가의 의도 등 큰 틀에서는 변화를 찾을 수 없다. 물론 거친 문장을 매끄럽게 손질하고, '적도(赤徒)' '괴뢰' '북괴군' 등 냉전 시대의 적대적 표현들을 '북한'이나 '인민

8) 홍정선 외, 『홍성원 깊이읽기』, 문학과지성사, 1997, 337쪽.

9) 이 작품에 대한 선행 연구로는 다음 글을 참조할 수 있다. 『홍성원 깊이읽기』(홍정선 편, 문학과지성사, 1997)에 수록된 「정치의 위선과 전쟁의 본질」(진덕규)과 「6·25 콤플렉스와 그 극복」(김병익), 「홍성원의 '남과 북' 연구」(정성진, 성신여대 교육대학원, 2001), 「1980년대 분단문학, 역사의 진실 해명과 반공주의의 극복」(유임하, 『작가연구』, 깊은샘, 2003. 4) 등.

군'으로 교체하는 등 부분적으로 손질한 흔적이 곳곳에서 목격되고, 또 소략하게 처리되었던 인물의 성격이나 사건을 밀도 있게 보완하여 한층 개연성이 높인 대목도 눈에 띈다. 이러한 부분적인 개작은 잡지에 연재한 뒤 세 번에 걸쳐 단행본으로 출간하는 과정에서도 지속적으로 이루어졌는데, 가령 1977년 '서음출판사'에서 출간된 이후 1982년 '대호출판사'와 1987년 '문학사상사'에서 각기 출판되면서 토씨나 단어, 시제, 문장과 단락 등의 부분적인 보완이 계속되었다.[10] 문장을 다듬고 표현을

---

10) 원본과 서음출판사, 문학사상사, 문학과지성사의 네 작품을 비교해 본 결과, '원본'을 부분적으로 손질한 게 '서음출판사' 판이고, 그것을 그대로 재출간 한 게 '문학사상사' 판이었다. '문학과지성사' 판은 작가가 밝힌 대로 대폭적인 개작을 통해서 이전 작품의 한계를 보완한 것이다. 아래 인용한 대목에서 그런 사실을 단적으로 확인할 수 있는데, 밑줄 친 부분이 이전 판본과 달리 조정된 부분이다. 서음출판사와 문학사상사의 『남과 북』은 거의 동일한 관계로 생략하였고, 대호출판사에서 출간된 작품은 구할 수 없어서 검토하지 못하였다.

① 오전 중에 소낙비가 내린 뒤 오후에는 날씨가 수정처럼 맑게 개었다.
경민(薛敬民)은 이층 편집실로 들어서자 곧장 자기 데스크인 외신부(外信部) 쪽으로 다가간다.
사(社) 내에는 기자들이 대부분 퇴근하고 당직기자 대여섯명만이 드문드문 각 부서에 앉아 있다. 사회부와 지방부의 기자 두명은 이미 깊은 잠에 빠져 드렁드렁 코까지 골고 있었다. 유월 초순의 이런 날씨라면 누구라도 낮잠이 기막히게 달콤할 시간이다. 더구나 오늘은 토요일이라 신문사로는 일주일중 가장 한가한 날이었다.(『육이오』 1회, 『세대』, 1970. 9, 390쪽)

② 오전 중에 <u>한차례</u> 소낙비가 내린 뒤 오후에는 <u>하늘이</u> 수정처럼 맑게 개었다.
경민薛敬民은 이층 편집실로 들어서자 곧장 자기 데스크인 외신부外信部 쪽으로 다가간다.
사社내에는 기자들이 대부분 퇴근하고 당직기자 <u>5, 6</u>명만이 드문드문 각 부서에 앉아 있다. 사회부와 지방부의 기자 두명은 이미 깊은 잠에 빠져 드렁드렁 코까지 골고 <u>있다</u>. 유월 초순의 이런 날씨라면 누구라도 낮잠이 기막히게 달콤할 시간이다. 더구나 오늘은 토요일이라 신문사로는 1주일중 가장 한가한 날<u>인 것이다</u>.(『남과 북』 1권, 서음출판사, 1977, 10쪽=문학사상사판 1권, 1987, 19쪽)

③ 오전<u>에</u> 한차례 소낙비가 내린 뒤 오후에는 <u>구름이 걷혀</u> 하늘이 맑게 개었다.

수정하는 과정을 통해서 작가는 작품의 완성도를 높이고 궁극적으로 간결하고 명징한 홍성원 특유의 이른바 '하드 보일드(hard-boiled) 문체'[11]를 만들어 낸 것이다. 불필요한 수식을 빼버리고, 신속하고 거친 묘사로 사실을 기술하는 이 건조한 문체를 통해 작가는 전쟁의 본질에 접근하고 있다.

『세대』지에 연재된 『육이오』와 문학과지성사의 『남과 북』은 모두 3부로 구성되어 있다. 전쟁이 발발하기 직전의 상황과 개전 초기의 긴박했던 상황을 소개한 '가장 긴 여름'이라는 제목의 1부(1회~18회), '동의할 수 없는 죽음'의 2부(19회~37회), '키가 작아 보이지 않는 평화'의 3부(38회~62회)로 작품의 큰 틀이 구획되고, 그 아래 여러 개의 장이 배치되어 전쟁의 전 과정이 총체적으로 조감된다. 1부의 서장에서는 전쟁이 발발하기 직전의 상황과 전쟁 초반의 상황이 38선 주변 부대와 후방의 피난 행렬을 통해서 그려지며, 2부에서는 전쟁으로 인해 무의미하게 죽어가는 병사들의 참혹한 모습과 후방에서 벌어지는 아비규환의 피난 생활이 서술되고, 3부에서는 전쟁이 막바지로 치달으면서 본격화된 휴전협상, 그 한편에서 치열하게 벌어지는 피아간의 공방과 주요 인물들의 죽음, 그리고 휴전협정이 체결된 직후의 상황이 제시된다. 이를테면, 1~3부는 전쟁이 발발하기 이전과 전쟁의 전개, 그리고 전쟁이 종결되는 상황을 파노라마처럼 제시하여 6·25에 대한 총체적 보고서와 같은 모습이다. 이 과정에서 작가의 의도 역시 근본적으로 변하지 않은 것으로 확인되는데, 곧 두 작품은 모두 전쟁이라는 "최고 최대의 조직적인

외출에서 돌아온 경민(薛敬民)은 이층 편집실로 들어서자 곧장 자기 데스크인 외신부 쪽으로 다가간다.

사내에는 대부분의 기자들이 퇴근하고 당직 기자 대여섯 명만이 드문드문 각 부서를 지키고 있다. 사회부와 지방부의 두 명은 어느새 깊은 잠에 빠져 드렁드렁 코까지 골고 있다. 6월 초순의 이런 쾌적한 날씨라면 누구라도 낮잠이 기막히게 달콤할 시간이다. 더구나 오늘은 주말이라 신문사로는 일주일 중 가장 한가한 날이기도 하다.(『남과 북』 1권, 문학과지성사, 2000, 25쪽)

11) 홍정선 편, 『홍성원 깊이읽기』, 문학과지성사, 1997, 39쪽.

폭력"을 그려내는데 초점이 모아져 있다. 여러 명의 군인과 민간인들의 일화를 삽화처럼 제시한 것이나 장면 하나하나가 마치 전쟁 르포(reportage)와도 같은 핍진성을 갖는 것은 그런 의도에서 비롯되고, 그런 점에서 이 작품은 동일한 제재를 다루면서도 상대적으로 이데올로기의 문제에 초점이 모아진 『시장과 전장』(박경리), 『남부군』(이태), 『태백산맥』(조정래), 『불의 제전』(김원일) 등과는 다른 특성을 보여준다. 말하자면 작가는 전쟁을 "최고 최대의 폭력"으로 규정하고, 그것을 예방하기 위해서 무엇보다 "폭력의 부정적 생리를 구체적으로 제시해보임으로써 더 이상 폭력의 광기에 사로잡히지 않"[12]게 하려는 데 서술 의도를 집중하고 있다.

1) 『육이오』; 반쪽의 전쟁과 반공의 규율

원본과 개작본을 비교할 때 가장 두드러진 차이점은 인물과 구성이다. 4~5명이 추가되어 중요한 역할을 하는 개작본과는 달리 원본 『육이오』에는 좌익 측 인물들이 구색 맞추기 식의 수준에서 크게 벗어나지 못한다. 30여 명에 이르는 등장인물 중에서 비중 있게 활동하는 좌파로는 신학렬 외에는 거의 없다. 그럼에도 불구하고 작품이 생동감을 갖는 것은 작가가 한국과 일본, 서울과 지방을 번갈아 이동하면서 공간을 바꾸고 또 군인과 민간인으로 시선을 옮겨 다양한 인물들을 조망하는 입체적 구성법을 취하고 있기 때문이다. 전쟁의 다양한 국면에 시선을 밀착하고 그 양상을 카메라 렌즈와도 같이 사실적으로 조망한 까닭에 작품은 반공주의적 특성을 드러냄에도 불구하고 관제 반공소설과 달리 도식적이거나 계몽적이지 않다. 게다가 작품 곳곳에는 전쟁에 관한 국내외의 연구 성과를 폭넓게 반영한 정보와 지식을 배치하여 사실성을 한층 보강하고 있다. 가령, 1950년 6월 25일 이후의 전황을 날자와 시간

12) 『남과 북』 1권, 문학과지성사, 2000, 12쪽.

별로 서술한 것이나 맥아더 장군을 비롯한 미국 고위급 인사들의 동정을 소개한 것, 보도연맹의 만행과 국민방위군 사건, 거제도 포로수용소의 소장 납치사건과 포로 간의 대립, 이승만 정권의 북진통일정책과 야심 등의 삽화는 전쟁의 실상에 접근하기 위한 작가의 섬세한 배려가 어떠했는가를 실감케 해준다. 실제로 작가는 이들 자료를 수집하기 위해 4년이라는 긴 시간 동안 많은 기밀문서와 비록(秘錄)을 조사하고 섭렵했다고 한다.[13)]

『육이오』에서 작가의 의도를 전달하는 인물은 크게 네 부류이다. 하나는 지식인의 시각에서 전쟁의 본질을 문제 삼는 우파적 입장의 설경민, 설규현 박사 등이고, 둘은 전장에서 적과 교전하는 투철한 군인정신으로 무장한 오영탁을 비롯한 허세웅, 박노익, 변칠두 등의 군인들이며, 셋은 미군 장교인 조셉 터너와 기자인 킬머와 한국인 2세 로이 킴 등 미국의 입장을 보여주는 인물들이고, 넷은 전장의 후방에서 애매하게 희생양으로 전락한 우대인, 민관옥, 최선화, 박가연 등의 민간인들이다. 30명을 상회하는 이 네 부류의 인물들이 장(章)과 절(節)을 달리해서 교차 서술되는 관계로 작품은 산만한 외양과는 달리 전쟁의 다양한 양상들을 입체적으로 보여주게 된다. 이들 인물 중에서 누구보다 주목을 끄는 사람은 당시 국제정세를 예리하게 꿰뚫고 있는 작가의 분신과도 같은 설경민이다. 그는 사학자 설규현 박사의 아들로 일간지 외신부 기자의 직함으로 전쟁을 겪으면서 끝까지 전쟁의 현장을 지키는 한편 영어에 능통해서 미군 정보부대의 통역으로 일하면서 미국 측의 입장을 소개하고 비판하는 역할까지 수행한다. 그런 그의 눈에 비친 6·25는 매우 '불합리한 전쟁'이었다. 작품 전편에 관철되는 이런 시각은, '38선'이라는 경계선이 패망한 일본군을 무장 해제하기 위해 미·소 양군이 편의적으로 설정한 것이었듯, 6·25 전쟁 역시 두 진영의 이해관계가 충돌하면서 발생한 부산물이라는 생각을 담고 있다. 미국의 입장에서 보자면 한반

13) 『남과 북』 1권, 문학과지성사, 2000, 15-16쪽.

도는 극동 지역에서 공산세력을 막기 위한 최전방 교두보였고, 소련의 입장에서는 극동 지역으로 남하하는 최전방 기지였다. 그런 관계로 38선은 두 진영의 심각한 갈등과 대립 요소를 내재하고 있었는데, 그것은 소위 애치슨 라인(Acheson line) — 미국의 국무장관 애치슨이 제2차 세계대전 이후 스탈린과 마오쩌둥의 영토적 야심을 저지하기 위해 태평양에서의 미국의 방위선을 알류샨열도-일본-오키나와-필리핀을 연결하는 선으로 한다는 정책 — 이 당사자인 한국의 이해관계를 고려하지 않고 미국 일방적으로 설정된 것처럼, 한국은 언제나 다른 큰 전략이나 정책의 부차적 항목에 불과했다는 인식과 연결된다. 설경민은 한국전쟁이 발발하게 된 중요한 이유의 하나가 애치슨 라인에서 한국이 배제된 데 있다고 보는데,[14] 이는 곧 미·소라는 양 진영의 이해관계에 의해 전쟁이 발발했다는 외인론(外因論)의 입장이다. 한국전쟁을 미소 양 진영의 이념적 갈등에서 비롯되었다고 보는 이런 시각은, 지주와 소작인 혹은 반상 간의 대립과 같은 민족 내부의 오랜 갈등에서 전쟁이 촉발되었다는 『불의 제전』이나 『태백산맥』이 기대고 있는 내인론(內因論)과는 다른 입장이다. 조정래나 김원일이 해방기로 시선을 돌려 민족 내부의 오랜 갈등에 주목한 것은 그것이 전쟁의 직접적 원인이라는 내인론의 시각인 반면, 홍성원은 미·소라는 초강대국의 냉전적 세계 전략에 의해 전쟁이 촉발되었다는 입장인 것이다. 그런 시각에서 홍성원은 300만 명에 이르는 엄청난 사상자를 발생시킨 6·25를 '두 진영의 대리전'으로 보고, 전쟁의 실질적 주체인 한국인은 단지 도구적 대상에 불과했다는 시각을 시종 견지한다.

이런 생각을 반영하듯, 작품 속의 인물들은 하나 같이 '주어진 전쟁'이라는 인식을 갖고 있다. 포화가 난무하고 주검이 산더미처럼 쌓이는 현실에서 군인들은 자신이 왜 싸워야 하는지 그 이유를 알지 못한다. 더구나 그들은 자신이 맞서 싸우는 상대가 '적'이라 불리는 존재들이지만

14) 『육이오』 2회, 『세대』, 1970. 10, 100-101쪽.

사실은 같은 피를 나누고 같은 말을 사용하는 동포라는 것을 알고 있다. 그럼에도 적이 되어 공방을 벌일 수밖에 없었던 것은 단지 서로가 다른 편에 속했다는 '허망스러운 이유'뿐이었다. 그런 현실을 자각하면서 군인들은 전율하고 때론 심각한 정체성의 혼란을 겪는다. 부모보다도 더 가까운 전우의 죽음을 목격하고 또 적들의 총구가 바로 자기를 향해 불을 뿜는다는 사실을 깨달으면서 극도의 분열 상태에 빠진 저격수 박노익이나 "아아, 이건 전쟁이 아니다. 이 따위 전쟁은 절대로 있을 수 없다."고 절규하는 오영탁은 파천황의 폭력으로 다가온 전쟁의 실체를 상징한다. 또 투철한 군인정신으로 무장한 오영탁이 상관의 명령을 거부하면서까지 부하들을 지키기에 안간힘을 쓴 것도 그런 심리의 역설적 표현이다. 이유를 알 수 없는 전쟁이기에 결코 의미 없는 죽음을 당해서는 안 된다는 생각에서 그는 군인의 본분을 무시하면서까지 부하들을 지키기에 여념이 없다. 연합군이 인천에 상륙한 뒤 다시 북으로 진격하는 과정에서 느닷없이 대면한 중공군에 대한 생각 역시 같은 것이었다. 그들이 왜 한국전쟁에 개입했는지, 왜 우리에게 총구를 겨누고 무자비한 살상을 감행한 것인지? 야음을 이용해서 피리를 불고 꽹과리를 치면서 엄습해오는 중공군은 한편으론 소름 끼치는 전율의 대상이지만, 막상 대면했을 때의 모습은 그저 평범한 젊은이에 불과했던 것이다. 적의 거침없는 진격에 밀려 남으로 남으로 피난길에 오른 민간인들 역시 그런 상황에서 예외가 아니었다. 반동이라는 이유로 혹독한 고문을 당하고 때론 유탄에 맞아 죽음을 당하면서 그들은 왜 피난을 가야하고 무의미하게 죽어야 하는지 이유를 알지 못한다. 이 과정에서 여성들이 당하는 피해는 이루 말할 수 없었다. 이 작품의 득의의 부분이라 할 수 있는 여성 수난의 기록은 작품 전반에서 목격되거니와, 여자들은 전선의 최전방에서 적과 맞선 군인들과 달리 후방에 아무렇게나 버려진 채 '가난과 수치와 절망'이라는 또 다른 적과 싸워야 했다. 그런데 그 적은 형체도 없고 또 보이지도 않는 것이었기에 감당해야 할 고통은 더욱 처절했다. 한국 여자들은 삼 달러만 주면 언제든지 동침할 수 있다는 미국 기자 로이의 비아냥거림과는 달리 그 외에는 딱히 연명할 방법이 없었던 것이다. 평범한 장사꾼에 불과한 박한익이 전쟁의 소용돌이에 휩쓸리면서 토로한 다음과 같은 절규는 그런 상황에서 야기될 수밖에 없는 6·25에 대한 근원적 의문인 셈이다. "민주주의 공산주의가 도대체 우리한테 뭐 말라죽은 귀신이야? 우리가 언제적부터 서양놈들 주의를 그렇게 떠받들구 신주 뫼시듯 했냐 말이야? (…) 좌우간 공연히 민주 공산 떠들지 말구, 옛날에 우리끼리 살던 대루 죽은 좇처럼 꾸역꾸역 살아보자구."[15] 설경민이 전장 곳곳을 누비면서 갖게 된 '이해할 수 없는 전쟁'이라는 생각은 이와 같이 군인과 민간인 모두가 전쟁의 의미를 알지 못한 채 그 한복판에 내던져졌기 때문이다.

그런데 더욱 문제인 것은 미소라는 두 진영이 강요하는 이데올로기가 과연 우리의 현실에 맞는 것인가 하는 의문이었다. 소련은 북한을 앞세워 공산주의를 강요했고, 미국은 유엔군을 파견해서 민주주의를 수호하고자 했다. 그렇게 해서 한반도에서 전쟁이 발생한 것이지만, 사학자 설규헌 박사의 시각을 빌어서 표현되듯이, 한국 사람은 원래 긴 역사를 통해서 '생각'이 달랐던 이유로 싸워본 일이 없었다. 더구나 양쪽에서 주장하는 '생각'은 원래 한국에서 발생한 게 아니고 서양에서 잠시 꾸어온 것들이어서 한국인의 전통적인 구미에는 '버터나 러시안 수프'처럼 전혀 입에 맞지 않는다. 그런데도 공산주의자들은 전쟁을 통해서 한국인에게 러시안 수프가 가장 영양 많은 음식이라고 강요하며, 터너나 킬머로 대변되는 미국 사람들은 민주주의가 최고의 제도라고 주장한다. 그들은 러시안 수프가 영양이 많은 것만을 알았지 그것이 훈련 안 된 한국 사람의 위장에 설사를 일으킬 뿐이라는, 말하자면 받아들일 풍토가 준비되지 않은 국가에게는 엄청난 부작용만을 유발시킬 뿐이라는 사실을 간과하고 있다. 그런 우월적 사고에 젖어 있었기에 미군들은 한국인들을 전술적 도구 이상으로 생각하지 않는다. 낙동강까지 밀렸던 전

---

15) 『육이오』 15회, 『세대』, 1971. 11, 357쪽.

선이 유엔군의 개입으로 다시 북상하는 과정에서 미군들이 보여준 만행을 여과 없이 제시한 것은 그런 사실과 관계될 것이다. 그들에게 있어서 한국의 초가는 기껏 마구간으로밖에 비치지 않았고, 그런 환경 속에서 사는 한국인들은 야만적이고 간사한 존재에 지나지 않았던 것이다.

> 손중위는 2소대를 경계 임무로 명령한 뒤, 임시 중대본부로 사용하고 있는 초가의 마루 끝에 앉아 멀뚱히 마을에 이는 불길을 바라보았다. 그는 자신은 농가 출신이 아니지만 농가들이 불에 탈 때마다 미군들이 새삼스레 괘씸하고 원망스레 느껴졌다. 하긴 미국 같은 부자나라의 군인들의 눈에는 한국의 초라한 초가집 따위는 축사나 창고보다도 더 보잘 것 없고 더러울 지 알 수 없었다. 그러나 몇 백 년을 그런 곳에서 살아온 한국 농민들은 바로 그 초라한 농가가 그들이 가꾸어온 알뜰한 재산의 전부였다. 그러나 미군들은 한국 마을들을 이르는 곳곳에서 불을 지르거나 파괴하고 지나갔다.[16)]

이렇듯 『육이오』는 전쟁의 제 양상을 여러 시각에서 사실적으로 조망하고 있다. 그런 점에서 이 작품은 전쟁의 실상을 알리는 고발문학적 의의와 아울러 분단 현실을 냉전 이데올로기의 견지에서 천착하는 분단소설의 중요한 성과를 획득한다.

하지만 그런 의의에도 불구하고 작품 전반에 스며 있는 반공주의적 시선으로 인해 그 의의가 반감되는 것을 부인할 수는 없다. 먼저 주요 인물들은 모두 우익의 시각에서 전쟁을 이해한다. 설경민은 신문사 외신부 기자로 초반에서는 전쟁을 국제적 역학 관계 속에서 이해하는 중립적 태도를 유지하다가 전쟁의 참상을 목격한 뒤에는 점차 공산주의자들을 부정하는 인물로 변모하고, 오영탁을 비롯한 군인들은 목숨을 내걸고 적과 대면하는 과정에서 공산주의자들을 죽여야만 자신이 살 수 있다는 극도의 증오감을 내면화하며, 전장의 후방에서 이산(離散)과 굶주림이라는 또 다른 전쟁을 겪는 민간인들은 자신들의 일상을 파괴한

16) 『육이오』 15회, 『세대』, 1971. 11, 347쪽.

존재로서 공산주의에 대한 강한 적개심을 내보인다. 이렇듯 주요 인물들은 대부분 공산주의자들에 의해 죽음을 당하거나 생활의 근거를 파괴당한 사람들이고, 그런 점에서 부정적이고 제거해야 할 대상으로 공산주의자를 이해한다. 게다가 더욱 문제인 것은, 언급한 대로, 전쟁의 한 축을 담당한 좌익 측의 입장이 배제되어 있다. 소련의 사주를 받고 일으킨 전쟁이지만, 북한이 '혁명의 기치'를 앞세운 데는 그럴만한 이유가 존재하는 법이다. 왜 전쟁을 통해서 이승만 정권을 제거하고 공산 국가를 세우려 했는지, 그것이 갖는 민족사적 의의는 무엇인지 등이 질문되어야 전쟁은 한층 온당한 의미를 갖지만, 작품에서는 그것이 전혀 이루어지지 않고 있다. 단지 전쟁은 발발했고, 죽고 죽이는 과정에서 적을 부정하는 극단의 증오감만이 제시될 뿐이다. 또 일부 등장하는 좌익 인물들은 하나 같이 부정적 존재로 그려진다. 그들이 사회주의자가 된 이유는 모두가 사적인 원한 때문이다. 후반에서 반공주의자로 변신하지만 박수익이 인민군에 자원한 것은 지주에게 갖고 있었던 소작인으로서의 모멸감 때문이었고, "조상 대대로 더럽고 게으른 백정의 아들"인 손병국이 농민동맹 위원장이 된 것도 신분적인 원한에서였다. 송필배는 지주라는 이유로 한상혁의 부친을 참혹하게 살해했고, 최태식 역시 무고한 모희규의 동생을 살해하였다. 특히 작품에서 거의 유일하게 생동하는 사회주의자로 형상화된 신학렬은 더욱 심한 형국이다. 반공교육을 통해서 주입된 '잔혹하고 무도한 빨갱이'와도 같이, 그는 무당이고 첩이었던 어머니 밑에서 천대와 멸시를 받고 자라면서 자연스럽게 현실에 대한 불만과 증오심을 갖게 된 사회주의자이다. 게다가 성격이 포악하고 파렴치해서 출세를 위해서 소련군 장교에게 아내까지 상납하고 또 포로가 된 뒤에는 반공 포로들에게 사형(私刑)까지 가하는 잔혹함을 보여준다. 그런데, 그런 냉혹한 성격에도 불구하고 그는 거제도 수용소에서 친공(親共) 포로를 대표하는 지도자로 부상해서 공산주의에 대한 해박한 지식과 신념을 과시하는 모순된 모습까지 보여준다(수용소에서의 모습은 개연성이 떨어지는데, 그것은 사회주의 이론을 습득하게 된 배경이 언급되지 않았기 때문이다. 그런 이유에서 작가는 개작본에서 신학렬의 성격을 새롭게 조정한 것으로 보인다). 또, 작품 곳곳에서 언급되는 북한군의 행위 역시 비열하고 잔인하다. 인민재판이라는 형식으로 양민들을 총살하고, 또 유명 인사들을 북으로 끌고 가다가 참혹하게 살해하며, 심지어 패주하는 과정에서 인민군들은 피난민들을 총알받이로 삼는 비인간적 모습까지 연출한다. 이렇듯 작품 속의 좌익 인사는 하나같이 목적을 위해서 수단과 방법을 가리지 않는, 그리고 하나같이 사적 증오심을 해소하기 위해서 이데올로그가 된 반공 교재의 주인공과도 같은 잔악무도한 존재들이다. 많은 하층 인물들이 공산주의자가 되었고 그 과정에서 사적 증오심이 중요하게 작용했던 것은 사실이지만, 작중의 모든 좌익 인물을 그런 이유만으로 설명한다는 것은 지나친 일반화라고 할 것이다. 이렇듯 『육이오』는 6·25에 대한 사실적인 묘사에도 불구하고 작품 전반에 반공주의적 시선이 스며 있어 좌익을 일방적으로 매도하고 부정하는 적대감을 곳곳에서 드러내고 있다.

2) 『남과 북』: 남과 북의 이념적 대리전

원본이 전쟁이라는 불합리한 폭력이 어떻게 자행되었는가를 남한의 시각에서 보여주었다면, 개작본에서는 전쟁의 또 다른 당사자인 북한 측 인물을 추가하고 공간을 확장하여 6·25를 한층 객관적으로 조감한다. 작품에서 그것은 대략 두 가지 방향의 개작을 통해서 이루어지는데, 하나는 작품 전반에서 반공주의적 시선을 완화하고 거기에 맞게 인물의 성격과 행동을 조정한 것이고, 다른 하나는 원본에 없었던 좌익 측의 정보와 인물을 추가하여 작품 구성상의 또 다른 축을 설정한 것이다. 전자의 경우는 인물의 성격이나 묘사 장면을 조정하고 좌익의 잔인한 만행을 삭제하거나 완화하는 것을 통해서, 후자는 김일성의 방송 연설을 삽입하고 또 사회주의자 문정길과 조명숙, 정상교 등을 새로 추가한 데서 드러난다. 이러한 개작을 통해 작가는 '폭력'의 문제에 초점을 맞췄던 원본과는 달리 '남과 북'이라는 두 당사자의 입장과 전쟁에 대한 인식을 대비하는 등 한층 중립적인 태도를 보여준다.

『남과 북』에서 우선 주목되는 것은 반공주의적 시선을 완화하고 그 연장에서 우익의 성격을 조정한 대목이다. 그런 사실은 작품 곳곳에서 목격되는데 특히 북한군의 비인간적 만행을 삭제하고, 북한사람들을 같은 동포로 이해하는 포용적 시선을 취해 이전과는 확연히 다른 모습을 드러낸다. 가령, 북한이 서울에 진주한 뒤 인민재판을 벌이는 과정에서, 원본에서는 요란한 총성과 함께 시체들이 참혹하게 쓰러지고 그 과정을 지켜본 한상혁이 심한 구토증을 일으키던 장면이 개작본에서는 삭제되고 대신 상혁이 소영과 함께 집회에 참석하는 것으로 축소되어 있다. 각주의 예문에서 볼 수 있듯이 원본 ①의 경우는 재판과정을 상세하게 소개하여 북한의 만행을 고발하려는 의도를 드러낸 반면, 개작된 ②에서는 그런 대목을 모두 삭제하고 인물이 집회에 참석하는 것으로 간결하게 처리해 놓았다.[17] 원본 곳곳에서 보였던 북한에 대한 부정적 인식을

17) 원본 ①의 앞부분만 남기고 그 이후 진행된 참혹한 총살 장면을 생략한 게 개작된 ②이다.

① 두 사람은 대문에서 몸을 돌려 다시 느릿느릿 집안으로 걸어 들어갔다. 볕이 머리 위로 뜨겁게 내려쬐어 그들은 흡사 빛의 감옥 속에 갇힌 듯이 느껴졌다. 상혁은 방금 세수를 끝냈는지 얼굴에서 향긋한 비누 냄새를 풍기고 있었다. 소영이 앞서 현관으로 들어가자 상혁이 급히 그녀에게 말했다.

「저두 함께 가겠습니다. 대문 밖에서 기다리고 있죠.」

햇빛이 눈부신 넓은 운동장에 약 오륙 백 명의 남녀 군중들이 모여 있었다. 군중들은 대부분 운동장 복판의 작은 단 앞에 둥그렇게 모여서 있었다. 상혁과 소영이 도착했을 무렵에는 군중들 사이에서 막 박수소리가 울리고 있었다. 바람 한 점 없는 텁텁한 운동장은 햇볕을 받아 후끈후끈 열을 내뿜었다./ (…중략…)/ 단상에서 다시 누군가가 짧고 급한 고함을 쳤다. 뒤이어 총성이 요란하게 울리고 군중들 사이에서 센찬 비명들이 들려왔다. 상혁은 소영의 무거운 체중을 어깨로 떠받들며 급히 축대 밑을 바라보았다./ 그곳에는 쨍쨍한 직사광선 밑에 네 구의 시체들이 가로 세로 쓰러져 있었다. 그는 다시 구토증을 느꼈으나 이번에는 완강히 시체들을 바라보았다. (…중략…)/ 상혁은 이윽고 소영을 부축한 채 군중들과 어울려 그곳을 서서히 떠나기 시작했다.(『육이오』 6회, 414-415쪽)

완화하고 이해하려는 자세를 취한 것으로, 이런 사실은 다음 대목처럼 적대적 표현을 완전히 삭제한 데서도 드러난다. 즉, 북한 사람들이 남한 청년들을 상대로 의용군을 모집하는 과정에서 "차츰 흉악한 마각(馬脚)을 드러내기 시작했다."는 원본(아래 ①)의 진술을 삭제하고, 개작본에서는 의용군을 모집할 수밖에 없었던 연유를 서술하여(아래 ②) 북한의 행동에도 개연성을 부여하고 있다.

① 적도(赤徒)들이 남한의 청년들을 의용군에 모집한 것은 벌써 한 달 전의 일이었다. 그들은 처음에는 자기들의 선전대로 순수한 지원자만을 받아들이는 것을 원칙으로 하는 듯했다. 그러나 8월말로 접어들자 그들은 차츰 흉악한 마각(馬脚)을 드러내기 시작했다. 전쟁은 계속 그들에게 불리해졌고, 의용군 지원자가 날이 갈수록 줄어든 때문이었다. 그들은 이제 집회 장소는 물론이고 길거리나 직장에서도 거의 강제로 청년들을 지원시켰다.[18)]

② 북녘 사람들이 남한의 청년들을 의용군으로 모집한 것은 벌써 한 달 전의 일이다. 그들은 처음에는 자기들의 선전대로 순수한 지원자만을 받아들이는 것을 원칙으로 하는 듯했다. 그러나 8월 말경부터 전황이 불리해지가 각 전선에 병력 손실이 많아졌고, 그 손실을 메우기 위해 그들은 더 많은 입대 장정을 필요로 했다. 그러나 병력 손실이 커질수록 의용군 지원병은 줄어들어서, 순수한 지원자만으로는 병력 보충이 어렵게 되었다. 그들은 급기야 집회 장소는 물론이고 길거리나 직장에서도 거의 강제로 청년들을 지원시켰다.(밑줄－인용자)[19)]

'적도'를 '북한 사람'으로 바꾸고, '흉악한 마각'이라는 냉전적 표현

---

② 두 사람은 대문을 떠나 다시 집 안으로 들어온다. 어느새 해가 높이 떠서 살갗에 닿는 볕이 모닥불을 쬐듯 뜨겁다. 상혁은 방금 세수를 끝냈는지 얼굴에서 향긋한 비누 냄새를 풍기고 있다. 소영이 앞서 현관으로 들어서자 상혁이 급히 그녀에게 입을 연다.

"저두 함께 가겠습니다. 대문 밖에서 기다리죠."(『남과 북』 1권, 328-329쪽)

18) 『육이오』 10회, 『세대』, 1971. 6, 415쪽.

19) 『남과 북』 1권, 464-465쪽.

을 삭제하여 한층 중립적인 태도를 취한 것이다. 그런 의도는 사회주의자들의 내력을 서술하는 과정에서도 확인되는데 가령, 원본에서는 공산주의자가 된 내력을 모두 신분적 혹은 계급적 적대감으로 서술했으나 개작본에서는 그런 인물에다 추가로 문정길과 조명숙처럼 그 이론에 매료되어 변신한 인물들을 등장시킴으로써 변신의 계기가 단순히 신분적 차별에만 있었던 게 아니라는 것을 알려준다. 인텔리 문정길이나 유복한 지주 집안의 딸인 조명숙이 사회주의 이론에 매료되어 공산주의자가 된 것은 가난하고 천대받던 사람만 공산주의자가 된다는 이전의 협소한 시선을 보완하려는 의도로 볼 수 있다. 문정길 등은 모두 평등하고 정의로운 사회를 건설하겠다는 이상주의적 열정에 사로잡혀 사회주의자가 되었는데, 이는 민족 내부의 오랜 전근대적 주종관계를 혁파할 수 있는 방법이 사회주의 혁명이라는 좌익 측의 신념을 대변한다. 인민군이 남한에 진주하자 박수익이나 손병국과 같은 많은 수의 하층민들이 열렬한 사회주의 지지자가 되었던 것은 오랜 신분적·경제적 질곡에서 해방될 수 있다는 그 이론에 매혹되었기 때문으로 이해할 수 있는 것이다.

설경민에 대한 비판이 가해지는 것도 원본에서 볼 수 없었던 대목이다. 앞 장에서 언급한 대로 설경민은 중도적인 입장을 취하다가 점차 반공주의적 시각을 갖게 된 인물인데, 개작본에서는 그런 모습이 한국계 2세인 로이 킴의 입을 빌어서 비판적으로 조감된다. 즉, 처음에는 반공주의자가 아니었는데 왜 갑자기 '사나운 반공주의자'가 되었냐는 질문에, 경민은 "전쟁은 원래 생존 법칙상 극렬만을 요구하도록 만들어진 괴물이기 때문"[20]이라고 대답하는데, 이는 경민이 그렇게 될 수밖에 없는 개인적 이유를 설명해 주면서 동시에 전쟁의 속성을 단적으로 지적한 말로 이해할 수 있다. 즉, 전쟁에서는 '적과 동지뿐 제 삼의 선택이 있을 수 없다는 것', 그런 상황에서 살기 위해서 반공주의자가 될 수밖에 없었고, 그것은 자신이 공산주의자였더라도 동일했을 것이라고 말한다. 공

20) 『남과 북』 5권, 243-244쪽.

산주의자 역시 살기 위해서 '적'을 제거해야 했고, 결국은 극렬한 투사가 될 수밖에 없었으리라는 것이다. 이런 생각은 원본에서 대부분의 인물이 반공주의적 적개심에 사로잡혔던 이유를 해명해주면서 동시에 북한군 역시 그와 동일한 심리에서 전쟁에 임하고 있다는 것을 알려준다. 남과 북이 서로를 적대할 이유가 없는 동포임에도 불구하고 견원지간으로 서로를 부정했던 것은 전쟁의 속성상 불가피한 일이었다는 생각이고, 이는 남한만의 일방적 시선에서 벗어나 북한이라는 타자를 고려한, 한층 객관적인 태도의 반영으로 볼 수 있는 것이다. 개작본 『남과 북』에서 북한군과 중공군에 대한 인간적인 묘사가 빈번히 등장하는 것도 같은 맥락에서 이해할 수 있다. 물론 원본에서도 이들에 대해 인간적인 시선을 보냈지만, 작품 전반에 반공주의적 표현들이 혼재되어 있어 자연스러운 느낌을 주지 못한 데 비해 개작본에서는 그런 시선을 조정하고 타자의 입장을 배려한 관계로 한층 자연스럽게 다가온다. 가령, 소영이 길거리에서 마주친 북한군의 인상은 "모두가 천진하고 소박한 표정의 아무 악의 없는 같은 동포 청년들"이었다. 만약 "그들에게 낯선 군복과 무시무시한 병기들만 없었다면 그들은 모두 이 나라 어디에서나 볼 수 있는 쾌활하고 떠들썩한 스무 살 안팎의 보통 청년들"[21]에 불과했다. 중공군 역시 같은 모습이다. 문정길의 눈에 비친 중공군은 '조선 인민에 대해 참으로 공손하고 정중한', 그래서 "무산대중을 사랑하는 사회주의 혁명군의 모범"[22]으로 비쳐진다. 이들 역시 국군 병사들과 같은 젊은이로 하등 적대할 이유가 없었던 것이다. 이런 식의 개작을 통해서 작가는 남한 일방의 시각에서 벗어나 남과 북을 상대화하고 궁극적으로 그 소용돌이에 휘둘린 민족의 비극을 부각시키고 있다.

그런 의도는 문정길을 비롯한 사회주의자들을 추가함으로써 한층 구체화되어 나타난다. 좌익 측의 중심인물인 문정길은 개작의 대부분을

---

21) 『남과 북』 1권, 238-239쪽.

22) 『남과 북』 4권, 32쪽.

점할 정도로 큰 비중으로 성격화되어 있다. 그는 일본에서 공과대학을 나온 진보적 지식인으로, 『시장과 전장』(박경리)의 하기훈처럼, 자신의 목적과 이념을 정확히 인지한 뒤 냉혹하게 실천하는 인물이다. 그가 사회주의자로 변신한 것은 일제 때 진남포 제철소에서 고급 기술자로 재직하면서였는데, 당시 작업반장으로 일하던 다카하시가 불온한 사상범으로 체포되어 끌려가는 장면을 목격한 뒤 우연히 마르크스의 『자본론』을 접했고 그것이 계기가 되어 해방 후 사회주의 비밀 학습조직인 '북두성'에서 활동하다가 노동당에 입당하였다. 작가가 '사회주의 지성'이라고 표현했듯이, 그는 전쟁을 수행하면서도 전쟁이 종료된 뒤의 미래까지 준비하는 철저함을 보여서, 인민군이 패퇴한 책임을 지고 8계급이나 강등되어 말단 전사로 전투에 참가하면서도 그것을 오히려 숭고한 혁명사업으로 받아들인다. 그가 생각하기에 6·25는 무산인민을 해방하기 위한 숭고한 전쟁이었다. 그런 생각에서 그는 이승만을 비롯한 소수의 부르주아를 제거한다면 프롤레타리아의 세상이 도래하리라 확신하고 지하활동에 나섰고, 전장에서 초개같이 몸을 던진 것이다. 그에게 중요했던 것은 평등하고 정의로운 사회의 구현이지 그 과정에서 야기되는 제반 희생은 전혀 문제되지 않았다. 그런 점에서 그는, 사학자 설규헌 박사가 날카롭게 갈파한 것처럼, '이상적 사회주의자'라 할 수 있을 것이다. 남한 대지주의 딸로 유복한 환경에서 여의전을 다녔던 조명숙과 부부로 위장해서 활동하는 가운데 보여준 그의 비정한 행동은 그런 성격적 특성을 한층 실감나게 보여준다. 가령, 부부로 위장한 두 사람은 같은 집에 살면서도 결코 공작원이라는 사실을 잊은 적이 없다. 둘 사이에 잠시 애틋한 감정이 싹트지만, 문정길은 혁명의 과정에서 개인적 감정은 용납될 수 없다는 생각에서 스스로를 부정하고 오직 당의 결정과 지시만을 따른다. 또 서로의 공작 활동에 대해서도 철저하게 비밀을 유지한다. 그런데 이 과정에서 조명숙은 초반의 엄격했던 모습과는 달리 점차 인간적 갈등을 겪는데, 그것은 자신이 월북한 뒤 남은 가족 전부가 국군에게 몰살당했다는 소식을 알고부터다. 그 후 그녀는 자괴감에 시

달리면서 이전의 냉정한 모습을 잃고 급기야 혁명 투사로서 도저히 가져서는 안 되는 사적 감정에 사로잡혀 문정길의 아이를 임신한다. 이후 문정길은 당의 명령을 받아 북한으로 귀환하고, 남한에 홀로 남겨진 조명숙은 경찰에 잡혀 아들을 출산한 뒤 곧바로 총살된다. 문정길은 북에서 이런 소식을 전해 듣지만 잠시 비통한 감정에 사로잡힐 뿐 "혁명의 길은 아직 멀다."[23]는 생각에서 사사로운 감정을 물리치는 단호한 모습을 보여준다. 이렇듯 문정길은 철저하게 사회주의 이념으로 무장하고 당을 맹종하는 인물로 나타나는데, 이는 북한이 6·25전쟁을 어떻게 규정하고 임했는가를 보여주기 위한 작가의 의도와 관계되는 것으로 이해할 수 있다. 이런 이상주의자의 시각에 비추자면 6·25는 남조선을 해방하고 프롤레타리아의 세상을 건설하기 위한 '숭고한 전쟁'이 되는 것이다.

원본에 비해서 한층 합리적이고 저돌적인 실천가로 재창조된 신학렬의 경우도 같은 입장에서 전쟁을 이해한다. 서자라는 신분적 증오감에서 사회주의자가 된 원본의 내용이 개작본에서는 상당한 변화를 보여서, 그는 이미 해방 전에 사회주의 운동에 투신해서 북만주 등지를 떠돌았고 또 일제 말에는 사회주의 학습 모임인 '북두성'을 결성한 것으로 제시된다. 이후 해방과 함께 '북두성'을 부활하고 조직을 확대하는 등 소비에트 해방군의 열렬한 지지자로 변신하는데, 이런 재성격화를 통해서 작가는 원본의 미진함을 보완하고 투철한 이론가로서의 성격에 정당성을 부여하고 있다. 하지만 원본에서 그를 지배했던 신분적 열등감은 개작본에서도 그대로 유지되는데, 그것은 아내 민관옥과 헤어지게 된 배경을 암시하기 위한 의도로 이해된다. 즉, 신학렬이 민관옥을 만난 것은 '북두성' 활동을 통해서였다. 벽촌에서 문맹퇴치 야학을 열고 있던 민관옥이 '북두성'에 가입하면서 둘은 급속히 가까워졌고 마침내 '위대한 지도자 동지'를 주빈으로 모신 자리에서 성대하게 결혼식을 올렸다.

---

23) 『남과 북』 6권, 323쪽.

그러나 두 사람은 성격 차이로 인해 신혼 초부터 심한 불화를 겪는데, 그것은 민관옥이 술회하듯이, 신학렬이 처음부터 그녀를 사랑하지 않았고 단지 그녀의 '뛰어난 지성과 미모'만을 이용하고자 했기 때문이다. 하지만 그런 의도와는 달리 '민관옥의 미모와 교양 있는 처신'은 학렬에게 오히려 '병적인 질투와 학대 심리'를 불러일으켰고, 그런 가학 심리에서 학렬은 소련군 장교를 관옥의 침실로 인도한 것이다. 이 사건이 계기가 되어 관옥은 학렬과 영원히 등을 돌린다.[24] 말하자면, 신학렬은 사회주의 이론에 해박한 인물이지만 한편으론 신분적 열등감에 사로잡혀 야비한 행동을 서슴지 않는 이중적 인물로 재창조되고, 그런 재성격화를 통해서 작가는 민관옥과 결별하게 된 이유를 설명하는 한편, 거제도 포로수용소에서 친공 포로의 지도자가 되어 냉혹하게 투쟁하는 신학렬의 행위에 개연성을 부여한 것이다. 즉, 포로수용소 내의 비밀 아지트에서 재판을 열고 반동분자를 처형한 뒤 암매장하며 또 수용소 소장을 납치해서 미군의 불합리한 처사를 세계 여론에 호소하는 등 당의 명령에 철저히 순종하는 모습은 작위적이었던 원본과는 달리 한층 자연스러운 느낌으로 다가온다. 그런 보완과 조정을 통해서 그는 앞의 문정길과 동일하게 "남조선 무산대중을 압제로부터 해방하고 갈라진 조국을 하나로 통일"시키기 위한 숭고한 사명감에 사로잡힌, 그래서 어떠한 희생을 감수하더라도 혁명전쟁을 승리로 이끌어야 한다는 투철한 신념의 소유자로 성격화된다.

이런 인물에다가 작가는 북한측의 자료를 곳곳에 삽입하여 작품의 사실성을 한층 보강하고 있다. 1970년대의 억압적 분위기에서 감히 언급할 수조차 없었던 김일성의 방송연설이나 인민군가, 토지개혁을 알리는 벽보 등을 수록해서 전쟁에 임하는 북한측에 대한 이해를 돕고 있다. 그런 의도에서 삽입된 6월 26일자 김일성의 '방송 연설'은 전쟁의 의도와 목적이 어디에 있었는가를 한층 실감나게 말해준다.

---

24) 『남과 북』 1권, 43-45쪽; 351-352쪽.

> 친애하는 동포 형제자매들!
>
> 리승만 매국 역도가 일으킨 내란을 반대하여 우리가 진행하는 전쟁은 조국의 통일 독립과 자유와 민주주의를 위한 정의의 전쟁입니다.
>
> 전체 조선 인민은 또다시 외래 제국주의의 노예가 되기를 원치 않거든 리승만 매국 정권과 그 군대를 타도 분쇄하기 위한 구국투쟁에 다 같이 일어나야 합니다. 온갖 희생을 무릅쓰고 반드시 최후의 승리를 쟁취하여야 하겠습니다.
>
> ……
>
> 인류 역사는 자기의 자유와 독립을 위한 투쟁에 결사적으로 궐기한 인민들은 언제든지 승리한다는 것을 보여주고 있습니다. 우리의 투쟁은 정의의 투쟁입니다. 승리는 반드시 우리 인민의 편에 있을 것입니다. 조국과 인민을 위한 우리의 정의의 투쟁은 반드시 승리하고자 말리라는 것을 나는 확신합니다.
>
> 우리 조국을 통일할 시기가 왔습니다. 승리에 대한 확고한 신심을 가지고 용감히 나아갑시다.
>
> 모든 힘을 우리 인민 군대와 전선을 원조하는 데 돌리라!
>
> 모든 힘을 적들을 소탕하는 데 돌리라![25]

김일성의 연설에다가 문정길과 신학렬의 행동을 결합해 보면 전쟁에 임하는 북한의 입장과 목적이 한층 정연하게 이해된다. 즉, 6·25는 '조국의 통일 독립과 자유와 민주주의를 위한 정의의 전쟁'이고, 그 목적을 위해서 '외래 제국주의와 이승만 정권을 타도해야 한다는 것'으로, 이는 앞의 문정길이나 신할렬의 전쟁관을 집약한 말로 원본에서 볼 수 없었던 내용이다. 작가는 또한 북한이 남한에 진격한 후 곧바로 착수한 토지개혁의 의의를 벽보 형식으로 제시함으로써 지주의 토지를 몰수하고 소작인들에게 땅을 분배한 행위가 결코 단순한 몰수가 아니라 평등하고 정의로운 사회를 건설하기 위한 이데올로기적 실천이었다는 것을 알려준다. 이런 보완을 통해서 작가는 원본의 결락 부분을 채워 넣고 있다.

그렇지만 작가는 북한의 주장을 사실적으로 소개하면서도 한편으론

25) 『남과 북』 1권, 177쪽.

그것이 실제 현실을 외면한 공론에 불과했다는 사실을 날카롭게 지적한다. 그런 의도는 증보판에 새로 추가된 팔로군 출신의 중공군 군관 정상교를 통해서 이루어지는데, 정상교는 중국이 공산화되는 일련의 과정을 팔로군에서 지켜 본 인물로, 북한이 말하는 '조국해방전쟁'의 과정이 어떠해야 하는가는 냉정하게 꿰뚫고 있다. 즉, 중국 혁명의 과정에서 홍군(혁명군)은 가는 곳마다 4억 인민들의 열렬한 환영을 받았다. 국부군을 피해 멀리 산으로 도망쳤던 인민들이 다시 마을로 돌아와 홍군을 환영한 뒤 음식을 대접했고, 그런 인민의 열렬한 사랑에 힘입어 홍군은 혁명에 성공할 수 있었다. 그런데, 조선의 경우는 그와는 정반대로 인민군을 해방군으로 환영하기보다 오히려 멀리 피하거나 국군을 따라서 남으로 도망가 버렸다. 이런 현실을 목도하면서 정상교는 전쟁에 임하는 북한의 태도에 심각한 문제가 있음을 간파한다.

> "조선에 처음 들어올 때만 해도 우리의 발걸음은 경쾌했고 가벼웠소. 니유는 바로 조선 인민들이 우리를 따듯하게 맞아줄 것으로 생각했기 때문이오. 그러나 우리의 기대는 첫날부터 여지없이 배반과 실망으로 바뀌었소. 조선 인민은 우리를 보면 죽을둥살둥 숨거나 도망쳤고, 불가피하게 정면으로 부닥쳤을 때는 두 손을 싹싹 비비며 살려달라고 애걸했소. 인민들의 이러한 태도를 보고 우리는 그때 이미 모든 사태를 깨달았소. 지난여름에 당신들은 남조선 인민들을 몽둥이로 패서 쫓은 거요. 그래서 그들은 우리만 보면 어딘가로 몸을 숨기거나 꽁지가 빠지게 도망을 쳤던 거요. 전선에서 군대가 잘못하면 당에서라도 그것을 바로잡아야 옳디 않소? 그 짧은 여름 석 달 동안 당신들의 당과 군대는 남조선에서 대체 무슨 짓을 한 거요? 안평리 부락에서 저지른 당신네 병사들의 며칠 뎐 만행은, 참으로 통탄스러운 인민에 대한 배신이었소. 이렇게 인민을 학대하고 배신한 당신들이 사회주의 혁명을 말하고 조국 통일을 입에 올려 떠들 수 있소? 물고기가 물을 떠나 어떻게 온전히 살아남기를 바라는 거요?"[26)]

26) 『남과 북』 4권, 40-41쪽.

인민 대중의 지지를 받지 못하는 혁명이란 필연적으로 실패할 수밖에 없다는 것, 작가가 중공군 장교 정상교의 입을 빌어 토로한 이 말은, 민간인들의 자산을 약탈한 인민군 전사에 대한 단순한 질책이 아니라, '인민 해방전쟁'이라는 북한측의 주장이 현실과 괴리된 허구적 구호에 지나지 않는다는 사실을 예리하게 간파하고 있다. 문정길과 신학렬이 사회주의적 이상에 사로잡혀 현실을 무시한 비정한 존재였던 것처럼, 북한 공산당 역시 남조선 해방이라는 이상만을 앞세웠지 그 과정에서 야기된 엄청난 살상과 민심의 이반을 고려하지 못했고, 그것이 결국 혁명의 실패를 가져왔다는 것이다. 이런 지적은 중국이 공산 정권을 수립한(1949년 10월) 직후의 시점에서 한국전에 참전한(1950년 11월) 관계로 혁명의 고양된 열기와 도덕성을 견지하고 있었다는 것을 고려하자면 충분한 개연성을 갖는다. 더구나 중국은 한국전에 참전하기 전에 '미 제국주의의 죄악'을 학습시키고 또 중국 혁명에서 '조선인'의 역할을 높이 평가한 뒤 '조선 정부를 존중하고, 조선 인민을 애호한다.'는 내용을 주지시켰다고 한다.[27] 이런 역사적 사실을 염두에 두자면, 정상교의 입을 빌어 표현된 북한군에 대한 비판에는 사회주의 혁명을 바라보는 작가 홍성원의 깊은 인식이 담겨 있음을 알 수 있다. 사실 한국 사회주의 운동이 안고 있는 근본 문제점은 이상주의적 성격이 강했다는 데 있다. 식민치하의 현실에서, 그리고 해방과 전쟁기의 상황에서 사회주의자들이 보여준 것은 이상만을 앞세워 수단과 방법을 가리지 않는 교조적 행태였다. 공산주의 운동이 진행되는 과정에서 급진파와 온건파가 나뉘고, 그 과정에서 급진파가 이론의 선명성에 힘입어 헤게모니를 쥐었던 것은 그런 사실을 단적으로 웅변해준다. 『불의 제전』이나 『태백산맥』에서 목격되는 것도 사실은 그런 이상주의자들의 열정과 투쟁이었다. 그런 점에서 홍성원의 인식은 한국 공산주의 운동 전반을 꿰뚫은 예리한 통찰로 봐도 무방할 것이다.

---

27) 김경일, 홍면기 역, 『중국의 한국전쟁 참전 기원』, 논형, 2005, 제6장 참조.

이렇듯 작가는 개작을 통해서 원본에서는 볼 수 없었던 북한의 입장을 사실적으로 소개하고 동시에 그들이 견지했던 이상주의의 문제점을 날카롭게 지적한다. 우익 측의 증오와 적개심에다가 공산주의자들의 이러한 이상주의적 측면을 결합해 보면 6·25를 통해 표현된 두 당사자의 입장이 어떠했는가를 한층 구체적으로 파악할 수 있다. 개작된 『남과 북』이 원본에 비해서 한층 중립적인 특성을 보이는 것은 이러한 여러 요소들을 보완한 데 있다.

3. 전쟁의 고발과 증언의 서사

원본 『육이오』가 반공주의적 색채를 갖게 된 중요한 이유는 언급한 대로 시대적 압력에 따른 표현상의 제약에 있었다. 1970년대 초반의 상황에서 북한에 대해 적대적인 시선을 유지할 수밖에 없었고 그 결과 인물과 사건은 '제거해야 할 존재로서 북한'을 보는 반공주의의 그늘에서 자유롭지 못하였다. 『육이오』가 그 동안 반공소설로 평가된 것은 전혀 근거 없는 게 아니었다. 하지만, 당대적 지평에서 작품을 평가하자면 꼭 그렇다고는 할 수 없을 것이다. 그것은 무엇보다 외적 제약에 따른 '표현'의 문제가 아니라 작가의 '의식'이 반공주의의 흑백논리에 사로잡혀 있지는 않았다는 데 있다. 그런 사실은 이미 작가의 고백에서 밝혀졌듯이, 작품을 쓸 당시부터 홍성원은 표현상의 제약을 인지하고 있었고 그런 미진함을 보완하기 위해 개작본을 냈을 정도로 시대 상황에 대해 매우 자각적이었다. 시대적 강압으로 인해 공산주의에 대한 적대감을 표현하지 않을 수 없었으나 그 이면에 놓인 '의식'은 그것에 물들지는 않았던 것이다. 그런 사실은 여러 가지로 입증될 수 있는데, 무엇보다 중요한 것은 『육이오』는 중학교 1학년 시절에 겪은 작가의 전쟁 체험을 담고 있다는 사실과 관계된다. 자전적 연보에서 밝힌 대로 이 작품은 작가가 14세의 나이(1937년생)에 수원에서 겪은 체험에 바탕을 두고 있다.

14세란 중학교 1학년의 나이로, 유년기와는 달리 세상을 한층 객관적으로 볼 수 있는 때이고 또 작가가 살았던 수원은 최전방도 그렇다고 완전한 후방도 아닌 일종의 중간지대였다. 인민군과 유엔군이 일진일퇴의 공방을 벌이던 곳이지만 그 자체가 격전지는 아니었는데, 그런 곳에서 작가는 전쟁의 온갖 참상을 "소년의 정직한 관념과 직감"으로 목격했다고 한다.[28] 더구나 그는 김원일처럼 월북한 좌익의 부친을 둔 작가도, 그렇다고 조정래처럼 좌익이 왕성하게 활동했던 지역에서 성장한 인물도 아니었다. 『육이오』의 첫 장을 일간지 기자 설경민의 일상을 통해 시작한 것처럼 그는 이념과는 상대적으로 먼 지점에 있었고, 또 개인적 상처를 갖고 그것을 해원(解冤)하듯이 작품을 창작하지도 않았다. 그런 관계로 작가는 시종일관 냉철한 관찰자의 시선을 유지할 수 있었고, 그것이 반공주의와 거리를 두게 한 중요한 요인이다. 그리고 방대한 자료의 섭렵에서 짐작되듯이, 사실을 존중하는 창작 태도 역시 반공주의에서 빗겨가게 한 요인이다. 작품 곳곳에 삽입된 정치 · 군사 · 외교적 일화들은 작가의 주관을 최소화하고 대신 객관적 상황에 밀착할 수 있게 만든 또 다른 요인이었고, 그런 이유로 해서 작품은 증언적 내용의 다양한 서사로 채워진 것이다.

이 작품이 6 · 25를 증언하는 문학적 성과를 획득한 것은 그런 사실과 관계되거니와, 작품에서 먼저 주목할 수 있는 것이 국군과 유엔군의 만행에 대한 고발이다. 최근의 여러 증언과 자료를 통해서 확인된 바 있는 국군과 연합군의 만행은 공산당 못지 않게 잔혹했고 또 빈번했다.[29]

---

28) 홍성원, 「소리내지 않고 울기」, 『홍성원 깊이읽기』, 문학과지성사, 1997, 257-258; 270-273쪽. 여기서 홍성원은 수원에서 전쟁을 맞은 뒤 1 · 4 후퇴 때 밀양으로 피난을 갔고, 다시 서울이 수복되자 수원으로 돌아왔다고 회고한다. 말하자면 국군이 일진일퇴를 거듭했듯이 그 역시 전방과 후방을 오가면서 전쟁을 두루 체험하였다. 『육이오』에서 보이는 전방과 후방의 모습은 그런 체험과 무관하지 않을 것이고, 그것을 작가는 작품의 중요한 소재로 활용한 것이다.

29) 6 · 25 당시 국군과 유엔군의 민간인 학살은 다음 글을 참고할 수 있다. 『그대 우리의 아픔을 아는가』(정은용, 다리, 1994), 「6 · 25참전 미군의 충북 영동 양민 300여 명 학살

작품에는 1970년대 초반에 씌어진 것이라고는 볼 수 없을 정도로 다양한 일화들이 소개되는데, 이는 반공주의에 사로잡힌 상태에서는 도저히 불가능한 내용들이다. 가령, 적의 잔병을 소탕하는 과정에서 허세웅 상사가 보여준 살의는 자신의 목숨을 보호하는 자구책의 수준을 넘어서 있다. 죽어 나뒹구는 시체에다 다시 총을 난사하는 것은 물론이고 심지어 숨어 있던 유부녀를 총으로 위협한 뒤 거침없이 육체적 욕망을 채운다. 또 박노익이나 미군들은 잔적을 소탕하겠다는 의도로 민가나 피난민들이 모여 있는 곳에다 기관총을 난사하고, 군의관은 약을 빼돌려 사욕을 채우며, 최완식을 비롯한 장교들은 군수품을 빼돌려 착복하기에 여념이 없다. 모두가 광기에 사로잡혀 옳고 그름을 분별할 수 있는 이성을 상실한 것이다. 그런 현장을 지켜보면서 손중위는 "(국군이나 연합군은) 지휘관의 감시만 소홀하면 곳곳에서 단독으로 엉뚱한 보복을 감행했다. 마을을 불사르고, 가옥을 파괴하고 때로는 난민 부녀자들을 거침없이 희롱하거나 겁탈했다."[30]고 술회한다. 게다가 낙동강까지 밀렸던 국군이 유엔군과 함께 북으로 진격하는 과정에서 자행된 치안대원들의 만행 역시 상상을 초월한다. 그들은 공산주의자뿐만 아니라 그 가족과 부역자들까지도 가혹하게 처벌했고, 심한 경우 돌로 쳐죽이기까지 했다. 작가는 이런 사실들을 곳곳에서 제시하면서 전쟁의 광기와 그 와중에서 자행된 군인들의 만행을 고발하는데, 이는 한편으론 반공주의의 광기에 사로잡혔던 이승만 정권의 비행과 무관한 게 아니라는 점에서, 그 연장선상에서 정권을 유지했던 박정희의 입장에서 볼 때도 쉽게 용납될 수 없는 것이었다. 그런데도 작가는 그런 만행을 증언하듯이 기록하여 정권의 부도덕성과 야욕을 우회적으로 비판하고 있다.

그런데 더욱 놀라운 것은 인민군과 중공군에 대해 인간적인 시선을 보낸다는 점이다. 작품에서 중공군은 '극히 친절하고 예의 바른 모습'으

사건」(『(월간) 말』, 1994. 7월호), 『조선 종군실화로 본 민간인 학살』(신경득, 살림터, 2002) 등.

30) 『육이오』 15회, 『세대』, 1971. 11, 348쪽.

로 제시된다. 불결한 외모에다 부녀자들을 보는 즉시 욕보이고 잔인하게 살해한다는 소문과는 달리 중공군은 민간인에게 전혀 피해를 주지 않았고 오히려 청결하고 절도 있는 모습을 유지했고, 심지어 병정의 밝은 미소는 "이상한 감동"마저 불러일으켰다.

> 햇빛에 반사된 병정의 흰 이틀이 관옥에게 언뜻 청결하게 느껴졌다. 그녀는 문득 자기 쪽에서도 병정을 향해 웃어야 된다고 생각했다. 그러나 다음 순간 그녀의 가슴에는 이상한 감동이 잔잔하게 퍼져 올랐다. 관옥은 이 잔잔한 감동이 어떤 동기로 일어나는 것인지 알 수가 없었다. 그것은 이 병정의 밝은 미소에서 연유된 것도 같고 갑자기 위협이 제거된 후의 조용한 안도감에서 연유된 듯도 느껴졌다. (…중략…) 그녀는 그제야 아까의 감동이 어떤 것인지 어렴풋이 깨닫았다. 그것은 끈끈한 감정이 배제된, 인간과 인간 사이의 아주 순박한 유대감이었다. 그녀는 문득, 서로 다른 민족이면서 중공군이 왜 같은 동족인 인민군보다 더 관대한가를 알 것 같았다.[31]

이를테면, 중공군이 불러일으킨 감동은 "끈끈한 감정이 배제된, 인간과 인간 사이의 아주 순박한 유대감"으로 만일 그들이 이 땅에 전쟁을 수행하러 오지 않았다면 서로를 적대할 이유가 전혀 없다는 것을 암시한다. 이런 시각은 당시 중공군의 실제 모습이 어떠했는가와 상관없이 공산주의자들을 악의와 편견에서 바라보는 반공주의적 시선과는 거리가 먼 것이다. 반공주의가 작가들의 상상력과 창작을 규율했던 상황에서 이렇듯 국군의 야만적 행위를 고발하고 공산군에게 인간적인 시선을 보냈다는 것은 그만큼 작가의 시선이 순수했다는 것을 의미한다. 그렇다면 이 작품은 반공주의자의 눈으로 인민군의 만행을 고발한 소설이라기보다는 오히려 남・북한을 초월해서 야기된 전쟁의 폭력과 그 잔학상을 증언하고 고발한 작품이 된다.

이 작품이 전쟁을 통해서 야기된 사회 심층의 변화를 입체적으로 포착해 낼 수 있었던 것도 작가가 현실을 사실적으로 조망하고 그 이면을

---

31) 『육이오』 29회, 『세대』, 1973. 1, 412-413쪽.

꿰뚫는 냉정한 시각을 유지하고 있었기에 가능했다. 이 작품의 또 다른 성과라 할 수 있는 당대 사회의 심층에 대한 조망은 전시 하의 한국 사회를 이해할 수 있는 소중한 소설적 자료가 된다. 작품에서 목격되는 사회 심층에 대한 증언은 우선 한반도 전역에서 이루어진 이산(diaspora)과 탈향의 과정을 통해서 제시된다. 작품에서 요약적으로 언급되듯이, 엄청난 살육과 파괴에도 불구하고 전쟁은 많은 사람들이 고향을 등지고 남과 북으로 이산하는 중요한 계기를 제공하였다. 지역 간의 이동이 빈번하지 못했고 또 부분적으로만 교류해 왔던 오랜 역사의 관행을 깨고 남북한 주민들이 집단적으로 이동하면서, "함경도의 청년들은 그들의 피난지에서 경상도의 처녀를 아내로 맞"고, "전라도의 처녀는 북에서 피난 온 평안도의 씩씩한 청년을 남편"[32]으로 맞게 된 것인데, 이런 장면은 혈연 중심의 전통사회가 붕괴되고 새롭게 근대사회로 재편되는 중요한 과정으로 이해할 수 있다. 근대사회란 이질적 존재들이 혼거하면서 교류하는 잡종의 공간인 바,[33] 전쟁은 그런 전환의 중요한 계기를 제공한 것이다. 진남포에서 지주의 아들로 태어나 한때 야구선수와 무성영화 변사로 활동하다가 월남해서 재기를 노리는 한상혁이나, 서울에서 선술집을 운영하는 같은 고향의 뱃사람 출신의 모희규, 남포에서 월남해서 의과대학에 적을 두고 있는 신동렬, 신동렬과 함께 월남한 뒤 다방을 경영하면서 남한 사회에 정착하고자 하는 민관옥 등은 모두 고향을 등지고 피난지에 새롭게 둥지를 튼 인물들로, 전쟁이 본격화되면서 비극적 운명을 맞기도 하지만, 당대 사회의 급격한 변화를 상징하기에 부족함이 없다.

이런 변화를 겪으면서, 가진 자와 없는 자 모두는 삶의 터전을 잃고 새로 재편성되면서 사회 전반의 구조적 변화를 불러온다. 버드내 마을의 대지주인 우동준 가(家)의 몰락과 그의 작인이었던 박포수 집의 상승

32) 『육이오』 49회, 『세대』, 1974. 9, 404쪽.

33) 이마무라 히토시, 이수정 역, 『근대성의 구조』, 민음사, 1999, 190-200쪽.

은 그런 변화가 매우 급격하고 전면적이었다는 것을 시사한다. 우동준은 소작인에게 거친 말 한마디 하지 않고 오히려 불상한 작인들에게 곡식을 나눠주는 등 '관후한 주인'이었음에도 불구하고 인민군이 진주하면서 반동으로 몰려 혹독한 고초를 겪은 뒤 죽음에 이르고, 대학 강사이자 양심적 지식인인 첫째아들 효중은 전쟁의 와중에서 심신이 황폐해져서 자살로 생을 마감하며, 둘째 효석은 인민군에게 끌려가 처참하게 학살된다. 이 과정에서 집안의 재산은 풍지박살이 나고, 가통을 이을 자손마저 끊기는 곤궁한 처지로 추락한다. 반면 장사꾼으로 잔뼈가 굵은 박포수의 장남 박한익은 사회적 혼란을 틈타 일약 거부로 부상한다. 쌀장사에서 출발해서 백 여 개의 상점을 소유하고 그것을 바탕으로 상업학교 이사장으로 취임하며, 심지어 그 동안 충성을 보내고 '아씨'로 떠받들던 우동준의 외동딸 우효진과 극적으로 결합해서 아들까지 둔다. 경제적으로나 신분적으로 우동준 집안을 대신하는 새로운 상위 계층으로 부상한 것이다. 서태호의 상승 역시 눈길을 끈다. 정치에 뜻을 둔 변호사 출신의 서태호는 전쟁의 참화에서 자유로운 인물이다. 정부인 강윤정을 이용해서 각종 거래를 성사시키고 군인들을 부리면서 사업을 확장하는 파렴치한 모리배지만 빼어난 수완을 바탕으로 각종 이권 사업을 도맡으면서 급성장한다. 그가 천민적인 성격을 갖고 있었음에도 불구하고 승승장구할 수 있었던 것은 사회 전반의 분위기가 그런 모리적 행태를 용인하는 공범 역할을 했기 때문이고, 그런 점에서 그는 당대 사회의 부정적 속성을 체현한 상징적 인물이다. 이 외에도 설규헌 박사의 몰락 역시 눈길을 끈다. 명망 있는 사학자인 그는 인민군에게 끌려가다가 처형된 것으로 암시되는데, 이는 양심적 지식인의 몰락을 상징적으로 보여준다. 그가 만일 양심을 저버리고 인민군의 요구를 수용해서 방송 연설을 했더라면 목숨은 부지했겠지만 그는 그것을 완고하게 거절했다는 점에서 훼절로 연명한 나약한 지식인과는 궤를 달리한다. 이렇듯 전쟁은 가진 자와 없는 자를 뒤섞고 오랜 동안 유지되던 신분적 주종관계를 끊어서 근대사회로 진입하는 중요한 전환점을 제공하였다. 모든 것이

원점으로 돌려진 상황에서 이제 인물들은 '새로운 출발에만 기대를 거는' 상황이 된 것이다. 전후 한국 사회가 보여준 혼란의 한편에서 꿈틀대는 역동성은, 이호철이 『소시민』에서 실감나게 포착한 것처럼,[34] 이런 '알몸'의 상태에서 가능했고 그것을 작가는 몇몇 인물들의 몰락과 상승을 통해서 상징적으로 갈파한 것이다.

이 작품이 획득한 또 다른 성과는 작품 전반에서 제시된 여성 수난의 기록이다. 언급한 대로, 여성들이 감당해야 했던 전쟁은 남성의 그것과는 사뭇 달랐다. 약육강식의 비정한 생존법칙에 지배되는 전쟁이란 본질적으로 남성들의 거친 욕망으로 표상된다. 그런 현실에 여성들은 거의 무방비 상태로 노출되고 참혹하게 고통을 겪어야 했다. 출세욕에 사로잡힌 신학렬의 도구가 되어 소련군 장교에게 상납(?)된 민관옥의 경우나 군인들의 야수적 폭력에 휘둘려 무참하게 욕망의 제물로 전락한 이름 없는 여인들, 남편을 잃고 시장 한 모퉁이에서 초라하게 좌판을 벌리고 있는 여인들의 풍경은 당대 여성들의 삶이 얼마나 신산스러운 것이었나를 웅변해준다. 이 과정에서 충격적인 것은 최선화의 비극적 전락이다. 그녀는 인민군에 끌려갔다가 국군 포로가 되었고, 풀려난 뒤에는 전쟁의 소용돌이 속에서 스스로를 지탱할 수 없다는 판단에서 거침없이 설경민에게 몸을 내맡겼다. 하지만 그녀의 시련은 이것으로 끝나지 않아서 설경민의 애를 임신한 상태에서 미군에게 기습적인 폭행을 당하고, 그것이 계기가 되어 급전직하 양공주로 전락한다. 이후 기지촌을 전전하는 과정에서 잠시 미군 병사와 사랑을 나누고 행복감에 사로잡히지만 그도 잠시뿐, 아들을 출산한 뒤에는 자식의 미래를 고민하다가 끝내 자살로 생을 마감한다. 전쟁의 회오리가 평범했던 한 여인의 운명을 어떻게 난도질했는가를 상징적으로 보여준 것이다. 이런 수난의 과정에서 박가연(카렌 박)의 일화는 전쟁의 비극을 딛고 선 한 여인의

34) 이런 사실은 강진호의 「전후사회의 재편과 근대화의 명암」, 『현대소설사와 근대성의 아포리아』, 소명출판, 2004. 참조.

감동적 사례라 할 만하다. 그녀는 전쟁 초기에 남편과 어린 자식을 잃고 정신분열의 상태로 길거리에 나뒹굴었으나 미국 기자 로이 킴의 주선으로 치료를 받고 난 뒤에는 못다 한 자식에 대한 애정을 대리 충족하기라도 하려는 듯이 전쟁고아들을 돌보는 일에 전념한다. 이 과정에서 한국인 2세 로이 킴의 사랑은 각별한 것이었다. 민간인이 입원할 수 없는 미군 병원에 입원을 주선한 것은 물론이고 고아원을 운영하는 과정에서 다시 정신분열증이 나타나자 미국으로 이송해서 치료해 줄 것을 결심한다. 그런 사랑 속에서 그녀는 고아에 대한 주변의 모멸적 시선과 싸우고 한편으론 자신을 사기꾼으로 의심하는 미군 당국과 맞서면서 고아들을 지켜낸다. 이를테면, 자신의 불행을 고아에 대한 깊은 사랑으로 극복하면서 전쟁이 낳은 비극을 치유한 의지적 여인으로 우뚝 서는 것이다. 이렇듯 『육이오』는 전쟁의 과정에서 일어난 여러 인물들의 부침을 통해서 당대 사회의 심층을 사실적으로 포착해내고 있다.

새삼스럽지만 『육이오』는 1970년대의 산물이다. 문학이란 본질적으로 시대적 제약 속에서 산출되고, 작가의 의식 또한 그로부터 자유롭지 못하다. 홍성원이 작품을 쓰면서 감당해야 했던 요소의 하나가 바로 반공주의라는 시대적 제약이었다. 하지만 그는 자신의 체험을 객관화하고 폭넓은 자료 섭렵을 통해서 그것을 일정하게 돌파할 수 있었고, 6·25의 실상에 보다 접근하는 작품을 창작할 수 있었다. 반공주의를 전근대적 질곡이라 말했던 것은, 그것이 이렇듯 작가들의 창작에 직접적으로 제약을 가한 금압과 규율의 기제였기 때문이다. 하지만 그것은 위의 검토 과정에서 드러났듯이, 역사적 사실과 진실을 왜곡할 수는 없는 것이었다. 북한을 적대시하고 부정하는 내용을 담고 있으면서도 한편으로는 그들에게 우호적인 시선을 보내고 심지어 중공군에게 '인간적 유대감'까지 표현할 수 있었던 것은 흑백논리의 도식을 넘어 선, 사실을 존중하는 자세를 갖고 있었기에 가능한 일이었다. 마귀가 들었다는 이유로 양민을 화형에 처한 중세의 해프닝처럼, 반공주의 역시 근대화의 과정에서 혁파되어야 할 망령이었음을 다시금 확인시켜 준 것이다. 『육이오』에 대한 평가는 이런 사실들을 전제로 해서 가능할 것이다. 시대적 한계에도 불구하고, 증오와 적개심만을 양산한 전쟁의 본질을 예리하게 간파한 것이나 급격한 신분적·경제적 변동을 통해서 사회의 이면을 포착하고 전시 하 한국 사회의 심층적 변화를 간파해낸 것은 이 작품이 건져 올린 소중한 문학적 성과이고, 그런 점에서 이 작품은 반공주의의 상처가 각인된 한국 현대소설사의 특수성을 상징적으로 보여준 작품이라 할 것이다.

주제어 : 홍성원, 『육이오』, 『남과 북』, 반공주의, 규율, 개작, 전근대적 질곡, 마녀사냥, 이산, 증언

◆참고문헌

(문인 회고)「어둠의 시대 내가 겪은 남산」, 『중앙일보』, 2003년 9월 5일~11월 30일 (총 9회)

강진호 외, 『증언으로서의 문학사』, 깊은샘, 2003, 197-232쪽; 289-350쪽.

강진호, 「반공주의와 자선소설의 형식(박완서론)」, 『현대소설사와 근대성의 아포리아』, 소명출판사, 2004, 370-393쪽.

———, 「전후사회의 재편과 근대화의 명암」, 『현대소설사와 근대성의 아포리아』, 소명출판, 2004, 169-195쪽.

김경일, 홍면기 역, 『중국의 한국전쟁 참전 기원』, 논형, 2005, 제6장.

김병익, 「6·25 콤플렉스와 그 극복」, 『남과 북』 7권, 서음출판사, 1977, 417-447쪽.

김원일 외, (대담)「인간과 문학의 심오한 본질을 향한 도정」, 『문학정신』, 1990. 5.

박완서 외, (대담)「6·25 분단문학의 민족동질성 추구와 분단 극복의지」, 『한국문학』, 1985. 6.

박완서, 「구형(球型) 예찬」, 『두부』, 창작과비평사, 2002.

신경득, 『조선 종군실화로 본 민간인 학살』, 살림터, 2002.

유임하, 「1980년대 분단문학, 역사의 진실 해명과 반공주의의 극복」, 『작가연구』, 깊은샘, 2003. 4.

이마무라 히토시, 이수정 역, 『근대성의 구조』, 민음사, 1999, 190-200쪽.

정성진, 「홍성원의 '남과 북' 연구」, 성신여대 교육대학원, 2001.

정은용, 『그대 우리의 아픔을 아는가』, 다리, 1994.

진덕규, 홍정선 편, 「정치의 위선과 전쟁의 본질」, 『홍성원 깊이 읽기』, 문학과지성사, 1997.

홍성원, 「보완과 개작에 대한 짧은 해명」, 『남과 북』, 문학과지성사, 2000.

———, 「소리내지 않고 울기」, 『홍성원 깊이읽기』, 문학과지성사, 1997, 257-258; 270-273쪽.

———, 『남과 북』 1-6권, 문학과지성사, 2000.

———, 『남과 북』 1-6권, 문학사상사, 1987.

———, 『남과 북』 1-7권, 서음출판사, 1977.

———, 『육이오』, 『세대』, 1970. 9~1975. 10(총 62회).

홍성원·강진호 대담, 「삶과 역사의 진실을 향한 우보(牛步)」, 『작가연구』, 깊은샘, 2004. 5.

———, 「한국전쟁에 대한 새로운 조명」, 『문학과 지성』, 문학과지성사, 1973년 여름호.
(특집)「6·25참전 미군의 충북 영동 양민 300여 명 학살사건」, 『(월간) 말』, 1994. 7월호.

◆ 국문초록

이 글은 『세대』지에 수록된 『육이오』와 개작된 『남과 북』을 비교하면서, 현대문학이 안고 있는 반공주의의 규율 양상을 고찰한 논문이다.

그런 사실이 특히 심각했던 곳은 전쟁이나 좌익의 문제를 다룬 작품들이다. 반공주의는 공산주의에 대한 단순한 부정이 아니라 고문이나 연좌제와 같은 원초적 공포와 결합되어 있었고, 그래서 분단과 이데올로기의 문제를 파헤치고자 할 경우 작가들은 자칫 반공주의의 검열에 걸려들지 않을까 하는 심한 강박관념에 시달렸다. 이런 현상은 특히 남북한 간의 체제 경쟁이 본격화된 박정희 집권 이후 더욱 심해서, 홍성원의 진술대로 "북한에 대한 표현의 상한선은 '감상적 민족주의 언저리거나 당국에 의해 철저히 도식화된 반공 가이드라인 내'로 제한"되었고, 그래서 "한국전쟁을 소재로 다룬 작품에서 전쟁의 절반을 담당한 북한 쪽 이야기를 빼버"리거나 "유보할 수밖에 없"게 된다. 대하소설 『남과 북』이 원본에서 북한측의 이야기를 빼버리고 또 공산주의에 대해서도 부정적인 시각으로 일관할 수밖에 없었던 것은 그런 이유이다. 하지만, 개작본에서는 북한측의 인물을 3~4명 추가함으로써 '반쪽만의 전쟁'이 아닌 '남과 북의 전쟁'으로 보완되고, 반공주의적 입장에서 벗어나 한층 중립적인 시각으로 조절된다. 이런 사실을 통해서 이 작품에 각인된 시대적 질곡의 양상을 확인할 수 있다. 그런데 주목할 점은 작가의 의식과 작품의 내용을 볼 때, 『세대』지의 『육이오』를 단순히 반공 이념을 서사화한 반공소설이라고는 할 수는 없다는 점이다. 1970년의 현실에서, 6·25 전쟁을 이 작품처럼 사실적이고 입체적으로 조망한 소설을 찾기는 힘들다. 특히 전쟁의 와중에서 자행된 국군과 미군의 학살과 만행, 전근대적 신분제도의 붕괴와 새로운 계층의 등장, 여성 수난사 등에 대한 증언의 서사는 1970년대 초기소설에서 결코 찾을 수 없는 이 작품만의 독특한 성과이다. 그런데도 이 작품은 그 동안 '반공문학상 대통령상' 수상작이라는 편견에 가려서 온당한 조망을 받지 못하였다. 하지만, 국군과 유엔군의 만행에 대한 고발, 전쟁을 통해서 야기된 사회 심층의 변화를 입체적으로 포착한 점, 여성 수난사를 사실적으로 제시한 점 등은 높이 평가받아야 할 대목이다.

문학이란 본질적으로 시대적 제약 속에서 산출되고, 작가의 의식 또한 그로부터 자유롭지 못하다. 홍성원이 이 작품을 쓰면서 감당해야 했던 요소의 하나가 바로 반공주의라는 시대적 제약이었다. 하지만 그는 자신의 체험을 객관화하고 폭넓은 자료 섭렵을 통해서 그것을 일정하게 돌파할 수 있었고, 6·25의 실상에 보다 접근하는 작품을 창작할 수 있었다. 북한을 적대시하고 부정하는 내용을 담고 있으면서도 한편으로는 그들에게 우호적인 시선을 보내고 심지어 중공군에게 '인간적 유대감'까지 표현할 수 있었던 것은 흑백논리의 도식을 넘어 선, 사실을 존중하는 자세를 갖고 있었기에 가능한 일이었다. 그런 점에서 이 작품은 반공주의의 상처가 각인된 한국 현대소설사의 특수성을 상징적으로 보여준 작품이라 할 것이다.

◆ SUMMARY

Control of the anti-communism and writer's self-control

Kang, Jin-Ho

The aim of this thesis is to compare the original text 『Yuk-i-o(육이오)』 with the adaptation 『The South & The North(남과 북)』 and to analyse of the influence of anti-communism which is operated on the adaptation.

As the control of the anti-communism, the original text could not express the real images of N. Korea and their behaviors. Therefore Seongwon, Hong has dissatisfaction about the original work. 25 years later after that, Hong adapted the novel. He added three or four individuals to the original work, and easing anti-communism and expressed the real images of N. Korea.

There are ten main characters in 『Yuk-i-o』, each one has their own class's distinctive traits and they all represent each social classes. Therefore 『Yuk-i-o』 testified to the social upheaval through the Korean War. Hong. described a sudden changes of Korea society through the war. A poor man became a rich person, and a noble family went to ruin. Hong. grasped the meaning of such a structural changes. Also he described the history of women's suffering. Women writhed in the agony of pain such poverty, sexual violence, a sense of shame. In such a ways, the 『Yuk-i-o』 reflects the characteristic of our society variously.

In 『Yuk-i-o』(the original text), the writer maintains we should solve our country's problems by our own efforts. Hong regarded Korean war as a proxy war that America' democrats struggled against Russia's communists. Korean not had any justification, but they had no choice but to engage in a fratricidal war. Hong thought it's the extremely tragedy of Korean war.

If Hong. had a hostile attitude against the communism such a description were not impossible. But Hong. respects the fact and so it was possible. And he exploration into the aspect of the war through research materials. Such a sincerity, 『Yuk-i-o』must be estimated as a outstanding novel achievements.

So it's not a excessive valuation that the 『Yuk-i-o』 must be evaluated as the most important work of 1970's.

Keyword : 『Yuk-i-o(육이오)』, 『The South & The North(남과 북)』, anti-communism, control(or control system), an adaptation, feudalistic fetter, witch-hunting, diaspora, testimony

－이 논문은 2005년 6월 30일에 접수되어, 소정의 심사과정을 거쳐 2005년 8월 19일에 게재가 확정되었음.

II

일반논문

1910년대 번안소설과 '실패한 연애'의 시대

—일재 조중환의 『쌍옥루』와 『장한몽』

박 진 영*

목 차

1. 문제의 소재

1910년대 번안소설에 대한 관례화된 평가 가운데 하나는 값싼 눈물과 낡은 취향으로 위장된 신파조라는 것이다. 그것은 식민 당국의 기관지 『매일신보』를 빌어 자행된 저열하고 기만적인 통속성의 이식·재생산이며, 나아가 봉건 이데올로기의 부활과 그 종국적 승리를 대변하는 것이기도 하다. 예컨대 조연현은 신파란 "신극에 대립되는 대중적인 통속극을 의미하는 개념"이라고 정의하면서도 실제로는 딱지본 소설을 가

* 연세대 강사.

리켜 아예 '신파소설'로 명명하고 그 특성과 계보를 논의한 바 있다. 그의 견해에 따르자면 신파소설은 근대적 개념으로서의 소설이 아니며 일종의 예외적인 문학사적 현상에 불과할 따름이다.[1] 물론 신파소설이라는 기이한 조합의 명칭 자체가 이미 엄밀함과 공정성을 차단하고 있을 뿐만 아니라 그 범주가 번안소설과 일치할 리도 없다. 여기서 문제는 개념 자체가 불안정하다는 데에 있는 것이 아니라 혼동되거나 오해된 개념으로 구성되어 있다는 점에 놓여 있다. 그 이면에 번안이라는 실천에 대한 폄훼 그리고 소설사적 의의에 대한 의도적인 절하가 전제되어 있다는 것은 그리 길게 설명할 필요도 없다.

그런데 신소설의 종언—엄밀히 말하자면 이인직・이해조 신소설의 퇴각과 더불어 번안소설이 급부상한다는 사실, 그리고 그 가파른 변화의 속도에도 불구하고 적어도 이광수의 『무정』에 이르기까지 이어지는 굴곡들이 실로 예리한 연속성을 띠고 있다는 사실은 문제적일 수밖에 없다. 근대소설사의 전개라는 측면에서 번안소설의 역사적 실천성을 재평가해야 하는 이유가 여기에 있다.

이러한 의미에서 번안소설이 신소설과의 경쟁에서 '단번에' 승리를 쟁취할 수 있었던 동력이 무엇이었던가를 무엇보다 먼저 물을 필요가 있다. 그것은 매우 왕성한 활력을 지니고 있던 신소설이 결국 단명할 수밖에 없었던 문학사적 조건, 자신의 시대적 소명을 근대문학의 계기로 온전히 돌려줄 수 없었던 내적 근거를 묻는 것이기도 하다는 점에서 중요하다.

1912년을 경계로 『매일신보』 연재소설의 회로에 개입하고 있는 복수(複數)의 담당층－편집진・소설가・독자의 합력이 만들어낸 선택이란 요컨대 '이야기'가 아닌 '소설(novel)'로의 길이었다. 신소설을 가리켜 일률적으로 이야기 수준이라고 단언하는 것은 무의미하지만 그렇다고 하더라도 번안소설과의 낙차는 결코 작은 것이 아니었다. 일재(一齋) 조중

1) 조연현, 「한국 '신파소설'고」, 『현대문학』 145호, 1967. 1, 284-289쪽.

환(趙重桓, 1884~1947)의 『쌍옥루』(1912)와 『장한몽』(1913)을 필두로 하는 1910년대 번안소설은 어쨌든 신소설과는 전혀 색다른 소설양식 즉 근대 장편소설에 대한 최초의 체험이었기 때문이다.

이 소설들이 긴밀하고 통일적인 서사를 유지할 수 있었던 것, 등장인물의 내면적 고뇌와 심리적 갈등을 세심하게 표현할 수 있었던 것은 그러한 의미에서 매우 중요한 의의를 갖는다. 그것은 시각적인 읽기와 복잡하면서도 유기적인 구성을 중심에 두는 새로운 독서관습 창출의 직접적인 지반이라 할 수 있기 때문이다.[2)] 이 점을 살피지 않고서는 『무정』, 특히 그 전반부의 서사가 속도감 있는 사건의 진행보다는 주인공 이형식의 내면에서 들끓고 있는 팽팽한 긴장감의 묘사에 바쳐지고 있다는 사실의 진의를 이해하기 어렵다. 이러한 뜻에서도 번안소설은 불순한 착란과 굴절이라기보다는 신소설과의 치열한 경합을 통해 획득된 돌파구였다. 이야기와 소설 사이의 이격(離隔)에서 발생하는 에너지가 결과적으로 신문 연재소설의 질적인 변환을 초래할 만한 것이었음은 분명하다.

요컨대 1910년대 번안소설은 신소설이 봉착할 수밖에 없었던 서사적 이완과 관성의 한계[3)]로부터 과감하게 도약함으로써 근대소설사 전개의 정곡을 겨냥하는 역사적인 지표(指標)의 하나가 된다. 따라서 이 연구는 『쌍옥루』와 『장한몽』이 내장하고 있었던 근대적 동인(動因)과 경로의 일단을 짚어보는 것을 일차적인 과제로 삼기로 한다. 이 두 작품은 근대 장편소설의 분량을 유지하면서 사실상 직역에 가깝게 옮긴 선구적인 사례에 해당한다. 또한 번안 수준에서도 여느 작품과 견주기 어려울 만

2) 이에 대해서는 박진영, 「일재(一齋) 조중환(趙重桓)과 번안소설의 시대」, 『민족문학사연구』 26집, 민족문학사학회, 2004. 11, 220-227쪽 참조.

3) 양문규, 「1910년대 한국소설 연구」, 『한국근대소설사 연구』, 국학자료원, 1994, 75-79쪽; 한기형, 「신소설의 양식 특질」, 『한국근대소설사의 시각』, 소명출판, 1999, 58-62쪽 참조. 물론 그 한계는 『매일신보』의 매스 미디어 전략과 맞물려 있었다는 점에서 문학사적인 것이다. 김영민, 「1910년대 신문의 역할과 근대소설의 정착 과정-『매일신보』를 중심으로」, 『현대문학의 연구』 25집, 한국문학연구학회, 2005. 3, 277-282쪽.

큼 손색이 없는 수작(秀作)이기도 하다. 1910년대 유일의 일간지에 연재된 이 소설들이 제시한 새로운 감각과 매혹의 방향이야말로 '소설'이라는 미완의 개념이 학습되고 정돈되는 도정의 구체적인 가늠자가 될 것이다.[4)]

먼저 번안소설의 주인공이 신소설의 주인공과는 다른 위치에서 다른 가족관계를 상정하고 있다는 점에 주목하면서 논의를 출발시키기로 한다. 이것은 1910년대 번안소설을 이해하는 키워드라 할 수 있는 '연애'와 '광기'의 문제를 고찰하는 데에로 이어질 것이다. 『쌍옥루』와 『장한몽』에 대한 본격적인 연구를 통해 근대소설로서의 『무정』이 감당해야 했던 무게와 가치 역시 자연스럽게 드러나리라 기대한다. 이로써 1910년대 번안소설의 문학사적 의의를 재평가하는 한편 근대소설사 전개에 개입하고 있는 여러 동력들의 관계와 효과를 보다 입체적으로 고찰하기 위한 발판을 마련하고자 한다.

2. 세속화된 영웅으로서의 고아

신소설이 대체로 여성을 주인공으로 내세우고 있으며 가정 내에서 빚어지는 갈등과 그 해소 과정을 서사화하고 있다는 점은 자주 거론되어 왔다. 이에 대해 양식사적인 시각으로 접근했던 것은 임화였다. 그는 근대문학의 리얼리즘적 성취의 원천을 신소설에 두면서도 '극히 중도반단적인 것'에 머무를 수밖에 없었다는 평가를 내린다. '새로운 시대의

4) 서구 근대소설로서의 '노벨(novel)'은 일단 '소설'이라는 말로 수렴되었지만 그 내포와 외연은 단일하지도 고정적이지도 않았다. 1900년대의 '소설'은 역사서 및 구국위인전과 경합하면서 지위가 급부상했으며, 이 과정을 통해 상당히 포괄적인 영역을 점유할 수 있었다. 한편 그 외연이 대폭 확장되는 것은 1912년을 경계로 하는데, 이것 역시 일사불란한 재편은 아니어서 대략 두 가지 계보로 나눌 수 있다. 이 논문은 그 가운데 첫 번째 흐름을 문제 삼는 셈이다. 두 번째 흐름에 대해서는 별도의 논문 「1910년대 번안소설과 '소설'이라는 번안어」에서 상세하게 다루겠다.

소설양식'이었음에도 '구소설 형식의 잔재'와 완전히 결별할 수는 없었는데, 바로 이 점이야말로 신소설이 낡은 구조와 창작원리를 빌어 창안된 '문학사적 과도기의 소설'이 되는 이유라는 것이다.[5] 그렇다면 새로운 시대의 문학으로 비약할 수 있는 계기와 동력은 마땅히 낡은 양식의 극복에서 찾아져야 할 터였다. 하지만 신소설이 끝내 '급속한 붕괴 도정'을 걷고 만 것은 시대정신의 지도적 역할을 포기한 채 가부장제적 가족관계의 이념 위에 윤리적 유형화의 도식을 덧씌우는 데 만족했기 때문이다.[6] 여기서 임화는 신소설의 이념적 핵심이 "구세계 가운데 복재(伏在)해 있던 모순의 격발(擊發)"에 놓여 있으며 "따라서 그 파문이 사실상으로 전파되고 모순이 격발되는 장소는 필연적으로 가정이요 가족"일 수밖에 없음을 날카롭게 지적해내고 있다. '개화세계의 수난 역사'가 곧 가정소설의 영역에서 빚어지는 봉건적인 갈등을 주축으로 삼을 수밖에 없었던 역사적 근거인 셈이다.

이러한 사정은 메이지 중엽의 가정비극을 번안한 『쌍옥루』와 『장한몽』에서도 썩 달라지지는 않을 것이다. 하지만 부분적으로만 그렇다고 할 수 있다. 사회경제적 조건과 세태의 급격한 변화가 전제되어 있을 뿐만 아니라 여성에게서 발견된 욕망의 실현 혹은 좌절에 적극적으로 눈을 돌리고 있다는 점에서 일단 신소설과는 현격한 차이를 보이기 때문이다. 그래서 이 소설들에서는 모-녀, 고-부, 처-첩 등의 갈등이 중심적으로 부각되지 않게 된다. 여성의 지위는 적어도 가정 내에서는 안정적이며, 오히려 불안정한 상태에서 적극적으로 활로를 모색해야 하는 쪽은 남성이다. 가정 문제의 영역에 머물고 있으면서도 언제든지 그 바깥으로 사태가 확장될 가능성이 함축되어 있는 셈이다.

먼저 신소설 속의 남성 등장인물들이 대개 미미한 역할만을 담당한다든지 돌연한 가출이나 잠적, 유학을 감행하곤 하는 그림자와 같은 존

---

5) 임화, 「속 신문학사-신소설의 대두」 4~5회, 『조선일보』, 1940. 2. 7~2. 8.

6) 임화, 「개설 조선신문학사」 4회, 『인문평론』 16호, 1941. 4, 32-42쪽.

재에 불과하다는 점을 지적해 둘 필요가 있겠다. 그들은 주변적인 존재일 뿐이며, 중요한 역할이 부여되더라도 나약하거나 일관성이 없다. 가부장으로서 점유하고 있는 위치가 확고한 만큼 집(가족)으로의 복귀는 의심될 수 없으며 사건을 주동적으로 이끌어 가거나 해결할 필요도 없는 셈이다. 반면에 여성의 경우는 집(가족) 밖으로 나가는 것이나 다시 돌아오는 것이나 모두 치명적인 문제가 된다.7) 신소설에 비친 '가족(가부장)'이라는 단위는 그만큼 보수적인 것일 수밖에 없다.

그런데 『쌍옥루』와 『장한몽』에서는 남성과 여성이 맺고 있는 이러한 일방적인 관계가 뒤바뀐다. 『쌍옥루』의 서병삼과 정욱조, 『장한몽』의 김중배와 이수일은 '가족(가부장)'에서 축출되거나 사회적으로 매장당하고 말며, 그들의 자리는 언제든지 서로 치환될 수 있는 것이었다. 그런 점에서 이들은 어떤 식으로든 적극적인 경쟁에 나서야 하는 처지이며, 그렇지 않으면 가족은 물론 사회에서도 자신의 입지를 마련할 수 없는 난관에 부딪친다. 잠재적인 패자들은 스스로를 기껏해야 '사회적 자살자', '절망한 일개 동물' 혹은 '짐승' 따위로 명명할 수 있을 뿐이다. 물론 최종적인 승자라 할지라도 그들에게 배분되는 지위란 더 이상 가부장이 아니다. 남성에게서 버림받았음에도 불구하고 (서병삼과 김중배에 대한) 거부권을 갖고 있거나 (정욱조와 이수일에게) 구원의 카드를 내밀 수 있는 것, 그래서 '가족'을 복구할 수 있는 실질적인 역할은 결국 여성의 몫으로 남아 있기 때문이다.

물론 이경자와 심순애가 처－첩의 갈등 구도에서 일단 벗어나 있긴 하지만 그렇다고 해서 가족(가부장)과 분리되는 일이 덜 치명적인 것은 아니며, 그들의 투쟁이 더 해방적이라 하기도 어렵다. 서병삼이나 김중배로 대변되는 정욕과 허영은 이미 도덕적인 판단이 내려져 있는 위험

7) 이에 대한 최근의 연구로는 이영아, 「신소설의 개화기 여성상 연구」, 서울대 석사논문, 2000. 2; 배주영, 「신소설의 여성 담론 구조 연구」, 서울대 석사논문, 2000. 8; 전미경, 「개화기 가족윤리의식의 변화와 가족 갈등에 관한 연구－신문과 신소설을 중심으로」, 동국대 박사논문, 2000. 8. 등을 참조할 수 있다.

스러운 가치일 뿐이다.[8] 여성에게 선택의 기회가 주어진다는 것 자체가 여전히 경계와 단죄의 대상이다. 하지만 보다 중요한 것은 질서의 변동을 발화시킨 계기, 그리고 결과적으로 파생된 가족 모델의 변화이다. 이러한 점에서 남성 등장인물의 성격에 주목할 필요가 있다. 첫째, '고아'라는 새로운 인물형이 제시되고 있다. 그들은 말 그대로 새로운 가계의 시조가 되어야만 한다. 둘째, 이 때문에 그들이 지향하는 그리고 종국적으로 복구되는 '가족'의 함의가 처음부터 다를 수 있었다.

예컨대 청년 귀족 정욱조는 일본 유학 중에 부모—정확하게는 친부와 계모가 구몰한 고아이며, 고학생이자 데릴사위 격인 이수일은 조실부모한 말 그대로 천애고아이다. 더 이상 기대거나 돌아가야 할 구심으로서의 '가족(가부장)'이 존재하지 않는 이들에게 문벌이니 양자니 하는 따위는 아예 관심 밖이다. 맞서 싸워야 할 세계는 강고한 봉건 이념이 아니며, 도달해야 할 목표도 산산조각난 가족의 재건이 아니다. 명문거족의 후예이자 가문의 명예를 목숨과도 같이 여기는 정욱조의 재혼 조건은 "백정의 자식이라도" 관계없으니 '단란한 가정'을 꾸릴 수만 있으면 된다는 것뿐이었다. 이수일과 심순애의 결혼 역시 정혼자와의 당위적 결합이기 이전에 '원만한 가정', '신식 가정'의 성취를 위한 유일한 방법론이었다.[9] 그것은 '가족(가부장)' 제도가 필연적으로 폐기될 수밖에 없음을 뜻한다.

노쇠한 부모 세대의 권위와 역할은 고아의 출현을 통해 여지없이 무너진다.[10] 뿐만 아니라 고아 세대가 짊어져야 할 책임의 일부분까지 기

---

8) 사실 이경자와 심순애 모두 자신의 결혼을 비정상적인 것으로 인식하는 한편 그 윤리적 기반을 의심하고 있다. 그들의 진정한 문제는 이러한 의미에서의 혼외정사나 연애열이었을 뿐 일관성 있는 욕망 추구는 결코 아니었다. 이 점에 대해서는 뒤에서 더 논의하겠다.

9) 권두연은 『장한몽』 분석을 통해 자유연애의 주체로 성장하는 근대적 개인으로서의 고아가 새로운 가족 구성의 열망을 구체화시킬 수 있었다는 점을 밝힌 바 있다. 권두연, 「『장한몽』 연구」, 연세대 석사논문, 2003. 8, 50-63쪽 참조.

10) 『장한몽』의 주변 인물인 무처주의자(無妻主義者) 박용학이나 고리대금업자의 아들 김

꺼이 떠맡는다. 이경자의 부친 이기장은 칼로 목숨을 끊음으로써, 심택 부부는 이수일과 그의 세대를 향한 사죄와 반성을 통해 가족의 무대에서 완전히 퇴장한다. 이제 고아 세대에게 남겨진 몫은 이들의 몰락과 죽음을 딛고 일어나 새로운 '가정(부부)' 모델을 창안하는 일뿐이다. 그런 점에서 가족(가부장)의 부재라는 조건은 일차적으로는 구세대와의 단절을 의미하지만 이들은 여기에서 그치지 않고 부모 세대가 남긴 자신들 내부의 낡은 유제(遺制)와도 투쟁하기 시작한다. 고아 세대를 새 시대의 주역이라고 볼 수 있는 것은 이 때문이다. 이 투쟁의 역사적 의의를 가장 상징적으로 드러내 주고 있는 장면은 방탕한 준재 서병삼의 패배이다.

의학교 학생이자 사이비 기독교도인 서병삼은 겉으로만 신세대 청년의 형상을 띠고 있다. 반성과 회개 이후에도 그가 이경자와의 재결합을 희망하는 이유는 '단란한 가정'의 꿈이 아니라 13세 때에 조혼한 그의 본처가 결국 아이를 세 번이나 사산한 뒤 죽었기 때문이다. 그가 "전날의 인연을 다시 잇고자" 하는 것은 어디까지나 부인(본처)과 자식(사생아)의 빈자리를 대체하려는 '가족(가부장)'의 욕망에서 그치고 만다. 이경자는 그 부권적 욕망을 끝끝내 거부한다.

더 나아가 이경자의 두 아들 옥남과 정남 형제의 죽음은 가부장제와 그 '죄악'의 뿌리를 이어받은 두 사생아가 한 시대의 제물이 되었음을 상징한다. 이로써 서병삼뿐만 아니라 정욱조 역시 과거와는 깨끗이 결별하지 않을 수 없는 것이다. 속죄와 단련의 시간을 거쳐 자신들의 내부에 있는 모순과 결함을 치유함으로써 "정신적으로 서로 사랑"하는 새로운 '신혼'에 이르고 다시 아이를 잉태하는 이경자와 정욱조—사실상 그

도식 등도 부모 세대와 정신적으로 철저히 절연되어 있다. 이처럼 고아가 주인공으로 등장하는 번안 혹은 창작소설들은 1910년대 말까지 계속 이어진다. 린 헌트의 논지에 따르자면 고아의 출현은 새로운 질서가 모색되고 다른 가족 정체성이 형성되는 시기에 나타나는 역사적인 현상일 수 있다. 이들이 바로 근대 시민사회의 주인공이다. 린 헌트, 조한욱 역, 『프랑스 혁명의 가족 로망스』, 새물결, 1999, 212-250쪽 참조.

들은 낡은 시대의 과감한 해체를 선포하고 있는 셈이다. 이처럼 혹독한 대가를 치르고서야 쟁취되는 '가정(부부)'이라는 새 단위는 (1) 고아 세대 스스로 '뜬사랑'이나 '정욕' 따위가 아니라 남녀 사이의 두터운 '애정'과 '사랑', '신용'에 근거하여 새로 창출해야 할 어떤 것이었으며, (2) '회개'와 '개심' 혹은 '부활' 등의 종교적 의례(儀禮)를 통해서만 다가설 수 있는 아득한 성소(聖所)였다.

3. 연애와 결혼의 부등식

'단란한 가정' 혹은 '원만한 가정'이라는 지향점은 누구나 꿈꿀 수 있는 이상도, 지극히 마땅한 현실도 아니었으며, 게다가 어떤 준거가 마련되어 있는 것은 더더욱 아니었다. 적어도 1910년대 초반이라면 그것은 어디까지나 가상의 세계, 상상된 관념에 속하는 일이었다. 그러니만큼 모호하고 추상적일 수밖에 없었던 것도 당연하다. 다만 한 가지 분명한 것은 그것이 연애에 대한 열망과 분리될 수 없다는 사실뿐이었다.

> 대범 상상의 즐거움이라 하는 것은 제반 즐거운 중 더욱 즐겁다 하나 더욱이 묘령의 남녀가 비로소 세상사를 분변할 지경에 이르러 미래를 상상하는 마음으로 남녀간 연애의 즐거움을 상상하는 것 같이 즐거움은 없는 것이라. 사나이와 한가지로 꽃을 구경하며 달을 완상하기를 상상하며 즐거움을 같이 하고 근심을 또한 서로 나눠 하기를 생각하여 금슬이 화합하여 단란한 가정의 대락한 재미를 맛보고자 하며 서로 떠나서는 듣는 듯한 정으로 서찰을 서로 주거니 받거니 하여 그리는 회포를 위로하기를 생각하며 이것을 생각하고 저것을 생각하여 장래까지 생각할 때는 바라는 마음이 점점 더하고 즐거운 마음이 지극함을 마지못하나니 이럼을 인하여 청년남녀의 연애라 하는 마음이 비로소 일어남이라. 이러하므로 비록 친치는 못하나 이와 같은 청춘남녀가 만날 때는 홀로 신기스러운 마음이 날 뿐 아니라 한낱 말할 수 없는 쾌미가 감동되나니 이는 이른바 타성이 서로 감화되는 묘리에서 나오는 일이요 별로이 이상한 일이라 이를 것은 없나니, 이경자는 미래를 상상

> 하는 데 좇아 남녀간 연애라 하는 것을 스스로 심두에 일으키며 이경자는 더욱이 이와 같은 상상이 많은 사람이라. 그런 고로 심중에는 이미 고상한 연애를 이상하며 연애라 하는 것이 극히 신성한 일인 줄로 믿고 의심치 아니한다. 본래부터 정욕의 즐거움은 꿈에도 구하는 마음은 없고 절대적으로 신성한 연애에 충실한 사람이 되고자 원하던 터이라.[11)]

연애로부터 결혼에까지 이르는 곧은길을 이렇듯 선명하게 그리고 압도적으로 드러내주고 있는 장면은 흔치 않을 것이다. 청춘의 남녀 학생들을 사로잡기 시작한 이 간단명료한 도식이 어디에서 어떻게 비롯되었는지 단정하기란 쉽지 않다. 『홍도화』(1908)의 경우처럼 통학 길에서 자연스럽게 형성되는 감정이 없지는 않았으나, 연애 자체만으로 '신성화'되고 그것이 곧 정답고 화목한 '미래의' 부부상으로 이어지는 것은 아니었기 때문이다. 여기서 문제의 핵심은 연애－결혼의 연결고리가 대단히 허약하고 기만적이라는 점에 놓여 있었다.

"가슴속에 연애라 하는 물건이 가득하"게 된 이경자의 상상력이란 기껏해야 탕아 서병삼과 그에게 매수된 여학교 교사 오정당의 공모에 의해 '조작'된 것에 지나지 않는다. 결국 '낙태'를 요구받거나 엽서 한 장으로 정리될 수 있는 혼전관계였을 뿐이다. 한편 정욱조와의 재혼은 연애가 전제되어 있지 않은 채 부친에 대한 '도리'를 위한다는 명분만으로 성립된다. 이번에는 처음부터 얼굴도 모르는 채 출발한 '통혼'이며, 11년 내내 '이치'와 '정의'에만 의존하게 될 '편벽된' 방식이다. "무한히 따뜻한 정"과 "간격(間隔) 없는 사랑"에 의해 지속되는 것처럼 가장된 이 결합 역시 그래서 아슬아슬하기만 한 '춘몽' 이상은 아니다.

이에 비하면 심순애의 상상력은 좀더 현실적인 기반 위에서 작동하고 있다. 자신의 미모가 "남편에게 사랑을 받"고 "부귀를 겸득(兼得)하

---

11) 조중환, 「쌍옥루」 4회, 『매일신보』, 1912. 7. 20. 원문의 의미를 해치지 않는 한에서 지금의 표기와 띄어쓰기에 맞게 바꾸었다. 『쌍옥루』는 이처럼 '연애'라는 명사가 처음으로 화용(話用)되기 시작한 소설이기도 하다. 권보드래, 『연애의 시대』, 현실문화연구, 2003, 12쪽.

는" 데 결정적인 충분조건임을 체험적으로 인식하고 있다. 또 서양인 명망가들로부터 '일시쾌락'이 아니라 "영원히 부부의 언약을 맺고자" 하는 '간청'을 수용하거나 거절할 수 있는 위치에 있다. "나를 맞으려 옥교(玉轎)를 보내어 데려가고자 하는 인연이 반드시 돌아올 줄을 믿"고 있으며 "그런 고로 친가의 재산을 물리어 근근이 내외가 살아가고자 함은 결코 심순애의 소망이 아니"다. 물론 이수일은 여전히 "가장 사랑하는 사람"이며, "망토자락을 헤치고 몸을 그 속에 넣"은 채 밤길을 걷는다 해도 "별로이 금지치 아니하고 하는 대로 맡겨 두"는 정다운 사이이다. "한 집안에서 남매같이 십여 년을 자라"난 이들의 '아름다운 인연'은 어떻게 보면 가장 무난하고 자연스러운 연애-결혼의 상이기도 하다. 그런데 이처럼 상반된 감정이 그리 모순적이지는 않다는 점에 문제가 놓여 있다.

"연애(戀愛)라 하는 것은 신성(神聖)한 물건"이지만 그렇기 때문에 오히려 일상화되어 있는 감정, 친밀감에 바탕을 두고 있는 자연스러운 애정이 똑같은 의미에서 '신성한 연애'일 수는 없는 것이다. 요컨대 처음부터 연애와 결혼을 분리하고 있거나 혹은 일시적으로만 혼동하고 있을 뿐이다. 여기에서 봉건적인 덕목이라 할 수 있는 '의리'와 '인정'을 배제하고 나면 아무것도 남지 않기 때문이다. 예컨대 비슷한 상황에서 자라난 『추월색』(1913)의 이정임과 김영창을 상기할 필요가 있다. 자연스럽게 형성된 연애의 감정을 의리와 인정이라는 틀 속에 쉽게 가두어 버리고 마는 것은 바로 그들 자신이다. 그것이 『소학』과 『열녀전』의 세계로 귀착되고 마는 것임은 확연하다.

그렇다면 문제는 한결 간단하고 투명하다. 연애-결혼의 불일치 혹은 분리는 역설적으로 도리와 명분, 의리와 인정의 '잠정적인' 패배를 뜻하고 있는 것이다. 그 패배를 되돌리려 할 때 "한번 더럽힘을 받은 마음"[12]의 소유자인 여성 주인공의 자살이 요구된다. 청춘을 미혹케 하는

12) 이경자의 경우 정조 훼손이 문제가 아니라 시종일관 '영혼'의 문제임이 강조되고 있

연애는 “비록 신성할지라도 이는 모래밭 위에 쌓은 담과 같은 모양”에 불과하며 그런 점에서 처음부터 신기루였을 뿐이다. 연애는 더 이상 고상한 관념이 아니라 부정과 단죄의 대상이다. 하지만 이로써 충분하다고 할 수 있을까.

『쌍옥루』와 『장한몽』은 여성 주인공이 자살 현장에서 우연에 의해 구조되는 익숙한 문법을 구사하고 있지만, 이미 그들로서는 도저히 원점으로 돌아갈 수 없는 처지이다. 자신의 결백을 보증하기 위해 자살하려고 했던 것이 아니기 때문이다. 육체에 새겨진 낙인, 그리고 오염된 영혼의 ‘죄악’은 여전히 생생하게 남아 있다. 여기서 두 가지 효과가 발생한다.

첫째, 정신과 육체, 정신의 죄와 육체의 죄가 명확히 분리되기 시작한다. 이경자는 자살 기도가 무위로 돌아가자마자 병원 간호부가 되어 속죄할 것을 결심한다. 정욱조와 사실상 이혼 상태에 이르게 되자 같은 결심을 하고 곧 ‘애국부인회 적십자 평양지부 병원(愛國婦人會赤十字平壤支部病院)’의 ‘특지(特志) 간호부(看護婦)’로 활약하면서 속죄의 길을 걷는다. 심순애 역시 아내로서의 정체성을 부인하면서 이수일을 위해 정조를 보존하는 지난한 모험을 감행한다. 따라서 투신자살 시도는 진정한 남편이 아닌 김중배에 의해 겁간당한 육체의 죄, 즉 순결 훼손에 상응하는 대가에 불과하다. 이수일이 심순애를 쉽사리 받아들이지 못하는 결정적인 이유도 여기에 있다. 결국 이수일의 꿈속에서 두 번 목숨을 끊는 상징적인 절차를 거치고 나서야 용서의 기회가 주어질 수 있었다. 이러한 사정은 남성 주인공도 마찬가지라 할 수 있다. 정욱조의 ‘절망’과 자포자기로 인한 유랑은 ‘몸’과 ‘영성’ 사이의 ‘위배’에서 비롯된 것이다. 짐승처럼 ‘타락’한 이수일이 서아남－유정옥을 도와주는 것과 다시 본래의 모습을 회복하는 것은 여전히 별개의 문제이다.

다. 심순애가 김중배와의 결혼 이후에도 계속 정절을 지킨다는 설정 역시 더 이상 육체적 ‘순결’이 아니라 영혼의 ‘정결’이 문제되고 있는 상황을 음각하고 있다.

이처럼 『쌍옥루』와 『장한몽』을 가로지르고 있는 핵심은 실상 연애의 실패와 좌절 이후의 과제라 할 수 있다.[13] 이들의 앞에는 '사죄'와 '용서' 혹은 '자복'과 '회개'의 문제가 가로놓여 있다. 이때부터 신소설과는 썩 다른 서사를 출발시킬 수밖에 없다. 이른바 내면이 요구되는 것도 바로 이 지점에서이다. 자기 자신의 행위를 되풀이하여 상기해야 할 뿐만 아니라 어떻게든 현재의 불안정한 심리를 들여다보거나 해명해야만 하는 상황에 직면하기 때문이다.

둘째, 자기단죄 혹은 속죄에는 구체적인 시간과 방법론이 필요하게 마련이다. 『쌍옥루』의 경우 11년, 정욱조와의 결별 이후 다시 2년 남짓의 시간이 요구되며, 『장한몽』의 경우도 7년의 시간이 요구된다. 처벌과 반성이 이루어지는 이 시간은 공평하다고는 할 수 없지만 어쨌든 남성 주인공들에게도 동일하게 주어진다. 이경자의 번민과 심리적 공황, 이수일 내면의 긴장감과 갈등, 심순애의 맹목과 집착 등이 서술자에 의해 해석되거나(주로 『쌍옥루』의 경우) 사건과 대화 속에서 적극적으로 묘사된다(주로 『장한몽』의 경우).[14] 이들에게 내면이 부여된다는 것은 끊임없이 과거와는 다른 자리로 이동해 간다는 뜻이 되는데, 다만 독백될 수밖에 없다는—즉 각자의 시간 속에서 따로따로 이루어진다는 서사적 약점도 생긴다. 이 때문에 자학적이고 강박적인 양상을 띠기 십상이다.

이들의 재결합은 결코 과거의 위치를 회복하는 것이 아니라 새로운 인간으로 거듭난 다음에야 이루어지는 셈이다.[15] 그런 점에서 『쌍옥루』와 『장한몽』이 그려낸 세계는 자본주의적 세태에 맞선 도덕적 항변도,

---

13) 분량으로 보더라도 이경자가 자살을 시도하는 것은 151회 중에서 42회이며, 잘 알려진 이수일과 심순애의 대동강변 이별 장면도 사실 작품의 초반부에 해당한다. 『장한몽』은 전체적으로 복잡한 얼개를 갖추고 있는 것처럼 보이지만 심순애의 투신 사건을 중심으로 전/후반부로 나뉜다.

14) 특히 『쌍옥루』의 중반부와 『장한몽』의 후반부에 주인공의 고뇌와 갈등, 심리묘사와 독백을 가능하게 만드는 장치가 집중되어 있다.

15) 예컨대 정욱조에게조차 버림받은 이경자가 더 이상 자살하지도, 미치지도 않는다는 점을 주목할 필요가 있다.

반동적 보수 이데올로기로의 복귀도 아니다. 오히려 도리와 명분, 의리와 인정을 모두 걷어낸 자리에서 생성되는 새로운 관계 설정의 방식을 보여주고 있기 때문이다. 요컨대 『쌍옥루』와 『장한몽』은 낡은 이데올로기의 '잠정적인' 패배를 결코 되돌리려 하지 않는다. 오히려 그 패배를 '궁극적인' 패배로 비약시키기 위한 서사로 진입한다. 이를 위해서는 보다 구체적인 절차가 필요할 터, 정신적 고아 세대의 윤리적 정당성을 보정하는 장치의 하나로서 결벽증과 광기의 문제가 대두된다.

4. 금욕주의 혹은 강박의 두 가지 형태—결벽증과 광기

정신과 육체의 구별을 통해 전자가 우위와 특권을 확보하게 되는 이 새로움의 기저에는 아마 기독교의 영향도 적잖이 깔려 있을 것이다. 정신과 흔히 혼동되곤 하는 영혼의 '죄악'을 씻어내는 '회개'와 '용서'라는 비유법은 곧 깨달음의 위상을 종교적 차원으로까지 끌어올린다. 서병삼이 위선적인 기독교도라는 점을 통해 이중성과 사악함을 거듭 강조하고 있던 『쌍옥루』는 정신적 사랑의 도덕적 승리, 영혼·영성의 순결성에 대한 정욱조의 기독교적 개심으로 마무리된다. 예수교 전도사 김도식의 권유에도 전혀 흔들림이 없던 『장한몽』의 이수일은 결국 부활과 갱생을 암시하는 꿈을 꾼 이후, 그리고 기독교적 이미지라곤 전혀 찾아볼 수 없었던 백낙관이 느닷없이 구사하는 타락과 부활의 설교를 통해 회개한다. 그런 점에서 기독교의 수사학은 꽤나 일관성이 없는 편이지만 그 영향력만큼은 분명하다. 버려지고 상처받은 남녀 주인공들이 흔히 청교도적 고뇌의 양상을 드러내고 있는 것도 이 때문이다. 극단적인 혼란과 절망감에 휩싸인 이들에게 부여된 내면이란 구체적인 처벌과 용서가 이루어지는 시간이자 장소인 셈이다.

전처의 부정으로 '사회적 재앙', '사회적 자살'을 당한 정욱조, 심순애의 '배신'으로 인해 스스로 악덕 고리대금업자로 변신한 이수일은 일종의 결벽증이라 할 만한 냉혹성을 보이고 있다. 이 냉혹성은 이를테면 신소설의 남성 주인공들이 종종 감행하곤 하는 홧김 유학이나 무모한 가출, 현실과 동떨어진 유람 등의 방향을 내면으로 돌린 일종의 대체물인 셈이다. 따라서 어디까지나 도피적이고 자학적인 성격에서 벗어나지 못한다. 상대에 대한 거부나 복수의 방향을 자기 자신에게로 돌리면서 생겨난 셈이기 때문이다. 정욱조와 이수일 모두 결혼이나 연애의 파탄을 사회와 세태의 문제로 확대하면서 세상과의 문을 닫아버린다. 반면에 스스로를 육체적 위협이나 타락의 길로 내몲으로써 거꾸로 정신적 정결과 순수성을 확보해 간다. 그런 의미에서 이들의 결벽증은 관념적인 자기처벌 방식이기도 하다.

그런데 정신적 우월성을 확보하고 있는 정욱조와 이수일이 '전능하신 하나님'과 '성서'의 권위를 빌어 비교적 손쉽게 자기 자신과 타협해 버림으로써 상대를 용서하고 이를 바탕으로 재결합에 나설 수 있는 반면, 이경자와 심순애에게는 훨씬 더 가혹한 징벌이 예고된다. 육체와 정신에 대한 이중의 처벌이 필요하기 때문이다. 자살이라는 장치가 육체에 대한 익숙하고도 당연한 처벌 방식이었다면, 자살 실패 후에는 그에 버금가는 그러나 한결 더 혹독하고 지속적인 처벌이 뒤따르지 않을 수 없다.[16] 『쌍옥루』와 『장한몽』은 그 극단적인 강박의 양상을 '광기'를 통해 드러내고 있다.

이는 물론 고소설에서는 전혀 찾아볼 수 없는 새로운—즉 근대적인 것이자 수입된—장치의 하나이다. 신소설의 경우 주변 인물이 광기를 보이는 경우가 없지는 않으나, 재회나 재결합의 순간에 쉽사리 회복된다는 점에서 그리 전면적인 것은 아니었다.[17] 그런데 『쌍옥루』와 『장한

16) 속죄와 용서라는 구도 자체가 이미 편향적이지만, 무엇보다 이경자나 심순애 스스로 이미 '충분히' 벌을 받았거나 받고 있다고 인식하고 있음에도 처벌이 강요된다는 점에서 대단히 보수적인 한계를 드러내고 있다.

17) 이에 대해서는 권보드래, 「신소설의 여성성과 광기의 수사학」, 『한국문학연구』 4집, 고려대 민족문화연구원 한국문학연구소, 2003. 12, 289-309쪽 참조. 권보드래의 연구는 신소설에 나타난 광기의 문제를 다룬 유일한 성과이다. '광기'라는 주제는 매우 흥미롭

몽』은 구체적인 병명을 가진 질병으로 진단된 광기와 그 치료 과정을 보여주고 있다는 점에서 썩 다르다.18) 거짓된 인연과 정욕의 희생자인 이경자는 해산 직후 가벼운 '정신병'으로서의 '신경과민', '히스테리' 증세를 보이며, 종종 실신하거나 '혼수상태'에 빠져 섬어(譫語)하기도 한다. 극심한 감정 기복 때문에 '우울증'으로 발전하다가 급기야 자신이 낳은 갓난아이를 칼로 찔러 죽일 뻔한 위협적인 상황에까지 이른다. 이 '정신병'은 정욱조와의 결혼 뒤에도 '신경쇠약'이나 '정신착란' 등으로 명명되면서 종종 발병한다. "연애에 병들어 있는" 심순애는 투신 실패와 백낙관의 냉담한 거절, 이수일의 용서 거부 등으로 인해 결국 '성광(成狂)'하며 '메랑꼬리아' 즉 '우울증'의 급성이라는 병을 진단받고 조선총독부의원 정신병 환자실19)에 입원한다.

다고 생각하는데, 이에 대한 연구는 그리 많지 않으며 그나마 1920년대 단편소설에 치우쳐 있는 편이다. 이에 비하면 결핵 특히 폐병과 같이 낭만화된 질병과 근대소설의 문제는 비교적 자주 다루어진 바 있다. 그밖에 1910년대 후반~1920년대 초반의 단편소설 및 최찬식의 신소설에 나타난 '신경증' 문제를 거론한 최근의 연구로는 이수영, 「한국 근대문학의 형성과 미적 감각의 병리성」, 『민족문학사연구』 26집, 민족문학사학회, 2004. 11, 259-285쪽 및 최기숙, 「출구 없는 여성, 여성적 시간의 식민화—1910년대 최찬식 소설의 '여학생' 형상화」, 『한국고전여성문학연구』 9집, 한국고전여성문학회, 2004. 12, 311- 341쪽을 참조할 수 있다.

18) 그밖에도 『쌍옥루』와 『장한몽』은 근대의학의 지식체계나 시스템을 폭넓게 활용하고 있다. 정욱조 역시 '뇌병' 때문에 요양하기로 결심하는 것으로 설정되어 있으며, '장감(長感)'이라는 열병에 걸린 정남은 세균학 박사 서병삼의 '혈액 분석'과 '혈청주사'로 간단히 치료된다. 또한 유전학적·의학적 지식에 기초한 태교 및 자녀교육의 문제를 다루고 있기도 하다. 간호부장이 된 이경자는 나가사키(長崎) 병원의 조선인 의사와 협진하며, 길거리에서 피습된 이수일은 조선총독부의원에 입원하여 치료를 받는다.

19) 조선총독부의원(朝鮮總督府醫院)은 1910년 조선총독부가 설치되면서 개편된 국립병원으로서 대한제국 시기에 설립된 내부병원(內部病院, 1899. 4)과 광제원(廣濟院, 1900. 6) 및 통감부의 관제 반포에 의해 설립된 대한의원(大韓醫院, 1907. 3)이 개편된 병원이다. 1928년 5월 경성제국대학 의학부 부속병원으로 전환되었다. 1910년 개원 당시에는 내과, 외과, 안과, 산과부인과, 소아과, 이비인후과 등의 6개 분과를 두었는데, 뒤이어 피부과(1910. 11) 및 치과(1911)가 추가되었다. 정신병과는 종래 제생원(濟生院)이 담당하던 정신병자 구료 사업을 계승하여 1913년에 신설되었다. 박윤재, 「한말·일제 초 근대적 의학체계의 형성과 식민 지배」, 연세대 박사논문, 2002. 8, 156-161쪽 참조.

사실 광기에 이르는 과정만큼 내면의 갈등이나 번민, 그리고 그 심리적 고통을 잘 드러내줄 수 있는 방법도 없을 것이다. 또한 섬어나 발작과 같은 가시적인 증상만큼 처벌이나 응징의 결과를 시각화해서 보여줄 수 있는 방법도 달리 찾기 어려울 것이다. 그런 만큼 치유된다 할지라도 도리어 더 높은 강도의 후회나 반성을 유도해낸다. 그것은 사실상 정신에 내려지는 사망선고나 다름없기 때문이다. 죄악에 대한 응당한 '벌력'이며, 정신에 대한 특권화로서의 광기—그런 의미에서 광기가 여성에게 내려진 단죄와 윤리적인 심판임은 물론이다.

광기의 서사적 역할은 여기에서 그치지 않는다. 이처럼 위태롭고 불안한 시간을 통과함으로써 이경자와 심순애는 연애—결혼의 실패라는 과거와 선명하게 결별하며, 세대 간의 연속성조차 가장 자극적인 방식으로 박탈하는 주인공(heroine)으로 거듭난다. '가정(부부)'이라는 고립적인 모델을 다시 되살려내는 것도 이들이다. 예컨대 두 아들을 모두 잃었을 뿐 아니라 부친의 직접적인 살해자가 되고 만 이경자는 정욱조로부터 사실상의 이혼을 통고 받고도 더 이상 자살하지도, 미치지도 않는다. 오히려 앞서 언급한 대로 간호부로 활약하다가 정욱조를 구원해 낸다. 심순애 역시 이수일의 지극한 간호에 힘입어 서서히 본래의 모습을 찾아가고 이수일과 함께 구원받아 재혼에 이른다. 이처럼 광기는 '파열'된 정신의 유랑[20]을 멈추고 다시 영웅의 자리를 회복하는 '부활'과 '정화'의 신성한 제의가 된다. 요컨대 광기는 근대적 질병이면서 그 의미를 훨씬 넘어선 곳에서 작동하고 있다.

---

20) 수잔 손택에 의하면 "광기야말로 높은 수준의 감수성을 갖고 있다는 지표이자, '정신적인' 격정과 '위태로운' 불만을 사람들에게 옮기는 혐오스럽고 비통한 질병"이다. 그것은 일종의 정신적 여행이라는 낭만적 은유의 연장이기도 하다. 수잔 손택, 이재원 역, 『은유로서의 질병』, 이후, 2002, 57쪽.

5. 결론과 이후의 과제

이광수의 『무정』(1917)은 작가 자신의 말에 그대로 따르자면 "지나간 세상을 조상하는" "기쁜 웃음과 만세의 부르짖음"이다. 군소리처럼 덧붙여져 있는 이 문구는 자못 의미심장하다. '무정한' 한 시대의 몰락을 조롱하다 못해 아예 조문(弔文)을 바치는 주인공, "소년시대를 건너뛰"어 단박에 청년 조선의 교사로 올라선 천애고아 이형식의 행진곡이기 때문이다.

첫 장면을 보자. 그는 이제 막 새로운 시대로 진입할 수 있는 길목을 눈여겨보아 두었다. 그 역시 신성연애의 신기루를 좇고 있지만 불과 하루도 지속되지 못하리만큼 허약하고 느슨한 것에 불과하다. 스스로 부친과 두 오라비를 살해한 고아이자 그 때문에 『소학』과 『열녀전』의 세계에서 떠나지 못하는 박영채에게 더 이상 물러설 곳이 없음을 잘 알고 있기 때문이다. 그래서 '재미있는 가정', '즐거운 가정'을 꾸리는 꿈은 일단 유예될 수밖에 없다. 이렇게 해서 두 남녀 고아가 만났다가 곧바로 헤어진다.

적막감과 청교도적 결벽증에 강박되어 있는 조숙한 이형식이 머뭇거리는 사이 박영채는 이미 서울을 떠났다. 그리고 이형식은 "선형 씨는 나를 사랑합니까"라고 묻고는 쩔쩔매는 우스꽝스러운 상황을 연출한다. 그런데, 이들이 금욕주의 혹은 강박에서 벗어나는 과정이 매우 기민하고 신속하다는 점을 주목할 필요가 있다. 뒤늦게 달려온 이형식은 평양에 도착하자마자 자신의 도덕적 결벽증에서 벗어나 어린 기생 계향의 손을 잡고 홀가분한 마음으로 새로운 길을 모색한다. 박 진사의 무덤 앞에서 통곡이 아니라 미소가 떠올랐기 때문이고, 그래서 "내가 어느덧에 이대도록 변하였는가" 자문하게 되었기 때문이다. 사실 그 이전에 박영채와 김선형을 저울질하는 모습 자체가 이미 금욕주의를 벗어던지고 있다는 것을 드러낸다. 박영채의 경우도 마찬가지다. 이형식의 내밀한 욕망—의식적으로, 무의식적으로 박영채의 자살을 되풀이하여 환기하는—

을 철저히 조롱하면서 더 이상 자살하지도, 미치지도 않는다. 자살하기 위해 평양으로 향하지만 기차가 도착하기도 전에 이미 새 시대의 정신으로 무장되어 있다. 이후 영채가 단 한 번도 자신의 훼절이라는 '육체적' 조건을 의식하지 않는다는 점은 의미심장하다. 그것이 '선화당(宣化堂)'의 세계와 '석탄 연기와 쇠망치 소리'로 표상되는 세계 사이의 대결에서 만들어진 세련된 봉합이자 타협의 산물[21]이었음은 물론이다.

이런 뜻에서 『무정』은 『쌍옥루』와 『장한몽』이 쌓아올린 한 시대를 마감하는 최종 성적표이자 도래할 시대를 예언하는 기념비가 된다.

이 논문은 『쌍옥루』와 『장한몽』이 번안된 소설이라는 객관적 사실, 그리고 두 작품 사이의 몇 가지 중요한 차이들을 '의도적으로' 은폐시키고 있다. 논의의 편의를 위해서이기도 하지만, 이를 통해 1910년대 번안소설이 보유하고 있는 소설사적 응전력과 의의를 재평가해내는 일이 훨씬 더 긴요하다고 판단하고 있기 때문이다. 또한 『혈의 누』(1907)와 『무정』은 물론 『추월색』(1913)과 『무정』의 거리 역시 그리 가깝지는 않다는 점을 역설적으로 드러내기 위해서이기도 하다.[22] 『쌍옥루』와 『장한몽』이 장편소설의 분량과 구성을 갖추고 있다는 점, 직역에 가까운 방법으로 번안되었다는 점이 거듭 강조되어야 하는 이유도 여기에 있다.[23] 요컨대 1912년 이후의 신문연재 번안소설은 신소설과의 경쟁 및 『무정』으로의 도약이라는 관점에서 접근할 필요가 있다.

한편 여전히 남아 있는 문제들도 있다. 조중환을 필두로 1912년부터

21) 임화는 『무정』이 선취한 계급적 이상을 비판한 바 있다. 임화, 「조선 신문학사론 서설」 10회, 『조선중앙일보』, 1935. 10. 22.

22) 『장한몽』에 대해서는 일정한 연구 성과가 축적되어 있지만 대부분 신파극과의 관련성 위에서 소급되고 있다는 점에서 큰 한계가 있다. 그나마 『쌍옥루』는 아직 본격적으로 연구된 바가 없다. 필자가 보기에 『쌍옥루』는 번안의 성격은 물론 이데올로기적 기반, 서사구성원리 등 여러 측면에서 좀더 집중적으로 검토될 필요가 있는 매우 흥미로운 소설이다. 이 논문은 그 첫 번째 시도가 될 것이다.

23) 박진영, 앞의 논문, 220-227쪽 참조.

집중적으로 연재되기 시작한 번안소설이 만만찮은 에너지를 지니고 있었다는 것이 사실이라 하더라도 그리 긴 생명력을 유지하지는 못했다는 점 역시 지적되어야 한다. 조중환의 뒤를 잇고 있는 하몽 이상협의 『해왕성』(1916), 그리고 우보 민태원의 『애사』(1918) 등을 거치면서 『매일신보』 연재 번안소설의 성격이 또 한번 급격하게 선회한다고 볼 수 있기 때문이다. 이 선회는 1920년대 『동아일보』 연재소설의 성격과도 밀접하게 연관되어 있다.[24]

또한 신문연재의 형식을 거치지 않고 곧장 단행본으로 간행된 번안소설도 주목해야 할 대상이다. 이들 역시 1912년을 계기로 급증하는데, 큰 영향력을 갖지는 못했지만 크게 위축되지도 않는다는 점에서 조금 다른 경로를 거쳤다.[25] 그런데 이들은 적어도 『매일신보』 연재 번안소설과는 판이한 성격의 소설이다. 그 차이는 단지 유통경로나 독자층만의 문제가 아니라 '소설'이라는 개념 자체의 변화와도 깊숙이 관련되어 있다.

요컨대 이미 1900년대부터 차분히 축적되고 있던 번안의 역량은 1912년을 계기로 양적인 팽창과 동시에 질적인 상승을 이루기 시작했으며, 근대적인 소설 개념 즉 '소설(novel)'의 역사성이 잠복되어 있는 중요한 지점이기도 하다. 때문에 1910년대의 소설사적 성격을 좀더 날카롭게 주시할 필요가 있다.[26] 그 두 가지 과제를 「1910년대 번안소설과 '소설'

---

24) 창간 초기의 『동아일보』 연재소설란은 거의 전적으로 우보 민태원과 천리구 김동성 두 사람에 의해 유지된다. 게다가 창간호인 1920년 4월 1일자부터 나도향의 『환희』가 연재되기 시작하는 1922년 11월 21일자까지 단 한 편의 창작 장편소설도 실리지 않는다.

25) 신소설이나 활자본 고소설의 간행 역시 1912년에 정점에 달했다가 1914년부터 현저히 감소한다는 점을 참고할 필요가 있을 것이다. 한기형, 「1910년대 신소설에 미친 출판·유통 환경의 영향」, 『한국근대소설사의 시각』, 소명출판, 1999, 224쪽.

26) 1910년대의 문학사적 성격을 처음으로 문제 삼은 것은 자산 안확의 『조선문학사』인데, 거칠게 요약하자면 한학열과 고소설의 부흥이라는 것이다. 안확, 『조선문학사』, 한일서점, 1922, 127-128쪽. 물론 실증적인 차원에서 큰 왜곡은 아니겠지만 문제의 핵심은 아니며 어디까지나 일면적이다. 무엇보다 근대소설사의 전개라는 측면에서는 분명 타당하지 않다. 필자가 보기에 그것은 보수적 미디어에 의해 주도된 복고 취향이나 유행이

이라는 번안어」에서 본격적으로 다루겠다. 이를 통해 1910년대의 소설사를 좀더 촘촘하게 엮을 수 있으리라 본다.

보론: 일재(一齋) 조중환(趙重桓)에 대한 몇 가지 보충

필자는 지난해에 제출한 두 편의 논문 「'이수일과 심순애 이야기'의 대중문예적 성격과 계보: 『장한몽』 연구」(『현대문학의 연구』 23, 한국문학연구학회, 2004. 7) 및 「일재(一齋) 조중환(趙重桓)과 번안소설의 시대」(『민족문학사연구』 26, 민족문학사학회, 2004. 11)를 통해 조중환과 그의 번안소설에 주목한 바 있다. 이 연구 역시 그 연장선에서 진행되었다. 사실 필자의 관심은 출판계의 원로 최덕교(崔德敎) 옹(현 창조사 대표)이 기고한 짤막한 글 한 편에 의해 촉발되었다. 「『장한몽』의 작가 조일재의 생년을 바로잡는다」(『출판저널』 305, 재단법인 한국출판금고, 2001. 7. 5)가 그것이다. 조중환의 생년에 대해 처음으로 의문을 제기한 이 글은 대단히 짧은 편이지만 행간 곳곳에는 1950년대 『학원(學園)』의 편집주간이자 『대백과사전』(1958~1959) 편찬을 이끌었던 원로의 세심함과 치열함이 함께 배어 있다(옹은 그 밖에도 많은 잡지의 창간 및 간행에 앞장서 왔다. 최근 『한국잡지백년』(전3권, 현암사, 2004)이라는 하나의 기념비를 세운 점은 각별히 기록해 둘 만하다).

어쨌든 그 글을 실마리 삼아 3여 년에 걸쳐 자료를 추적하고 작은 성과를 학계에 보고할 수 있었다. 우선 조중환의 생몰년을 바로잡고 그의 학력과 활동, 작품서지 등을 정리했다. 하지만 보다 정확하고 풍부한 정

었을 공산이 크다. 오히려 후대의 문학사 연구에서 이러한 관점을 무비판적으로 수용하고 있는 것이야말로 명백한 잘못이다. 한편 매체의 성격과 세계관 자체가 상이한 단편소설의 성과를 『무정』과 나란히 놓는 시각은 계승과 발전의 도식에 얽매여 양식상의 차이를 담론의 보편성으로 환원하려는 무리한 시도를 낳고 만다. 이에 대해서는 박진영, 「근대 초기 문학을 바라보는 시각과 과제」, 『상허학보』 9집, 상허학회, 2002. 9, 13-37쪽 참조.

보를 바탕으로 생애의 전모를 복원할 수는 없었는데, 이 점은 여전히 큰 아쉬움으로 남아 있다. 논문이 나오자마자 선생께 보내드렸고, 이후 몇 번의 통화 뒤에 직접 인사를 드릴 수 있었다. 선생은 줄곧 필자의 연구에 대해 과분할 정도로 관심과 격려를 아끼지 않았다. 뿐만 아니라 필자가 발굴한 사실을 바탕으로 족보를 확인하여 조중환의 생년과 가계(家系)를 확증할 수 있는 결정적인 자료를 제공했다. 최덕교 옹은 이 과정을 최근에 기고한 또 한 편의 글에서 소상하게 밝혀 둔 바 있다. 이 글은 『잡지뉴스』 248호(사단법인 한국잡지협회, 2005. 4)에 실려 있다.

필자는 그동안 조중환 사망 당시의 주소, 장남의 행적 등을 근거로 몇 군데의 호적부와 기타 자료들을 조사해 보았지만 더 이상의 성과를 거두지는 못했다. 특히 그의 가계를 확인하지 못한 점이 못내 걸렸지만, 어차피 족보를 읽어내는 능력이 없었던 터라 감히 엄두도 내지 못하고 있었다. 그런데 최덕교 옹은 '重-鎬-源'으로 이어지는 항렬만 보고서도 직감적으로 양주(楊州) 조씨(趙氏)임을 간파하고 곧 대종회와 접촉, 족보를 확인해 주셨다. 선생은 사실 『한국성씨대관』(창조사, 1971)의 편저자이기도 했던 것이다.

간단히 요약하자면 일재 조중환은 양주 조씨이며, 필자의 논증대로 1884년 갑신생(甲申生)이다. 이름만 확인할 수 있었던 장남 조창호(趙昌鎬)는 1908년생, 손자 조원석(趙源石)과 조원록(趙源祿)은 각각 1928년생 및 1941년생이다. 장남이 함흥에서 개업한 바 있으며 서울적십자병원 및 동양척식주식회사의 후신인 신한공사(新韓公社) 의료부 소속의 의사였음은 필자가 이미 지적한 바 있는데, 족보에서도 '의학박사'라 명기해 두고 있다. 한편 더 이상의 기록이 남아 있지 않은 점으로 보아 절손되었거나 한국전쟁을 거치면서 생사를 알 수 없게 되었을 가능성이 높다.

사실 필자는 조중환이 걸어간 길이 선진 엘리트 코스였음을 확인하면서도 그의 가계와 신분은 상당히 낮지 않았을까 짐작하고 있었다. 별다른 기록을 찾을 수 없거니와 그의 장례가 화장으로 치러졌다는 점에서 그렇게 생각하고 있었다. 게다가 부고에서조차 그의 관향(貫鄕)이 밝혀져 있지 않기 때문이다. 따라서 적어도 명문가 출신은 아니라고 판단한 것이다. 그러나 결코 그렇지 않다는 사실을 알 수 있었다. 선생께서 바로 이 점과 관련하여 매우 중요한 사실을 지적하고 있어 그 부분을 옮겨 두기로 하겠다.

> 조중환이 이처럼 자유분방하게 화려한 인생 코스를 밟게 된 것은 필자가 보기에는, 그의 집안이 벼슬이 많은 양주 조씨인데다가 일찍이 개화했으며 유족했다는 사실이다. 『양주 조씨 족보』를 보면 그는 큰아버지께로 출계(出系)했으며 그의 숙부는 한말 외교계에서 떨친 조신희(趙臣熙)이다. 조신희는 누구인지 알아보자.
>
> 『한국인물대사전』(한국정신문화연구원, 1999) '조신희 항'에는 "……1887년 7월 영덕아의법(英德俄義法) 5국 전권대신으로 임명되어 유럽으로 가던 도중, 원세개(袁世凱)가 주미공사로 부임하던 박정양(朴定陽)에게 소위 삼단(三端)을 요구하여 문제가 되자, 홍콩에 자의로 머무르다가 귀국하였다. 중도 귀국이 문제가 되어 1890년 1월부터 약 8개월 간 함열현에 정배되었다가 석방되었다. …… 1901년 법무협판 겸 특명전권공사를 지냈다."
>
> 그 『족보』에서 더 살펴보니, 조신희(1850~?)의 매부가 김옥균, 서재필, 박영효 등과 갑신정변을 일으킨 홍영식—당시 영의정 홍순목(洪淳穆)의 아들—이며, 또 조신희의 장인이 홍선대원군 때 영의정을 지낸 김병학(金炳學)이다. 그러니 조신희는 말하자면 권문세가의 인척(姻戚)이며 영상(領相) 대감의 서랑(壻郞)이다. 그리고 이런 가문을 배경으로 자란 조중환도 보통 백성들은 생각도 못하는 해평(海平) 윤씨 군수 병구(秉求)의 딸과 결혼했다. 이 같은 기록들은 그냥 지나칠 수 없기에 그대로 추려보았다.(22-23쪽)

필자는 이를 확인하면서, 어깨를 나란히 견줄 만한 동시대의 번안소설가 우보(牛步) 민태원(閔泰瑗) 역시 여흥(驪興) 민씨(閔氏)였음을 쉽게 떠올릴 수 있었다. 어쨌든 필자로서는 대단히 버거운 숙제 하나를 해결할 수 있었다.

또한 선생의 글을 통해 행인(杏仁) 이승만(李承萬, 1903~1975)이 『풍류세시기』(중앙일보·동양방송, 1977)에 남긴 일화 두 토막을 얻을 수 있었다. 필자가 아는 한 조중환을 회고하고 있는 유일한 기록인데, 이를 통해 조중환이 『매일신보』 사설(社說)을 쓰기도 했다는 사실을 추가할 수 있었다. 또 조중환이 계림영화협회를 주식회사로 전환한 뒤 심훈 감독의 『먼동이 틀 때』(1927) 제작비로 거액을 융통할 때 탁월한 솜씨를 발휘했다는 사실은 몇몇 기록을 통해 알려져 있었는데, 그것이 사실 어느 금은방 수전노의 돈을 우려낸 것이라는 흥미로운 뒷이야기도 언급하고 있다.

한편 필자의 오류 두 가지를 정정할 필요가 있다. 필자의 두 번째 논문 202쪽에는 조중환의 유일한 단독 사진이 실려 있다. 이밖에는 『조광』지의 좌담회(1941년 4월 30일, 반도호텔) 풍경 속에 담긴 모습 하나만 전해질 뿐이다. 사진을 공개하면서 '일재 조중환의 40대 중반 모습'이라 했는데, 실은 40대 초반의 사진이다. 이 사진을 처음 발견한 것이 『삼천리』 2호(1929. 9)였기 때문에 대략 이 무렵에 촬영되었을 것으로 짐작한 것이다. 그러다가 최근에야 같은 사진이 이미 『조선일보』 1925년 12월 15일자 조간 3면에 실려 있음을 확인할 수 있었다. 따라서 이 사진은 적어도 42세 이전의 모습인 셈이다.

뿐만 아니라 같은 글 206쪽에서 조중환이 유학을 마치고 귀국하는 1907년에 대한매일신보사에 입사했다고 추정했지만 그렇지 않은 듯하다. 이는 정진석 교수의 선구적인 업적 『대한매일신보와 배설(裵說): 한국문제에 대한 영일 외교』(나남, 1987) 및 일련의 후속연구에 기댄 것이다. 그런데 『동아일보』 창립 기자 출신의 유광렬이 『기자 반세기』(서문당, 1969)에서 회고하고 있는 바는 다르다. 조중환은 이해조보다 "조금 늦게" 매일신보사에 입사했다는 것이다. 그러니 일러야 1910년 강점 직후에 입사한 것이라는 뜻이 된다. 기억과 전언에 의존한 회고록이라는 한계 때문에 전자의 연구가 더 신빙성이 있다고 판단했던 것인데, 대한매일신보사의 인적 구성이라든가 그 밖의 여러 정황으로 보아서는 후자의 기록이 더 타당하다고 여겨진다. 적어도 『대한매일신보』에서는 조중환의 글이나 그의 재직 사실을 추정할 수 있는 별다른 근거를 찾아볼 수 없다. 이 부분은 앞으로 좀더 보강될 필요가 있겠다.

한 원로 출판인이 제공한 학문적 계기를 통해 필자는 지난 몇 년간 큰 기쁨을 누릴 수 있었다. 자료를 찾아 헤매는 과정에서 배우는 겸손함이야 물론이거니와 앞 세대가 남겨 둔 글에 촉발되거나 깨우쳐지는 즐거움이란 일일이 말로 옮기기 어려운 것이었다. 무엇보다 선생과의 만남은 다시 한번 탐구의 자세를 가다듬는 회초리이기도 했다. 조부뻘 되는 분과의 짧지만 귀중한 소통을 통해 선학의 열정과 기백을 몸으로 배울 수 있었기 때문이다. 한국 근대소설의 개척자이자 연극·영화운동의 선구자인 일재 조중환이 90년 뒤에야 맺어준 이 인연은 적어도 필자가 학문의 길을 가는 동안이라면 내내 소중하게 간직될 것이다.

주제어 : 조중환, 번안, 번안소설, 신소설, 『쌍옥루』, 『장한몽』, 『매일신보』

◆ 참고문헌

1. 기본자료

조중환, 「쌍옥루」, 『매일신보』, 1912. 7. 17～1913. 2. 4.

——, 「장한몽」, 『매일신보』, 1913. 5. 13～10. 1.

이광수, 「무정」, 『매일신보』, 1917. 1. 1～6. 14.

2. 단행본 및 논문

권두연, 「『장한몽』 연구」, 연세대 석사논문, 2003. 8.

권보드래, 『한국근대소설의 기원』, 소명출판, 2000.

———, 「열정의 공공성과 개인성: 신소설에 나타난 '일부일처'와 '이처'의 문제」, 『한국학보』 99집, 일지사, 2000. 6, 108-128쪽.

———, 「공화(共和)의 수사학과 일부일처제」, 『문화과학』 24호, 문화과학사, 2000. 12, 221-232쪽.

———, 「가족과 국가의 새로운 상상력: 신소설의 여성 주인공을 중심으로」, 『현대문학연구』 10집, 한국현대문학연구회, 2001. 12.

———, 「신소설의 여성성과 광기의 수사학」, 『한국문학연구』 4집, 고려대 민족문화연구원 한국문학연구소, 2003. 12, 289-309쪽.

———, 『연애의 시대』, 현실문화연구, 2003.

김영민, 「동서양 근대소설의 발생과 그 특질 비교 연구: '소설(novel)'과 '小說(소설/쇼셜)'의 거리」, 『현대문학의 연구』 21집, 한국문학연구학회, 2003. 8, 439-468쪽.

——, 「1910년대 신문의 역할과 근대소설의 정착 과정: 『매일신보』를 중심으로」, 『현대문학의 연구』 25집, 한국문학연구학회, 2005. 3, 261-300쪽.

김재석, 「『금색야차』와 『장한몽』의 변이에 나타난 한일 신파극의 대중성 비교 연구」, 『어문학』 84집, 한국어문학회, 2004. 6, 181-220쪽.

김재영, 「근대계몽기 소설 개념의 변화: 두 가지 외래적 원천」, 『현대문학의 연구』 22집, 한국문학연구학회, 2004. 2, 7-46쪽.

박윤재, 「한말·일제 초 근대적 의학체계의 형성과 식민 지배」, 연세대 박사논문, 2002. 8.

박진영, 「근대 초기 문학을 바라보는 시각과 과제」, 『상허학보』 9집, 상허학회, 2002. 9, 13-37쪽.

——, 「'이수일과 심순애 이야기'의 대중문예적 성격과 계보: 『장한몽』 연구」, 『현

대문학의 연구』 23집, 한국문학연구학회, 2004. 7, 231-264쪽.
———, 「일재(一齋) 조중환(趙重桓)과 번안소설의 시대」, 『민족문학사연구』 26집, 민족문학사학회, 2004. 11, 199-230쪽.
배주영, 「신소설의 여성 담론 구조 연구」, 서울대 석사논문, 2000. 8.
안 확, 『조선문학사』, 한일서점, 1922.
양문규, 『한국근대소설사 연구』, 국학자료원, 1994.
———, 『한국근대소설과 현실인식의 역사』, 소명출판, 2002.
유광렬, 「매일신보의 주변: 기자작가들이 속출하다」, 『기자 반세기』, 서문당, 1969, 252-256쪽.
이수영, 「한국근대문학의 형성과 미적 감각의 병리성」, 『민족문학사연구』 26집, 민족문학사학회, 2004. 11, 259-285쪽.
이승만, 『풍류세시기』, 중앙일보·동양방송, 1977, 31-35쪽.
이영아, 「신소설의 개화기 여성상 연구」, 서울대 석사논문, 2000. 2.
임 화, 임규찬·한진일 편, 『임화 신문학사』, 한길사, 1993.
전미경, 「개화기 가족윤리의식의 변화와 가족 갈등에 관한 연구: 신문과 신소설을 중심으로」, 동국대 박사논문, 2000. 8.
정진석, 「제작진과 신보(申報)에 관련된 사람들」, 『대한매일신보와 배설(裵說): 한국문제에 대한 영일 외교』, 나남, 1987, 125-160쪽.
조연현, 「한국 '신파소설'고」, 『현대문학』 145호, 1967. 1, 284-289쪽.
최기숙, 「출구 없는 여성, 여성적 시간의 식민화: 1910년대 최찬식 소설의 '여학생' 형상화」, 『한국고전여성문학연구』 9집, 한국고전여성문학회, 2004. 12, 311-341쪽.
최덕교, 『한국성씨대관』, 창조사, 1971.
———, 「『장한몽』의 작가 조일재의 생년을 바로잡는다」, 『출판저널』 305호, 재단법인 한국출판금고, 2001. 7. 5, 30-31쪽.
———, 「『장한몽』의 작가 조일재의 생몰년을 『양주 조씨 족보』에서 '1884~1947'로 확인했다」, 『잡지뉴스』 248집, 사단법인 한국잡지협회, 2005. 4, 20-23쪽.
최원식, 「『장한몽』과 위안으로서의 문학」, 『민족문학의 논리』, 창작과비평사, 1982, 68-94쪽.
———, 『한국근대소설사론』, 창작과비평사, 1986.
한기형, 『한국근대소설사의 시각』, 소명출판, 1999.
가라타니 고진(柄谷行人), 박유하 역, 『일본근대문학의 기원』, 민음사, 1997.
츠언핑위앤(陳平原), 이종민 역, 『중국소설서사학』, 살림, 1994.
———————, 박자영·이보경 역, 『중국소설사: 이론과 실천』, 이룸, 2004.
린 헌트(Lynn Hunt), 조한욱 역, 『프랑스 혁명의 가족 로망스』, 새물결, 1999.
수잔 손택(Susan Sontag), 이재원 역, 『은유로서의 질병』, 이후, 2002.

◆ 국문초록

1910년대 『매일신보』에 연재된 번안소설들은 거의 연구된 바가 없으며, 한국근대소설사의 전개 과정에서 담당한 지위와 역할에 대해서도 공정하게 평가되지 못했다. 이 연구는 일재 조중환의 번안소설 『쌍옥루』와 『장한몽』이 신소설의 한계를 극복할 수 있었던 내적 조건과 의의를 고찰하는 한편 이광수의 『무정』과 접속되는 지점을 짚어봄으로써 근대소설로서의 성취를 재평가하는 것을 주요한 목적으로 삼았다.

가족 구성원 사이의 모순과 갈등은 이미 신소설에서부터 주요한 주제로 부각되었다. 그런데 『쌍옥루』와 『장한몽』은 고아라는 새로운 인물형을 내세우고 여성에게 적극적인 역할을 부여함으로써 신소설과는 차별화된 연애-결혼의 문제를 제기한다. 이들은 부모 세대와의 철저한 결별을 통해 자기 세대가 주도하는 가족을 구상하고 있다. 신소설이 발판으로 삼고 있던 가부장제적 가족관계의 이데올로기를 과감하게 폐기하고 부부를 중심에 두는 새로운 모델을 지향하고 있는 것이다.

이때 가장 핵심이 되는 문제는 연애에 대한 열망과 그에 기초한 결혼이 안고 있는 모순이다. 이 모순은 결국 의리나 인정과 같은 봉건적 덕목의 패배를 가리킨다는 점에서 중요하다. 1910년대 번안소설의 여성 주인공은 정조 보존을 통한 당위적 재결합이라는 도식에 집착하지 않고 있다. 이들에게는 속죄와 회개라는 윤리적인 과제가 주어져 있으며, 그것은 결벽증이나 광기와 같은 자학적이고 강박적인 양상으로 드러난다.

중요한 점은 새로운 인간으로 거듭난 주인공들의 재결합이 결국 정신과 육체의 문제를 선명하게 구별하고 전자를 특권화함으로써 가능했다는 점이다. 특히 여성 주인공에 대한 구체적인 처벌과 반성의 절차로서 주어진 광기가 담당하고 있는 서사적 역할에 주목할 필요가 있다. 광기는 심리적 혼란과 격렬한 고통을 보여줌으로써 정신적인 부활과 정화의 의례를 통해 거듭나는 과정을 적극적으로 보여주고 있기 때문이다. 또한 자기 세대의 과거와 단절하고 세대 간의 시간적 연속성까지 부정하는 가장 자극적인 방식의 장치이기도 하다.

이 논의를 바탕으로 이광수의 『무정』이 『쌍옥루』와 『장한몽』을 통해 흡수한 자양분을 바탕으로 삼고 있음을 지적하였다. 이로써 근대소설사 전개의 주요한 추동력 가운데 하나로서 1910년대 번안소설을 재평가하고자 했다. 또한 『무정』을 정점으로 하는 1910년대의 소설사적 성격을 보다 면밀하게 검토할 수 있는 발판을 마련하고자 했다. 마지막으로 『매일신보』 연재 번안소설 및 단행본으로만 간행된 번안소설의 성격에 대한 고찰을 다음 연구 과제로 제시했다.

◆ SUMMARY

Adapted Novels in 1910's and the Age of 'a Failed Love'

– Jo Jung-Hwan's *Ssang-Ok-Nu* and *Jang-Han-Mong*

Park, Jin-Young

The adapted novels in 1910's and their importance have passed unnoticed until now. This thesis is to study two serial adapted novels in the Mae-Il-Sin-Bo, *Ssang-Ok-Nu* and *Jang-Han-Mong* in particular. They had surmounted aesthetical limits of sin-so-seol and provided a leaping board for the advent of *Mu-Jeong*. The purpose of this thesis is to take a new look at adapted novels in 1910's and their literary historical features.

A prominent theme of sin-so-seol was conflicts in family. However, Jo Jung-Hwan's adapted novels were very different from those. Male characters were orphans, female characters held in hand the key of family relations, and they moved toward building a new family out of themselves own generation only. They declared a separation from their parents' generation, and gave a drastic denial to ideology of a patriarchal system. They had a great longing for a free love and happy marriage. A deep-rooted feudalistic ideology had been virtually defeated; nevertheless, they had lived in a fool's paradise. Because it turned out to be next to impossible soon.

Adapted novels in 1910's attached great importance to female characters' contrition and propitiation. Less emphasis was laid upon keeping her virginal purity. On the other side internal conflicts were brought into the focus. They were expressed as diverse aspects of self-torture or obsession, i.e. fastidiousness, madness and so forth. Especially the chastisement on women and her repentance were embodied in madness. That yielded the following; her spiritual purgation and rebirth was possible after she had been in a state of mental chaos and extreme anguish. A progress of salvation was finished by saving male characters and reconciliation with him. Besides their family was drew a sharp distinction between just that of the old generation but also the past of themselves generation. Finally they issued a flat denial to generational continuities most violently.

The narrative of *Mu-Jeong* is compared with that of Jo Jung-Hwan's adapted novels in short. In conclusion adapted novels should be estimated from the viewpoint of the development of Korean modern novels. Then a literary historical matter of 1910's will be brought into sharp relief. Lastly studying successive serial adapted novels in the Mae-Il-Sin-Bo and adapted novels published in book form since 1912 is proposed as the next problem.

Keyword : Jo Jung-Hwan(趙重桓), adaptation, adapted novel, sin-so-seol(新小說), *Ssang-Ok-Nu*(雙玉淚), *Jang-Han-Mong*(長恨夢), Mae-Il-Sin-Bo(每日申報)

—이 논문은 2005년 6월 30일에 접수되어, 소정의 심사과정을 거쳐 2005년 8월 19일에 게재가 확정되었음.

식민지 제도와 지식인에 대한 새로운 통찰

–김기진의 소설 「Trick」에 대하여

최 수 일*

목 차

1. 『개벽』 63호와 「Trick」

최근 필자는 『개벽』 원본을 확인하는 작업을 했고, 그 과정에서 지금까지 영인되지 않은 판본들을 여러 개 확인했다.[1] 이들이 중요한 이유는 지금까지 제목만 남았거나, 혹은 제목조차도 알 수 없었던 '삭제기사'들을 실물로 확인할 수 있기 때문이다. '아단문고'에 소장되어 있는 『개벽』 63호는 그 대표적인 예라고 할 수 있으니, 여기에는 문학사에서 사라진 김기진의 소설 「Trick」이 全文 그대로 실려 있다.[2]

---

* 성균관대 동아시아학술원 연구교수.

1) 『개벽』 원본의 소장처와 판본 문제에 대해서는 최수일, 「『개벽』에 대한 서지적 고찰」(『민족문학사연구』 27호, 소명, 2005. 4)을 참조할 것.

팔봉의 소설 「Trick」은 『개벽』 영인본은 물론이고, 『김팔봉문학전집』[3] 에도 작품이 실려 있지 않으며,[4] 저자의 회고[5] 등에 간간이 이름만 전하는 작품이다. 이처럼 작품의 실물이 사라지고 회고나 「김기진 작품연보」에 이름만 남게 된 근본적인 이유는 일제의 검열 때문이었다. 이 소설이 처음 게재된 『개벽』 63호(1925년 11월)[6]는 발행과 동시에 압수되어 독자의 손에 들어가지 못했고, 훗날 영인업자들이 영인한 『개벽』 63호[7]는 이 작품을 포함한 문제기사들을 전면삭제하고 발행한 '호외'[8]였던 것이다.

> 謝告
>
> 매운 바람, 찬서리 中에서, 生을 鬪爭하는, 우리의 處地에 잇서, 停刊 續刊에 무슨 別다른 喜悲를 感하겟습니까마는, 그래도 이번 續刊號만은 **本號** 그대로 여러분과 즐겨볼가 하얏더니, 악착하게도 또 押收를 當햇습니다. **不**

---

2) 작품의 전문은 본고의 〈부록〉을 참조할 것.

3) 홍정선 편, 『김팔봉문학전집』 1-6, 문학과지성사, 1988~1989.

4) 팔봉이 1985년까지 생존했음에도 그의 문학전집에 「Trick」이 실리지 못한 이유는 팔봉 자신이 원고를 가지고 있지 않았고, 또 찾을 수도 없었기 때문일 것이다. 당대 개벽사는 투고한 원고를 게재여부와 상관없이 돌려주지 않았으니, 따로 필사를 해두지 않은 이상 원고를 갖고 있기 힘들었을 것이다. 일제가 『개벽』에 투고한 원고 자체를 압수한 흔적이 없는 이상, 개벽사에는 남았을 것이고, 따라서 당대 개벽사 관계자들이나 개벽사의 후신인 신인간사를 통해 원고의 존재 유무를 추적해볼 수는 있을 것이다.

5) 김기진, 「나의회고록」, 『김팔봉문학전집』 2, 문학과지성사, 188쪽 등을 말한다.

6) 전집의 작품연보가 「Trick」이 서지사항을 『개벽』 65호 표기했고, 이후의 연구자들도 이를 그대로 답습하고 있는데, 이는 잘못된 것이다. 「Trick」은 1925년 11월에 발행된 『개벽』 63호에 게재되었다.

7) 연구자들이 흔히 접하는 개벽사판, 오성사판, 박이정판, 그리고 최근의 역락사판 영인본 『개벽』을 가리킨다.

8) 신문지법의 적용을 받아 사후 검열을 받았던 『개벽』은 제책된 제호(본호)가 압수되면, 동일 제호의 '호외'나 '임시호'를 발행했다. 호외와 임시호의 발행 순서는 일정치 않았다. 창간호의 경우는 본호가 압수되자 호외를 발행하고, 이것마저 압수되자 임시호를 발행했지만, 다른 경우는 호외만 연거푸 발행하거나, 호외없이 임시호만 발행한 경우도 있었다. 『개벽』 63호는 호외만 연거푸 발행한 경우로, '호외(1)'이 압수되자 '호외(2)'를 발행한 것으로 보인다.

滿하나마 號外로써 여러분께 보이나이다.(**上篇의 九로 一三頁과 下篇의 一로 一六頁 削除**)

—開闢社[9]

필자가 아단문고에서 확인한 『개벽』 63호도 '호외'임에 틀림없다. 아단문고의 『개벽』 63호는 영인본의 63호와 표지도 일치하고, 위에 인용한 '호외사고'도 그대로 달고 있기 때문이다. 문제는 삭제되었다는 '하편(문예면)의 16페이지'가 삭제되지 않은 채로 남아 있다는 사실이다. 즉 영인된 63호에는 사고에서 말한 대로 상편의 9~13페이지와 문예면의 1~16페이지가 모두 삭제되어 있지만, 아단문고의 『개벽』 63호에는 사고에서 말한 것과 달리 문예면의 16페이지가 모두 살아 있는 것이다. 이 16페이지가 바로 김기진의 소설 「Trick」이다.

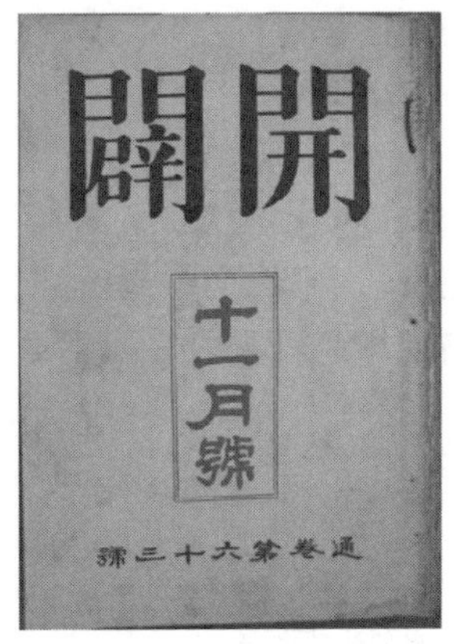

〔사진1: 아단문고의 『개벽』 63호 표지와 문예면 차례〕

요약하면 영인본의 저본이 되었던 『개벽』 63호[10]와 아단문고에서 발

9) 「사고」, 『개벽』 63호(영인본), 1925. 11. 1, 9쪽 참조. 본고에서는 인용문을 가급적 원문을 그대로 옮기는 것을 원칙으로 했고, 가독성을 높이기 위해 띄어쓰기만 현대적으로 바꾸었다. 강조는 인용자.

견된 『개벽』 63호는 판본이 달랐다고 할 수 있다. 즉 '본호'가 압수되자, 일부만 삭제한 '호외'를 발행했고, 이것이 다시 문제되자 어쩔 수 없이 문제기사 전체를 삭제한 '호외'를 다시 발행했음을 알 수 있다. 필자는 발행순서를 감안해 아단문고의 63호를 '호외(1)'로 영인본의 저본이 된 판본을 '호외(2)'로 부르기로 했다.[11]

한편, 백순재 씨의 소장자료였던 '호외(1)'이 지금껏 영인되지 못하고, 따라서 「Trick」 또한 세상에 전모를 드러내지 못했던 데에는 잘못된 영인 관행이 한몫을 했다. 품을 줄이기 위해 먼저 영인된 책을 그대로 재영인하는 관행은 최초 영인 과정의 실수를 바로 잡거나 새로운 자료를 보강할 기회를 근본적으로 차단했던 것이다. 어쨌든 「Trick」의 발견은 새로운 자료의 발굴 가능성과 원본 확인 작업의 중요성을 재확인하는 계기라고 할 수 있다.

2. 「Trick」과 검열의 문제

『개벽』은 통권 72호가 발행되는 동안 모두 41회 압수(발매금지)당했고,[12] 이 과정에서 대략 150개 가량의 기사가 문제가 되어 전문 혹은 부분삭제를 당했는데,[13] 문예물이 그 중 적지 않은 비중을 차지하고 있다. 주목할 점은 「Trick」이 전문삭제를 당했다는 사실로, 소설이 전문 삭제를

---

10) 아쉽게도 필자는 영인본의 저본이 된 『개벽』 63호의 실물을 확인하지 못했다.

11) 『개벽』 63호의 판본과 영인 현황에 대해서는 최수일, 「『개벽』에 대한 서지적 고찰」(『민족문학사연구』 27호, 소명, 2005. 4)의 〈부록 1〉과 〈부록 2〉를 참조.

12) 『개벽』의 압수 현황에 대해서는 최수일, 「『개벽』에 대한 서지적 고찰」(『민족문학사연구』 27호, 2005. 4)의 〈부록 1〉을 참조할 것.

13) 김근수는 「개벽지에 대하여」(『개벽』 영인본 해제, 개벽사, 1969, 1권, 5-7쪽)에서 압수·삭제 기사 개수를 61개로 제시했지만, 필자가 확인한 바에 따르면 그 배(148개)에 달한다. 이들의 목록과 면면에 대해서는 최수일, 「근대문학의 재생산 회로와 검열-『개벽』을 중심으로」(〈한국 근대문학, 재생산 구조의 제도적 연원〉, 성균관대 동아시아학술원 기초학문육성지원 연구발표문, 2005. 5. 21)의 〈부록 1〉을 참조할 것.

당한 것은 『개벽』에서 전무후무한 일이다. 실제로 팔봉 스스로 '프로의식을 소설화한 신경향파의 효시라고 자부했던'[14] 「붉은 쥐」나 "지주와 소작인이라고 하는 식민지시대 농촌사회의 근본적인 계급대립을 문제삼았다는"[15] 평가를 받는 이기영의 「농부 정도룡」이 부분삭제에 그쳤던 반면,[16] 「Trick」은 내용 전체를 삭제당했을 뿐만 아니라 목차에서도 빠져 있다. 그런 작품이 있었다는 흔적 자체를 말살당한 것이다.[17] 도대체 검열 당국은 왜 이 작품을 전면삭제하고 그 흔적까지 지우려고 했을까?

---

14) 김성수 편, 『카프소설선』 1, 사계절, 1988, 46쪽 작품해제 참조.

15) 김재용 · 이상경 외, 『한국근대민족문학사』, 한길사, 1993, 326쪽 참조.

16) 「붉은 쥐」(『개벽』 53호, 1924. 11)가 삭제를 당했다는 것은 "此間削除" 등의 흔적을 통해 쉽게 확인할 수 있지만, 「농부 정도룡」(『개벽』 65~66호, 1926. 1~2)이 삭제를 당했다는 사실은 쉽게 파악이 어렵고, 어디를 얼마나 삭제당했는지에 대해서도 논란이 있을 수 있다. 이 또한 판본의 문제이자, 영인 과정의 오류 때문이다. 먼저 『개벽』 66호는 아단문고에 소장된 판본[미결(1)]과 세종대에 소장된 판본[미결(2)]이 다른데, 대다수의 영인본은 먼저 발행된 '미결(1)'을 저본으로 삼았기 때문에 '미결(2)'의 46쪽(문예면)에 남겨진 검열의 흔적("以下十八頁削除")을 볼 수가 없다. 즉 세종대의 『개벽』 66호[미결(2)]에는 46쪽 이후가 모두 삭제되어 있지만 대다수 영인본은 이를 반영할 수 없었다는 것이다. 반면 오성사판 영인본에 이르러 이런 사실을 확인하고 양자의 '교합(校合)'을 시도했는데, 그 결과가 오히려 혼란을 가져올 수 있다. 全篇을 온전히 싣고, 46쪽에 또 "以下十八頁削除"라는 부기를 달아 마치 46쪽과 47쪽 사이에 18쪽의 삭제된 내용이 있는 것처럼 오해하게 만드는 것이다. 태학사가 펴낸 『한국근대단편소설대계』 19권(이기영 편)은 오성사판 영인본의 작품을 그대로 영인했기 때문에 같은 오류를 반복한다. 작품의 원형을 해칠 수 있다는 점에서 주의를 요한다.

17) 『개벽』 70호에 게재된 이상화의 시 「빼앗긴 들에도 봄은 오는가」도 전문삭제를 당하고, 목차에서 제목이 지워지지만 저자의 이름은 목차에 남아 있다. 반면 「Trick」은 저자의 이름까지도 모두 지워져 누구의 어떤 글이 삭제되었는지 알 수 없게 되어 있다.

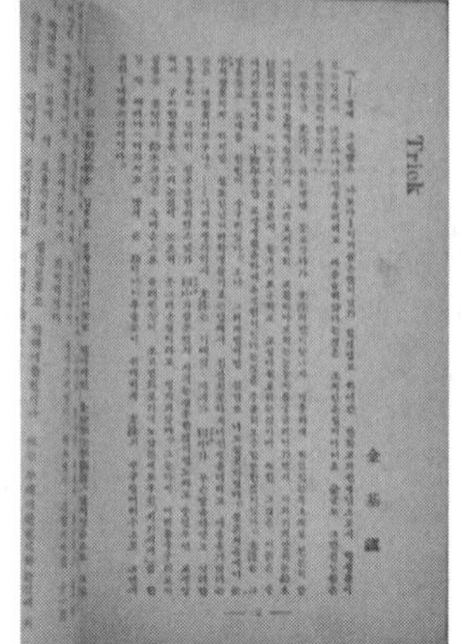
Trick

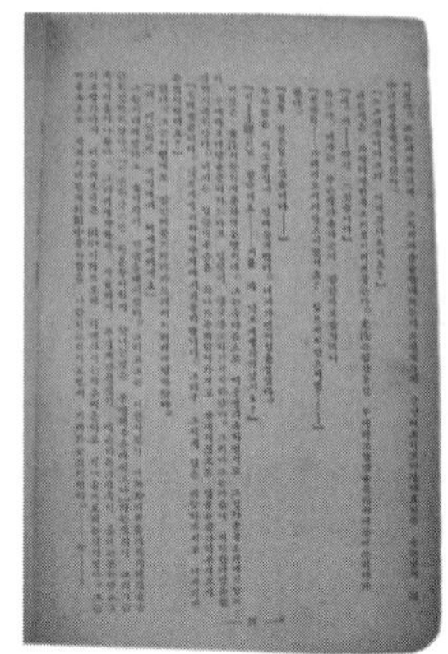

〔사진2: 전면삭제된 소설 「Trick」, 처음과 마지막 면〕

무엇보다도 가장 큰 이유는 「Trick」이 일제 식민지 정책, 즉 '일선동화론(日鮮同化論)'의 허구성을 정면에서 비판하고 있기 때문이다. 잠시 작품을 살펴보자. 작품 내에서 '일선동화론'에 대한 비판은 크게 세 가지 갈등 국면을 통해서 구체화되고 있는데, 첫째는 학예회를 계기로 비롯된 일본인 교장과 조선 학부모들간의 충돌이다. 일본인 교장 '鈴木'은 학예회에 모인 학부형들에게 '황실에 대한 臣民의 의무'와 '충실한 제국신민으로 皇恩에 보답하기 위해 진충갈력할 것' 등에 관해 열변을 토하는데, 이것이 학부모들의 반감을 사게 된다. 특히 그가 '조선독립의 불가능성'을 역설하자 학부형들은 싸늘하게 자리를 뜬다.

> —너의들은 그래도 아직까지도 독립의 꿈을 꾸느냐? 그러면 조선이 독립한다고 하자. 그러나 무엇을 가지고 조선이 독립할 수 잇다고 너의들은 생각하니? 너의들에게 독립할 힘이 잇느냐? 총이 잇느냐? 대포가 잇느냐? 군함이 잇느냐? 비행긔가 잇느냐? 무엇으로 독립을하느냐? 지금 조선 안에 와 잇는 우리나라의 군대들만 가저도 하로 아침에 이 짱을 평정하기는 쉬운 일이다. —이 번들바우 중대가리의 늙은 교장은 이와 가튼 뜻의 말을 그들로 하여곰 영원히 니치지 못하리만큼 말하엿든 것이다.
>
> 조용하고 평화하여야만 할 이 자리에 한 개의 험악한 폭풍은 일어낫다.

> 학부형들은 모도들 돌아가겟다고 일어섯다. 홍분이 된 얼골과 얼골이 방안에 가득하엿다. 그리하야 그들은 모든 직원들이 간절히 만류함도 듯지 안코 그대로들 돌아가버리고 마랏다.[18]

일제는 3·1운동 이후 조선에 대한 통치 방식을 '무단통치'에서 '문화정치'로 바꾸면서 '日鮮同化論'을 선동했는데, 일선동화정책은 식민지배의 완성 내지 영구화를 꾀하려는 것이었다. 즉 문화정치라는 유화책을 통해 조선의 민족운동을 분열·약화시켜 스스로 독립의지를 포기하도록 하려는 것이었다.[19] 따라서 인용한 장면은 동화정책의 본질을 적시하는 것이자, 이에 대한 조선인의 불만과 거부감을 형상화한 것이라고 하겠다.

둘째는 일본인 여교사인 '다나가(田中)'와 조선 여학생들간의 충돌, 그리고 이로 인해 불거진 '다나가'와 조선인 교사 '金光洙'와의 갈등이다. 학예회가 끝나고 남학생들이 나누어주는 과자를 여학생들이 쑥스러운 마음에 받지 않자 '다나가'는 "저 모양이닛가 朝鮮사람들은 野蠻人"이라고 비판하는데, 이것이 조선 여학생들과 광수의 민족감정을 건드린 때문이다.

> 『선생님! 엇재서 저의들이 野蠻人입닛가? 저의들이 野蠻의ㅅ 짓을 한 것이무어에요? 저의들은 분해서 분해서 죽겟서요! 왜 野蠻이라는 말을 드름닛가? 조선사람은 저모양이닛가 野蠻이라니 그러면 저의들이 野蠻이면 金선생님도 野蠻이란 말슴이지요?…… 왜 조선사람이 野蠻人예요?』

---

18) 『개벽』 63호[호외(1)], 문예면 5쪽. 본고에서 작품 인용은 원문(글자, 문장부호, 방점 등)을 그대로 옮기는 것을 원칙으로 했고, 가독성을 높이기 위해 띄어쓰기만 현대적으로 바꾸었다.

19) 실제로 "총독부측에서는 1920년대 각지에서 청년회운동과 교육열이 일어나자 이에 대한 대책으로서, 문화운동이 '불온'한 방향으로 빗나가는 것을 막고, 온건한 방향, 체제내적인 방향으로 진행되도록 적극 유도하며, 궁극적으로는 '일선동화(日鮮同化)'의 방향으로 유도한다는 방침을 세웠던 것이다"(박찬승, 『한국근대정치사상사』, 역사비평사, 1992, 290쪽).

아모 쓺임업는 순진한 소녀의 이 가튼 호소를 듯고 나서 光洙는 가슴속이 찌르르하는 것을 깨닷지아니치 못하얏다.

『오냐 엇던편[20] 野蠻인가 가려어보자! 너의들이 野蠻人인가 우리들이 野蠻인가 짜지어보자』

光洙는 이러케 마음을 먹고 주먹을 부르쥐고 나서 그 녀학생들을 보고

『우리가 野蠻人 될 까닭이 잇소 걱정 말고 도러들 가우.』

하얏다.[21]

동화정책을 솔선해야 할 일본 여교사가 '조선사람은 야만인'이라는 차별적 발언을 쏟아내고, 조선인들이 이에 대해 슬픔과 분노를 토로하는 상황, 일본인 교장이 일의 시시비비보다는 "조선사람으로 일본인 녀선생에게 공경하지는 안코 오히려 싸움을 거럿다함에 대하여" 분개하는 대목, 특히 조선 여학생들이 여교사에 대해 "다나가 선생은 낫븐년예요!"라고 원색적인 욕설을 내뱉는 장면은 결코 '同化的'이지 않다. 오히려 동화정책이 얼마나 기만적이고 허위적인지를 폭로하는 것이라고 할 수 있다.

셋째는 교장이 갈등에 개입하여 광수를 포섭하는 국면이다. 여선생의 사과를 받아내지 못한 광수는 분한 마음에 학교를 그만두고 학부형과 학생을 선동해 '동맹휴학'을 꿈꾸기도 하지만, 3·1운동 당시의 끔찍했던 유치장 경험과 가족들의 얼굴이 눈앞에 어른거려 갈피를 잡지 못한다. 반면 광수의 나약함을 꿰뚫고 있는 교장은 그를 포섭할 계책이 이미 서 있다. 이전에 그가 만든 역사교재를 트집잡고, 유연한 설교와 다나가 선생을 이용하는 것이다. 이른바 '채찍과 당근'인 셈이다.

맛침 잘 되엿스니 이번에 이것을 가지고 『이놈 너는 상급 학생들에게 총독부에서 금하는 조선력사를 가르친다니 될 말이냐』고 딱 얼러 놋차. 그러면 반듯이 이놈이 몸이 콩쪽만 하야서 발발 썰렷다. 그런 뒤에는 내가 여러

---

20) '엇던 편이'의 낙자.(인용자)

21) 『개벽』 63호[호외(1)], 문예면 8쪽.

가지로 설교를 하야 노코서 나종에 田中으로 하여곰 좀 싹은싹은하게 정답게 하도록 만하면 **光洙는바로 同化될** 사람이다. 올타 그러케 하자—이와 가티 생각하고서 교장은 가장 쾌한듯이 빙그레히고[22] 쌔기엇다. 그리고 그 날밤에 교장과 田中 녀선생은 나직한 목소리로 오랫동안을 이약이 한 후에 田中 녀선생은 교장이 일르는 말에 약속하고서야 물러갓다.[23]

결국 심약한 지식인인 광수는 교장의 예상대로 '계책'에 걸려 무릎을 꿇고 '同化'되고 만다. 그의 분노는 교장 앞에서 "과연 잘못햇습니다"(15쪽)라는 고백으로 바뀌고, 증오했던 여선생을 오히려 '정답게' 느끼게 되는 것이다. 씁쓸한 결말이지만 이 국면에 이르러 작가가 말하고자 하는 바는 좀더 분명해진다. 일제의 동화정책이란 비겁한 '속임수'이며, 그런 'Trick'에 가장 쉽게 노출되는 것이 '제도권 내' 지식인이라는 사실이다. 소설 제목이 「Trick」인 이유가 바로 여기에 있다.

따라서 일선동화책을 전면적으로 선전해야 했던 총독부로서는 자신의 정책을 정면에서 비판하는 이 작품을 용납하기 어려웠을 터이다. 그리고 이런 점에서 소설 「Trick」이 전면삭제를 당하고, 그 흔적마저 지워진 것은 필연적인 일이었다고 할 수 있다.

그런데 「Trick」의 전면삭제는 '검열의 문제'와 관련하여 매우 중요한 시사점을 제공한다. 무엇보다도 「Trick」과 「빼앗긴 들에도 봄은 오는가」의 전면삭제는[24] 식민지 시대 검열의 최대 피해자가 '경향문학' 혹은 '계급문학'이라는 일반적 통념과 어긋나는 현상이기 때문이다. 즉 드러난 결과를 놓고 보면 『개벽』에서 검열의 최대 피해자는 '계급문학' 혹은

22) '빙그레 하고'의 오식.(인용자)

23) 『개벽』 63호[호외(1)], 문예면 13쪽.(강조는 인용자)

24) 저자 미상의 시 「금쌀악」·「옥가루」나 차상찬의 「한시」 그리고 몇몇 수필류를 제외하면 본격적 문학작품으로 전면삭제를 당한 것은 「Trick」과 「빼앗긴 들에도 봄은 오는가」가 전부라고 할 수 있다. 삭제 작품의 목록과 면면에 대해서는 최수일, 「근대문학의 재생산 회로와 검열－『개벽』을 중심으로」(〈한국 근대문학, 재생산 구조의 제도적 연원〉, 성균관대 동아시아학술원 기초학문육성지원 연구발표문, 2005. 5. 21)의 〈부록 1〉을 참조할 것.

'프로문학'이 아니라 일제에 '비타협적' 태도를 취한 '부르주아문학'이라고 할 수 있다.[25] 실제로 「Trick」과 「빼앗긴 들에도 봄은 오는가」의 전면삭제와 견주어볼 때 '신경향파문학'은 어느 정도 검열로부터 비껴나 있었다고 할 수 있다. 신경향파문학의 대표작이라고 할 수 있는 「붉은 쥐」(53호)·「땅속으로」(57호)·「농부 정도룡」(65~66호)·「선동자」(67호) 등은 부분 삭제에 그쳤으며, 「전투」(55호)·「정순이의 설움」(56호)·「사냥개」(58호)·「광란」(57호)·「흙의 세례」(59호)·「쫓기어 가는 이들」(65호)·「가난한 사람들」(59호) 등 더 많은 경우 삭제 없이 검열을 깨끗이 통과했던 것이다.[26]

물론 이를 식민지 시대 문학 검열의 보편적 양상으로 볼 수 있는지 여부는 속단하기 어렵다. 이는 여타의 매체들에 대한 실증적 분석과 통계작업이 시계열적으로 선행돼야 가능한 일이기 때문이다. 다만 『개벽』이 1920년대 초중반 조선의 최대 잡지였다는 점을 감안할 때, 검열의 최대 피해자가 '계급문학'이 아니었다는 사실[27]은 몇 가지 추론을 가능케

25) 『개벽』에서 비타협적 부르주아문학이 프로문학이나 계급문학보다 좀더 근본적인 검열을 받았다는 사실을 확대 해석하는 것은 곤란하다. 즉 이를 당대 조선의 민족운동에서의 헤게모니의 문제(사회·역사적으로 계급운동 내지 사회주의운동의 헤게모니를 부정하는 것이냐?) 혹은 부르주아 민족운동의 실효성 문제(부르주아 민족주의가 현실성 있는 개념인가? 등)와 연관시켜 해석하는 것은 사실을 너무 앞지르는 것이다. 필자가 보기에 이는 문학의 문제, 좀더 구체적으로 문학경향의 문제로 한정해서 의미를 부여할 필요가 있어 보인다. 실제 '비타협적 부르주아 문학'이란 개념은 「Trick」이나 「빼앗긴 들에도 봄은 오는가」 등의 일군의 작품들이 빈곤문제나 계급문제를 중시하는 프로문학 혹은 계급문학과 달리 '민족문제' 혹은 '민족모순'의 형상화에 초점을 두고 있다는 사실에 기초해 사용한 것이다. 일제의 검열이 계급문학 혹은 프로문학보다는 '비타협적 부르주아문학' 특히 '민족문제'를 형상화한 작품 경향에 좀더 근본적인 긴장을 했으리라는 것도 「Trick」과 「빼앗긴 들에도 봄은 오는가」의 전면삭제라는 문학적 사실에 기초한 추론이지 그 이상이 아니다. 즉 이것이 계급운동의 실효성과 영향력을 부정하거나 혹은 당대 민족운동 내에서 부르주아 운동의 실효성 내지 영향력을 공인하는 것은 아니라는 것이다.

26) 이런 『개벽』의 사례는 검열 연구가 막연한 통념을 넘어서 '실증'을 지향해야함을 선명히 드러내는 것이라고 할 수 있겠다.

27) 필자가 『개벽』을 두루 살펴본 결과, 이런 양상은 비단 문학작품에 국한된 것이 아니었

한다. 무엇보다도 식민지시대 일제의 검열정책이 일관되게 '계급문제'나 '사회주의'에 초점을 두고 있었던 것은 아니라는 것이다. 적어도 『개벽』이 있던 시기와 그 이후가 다르고, 비슷한 시기라도 매체의 성격에 따라서도 차이가 있었을 가능성이 크다. 문학부문에 한정하면, '프로문학'과 '타협적 부르주아문학'의 대립각이 분명해지고, '민족모순'을 형상화한 작품들이 지면에서 거의 사라지는 1920년대 후반이 문학 검열의 분수령이었을 가능성이 높다.

주목할 점은 이런 추론이 식민지 검열 정책을 좀더 역동적인 존재로 바라볼 수 있게 한다는 것이고, 아울러 그 객체였던 식민지 문학의 자율성도 선명케 한다는 것이다. 사회·역사적으로 계급운동(사회주의운동)의 주도성이 두드러지고, 부르주아 민족운동이 그 존재성을 의심받는 1920년대 초중반을 넘어서는 상황에서 조선의 문학은 「Trick」과 「빼앗긴 들에도 봄은 오는가」를 낳았으며, 일제의 검열은 '계급문학'보다 이들 '비타협적 부르주아문학'을 좀더 근본적으로 겨냥한 셈이기 때문이다. 그렇다면 왜 이런 엇갈림이 발생하게 되었는가?[28] 이런 불일치가 의미하는 바는 무엇인가? 이런 엇갈림이 문학영역에 한정되었는가? 또 이것이 일제의 검열정책과는 어떤 상관관계가 있는가? 등등 지성사의 한 계단과 관련된 중요한 문제들이 연이어 제기될 수 있다. 이것에 답하는 것이 '검열연구'의 핵심과제이자 식민지 시대 문학연구 주요과제라는 점에서 「Trick」이나 「빼앗긴 들에도 봄은 오는가」의 존재는 부각될 충분한 이유가 있다.

다. 구체적 통계를 작성하지는 않았지만, '민족모순'을 다루거나 '독립운동'과 관련된 기사들이 삭제 빈도(게재 기사수 대비)가 높고 삭제 양상이 한층 가혹했다. 즉 계급운동 내지 사회주의 관련 기사들은 검열을 깨끗이 통과한 경우가 적지 않았지만, 독립운동 내지 민족모순을 다룬 기사들은 거의 예외 없이 전면 혹은 부분 삭제를 당했다.

28) 필자는 이런 엇갈림이 검열 당국의 '내적 공포'가 드러나는 지점이자, 검열이 정책적 흐름을 띠게 되는 지점이라고 생각한다. 가령 1920년대 초중반 『개벽』에 나타난 검열의 양상은 민족정서에 입각한 3·1운동에 대한 '공포'의 잔상이자, '무엇보다 무엇을 우선으로'라는 정책적 출발을 선명히 드러내는 것이라고 할 수 있다.

3. 제도, 지식인, 타협 – 「Trick」의 문제적 성격

그렇다면 「Trick」은 '문제작'인가? 이에 대한 필자의 대답은 일단 긍정적이다. 앞서 보았듯이 이 소설이 일제의 '日鮮同化政策'을 정면으로 문제 삼았다는 사실, 그로 인해 전면삭제라는 운명을 강요당했고, 또 검열사적으로 중요한 시사점을 제공한다는 것이 판단의 한 근거가 된다.

더구나 식민지 시대 검열로 삭제·압수된 작품의 원전복원이 거의 불가능하다는 사실을 감안할 때, 「Trick」의 존재는 식민지 시대 문학 검열 양상과 방향을 실증하는 데 중요한 자료가 될 수 있다.

한편으로는 문학사적인 의미도 크다. 식민지 시대 검열이 파생시킨 여러 문제로 인해 일제에 저항적인 문학 작품이 창작되기 어려웠다는 사실을 고려할 때, 「Trick」은 존재 자체가 문학사적인 사안이 될 수 있다. 특히 그 작가인 팔봉이 카프의 맹원으로 '계급문학'을 대표하는 인물이었기 때문에 작품의 가치는 한층 높아진다. 프로문학의 거두인 김기진이 민족모순을 심도있게 형상화한 작품을 썼다는 사실 자체가 '계급문학 대 민족문학'이란 문학사의 대립구도가 허위임을 입증하는 것이기 때문이다.[29]

그런데 필자가 이 작품을 '문제작'으로 보는 데에는 이 같은 작품 외적 이유만 작용한 것은 아니다. 작품 내적으로도 「Trick」은 주목할 만한 특성과 의의를 가지고 있다.[30]

---

29) 「Trick」의 존재는 '계급문학 대 민족문학'이란 문학사의 구도가 작위이자 허위의식의 산물임을 '물건'으로 입증하는 것이다.

30) 프로문학의 거두인 김기진에 대한 연구는 주로 비평 내지 문학론에 집중되어 있고, 그의 소설에 대한 연구는 매우 드물다. 10여 편의 학위논문 중 소설에 주목한 것은 단 한 편이 있을 뿐인데, 문제작인 「Trick」이 거론되지 못했다는 점에서 문제점이 적지 않다. 필자가 볼 때 「Trick」은 「붉은 쥐」와 「젊은 이상주의자의 사」 그리고 「몰락」 등으로 이어지는 김기진 소설의 궤적을 체계적으로 이해하는 데 없어서는 안 될 자료이기 때문이다. 특히 「Trick」은 당대 팔봉의 현실인식이 녹록지 않았음을 드러내는 것으로, 변절과 친일로 이어지는 삶의 궤적을 이해하는 중요한 단서다. 아무쪼록 「Trick」의 발굴이 김기진에 대한 균형잡힌 연구의 계기가 되기를 바란다.

무엇보다도 이 작품이 '식민지 제도와 지식인의 문제'를 진지하게 성찰했다는 점은 주목할 필요가 있다. '제도'에 무게중심을 두고 보면, 우선 '등장인물'이 이전 작품 속에 등장하는 인물들과 비교해 새롭다. 「붉은 쥐」[31]의 주인공 '박형준'은 무직 지식인이고, 「젊은 理想主義者의 死」[32]의 '최덕호'는 '寫字生(필사원)'으로 모두 제도권 밖의 인물이었는데, 「Trick」의 주인공 '김광수'는 비록 말단 교사이나 식민지 제도권 내 인물인 것이다.

주인공이 모순된 식민현실에 대해 저항하는 양상이나 결과에서도 차이가 난다. 먼저 박형준은 식민지 현실의 '영양부족상태'를 "자본주의 문명의 특색(特色)이다. 콤머-씨알이슴(商業主義), 코렉티비슴(集中主義)의 저주할만한 결과(結果)일 쑨이다. 대량생산(大量生産)과 식민지정책(植民地政策)이 모도다 자본주의(資本主義)에서 근원되여 내려오지 아니한 것이라고 말할 사람이 누구냐"[33]냐며 비판하지만, 순간적인 충동에서 비롯된 강도행각을 벌이다 어이없게 차 사고로 죽는다.

최덕호도 마찬가지다. "나는 생각하엿다. 새삼스럽게 생각하엿다. 온갖 不幸은 오늘날의 資本主義的 生産組織과 이에 짜라서 同伴되는 軍國主義에 그 災禍의 原因이 잇다는 것을 생각하엿다. 이 짱은 植民地다. 그 植民地라는 말을 색이여 보아라. 神妙한 글字가 아니냐? 可憎스러운 글字가 아니냐?"[34]며 조선의 더러운 현실에 선전포고를 하지만 결국 자살하고 만다. 최덕호에 이르러 식민 현실에 대한 분석과 비판은 한층 날카롭고 분명해지지만, 서사는 '연애문제'로 흐르다 주인공의 자살로 귀착되는 것이다.

모순된 현실에 대한 저항이 이처럼 강도짓이나 자살로 귀결된 까닭은 작가의 현실인식이 지나치게 '명제적'이기 때문인데, 작가는 그런 관

31) 『개벽』 53호, 1924. 11. 1.

32) 『개벽』 60~61호, 1925. 6. 1~7. 1.

33) 『개벽』 53호[미결(2)], 140-141쪽.

34) 『개벽』 60호[본호], 문예면 23쪽.

념의 무게에 눌려 서사의 앞길을 개척하지 못했다. 무엇보다도 인물들에게 작가의식을 행동으로 구체화할 '터전'을 제공하지 못한 것은 서사를 어이없는 결말로 이끌었다.

반면 「Trick」의 주인공 '김광수'는 식민지 현실에 대해 막연한 울분을 토로하는 것이 아니라, 그런 현실을 제어하는 조정중심으로서의 '제도'를, 그것도 일제의 동화정책이 실현되는 통로이자 뿌리인 '교육제도'를 비판한다. 그의 판단에 따르면 조선의 보통학교 상급반 학생들이 지었다는 작문이 전부 "『明治天皇陛下聖德』이라든가 『我が攝政宮殿下』라든가 『乃木大將』이라든가하는 것"(4면)이라면, 보통교육이 뿌리를 내리면 내릴수록 조선의 미래는 절망적이라는 것이다.

> 보통학교 교육은 이와 가튼 사람으로 인하야 조선 전 의[35] 구셕구석에 그 넝쿨을 점점 뻐치어 들어간다. 그리하야 어린 학생들은 구하여 볼 수 업슬만치 그 敎化에 물드러지고 말지 안느냐? 오늘의 학예회는 진실로 이와 가튼 敎化의 成績을 웅변으로 셜명하얏다. 그 어린 사람들이 입으로 하는 노래 쏘는 몸찟으로 하는 작란의 온갖 종류와 운동 쏘는 붓끗으로 적어 놋는 온갖 종류의 글 그것들의 다만 하나일지라도 이 쑤부정한 잘못된 교화에 물젓고 구더버리지 안이한 것이 잇느냐? 그들은 지금 성숙되야 간다. 성숙되면 되여갈수록 그들은 버리는 물건에 지나지 안는다.[36]

식민지 조선이 일제의 '교화'에 의해 근대화될수록 '버려지는' 것이고, 독립의 가능성은 그만큼 줄어들 것이라는 인식, 즉 식민지 '제도'의 이중성 내지 폭력성을 꿰뚫는 주인공(작가)의 통찰은 당대로서는 놀랄만한 것이라고 할 수 있다. 요컨대 양심적 지식인에게 교사라는 제도의 말단 신분을 부여함으로써, 작가의 현실비판은 한층 구체화되고, 그에 따라 서사가 개연성을 획득할 수 있게 되었다고 할 수 있다.

김기진은 여기서 멈추지 않고, 제도의 폭력성을 지식인의 삶 속으로

35) "조선전역의"의 낙자.(인용자)

36) 『개벽』 63호[호외(1)], 문예면 6쪽.

관철시킨다. 그 결과 작품의 결말도 이전과 사뭇 달라진다. 「젊은 이상주의자의 사」에서 '양심'을 들먹이며 '순사'되기를 주저했던[37] 식민지 지식인은 「Trick」에 이르러 제도권에 편입되자 곧바로 '양심'을 버리고 현실과 타협하고 마는 것이다. 문제는 이런 씁쓸한 타협이 나름의 '현실성'을 갖는다는 데 있다. 먼저 광수는 현실에 대해 비판적 생각을 할 때마다 심한 정신적 위압감을 느끼는데, 여기엔 나름의 이유가 있다. '감시자의 시선'을 느끼기 때문이다.

> 그러나 이와 가튼 생각이 머리 속에서 휘말니는 한편으로 이와 가튼 생각과는 근사하지도 안은 강한 놈에게 찍어 눌리우는 듯한 그 엇던 다른 한 개의 생각이 빙글빙글 돌기 시작하는 것이엇다. 그의 눈 압헤는 鈴木교장의 번들거리는 두골이 낫하낫다. 그리고 그 커드란 눈이 빙그르르 도라서 짝 자긔를 노리어 보는 것이엇다. 그는 엇던 눈에 보히지 안는 힘에 강제되야 꼼작하고 잇는 듯십흔 늣김을 늣기엇다.[38]

식민지 시기 조선인에 대한 사찰이 일상적이고 무차별적이었다는 점에서,[39] 교장의 '커다란 눈'과 '경찰서장의 얼굴'로 상징되는 식민 권력의 감시와 그로 인한 주인공의 심적 동요는 나름의 개연성을 갖는다고 할 수 있다. 더구나 광수는 3·1운동에 가담한 전력을 가진 인물로 이 또한 査察의 가능성을 높인다.

---

37) "생각하여보아라. 스물네 살이나 먹어가지고 이곳저곳으로 공부라고 하면서 도러다니다가 됴선에 와서 산양개 노릇을 한다니 말이 되엿나?…… 사건이 이믜 이에 이르러서는 인저는 理想이니, 精神이니 하는 問題가 아니라 첫재 良心이 잇느냐? 업느냐? 하는 問題가 된다. 그럼으로 나는 산양개 노릇은 絶對로 못하겟다."(『개벽』 60호[본호], 문예면 22쪽).

38) 『개벽』 63호[호외(1)], 문예면 6쪽.

39) 정치범은 물론이고 특별한 문제가 없는 지식인들도 감시의 대상이 되었다. 가령 문예지 『창조』의 동인들은 끊임없이 경찰의 미행에 시달려야 했는데, 김환이나 이일의 기행문에는 이런 사실이 소상히 밝혀져 있다. 『창조』 동인들에 대한 사찰문제에 대해서는 최수일, 「1920년대 동인지문학의 심리적 기초」(『대동문화연구』 36집, 대동문화연구원, 2000. 6)를 참조할 것.

그뿐만이 아니다. "그러케(동맹휴학—인용자) 하고 나서는 엇더케하나?"라는 주인공의 자문에서 드러나듯 제도권 밖의 삶에 대한 두려움은 심적 동요를 가중시킨다. 아울러 3·1운동 당시의 감옥경험은 그를 점점 더 '타협'의 길로 내몬다. 고함과 발길질, 칼이 난무하는 감옥에서의 첫날밤은 그에게 잊혀지지 않는 '공포'였던 것이다.

> 六七年 전에 자긔가 수업시 만흔 여러 사람들과 함끠 경찰서에 붓들리어 갓슬 때의 긔억이 번개불 가티 머리 속을 스치고 지나가는 것이엇다.
> 『반항하는 놈을랑 죽여라!』
> 하고 소래치든 경찰서 구류간의 첫날밤 일이 력력히 눈압헤 낫하낫다.
> 경부의 칼에 이마를 맛고서 흘리는 모르는 동무의 피……피……. 그리고서는 온갓 侮辱과 酷使와 辛苦의 지옥인 감옥 안의 정경이 눈압흐로 오락가락하는 것이엇다. —40)

무엇보다도 자신이 사직을 하고 또 동맹휴학을 선동하다 감옥에 갔을 때, 노모와 어린 자식 그리고 사랑하는 아내가 겪을 고초를 생각지 않을 수 없었다. 그에겐 챙겨야 할 가정이 있었던 것이다. 따라서 그가 교장의 '계략'에 넘어가고, "아—아 하는 수 업거든"(15쪽) 하며 스스로를 자책한다고 해서 '관념적'이라거나 '유약하다'고 비판하기가 쉽지 않다.41) '위압감'과 '공포' 그리고 '연민'이란 제도의 폭력성 앞에 어쩔 줄 모르는 식민지 지식인의 보편적 내면풍경일 수 있으며, 이 점에서 그는 당대 지식인의 초상일 수 있기 때문이다.

따라서 작가가 「Trick」을 통해 말하고자 하는 바는 분명하다. 제도권으로의 진입이란 이처럼 항상 '타협'의 가능성을 머금는 것이고, 이에

---

40) 『개벽』 63호[호외(1)], 문예면 11-12쪽.

41) 물론 그렇다고 작가가 김광수의 '타협'을 변호했다고 볼 수는 없다. 한때 '辭職'과 '同盟休業'까지 생각했던 광수가 사건의 발단이었던 '다나가'와도 화해하고, 아내와 '다나가'를 견주며 생각에 잠겨 걸어가는 마지막 장면은 인물의 희화화이자 작가의 비판으로 볼 수 있기 때문이다.

대해 식민지 지식인의 진지한 자기성찰이 필요하다는 것이다. 그리고 이 점이 「Trick」을 가벼이 볼 수 없는 중요한 이유 중 하나이다.

4. 나오며

이 글에서 필자는 김기진의 소설 「Trick」의 성과와 의의를 작품 외적인 부문과 작품 내적인 부문으로 나누어 조명했다. 「Trick」이 전면삭제된 연유와 이것이 내포한 문학사적 의미에 대한 고찰이 전자를 대표하는 것이라면, '식민지 제도와 지식인의 문제'를 본격적으로 형상화했다는 평가는 후자의 핵심내용이라고 할 수 있다. 먼저, 「Trick」의 전면삭제로 파생된 검열사의 쟁점은 『개벽』에서 문학검열의 최대 피해자가 '계급문학'이 아니라 '비타협적 부르주아문학'이었다는 사실인데, 이는 식민지 시대 검열의 최대 피해자가 '계급문학' 내지 '프로문학'이라는 일반적 통념과 어긋나는 것이기 때문이다. 여타의 매체들에 대한 실증적 분석과 통계작업이 시계열적으로 이루어진다는 가정에서 볼 때, 이는 경우에 따라 식민지 검열사를 새로운 관점에서 조망하는 계기가 될 수도 있는 것이다. 또한 '민족모순'을 심도있게 형상화한 이 작품이 프로문학의 거두인 김기진에 의해 창작되었다는 것은 '계급문학 대 민족문학'이라는 문학사의 구도가 '허상'임을 입증하는 것이로, 자체가 놀랄만한 일이다. 개념이나 이론에서 비롯된 것이 아니라 작품 하나가 문학사의 구도에 대해 근본적인 문제제기를 던진 셈이기 때문이다.

그뿐만이 아니다. 우리는 「Trick」을 통해 문학 검열의 양상과 방향을 가늠할 수 있으며, 『개벽』의 성격과 게재된 작품들의 경향을 연관지어 살필 수도 있다. 즉 「Trick」에 대한 접근이 식민지 시대 문학 저변을 탐색하는 첫 단추가 될 수 있는 것이다.

한편 「Trick」은 '식민지 제도권 내 지식인의 운명'을 진지하게 성찰했는데, 이는 형상화의 새로운 지평을 보여주는 것이라고 할 수 있다.

식민지 시대 제도권 내 양심적 지식인을 등장시켜 문제적 현실을 부각하고, 그 안에서 자신도 모르게 순치되고 타협하는 지식인의 모습을 그려낸 작품이 드물 뿐만 아니라, 그런 지식인의 내면을 요약하듯 간추려내는 솜씨 또한 주목할 만한 것이기 때문이다. 특히 검열을 뚫고 일제의 동화정책을 정면에서 비판하는 작품을 썼다는 사실은 그 자체가 문제적이다.

또한 이 작품은 팔봉의 문학 궤적을 온전히 복원하는 데에도 요긴한 역할을 하리라 생각한다. 특히 작품에 나타난 뛰어난 현실감각은 작가의 삶, 즉 변절과 친일로 굴절되는 삶의 궤적과 밀접한 연관이 있어 보인다. 흔히들 지적하는 김기진의 탁월한 현실감각이 오히려 그의 굴절된 삶을 이해하는 키워드일 수 있다는 것이다. 하지만 한편의 글로 많은 것을 기대할 수는 없는 일, 「Trick」에 대한 여러 연구자들의 관심을 기대하며 논의를 마친다.

주제어 : 개벽 63호, 김기진, 「Trick」, 검열, 호외(號外)

◆참고문헌

1. 자료

『개벽』 영인본(개벽사・오성사・한일문화사・박이정).

『개벽』 63호(아단문고 소장).

홍정선 편, 『김팔봉문학전집』 1-6, 문학과지성사, 1988~1989.

2. 논문

김근수, 「「개벽지에 대하여」(『개벽』 1, 영인본 해제, 개벽사, 1969, 1-8쪽.

김기진, 「나의회고록」(『김팔봉문학전집』 2, 문학과지성사, 185-312쪽.

김성수 편, 『카프소설선 1』, 사계절, 1988.

김재용・이상경 외, 『한국근대민족문학사』, 한길사, 1993.

박찬승, 『한국근대정치사상사』, 역사비평사, 1992.

박헌호, 「문화정치기 검열과 그 대응의 내적논리」, 〈식민지 검열체제의 역사적 성격〉, 성균관대 동아시아학술원 연례학술회의 발표문, 2004. 12, 85-128쪽.

이현우, 「팔봉 김기진 연구」, 우석대 박사논문, 1996.

임규찬, 「팔봉 김기진 프로문학론에 대한 고찰」, 성균관대 석사논문, 1986.

정근식, 「일제하 검열의 실행과 검열관」, 〈식민지 검열체제의 역사적 성격〉, 성균관대 동아시아학술원 연례학술회의 발표문, 2004.12, 1~28쪽.

최수일, 「『개벽』에 대한 서지적 고찰」, 『민족문학사연구』 27호, 2005. 4, 266-292쪽.

———, 「근대문학의 재생산 회로와 검열-『개벽』을 중심으로」, 〈한국 근대문학, 재생산 구조의 제도적 연원〉, 성균관대 동아시아학술원 기초학문육성지원 연구발표문, 2005. 5. 21, 83-106쪽.

한기형, 「문화정치기 검열체제와 식민지 미디어」, 〈식민지 검열체제의 역사적 성격〉, 성균관대 동아시아학술원 연례학술회의 발표문, 2004. 12, 129-156쪽.

한만수, 「검열, 복자(覆字), 그리고 원본 확정에 대하여」, 〈식민지 검열체제의 역사적 성격〉, 성균관대 동아시아학술원 연례학술회의 발표문, 2004. 12, 29-64쪽.

◆국문요약

김기진의 소설 「Trick」은 개벽 63호(1925. 11)에 게재되었으나, 일제의 검열로 전면삭제되어 문학사나 회고록 등에 이름만 전해지던 작품이다. 필자는 개벽의 판본을 확인하던 중에 '아단문고'에서 이 작품이 온전히 실린 개벽 63호(호외본)를 발견하여 그 실물을 확인할 수 있었다.

이 자료의 발굴은 크게 세 가지 면에서 의의가 있다. 첫째 식민지시대 검열로 사라졌던 작품들의 복원이 거의 불가능하다는 점에서, 일제의 문학검열의 실체와 양상을 밝히는 데 중요한 역할을 할 수 있다. 특히 개벽에 발표된 신경향파 작품들이 대부분 검열을 무리없이 통과한 반면, '민족모순'을 형상화한 「Trick」은 전면삭제를 당했다는 사실은 당대 문학검열의 지향과 목적을 구체적 적시하는 것이라고 할 수 있다.

둘째 이 소설이 일제의 식민지 동화정책(교육정책)을 정면에서 비판하고 있다는 점에서, 식민지시대 소설사 연구의 주요 자료가 될 수 있다. 일제의 식민정책에 대한 문학적 정면대결이 흔치 않았을 뿐만 아니라, 검열 때문에 그나마 남아 있는 것이 거의 없기 때문이다. 더구나 작가 김기진이 프로문학의 거두였다는 점을 감안할 때 이 소설은 더욱 문제적인 작품이라고 할 수 있다. 프로문학의 거두인 팔봉이 이토록 '민족모순'의 문제를 생생하게 형상화했다는 사실은 그 자체가 '계급문학 대 민족문학'이라는 문학사의 구도가 실증에 기초하지 못한 것임을 '물건'으로 입증하는 것이기 때문이다.

셋째 이 작품은 개벽과 '계급문학'의 연관성을 방증하는 구체적인 자료로, 매체와 문학의 연관성을 시대적 지평 위에서 조망하는 계기가 될 수 있다. 즉 「Trick」의 존재는 당대 계급사상의 확산이 '민족모순'의 해결이라는 시대적 대의에 힘입었고, 이를 통해 매체(개벽)와 문학(프로문학)이 교섭했음을 방증하는 것이라고 할 수 있다.

◆SUMMARY

A Novel Insight into the Colonial Policy and the Intelligentsia

-Kim Ki-Jin's story 'Trick'

Choi, Soo-Il

Kim Ki-Jin's story 'Trick' first appeared in "Gaebyuk"(63rd issue, published Nov. 1925), but it was censored under the rule of Japanese imperialism which resulted in complete deletion. The existence of story 'Trick' was only known mouth to mouth. I searched "Gaebyeok" issues through, and I found 63rd issue of "Gaebyuk"(extra issue) at 'Adan Mun-go'. I could assure the existence of the story 'Trick'.

The unearthing of this document resulted in three important issues. First of all, since reconstruction of those disappeared works (by censorship under the rule of Japanese imperialism) is almost impossible, the unearthing of this document means we can prove the existence and the aspect of censorship under the rule of Japanese imperialism. The aim and object of the censorship in those days may be specified especially by the fact that 'Trick', which embodied the national contradiction, was completely deleted while most works of the Anti-Conventional School published in "Gaebyeok" easily passed censorship.

Secondly, as 'Trick' criticizes the colony assimilation policy of Japan, this work can be the major reference on the study of history of the Japanese colonial period literature. It is because literary challenges to the Japanese colonial policy were not common, and what is more, few of them passed censorship. Furthermore, as Kim Ki-Jin was the utmost leader of proletarian literature, this work has have much more issues and importance than it's ever been known.

The fact itself that "Palbong", the utmost leader of proletarian literature, embodied the issue of national contradiction so vividly proved that the structure of "proletarian literature vs. national literature" in literary history was not based on positivism but insubstantiality.

Finally, this work can prove the connection between "Gaebyuk" and proletarian literature, which means it can demonstrate the relation between journal and literature on the ground of colonial times. In other words, the existence of 'Trick' demonstrates that the diffusion of proletarian idea in those days relied on the settlement of national contradiction, which was the needs of the times, through which the medium (Gaebyuk) and literature communicated with each other.

Keyword : "Gaebyuk" 63rd issue, Kim Ki-jin, 'Trick', censorship, extra issue

-이 논문은 2005년 6월 30일에 접수되어, 소정의 심사과정을 거쳐 2005년 8월 19일에 게재가 확정되었음.

프로시의 아포리아

오 문 석*

목 차

1. 프로문학 연구에 앞서

진보적 문학운동의 급격한 퇴조와 더불어 프로문학이 '운동'의 측면에서 현재적 영향력을 상실한 지도 꽤나 오래 되었다. 심지어 문학연구자들 사이에서도 프로문학은 소외받는 처지에 놓여 있다. 20세기 초 유럽의 여러 아방가르드 문학이 그러했던 것처럼 프로문학은 이미 과거의 유물, 즉 '역사적 아방가르드'가 된 것이다. 프로문학이 운동으로서 추진했던 원대한 기획은 새롭게 재편되는 자본주의 현실에 부적합한 것으로 평가받고 있으며, 심지어 자신의 적수였던 근대 사회와 은밀하게 내통하고 있었다는 비난으로부터 자유롭지 못한 형편이다. 그러나 근대

* 충북대 강사.

사회 극복이라는 프로문학 본래의 심층적 기획이 그 유효성을 상실하지 않았다면, 오히려 지금이야말로 프로문학이 보여주었던 근대 극복 프로젝트의 공과(功過)에 대해 진지하게 논의할 때이다. 그것은 물론 프로문학이 빠져나오려 했지만 다시 그 안에 갇혀 버릴 수밖에 없었던 근대 사회의 괴물적 성격에 대한 충분한 숙고를 전제한다.

프로문학이 상대했던 근대 사회의 괴물적 성격은 이제 프로문학으로 전이(轉移)되었다. 이제는 프로문학 자체가 대부분의 문학연구자들이 상대하지 않으려 하는 괴물이 된 것이다. 그것은 프로문학 연구자들의 딜레마를 반영하고 있다. 우선 프로문학을 긍정적으로 평가하고자 하는 연구자의 경우를 보자. 그는 곧바로 '역설적 함정'에 빠져들고 만다. 요컨대 프로문학이 자신의 적(敵)을 닮았다는 최근의 논의에 동의한다고 했을 때, 프로문학에 대한 호의적 태도는 오히려 프로문학이 부정하려고 했던 근대 사회에 대한 묵시적 긍정을 전제하게 된다. 근대 사회에 대한 암묵적 긍정이 연구의 전제로 요구된다는 사실 그 자체만으로도 그것은 프로문학의 원래 기획을 배반하는 것이다. 결국 그것은 근대 사회에 대한 철저한 비판과 부정을 목적으로 하는 프로문학에 대해 그것이 실패할 수밖에 없는 기획이었음을 입증하는 격이 되고 만다.

그렇다고 해서 프로문학의 존재를 부정적으로 평가할 수도 없다. 적어도 프로문학이 근대 사회를 상대했던 유력한 비판적 문학운동이었다는 역사적 사실마저 망각할 수는 없는 일이다. 실제로 근대 사회에 대한 프로문학 나름의 통찰과 비판을 통해서 근대 사회의 숨겨진 일면이 폭로되었던 것은 지울 수 없는 사실이다. 비록 거기에 일면적이고 편향된 측면이 있다고 하더라도 분명한 것은 프로문학이 근대 사회의 괴물적 성격에 접속되어 있었다는 점이다. 프로문학이 실감했던 근대 사회의 괴물적 성격은 프로문학 이외의 다른 문학적 경향에서는 발견될 수 없는 독특한 측면이 있다. 우리가 프로문학을 외면하였을 때 그것은 동시에 근대 사회에 대한 프로문학 나름의 통찰 하나를 망각하는 것과도 같다. 그것은 근대 사회에 대한 입체적 조망을 불가능하게 할 것이다.

이는 수많은 문학연구자들이 처해 있는 딜레마의 한 측면이겠지만, 이와 유사한 '딜레마'는 연구자들 사이에서 프로문학을 근대문학사의 '뜨거운 감자'로 간주하게 만든다. 프로문학은 이제 '긍정적'으로도 '부정적'으로도 평가할 수 없는 독특한 연구대상이 된 것이다.

2. 프로문학 연구의 두 방향

연구의 대상에 대해서 이처럼 확신과 자명성이 사라졌다는 것, 이것이 프로문학 연구의 현주소라고 할 수 있다. 그러나 근대의 문학이란 이처럼 확신과 자명성이 사라진 시대의 문학이 아니던가? 진부할지 모르지만, "예술에 관한 한 이제는 아무것도 자명한 것이 없다는 사실이 자명해졌다"[1]는 아도르노의 언급은 ('예술'이라는 단어를 '프로문학'으로 바꾼다면) 이제 프로문학 연구자들의 일반적 고백이 되었다고 할 수 있다. 연구자로 하여금 때아닌 낭만적 '향수(鄕愁)'에 젖어들게 만드는 프로문학의 시대는 서서히 '우리 시대의 그리스'가 되어가고 있는지도 모른다.[2] 그 시대에는 모든 것이 투명하게 드러나 있었기 때문에 비밀이 없었다. 그 시대는 아직 고전적 규범의 모습을 하고 있지만 그러나 이미 돌아갈 수 없다는 점에서 우리는 프로문학의 시대를 '우리 시대의 고전

1) 아도르노, 홍승용 역, 『미학이론』, 문학과지성사, 1984, 11쪽.

2) 그리스 시대를 향한 루카치의 "향수"를 연상하기에 충분하다는 점에서 다음의 글을 인용해본다: "한때 문학이 이 세계를 바꿀 수 있다는 믿음으로 스스로를 불태우던 시절, 그 믿음과 열정으로 시대의 캄캄한 뒷골목을 질주하던 시절, 질주하다가 쓰러져도 그 죽음이 한 시대의 장엄하고 비장한 순교의 형식으로 승화될 수 있었던 시절, 문학이 무엇을 위해 살아야 할 것인가가 분명했던 시절, 그리고 그 무엇을 위해 문학이 장렬하게 죽을 수도 있었던 시절, 요컨대 그 대상이 어떠한 것이든 문학이 온몸을 바쳐 순교할 대상에 대한 지사적 열정으로 팽팽하게 긴장해 있던 시절, 어쩌면 그 시절은 문학 스스로가 어떤 제왕의 자리를 꿈꾸었던 시절이었는지도 모른다. (…) 그러나 어쩌면 문학을 위해서 가장 행복한 시절이었을지도 모를 그 뜨겁던 낭만적 열정의 시기는 지나갔다."(박혜경, 『세기말의 서정성』, 문학과지성사, 1999, 14-5쪽)

주의'[3]라고 해야 한다.

그렇다면 고전(=프로문학)에 대한 확신과 자명성이 사라진 새로운 '낭만의 시대'에 연구자들은 어떻게 고전에 접근할 것인가? 거기에 정답이 있을리야 없겠지만, 실마리를 찾기 위해 우리는 유럽의 문학사를 참조할 수 있을 것이다. 시기적으로 상당히 동떨어져 있긴 하지만 17세기 유럽의 〈신구논쟁〉이 고전주의로부터 낭만주의로의 이행기에 놓여 있다는 점은 지금의 상황을 살피는 데 소박한 거울이 될 수 있다. 유럽의 예술사에서는 고대 그리스의 작품을 예술의 영원한 '모범'이라고 생각했던 고전주의 시대가 있었다. 그러나 17세기 근대주의자(=계몽주의자)들의 출현으로 고전주의의 정신은 위기를 맞게 된다. 고전주의가 맞이한 위기의식은 프랑스의 경우 논쟁(=신구논쟁)을 통해 선명하게 드러났다. 이 논쟁 중에서 고대보다 근대가 우월하다고 믿는 근대주의자들의 논리를 야우스(Jauss)는 다음과 같이 정리하고 있다.

> 프랑스에서 고전주의와 계몽주의의 시대 변천에 걸쳐 잉태되었던 마지막 커다란 〈신구 논쟁〉의 해답은 고대인의 작품들도 근대인의 작품들과 마찬가지로 각기 다른 역사적 시대의 산물로서 판단될 수 있을 뿐이라는 인식, 즉 미의 상대적 기준에 따라서 판단될 수 있을 뿐, 완전성이라는 절대적 개념에 따라서 판단될 수 없다는 새로운 인식으로 발전해 갔다.[4]

고대의 초시대적 타당성과 그 규범적 성격을 부정하기 위한 근거로 프랑스의 근대주의자들은 '역사적 상대주의'를 내세웠던 것이다. 시대마다 규범은 다르다는 것이다. 이처럼 고대의 규범에 손상을 입힘으로써 고대를 근대와 대등하게 만들게 되면, 고대와 근대는 서로 소통할 필요가 없는 병렬적 관계를 맺게 된다.[5] 그러나 프랑스의 근대주의자들은

---

3) 뤽 페리에 의하면 고전주의는 "진리의 표현으로서의 예술"로 정의된다(뤽 페리, 방미경 역, 『미학적 인간』, 고려원, 1994, 263쪽). 이러한 정의에 부합하는 경우는 미를 '이념의 감각적 현현'이라고 정의했던 헤겔이 대표격이다.

4) 야우스, 장영태 역, 『도전으로서의 문학사』, 문학과지성사, 1983, 72쪽.

단지 현대 시인의 예술적 역량을 고대 시인의 그것과 동등한 반열에 올려놓았을 뿐이지, 사실상 새로운 시대에 걸맞는 예술 이념을 안출해내지는 못하였다.6)

안타깝게도 프로문학에 대해서 프랑스의 근대주의자와 같은 태도를 취하는 경우가 있다. 첫째는 프로문학에 대해 침묵하는 것이다. 그것은 프로문학과 아무런 소통의 기회를 마련하지 않으려는 독백적 태도에 가깝다. 둘째, 프로문학에 대해 부정적 평가를 내릴 수밖에 없는 기준을 사용해 프로문학을 손쉽게 재단해버리는 독단적 태도가 있다. 그것은 시대에 편승해서 프로문학의 과거적 성격이 자명해졌다는 사실을 확인하는 것으로 만족하는 입장이다. 그러나 이런 연구가 아무리 다성성과 모호성을 강조한다고 할지라도 프로문학에 대해서는 이미 결정된 '자명한 평가'를 전제한다는 점에서 그것은 사실상 '은폐된 독백'에 지나지 않는다. 그 결과는 프랑스의 근대주의자들이 그러했던 것처럼 문학사에 있어서 생산성의 빈곤을 초래하게 된다.

그러므로 오히려 프로문학의 '자명성 상실'에 난감해하는 연구자가 프로문학에 대해, 그리고 한국 문학이 처해 있는 현재적 성격에 대해 진정으로 새롭고 설득력 있는 목소리를 창출할 가능성이 크다. 그런 점에서 우리가 참조할 수 있는 또다른 태도는 독일에서 발견된다. 프랑스가 "고대냐 근대냐"의 양자택일의 기준으로 고대를 바라보았다면, 독일에서는 "고대이면서 근대"라는 변증법적 화해의 방식을 모색하게 된다. 다시 야우스의 말을 들어보자.

> 루이 14세 시기(프랑스-인용자)의 의고전주의가 고대 모방의 원리에 대

5) 과거와 현재, 그리고 미래 사이를 병렬적 관계로 파악하는 것이야말로 역사를 직선적 진보에서 바라볼 수 있게 하는 기초적 발상에 해당된다. 그러므로 17세기 프랑스의 근대주의자(=계몽주의자)들이 과거를 대하는 태도를 모방하는 것이야말로 가장 근대적인 사고방식에 가깝다고 할 수 있다. 프로문학을 과거적 자명성에 맡겨두면 역설적이게도 그것만으로도 진보적 역사관의 기초에 닿게 된다는 것이다.

6) 이창남, 「프리드리히 쉴레겔의 현대성 개념」, 연세대 석사논문, 1996, 14쪽.

> 한 아무런 회의 없는 통용으로부터 시작하여 고대를 규범적으로 파악하는 데서 역사적으로 파악하는 과정으로 완수된다면, 바이마르 (독일의－인용자) 의고전주의는 계몽에 대항하여 고대의 역사적 대립상으로부터 이상적이고 단지 모방할 가치가 있는 모범을 만들어내기 위한 시도와 함께 시작되었다.[7)]

고대와 근대를 평면적으로 병치하고 대립시키는 프랑스의 경우와 달리, 독일의 신고전주의는 '현대에 대한 불신'과 '고대로의 회귀불가능성' 사이, 즉 일종의 막다른 골목(=아포리아)에서 '새로운 미학'의 창조가능성을 탐색했던 것이다. 야우스의 진술을 반복하자면, 그들은 "계몽에 대항"하기 위한 새로운 모범을 고대라는 "역사적 대립상"에서부터 만들어내려고 했다는 것이다. 여기에서 우리는 소설을 '부르주아 시대의 서사시'라고 했던 루카치의 정의가 부르주아 시대에 대항하기 위한 새로운 문학의 모범을 고대(서사시)에서부터 만들어내려는 독일 신고전주의의 기획에 힘입고 있는 것을 알 수 있다. 다시 말해 루카치가 빚지고 있는 독일 신고전주의(혹은 독일 낭만주의)의 풍부한 미학적 결실은, 그들이 '막다른 골목'에서 벗어나기 위한 해법에 골몰하였기 때문에 가능했다.

이렇게 이러지도 저러지도 못하는 상황, 다시 말해서 자신을 "19세기와 20세기 틈사구니에 끼여 졸도하려 드는 무뢰한"[8)]이라고 고백했던 이상(李箱)이 직면했던 바로 그와 같은 막다른 골목에 와 있다고 느꼈을 때 진정으로 프로문학을 올바르게 평가할 수 있는 새로운 미학적 관점이 열리게 된다는 것이다. 프로문학에 대한 정당한 평가를 내리기 위해서 이제는, 소설을 '부르주아 시대의 서사시'라고 했던 루카치의 말을 응용한다면, 문화산업 시대에 호출되는 프로문학, 디지털 영상 시대에 도착한 프로문학의 모습을 상상을 통해 재구성할 수 있어야 한다. 다시 말해서 프로문학으로의 복귀 불가능성을 인정하는 '새로운 프로문학'의

---

7) 이창남, 앞의 글, 16쪽에서 재인용(야우스, 같은 책, 80-81쪽), 야우스의 번역본에서는 이 대목의 몇 구절이 생략되어 있다.

8) 이상, 「편지 4」, 『날자, 한번만 더 날자꾸나』, 문장, 1980, 118쪽.

모델을 상정할 수 있어야 한다. 그렇게 되면 '부르주아 시대의 서사시'인 소설이 비록 고대의 서사시를 '지향'하긴 하지만 그것과 동일한 방법으로 동일한 목적에 도달할 수는 없는 것처럼, '문화산업 시대의 프로문학'과 '디지털 영상 시대의 프로문학'은 과거의 프로문학을 '지향'하긴 하지만 동일한 방법으로 동일한 목적에 이르지 않게 될 것이다. 우리는 루카치가 소설에 대한 자신의 정의에 걸맞는 작품을 '그리스'에서 찾지도 않았지만, 결코 찾을 수 없었다는 사실도 잘 알고 있는데, 마찬가지로 새롭게 정의될 프로'미학'의 모델은 더 이상 과거 프로문학 내부에서 찾을 수도 없겠지만, 또한 결코 거기에서 찾아서도 안 된다는 점을 기억해야 할 것이다.

3. 프로문학 맹목의 지점 - 부르주아 서정시의 문제

지금이 분명 '프로문학'에 결코 유리하지 않은 시대라는 것을 인정한다면, 프로문학을 정당하게 평가하면서 현재 문학이 처한 상황을 온전하게 재구성하기 위해서라도, 프로문학 연구자는 이제 가장 최근의 작품에서부터 새로운 프로'미학'의 가능성을 탐색해야 할 것이다. 시장르의 경우 만약 '문화산업 시대의 프로시', '디지털 영상 시대의 프로시'라는 새로운 미학적 모델을 상상적으로 구상할 수 있게 된다면 과거의 프로시는 전혀 새로운 관점에서 조명받을 수 있게 된다. 사실 루카치는 가장 이상적인 세계에 놓여 있다고 하는 서사시라고 할지라도 세련된 소설의 형식에 비한다면 얼마나 성글고 조잡한 방식의 이야기인지 잘 알고 있었다. 마찬가지로 변혁의 열정이 살아 있었던 시대의 프로시조차도 최근 시의 다양성의 측면에 견주어 본다면 분명 소박한 양식으로 비칠 것이다. 그러므로 그 소박성의 유혹에 이끌려 우리가 시간을 과거로 되돌려 놓으려는 헛된 수고를 하지 않으려면, 우리는 그 '소박성'을 정당하게 평가하면서 또한 그것을 넘어서는 어떤 지점에 서 있어야만 한다. 그 지점이란 '소박성'의 시야에 포착되지 않는 프로시 내부의 맹점(盲點)을 가리킨다. 물론 그 맹목의 지점은 우리가 프로시의 '소박성'을 충분히 지향했을 때만 개시되는 어떤 지평이다. 그 프로시 맹목의 지점은, 마치 루카치가 소설 형식의 변천과정을 밟아가면서 '서사시'를 호출하는 방식이 매번 달라졌던 것처럼, '과거의 프로시'를 매번 새롭게 소환할 수 있는 가능성의 폭을 넓혀줄 것이다. 그 지점은 고정된 지점이 아니라서 매번 역사적 상황에 따라 다른 방식으로 개방될 것이기 때문이다.

지금 우리가 프로문학과 대화할 수 있으려면, 그 대화는 프로문학의 소박성 — 즉 대상의 자명성과 미래에 대한 확신 — 속에서 이루어져서는 안 된다. 진정한 대화는 프로문학의 자명성이 상실되는 지점, 그 지향점이 모호해지는 지점에서 가능하다. 지금처럼 프로문학에 관한 한 모든 자명성이 사라진 시대에 비로소 진정한 대화가 가능하다는 것이다. 말을 건네고 물음을 던지는 우리는 물론이려니와 말을 되받아 답해야 하는 프로문학으로서도 쉽게 답할 수 없는 어떤 맹목의 지점에서 대화가 이루어져야 한다. 프로문학으로서 한번도 말하지 않았던 것을 말하게 하는 것, 그것이 지금 프로문학과 대화하는 유일한 방법이다.

여기에서 한 가지 기억해두어야 할 점이 있다. 즉, 우리가 프로문학을 향해서 그와 같은 방식으로 말을 걸기에 앞서, 이미 프로문학은 그와 같은 방식의 되돌아오지 않는 질문을 던진 적이 있다. 프로문학이 아직 출발선에 있었을 때, 프로문학이 제일 먼저 경험한 것은 부르주아 문학의 자명성이 사라지는 장면이었다. 부르주아 문학의 자명성이 자명하지 않은 것으로 드러나는 지점에서 프로문학은 출발할 수 있었기 때문이다. 이때 프로문학이 부르주아 문학을 향해 말거는 방식이 지금 우리가 프로문학을 향해서 말거는 방식과 포개진다. 그것은 하나의 동심원 속에 놓여 있는 것이다. 지금 프로문학의 지속이 더 이상 불가능하다고 믿고 있는 우리들처럼, 프로문학도 부르주아 문학을 향해서 그렇게 생각했다. 부르주아 문학이 더 이상 지속할 이유가 없다고 그들은 믿었다.

그러나 그들이 실제 경험한 것은 부단히 회귀하는 부르주아 문학의 악령이었다. 프로문학은 쉽게 떠나보낼 수 없는 부르주아 문학의 괴물성을 처음 경험한 문학인 것이다. 부르주아 문학과 단절하려는 욕망이 강하면 강할수록 부르주아 문학의 괴물성은 더욱 선명하게 드러났던 것이다. 그리고 부르주아 문학에서 발견한 괴물적 성격을 지금 우리는 다시 프로문학 속에서 발견하고 있는 것이다.

사태를 프로시에 한정해서 살펴보자. 새로운 시대의 도래를 예감한 프로시인들은 시대 변화에 둔감한 전통적 부르주아 서정시를 '부정'하려는 의지로 충만해 있었다.[9] 프로시는 부르주아 서정시를 부정함으로써 성립될 수 있었기 때문이다. 프로시가 직면하고 있었던 '곤경'은 전통 부르주아 서정시가 더 이상 '불가능하다'는 인식에서 비롯되는 것이다. 프로문학이론이 충분히 윤곽을 드러내기 이전부터 프로시인들은 부르주아 서정시가 시대에 부적합하다는 인식을 공유하고 있었지만, 어떤 방식으로 그 불가능성을 표현해야 할지 막막함을 경험했을 것이다. 그와 동시에 그들은 부르주아 서정시로부터 완전히 단절된다는 것도 '불가능하다'는 것을 알고 있었다. 그러므로 어느 수준에서 어떻게 부르주아 서정시와 결별해야 하는지를 결정해야 하는 것은 시인들 각자에게 맡겨진 것이나 다름없었다. 과거의 부르주아 서정시의 연장도 불가능하지만 그렇다고 해서 새로운 모델도 정해지지 않은 막연한 상태에서, 그야말로 무조건적인 단절조차 불가능했을 때, 바로 그 지점이 프로시가 직면한 '곤경'의 지점이라고 할 수 있다. 부르주아 서정시와의 단절지점에서 '프로시의 가능성과 불가능성'이 동시에 결정될 것이기 때문이다. 부르주아 서정시와 어떻게 단절하느냐에 따라서 프로시의 가능성이 열릴 수도, 아니면 프로시의 불가능성이 입증될 수도 있었던 것이다.

예컨대, 1930년대 초반 임화는 권환을 중심으로 한 몇몇 소장파 시인

---

9) 부르주아 서정시를 극복하려는 시도로서 프로시의 역사를 살펴본 글로는 졸고, 「서정시와 리얼리즘-프로시약사」, 『백년의 연금술-그때 그들에게 시는 무엇이었을까』, 박이정, 2005, 162-189쪽 참조.

들을 향해서 '뼉따귀시'라는 용어를 사용해가며 그들의 시는 시도 아니라고 비난했다.[10] 그러나 그보다 앞서서 소장파 시인들은 이미 임화의 시를 향해 '소부르적 감상주의'라는 판정을 내린 적이 있었다. 부르주아 서정시에 근접하고 있다는 뜻의 '감상주의'와 부르주아 서정시에서 너무 멀리 달아나버렸다는 뜻의 '뼉따귀시'는 모두 프로시의 '한계지점'을 표시하는 두 개의 표지판인 것이다.[11] 부르주아 서정시를 닮을 수도, 그렇다고 해서 완전히 결별할 수 없는 곤경의 지점, 그 틈에서부터 프로시는 새로운 가능성을 찾을 수 있었던 것이다.

이처럼 과거 부르주아 시문학과 단절하고 전혀 새로운 시 형식을 창출하려는 욕구가 강했던 프로시였지만, 실제로는 과거의 부르주아 서정시의 전통에 대해서는 이중적인 태도를 취할 수밖에 없었던 것이다. 그러나 그 결과 과거의 전통 서정시가 프로시 내부에서 사라졌느냐 하면 그렇다고 단정지을 수도 없으며, 거꾸로 프로시가 전통 서정시를 고스란히 계승·보존했다고도 말할 수 없는 상황에 처해 있다. 바로 그 모호성을 통해서 우리는 프로시가 처한 '곤경'의 지점에서 프로시의 새로운 모델이 설정되었다고 판단할 수 있다.

이를 통해 그 동안의 프로시 연구를 반성해볼 수 있다. 그 동안의 프로시에 대한 연구를 두 가지 측면으로 나눈다면, 첫째는 카프 내부에서 하달되는 강령의 변천과정에 따라서 그 강령을 성실하게 실천에 옮긴 작품을 찾아내어 분석하는 경향이 한쪽에 있었다면, 둘째는 앞서 말했던 프로시의 이념형을 기준으로 하여 강령을 충실하게 이행한 작품이라 할지라도 이념형에 미치지 못하는 작품에 대해서는 비판적으로 접근하는 경향이 있었다고 할 수 있다. 전자의 경우는 프로시의 지도비평적 성

10) 임화, 「33년을 통하여 본 현대조선의 시문학」, 『조선중앙일보』, 1934. 1. 1~12.

11) 김기진과 박영희의 '내용/형식'논쟁에 대해서도 동일한 평가를 내릴 수 있을 것이다. 부르주아 소설 개념에 근접해 있는 김기진과 거기에서 너무 멀리 벗어났던 박영희 사이의 논쟁은 프로시의 '곤경'의 지점을 향하고 있는 것이다. 논쟁과 쟁점이란 항상 그러한 '곤경'의 지점에서 벌어지기 때문이다.

격을 연구에 반영한 것이라고 한다면, 후자의 경우는 프로시의 이념형에 따른 연구라고 할 수 있다. 그러나 프로시의 이념형을 상정하고 그에 따라 다른 여타의 시작품을 평가하는 경향은 연구자가 처해 있는 시대적 맥락이 그러한 이념형의 공유를 용납할 수 있을 때에는 충분히 인정받을 만한 성과에 해당되겠지만, 그러한 이념형 자체에 대한 비판적 검토가 요청되는 최근의 맥락에서는 한계를 갖는다고 할 수 있다.

그러므로 프로문학과의 생산적 대화가 가능하기 위해서는, 프로문학 내부에서 문제가 되었던 '곤경'의 지점에 대한 보다 치밀한 분석이 필요할 것이다. 그 곤경의 지점은 프로문학 내부에서조차 결정불가능한 것으로 남겨둔 지점이면서, 프로문학의 모호성이 드러나는 지점이다. 그 모호성의 실타래를 어떻게 풀어내느냐에 따라서 프로문학이 새로운 변화의 가능성을 보이게 되는가 하면 오히려 프로문학 내부의 붕괴를 가져올 수도 있다는 점에서, 그러한 부분에 대한 면밀한 검토는 진보적 문학운동의 자기반성을 촉진하는 기능을 하게 될 것이며, 또한 프로문학의 역동성을 확인하게 되는 계기가 될 것이다.

4. 프로시인이 도시를 보는 법

과거의 전통 서정시와 비교했을 때 프로시의 두드러진 특징을 들자면, 그것이 우선 서정시의 고향이라고 할 수 있는 '농촌 공동체'의 해체 과정에서 등장한 시라는 점이다. 프로시는 무엇보다도 '도시'를 배경으로 등장한 시인 것이다. 그러나 같은 도시의 시인들이면서도 모더니스트가 급변하는 소비의 현장에 관심을 두었다면, 프로시인들은 그 소비의 현장을 떠받치는 생산의 현장에 주목하였다는 점에서 다르다. 하지만 그들은 모두 도시에서 과거 농촌 공동체의 조화로운 삶이 해체되는 과정을 목격하게 된다.

> 아, 여기는 도회이다./ 조선에서도 첫째라는 서울이다./ 수십만 가난뱅이가,/ 밤낮으로 헤매이는 서울이다./ 보아라 지금 나의 앞에도,/ 거지떼가 벌벌 떨며 지나간다.// … // 아, 가련한 그대들이여!/ 그대들은 나이다, 이 몸이다.
>
> —김석송, 「그대들은 나이다」(1925)에서

> 양지바른 남향 대문에 기대어 서서/ 나 자라던 고향을 생각하니/ 구름이 아득하니 千里러라/ 생각이 아득하니 千里러라// 남쪽으로 나르는 제비떼를 따라서/ 잊어버린 옛 고향길을 찾아라/ 늙으신 부모 기다림에 지쳐서/ 마루 끝에 걸터앉아 조을고 계심이라
>
> —박팔양, 「鄕愁」(1925) 전문

도시는 "가난뱅이가,/ 밤낮으로 헤매이는" 궁핍한 공간이지만, 그들에게는 그 궁핍을 보상해주는 "잊어버린 옛 고향"이 있다. 먼 거리에서 부모를 그리워하는 사정이야 예나 마찬가지겠지만, 도시로 인구가 집중될 수밖에 없는 근대 사회에서 고향으로부터의 거리감은 비단 '공간적인 거리'가 아닐 것이다. 고향에서 도시까지는 돌이킬 수 없는 '시간적인 거리'가 놓여 있기 때문이다. 돌이킬 수 없는 역사의 일방통행로에서서 프로시인들은 무슨 생각을 했던 것인가? 생면부지의 사람들이 모여 있는 도시 한복판에서 그들은 "그대들은 나이다"라고 하는 정서적 유대감과 친밀감의 회복을 꾀했던 것이다.

> 무덤에서 뛰어나온 여자의 얼굴처럼/ 무서히 질린 도시의 얼굴이여/ 영양 부족에 자동차 소리에/ 부어오른 낯짝들이 큰길에 쏘다니면서/ 그리도 좋은 듯이 헛웃음치는 가련한 꼬락서니여
>
> —김창술, 「도시의 얼굴」(1927)에서

> 봄아! 가는 봄아!/ 네야 가거나 말거나/ 내게 무슨 상관이 있으랴!/ 네가 왔다 해도/ 나라는 꽃은 피지도 않고/ 네가 간다 해도/ 내 가슴의 설움은 안 가져가거늘…// 그러나 봄이여!/ 너는 올해엔 이만 가도 다음에 또 오리니/ 그때엔 풀과 나무만 찾지를 말고/ 몇 번이나 헛수작에 속아넘고도/ 너를 그리워 우는 이 마음을 가엽다 하거든/ 세 마리 소등에 꽃 한 짐만 짊어갖고/ 기

> 어이 시들어진 이 마음도 찾아와 달라!
>
> —이찬, 「봄은 간다」(1928) 중에서

그들에게 계절의 변화를 알려주는 것은 거리의 유행이 아니라 아직 자연이다. 자연은 여전히 상징의 숲이며 인간과 말을 나누는 친숙한 형제였던 것이다. 자연과의 정서적 유대감을 잃지 않은 프로시인들이 삭막한 도시에서 건설하려는 "地上에서는 想像도 못할 樂園"(김석송, 「生長讚美」), 그 '행복의 약속'은 '도시에 대한 분노'를 배경으로 하고 있다. 자연과 인간의 조화로운 삶을 보존하고 있는 농촌에 비해 도시는 필연적으로 자본가와 노동자의 분열을 통해 유지되기 때문이다. 생명력으로 충일된 자연과의 대화에 비한다면 도시를 바라보는 프로시인들의 눈은 결코 호의적이지 않은데, 그 "도시의 얼굴"은 죽음과 분열의 표정을 하고 있기 때문이다.

이렇게 분열된 도시에서 그들이 꿈꾸는 "새로운 도시"의 모습을 박팔양은 다음과 같이 상상적으로 그려 보이고 있다.

> 친구는 보소서 이곳은 새로운 도시/ 새로운 사람들의 오고감을 보소서/ 행복에 미소하는 거리의 사나이와 여인/ 그들의 춤추는 듯한 걸음거리를 보소서// … // 사기와 투쟁과 음해 그리고 또 자기의 학대/ 그것은 벌써 옛날의 이야기외다/ 사람들이 이제 어린아이와 같이 솔직하여졌으매/ 그들의 총명한 머리와 고요한 마음을 가리울 아무것도 없사외다// 친구는 저 거리에서 들려오는/ 즐거운 노랫소리를 들으시나이까/ 새로운 도시의 새로운 아침 맑고 향기로운 공기를 통하여/ 청명하게 들려오는 저 백성들의 소리 높은 합창을.
>
> —박팔양, 「새로운 도시」(1929)

"백성들의 소리 높은 합창"이 울려퍼지는, "행복에 미소하는 거리의 사나이와 여인"의 도시를 꿈꾸면서 그들이 마음에 두고 있는 것은 "어린아이와 같이 솔직"한 상태이다. '새로운 도시'는 가장 자연을 닮았다는 점에서 가장 '오래된 도시'인 것이다. 도시 한복판에서 농촌[12)]을 꿈꾸는 프로시인들의 태도는 서정적 합일을 경험할 수 없는 근대 사회에서 서정적 합일의 세계를 지향하는 것이라고 할 수 있다. 도시에서 태어난 프로시가 도시의 탄생과 함께 사라지기 시작한 농촌 공동체를 그리워한다는 것에는 역설이 내재해 있다고 하겠다. 도시는 프로시의 탄생 지점이지만 그렇게 태어난 프로시는 자신을 낳아준 도시를 부정하면서, 도시의 탄생으로 죽음을 맞이하게 된 '본래의 농촌'을 그리워하고 있기 때문이다. 프로시는 자신이 태어난 도시를 살해함으로써 자신의 탄생을 무로 돌리려는 것이다.

그러나 이처럼 탄생 이전으로 돌아가려는 프로시의 과거회귀적 욕망은 오직 미래를 향한 전진 속에서만 충족될 수 있다. 이는 과거 서정시에서 찾아보기 힘든 것이라는 점에서 프로시에 주어진 '도시의 선물'이기도 하다. 결코 돌아갈 수 없는 과거를 향해서 과거의 시인들처럼 막연한 그리움에서 그치는 것이 아니라 끊임없는 전진을 통해서 무한히 거기에 근접하려는 '욕망'이 새롭게 등장한 것이다. 다시 말해서 과거를 향해서 미래로 전진하는 프로시인들의 '전진의 욕망'은 분명 도시의 산물이기도 하다.

> 그러나 과거는 이미 바람에 불려간 꽃조각/ 영원의 잊음 바다 위에 띄워버릴 뿐이외다/ 우울한 얼굴로 그것을 생각하여 무엇하리까/ 이제 내 앞에는 오직 새해 새아침이 있을 뿐이외다// … // 악몽같은 과거는 이 아침에 불살아 버리십시다/ 묵은 때 있거든 이 아침에 깨끗이 씻어버리십시다/ 그리고 앞날을 바라고 한 걸음 또 한 걸음 나아가십시다/ 그대와 나, 오직 정성스러운 마음으로—
>
> —박팔양, 「정성스러운 마음으로」에서

> 이 도시에 부대끼는 넋 위에/ 달려가는 자전차의 고속도/ 그 위에 있어 날카로운 신경의 눈 눈 눈
>
> —김창술, 「자전차의 민치(敏馳)」에서

---

12) 이때 '농촌'이라는 표현은 도시에 의해서 재형성된 당시의 농촌이 아님은 물론이다. 여기에서는 도시에 의해서 분열을 경험하지 않은 본래의 '농촌'을 가리키는 것이다.

과거를 불사르고 미래로 전진하는 그들 도시의 시인은 또한 도시의 거리를 자전거를 타고 빠른 속도로 달려가는 "날카로운 신경의 눈"의 소유자이기도 하다. 그러한 눈은 모더니스트들의 전유물인 것처럼 보이지만 사실 전혀 그렇지 않다는 것을 알 수 있다. 똑같은 '도시의 시인'으로서 시를 쓰는 데 있어서 '눈'의 중요성을 처음으로 알려준 것은 프로시인들이었다. 도시에서 프로시인들이 이루어낸 공적의 하나는 '눈의 객관성'을 처음으로 의심하게 해주었다는 데에 있다.[13] 계급에 따라 세계가 다르게 보인다는 뜻에서 붙여진 '세계관'이라는 개념은 프로문학 전시기에 걸쳐서 문제적인 것으로 간주되었다. 물론 그것은 감각적인 '시각'과는 상당히 달랐으며 오히려 이성적 '시각'에 가깝다는 것, 더구나 미술사에서는 오래 전에 정립되어 널리 사용되고 있었던 원근법에 가깝다는 것, 더구나 특정한 고정점을 지니고 있다는 것을 감안하더라도, 문학에 사회적 시각이 내재해 있다는 것을 알려주는 시도였다고 할 수 있다. 특히 소설과 달리 '초점'에 대한 논의가 거의 없었던 시 장르에서까지 그것이 문제되었다는 것은 간과할 수 없는 중요성을 갖는 것이다.

시에 있어서 시각의 문제는 임화의 단편서사시(「우리 오빠와 화로」)를 둘러싼 소장파들의 비판적 발언에서 비롯되었다.

> 왜 그런고 하니 그것은 사회의 모든 현상을 보편적 근로대중의 **(전위)의 관점으로서가 아니고 귀족적 '시인'의 눈으로 그것을 보는 것을 기뻐하고 … **(투쟁)의 전야로서가 아니고 센티멘탈한 '애수의 家'에 칩거시키는데 보다 더 흥미를 갖고, 그리고 프로문학의 길을 유물변증법적 철학으로 침투된 리얼리즘의 길에로가 아니고 현실의 주관화된 로맨티시즘의 길로 소위 '예술에의 복귀'의 길로의 델리케이트한 漫步를 이야기하고 있는 것이기 때문이다. 따라서 그것은 프로문학에 대하여서는 치명적인 것이다.[14]

13) 눈의 객관성을 의심하였지만, 그것이 언어의 투명성에 대한 회의로 이어지지 못한 것이 프로시인들의 한계라고 할 수 있다. 눈과 언어의 결합은 모더니즘에 이르러 가능해졌다.

이 글의 필자 신유인은 "프로문학에 대하여서는 치명적인 것"으로 임화의 "귀족적 '시인'의 눈"을 거론하고 있다. 그 눈이 치명적인 까닭은 명백히 부르주아의 눈이기 때문이다. 이처럼 부르주아의 눈으로 세상을 보는 것은 "주관화된 로맨티시즘의 길"이지만, "보편적 근로대중의 **(전위)의 관점"으로 세상을 보는 것은 "유물변증법적 철학으로 침투된 리얼리즘의 길"이라는 이분법은 이 시기 프로문학의 전형적 태도라고 할 수 있다. 그들은 부르주아의 눈과 프롤레타리아(그것도 가장 현실 프롤레타리아가 아닌 이상적인 전위)의 눈, 이렇게 적어도 〈두 가지의 눈〉으로 세상을 바라볼 수 있다고 가정하고 있다. 더구나 임화와 같이 카프의 핵심부에 있는 시인이 어떻게 '부르주아의 눈'으로 세상을 바라보았는지, 그들은 그 까닭을 이해할 수 없었던 것이다. 다시 말해서 〈두 가지의 눈〉으로 세상을 바라볼 수 있는 가능성을 전혀 고려하지 못했던 것이다. 〈두 가지의 눈〉으로 각각 별개의 세상을 볼 수 있다고는 생각했지만, 그것이 동시에 병존할 수는 없다고 믿었던 것이다. 그러므로 임화의 시는 정면과 측면을 동시에 화면 위에 그려 넣었던 피카소의 그림과 같은 것으로 여겨졌던 것이다. 결국 그들도 세계는 '단일 시각'에 의해 포착되어야만 한다는 것, 그러므로 〈두 가지의 눈〉 중에서 프롤레타리아의 눈이 보다 더 진실에 가깝다는 것을 고집할 수밖에 없었던 것이다. 그래서 프롤레타리아의 눈은 비록 주관적인 것처럼 보이지만 본질적으로 가장 객관적인 눈으로 간주되었다.

그러나 사실상 시에 있어서 '부르주아의 눈', 그 "주관화된 로맨티시즘의 길"은 쉽게 제거할 수 없는 성질의 것인지도 모른다. 그 눈을 제거함으로써 어쩌면 앞시기 부르주아 서정시와의 완전한 단절을 이룰지도 모르지만, 그것은 오히려 시장르의 심장을 도려내는 것일 수도 있기 때문이다. 실제 그 결과로 나타난 프로시(특히 권환의 시)는 임화가 나중(1934년)에 지적하였듯이 개념이 직접적으로 노출된 "뼥다귀시"로 귀결

14) 신유인, 「문학창작의 고정화에 항하여」, 『조선중앙일보』, 1931. 12. 1~8.

되었던 것이다. 비록 그 수가 적다고는 하지만 '뼥따귀시'는 분명 전통적인 시 장르의 한계를 크게 벗어나는 시도였으며, 더군다나 카프 내부에서도 그것은 크게 환영받지는 못하였던 것이다. 따라서 시에 있어서 '부르주아의 눈'이 개입되어 있다는 사실이 "치명적"인 것이 아니라 그것을 제거하는 것이 오히려 더욱 "치명적"인 것이라고 할 수 있다. 이처럼 '부르주아의 눈'은 프로시의 한계를 그려주는 것이기 때문에 프로시를 시의 범위 안에 안착하게 하는 것이면서, 또한 언제든지 프로시를 위협할 수도 있는 모순적인 부분을 가리킨다. 이는 '농촌을 향한 향수'가 미래로 전진하려는 프로시에 모순적인 기능을 하는 것과 마찬가지이다.

그 '부르주아의 눈'과 같은 것이 어떤 성질의 것인지는 여러 방면으로 이야기할 수 있겠지만, 거기에 프로시의 모순이 자리하고 있다는 것은 분명해 보인다. 일례로 프로문학에서는 형상과 개념, 형식과 내용 사이의 서열관계가 분명했는데, 이때 형상과 형식은 서열상 개념과 내용에 비해 결코 우월한 자리를 차지할 수 없었다. 그럼에도 불구하고 형상과 개념의 '동등한' 결합의 가능성은 항상 문제로 제기되었으며, 그때마다 형상과 형식의 '중요성'이 추상적으로나마 강조되었다. 그러나 프로문학에 있어서 개념과 형상, 내용과 형식은 모순적인 관계를 맺고 있다고 할 수 있다. 프로문학 초기에 부르주아 문학에서 차용해올 수밖에 없었던 형상과 형식은 프로문학이 강조하는 개념과 내용을 실어나르는 도구이긴 했지만 또한 개념과 내용을 왜곡할 가능성을 지니고 있었다. 따라서 '대중적 형식', '리얼리즘적 형식'에 대한 꾸준한 관심은 그러한 왜곡의 가능성을 줄이고 부르주아 문학으로부터의 부채를 청산하려는 의도를 지녔던 것이다. 그러나 프로시의 경우 전통 서정시가 추구하는 근원적인 통일성과 공동체적 유대감의 회복이라는, 돌이킬 수 없는 역방향을 지향하고 있다는 점에서 그 결별은 과감하게 이루어지지 못하였던 것이다.

5. 맺음말

프로문학은 급격한 도시화에 따른 농촌 공동체의 해체 과정에서 탄생한 역사적 아방가르드의 일종이라고 할 수 있다. 그것은 도시의 산물이긴 하지만 도시를 부정하고 농촌 공동체의 친밀감과 유대를 회복하려는 과거지향적 시도를 버리지 못하였으며, 그에 따라 전통 서정시의 지향점을 크게 벗어나지 못하였던 것이다. 그러나 프로문학은 도시의 등장 이후 전통적 서정의 세계가 회복불가능하다는 사실을 충분히 알고 있었으며, 그 회복불가능한 과거를 향한 퇴행적 집착 대신에 그것을 미래로 투사하고 거기에서 '새로운 도시'를 꿈꾸는 방식을 택한 것을 알 수 있다. 비교적 그 미래에 대한 청사진이 분명했다고는 하지만 시에 있어서만은 도시화 이전의 과거의 정서를 원형적인 것으로 설정하고 있었고, 그것이 미래의 청사진을 시에서 실현해 보이는 데 길잡이 역할을 했던 것이다.

그러나 프로시에 있어서 원형적 과거에 대한 기억은 마치 '부르주아의 눈'과 같은 기능을 하고 있었다. 부르주아의 눈으로 세상을 바라본다는 것을 용납할 수 없는 프로문학의 입장에서 프로시에 끊임없이 등장하는 그 원형적 기억은 때로는 부르주아의 눈과 같은 모습으로 프로시를 위협하는 것이기도 했다. 그러나 그 제거할 수 없는 눈의 도움이 없다면 프로시는 시 장르의 바깥으로 벗어나버렸을지도 모르는 일이다. 그러므로 프로시의 성립을 위해서 반드시 거기에 의존해야 하지만 또한 그것이 프로시의 존립을 위협하게 만드는 그 문제를 둘러싸고 프로시는 매번 다양한 논쟁지점을 형성하게 된다. 프로시가 전적으로 새로운 형식을 지니게 된 것은 그 논쟁지점을 통과한 이후의 작품, 즉 〈포스트-프로시〉라고 할 수 있는 이용악, 오장환, 백석 등에 의한 것이라고 할 수 있다.

수십 년 동안 흉악한 자본주의와 싸워왔던 진보적인 문학이 지금은 사회의 변화와 더불어 그 한계를 드러냄에 따라 프로문학은 그 이전에 진보적인 문학연구자들에 의해 상찬되었던 자리에서 이제 연구의 변두리로 밀려나 있는 형편이다. 프로문학은 새로운 시대에 대응할 수 있을 만한 마땅한 비전을 제시해주지 못한다고 판단했기 때문이다. 그러나 프로문학의 시대가 지나갔다고 말할 수 있는 지금이야말로 오히려 프로문학과 진정한 소통이 가능한 때가 아닌가 싶다. 지나갔다는 것은 대화의 코드가 달라졌다는 것을 뜻하는 것으로 이런 상황에서야말로 '대화를 위장한 독백'이 아니라 진정한 대화가 가능할 것이기 때문이다. 그러므로 여전히 프로문학과 동일한 코드를 유지하려고 하는 사람들은 현실의 변화를 멀리하고 '자폐적 상황'에 처하게 됨으로써 프로문학 연구의 취지를 상실하게 될 것이다. 프로문학이야말로 사회에 대한 부정의 방식을 기억하려는 연구자를 독려하는 것이기 때문이다. 따라서 프로문학을 정당하게 평가하기 위해서는 오히려 프로문학의 열정을 기억하면서도 그러한 문학의 열정을 불가능하게 만드는, 현재 문학을 둘러싼 여러 상황을 충분히 검토하는 자세가 필요할 것이다. 프로문학의 열정을 지향하면서도 또한 그 회복 불가능성을 기억하는, 이러한 모순된 연구자의 입장은 프로문학에 대한 새로운 관점을 열게 만들 것이다. 별을 보며 길을 물을 수 있었던 축복받은 시절이 진보적 문학연구자들에게 있었다는 사실을 그리워하면서도, 그 때가 결코 되돌아올 수 없다고 믿는 아이러니스트, 그 문제적 개인을 이제는 연구자들 자신이라고 생각해야 할 시기가 되었다.

주제어 : 프로시, 부르주아 서정시, 아포리아, 부르주아의 눈, 세계관, 도시의 시, 프로시의 가능성과 불가능성, 새로운 프로문학 연구방법

◆ 참고문헌

김성윤 엮음, 『카프 시 전집』, 시대평론, 1988.

박혜경, 『세기말의 서정성』, 문학과지성사, 1999, 14-15쪽.

신유인, 「문학창작의 고정화에 항하여」, 『조선중앙일보』, 1931. 12. 1.~8.

오문석, 「서정시와 리얼리즘-프로시약사」, 『백년의 연금술-그때 그들에게 시는 무엇이었을까』, 박이정, 2005, 162-189쪽.

이창남, 「프리드리히 쉴레겔의 현대성 개념」, 연세대 석사논문, 1996, 14-16쪽.

이 상, 『날자, 한번만 더 날자꾸나』, 문장, 1980, 118쪽.

임 화, 「33년을 통하여 본 현대조선의 시문학」, 『조선중앙일보』, 1934. 1. 1.~12.

Adorno, T.W., 홍승용 역, 『미학이론』, 문학과지성사, 1984, 11쪽.

Ferry, L., 방미경 역, 『미학적 인간』, 고려원, 1994, 263쪽.

Jauss, H. R., 장영태 역, 『도전으로서의 문학사』, 문학과지성사, 1983, 72쪽.

◆ **국문초록**

진보적 문학운동의 퇴조와 더불어 프로문학은 새로운 시대에 적합한 연구 대상이 아니라는 생각이 만연해 있다. 프로문학 이념의 허구성이 드러나면서 그 열정의 소박성을 반성할 수 있는 거리가 생긴 것이다. 그러나 그 거리는 프로문학에 대한 무관심의 거리이면서, 프로문학에 대한 '새로운 연구방법'을 기다리는 거리이기도 하다. 새로운 연구방법이란 프로문학에 대한 전적인 긍정이 허용되었던 과거의 방식도 아니고, 그것에 대한 전적인 부정과 외면을 당연하게 생각하는 현재의 방식도 아닐 것이다. 새로운 접근법은 프로문학에 대한 전적인 긍정과 전적인 부정 사이의 거리를 충실하게 반영하는 것이어야 한다. 그러기 위해서 연구자는 프로문학의 정면과 대화하는 것이 아니라 프로문학 자신도 기억하지 못하는 뒷면과 대화할 수 있어야 한다. 이때 프로문학이 기억하지 못하는 뒷면이란 프로문학을 가능하게 해주는 것이면서 동시에 프로문학의 불가능성을 초래할 수 있는 '모순'과 '역설'의 지점이어야 한다. 예컨대, 프로시에게 있어서 부르주아 서정시가 그러한 기능을 하였다. 부르주아 서정시는 프로'시'의 가능성을 열어주었지만, 동시에 부르주아 서정시에 머물러 있는 한 '프로'시는 아닐 것이다. 그러므로 진정한 프로시는 부르주아 서정시를 시의 가능성으로 인정하면서, 동시에 부르주아 서정시를 프로시의 불가능성을 초래할 것으로 경계하는 이중적 거리에서 탄생하는 것이다. 부르주아 서정시에 대한 긍정과 부정이 동시에 허용되는 지점이야말로 프로시의 아포리아가 내재하는 지점이라 할 것이다. 또한 프로시인들이 도시를 대하는 태도에서도 그러한 모순이 드러난다. 도시를 배경으로 하여 태어난 프로시는 프로시를 가능하게 만든 도시를 부정하고 농촌의 공동체적 사회를 지향하는 모습을 보인다. 농촌의 정서를 지향한다는 것은 프로시를 가능하게 만드는 것이긴 하지만, 또한 도시를 배경으로 하는 프로시의 존립 자체를 위협하는 것이기도 하다. 그러므로 프로시는 도시에 대한 부정과 과거 농촌의 공동체적 사회로의 복귀 불가능성이라는 모호한 지점에 서게 된 것이다. 농촌과 도시, 어디에도 소속을 정할 수 없는 프로시의 처지는 프로시의 독자성을 보여주는 기반이었던 것이다. 이처럼 프로시의 기반에 모호성과 모순, 역설이 자리잡고 있다는 사실이 프로시에 대한 연구에서는 그 중요성을 충분히 인정받지 못했다. 오히려 프로시의 이념적 자명성을 프로시의 기반이자 연구자의 기반으로 삼았던 것이다. 그러므로 프로시의 시대적 유효성이 상실되고, 그 기능의 자명성이 의심받게 되는 최근에 이르러 프로시 연구의 필요성이 현저하게 줄어든 모습을 보이고 있다. 그러나 오히려 지금과 같이 모든 프로시의 자명성이 사라진 시대가 오히려 프로시 본래의 기반에 일치하는 것이며, 연구 대상에 대한 진정한 접근이 가능하게 될 것이다. 그러기 위해서 연구자들은 프로시의 전개과정에서 전면에 드러나지는 않았지만 항상 존재하였던 그러한 아포리아를, 즉 프로시의 뒷면을 부각시켜야 할 것이다. 이를 기반으로 하여 프로시뿐만 아니라 프로문학 전반에 대한 새로운 연구는 연구 대상으로 하여금 자신의 정면만을 보게 하지 않고, 모순과 역설로 가득한 모호한 뒷면을 동시에 보게 하는 데서 시작해야 한다고 믿는다.

◆ SUMMARY

Aporia of Proletarian Poetry

O, Moon-Seok

There are some widespread notions that proletarian literature is not suited to research in times of a period of ebb of progressive literary movements. As the idea of proletarian literature revealed its falsehood, it came into being a distance that could refect on the simplicity of its passion. But the distance is not only one of indifference about proletarian literature, but also one for awaits 'new approaches' toward that. The new approaches would be neither past modes which affirmed proletarian literature entirely, nor present modes which take for granted of denying and averting from proletarian literature. The new approaches have to reflect a distance between entire affirmation and entire negation truly. So as to that, researchers must talk not with the front side of proletarian literature, but with the reverse side that proletarian literature could not remember for itself. The reverse side of proletarian literature is certain point of 'contradictions' and 'paradoxes' which can make possible proletarian literature and can bring about impossibility of proletarian literature at the same time. For example, bourgeois lyric played a that role in opposition to proletarian poetry. Bourgeois lyric opened the possibility of proletarian 'poetry', but, as long as it remains as bourgeois lyric, it would not 'proletarian' poetry yet. Therefore the true proletarian poetry is born from a double-distance that recognizes bourgeois lyric as the possibility of poetry, and that keep watches bourgeois lyric as the cause of impossibility of proletarian poetry. It is the point, in which inherent aporia of proletarian poetry, that permits affirmation and negation on bourgeois lyric. Such an aporia could be called as the reverse side of proletarian poetry, which have not shown itself, but existed always in a process of development of proletarian poetry. Thus, a new approach toward proletarian literature have to start not from the front side but at the reverse side of that literature, which is filled with contradictions and paradoxes.

Keyword : proletarian poetry, bourgeois lyric, aporia, eye of bourgeois, view of world, poem of city, possibility and impossibility fo proletarian poetry, new approach toward proletarian literature

-이 논문은 2005년 6월 30일에 접수되어, 소정의 심사과정을 거쳐 2005년 8월 19일에 게재가 확정되었음.

〈만주체험〉과 〈만주서사〉의 상관성 연구*

-안수길의 『북간도』를 중심으로

이 선 미**

목 차

1. 만주체험과 만주서사의 관계에서 『북간도』가 지닌 의미

최근 문학사 연구에서 만주는 논쟁적인 역사의 장(場)으로 인식된다. 여러 가지 이유가 있겠지만, 만주국을 둘러싼 친일문학 논의가 직접적 계기인 듯하다. 지배권력의 지배방식이 유달리 군사적 억압체제를 띠어왔던 한국근현대사에서 식민지배 방식이나 식민지 주체의 성격연구와

* 이 논문은 2003년도 학술진흥재단의 지원에 의하여 연구되었음.(KRF-2003-005-B00007)
** 연세대 연구교수.

관련하여 만주에 대한 관심이 촉발된 것이라 생각된다.[1)]

특히 만주체험은 일본의 괴뢰국이라 할 수 있는 만주국 하의 조선계 일본인으로서의 체험과 만주지역 항일독립운동, 또 일본 식민지 조선에서 밀려난 유이민들이 어렵게 농사를 지으며 떠돌던 체험 등 여러 가지 조선인의 체험이 공존했던 지역이기에 더 논란이 된다. 만주에 일본이 진출하면서 조선인들이 집단적으로 이주하게 되고 만주는 한국역사에 편입되지만, 이 지역 조선인은 일본과 중국 사이에서 이중국적을 지니며 복잡한 정체성 속에 살아가기 때문에 평가를 둘러싸고 논란거리를 남긴다. 일단, 만주지역의 역사적 의미는 이 다양한 삶의 양상을 전제함으로써 해명될 것이다. 이를 만주체험이라 할 수 있다.

그런데, 해방 후 만주에서 조선인들이 국내로 귀환하거나 중국에 귀속되면서 만주는 실제공간이라기보다 역사적 해석의 공간으로 변한다.

---

1) 만주 이주민을 다룬 이태준의 『농군』 해석을 둘러싼 논쟁은 최근 만주담론의 대표적인 예가 될 것이다. 김재용이 「농군」을 집단적 주체가 등장한다는 점을 들어 민족문학으로 평가하고, 김철은 「농군」을 민족문학으로 평가한 기존 연구가 오독의 결과라고 보면서 식민지배 정책으로서의 만주정책을 반영한 국책문학이라고 비판한 바 있다. 이에 대해 다시 한수영은 이태준의 신체제론과 동양주의가 일본식민 정책에 포섭되면서도 독립의 가능성을 탐색하는 징후라는 점을 들어 이태준 소설의 다층적 의미를 구분할 필요가 있음을 역설한다. 즉 일본의 식민지배가 전면화된 상황에서 민족을 고민할 가능성을 포기하지 않았다는 점을 주목하자는 것이다. 필자는 한수영의 논지에 동의하는 바이지만, 누구에 동의하는가를 떠나서 이 각각의 논지는 만주라는 역사적 공간을 매개로 각 논자들의 문학관을 구체화한다는 점에서 근대문학 연구에 시사하는 바가 크다고 생각한다. 즉 이 각 논자들 역시 과거 만주를 각자의 방식으로 소환하여 자기를 구성하고 있기 때문이다. 안수길의 『북간도』 역시 안수길의 해방전 만주소설들과 더불어 이런 논쟁의 장에서 논의될 만하다. 또한, 안수길의 『북간도』 역시 1950~60년대의 자기를 구성하고 확인하는 방식으로서 과거를 소환한다는 점에서 이 연구자들의 만주담론과 상통하는 점이 있다. 이렇듯, 만주와 관련된 담론은 한국 근현대사에서 시기를 달리하면서 지속적으로 논쟁거리를 제공하는 공간인 셈이다. 그리고 이 글 역시 만주서사를 해석함으로써 자기를 구성하고 확인하는 담론적 속성 속에 있음을 고백할 수밖에 없다. 김재용, 「친일문학의 성격 규명을 위한 시론」, 『실천문학』, 2002년 봄호; 김철, 「몰락하는 신생: '만주'의 꿈과 「농군」의 오독」, 『상허학보』 9집, 2002; 한수영, 「이태준과 신체제」, 『이태준 문학의 재인식』, 소명출판, 2004. 참조.

여러 가지 다양한 만주체험을 지닌 만주출신들은 남한과 북한으로 귀환하거나 중국에 남는다. 또 이들 중 안수길처럼 만주에서 고향인 북한으로 귀환했다가, 다시 월남한 경우도 있다. 해방 후에도 만주체험은 해방 후 한반도 현실 속에서 다양하게 맥락화되는 것이다. 이 다양한 과정 속에서 만주체험은 당사회의 지배담론이나 개인적 이해관계에 맞추어 재해석된다. 예를 들어 남한에서 만주는 "일송정 푸른 솔"로 상징되는 선구자적 이미지로 해석된 반면,2) 북한에서 만주는 항일유격대의 빨치산 활동으로 해석된다. 특히 남북한이 정권의 안정을 위해 파시즘적 체제로 변모해가는 1970년대 남북한에서 이 만주 이미지는 여러 가지 역사적 서사물로 표상된다.3)

이렇듯 만주는, 만주로 이주해간 많은 조선인들이 다양한 경험을 지니게 된 실제 공간이라는 점 못지 않게 다양한 역사적 관점에서, 또는 다양한 개인적 이해관계에 따라 다르게 해석되는 공간이기도 하다. 만주체험은 만주 이야기, 즉 만주서사로 전환되는 과정에서 실제체험과 다른 체험으로 둔갑하기도 하고, 다양한 경험적 사실이 일원화되기도 하며, 확대되거나 축소되기도 한다. 만주체험과 만주서사의 상관성은 만주체험이 만주서사로 전환되는 과정에서 생겨나는 변화의 양상과, 어떤 사회역사적 계기에 의해 변화한 것인가를 문제삼기 위한 것이다.

이 글은 그 중에서도 1959년에 발표되기 시작되어 1967년에 완간된

---

2) 남한에서 "일송적 푸른솔"의 선구자적 이미지는 만주를 대표하는 이미지이다. 중국의 개방정책으로 연변 관광 길이 열리면서 일송정은 주요 관광코스가 되었으며, 관광객이 증가하면서 없던 선구자비가 세워지기도 한다. 그러나 선구자가 국내에는 이미 오래 전부터 만주 독립운동의 상징처럼 인식된 것과 달리, 만주지역에서는 조작된 것으로 알려져 있기도 하다. 사실 여부를 불문하고, 이런 이율배반성은 만주가 이후 역사에서 다양하게 해석되는 지역임을 알 수 있게 한다. 류연산, 『일송정 푸른솔에 선구자는 없었다』, 아이필드, 2004. 참조.

3) 남한의 호국영웅 이야기에 만주 독립투사의 이야기가 포함된 것이나, 1969년 북한에서 『피바다』가 영화화되면서 일련의 『피바다』문학(가극, 소설 등)이 북한문학의 원형으로 자리잡는 과정을 통해 이를 확인할 수 있다. 홍석률, 「1960년대 한국 민족주의의 두 흐름」, 『사회와역사』 62권, 한국사회사학회 편, 문학과지성사, 2002. 참조.

『북간도』를 중심으로 만주체험과 만주서사의 상관성을 살펴보려 한다. 『북간도』는 1870년대부터 1920년대까지[4]의 만주를 다룬다. 만주국이 건립되기 전까지를 다루고 있는 것이다. 그런데 안수길이 만주에서 활동한 기간은 1931년부터 1945년 6월까지다. 즉, 『북간도』는 1930~40년대의 만주체험을 1950~60년대에 기억한 것이라 할 수 있는데, 이렇게 해서 서사화된 시기는 주로 1870~1920년대 만주다. 이렇게 볼 때, 안수길의 1950~60년대 만주서사는 만주체험을 바탕으로 하고 있지만, 실제 자신의 체험을 비켜가고 있는 셈이다.

그렇다면, 왜 실제체험을 소재로 삼으면서도 약간 비켜간 자리에서만 만주를 이야기하는가? 이 글은 이런 불일치가 북간도의 특성이면서, 북간도의 문학사적 의미라는 점을 밝히려 한다. 즉, 결론부터 미리 말하면, 『북간도』는 분열적이고 단절적인 서사적 특성을 지니는데, 이것은 안수길이 실제 만주에서의 체험을 소재로 삼으면서도 바로 그 시기를 다루지 않고 좀 비켜간 시기를 다루기 때문이라는 것이며, 또 이것은 만주체험을 기억하는 1950~60년대 한국사회의 특수성 속에 작가로 자리잡으려는 안수길의 욕망 때문에 빚어진 서사적 특성이라는 것이다. 『북간도』는 1930년대 만주체험이 1950~60년대에 만주서사(이야기)로 전환되는 '복잡한 과정'을 작품 속에 고스란히 담아냄으로써 서사는 단절적이고 분열적인 양상을 띠지만, 이로써 분열적인 한국적 근대를 표상한다는 점에서 문학사적 의의를 지닌 작품으로 평가될 수 있다는 것이다.

4) 정확히 말하면, 1945년 해방까지에 해당된다. 일제말기에 이정수가 동료들과 계몽적인 독립활동을 잠깐 하는데 일경에 체포되어 감옥생활을 하다가 해방이 되고 감옥에서 나오는 장면으로 끝나기 때문이다. 그러나 만주국이 건국되고서 해방되기까지는 맨 마지막 장 10여 쪽 분량에서 약술하고 있기 때문에 이 시기 만주를 다룬다고 보기는 어렵다. 이 글에서는 필요에 따라 1920년대까지라고 설명하기도 할 것이다.

2.『북간도』연구의 스펙트럼

안수길의『북간도』는 작가의 만주체험을 다룬 대표작이다. 안수길은 함경북도 함흥에서 할머니와 살다가 14세에 만주로 이주한다. 먼저 간 부모를 따라 이주한 것이다. 그 후 함흥과 서울, 동경에서 학창시절을 보내고 1931년이 되어서야 다시 용정으로 돌아가서, 해방된 해까지 중년기를 만주에서 보낸다. 안수길의 만주체험은 학창시절을 국내나 일본에서 보냈기 때문에 15년 정도에 해당한다. 어린시절을 함흥에서 보내고 장년기를 대부분 남한에서 보냈지만, 부모가 터를 잡고 있었고, 결혼을 하고 생계를 꾸리던 곳이라는 개인적 경험 탓에 안수길은 이 시기를 원체험으로 설정하면서 만주를 제2의 고향으로 여긴다. 안수길 문학이 만주의 체험과 밀접히 연관된 것은 이 제2의 고향이라는 의식 때문이다.

『북간도』는 해방 후 서울에서 활동하면서 다시 만주체험을 소재로 쓴 장편소설이다. 1959년 4월 사상계에 1부가 게재되고, 1961년 1월에 2부가, 1963년 1월에 3부가 게재된다. 그리고, 4년이라는 시간이 흐른 1967년 4부와 5부가 첨가되어 장편소설로 발간된다.『북간도』는 만주체험을 소재로 한 점에서 안수길의 만주체험과 직접 연관된다. 더불어 1950~60년대에 걸쳐 장기간에 창작된 점에서 이 시기 안수길의 남한 경험에 매개된 만주체험이기도 하다.

『북간도』에 대한 평가는 안수길 문학 전체에 대한 평가 만큼이나 논쟁적이고 다원화되어 있다. 처음『북간도』1부가 발표되었을 때 문단에 일으킨 파장은 컸다. 1959년 4월『북간도』1부가 연재되고서, 곧바로 사상계 5월호에 중견 평론가 4인의 작품평이 특집처럼 실리는데, 한결같이『북간도』를 극찬하면서 안수길의 문학을 새롭게 발견하게 되었다고 토로한다.[5] 당대 신진작가를 대표했던 선우휘는 "결국 오랜 동안 문학

---

5) 북간도의 1부가 1959년 4월『사상계』에 게재되고서, 곧바로 1959년 5월호에 중견평론가 4인이『북간도』에 대한 감상을 싣는다. 이 글들을 통해 북간도가 문단에 끼친 영향력을 짐작할 수 있다. 곽종원,「다시 기교 면의 요령」; 선우휘,「이것은 명편이다」; 최일

하는 경력을 쌓았다는 것은 그저 그렇게 지내보낸 것은 아니란 것을 느꼈다"고 말하고, 젊은 작가로서 느끼는 위기감을 "당분간 신진들은 「타도 안수길」을 슬로간으로 내걸어야 할"[6]것이라고까지 표현함으로써 『북간도』의 성과를 극찬한다.

이후 북간도가 완간된 1967년, 또 안수길이 생을 마감한 1977년 등, 몇 번에 걸쳐서 특집 형식으로 안수길 문학에 대한 평가가 이루어진다.[7] 대부분 『북간도』를 중심으로 안수길 문학을 특징화하며, 만주를 민족사적 공간으로 형상화한 점을 높이 평가한다. 『북간도』를 민족사의 복원이라는 맥락에서 인식하는 경향은 1부 발표 이후 문단에서의 반향이 워낙 컸기 때문에 『북간도』가 완간된 후에도 지속적으로 영향을 끼친다.

그러나 안수길 문학에 대한 문학사적 평가가 본격화되고, 안수길의 해방 전 만주문학이 조명되면서 안수길 문학에 대한 평가는 상반된 견해들로 나뉜다. 만주국 국책문학으로 비판되는가 하면,[8] 식민지 시기 한글문학의 부재를 들어 안수길의 문학이 담아내고 있는 만주유이민의 이주사와 수난사를 민족문학의 전통으로 평가하기도 한다.[9] 그러나 많은

수, 「기념비적인 노작」; 백철, 「또 하나의 리얼리즘」, 「북간도를 읽고」, 『사상계』, 1959. 5. 참조.

6) 선우휘, 위의 글, 328쪽.

7) 안수길의 추천으로 등단한 최인훈은 가까운 사제지간으로서 여러 번 안수길 문학에 대해 호평한 바 있으며, 당대 여러 작가들도 호평했다. 최인훈, 「대범한 군자, 안수길-인물데쌍」, 『현대문학』, 1967. 1; 백낙청, 「작단시감 『북간도』-스케일이 큰 민족사의 기록 외 2편」, 『동아일보』, 1967. 10. 28; 최인훈, 「소설 1년-『북간도』 평」, 『대한일보』, 1967. 12. 27; 김우창, 「〈서평〉 안수길 저 『북간도-사대에 걸친 주체성 쟁취의 증언」, 『신동아』, 1968. 3; 백철, 「「여수」와 『북간도』와 『초가삼간』」, 『현대문학』, 1977. 6; 최인훈, 「〈특집〉 안수길의 인간과 문학-우리는 이제 특권을 잃었습니다」, 『한국문학』, 1977. 6; 홍기삼, 「〈특집〉 안수길의 문학과 인간-대상화와 역사의식」, 『한국문학』, 1977. 6; 최인훈, 「〈특집〉 그 사람 그 업적-사호의 역사 담은 완성적 작품세계-안수길론」, 『세대』, 1977. 7; 윤재근, 「안수길론」, 『현대문학』, 1977. 9~10. 등 참고.

8) 이상경, 「간도체험의 정신사」, 『작가연구』, 1996.

9) 김윤식과 오양호의 견해이다. 김윤식의 견해는 친일문학으로 평가한다는 점에서 북간

논자들은 조선어 문학 자체가 소멸되어 가던 일제 말기에 만주 유이민의 형상화를 통해 한국문학의 명맥을 이은 점을 긍정적으로 평가하는 가운데 부분적으로 친일적인 요소를 비판한다.[10] 이렇듯 안수길 문학의 친일성 여부가 논란거리로 떠오르면서, 『북간도』 역시 긍정, 부정의 평가를 받게 된 것이다.

1990년대 이후, 당시 탈냉전에 따른 지식인 담론의 변화에 즈음하여 『북간도』에 대한 평가도 달라진다. "민족 서사시"라는 평가와 더불어 대작임을 의심하지 않았던 기존 연구와 달리, 『북간도』의 서사구성에서 드러나는 단절성과 분열성을 비판적으로 분석해내며, 만주 유이민의 삶을 선택적으로 보여준다는 점에서 역사적 사실성 여부를 문제 삼는다.[11] 이로써 "대작"으로 평가한 발표 당시의 평가를 전면적으로 비판하는 경향이 생겨난다.[12]

또한 『북간도』가 1950~60년대 지배이데올로기로서의 '민족주의' 담론 속에서 새롭게 구성된 만주체험이라고 봄으로써[13] 1960년대 만주인식의 편향성을 비판하기도 한다. 이 연구는 1960년대 민족주의 담론의 지배이데올로기적 성격을 강조하고 그 내면화의 한 양상으로서 『북간도』를 예로 든다. 이 연구는 일면 수긍할 만한 문제의식을 지닌다. 그러나 어찌되었건 복잡한 삶의 양상을 펼쳐보이는 텍스트를 정치적 외압의

도의 민족사적 의미를 강조하는 기존의 연구와 상반된 평가라는 점에서 이후 친일문학 논의의 계기가 된다. 김윤식, 『안수길 연구』, 정음사, 1986; 오양호, 『일제 강점기 만주 조선인 문학 연구』, 문예출판사, 1996.

10) 김윤식을 비롯하여 조정래, 채훈 등은 민족문학의 역할을 했다는 점에서 긍정하면서 부분적으로 친일적인 요소를 비판하는 대표적 논자에 해당하며, 이후 연구들은 대부분 이런 절충적 관점에 서있다.

11) 한기형, 「역사의 소설화와 리얼리즘」, 『한국전후문학연구』, 성균관대학교 출판부, 1993. 참조.

12) 『작가연구』 특집에 실린 논문들은 대부분 이런 관점에 가깝다. 이상갑, 「체험문학과 이상주의의 실제」; 강진호, 「추상적 민족주의와 간도문학」; 이주형 「『북간도』와 북간도 민족사의 인식」, 『작가연구』 2호, 1993. 참조.

13): 김종욱, 「역사의 망각과 민족의 상상」, 『국제어문』 30호, 국제어문학회, 2004. 참조.

직접적 반영물로만 평가하는 것은 텍스트를 단순한 논리 안에 가둔다는 점에서 경계할 필요가 있다.

이 글은 『북간도』가 지닌 서사적 단절과 균열에 주목하여 『북간도』의 성격을 규명하려 한다. 따라서 이 글은 1990년대 이후 서사구성의 문제를 본격적으로 제기한 연구들의 연장선에 있다. 그러나 이 서사적 단절과 분열성을 통해 『북간도』를 〈만주의 민족수난사〉로 평가하는 견해를 부정하고 『북간도』의 불완전성을 증명하려 하려는 것은 아니다.[14] 더구나 이 서사적 분열성이 1950~60년대 지배담론으로서의 민족주의가 외압으로 역할한 흔적이라고 평가하려는 것도 아니다.[15] 『북간도』가 이러이러한 이유로 서사적 단절과 균열을 보여준다로 결론을 맺으려는 게 아니라는 것이다. 『북간도』를 보니 서사적 단절과 균열이 심각하더라는 견해에서 출발하여 왜 그러한가를 밝히려는 것이다. 그런 점에서 『북간도』의 서사적 균열을 안수길의 만주체험과 '민족주의'의 불협화로 인한 결과물로 보는 최근의 연구는 주목을 요한다.[16] 『북간도』의 서사적 단절과 분열성은 그것 자체로 미학적 결함으로 평가될 것이 아니라, 만주체험을 서사화하려는 작가의 실존적, 역사적 관계가 가장 적나라하게 투영된 반영물이기 때문이다.

그런데, 이 글은 이 서사적 단절과 분열성이 바로 한국의 근대적 주체의 한 양상을 전형적으로 보여준다고 평가하는 점에서 기존 연구와 견해를 달리한다. 즉, 이 글은 일차적으로 『북간도』가 1930년대의 만주지역 생활인들의 다양한 만주체험이 1950~60년대 남한으로 귀환한 만주출신들에 의해 기억되는 가운데 여러 가지 사회역사적 인식망에 걸러져 재구성된 서사적 결과라는 점을 밝히고, 그 서사가 단절적이고 분열

14) 한기형은 작품을 꼼꼼히 분석하여 작품이 서사구성에서 심한 단절을 드러낸다는 점을 밝힘으로써 『북간도』가 받는 기존의 평가가 부적절하다고 지적한 바 있다. 한기형, 앞의 글 참조.

15) 김종욱, 앞의 글 참조.

16) 한수영, 「만주의 문학사적 표상과 『북간도』에 나타난 '이산'의 문제」, 『상허학보』 11호, 상허학회, 2003. 참조.

적이라는 점을 밝힐 것이다. 그러나 그래서 미학적으로 결함이 있다는 결론으로 끝맺지는 않는다. 서사적 단절과 분열은 그 자체로서 미학적 결함으로 평가될 수도 있겠지만, 조선인이면서도 일본국적으로 사는 것이 자연스러웠던 만주국 경험도 포함된 1930년대 만주체험과, 1930년대 만주체험이 친일과 항일이라는 이중의 인식망 속에서 도덕적으로 평가되는 1950~60년대 만주기억의 '정치성'을 견뎌내려는 한 지식인의 분열성을 가장 솔직하고 리얼하게 재현한 것이라 보는 것이다.[17] 『북간도』의 문학사적 의의는 이 점에서 해명되어야 할 것이다.

3. 『북간도』의 전사(前史): '이주민'의 주류의식과 '전재민'의 주변인 의식

일본이 직접 통치했던 식민지 조선과 달리, 만주에서 일본은 만주국이라는 다민족 국가를 내세워 식민지배를 간접화한다. 다민족 국가인만큼 다양한 민족, 다양한 조건의 사람들이 모여들었으며, 또 같은 민족이라 하더라도 다양한 삶의 양상을 띤다.[18]

그중 조선인은 만주로 경작지를 찾아 이주한 농민에서부터 돈을 벌기 위해 만주지역 도시를 떠도는 일용직 노동자, 만주국의 조선인 관료로 차출된 조선 지식인에 이르기까지 다양한 이유와 상황 속에서 만주국의 일원으로 살아간다. 특히 조선인은 만주국을 구성하는 하나의 민

17) 대부분 기억은 완결된 서사적 구조로 재현되지 않는다. 기억은 재현된 서사보다 더 파편적일 가능성이 크다. 따라서 기억하지 못하는, 혹은 단편적이고 파편적인 기억과 달리 서사로 완성된 과거는 오히려 사실을 은폐할 수도 있게 되는 것이다. 예컨대, 전쟁서사가 전쟁을 담론화하는 방식은 기억과 서사의 이런 차이를 알 수 있는 예이다. 오카 마리, 김병구 역, 『기억과 서사』, 소명출판, 2004. 참조.

18) 오족협화를 내걸었던 만큼, 각 민족의 위계는 있었지만 다양한 민족이 공존했다. 도시에서 이런 경향은 더 두드러졌으며, 하얼빈은 백계러시아인까지 합세하여 이국적 풍경을 띠기도 했다. 김경일 외, 『동아시아의 민족이산과 도시』, 역사비평사, 2003. 참조.

족이면서 일본인으로 행세할 수 있는 이중성을 지님으로써 국적이나 민족적을 둘러싼 복잡한 삶의 맥락을 지니게 된다.[19]

해방 전 만주를 배경으로 한 소설들에는 이런 만주의 경험이 다양한 양상으로 드러나 있다.[20] 게다가 만주국의 관료가 되어 만주로 이주해 간 여러 작가들은 만주국의 국책문학을 창작하기도 하고,[21] 만주시찰단의 일원으로 만주를 방문한 국내 작가들은 만주를 참관하고서 만주에 관한 소설을 쓰기도 한다.[22] 식민지 조선의 만주이민정책에 따른 국책문학인 셈이다. 따라서 이 작품들은 만주를 배경으로 한 친일문학의 대표작들로 평가된다.

안수길이 만주를 대표하는 작가로 평가된 것은 이주 농민의 수난을 잘 드러냈기 때문이다.[23] 비록 '중국영토'에서지만, 땅에 애착을 갖는 '조선농민'의 형상으로 인해 민족문학으로 호평받았던 것이다. 특히 조선인 이주민은 중국에 정착하기 위해 땅을 소유하려고 중국 국적을 원하기도 하지만, 반면에 변발흑복을 마다함으로써 조선인의 정체성을 고

---

19) 염상섭의 『해방의 아들』은 만주에서 한국으로 귀환하는 서사인데, 일본인 행세를 했던 만주국 하 조선인이 등장한다. 주인공은 만주에 거주했던 조선인인데, 이 귀환 과정에서 일본인인 줄만 알았던 사람이 일본인으로 행세한 조선인이었다는 것을 알게되고, 친일로 몰려서 죽게될까봐 두려워 꼼짝 못하고 집에 갇혀 있는 것을 도와 서울로 데려오는 이야기이다. 아무런 생각없이 일본인으로 사는 게 유리하니까 일본인으로 살았던 조선인의 실상이 잘 드러나 있다. 염상섭, 「해방의 아들」, 『해방의 아들』, 금룡도서주식회사, 1949.

20) 최서해, 강경애, 안수길, 김창걸, 현경준, 박영준, 이태준, 이기영, 한설야 등은 해방 전 만주를 소재로 작품을 창작한 작가들이다.

21) 만주국책문학은 금연정책이나 오족협화 정신을 주제로 한 박영준의 『밀림의 여인』과 현경준의 『마음의 금선』을 들 수 있다. 이선옥, 「'협화미담'과 '금연문예'에 나타난 내적 갈등과 친일의 길」, 김재용 외, 앞의 책, 2004. 참조.

22) 이태준의 「농군」, 이기영의 『대지의 아들』이 대표적이다. 조진기, 「만주개척민 문학 연구」, 『우리말글』, 2002. 12. 참조.

23) 염상섭은 만주문인들이 엮어낸 『싹트는 대지』 서문과 안수길의 첫 창작집인 『북원』 서문에서 안수길 문학을 만주를 대표하는 문학으로 평가하며, 중국문단에서 안수길 소설에 관심을 갖지 않는 것에 불만을 토로했을 정도였다. 김윤식, 앞의 책 참조.

집하기도 한다. 실제로 만주지역에서 조선인은 복합적 정체성을 지니고 살았으며, 저마다 다양한 선택을 하고 살았다. 이주 농민의 형상을 중심으로 창작활동을 한다는 것은 이런 복합적 정체성을 지닌다는 것을 의미한다. 안수길 스스로도 이런 이중정체성에 관해 토로한 바 있다.

> 아버지께서 나를 고향의 할머니에게 맡겨놓고 북간도로 어머니와 동생을 데리고 가신 것은 1920년의 일이었다./ 4년 후, 나도 부모님 옆으로 가게 됐다. 14세 때의 일이었다./ 그때부터 해방 직전까지, 용정을 제2의 고향으로 청소년시절을 만주에서 살았었다./ 중략 / 이것이 내가 본격적으로 소설을 쓰게 되었을 때 처녀작에서부터 만주에서의 우리 사람들의 생활을 주제와 소재로 다루게 된 원동력이 아니었던가 생각된다./ 어떻든 만주시절의 나의 문학적 노력은 현지의 우리 사람들의 생활을 발굴해, 그것을 작품화하는 데 일관하노라고 했었지마는 원체 생활이 풍성한데, 해방 전의 시대상 속에서는 생활 표현 자유가 억압당하지 않을 수 없었다.[24)]

인용문에서 안수길에게 만주체험이 갖는 두 개의 의미를 해석해낼 수 있다.

안수길은 만주를 제2의 고향으로 여긴다는 사실이다. 안수길의 고향은 함흥이다. 고향에서 생활하다가 부모를 따라 이주해간 지역이 만주이다. 국경을 넘는다는 생각을 하고 이주해간 지역이 아닌 것이다. 게다가 만주에서 생활하다가 몸이 아파 고향인 함흥에 가서 요양을 하면서, 만주와 함흥을 넘나들기도 한다. 해방이 되던 해에도 요양 차 고향인 함흥에 있었기 때문에, 일본의 식민지배에서 해방된 만주 상황에 대한 상상력은 상대적으로 빈약하다. 즉, 안수길은 만주를 일본의 식민지배 정책에 의해 개척된 지역이기보다는 조선이농민들이 개척한 정착지로 인식한다는 것이다. 함흥도 만주도 다 고향으로 여긴다거나, 고향에서 밀려났다는 이농민의 소외의식이 없는 점은 콤플렉스없이 만주에서 적응하게 하는 요인이 된다. 이 '제2의 고향' 의식은 해방 전 안수길 소설들

---

24) 안수길, 『북간도』 후기, 삼중당, 1967, 318-319쪽.

에 만주에서 귀향하는 서사가 없는 대신에 정착민 서사가 주를 이루는 것으로 드러난다.[25]

그런데 만주를 제2의 고향으로 여기는 것은 만주에서보다도 '고국'에 돌아와서 더 강하게 자각된 정체성이다. 안수길이 과거의 만주를 회상하면서 만주를 정착지, 나아가 고향으로 여기는 것은 동전의 양면처럼 고국에 정착하지 못하고 소외되었다고 느끼는 것을 표현하는 한 방법이기 때문이다. 넓게 펼쳐진 들판만 보고도 "아지아 호를 타고 달리던 만주벌"을 떠올리는 '만주 노스탤지어'[26]는 남한사회로 귀환한 만주출신이 느낀 소외감의 다른 표현인 것이다.

> 해방 전부터 그리던 서울이었다./ 일본이 패망한 뒤 서울에 모여서 일을 해보자, 문화적인 일을 해보자 — 몇 명 안되는 동지였지마는, 만주에서 우리 문화를 이룩해 보려고 열의에 불탔던 철의 친구들은 모여 앉으면 이런 푸념을 입버릇으로 뇌였었다./ 그러나 그리도 갈망하던 해방을, 철은 병구(病軀)를 이끌고 기어나온 고향 하늘 밑에서 사선을 방황하는 병석 위에 맞이했다./ 목숨을 걸고 하는 수술도 받았다. (중략)/ 안정의자에 누워 가는 비에 하늑이는 복숭아꽃을 내다 보면서도 서울을 생각했고, 들국화 청초하게 핀 언덕을 거닐면서도 문화적인 사업에 활약하고 있을 친구들의 모습이 눈앞에 그려졌다./ 그러한 서울이기에, 그러한 친구이기에, 철은 의상의 말림도 듣지 않고 하루 아침에 남행차를 탔었고, 三八의 험한 길을 건강한 사람 못지 않게 돌파할 수도 있었다./ (중략) / 그리고 그러한 친구들의 후의와 주선으로 룸펜의 고초를 뼈아프게 느낄 겨를도 없이 철은 손쉽게 직업을, 그것도 문화에 관련된 직업을 가질 수 있었다./ 인제는 숙원이 풀렸다고 생각했다./ 그러나 철은 한 달이 못가는 사이에 처음에 가졌던 기대가 어그러지는 것을 느끼지 않을 수 없었다./ 그리고 철은 후참자였다./ 뜻 맞는 친구들

---

25) 이는 만주에서의 '귀향서사'에 해당하는 한설야의 「과도기」(1929)와 대비해 볼 수 있다. 「과도기」는 고향에서 떠밀려 만주로 간 이농민이 다시 고향으로 돌아와서 또 다시 아무데도 정착하지 못하는 '유이민서사'라는 점에서 안수길의 소설과 대조된다.

26) 한수영은 '만주 노스탤지어'를 통해 1950년대 안수길의 만주인식을 논한 바 있다. 한수영, 「만주, 혹은 '체험'과 '기억'의 균열」, 『현대문학의 연구』 25호, 한국문학연구학회, 2005, 468쪽 참조.

> 이 있다해도 그들은 벌써 멀리 앞을 서서 달음질친 뒤였다. 삼 년의 거리란, 더욱이 눈부신 해방 후의 삼 년의 거리란, 깨어진 몸을 가누어 가지고 좇아가기엔 너무도 벅찬 거리였다. 요양에만 충실했던 그였기에 더욱 그랬다./하루라도 서울의 압력 속에서 벗어나고 싶었다.[27]

안수길은 해방이 되고 고국에서 활동하게 되면서 자신의 만주체험이 만주를 안정된 정착지로 여기는 '이주-정착민'의 정체성이었음을 알게 되는데, 이것은 실제로 만주에서 그렇게 살았기 때문이기도 하지만 고국에서 정착할 수 없었기 때문에 형성된 것이기도 하다. 이 이중적 상황이 인용문에 잘 드러나 있다.

주인공 철은 만주에서 비에 젖은 복숭아꽃만 보고도 서울을 그리워했다. "문화적인 사업에 활약하고 있을 친구들의 모습이" 그리웠기 때문이다. 다시 말해, 철이 복숭아꽃을 보며 서울을 그리워한 것은, 친구가 보고싶어서라기보다는 서울에서 친구들과 같이 문화적인 사업을 하고 싶은 욕망 때문이었다. 이것은 만주라는 주변에서 조선문단이라는 중심을 향한 욕망이기도 하다. 철의 내면을 통해 볼 때, 안수길의 고국을 향한 그리움은 중심을 향한 욕망을 내포한 주변인 의식과 연관된 것임을 알 수 있다.

그런데 서울에 와서도 철은 중심에 진입했다고 여기지 못한다. 철은 후참자였고, 그동안 건강이 안좋아서 요양에만 신경을 쓰고 있었기 때문에 그 "삼년의 거리란 깨어진 몸을 가누어 가지고 좇아 가기엔 너무도 벅찬 거리"임을 자각할 뿐이다.

중심에 진입하지 못하고 여전히 주변에 머물 바에야 그래도 중심에서 활동하던 만주가 낫다고 생각하게 되고, 그래서 만주를 그리워하게 된다. '만주 노스탤지어'는 남한사회에 적응하지 못하고 주변인으로 전락해가는 만주출신의 '전재민'[28] 의식의 다른 표현인 셈이다.

---

27) 안수길, 「旅愁」, 『第三人間型』, 을유문화사, 1954, 12-15쪽.

28) 전재민은 해방 후 한국사회로 귀환하는 해외동포를 통칭했던 말이다. 그런데, 전재민

일본이 전쟁에서 패하고 철수하면서 한반도는 미국과 소련이 분할 통치한다. 미군정에 의해 통치된 남한은 만주나 일본 또는 동남아 등지에서 귀환하는 동포들과 38선 이북에서 월남하는 동포를 구호대상자로 분류한다. '전재민'은 이들을 지칭한다. 만주출신인 안수길의 1950년대 소설들에는 만주에서 귀환한 전재민들을 만나서 나누는 감회가 자주 등장한다. 이들은 대부분 구호대상자인 전재민으로 분류되어 고국에 적응하지 못하고 난민처럼 살고 있다. 꿈에 그리던 고국은 주권이 없는 상태로 미군에 의해 통치되고 있었고, 미국의 전재민 구호정책은 이렇다할 계획 없이 임시방편 격인 졸속행정으로 처리되고 있었기 때문에,[29] 정작 국가적 보호를 기다리는 수많은 귀환동포는 적응하지 못하고 다시 돌아가는 경우까지 생겨날 정도였다.[30] 안수길 소설에 등장하는 만주출신 전재민들 역시 구호대상자로 분류되어 사회적으로 구호된다기보다는 배제되는 주변인들에 해당한다. 문단의 중심에 진입하지 못하고 주변에 머문다고 여기던 안수길은 하층계급으로 전락해가는 이들과 자신을 동일시한다.

게다가 만주출신 전재민은 만주국의 일원이라는 점 때문에 남한사회에 적응하기가 더 어려웠다. 만주국 시절에는 안정된 생활을 누리다가 전재민이 되어 주변인으로 배제되는 신세라는 점 못지 않게 만주국 출신에게 부여되는 친일이라는 도덕적 평가 역시 만주출신 전재민들과 안수길이 자꾸 주변인으로 밀려나는 실제적 이유가 된다. 안수길이 해방 후 처음 발간한 창작집인 『제삼인간형』에는 이런 만주출신 전재민들의

이 세계대전으로 인한 피해자들을 지칭하는 의미로 쓰인다는 점을 생각할 때, 일본의 식민지배로 인해 발생한 이주자들을 전재민으로 통칭하는 것은 정확한 표현은 아니다. 따라서 필자가 보기에도 식민지배에 따라 이주했고 다시 고국으로 돌아온 자들을 '귀환동포'로 지칭하는 것이 이 시기 귀환자들을 설명하기에 더 적절한 듯하다. 그러나 이 시기에 전재민으로 통칭되었고, 안수길도 이런 사회적인 통념에 따라 전재민으로 표현하고 있는 점을 존중하여 전재민으로 지칭한다. 이연식, 「해방직후 조선인 귀환연구에 대한 회고와 전망」, 『한일민족문제연구』, 한일민족문제연구회, 2004. 참조.

29) 황병주, 「미군정기 전재민 구호(救護) 운동과 '민족담론'」, 『역사와 현실』, 2000. 3, 103-106쪽 참조.

30) 황병주, 위의 글 참조.

서울 정착기가 주를 이룬다. 특히 만주에서 독립운동 하던 사람들보다는 만주국 협화회의 일원으로 부와 권력을 누리다가 일본이 망하면서 전락한 사람들의 생존기가 주를 이룬다.[31] 협화회 간부였던 아버지가 처형되고 겨우 남한으로 빠져나와 빈대떡을 팔면서 생활인으로 거듭난 「여수」의 숙, 만주국 시기에 촌장으로 살면서 풍족한 생활을 하다가 부산에서 뜨내기 생선장수로 겨우 살아가는 김득수 등 만주국의 일원으로 생활하던 사람들의 남한 정착기로서 만주가 표상된다.

만주에서 안수길은 주로 만주로 이주해서 정착하는 이주민들의 정착기를 다루었다. 반면, 남한으로 귀환한 후에는 고국에 돌아와서 정착하지 못하고 전재민으로 떠도는 사람들을 형상화한다. 즉, 안수길은 만주로 이주해서 정착한 사람들의 제2의 고향의식(북향)을 통해 만주에서 정착하는 과정을 보여준 반면, 만주출신 전재민의 정착하지 못하는 난민생활을 통해 국민의 권리도 지켜주지 못하는 국가와 전재민을 배제하는 통합정책의 문제점을 비판하게 된다. '만주 노스탤지어'는 고국에서 보호받지 못하고 배제되는 만주출신의 자의식과 직접 연관된 만주지향의 정서인 것이다. 따라서 남한문단에 적응하지 못하던 안수길이 '만주 노스탤지어'를 매개로 만주출신 전재민을 자신과 동일시하고, 사회적 통합이념으로 역할한 지배담론으로서 '민족주의'[32]와 만주에서의 민족 주

---

31) 이 점은 안수길 해방 전 소설에서 만주체험이 유이민이기보다 정착민 체험에 가깝다는 점과 연관되어 설명될 필요가 있다. 즉 안수길의 만주체험은 만주국에 정착한 사람들의 삶에 가깝고, 따라서 1950년대 소설에 등장하는 만주출신들도 주로 만주국 하에서 정착민으로 살던 사람들이 귀환해서 하층민으로 전락한 경우에 해당한다. 만주체험의 서사는 해방전과 1950년대가 긴밀히 연관된 하에서 이루어진다고 할 것이며, 안수길 만주체험이 만주체험 일반으로 환원될 수 없는 지점이기도 하다. 따라서 한수영이 안수길 소설의 만주체험을 만주이주민의 전형적 형상으로 평가하는 개념으로 사용한 '이주자-내부-농민'의 시선으로서 안수길 소설을 평가했을 때, 만주국 하에 정착한 농민의 형상을 만주이주 조선인의 전형으로 평가하는 주관화의 오류를 범할 가능성이 있다. 이는 고를 달리 하여 검토할 필요가 있다고 판단된다. 한수영, 「친일문학 논의와 '재만조선인의 문학'의 특수성」; 김재용 외, 『재일본 및 재만주 친일문학의 논리』, 역락, 2004. 참조.

체성을 회복하려는 '민족서사'[33]에 관심을 갖는 것은 당연한 수순으로 볼 수 있을 것이다. 즉, 『북간도』는 이런 '만주 노스탤지어' 이면의 주변인 의식 속에서 배태된 것이다.

4. 북간도의 서사적 분열성과 근대성

1950년대 안수길의 전재민 의식은 '만주 노스탤지어'로 표상되는데, 이 노스탤지어는 남한사회에서 만주출신이 처한 주변인이라는 정체성의 다른 표현임을 살펴보았다. 안수길은 '이주-귀환-정착' 이라는 이주경험 속에서 만주시절을 1950년대 남한보다는 더 좋았던 시절로 기억한다. 그렇지만, '만주 노스탤지어'로 주변인으로 정체화된 만주출신의 처지를 만회할 수 있는 것은 아니다. 빈대떡 장수로 돌변한 '숙'이나 생활인으로 생존하기에 힘쓰는 많은 '만주출신들의 생존기'는 만주 노스탤지어로는 아무 것도 할 수 없다는 안수길의 자각을 반영하고 있다. 자기 생활의 터전에서 악착같이 살아내는 '숙'은 안수길의 만주 노스탤지어를 방향전환하게 하는 중요한 동력인 셈이다. 1950년대 만주 노스탤지어를 겪고 쓴 『북간도』는 바로 안수길이 자기 삶의 터전에서 뿌리내리기를 시도한 것으로 볼 수 있다. 이로써 안수길은 남한사회에서 스스로 뿌리내리기 위해서 전재민으로 분류되는 만주출신들의 민족적 주체성을 서사화하는 일을 자처한 셈이 되었다. 그러나 만주체험을 서사화하면서 민족적 주체성을 부여하는 일은 만주국의 일원이었던 안수길에게는 곤혹스러운 일이기도 하다. 안수길은 이런 난관을 서사적으로 해결하기 위해 자기체험에서 벗어나 1870년대 만주시기로 거슬러 올라간다.

---

32) 황병주, 위의 글, 88-90쪽 참조.

33) 박정희의 민족사관을 강조하는 통합정책은 '민족서사'를 통해 구체화 된다. 김정훈, 「분단체제와 민족주의-남북한 지배담론의 민족주의의 역사적 전개와 동질이형성」, 『동향과 전망』, 2000년 봄호, 179-180쪽 참조.

1) '월경농사'와 민족 주체성 만들기: 1부의 의미

『북간도』의 4대에 걸친 이민사는 1870년에 시작된다. 이것은 조선인의 만주이주 초기에 해당한다. 사실, 이 시기 만주는 뚜렷한 국경의식 없이 청인들과 조선인들이 국경 부근을 중심으로 흩어져 살았다. 그러나 법적으로는 봉금령 때문에 국경을 넘으면 월경죄로 처벌되었다. 1881년 봉금령이 해제되고 만주에 진출한 조선농민들을 통해 만주를 개척하려는 중국의 정책에 따라 조선인의 거주가 합법화된다. 그러나 청나라에 입적하고 변발흑복을 받아들여야 허락되었다. 반면, 이런 조건부 합법화는 곧바로 조선정부의 반대에 부딪힌다. 이로써 국경을 중심으로 흩어져 있는 조선 이주민들에 대한 관리문제가 국가간 외교문제의 현안으로 떠오르게 된다. 이주민들의 일상생활을 묶고 있는 조치들이지만, 국가간 외교적 문제이기 때문에 쉽게 마무리되지 않는다. 국가 간 논의가 진행되는 동안 두만강 건너 만주지역은 조선인들에게 새로운 개척지로 인식되어 집단적으로 이주한 농민들이 늘어나게 된다.[34]

이런 정치적 배경 속에서 이민 1세대인 이한복은 만주로 이주한다. 이한복은 월경죄라는 죄의식보다는 '생존'[35]이 더 중요했기에, 생존이

---

34) 김춘선, 「1880~1890년대 청조의 '移民實邊' 정책과 한인 이주민 실태 연구」, 『한국근현대연구』, 1998. 참조.

35) 이 생존의 논리는 안수길 문학을 가로지는 중심 주제이다. 한수영이 안수길 만주문학을 해명하는 도구적 개념으로 설정한 '이주자-내부-농민'의 시선은 이 생존의 논리를 개념화한 것이다. 한수영은 이런 시선으로 인해 안수길 문학이 이주민의 정체성을 잘 형상화하게 된다고 설명한다. 귀환의 욕망이 없고 보존의 욕망이 우위를 점하는 서사적 특성도 이와 연결된 것으로 설명한다. 그러나 필자는 이 '보존의 욕망'을 이주민 정체성으로 보는 견해에 다소 의문을 제기하고 싶다. 이주민이란 정착민과는 다른 의미를 지녀야 한다. 그런 점에서 이중 정체성을 형성한다. 그리고 분열적인 정체성으로 드러나기도 한다. 보존의 욕망으로 단일화되는 것은 정착민의 정체성이지, 이주민의 정체성이라 할 수는 없다. 오히려 정착하고 싶으면서도 정착민이 아니기 때문에 배제되는 과정에서 겪는 소외감으로 인해 귀환의 욕망에도 끊임없이 시달리는 복합적인 정체성의 흔적을 통해 이주민 정체성이 설명되어야 한다고 본다. 서울에서 주변인으로 느낌으로써 만주 노스탤지어에 젖는 1950년대 전재민 의식이 이주민 정체성에 가깝다고

라는 명분 앞에서 '월경농사'를 단행한다. 그리고, 이 생존의 논리는 북간도 전편을 통해 가장 중요한 서사적 원리가 된다.

이 생존의 논리로 인해 이한복은 도둑농사가 발각되어도 당당하게 강건너 땅이 조선 땅이라고 주장하며, 자신이 어릴 때 본적이 있는 백두산 정계비를 말한다. 그리고 종성부사의 인정을 받아서 이한복의 국경개념이 받아들여지고, 합법적으로 이주해서 농사를 짓고 살게 된다. 이곳이 바로 이한복 일가의 터전이 되는 비봉촌이며, 이로써 만주이주민 역사가 시작된다. 『북간도』는 만주이주의 출발점에서부터 식민지 시기에 '만주특수'로도 불리던 만주이주와는 사뭇 다른 맥락에서 만주를 서사화하는 것이다.[36)]

식민지 시기 이농민의 만주이주를 형상화한 대표적인 작품으로는 이태준의 「농군」을 들 수 있다. 이태준은 이주하는 정경을 정서적으로 장면화하여 묘사함으로써 이주민의 설움과 비애를 잘 보여준 작가이다. 이 소설에서도 만주로 이주해가는 이민자 행렬을 비애의 정서로 묘사함으로써 이농민들이 고향에서 소외되어 밀려나는 유랑민임을 적나라하게 보여준다. 가난하고 비루한 만주이주민은 만주에서도 쉽게 정착하지 못한다.[37)] 유이민인 셈이다. 이와 비교할 때, 『북간도』는 고향에서조차 쫓겨나는 최악의 상황에 처한 조선 농민들의 애환이 없다는 점에서 사뭇 다른 만주체험이 될 수밖에 없다. 특히, 30년대 중반 이후 남쪽 지역의 자연재해를 해결할 방침으로 정책적으로 권장된 만주이주 행렬과는

판단된다. 이에 대해서는 보다 정교한 개념정의가 필요하리라 생각한다. 한수영, 「만주, 혹은 '체험'과 '기억'의 균열」 참조.

36) 만주국이 세워지면서 만주개척은 미국의 서부개척 같은 기회의 땅으로 인식된다. 이것은 그대로 조선인들에게도 전이되지만, 조선인들은 자본의 주체가 아니기 때문에 거의 이 기회를 차지하지 못했다. 그렇지만, 만주에서 일확천금을 꿈꾸는 한탕주의는 이 시기 조선인에게도 예외가 되지 않는다. 채만식의 「정거장 근처」는 이 한탕주의가 조선인의 계급적 몰락을 낳고, 만주는 이런 노동력을 흡수한 배출구로 역할한다는 것을 잘 보여준 작품이다. 한석정, 「지역체계의 허실」, 『한국사회학』 37집, 2003. 참조.

37) 김경일 외, 위의 책 참조.

다른 맥락의 만주체험인 것이다.

또한 「농군」은 만주로 가는 기차를 타고 낯선 체험을 하는 농민들의 정서를 통해 만주이주민의 절박함을 대변하기도 한다. 이런 정경묘사로 인해 「농군」의 서사가 더 논란거리가 되기도 한다.[38] 어찌되었건, 「농군」 초반부의 장면묘사는 어떤 소설보다도 만주이민 행렬의 사회학적 의미를 잘 드러내주고 있다는 것만은 사실이다. 이런 만주이민의 절박함과 참담함도 『북간도』에서는 찾아볼 수 없다.

> 오늘은 장치덕이네 가족이 강을 건너는 날이었다./ 이한복이 가족은 남겨 놓고 단신으로 먼저 처가와 함께 월강하는 날이기도 했다./ 그동안 한복이는 뒷방예로 하여금 한씨를 모시고 고향이 남아 있도록 설복시키는데 무진 애를 쓰지 않을 수 없었다. 그렇게 하는 게 어머니의 뜻도 받들고 강을 건너 가서의 경영을 건실하게 하는 방편도 되기 때문이었다./ 어머니도 아들의 타협책엔 굳이 반대를 하지 않았고 뒷방예도 어차피 건너갈 바에야 남편이 먼저 가서 닦아 놓은 터전에서 살고 싶은 생각이 없지 않았다./ 해소장이 시어머니를 혼자 모신다는 건 성가신 일이기는 했으나, 앞날을 생각하면 그것쯤은 참아 낼 수 있겠다 싶었다./ 이른 봄날이었다. 북변의 이른 봄날이라

---

38) 만주로 떠나가는 창권일가의 낯설음과 두려움은 기차간에서 선잠을 자다가 일어나서 고향에 두고온 강아지 걱정을 하는 장면에서 극대화되어 있다. 이처럼 소설의 전반부는 이주농민의 비참한 현실과 정서상태를 장면화하는 묘사로 이주민의 애환에 공감하게 한다. 그렇지만, 이런 창권이의 면모는 후반부의 중국인과 대결하는 창권이의 형상과 대비된다. 만주에서 창권이의 생존이 필연적이라는 주제를 강화한다는 점에서는 만주국 건국을 정당화하는 친일문학이라 비판받을 만하다(전반부와 후반부의 대비가 만주국의 정책을 옹호하도록 유도하는 서사적 특성이 된다고 지적하여, 식민지인의 무의식을 내면화하는 피식민지 지식인의 무의식으로 설명한 김철의 논지는 설득력이 있다. 김철, 앞의 글 참조). 그러나 이는 이 작품이 지닌 '서사적 분열성'이라는 점에서 재고의 여지가 있다. 즉, 국책문학을 수행하면서도 조선농민의 처지에 관심을 기울이는 이태준의 복잡한 심사가 반영된 서사적 분열성으로 볼 수 있다는 것이다. 이태준의 「농군」은 그 작품을 전후로 창작된 소설들, 특히 「밤길」과 같이 읽음으로써, 이태준이 친일문학에 포섭되는 중에도 만들어내는 '틈새'를 읽어낼 수 있는 작품이다. 이선미, 「1930년대 후반 이태준 소설의 변화와 그 의미」, 『상허학보』 4집, 상허학회, 1998; 한수영, 「이태준과 신체제」 참조.

> 아직 땅 속의 얼음이 채 녹지 않은 때였으나, 볕은 제법 보드라왔다. 보드라운 햇볕을 받으며 일행은 두만강을 향해 동구를 벗어져 나갔다./ 솥, 항아리, 독, 뜨개 그릇 까지도 모조리 갖고 가는 이삿짐이었다. 말 한 필을 내어 실었으나 나머지는 꾸려서 이고 지고 했다. 두남이는 제 아비가 업었다. 오줌 얼룩이 간 요에 싸 아버지의 등에 업힌 두남이는 볼부리난 아이모양, 수건으로 턱에서 두 귀를 올려 싸맸다. 어머니가 인 보퉁이에 매달아 놓은 바가지가 달랑달랑하는 걸 보다가는, 놀란 토끼 같은 눈으로 따라 나온 장손이와 삼봉이를 보기도 했다./ (중략) / 그러나 떠나는 한복이나 장치덕의 가슴은 감격으로 벅차지 않을 수 없었다./ 희망의 땅, 사잇 섬으로……/ 이제는 금단의 흐름, 두만강 속에 있는 모래섬 이름이 아니었다. 두만강 건너의 비옥한 농토 전반을 일컬으는 이름이 되었다.[39)]

만주로 이주하는 정경이다. 이주지역이 그저 강건너이기 때문에 먼 길도 아니거니와, 산소 때문에 떠나지 못하는 어머니와 가족들을 두고 먼저 가는 길이어서 이별장면이 애달프지 않다. 정들어 못내 아쉬워하는 사람들도 있지만, 이미 자리를 마련해두고 가는 길이기 때문에 정작 떠나는 당사자인 이한복과 장치덕은 희망에 부풀어있다. 「농군」의 주인공인 창권이가 새로운 곳에 대한 낯섦과 미래를 예측할 수 없는 두려움 때문에 주눅들어 하는 모습과는 대조적이다. 이것은 바로 국가의 보호 아래 정당하게 단행된 만주이민이기 때문이고, 자기가 농사를 짓던 지역에서 당당하게 농사지으러 가는 길이기 때문이다. '월경농사'가 만주이민사를 통해 민족 주체성을 회복하려는 1950~60년대 만주담론과 직접 연관된 것임을 새삼 확인할 수 있는 대목이다.

이미 국권이 상실된 상태에서 찾아간 만주의 체험으로 만주출신들의 민족 주체성을 확인하기는 어렵다. 안수길의 만주이주가 실제로 「농군」의 창권이와는 달랐듯이, 안수길은 자연스럽게 자기 땅을 회복한다는 인식 하에서 만주이주의 역사를 시작함으로써 민족 주체성 확인의 서사로서 만주체험을 재구성하는 것이다. 그리고 상당한 리얼리티를 확보한

39) 안수길, 『북간도』 상, 삼중당, 1979, 56-57쪽.

다. 이한복이 취한 생존의 논리에 의해 안받침되고 있기 때문이다. 1부가 발표된 당시에 주목을 받은 것은 '월경농사'라는 소재가 지닌 민족 주체성의 주제의식과 그에 상응하는 리얼리티 때문이었을 것이다.

이 점은 만주 이주민들의 생활사실을 바탕으로 한다는 1부와 2, 3부의 서사적 차이를 통해서 확연해진다. 1959년에 발표된 1부는 이한복 영감을 중심으로 한 서사이다. 1부는 러시아가 만주에 진출하기 시작하는 1900년 경을 배경으로 마무리된다. 러시아 병력에 밀려 청인들이 비봉촌에서 물러나는 과정을 러시아 병력과 연결된 사포대의 창설과 연결지어 서술한다. 사포대는 창윤이가 만들었다. 만주에 진출한 러시아군의 도움으로 만들어진 자위대인 셈이다. 조선농민들은 국가의 보호없이 만주에서 살아남기 위해 스스로 자위대를 만든 것이다. 『사상계』 연재본은 사포대가 자발적으로 만들어진 군대임을 강조하면서 창윤이의 농민으로서의 정체성을 강조하는 것으로 끝난다. 연재본으로 보면, 이주농민 스스로 만주를 개척하고 만주를 차지한 게 됨으로써, 이주농민이 '민족'으로 표상된다. 1부 연재본에서 만주의 민족적 주체는 바로 이주농민들인 셈이다. 따라서 『북간도』가 발표된 직후, 평론가들의 극찬은 바로 1부의 서사적 일관성과 민족 주체로 드러난 만주 조선농민의 현실적 형상에 대한 평가로 볼 수 있다.[40] 더불어 1959년 1부가 연재될 당시 한국

40) 필자는 『북간도』가 8년에 걸쳐서 나누어 출판되었기에, 1967년 단행본이 완간될 때, 1, 2, 3부를 고쳤을지도 모른다는 생각을 갖고 『사상계』 연재본과 1959년 춘조사에서 1부만으로 간행된 단행본과 1967년 삼중당에서 간행된 단행본을 대조한 바 있다. 그러나 대부분 크게 차이가 나지 않았다. 연재본에 없는 각장의 제목을 붙이고, 몇몇 이름을 사실성을 고려하여 바꾼 정도이다. 단지, 유일하게 1부 마지막의 3쪽 분량이 다른 부분이 있었다. 창윤이가 사포대를 결성하고서 용정으로 가려다가 아버지가 돌아가셔서 결국 비봉촌에 남게되는 부분인데, 연재본에는 청일전쟁에서 일본이 승리함으로써 청인들이 조선인 마을에서 물러가고 만주에 러시아 군대가 진출하여 만주가 처음으로 안정된 시기가 되었다고 창윤이가 설명하는 부분이다. 연재본에 의하면, 이 부분은 창윤이를 중심으로 만주의 삶을 서사화한다는 인상을 강하게 남긴다. 이 마지막의 서술은 창윤이가 사포대를 조직하고서 만주에도 안정이 찾아왔다고 읊조리는 부분인데, 창윤이를 사포대 결성의 주체로 설정함으로써 이농민인 창윤이를 만주의 민족적 주체로 설정

의 만주인식만 하더라도 만주에서 '민족'의 의미는 홍범도나 김좌진 장군을 중심으로 한 항일독립투사보다는 만주 이주농민이었을 가능성이 컸음을 짐작할 수 있다. 특히 1부에서 안수길이 내세운 '민족'은 이주농민이었음을 알 수 있다.

그러나 1부의 마지막 이 부분은 사포대의 창립과정에서 창윤이보다는 훈장인 조선생의 역할을 강조하는 것으로 개작된다. 이것은 1959년 이후의 정치적 상황으로 설명할 것은 아니다. 안수길이 만주의 민족적 주체를 독립운동 세력으로 보는 경향이 서서히 생겨난 것으로 보는 것이 더 타당할 것이다. 『북간도』는 작가 스스로에 의해 서서히 독립운동과 연결되는 방향으로 주제를 전환하게 된다고 할 것이다. 즉, 1부와 2, 3부는 서로 다른 만주인식이 작용하여 서로 다른 복합적인 서사원리를

한다고 생각할 만하기 때문이다. 그런데, 개작에는 사포대의 주체를 창윤이로 설정하지 않는다. 창윤이가 사포대를 조직하고 만주에도 안정된 시기가 왔다고 읊조리는 대신, 훈장인 조선생이 사포대 창단식에서 장황하게 연설하는데, 이 연설은 만주 독립운동단체와 사포대가 연관된 듯한 인상을 심어주기 때문이다. 즉 조선생의 연설을 통해 이농민인 창윤이를 주체로 설정하는 민주인식을 부정하고 독립운동 세력을 주체로 설정하는 만주인식으로 변화했다고 판단된다. 그러나 작가 스스로 이를 중요시했다고 보기는 어렵다. 곧바로 발간되는 1959년 12월 춘조사판 단행본에서 이미 개작되기 때문이다. 그러나 필자가 보기에 이 개작 부분은 작품 전체의 의미, 즉 만주의 민족적 주체와 관련하여 중요하다고 판단된다. 연재본에 따를 때 작품의 의미상 창윤이의 주체성이 강조되고 있으며, 1부는 확연히 4, 5부의 만주인식과는 다른 민족서사로 평가할 수 있기 때문이다. 또한, 1부가 나왔을때 평론가들의 극찬은 이런 결말부분과 직접적으로 연관될 것이라 생각된다. 이렇게 본다면, 1959년의 안수길의 만주인식은 1967년의 만주인식과 달랐다고 전제할 수 있다. 또 당대의 만주인식 역시 달랐다고 할 수 있다. 즉, 1959년까지는 굳이 만주지역을 공산주의 독립운동을 제외한 독립투사들을 내세워 민족사의 한 부분으로 신성시하는 만주인식이 담론화되지 않았던 때임을 알 수 있다는 것이다. 따라서 『북간도』의 창작동기는 순전히 안수길의 '만주 노스탤지어'와 전재민이라는 소외감을 극복하려는 내적 동기로서 설명될 수 있다는 추론이 가능해진다. 1960년대 들어서, 만주에서의 민족 주체성 회복을 시도하는 정치적 맥락(김정훈, 「분단체제와 민족주의—남북한 지배담론의 민족주의의 역사적 전개와 동질이형성」, 『동향과전망』, 2000년 봄호, 참조)에서 만주 독립투사의 영웅화가 시도되자, 『북간도』의 후반부로 가면서 독립운동세력을 주체로 내세우는 경향을 받아들이게 된다고 할 것이다. 이런 것을 고려한다면, 연재본 1부의 개작 문제는 중요하게 논의될 만한 것일 수 있다.

지님으로써 단절되고, 전체 서사는 분열적 양상을 띠게 되는 것이다.

그러나 이민 1세대 이후 만주에서 조선인 사회가 정착되면서, 만주는 동북아를 둘러싼 제국주의적 욕망 속에서 주권 논쟁에 휘말린다. 이 과정은 이한복 일가와 더불어 비봉촌으로 이주한 조선농민들의 땅에 대한 권리에 직접적으로 영향을 미친다. 땅을 지키는 생존의 논리와 조선 민족의 정체성을 지키는 논리가 일치할 수 없는 상황에 처한 것이다. 생존의 논리를 중심으로 만주를 회복할 수 있다고 기대했던 만주서사의 출발점은 이런 국제정세 속에서 민족 주체성을 지켜나가기 위해 다양한 서사적 분열을 일으킨다. 이주농민들이 정착하는 과정에서 빚어지는 이 서사적 분열은, '생존의 논리'라는 안수길의 만주체험과 만주에서의 민족 주체성 확인이라는 1950~60년대 만주출신 전재민의 욕망이 서사적으로 갈등하는 징후로 볼 수 있다. 이주농민이 민족적 주체가 되는 것으로는 만주의 민족 주체성을 회복하는 서사가 되지 못한다. 2,3부에서는 서로 다른 만주인식과 그에 따른 서사원리가 이원적으로 작용할 수밖에 없게 된다.

2) '이주-유민'의 표면서사와 '이주-정착민'의 이면서사: 2, 3부의 의미

강건너가 조선 땅임을 허락받고서 이한복과 장치덕은 같이 만주로 이주하지만, 이한복이 생존의 논리와 민족적 명분을 모두 가진 것에 비해, 장치덕은 생존의 논리 편에서만 드러난다는 점에서 차이가 난다. 이 둘의 차이는 만주를 둘러싼 국제정세가 변하고 만주정착이 어려워지면서 점차 두드러진다.

만주가 조선 땅이라는 것을 나라에서 확인해준 상태에서 민족 정체성을 갖고 만주에 이주한 이한복과 생존의 논리만을 따라서 만주로 이주한 장치덕은 중국의 간섭이 심해지면서 각자 다른 선택을 한다. 장치덕은 일찌감치 변발요구에 시달리지 않기 위해 머리를 밀어버린다. 반면에, 이한복은 생존의 논리보다는 민족문화 지키기에 더 집착한다.

한복영감은 머리를 빡빡 깎은 장치덕을 못마땅해하며, 이런 때일수록 "가지고 내려오던 것"을 "고집스럽게"[41] 지켜야한다고 주장한다. 이 '문화 지키기'는 단순히 머리를 자르는 문제를 넘어선다. 결국 입적을 해야 땅의 소유권을 인정해준다는 생존의 문제와 연결된 것이기 때문이다. 단순히 문화지키기가 아니라 생존의 문제이기 때문에 장치덕 영감은 머리를 밀어버린 것이고, 우리 것을 지켜야 한다는 이한복 영감의 주장은 조선인들을 잘 설득하지 못한다. 결국 이한복 영감은 변발흑복을 하고 나타난 손자 창윤이의 머리를 자르다가 충격에 쓰러져, 같이 이주한 장치덕이나 최칠성은 여전히 건재한 가운데 홀로 생을 마감한다. 이 갈등으로만 보면, '민족 지키기'의 논리와 생존의 논리와의 갈등에서 생존의 논리가 이긴 셈이 된다.

그러나 『북간도』 전체서사에서는 이겼다고 할 수 없다. 『북간도』를 이어가는 중심축인 이한복의 자손들은 끊임없이 발생하는 생존의 논리와 민족 지키기의 논리 사이에서 이한복 영감의 선택을 이어가기 때문이다. 이렇게 갈등의 축을 형성하면서, 이한복 일가가 패배 속에서도 대를 이어 민족 정체성 지키기의 논리를 이어가는 것은 『북간도』를 민족문학으로 평가하는 가장 중요한 요인일 것이다.

그러나 이한복의 민족지키기를 창윤이 이어간다 하더라도, 『북간도』가 전체적으로 민족 정체성 지키기의 논리로 서사화된다고 보기 어렵다는 것이 필자의 판단이다. 서사의 단절성과 분열성은 이런 격차에서 발생한다. 이한복 영감의 민족 정체성 지키기를 가장 잘 이어받고 있다고 할 수 있는 창윤이조차 아버지 장손이의 죽음 앞에서 맹세했던 것과 달리, 무엇 때문에 또는 무엇을 지켜야 하는지를 의심하면서 매번 선택적 상황에서 흔들린다. 이한복이 죽어가면서까지 지키려고 했던 '우리 것'은 더 이상 창윤이의 삶에서 기반을 갖지 못하는 추상적인 이념에 그칠 뿐이다.

---

41) 안수길, 위의 책, 73쪽.

창윤이 중년기로 접어들면서 전개되는 2부와 3부에서는 러일전쟁의 패배로 청인들이 다시 비봉촌으로 돌아옴으로써 창윤이는 보다 복합적인 관계 속에서 부유하게 된다. 따라서 결국 창윤은 한복영감이 만주를 조선땅이라 여기며 이주했던 것과 달리 스스로를 "이미그란트"로 생각하게 된다.

이제 2, 3부에서 창윤이는 한복영감처럼 민족 정체성을 고집하지 않는다. 그렇다고 쉽사리 생존의 논리만을 따라서 일본 영사관 편에 서지도 못한다. 서서히 장치덕의 아들이며 일찌감치 용정으로 나가서 장사를 해서 일본 영사관의 보호 하에 성공한 현도의 생존의 논리로 흡수되어 간다. 그는 한복영감과 달리, 만주가 고향이기 때문이다. 결국 창윤이는 할아버지가 고집하던 막연한 '민족'과 현도가 지키려고 하는 생존의 논리 사이에서 갈등하지만, 생존의 논리를 선택한다. 이때, 생존의 논리는 비봉촌을 지키는 것이고, 지금 가지고 있는 것을 지키는 것이다. 즉 '보존의 욕망'이다. 김서방의 죽음을 탄원하기 위해 일본 영사관의 보호를 원하는 일이나, 비봉촌을 떠나 용정으로 나와 국수집을 하며 만주인으로 살아남는 것이다. 그러나 현도처럼 생존의 논리에 따라 정착한 이주민이 되지도 못한다. 현도의 논리에 흡수되어 가는 창윤은 이주민이면서도 정착하지 못하고 떠도는 난민으로 살아남는다. 그리고 이로써 주인공은 '이주자—유민'인 창윤이가 아니라 '이주자—정착민'인 현도로 바뀐다. 그런데 '이주—유민'은 '이주—정착민'의 도움없이는 생존할 수 없다. 따라서 창윤이가 정착민이 되지 못하고 유민이 되어가는 과정은 현도의 생존논리를 만주이주민의 중심으로 부각시키는 것이 됨으로써 현도를 중심으로 만주이민사를 재편하는 것이 된다. 표면서사와 이면서사가 분리되기 시작하는 것이다.

이 3부까지의 서사로만 보면, 만주는 민족 주체성 회복의 서사에서 만주를 제2의 고향으로 삼는 생활인들의 서사로 변모해간다고 할 수 있다. 2, 3부의 표면 서사는 이한복 중심의 민족 지키기 서사인 듯 드러나지만, 결국 장현도의 만주 정착의 서사와 충돌하는 가운데 장현도의 생존 논리를 정당화하는 서사가 되기 때문이다. 독립운동의 중요성을 강조하는 서술자의 설명에 비해, 구체적 일상생활에서 점차 조선인 사회의 중심 인물로 부각되는 장현도의 삶은 서술자의 서술과 겉도는 가운데 신뢰를 쌓아가기 때문이다.

그러나 이렇게 만주서사를 마무리할 수 없다는 게 1950~60년대 안수길의 만주인식이다. 앞서 살펴보았듯이, 만주출신의 '주변성'을 만회하려는 '생존의 논리'는 만주출신들의 민족 주체성을 서사화하는 것으로만 실현될 수 있기 때문이다. 1부와 2, 3부가 서로 다른 서사적 원리로 전개되면서 조선 이주농민의 정체성을 다르게 구성했다면, 4, 5부는 1950~60년대 안수길이 이상화한 만주인식을 따름으로써 안수길의 만주체험을 벗어난 '만주기억'이 중심서사로 역할한다. 안수길의 입장에서 보면, 이는 1950~60년대 한국사회가 개입되어 만들어진 '상상적 기억'이며 안수길의 만주체험과 1950~60년대가 만나서 만들어진 '서사적 잉여공간'이라 할 수 있다.

3) 민족서사의 허약성과 충돌하는 안수길의 만주체험

4, 5부는 창윤의 아들 정수를 중심으로 전개된다. 여러 논자가 언급했듯이, 1, 2, 3부와 4, 5부의 서사적 논리는 어긋나 있다. 정수를 중심으로 한 4, 5부의 서사는 만주의 일상이 거세된 채 독립운동의 영웅들을 중심으로 이야기가 전개된다.[42] 4부 초반부의 창윤의 부인인 쌍가매가 중국여인의 발을 밟은 사소한 사건이 중국인과 조선인(일본인)의 싸움으로 번지는 것이나 조선인들의 권익을 위해 일본인들과 관계를 맺는 과

42) 발표 당시에 이런 서사적 문제를 지적한 평자는 별로 없다. 반면, 1990년대 이후 『북간도』 연구는 대부분 이 점을 지적하면서 서사적 특성을 논한다. 『북간도』 연구에서 이 서사적 문제는 1950~60년대 민족주의의 내면화로 합의된 듯하다. 발표당시 이런 지적이 별로 없었던 것은 1부가 발표될 당시의 파장이 워낙 컸기 때문인 듯하며, 김우창에 의해 지적된 점은 주목할 만하다. 김우창, 「4대에 걸친 주체성 쟁취의 발언」, 『신동아』, 1968. 3. 참조.

정에서 보여주는 현도의 우유부단한 태도 등이 그나마 2, 3부의 서사논리를 따르는 부분이다. 따라서 전체적으로 4, 5부의 서사는 정수와 창윤의 동생인 창덕이 가담한 '우파 민족주의자'[43]들의 독립운동에 직접 연결된 만주체험으로 집중된다. 이 점은 전반부와 후반부를 이질적으로 만듦으로써, 『북간도』의 서사적 단절과 분열성을 극대화 한다.

그러나 이 4부 안에서도 서사적 인과관계를 지닌다고 보기는 어렵다. 정수와 창덕이 독립운동을 하는 계기가 잘 드러나지 않기 때문이다. 또 역사적 사건을 연대기적으로 기술하는 서술자의 목소리가 인물의 행동까지도 설명하고 있어, 1, 2, 3부에서와 같은 일상생활에 기반한 인물 형상이 거의 없다.

또한 소설적 형상성을 떨어뜨리는 이질적 요소인 정수와 창덕의 독립운동이 전체 서사를 독립운동사로 이끌어내지도 못한다. 여러 이질적 요소들을 개입시켜 1910~20년대의 만주체험을 '우파 민족주의' 독립운동으로 서사화하려는 시도에도 불구하고, 작품은 전체적으로 만주 한인 사회에서 경제적 기반을 다지고 성공한 현도의 논리 속에 모든 이들의 삶을 용해시키고 있기 때문이다. 이는 전적으로 1950~60년대 안수길이 '내면화한 민족주의'의 이념적 허약성 때문에 생겨난 서사적 의도와 성과의 불일치로 평가할 수 있다.

『북간도』의 이한복은 고토회복의 이상이나 '우파 민족주의' 독립운동의 복원이라는 민족담론에 근거하여 만주의 민족 주체성을 확인하는 인물이다. 만주 조선농민의 민족 주체성을 확인하기 위해 실제 만주체험을 벗어나 1870년대 만주 이민 1세대에서 이야기가 시작된 것이다. 또 만주에 정착해서 살아보려는 창윤이의 '북향'의식에도 불구하고, 이한복의 성격화 원리였던 '민족주의'는 정수가 독립운동에 가담하도록 이끈다.

---

43) 박창옥, 「1920~30년대 재만 민족주의 계열의 반일민족운동」, 『역사비평』, 1994년 겨울호, 참조.

그러나 이 '민족주의'는 계급분해 과정에서 파생된 만주이농 현상이나 공산주의자들의 항일독립운동을 민족서사로 포괄해내지 않는 민족주의다. 『북간도』 전편에 걸쳐 식민지배로 인해 하는 수없이 만주로 이주한 이농민의 사정은 4부 초반부에 창윤이의 어릴 적 친구 진식이가 부르는 노래에 한 번 등장한다. 진식이 역시 식민지배 체제 하에서 이주한 농민은 아니다. 창윤이와 같이 이주했지만, 만주에서 정착하지 못하고 여기저기 떠돌면서 결국 만주에서도 유민이 된 경우다. 이처럼 만주에서도 떠도는 진식이의 노래에서나 언급되고 지나가는 것이다. 이를 통해서도 『북간도』의 만주이민사가 식민지배에 의한 조선농민의 계급분해와는 관련없이 만주출신의 주변성을 회복하고 민족 주체성을 확인하기 위한 자기구성의 욕망과 관련된 서사임을 알 수 있다.

식민지 시기 만주 이농민이 등장하지 않는 민족 수난사에서는 공산주의자의 독립운동도 배제될 수밖에 없다. 홍범도 장군과 김좌진 장군의 독립운동사는 남한의 독립운동사에서 신화에 해당한다. 전반부와 후반부가 서사적으로 단절되는 것을 무릅쓰면서도 4, 5부에서 이들이 서사의 중심으로 진입한다. 그런데, 이 민족주의자들의 독립운동 이후에 전개되는 공산주의자의 독립운동을 민족서사에서 배제함으로써 갑자기 만주독립운동은 전멸상태로 돌변한다. 민족서사라는 점에서 볼때, 이 역시 서사적 단절로 볼 수 있다. 또한 이런 서사적 단절과 분열성은 별다른 이유없이 홍범도의 부하가 되었듯이, 별다른 이유없이 전향하는 정수의 성격을 통해서도 확인할 수 있다.

그러나 이 모든 서사적 단절과 분열성을 봉합하면서 『북간도』를 이끌어나가는 서사적 중심은 작품 결말에 이를수록 현도라는 점이 뚜렷해진다. 이한복—이창윤—이정수로 이어지는 민족 주체성의 서사는 1950~60년대 안수길의 만주인식이 개입된 것이다. 한편, 장치덕—장현도로 계승되는 만주 정착의 생존 논리는 안수길의 만주체험이 개입된 서사의 다른 축이다. 『북간도』는 여러 가지 서사적 단절을 무릅쓰면서도 1950~60년대 지배담론으로서의 '민족주의'를 내면화한 민족서사로서 시도되었지만, 결국 작품을 구성하는 모든 서사는 장현도의 생존 논리로 수렴된다. 안수길의 만주체험이 일상적 생활의 형상화에 끊임없이 개입됨으로써 민족 서사의 논리가 관철되지 못하는 것이다.

그러나 이는 안수길의 욕망과 체험의 대결관계로만 설명할 수 있는 것은 아니다. 안수길의 만주체험을 재구성하는데 작용하는 '내면화된 민족주의'에는 이미 인식적 단절이 내재되어 있었기 때문이다. 농민계급의 몰락에 따른 만주유이민과 공산주의자들의 만주 독립운동을 배제한 민족주의는 이미 내부적으로 장현도의 '보존의 욕망'을 서사의 중심 이념으로 삼을 수밖에 없도록 추동하고 있기 때문이다. 서사적 단절성과 분열성은 안수길의 만주체험이 서사화되는데 작용한 여러 요소(국제정치, 일본의 식민지배, 해방 후 민족이데올로기, 안수길이 내면화한 민족주의 등)의 미적 결과물인 셈이다. 이는 각 계기에 의해 서로 다른 서사가 얽혀들어 복합적 의미공간을 만들어낸다는 점에서 서사적 잉여공간[44)]이다. 그리고 이 복합적 의미공간에서 형성되는 분열성은 서사적 결함이기 전에, 1920~30년대와 1950~60년대가 동시적으로 공존하는 서사적 공간으로서 한국 근대의 분열적 주체가 구성되는 공간으로 평가할 수 있을 것이다. 이 공간은 『북간도』의 문학사적 의미가 실현되는 공간이다.

5. 결론

안수길은 만주문학을 대표하는 작가로 알려져 있다. 14세에 만주로 이주한 작가로서 만주에서 처음 소설을 쓰기 시작했으며, 국내로 귀환한 후에도 만주체험을 소재로 소설을 썼기 때문이다. 그렇지만 안수길

44) 상상적 기억과 달리, 상상적 기억과 그에 반하는 체험적 사실들이 한 작품의 의미형성 과정에서 얽혀들면서 만들어지는 의미형성의 공간이다. 따라서 이것은 작품의 의미가 수용되는 가상의 공간인 셈이다.

이 만주문학을 대표하는 작가로 평가받는 데 가장 큰 역할은 한 것은 아무래도 8년여에 걸쳐 창작한 『북간도』일 것이다. 『북간도』는 대작에 목말라있던 1950~60년대 문단에 큰 물줄기가 되기도 했지만, 남한문단에 적응하지 못하던 안수길이 비로소 중격작가로서 자리를 잡는 계기가 된 작품이다. 1967년 완간된 후, 『북간도』는 줄곧 민족문학을 대표하는 작품으로 평가되면서, 안수길의 대표작이 되었다.

최근 문학사 연구에서 만주가 주요 논쟁거리로 부상하면서, 『북간도』도 여러 관점에서 재해석된다. 만주를 독립운동의 요람 뿐만 아니라, 만주국 하 조선인들의 삶 역시 공존하던 지역이라는 점에 주목하여 만주지역 조선인에 대한 연구를 한국의 근대성 문제와 직접 연관된 것으로 보는 것이다. 특히, 안수길은 이농민의 수난사를 형상화했으며, 만주국 시절에 만주국의 일원으로서 활동한 작가이기에 이런 문제의식과 관련하여 새롭게 조명될 필요가 있다.

그런데, 『북간도』는 1950~60년대에 만주체험을 소재로 창작된 만주서사라는 점에서 만주국 시기 문제 만이 아니라, 1950~60년대 만주인식까지 포괄하고 있어서 더 복잡한 논쟁점을 지닌다. 이 글은 새롭게 논의되는 안수길 문학의 의미를 전제하면서 안수길의 만주체험이 1950~60년대 창작된 『북간도』의 만주서사로 어떻게 재현되는가를 중심으로 만주체험과 만주서사의 상관성을 살펴보았다.

『북간도』는 1부, 2, 3부, 4, 5부가 서로 다른 서사원리 속에서 전개된다고 해도 과언이 아니다. 1부는 고토회복이라는 이념을 바탕으로 월경농사를 단행한 변경지역 농민의 만주진출로 만주지역의 민족 주체성 회복을 서사화한다. 특히, 마지막 부분에 창윤이가 사포대 조직의 주체로 그려진 연재본에 근거할 때, 이주 농민을 민족 주체로 인식하는 만주인식이 반영된 것으로 볼 수 있다. 반면, 4, 5부는 홍범도 장군과 김좌진 장군의 청산리 전투를 중심으로 만주를 인식하는 만주서사이다. 만주지역의 민족적 주체를 항일독립운동 세력으로 보는 것이다. 1부와 4, 5부는 만주의 민족적 주체를 다르게 설정함으로써 이질적인 서사원리를 지니게 된다. 작품은 전체적으로 만주서사를 통해 민족적 주체성을 회복하려는 의도가 강하지만, 민족적 주체를 여러 관점에서 변주한 나머지 서사적 단절과 분열을 드러내는 것이다. 특히 4, 5부는 만주의 생활사실에 바탕하지 않고 자료에 근거하여 독립운동사를 기록하는 방식으로 이야기가 전개되어 만주 이주민들의 구체적인 생활사실을 재현함으로써 일상적 차원의 역사물로 서사화된 1, 2, 3부와 단절된 서사구조를 띠게 된다.

이것은 1930년대 만주국 하에서 만주에 정착해서 살았던 안수길의 만주체험과 남한에 돌아온 후 주변인으로 밀려난 안수길의 소외감이 『북간도』를 창작하게 된 계기로서 길항관계를 형성하기 때문이다. 게다가 안수길이 작품 창작의 계기로서 내면화한 '민족주의' 역시 서사의 분열을 초래할 여지를 갖고 있다. 1930년대 계급분해 과정에서 파생된 만주 유이민이나 공산주의자들의 항일독립운동을 배제하는 '민족'의식 때문이다. 따라서 여러 가지 서사적 단절과 분열 속에서도 결국 만주국 하 일본 영사관의 보호 속에서 성공한 장현도의 생존의 논리가 중심서사가 되는 결말은 『북간도』의 민족서사로 볼 때 처음부터 예견된 것이라는 추론도 가능하다.

그런데, 이 글은 이런 서사적 단절과 분열성을 지적하고, 그 이유를 설명하기 위한 것은 아니다. 안수길의 만주체험이 지닌 특성과 한국근현대사에서 그 체험이 놓여지는 자리로 인해 1950~60년대 안수길의 만주서사가 만들어진 점을 해명하고서, 서사적 특성을 통해 해명해낸 이 복잡한 관계망이 바로 한국의 근대적 주체가 구성되는 한 방식임을 밝히려는 것이다. 즉, 이 복잡한 관계망은 분열적 서사가 만들어지는 잉여공간인데, 이 공간을 통해 분열적 주체가 구성된다는 것이다. 『북간도』는 이 공간이 지닌 근대성의 맥락으로 인해 문학사적 의미를 갖게 된다.

주제어 : 만주체험, 만주서사, 서사적 분열성, 근대성, 이주-유민, 이주-정착민, 전재민, 주변인 의식, 상상적 기억, 잉여공간

◆참고문헌

1. 기본자료
안수길, 『북원』, 예문당, 1944.
———, 『북간도』, 『사상계』, 1959. 4.
———, 『사상계』, 1961. 1.
———, 『사상계』, 1963. 1.
———, 『북간도』 상・하, 삼중당, 1977.
———, 『제삼인간형』, 을유문화사, 1954.
———, 『풍차』, 동민문화사, 1963.
———, 『명아주 한포기』, 문예창작사, 1977.
———, 『중국조선민족문학대계 소설집-안수길』, 흑룡강출판사, 2001.
염상섭, 「해방의 아들」, 『해방의 아들』, 1949.

2. 단행본
김경일 외, 『동아시아의 민족이산과 도시』, 역사비평사, 2003.
김윤식, 『안수길 연구』, 정음사, 1986.
류연산, 『일송정 푸른솔에 선구자는 없었다』, 아이필드, 2004.
오양호, 『일제 강점기 만주 조선인 문학 연구』, 문예출판사, 1996.
조정래, 『한국근대사와 농민소설』, 국학자료원, 1998.
채 훈, 『(일제강점기) 재만한국문학연구』, 깊은샘, 1990.
최경호, 『안수길 연구』, 형설출판사, 1994.
오카 마리, 김병구 역, 『기억과 서사』, 소명출판, 2004.

3. 논문
강진호, 「추상적 민족주의와 간도문학」, 『작가연구』 2호, 1993.
곽종원, 「다시 기교 면의 요령」, 『사상계』, 1959. 5.
김우창, 「〈서평〉 안수길 저 『북간도』-사대에 걸친 주체성 쟁취의 증언」, 『신동아』, 1968. 3.
김재용, 「친일문학의 성격 규명을 위한 시론」, 『실천문학』, 2002년 봄호.
김정훈, 「분단체제와 민족주의-남북한 지배담론의 민족주의의 역사적 전개와 동질

이형성」, 『동향과 전망』, 200년 봄호.
김종욱, 「역사의 망각과 민족의 상상」, 『국제어문』 30호, 국제어문학회, 2004.
김　철, 「몰락하는 신생: '만주'의 꿈과 「농군」의 오독」, 『상허학보』 9집, 2002.
김춘선, 「1880～1890년대 청조의 '移民實邊' 정책과 한인 이주민 실태 연구」, 『한국근현대연구』, 1998.
박창옥, 「1920～30년대 재만 민족주의 계열의 반일민족운동」, 『역사비평』, 1994년 겨울호.
백낙청, 「작단시감 『북간도』－스케일이 큰 민족사의 기록 외 2편」, 『동아일보』, 1967. 10. 28.
백　철, 「「여수」와 『북간도』와 『초가삼간』」, 『현대문학』, 1977. 6.
———, 「또 하나의 리얼리즘」, 「북간도를 읽고」, 『사상계』, 1959. 5.
선우휘, 「이것은 명편이다」, 『사상계』, 1959. 5.
윤재근, 「안수길론」, 『현대문학』, 1977. 9～10.
이상갑, 「체험문학과 이상주의의 실제」, 『작가연구』 2호, 1993.
이상경, 「간도체험의 정신사」, 『작가연구』 2호, 1996.
이선미, 「1930년대 후반 이태준 소설의 변화와 그 의미」, 『상허학보』 4집, 1998.
이선옥, 김재용 외, 「'협화미담'과 '금연문예'에 나타난 내적 갈등과 친일의 길」, 『재일본 및 재만주 친일문학의 논리』, 역락, 2004.
이연식, 「해방직후 조선인 귀환연구에 대한 회고와 전망」, 『한일민족문제연구』, 한일민족문제연구회, 2004.
이주형 「『북간도』와 북간도 민족사의 인식」, 『작가연구』 2호, 1993.
임성모, 「만주국 협화회의 총력전 체제구상 연구」, 연세대 박사논문, 1997.
임지현 · 이상록, 「'대중독재'와 '포스트 파시즘'－조희연 교수의 비판에 부쳐」, 『역사비평』, 2004년 가을호.
조진기, 「만주개척민 문학 연구」, 『우리말글』, 2002.
조희연, 「박정희 시대의 강압과 동의」, 『역사비평』, 2004년 여름호.
최인훈, 「〈특집〉 그 사람 그 업적－사호의 역사 담은 완성적 작품세계－안수길론」, 『세대』, 1977. 7.
———, 「〈특집〉 안수길의 인간과 문학－우리는 이제 특권을 잃었습니다」, 『한국문학』, 1977. 6.
———, 「대범한 군자, 안수길－인물데쌍」, 『현대문학』, 1967. 1.
———, 「소설 1년－『북간도』 평」, 『대한일보』, 1967. 12. 27.
최일수, 「기념비적인 노작」, 『사상계』, 1959. 5.
한기형, 「역사의 소설화와 리얼리즘」, 『한국전후문학연구』, 성균관대학교 출판부,

1993.
한석정, 「지역체계의 허실」, 『한국사회학』 37집, 2003.
한수영, 「만주의 문학사적 표상과 〈북간도〉에 나타난 '이산'의 문제」, 『상허학보』 11집, 상허학회, 2003.
———, 김재용 외, 「친일문학 논의와 '재만조선인의 문학'의 특수성」, 『재일본 및 재만주 친일문학의 논리』, 역락, 2004.
———, 「이태준과 신체제」, 『이태준 문학의 재인식』, 소명출판, 2004.
———, 「만주, 혹은 '체험'과 '기억'의 균열」, 『현대문학의 연구』 25집, 한국문학연구학회, 2005.
홍기삼, 「<특집> 안수길의 문학과 인간－대상화와 역사의식」, 『한국문학』, 1977. 6.
홍석률, 「1960년대 한국 민족주의의 두 흐름」, 『사회와역사』 62권, 한국사회사학회 편, 문학과지성사.
황병주, 「미군정기 전재민 구호(救護) 운동과 '민족담론'」, 『역사와 현실』, 2000. 3.

◆국문초록

최근 문학사 연구에서 만주가 주요 논쟁거리로 부상하면서, 『북간도』도 여러 관점에서 재해석된다. 만주를 독립운동의 요람 뿐만 아니라, 만주국 하 조선인들의 삶 역시 공존하던 지역이라는 점에 주목하여 만주지역 조선인에 대한 연구를 한국의 근대성 문제와 직접 연관된 것으로 보는 것이다.

그런데, 『북간도』는 1950~60년대에 만주체험을 소재로 창작된 만주서사라는 점에서 만주국 시기 문제 만이 아니라, 1950~60년대 만주인식까지 포괄하고 있어서 더 복잡한 논쟁점을 지닌다. 이 글은 새롭게 논의되는 안수길 문학의 의미를 전제하면서 안수길의 만주체험이 1950~60년대 창작된 『북간도』의 만주서사로 어떻게 재현되는가를 중심으로 만주체험과 만주서사의 상관성을 문제삼는다.

『북간도』는 1부, 2, 3부, 4, 5부가 서로 다른 서사원리 속에서 전개된다고 해도 과언이 아니다. 1부는 고토회복이라는 이념을 바탕으로 월경농사를 단행한 변경지역 농민의 만주진출로 만주지역의 민족 주체성 회복을 서사화한다. 특히, 마지막 부분에 창윤이가 사포대 조직의 주체로 그려진 연재본에 근거할 때, 이주 농민을 민족 주체로 인식하는 만주인식이 반영된 것으로 볼 수 있다. 반면, 4, 5부는 홍범도 장군과 김좌진 장군을 중심으로 만주를 인식하는 만주서사이다. 만주지역의 민족적 주체를 항일독립운동 세력으로 보는 것이다. 1부와 4, 5부는 만주의 민족적 주체를 다르게 설정함으로써 이질적인 서사원리를 지니게 된다. 작품은 전체적으로 만주서사를 통해 민족적 주체성을 회복하려는 의도가 강하지만, 민족적 주체를 여러 관점에서 변주한 나머지 서사적 단절과 분열을 드러내는 것이다. 특히 4, 5부는 만주의 생활사실에 바탕하지 않고 자료에 근거하여 독립운동사를 기록하는 방식으로 이야기가 전개되어 만주 이주민들의 구체적인 생활사실을 재현함으로써 일상적 차원의 역사물로 서사화된 1, 2, 3부와 단절된 서사구조를 띠게 된다.

이것은 1930년대 만주국 하에서 만주에 정착해서 살았던 안수길의 만주체험과 남한에 돌아온 후 주변인으로 밀려난 안수길의 소외감이 『북간도』를 창작하게 된 계기로서 길항관계를 형성하기 때문이다. 게다가 안수길이 작품 창작의 계기로서 '내면화한 민족주의' 역시 서사의 분열을 초래할 여지를 갖고 있다. 1930년대 계급분해 과정에서 파생된 만주 유이민이나 공산주의자들의 항일독립운동을 배제하는 '민족'의식 때문이다. 따라서 여러 가지 서사적 단절과 분열 속에서도 결국 만주국 하 일본 영사관의 보호 속에서 성공한 장현도의 생존의 논리가 중심서사가 되는 결말은 『북간도』의 민족서사로 볼 때 처음부터 예견된 것이라는 추론도 가능하다.

안수길의 만주체험이 지닌 특성과 한국근현대사에서 그 체험이 놓여지는 자리로 인해 1950~60년대 안수길의 만주서사가 만들어진다. 즉, 『북간도』는 만주체험과, 사회적으로 주변화된 만주체험 주체의 주류로 편입되려는 욕망과, 만주의 민족주체성을 정권의 정당성을 위한 이데올로기로서 이용하려는 1950~60년대 민족담론과의 길항관계 속에서 복잡한 충돌을 일으키며 분열적 서사로 드러난다. 그러나 이 분열적 서사는 서사적 완결도에 있어서는 미흡할 것으로 평가되겠지만, 만주역사와 만주가 인식되는 역사를 반영하는 점에서는 오히려 역사적 의미를 지닐 수 있다. 이는 복잡한 충돌관계 속에서 의미가 구성되는 공간으로서 잉여공간이라 할 수 있으며, 근대적 주체의 한 양상으로서 분열적 주체가 구성되는 공간으로 볼 수 있다. 『북간도』는 이 공간이 지닌 근대성의 맥락으로 인해 문학사적 의미를 갖는다 할 것이다.

◆ SUMMARY

A Study on the Relation between 〈Manchuria Experience〉 and 〈Manchuria Narrative〉

Lee, Sun-Mi

Ahn Soo-Kil' Buk-Kan-Do described Korean peoples' Manchuria experience in 1870~1930(1945)'s. Then, Ahn Soo-Kil lived in Buk-Kan-Do in 1931~1945. And, Ahn Soo-Kil wrote Bu-Kan-Do in 1959~1967. It is said that Buk-Kan-Do is complex work when we went through this course. Then, this paper is to study this multiple meaning originated from this writing course.

The part 1, part 2, 3, and part 4, 5 have its own mode of narrative respectively. And Bu-Kan-Do was developed in their competition. Lee Changyoon, migrant, was described as nation-subject of Manchuria in the part 1. But the heroes for national independence(Kim Jaojin and Hong Bumdo) were described as nation-subject in the part 4, 5. And these tendensise of narrative make complex meaning in the part 2, 3.

Ahn Soo-Kil suffered from an inferiority complex and a sense of alienation, because he was treated as refugee in the 1950's of South Korea. He desired to be major in the Korean literary circle. Therefore, he wrote Bu-Kan-Do. But this creating course was advanced as his like. Ahn Soo-Kil survived as a member of the Manchuria. His Manchuria experience struke against Korean natoinalism. In addition to, the 1950's Korean nationalism is rightist nationalism, and conservative. Then, Bu-Kan-Do becomes the disunity narrative. This is the historical meaning of Bu-Kan-Do.

Keyword : Manchuria Experience, Manchuria Narrative, narrative of nation, disunity of narrative, modernity, migrant-wandering people, migrant-settler, refugee, imagined memory, surplus space of narrative

－이 논문은 2005년 6월 30일에 접수되어, 소정의 심사과정을 거쳐 2005년 8월 19일에 게재가 확정되었음.

박인환 시의 탈식민주의 연구

정 영 진*

목 차

1. 박인환 시의 현실주의와 센티멘털리즘

박인환[1] 시에 대한 평가에서 가장 경계해야 할 점은 현실주의적 경

* 건국대 강사.

1) 박인환은 1926년 8월 15일 강원도 인제에서 4남 2녀 중 맏이로 출생. 1936년(11세) 때 서울 종로로 이사하였고, 1944년(19세) 평양의학전문학교 입학. 1945년(20세) 광복 후 학업을 중단하고 종로 낙원동에 서점 마리서사를 개업. 이듬해 『국제신보』에 「거리」를 발표하여 문단에 데뷔. 1948년(23세) 마리서사 폐업하고 결혼. 4월, 동인지 『신시론』 창간. 1949년(24세) 5인 합동시집 『새로운 도시와 시민들의 합창』 발간. 1950년(25세) 동인 '후반기'를 결성. 6·25전쟁 발발, 피난가지 못하고 9·28 수복 때까지 서울에서 지하생활을 함. 이후 대구로 피난, 1951년(26세) 종군 기자로 활동. 1953년(28세) 서울로 이주, 1955년(30세) 화물선 '남해호'의 사무장으로 미국 여행. 그해 10월 『박인환 선시집』 출판. 1956년(31세) 심장마비로 자택에서 영면.

향과 센티멘탈리즘적 경향으로 양분하는 태도이다. 박인환 시에서 현실주의적 경향과 센티멘탈리즘적 경향은 서로 감싸안고 미끄러지거나 혹은 경합을 벌이며 시를 완성한다. 그럼에도 불구하고 박인환의 초기 현실비판적 의식이 전쟁이후 센티멘털리즘으로 전락하게 되었다거나 그의 모더니즘 시는 허무주의적 센티멘털리즘의 표현에 지나지 않았다는 평가가 대세를 이룬다.[2] 비판적 현실인식과 센티멘털리즘, 모더니즘과 센티멘털리즘의 관계는 모순관계처럼 받아들여진다. 하지만 박인환 시를 꼼꼼히 독해한다면 그의 현실인식과 센티멘털리즘을 단순히 대립관계로 파악할 수는 없다는 점을 확인할 수 있다. 전쟁체험 이후 허무주의적 센티멘털리즘이 그의 시 전반에서 스며나오지만 감정에 함몰되어 허우적거리며 파탄에 이르는 시들이 아니다. 오히려 박인환이 해방기에 견지해온 현실인식은 그 폭을 넓혔다. 전쟁은 이전의 박인환의 관념적 인식 주체에다 몸주체의 무게를 더하였다. 극단의 체험이 몸에 각인된 박인환, 그의 시 언어는 질적인 변화를 겪을 수밖에 없었다. 강조하지만 시적 분위기로서의 센티멘털리즘만을 가지고 이야기한다는 것은 박인환의 시 전체를 왜곡하는 일이다.

그의 처음이자 마지막 단독시집 『박인환 시선집』(1955)의 후기를 보면 그의 시쓰기가 혼란한 시대를 단순히 모방하는 차원을 넘어서고 있음이 확인된다.

> 나는 10여 년 동안 시를 써왔다. 이 세대는 세계사가 그러한 것과 같이 참으로 기묘한 불안정한 연대였다. 그것은 내가 이 세상에서 태어나고 성장해온 그 어떠한 시대보다 혼란하였으며, 정신적으로 고통을 준 것이었다. 시를 쓴다는 것은 내가 사회를 살아가는데 있어서 가장 의지할 수 있는 마지막

---

2) 김병태, 「박인환 시에 있어서의 모더니즘 수용과 시대인식」, 『한국현대시인론』, 국학자료원, 1991, 177쪽.
고명수, 「박인환론」, 『한국 모더니즘 시인론』, 문학아카데미, 1995, 200쪽.
오세영, 이동하 편저, 「후반기 동인의 시사적 위치」, 『박인환』, 문학세계사, 1993, 202쪽.
이건청, 이동하 편저, 「박인환과 모더니즘적 추구」, 앞의 책, 162-164쪽.

> 것이었다. 나는 지도자도 아니며 정치가도 아닌 것을 잘 알면서 사회와 싸웠다. (중략) 여하튼 나는 우리가 걸어 온 길과 갈길 그리고 우리들 자신의 분열한 정신을 우리가 사는 현실사회에서 어떻케 나타내 보이며 순수한 본능과 체험을 통해 본 불안과 희망의 두 세계에서 어떠한 것을 써야 하는가를 항상 생각하면서 여기에 실은 작품들을 발표했었다.[3)]

박인환은 시쓰기가 사회를 살아가는데 있어서 가장 의지가 되는 마지막 것이고, 사회와 싸우는 방식이었다고 고백하고 있다. 또한 분열된 정신을 현실사회에 어떻게 나타낼 것인가 생각하고 본능과 체험을 통해서 느낀, 불안과 희망 사이에서 어떠한 것을 써야하는지를 항상 고심했다고 말한다. 다시 말해 그의 시쓰기는 허무주의와 절망에 빠져 나오는 대로 쓰는 시쓰기가 아니었다. 그는 언제나 현실사회의 조건을 고려했으며, 희망을 염두하고 있었고 그 성과물이 그의 시다. 그렇다면 이토록 전투적인 시쓰기가 센티멘탈리즘의 경향을 드러내는 것은 왜일까. 해방 이후 전쟁을 겪은 시인의 자의식과 관련된다. 지도자도 아니고 정치가도 아닌 시인, 박인환에게 시인은 '기적인 동양의 하늘을 헤매고 있는 가엾은 곤충'(「기적인 현대」)이며 '쇠퇴한 철없는 시인'(「부드러운 목소리로 이야기할 때」)이다. 그러한 시인이 폭압적 현실사회와 싸울 때 센티멘털리즘은 필연적 결과인 동시에 미학적 전략이 된다. 즉 박인환에게 센티멘털리즘은 버리는 동시에 취하는 것으로 시적 긴장을 해치기보다는 시적 긴장을 조성하는 주요 요소였다.

안타깝게도 센티멘털리즘이 문제가 되어 박인환은 일반적으로 불철저한 모더니스트, 댄디보이의 포즈로서의 모더니스트로 오해되었다. 영미계 주지주의 모더니즘에 입각한 관점이나, 대륙계 아방가르드에 입각한 관점 어디에도 속할 수 없다는 이유로 허무주의, 감상주의로 재단되었을 뿐이다. 한국에서는 현실참여/비참여의 구분이 엄격한 편이고, 비참여적인 것으로 여겨진 모더니즘 평가에 있어서 기법적 측면을 우선

---

3) 박인환, 『박인환 선시집』, 산호장, 1955, 238-239쪽.

고려하는 전통[4]이 있다. 기법적 측면에서 모더니즘의 완성에 못 미친다고 평가받은 박인환이었기에 그의 미적 모더니티는 자연스럽게 주목되지 못했던 듯하다. 하지만 1990년대 중반이후 그의 현실인식에 주목한 논문들[5]이 보이기 시작한다. 김영철[6]은 박인환이 해방기의 역사흐름의 일단을 예리하게 포착하였다고 보고 박인환의 시적 출발은 진중한 리얼리스트로서였다고 말한다. 그것은 해방정국의 역사적 격동성과 해방 당시 스무 살이던 20대 초반의 지성적 열기와 관련이 있다고 보았다. 이후 '아메리카 시초'의 15편의 시들에 대한 논의를 주목할 만한데 정효구[7]는 박인환이 휴머니즘의 정신을 일깨우고 약소국의 지식인으로서 자기 정체성 확인하며, 근대문명국의 풍속사의 양면성을 인식하고 있다고 정리하였다. 또한 양애경[8]은 '기본적 정신이 자본주의에 대한 비판적 시각과 주체적인 인식'의 성과물로 보았다. 작품분석을 통해 '한국인으로서의 자기인식'을 추적한 한명희[9]는 화자의 동경과 소외감, 미국문명에 대한 갈등을 확인한 바 있다. 그런데 이 비슷한 정리들은 다소 공허하다. 약소국의 지식인의 자기 정체성의 실체는 무엇이며, 이것이 근대 자

---

4) 권성우는 한국 모더니즘 시가 형식적인 측면의 변별적 특징과 시적 화자의 내면성에 초점을 맞추어 논의된 것과 관련해 문학의 자율성론에 편향된 한국 문학연구의 오랜 지적 전통에 연유한다고 지적한다. 권성우, 『모더니티와 타자의 현상학』, 솔, 1999, 202쪽.

5) 김영철, 「박인환의 현실주의 시 연구」, 『관악어문연구』 21집, 1996.
송기한, 『한국 전후시와 시간의식』, 태학사, 1996.
정재찬, 「예술가의 초상에 관하여－박인환론」, 『한국전후문학연구』, 삼지원, 1996.
임미화, 「박인환 시에 나타난 현실인식 연구」, 건국대 교육대학원 석사논문, 1997.
정효구, 「해방 후 한국시에 나타난 미국」, 『어문논총』, 충북대 외국어교육원, 1999. 7.
박윤우, 『한국 현대시와 비판정신』, 국학자료원, 1999.
양애경, 「50년대 모더니즘 시의 미적 구조」, 『한국 퇴폐적낭만주의시 연구』, 국학자료원, 1999.
한명희, 「박인환 시 '아메리카 시초'에 대하여」, 『시문학』 제85호, 2000.

6) 김영철, 앞의 글, 124-125쪽.

7) 정효구, 앞의 글, 215-219쪽.

8) 양애경, 앞의 글, 360쪽.

9) 한명희, 앞의 글, 472쪽.

본주의 문명의 양면성과는 어떤 관련을 맺고 있는지 밝히지 못하고 있기 때문이다.

박인환의 미적 모더니티에서 보이는 주체의 문제는 신식민주의의 경험을 관통한다. 박인환은 1926년 생으로 일본어로 교육을 받은 세대에 속하며 청년시절에 해방과 미군정기, 그리고 전쟁을 경험하였다. 특히 그는 스스로 모더니트스로서의 자의식을 일관되게 가지고 있었다. 필자는 본 논고에서 탈식민주의 시각에서 박인환의 시들을 분석하고 그의 탈식민주의와 미적 모더니티의 상관성을 살펴보고자 한다.

2. 탈식민주의와 미적모더니티

탈식민주의 담론이 꾸준히 생산되고 있지만 우리는 반제국주의적 관점에서 분투하는 현실 속에 살고 있다. 반제국주의 안에서 선택할 수 있는 길은 무장 투쟁이 아니면 근대화론(=실력양성론) 두 가지다. 그러나 두 가지 다 현실 속에서 한계가 명백하다. 이라크 무장세력들이 자행하는 테러와 그에 대응하는 국제사회를 보라. 이것은 어느 한쪽이 끝장나지 않고는 종료될 수 없기에 폭력은 더 잔인한 폭력으로, 희생은 더 큰 희생으로 우리의 감각을 둔화시킨다. 반복되는 양측의 대외적 논리는 내부의 한 사람 한 사람의 이익과 요구는 철저히 묵살하고 상황만을 부각시키고 있다. 반제국주의의 또 하나의 방법론인 근대화의 경우 "식민지 사회는 근대 미달 사회라는 판단이 전제되어 있다. 이럴 때 식민지 사회를 형성하는 어떤 총체적 성격은 근대적인 것, 근대 미달적인 것으로 의도적으로 분리되어 근대는 영원히 앞서가는 토끼가 되고, 식민지 경험은 하나의 천형이 된다."10) 일제시대 민족주의자들 가운데 상당수가 친일로 돌아서게 된 것처럼 오늘날의 피식민지 지식인들이 제국의

10) 김명인, 「근대성과 미적 근대성」, 『한국좌파의 목소리』, 민음사, 1998, 194쪽.

성실한 안내자로 돌아설 운명에 놓인 것은 이 때문이다.

그렇다면 탈식민주의는 어떤 지점에서 반제국주의와 다른 길을 모색하는가. 탈식민이론이 "전통적인 반식민 저항 이론과 근본적으로 다른 것은 구조주의와 탈구조주의로 대표되는 현대 프랑스 철학에 힘입어 서양 중심으로 세계를 보는 휴머니즘과 역사주의를 거부하고 있다는 점이다. 식민주의는 역사가 발전하거나 모든 인류가 보편적인 인간성을 회복하였을 때 극복된다는 식으로 식민주의의 문제를 지적하는 것이 아니라 식민주의는 서구와 비서구의 존재 방식 자체"[11]로 인식하는 것이다. 서구와 비서구의 존재방식 자체를 문제 삼는다는 것은 다시 말해 식민/피식민 상호 메커니즘에 관한 관심이다. 식민지배는 피식민국에 어떻게 기대고 있는지, 어떤 국면들을 여닫아가며 스스로를 공고히 하는지, 마찬가지로 피식민국 역시 식민지배를 어떻게 묵인하면서 저항하고 동시에 식민지배 원리를 모방하는지 등에 관한 관심이다. 현실 안에서의 관계이고 관계 안에서 힘들은 수없이 유도되고 굴절되기에 단숨에 설명해낼 하나의 정답을 찾기는 곤란하다. 여러 가지 해답들은 관계의 중층성을 보여줄 수 있을 것이다. 이렇게 얻은 '부피의 가능성'이야말로 포스트담론의 가치라 하겠다. 임지현은 포스트 담론의 기여를 "역사에 객관적 실재가 없다. 상대주의다" 라는 측면보다는 '진보', '해방'이란 개념들의 의미를 다의적으로 만들어주었다는 점에서 찾은 바 있다. 민족의 관점, 계급의 관점, 인종과 젠더, 세대의 관점 등에 대해 진보의 외연을 넓힌 것이다. 즉 포스트 담론은 일방적인 진보관을 수정하였다는데 의의가 있다.[12] 포스트 담론의 연장선상에 있는 탈식민주의는 이러한 까닭에 다양한 이론들, 페미니즘, 정신분석, 기타 소수 담론들과 폭넓게 소통될 여지를 남긴다. 따라서 탈식민주의의 범주에 대한 고민은 구체적 담론이나 텍스트의 성격 안에서 그때 그때 임의적으로 제한적일 필

---

11) 고부응, 『초민족 시대의 민족 정체성』, 문학과지성사, 2002, 20쪽.

12) 임지현 외, 「좌담/동아시아 역사학의 반성: 국민 국가의 담 밖에서」, 『기억과 역사의 투쟁』, 삼인, 2002, 235쪽.

요가 있겠다.

탈식민주의는 자민족중심의 논리에서 벗어나 단순한 다문화주의를 극복[13]하고 제국의 문화와 피식민문화의 차이보다는 혼종성과 양가성에 주목하여 그 관계, '서구와 비서구 존재방식 자체'를 재구성하고자 하는 것이다. 이는 이분법 안에 갇혀있던 세계의 다차원의 억압적 역사를 다시 쓰고자하는 적극적 의지를 내포하고 있다. 그러하기에 포스트(post) 용어가 '후기' 또는 '탈'이라는 연속성과 불연속성의 이중적 의미를 포괄하여 매력적이기는 하지만 필자는 뚜렷한 목적의식을 강조하는 뜻에서 탈식민주의 용어를 본고에서 사용하기로 한다.

모더니즘 문학에 대한 탈식민주의 논의는 미적 모더니티와의 관련에서부터 시작할 수 있다. 미적 모더니티란 사회·경제적 모더니티에 저항하는 부정성으로서의 모더니티를 말한다. 이성중심의 근대 기획은 로고스에 절대적이고 선험적 가치를 부여하고 합리성과 객관성을 강조하여 진보주의적 사관을 앞세운다. 그러나 이러한 믿음은 배제를 기반으로 한 것이므로 저항과 반항은 필연적으로 동반된다. 그런데 미적 모더니티의 문제는 사회·경제 모더니티에 내재하는 문제점에 주목하게 함으로써, 여전히 로고스 중심의 보편 이성과 진보적인 역사관의 사고 자체보다는 그 부작용의 문제에만 관심을 돌려놓아 그 핵심에의 도전을 차단할 혐의가 있다. 다시 말하면 계몽주의 이래 이성중심주의 자체에 대한 부정이 아니라 그 구조에서 경험되는 물신화, 자기동일성의 훼손

13) 다문화주의는 인식의 상대주의에 근거하여 문화적 다양성을 인정하는 것에서 출발한다. 그러나 다문화주의는 피상적 외부의 관점으로만 접근함으로써, 다른 문화를 이해할 수 없는 본질로 남겨두고 만다. 미국 사회에서의 다문화주의는 외적으로는 문화의 다양성을 인정함으로써 문화의 평등성을 강조하지만, 문화의 차이를 흡수와 통합으로 이끌어 가는 주류 문화의 이데올로기가 내재되어 있다. 이와 다른 호미 바바의 틈새의 관점은 주체와 타자, 내부와 외부의 경계선을 해체함으로써 다른 문화에 내부와 외부의 경계가 무너진 상태로 접근한다. 틈새적 관점은 상호 작용과 수정 그리고 재구성의 과정을 거쳐 현재의 지평을 바라볼 수 있게 한다.
김종헌, 「탈식민주의의 해체적 문화 이론」, 『현상과 인식』, 제28권, 2004년 봄·여름호, 78-79쪽.

등에 관한 문제에 집중하는 것이다. 따라서 미적 모더니티의 문제를 사회·경제적 모더니티의 추상성에 맞서는 추상적 논의로 남겨 둘 것이 아니라면 다양한 포스트 담론들과 연관시킬 때 사회·경제적 모더니티에 대한 부정성의 미적 모더니티가 구체적으로 그리고 본격적으로 규명될 수 있을 것이다. 이런 의미에서 탈식민주의는 미적 모더니티의 구체성을 확보해 낼 수 있다.

필자는 해방 후에도 줄곧 식민지적 현실에 갇힌 한국을 인식했던 박인환의 시 가운데, 합동시집 『새로운 도시와 시민들의 합창』(1949)에 실린 시 5편과 『박인환 선시집』(1955) 속의 '아메리카 시초' 15편을 분석 대상으로 삼아 논의하기로 한다. 전자는 해방기에, 후자는 전후의 식민/피식민 현실인식을 결정적으로 보여준다고 판단한 까닭이다.

3. 박인환 시의 탈식민주의 양상

1) 식민지 안에서—식민지 현실인식

1949년 4월에 나온 『새로운 도시와 시민들의 합창』은 '신시론' 동인의 동인지 2집에 해당하는 것으로 박인환과 김경린, 박호권과 김수영, 양병식의 합동 시집이다. 여기에 박인환은 「열차」 등 5편의 시들을 발표한다. 박인환은 이어서 '후반기' 동인을 결성하며 모더니즘 시 운동을 지속적으로 모색해 나갔다. 좌우익의 대립이 극한에 치달았던 해방정국에서 박인환은 조선문학가동맹이나 조선청년문학가협회에 참여하지 않았다. 하지만 그는 해방 정국의 한 지성인으로서 세계를 인식하고 있었다. 다음은 『새로운 도시와 시민들의 합창』에 실린 그의 발문이다.

> 나는 불모의문명 자본과사상의 불균정한 싸움속에서 시민정신에이반된 언어작용만의 어리석음을 깨달었었다. 자본의 군부가 진주한 시가지는 지금

> 은 회악과 안개낀 현실이 있을 뿐…… 더욱멀리 지낸날 노래하였든 식민지의 애가이며 토속의노래는 이러한 지구에가란져간다. 그러나 영원의 일요일이 내가슴속에 찾어든다. 그러할때에는 사랑하든 사람과 시의 산책의 발을 옴겼든 교외의 원시림으로간다. 풍토와 개성과 사고의 자유를 즐겼든 시의 원시림으로간다. 아 거기서 나를 괴롭히는 무수한 장미의 뜨거운 온도.[14)]

'불모의 문명 자본과 사상의 불균정한 싸움 속에서' '시민정신에 이반된 언어작용의 어리석음을 깨달'은 시인은 '주검의 시간이며 다음날의 비밀이 없는'(「영원한 일요일」)영원의 일요일이라는 절망적 시간 속에서 시의 원시림으로 향한다. 다시 말해 시인은 '자본의 군부가 진주한' 새로운 식민지적 질서를 뚫기 위해 어리석은 언어작용이 아닌 시를 구하러 간셈이다. 그곳에서 그는 '무수한 장미의 뜨거운 온도' 때문에 탄성을 지른다. 오염되지 않는 순수한 말들(장미들)의 강렬함은 시인을 충동질한다. 시인은 어리석은 언어작용이 아닌 시의 가능성을 발견하고 현실로 돌아갈 수 있게 되었다. 시인이 괴롭다는 것은 바로 이 순수한 말들을 가지고 식민지적 현실로 돌아가야 한다는 자각 때문이다. 그리고 그 성과물이 5편의 시로 『새로운 도시와 시민들의 합창』에 실리게 된다. 이 가운데 「인도네시아인민에게주는시」, 「남풍」, 「인천항」은 식민지 현실 인식이 확연히 드러나고 있고, 나머지 두 편, 「열차」와 「지하실」에서도 현실과의 대결 양상이 포착된다. 우선 「인천항」을 살펴보자.

> 사진잡지에서본 향항야경(香港夜景)을 기억하고있다/ 그리고 중일전쟁때/ 상해부두를 슬퍼했다// 서울에서 삼십키로-를 떨어진곳에/ 모든 해안선과 공통되여있는/ 인천항이 있다// 가난한 조선의 푸로휠을/ 여실히 표현한 인천항구에는/ 상관도없고/ 영사관도없다// 따뜻한 황해의 바람이/ 생활의 도움이 되고져/ 나푸킨같은 만내(灣內)에 뛰여드렀다// 해외에서 동포들이 고국을 찾어들때/ 그들이처음상륙한 곳이/ 인천항구이다// 그러나 날이 갈수록/ 은주(銀酒)와 아편과 호콩이 밀선에 실려오고/ 태평양을 건너 무역풍을탄

14) 박인환 외, 『새로운 도시와 시민들의 합창』, 도시문화사, 1949, 53쪽.

칠면조가 인천항으로 나침을 돌렸다.// 서울에서 모여든 모리배는/ 중국서온 헐벗은동포의보따리같이/ 화폐의 큰 뭉치를 등지고/ 황혼의부두를 방황했다 // 밤이 가까울수록/ 성조기가 퍼덕이는 숙사(宿舍)와/ 주둔소의 네온・싸인은 붉고/ 짠그의 불빛은 푸르며/ 마치 유니온・짝크가 날리든/ 식민지 향항의야경을 닮어간다// 조선의해항 인천의부두가/ 중일전쟁때 일본이지배했든/ 상해의 밤을 소리없이 닮어간다.//

—「인천항」 전문[15)]

황혼이라는 시간은 암흑 속에서 더욱 빛을 발하는 제국주의의 특성을 예고하는 시간이다. 인천항이라는 공간은 여러 시간 속의 인천항들이 겹쳐진 채 이미지화되고 있다. 우선 인천항는 1945년 해방을 실감할 수 있는 공간이었다. 징용에 가거나 강제로 이주하였던 동포들이 해방과 함께 첫발을 내딛은 곳이 인천항이었다. 그때는 '가난한 조선의 프로휠(인상)'을 여실히 말해주기는 했지만 황해의 바람이 생활의 도움이 되도록 불었으며 상관이나 영사관이 없었다. 그런데 현재의 인천항의 모습은 사진에서 본 중일전쟁(1937년~)때의 식민지 상해 와 영국령인 향항(홍콩)의 야경을 닮아 있다. 지금 1949년의 인천항은 성조기가 퍼덕이는 숙사와 주둔소의 네온싸인이 붉고, 짠그의 불빛이 푸르다.

이 시의 인천항이란 공간은 두 개의 과거(1937년 이후의 중일전쟁 시기, 1945년 해방)와 현재(1949년) 속에서 직선적 시간에 고리를 만들고있다. 현재(1949년)는 가까운 과거(1945년)보다 더 먼 과거(1937년 이래)와 맞닿아 있는 것이다. 이것은 근대적 시간관, 진보의 역사관을 조롱하는 미적 모더니티의 양상으로 이해할 수 있다. 특히 이 미적 모더니티는 식민지배와 피식민구조 안에서 파악되고 있다는 점에서 탈식민주의적 관점을 요청한다. 이는 탈식민주의의 공간 재현방식의 특징을 띤다. 빌 애쉬크로토프에 따르면 "포스트콜로니얼한 텍스트들은 비록 표면적으로 인종과 문화를 고집스럽게 분리시켜 다루고 있는 것처럼 보이지만, 그

---

15) 박인환 외, 앞의 책, 61-65쪽.

텍스트들을 자세히 보면 현재를 구성하고 있는 혼합성이 드러난다. 혼합성은 시간적 수직성을 공간적 복수성으로 교체한다. 상호 이질적인 시간과 공간의 결합"[16]이라고 지적한 바 있다. 상호 이질적인 시간과 공간의 결합이 탈식민주의의 한 특성이라면 그 의의는 무엇인가. 역사와 현실의 관계에 대한 회의를 가능하게 한다는 점, 다시 말하면 역사를 재구성하고 그 속에서 현실을 새롭게 이해하도록 돕는데 그 의의를 찾을 수 있을 것이다. 혼합성은 혼란으로 향하는 문이 아니라 기존 인식의 한계를 부각시키는 임무를 띤다. 이 시는 해방은 해방인데 과거 식민지를 닮아가는 해방이란 무엇이냐 하는 문제제기이다. 과거를 대면 현재는 진보지만 대과거를 대면 현재는 퇴보가 되는 이상한 흐름으로서의 역사에 대한 질문이다. 역사는 진보한다는 믿음은 설득력을 잃게 된다. 추상적 개념어인 '역사'가 숨겼다 드러냈다하는 현재성에 대한 시인의 천착의 성과이다. 그렇다면 현재의 실체는 무엇인가?

인천항의 구체적 현실의 모습은 은주(銀酒)와 아편과 호콩과, 칠면조가 들어오고, 서울의 모리배들이 화폐의 큰 뭉치를 가지고 황혼의 부두를 방황하는 모습이다. 후에 개작한 것으로 보이는 시에서는 "웬 사람이 이같이 많이 걸어 다니는 것이냐. 抗夫들인가 아니 담배를 사려고 군복과 담요와 또는 캔디를 사려고—그렇지만 식료품만은 칠면조와 함께 배급을 한다"라는 한 연이 더 첨가된다. 서울 모리배들은 이제 미군으로부터 나오는 물자들을 사기 위해 어슬렁거린다. 민중은 배급을 위해 줄을 선다. 어찌되었든 모리배나 민중 모두에게 새로운 식민주의는 그라운드가 된다. 새로운 피식민지는 시장인 것이다. 시장이 된 피식민지에서는 희생양으로서의 민족적 단일성에 관심이 없다. 이제 문제는 특정한 제국이 문제가 되는 것이 아니라 제국의 작동방식이다. 식민지 항에 대한 다른 시 「식민항의 밤」에서는 식민/피식민의 관계를 미세하게 드러낸다.

---

16) 빌 애쉬크로프트 외, 이석호 역, 『포스트콜로니얼 문학이론』, 민음사, 1996, 62쪽.

> 향연의 밤/ 영사부인에게 아시아의 전설을 말했다// 자동차도 인력차도 정차되었으므로/ 신성한 땅 위를 나는 걸었다.// 은행지배인이 동반한 꽃 파는 소녀/ 그는 일찍이 자기의 몸값보다 꽃값이 비쌌다는 것을 안다// 육전대(陸戰隊)의 연주회를 듣고 오던/ 주민은 적개심으로 식민지의 애가를 불렀다.// 삼각주의 달빛/ 백주의 유혈을 밟으며 찬 해풍이 나의 얼굴을/ 적신다.//
>
> —「식민항의 밤」 전문[17)]

시장으로서의 식민지 현실은 이 짧은 시에서도 한 눈에 보인다. 화폐는 교환경제사회에서 교환수단이다. 아사아 소녀의 몸값이 꽃값보다 비싸다는 것에서 아시아 소녀의 몸이 교환될 수 있는 상품이라는 전제를 가늠할 수 있다. 상품인 소녀와 꽃은 화폐의 흐름을 동반한다. 그러나 전설은 영사부인에 의해 향유되지만 화폐가 지불되지 않는다. 즉 교환경제사회의 바깥에 있는 것이다. 이것이 전설이 지닌 특징인데 화폐의 지불을 전제하지 않고 향유되는 것이야말로 고유한 것, 아시아적인 것이 된다. 이 고유의 아시아적인 것이 아시아의 현실을 은폐할 뿐만 아니라(영사부인은 아시아의 전설을 들으면서도 눈 앞의 아시아의 현실은 보지 못한다.) 소녀와 꽃이 상품화되는데 일조한다. 즉 결코 화폐로는 살 수 없는 무형의 아시아적 가치는 직접 상품화가 아니더라도 상품화를 부축임으로서 시장의 질서를 견고히 한다.

이 시에서는 식민/피식민의 대립구조가 확연히 드러난다. 전설 속에 갇힌 아시아는 영사부인의 아시아이며, 생존의 정글로서의 아시아는 소녀의 아시아이다. 같은 공간 안에 있지만 영사부인이 속한 곳은 향연의 밤이며, 소녀가 속한 곳은 식민항의 밤인 것이다. 이 공간은 육전대의 연주회와 함께 식민지 애가가 불려지는 공간이다. 신성한 땅은 이렇게 식민/피식민이 함께 점유되어 있기에 화자인 나는 백주의 유혈과 찬 해풍의 상반된 감각 속에서 분열될 수밖에 없다. 식민/피식민의 공존은 따로 따로 동시에 존재하는 것이 아니라 서로 기대어 존재한다. 즉, 아시

---

17) 박인환, 앞의 책, 212-213쪽.

아의 전설 속에서 아시아의 현실은 은폐되고, 아시아의 현실은 아시아의 전설에 기대고 있다. 시민지 상황은 단순하게 식민/피식민이 대립되는 상황이 아닌 것이다. 오히려 서로 의지하여 자기 존재방식을 확보해내는 현실이다.

2) 식민지들 안에서－식민지 연대의식

식민지 현실을 직시한 박인환은 이 문제가 한국 사회에만 국한된 문제가 아님을 알고 있었다. 새로운 제국주의 전략을 세계사적 맥락에서 이해하였기에 박인환은 여타 식민지들의 모습을 통해 한반도 현실문제의 역사지평을 확장시킬 수 있었다. 「남풍」, 「인도네시아 인민에게 주는 시」에서는 이러한 국면들을 확인할 수 있다.

> 거북이처럼 괴로운 세월이/ 바다에서 올려온다// 일즉이 의복을 빼앗긴 토민/ 태양없는 마레－/ 너의사랑이 백인의 고무원에서 /자스민처럼 곱게 시드러졌다// 민족의 운명이/ 꾸멜신의 영광과함께 사는/ 안콜・왔트의나라/ 월남인민군// 멀리 이땅에도 들려오는/ 너이들의 항쟁의 총소리// 가슴 부서질듯 남풍이분다/ 계절이 바뀌면 태풍은온다/ 아세아 모든위도 잠든 사람이어/ 귀를 기우려라// 눈을뜨면/ 남방의 향기가/ 가난한 가슴팩으로 슴여든다//
>
> －「남풍」 전문[18)]

의복은 문명이 침범하기 전, 본토 전통 문화의 산물이다. 의복을 빼앗긴다는 것은 전통 문화에 내재한 가치관을 교정받는 것이다. 그리고 우월한 것으로 선전된 문명의 옷을 통해 피식민지인들은 낯선 가치관을 강요받는다. 이 시에서 '사랑'은 삶의 에너지, 삶을 삶답게 하는 내적 에너지라 할 때 '백인의 고무원'에서 일하는 동안 사랑이 시들어간다는 것은 인간다움의 상실을 의미한다. 식민지인들은 생활(의복)에서 전통 가

---

18) 박인환 외, 앞의 책, 66-68쪽.

치를 잃고 경제적 터전(고무원)에서마저 그 정체성을 잃고 있는 것이다. 하지만 이 나라는 '민족의 운명이 꾸멜 신의 영광과 함께 사는 앙콜 왓트의 나라'이다. 괴로운 세월이지만 민족의 운명은 신의 영광과 함께 한다. 앙코르와트 사원은 세계에서 가장 아름다운 건축물 중 하나로 평가받고 있다. 우주의 축소판으로 지상에 있는 우주의 모형으로 만들어졌다고 알려져 있다. 시적 화자는 세계와 우주를 품은 자부심을 강조함으로써 서구가 중심이 되는 세계관에 휘둘리지 않을 나라임을 밝히고 있다. 세계의 중심은 그들에게도 있으며 그들의 불멸의 신은 민족의 정체성을 보장한다. 하지만 극복은 초월적인 믿음에만 의존하지 않는다. 그들의 항쟁의 총소리는 남풍을 타고 '아시아 모든 위도 잠든 사람'에게 전해진다. 그들만의 문제가 아니기에 남방의 향기가 가슴 팩으로 스며든다. 그러면서 '거북이처럼 괴로운 세월'이지만 '계절이 바뀌면 태풍이 온다'는 미래에 대한 긍정의 의지를 보여준다. 뒤 이어 아시아 현실 속에서 잠든 사람들을 깨우려는 의도를 분명히 하고 있다. 계절이 바뀔 것을 앉아서 기다리는 것이 아니다. 그것은 잠에서 깨어나야 하고 귀를 기울여야 가능한 일이라는 점에서 역사의 주체로서의 의지를 분명히 하고 있다.

> 동양의 오－케스트라/ 가메란의 반주악이 들려온다/ 오 약소민족/ 우리와 같은 식민지의 인도네시아// 삼백년동안 너의자원은/ 구미자본주의국가에 빼앗기고/ 반면 비참한현실을 받지않으면/ 구라파의 반이나되는 넓은땅에서 / 살수없게 되였다 그러는사히/ 가메란은 미칠뜻이 우렀다// 홀랜드의 오십팔배나되는 면적에/ 홀랜드인은 조금도 갖이않은 슬픔을 밀림처럼 지니고 칠천칠십삼만인중 한사람도/ 빛나는 남십자성은 처다보지도못하며 살어왔다// 수도 족자카로타/ 상업항 스라바야/ 고원분지의중심지 반돈의 시민이어/ 너이들의 습성이 용서하지않는/ 남을 때리지못하는것은/ 회교정신에서 온것만이 아니라/ 동인도회사가 붕괴한다음/ 홀랜드의 식민정책밑에/ 모든 힘까지 빼앗긴것이다// 사나히는 일할곳이 없었다 그러므로/ 약한여자들이 백인아래 눈물흘렸다/ 수만의 혼혈아는 / 살길을잊어 애비를 찾었스나/ 스라바야

를 떠나는상선은/ 벌써 기적을 울렸다// 홀랜드인은 폴도갈이나 스페인처럼/ 사원을 만들지 않었다/ 영국인처럼 은행도 세우지않았다/ 토인은 저축심이 없을뿐만아니라/ 저축할 여유란 도모지없었다/ 홀랜드인은 옛말처럼 도로를 닥고/ 아세아의창고에서 임자없는사히/ 자원을 본국으로 끌고만갔다// 주거와의식은 최저도/ 노예적지위는더욱심하고/ 옛과같은 창조적혈액은 완전히 부패하였으나/ 인도네시아인민이여/ 생의광영은 홀랜드의 소유만이 아니다// 마땅히 요구할수잇는 인민의해방/ 세워야할 늬들의나라/ 인도네시아공화국은 성립하였다 그런데/ 연립임시정부란 또다시 박해다/ 지배권을 회복할랴는 모략을 부셔라/ 이제는 식민지의고아가되면 못쓴다/ 전인민은 일치단결하야 스콜처럼 부서저라// 국가방위와 인민전선을위해 피를뿌려라/ 삼백년동안 받어온/ 눈물겨운 박해의반응으로/ 너의조상이 남겨놓은/ 야자나무의 노래를 부르며/ 홀랜드군의 기관총진지에 뛰여드러라// 제국주의의 야만적제의는/ 너이뿐만아니라 우리의모욕/ 힘있는데로 영웅되여 싸워라/ 자유와 자기보존을 위해서만이 아니고/ 야욕과 폭압과 비민주적인 식민정책을 지구에서부서내기위해/ 저항하는 인도네시아인민이여/ 최후의 한사람까지 싸워라// 참혹한 몇달이 지나면/ 피흘린 자바섬에는 붉은 간나의꽃이 피려니/ 죽엄의보람이 남해의태양처럼/ 조선에사는 우리에게도 빛이려니/ 해류가 부디치는 모든 육지에선/ 거룩한 인도네시아인민의 내일을 축복하리라// 사랑하는 인도네시아인민이여/ 고대문화의 대유적 보로・보드울의 밤/ 평화를 울리는 종소리와함께/ 가메란에 마추어 스림피로/ 새로운 나라를 마지하여라//

—「인도네시아인민에게주는시」 전문[19)]

가메란과 스림피는 인도네시아 전통음악과 춤이다. 이것은 이성적 논리와는 달리 충동하고 분출하게 하는 힘을 지니기에 민족의식의 각성을 요구하고 투쟁할 것을 촉구하는데 일조한다. 과연 그렇기만 할까? 사실 이러한 독해는 반제국주의적 입장에서의 독해이며 관습화된 독해이다. 그런데 파농은 식민주의에 대항하고자 하는 원주민들의 폭력이 춤과 신들림이라는 정서적 배출구를 통해 배출되는 국면을 포착한 바 있다.[20)] 즉 가메란과 스림피 자체가 꼭 저항민족주의적 성격만 있는 것은

---

19) 박인환 외, 앞의 책, 69-78쪽.

아니라는 것이다. 그것은 '제국주의의 야만적 제의'에 대항하지 못하고 저항 에너지를 소모시키는 기능을 담당하기도 하며, 저항하지 못하는 자들을 위한 도피처 구실도 할 수 있는 것이다. 가메란은 식민지배로부터의 고통스러움의 표상인 동시에 저항의 욕망을 일정부분 해소시키고 지연시키는 기능도 하는 것이다. 그렇기 때문에 파농은 새로운 방향을 향하고 있는 그 폭력(식민주의에 대항하는 폭력)을 파악하는 문제를 중요시한다. 저항의 맹목성은 오히려 저항의 방향을 엉뚱한 곳으로 옮겨놓기도 하는 것이다. 이 시의 화자는 가메란과 스림피를 분위기를 위한 소품으로 활용할 뿐 가메란과 스림피의 미학적 쾌감에 몰두하지는 않는다. 화자는 선동적 목소리를 내지만 감정에 도취되기는커녕 현실에 대해 냉혹하게 평가한다

이 시를 반제국주의로 읽는다면 선동하는 화자에게 포커스가 맞추어지지만 탈식민주의로 읽는다면 화자의 냉정한 현실인식에 그 포커스가 맞추어진다. 화자는 슬픔을 밀림처럼 지니고 누구도 희망(남십자성)을 볼 수 없는 식민지 상황을 알리며, 회교정신과 식민정책의 힘을 혼동하지 말 것을 충고한다. 새로운 임시 정부를 비판하며, '식민지고아가 되면 못쓴다'고 주장한다. 심지어 인도네시아 인민들은 '저축심도 없'고 '창조적 혈액은 완전히 부패'하였다고 말한다. 이것은 반제국주의적 정서에 위배된다. 순결한 민족성을 강조하며 투쟁하는 반제국주의에서 이러한 선언은 이단적이다.

화자가 현실 속에서 투쟁의 원동력으로 삼고 있는 것은 '삼 백년동안 받어 온 눈물겨운 박해의 반응'과 '조상이 남겨놓은 야자나무의 노래'이다. 이것은 엉뚱한 방식으로 소진될지 모를 저항의 방향을 분명히 할 것, 다시 말하면 싸울 대상으로서의 폭력적 지배질서를 바르게 인식할 것을 강조하는 것이다. 시 전편에 흐르는 선동성에도 불구하고 시적 화자는 싸움의 승리를 장담하지는 않는다. 그럼에도 최후의 한 사람까지

20) 프란츠 파농, 남경태 역, 『대지의 저주받은 사람들』, 그린비, 2004, 78-79쪽

싸워야하는 이유는 그들은 아시아, 나아가 전지구적 사명감을 띠고 있기 때문이다. '조선에 사는 우리에게도 빛'이라고 하며 식민국가들의 대표성을 부여하여 제국의 지배와 피식민국가의 현실은 어느 한 나라의 문제가 아니라 전지구적 문제임을 명확히 지적한다.

앞의 두 시는 반제국주의 독해와 탈식민주의 독해 둘 다 가능하다. 사실 탈식민주의가 반제국주의와 분명한 차별성을 지니지만 이 둘은 때때로 넘나들며 접선할 수 있는 가능성을 지닌다. 그것은 경계해야 할 일이 아니다. 오늘날, 근대 기획에서 애초부터 소외된 주체들–노동자, 민중, 여성, 피식민지인들은 그동안 주체가 되어보지 못한 상태에서 탈근대 기획의 주체의 해체 문제를 수용해야 문제에 당면했다. 이때 중요한 것은 근대성과 탈근대성의 성격을 진보주의적 역사관에 기반하여 순서적 개념으로 이해하여서는 안된다는 점이다. 이럴 경우 소외 주체는 정해진 길로 열심히 달려나가지만 결코 길 밖으로 나갈 수 없는 운명에 처하게 된다. 그렇기 때문에 근대성과 탈근대성을 동시에 작동시키는 작업이 소외주체에게 요청되는데 이와 마찬가지로 피식민지인들은 반제국주의와 탈식민주의의 운동을 동시에 해나가지 않으면 안된다. 박인환이 아시아 피식민지들 사이에서 '자리잡기'를 하였을 때 반제국주의적 정서가 요청되고 있는 점도 피식민지인들의 탈식민주의의 특징으로 이해할 수 있다.

3) 제국 안에서–제국의 이미지 해체

박인환은 1955년 3월 5일, 화물선 '남해호'의 사무장 자격으로 미국 여행을 하게 된다. 14일간의 항해를 마친 후 3월 22일, 미국 워싱턴 주 수도인 올림피아에 도착한 후 서부해안 도시인 타코마, 시애틀, 에베레트, 안나코오데스, 포트 에인젤스, 포틀랜드 등을 여행하게 된다. 이 미국 여행 경험을 바탕으로 한 15편의 시는 1955년 발간된 『박인환선시집』 3부에 해당하는 '아메리카 시초'로 묶여 실리게 된다.

가) 갈매기와 하나의 물체/ 〈고독〉/ 年月도 없고 태양은 차갑다./ 나는 아무 욕망도 갖지 않겠다./ 더욱이 낭만과 정서는 저기 부서지는 거품 속에 있어라. 죽어간 자의 표정처럼/ 무겁고 침울한 파도 그것이 노할 때/ 나는 살아 있는 자라고 외칠 수 없었다./ 그저 의지의 믿음만을 위하여/ 심유(深幽)한 바다 위를 흘러가는 것이다// 태평양에 안개가 끼고 비가 내릴 때/ 검은 날개에 검은 입술을 가진/ 갈매기들이 나의 가까운 시야에서 나를 조롱한다./ <환상>/ 나는 남아 있는 것과/ 잃어버린 것과의 비례를 모른다.// 옛날 불안을 이야기했었을 때/ 이 바다에선 포함이 가라앉고/ 수십만의 인간이 죽었다./ 어둠침침한 조용한 바다에서 모든 것은 잠이 들었다./ 그렇다/ 나는 지금 무엇을 의식하고 있는가? 단지 살아 있다는 것만으로서.// 바람이 분다./ 마음대로 불어라. 나는 데키에 매달려/ 기념이라고 담배를 피운다./ 무한한 고독. 저 연기는 어디로 가나.// 무한한 고독. 저 연기는 어디로 가나.// 밤이여. 무한한 하늘과 물과 그 사이에/ 나를 잠들게 해라.

―「태평양에서」 전문[21)]

태평양은 새로운 제국(미국)으로 향하는 길목이며, 동시에 태평양 전쟁 때 많은 희생자들이 죽어간, 구 제국주의(일본)의 잔혹함을 간직한 이중적 공간이다. 화자는 '포함이 가라앉고 수십만의 인간이 죽은' '안개 끼고 비 내리는 태평양'을 바라보며 '나는 살아있는 자라고 외칠 수 없었다'. 그는 아무런 욕망도 갖지 않겠다고 선언하고 스스로 낭만과 정서를 폐기하고자 한다. 그리고 자신에게 묻는다. '나는 지금 무엇을 의식하고 있는가? 단지 살아있다는 것만으로서' 라고. 살아있음의 자각은 식민주의 아래 자행된 '죽임'을 통한 자각이다. 그런데 화자의 현재의 살아있음의 내용은 욕망의 거부와 조롱당함, 고독과 환상이다. 여전히 제국주의의 폭력이라는 바뀌지 않는 조건 때문이다. 구 식민주의는 '죽임'을 통해 살아있음을 인식시키는 반면 시장이 된 신 식민주의는 '죽이지 않음'을 통해 살아있음을 인식시키고 있는 것이다. '죽임'을 통해 살

21) 박인환, 앞의 책, 122-125쪽.

아있음을 인식한 화자는 '죽이지 않음'을 통해 살아있음을 동시에 수용해야 하는 이중 억압에 처해 있다. 여기서 식민주의는 이름바꾸기로서 유지되고 있는 차원이 아니라 피식민지 인들에게 축적되는 것임을 발견하게 된다. 축적된 식민/피식민구조의 이중억압 때문에 화자는 욕망의 거부와 조롱당함, 고독과 환상 등을 살아있음의 내용으로 삼을 수밖에 없다. 이것은 박인환의 센티멘러리즘을 설명할 수 있는 지점이다. 이 시는 센티멘털하다. 하지만 센티멘털리즘이 시의 탈식주의적 현실인식을 희석시키지 않는다. 센티멘털리즘은 화자의 살아있음 자체, 현실인식 자체이며 동시에 미적 전략으로서 작동한다.

'그저 의지의 믿음만을 위하여 흘러가는 것이다' 에서 볼 수 있듯이 화자는 구체적이지는 않지만 자각으로부터 어떤 의지를 믿고 있으며 그래서 마지막 연에서 '밤이여. 무한한 하늘과 물과 그 사이에 나를 잠들게 하라'고 한다. '무한한 하늘과 물과 그 사이'는 어디인가. '물(태평양)'이 제국주의 하에서의 죽음의 영역이라면 그 밖에서, 동시에 '무한한 하늘'이 아닌 것은 초월적인 어떤 공간도 거부하는 태도이다. 하늘과 바다만 보이는 공간에서 시적 화자가 머물고자 하는 공간은 하늘도 바다도 아닌 존재론적 공간이다. 그의 잠은 비관적이거나 도피적으로 보이지 않는다. 살아있음을 자각한 자의 잠은 죽음과는 다르며 중지에 가깝기 때문이다. 고독과 환상으로부터의 중지를 요청하는 모습은 다시 의식함을 전제로 하는 것[22]이라 할 때 긍정적 의미를 부여할 수 있을 것이다.

「어느 날」, 「어느 날의 시가 되지 않는 시」, 「여행」, 「새벽 한시의 시」 등은 미국에 도착한 다음의 경험을 쓴 시들이다.

사월 십일의 부활제를 위하여/ 포도주 한 병을 산 흑인과/ 빌딩의 숲속을

22) 레비나스는 숙면에 들 수 있는 가능성을 의식의 고유한 의미로 이해하였다. 그는 잠을 의식의 역설과 같은 것으로 보았다. "의식을 의식으로서 규정하는 것은 잠자기 위해서 뒤로 물러날 가능성을 늘 보유하는 것이다." 레비나스, 강영안 역, 『시간과 타자』, 문예출판사, 1996, 44-45쪽 참고.

지나/ 에이브라함 링컨의 이야기를 하며/ 영화관의 스틸 광고를 본다./ …카아멘 죤스…// 미스터 몬은 트럭을 끌고/ 그의 아내는 쿡과 입을 맞추고/ 나는「지렛」회사의 텔레비전을 본다// 한국에서 전사한 중위의 어머니는/ 이제 처음 보는 한국 사람이라고 내 손을 잡고/ 시애틀 시가를 구경시킨다// 많은 사람이 살고/ 많은 사람이 울어야 하는/ 아메리카의 하늘에 흰구름,/ 그것은 무엇을 의미하는가.// 나는 들었다 나는 보았다/ 모든 비애와 환희를.// 아메리카는 휘트먼의 나라로 알았건만/ 아메리카는 링컨의 나라로 알았건만/ 쓴 눈물을 흘리며/ 브라보…… 코리언 하고/ 흑인은 술을 마신다.//

—「어느 날」 전문[23)]

미국이라는 공간의 재현 방식은 크게 세 가지의 표상으로 드러나고 있다. 우선 기존의 상상된 가치로서 휘트먼과 링컨의 나라이다. 이는 자유와 평등, 민주주의의 나라라는 미국의 표상이다. 그러나 미국은 흑인이 눈물을 흘리는 나라이기도 하다. 이것은 앞의 자유와 평등, 민주주의의 승리로 표상되는 미국과 상충되는 리얼한 미국이다. 시간적 배경이 되는 부활절은 미국정신의 뿌리라는 개신교의 핵심 절기이다. 예수의 구원이 만민에게 성취되었음을 기뻐하는 부활절에 소외된 흑인이 쓴 눈물을 흘리고 있다. '브라보 ……코리언' 하고 흑인이 드는 축배 즉, 제국(중심)의 주변부가 또 다른 피식민 주변부(화자)를 위한 축배는 공식화된 제국의 이미지, 자유와 민주주의의 승리라는 이미지를 바꾸어버린다. 포장된 제국을 벗겨내었을 때의 제국의 가치들이 의심의 영역에서 다시 재고된다.

미국의 또 다른 표상은 3연에 나온다. 이것은 박인환의 탈식민지 인식에 있어 가장 극점이라 할 수 있는 부분이기도 하다. 한국전에서 아들을 잃은 어머니는 화자인 '나'에게 씨애틀을 구경시켜주고 있다. 이 미국은 앞의 두 무조건 긍정의 미국과 부정의 미국과는 다른 애매한, 한마디로 정의되지 못하는 미국이다. 이 미국 시민인 '어머니'를 통해서 제국은 복잡하게 다가온다. 제국 내부의 개인의 문제가 등장하는 것이다.

23) 박인환, 앞의 책, 137-139쪽.

한국전에서 아들을 잃은 미국 시민인 어머니는 어떤 의미에서 마찬가지로 피해자이기도 하다. 제국에 관한 전면적이고 일방적인 부정과 비판은 다시 수정될 필요가 있다. 구체적인 일대일 관계맺음을 통해 다가온 미국(제국)에 대해 시적 화자는 4연에서 '많은 사람이 살고/ 많은 사람이 울어야 하는/ 아메리카의 하늘에 흰구름,/ 그것은 무엇을 의미하는가' 라고 혼란스런 심경을 표현한다. 이것은 중심부로서의 제국의 모습(거기엔 극단적 긍정과 부정의 대상 둘 다 포함된다)이 허구적인 것임을 확인시켜준다. 허구적인 중심은 부재하는 중심을 일깨워주는 것이다. "중심부를 영구적이고 순리적인 공간으로 간주하는 생각은 무한히 연기된다. 질서의 중심은 궁극적으로 무질서이다. 이러한 인식이 바로 포스트콜로니얼한 문학이 수행하는 궁극적인 저항이자 동시에 궁극적인 탈신비화이다"24)

이 시에서는 두 번째 연에서 또 다른 탈식민주의 텍스트 양상을 보여준다('미스터 몬은 트럭을 끌고/ 그의 아내는 쿡과 입을 맞추고/ 나는 「지렛」회사의 텔레비전을 본다'). 미스터 몬과 미스터 몬의 아내, 쿡, 지렛 등은 이해불능의 기호들이다. 이러한 낯선 제국에 대한 몽타주는 구체적인 정보, 배경지식은 주어지지 않은 채 다른 연들과의 유기적 관계도 의도적으로 거부된다. 이런 장면의 삽입은 이질적인 문화의 체험을 그대로 재현한다. 이는 단절감과 긴장을 느끼게 함으로써 앞서 지적한 중심의 탈신비화와 쌍을 이룬다. 제국의 현실을 통해 상상 속의 고정된 제국의 이미지가 해체되었다고 하더라도 여전히 동일화될 수 없는 타자성을 견지하게 해주는 기능을 한다는 측면에서 그렇다. 다음 시에서는 탈식민주의적 전략 속에서도 여전히 제국이 가지는 권위와 압력으로부터 완전히 자유로울 수 없는 화자를 만날 수 있다.

당신은 일본인이지요?/ 차이니이즈? 하고 물을 때/ 나는 불쾌하게 웃었다./

---

24) 빌 애쉬크로프트 외, 앞의 책, 153쪽.

거품이 많은 술을 마시면서/ 나도 물었다./ 당신은 아메리카 시민입니까? 나는 거짓말 같은 낡아빠진 역사와/ 우리 민족과 말이 단일하다는 것을/ 자랑스럽게 말했다./ 황혼.// 타아반 구석에서 흑인은 구두를 닦고/ 거리의 소년이 즐겁게 담배를 피우고 있다.// 여우(女優) 가르보의 전기책이 놓여있고/ 그옆에는 디텍티브 스토리가 쌓여있는/ 서점의 쇼윈도/ 손님 많은 가게 안을 나는 들어가지 않았다.// 비가 내린다./ 내 모자 위에 중량이 없는 억압이 있다./ 그래서 뒷길을 걸으며/ 서울로 빨리 가고 싶다고/ 센티멘털한 소리를 한다.

—「어느 날의 시가 되지 않는 시」 전문[25)]

이 시에서 화자는 흑인과 보호되지 못하는 소년들을 통해 미국의 현실을 스케치함으로써 제국의 허상을 노출시킨다. 재미있는 것은 1연이다. 시적 화자에게 일본인인지, 중국인인지 묻는 미국인이 있다. 이번에는 화자가 묻는다. '당신은 아메리카 시민입니까?'라고. 여기에는 변칙의 언어유희가 들어있다. 화자는 불쾌하게 웃은 뒤 미국인이 그랬던 것처럼 똑같이 영국인입니까? 캐나다인입니까? 라고 묻는 대신 당연한 질문을 함으로써 상대방의 말문을 막아버린다. 그것도 '아메리칸 입니까'가 아닌 '아메리카 시민입니까'라고 하여 조롱하는 뉘앙스를 풍기는 것이다. 침묵, 단절을 이끌어내는 것은 탈식민주의 텍스트의 특성중 하나이다. 그것은 제국중심으로 진행되는 논리 혹은 논의에 균열을 냄으로써 새로운 방향전환을 모색하는 '사이'를 만들어주기 때문이다. 시적 화자가 '아메리칸입니까'라고 물었다면 미국인은 자랑스럽게 '그렇다. 나는 미국인이다'로 말하면서 다시 대화의 주도권을 쥐었을 것이다. 일반적인 언어구조(대화구조)에 변칙적 응수로 잠깐 침묵을 심어놓음으로써 주도권을 잡아오는 것이다.

화자는 이어서 '거짓말 같은 낡아빠진 역사와/ 우리 민족과 말이 단일하다는 것을/ 자랑스럽게 말'하였지만 '모자 위 중량 없는 억압'을 느끼며 '서울로 빨리 돌아가고 싶'어한다. 그런데 화자가 진심으로 오랜

25) 박인환, 앞의 책, 137-139쪽.

역사와 단일민족, 단일어에 대하여 자랑스럽게 생각한 것 같지는 않다. '거짓말 같은 낡아빠진'이란 수식어와 억압을 느끼는 모습을 보면, 일본인이나 중국인으로 오해받은 데 기분이 상한 화자가 호기를 부려보는 것으로 느껴지는데 이 때문에 비애감이 전해진다.

박인환에게 있어 미국에 대한 특별한 인상 중 하나가 3연에 나타난다. 화자가 서점을 지나치는 태도는 아메리카 문화의 가벼움에 대한 조소이다. 이 서점은 여배우의 전기와 탐정소설이 쌓여있는 서점으로 지성의 열기의 표상이 아니라 흥미 위주의 상업화된 서적과 그에 길들여진 미국대중을 표상한다. 여행에서 돌아와 신문에 기고한 글을 보면, 미국인들이 소시민적인 일상적 생활에 묻혀 신문도 겨우 1면만 훑어보고 마는 모습을 대비하여 당시 한국의 지식욕에 대해 언급한 부분이 있다.

> 우리나라와같이 일상의 생활이 빈곤하고 항상마음의불만이 있는 곳에서는 국민이 신문을 관심히 읽는다든가 소설을보고하면서 자기의 새로운 지식을 얻는 것이 다시없는 즐거움이 되는데 그들은 이에반하여 (중략) 아메리카인은 여하튼상식적인것밖에 모르고사는 것이다. 상식적이란 결코 소홀히 할 수 없는 것이지만 우리는 상식에서 어떤 정신적연륜을 찾지는 못할 것이다. (중략) 우리들이 조금도 정신적으로 뒤떨어져있다고는 믿고 싶지가 않다. 그들이 노래하고 춤추고 자동차로 드라이브를 할 때 우리들은 열심히 지식을 흡수한다면 아메리카문화와 다른 새로운 문화가 우리나라에 생기고 사회와 가정의 생활이 높아질 것이다.[26)]

박인환이 보기에 미국인은 소시민적 일상을 즐기는 수준에 만족하며 살고 있다. 그것은 정신적인 것을 담보해내지 못하는 것이므로 우리들이 열심히 지식을 흡수한다면 아메리카 문화와는 다른 새로운 문화를 창조할 수 있다고 말한다.

즉 박인환은 한국문화의 자랑스러움이나 가능성이 역사와 단일한 민족과 말에 있다고 보기보다는 지식의 흡수, 새로움에 대한 열정에 있다

---

26) 박인환, 「19일간의 아메리카 (하)」, 『조선일보』, 1955. 5. 17.

고 믿은 것이다. 미국 따라잡기가 아니다. 오히려 미국과는 다른 '새로운 문화'에 대한 가능성을 타진하는 모습에서 그의 모던하고 탈식민주의적 태도를 엿볼 수 있다. 미국문화에 대한 맹목적 추종을 일색으로 하는 매체 담론들이 쏟아지고 있던 시점에서 박인환의 이러한 견해는 상당한 가치가 있다고 판단된다.

4. 결론

필자는 두 가지 목표를 가지고 이 글을 썼다. 하나는 박인환 시를 탈식민주의적으로 읽는 것이고 다른 하나는 이를 통해 미적 모더니티의 문제를 탈식민주의적 관점에서 해명하는 것이었다. 박인환은 식민/피식민 문제를 일반적 반제국주의라는 공식에 입각해서 파악하기보다는 현실 속에서 그 실체를 묘사하여 가해/피해 내지 선진/후진이라는 '관계의 일방성'의 허구성을 드러내었다.

박인환은 현실 속에서 자기의 자리를 끊임없이 시의 자리로 삼으며 식민/피식민 관계를 살폈다. 피식민지 내부에서, 피식민지들 안에서, 그리고 제국의 내부에서. 레비나스에 의하면 "현재 순간의 자기와의 관계는 장소를 차지하는 위치를 통해 가능해진다. 현재의 정지는 자리 잡기의 수고 자체이다. 자리는 세계를 향하고 이는 모든 활동과 모든 노동에 전적인 독자성을 부여한다"[27]고 하였다. 시인의 존재를 거대한 현실사회에 비하며 보잘것 없는 곤충으로 비유했던 박인환은 현실로부터 초월하려하지 않고, 또 압도당하지 않으면서, '자리잡기'를 통해 현실을 묘사하고 분석했다. 현실묘사에 대해 이국취향이라는 평가는 적어도 박인환에 한해서는 꼼꼼한 독해없이 이루어진 소재주의적 접근의 결과다. 박인환은 가타리가 강조한 묘사와 분석을 수행한다고 볼 수 있는데, 가

27) 에마뉘엘 레비나스, 서동욱 역, 『존재에서 존재자로』, 민음사, 2001, 136쪽.

타리는 이미 존재하는 사회적 대상에 대한 묘사를 지배권력에 대항해서 적극적으로 개입하는 데 있어 일차적 작업으로 보았으며, 분석의 목적이 모든 것을 표현하는데 있기보다는 진실한 세력관계, 즉 욕망의 기계적 배치를 파악하는 것으로 보았다.[28] 박인환의 현실 묘사 작업은 이국 취향을 넘어서 현실사회에서 진실한 관계에 대한 관심으로 열정을 쏟는 시쓰기였다. 그 결과 박인환는 상호 이질적 시공간의 결합으로 진보주의적 역사관의 믿음을 흔들고, 식민/피식민이 서로 대립적이기만 한 것이 아니라 서로를 견고하게 하는 든든한 버팀목으로 작용하는 장면을 형상화하였다. 또한 시장이 된 새로운 피식민지의 모습을 고발하면서 식민/피식민 문제가 전지구적 문제임을 지적하여 식민지 아시아 연대를 강조하기도 한다. 박인환은 미국여행 경험을 통해 제국 내부의 현실사회를 묘사함으로써 탈신비화 작업을 수행하고 식민/피식민 문제를 새롭게 제기한다.

필자는 반제국주의적 관점에서 놓친 미적 모더니티의 문제가 탈식민주의 관점에서 포획됨을 보이기 위해 주로 반제국주의와는 변별적인 탈식민주의에 초점을 맞추었다. 사실 반제국주의적 관점에서 미적 모더니티의 발견은 거의 불가능하다. 반제국주의적 관점 자체가 근대 기획의 이분법적 발상에 기초하기 때문에, 모든 문제는 체제 내로 재흡수되고 공회전 될 수밖에 없다. 따라서 이분법적 기획을 부정하는 미적 모더니티를 확보해낼 수 없게 된다. 박인환의 현실인식을 반제국주의로 독해할 때 그의 미적 모더니티에 대해 할 말이 없게 되는 것은 이 때문이다. 다시 말하면, 그의 현실인식에 의의를 두면서도 모더니스트로서의 평가에 인색했던 것도 미적 모더니티의 문제를 놓쳤기 때문이다. 물론 앞에서 말한대로 그의 센티멘털리즘도 문제가 되었는데 재미있게도 이 센티멘털리즘 평가 문제도 서구 중심적 사고의 토대에서 이루어진 것이기 때문에 탈식민주의와 같은 포스트 담론에서 상당히 해소될 수 있다. 일

---

28) 팰릭스 가타리, 윤수종 역, 『분자혁명』, 푸른숲, 2001, 306쪽.

반적으로 센티멘털리즘은 한국모더니즘 시의 특성이자 한계로 지적된다. 특징이자 한계라는 말은 다른 말로 하면, 한계인 특성이다. 이미 지방적 위치에 놓인 한국을 전제로 하고 있는 것이다. 이는 보편적이고 특권적 지위의 관점을 선취한 식민지 논자들의 지적 식민화의 면모라 하겠다. 포스트 담론은 피식민지 미적 모더니티의 문제를 해명하는데 유용하다. 포스트 담론은 미적 모더니티의 추상적이고 관념적 성격에 구체적이고 현실적 몸을 입혀준다. 탈식민주의로 박인환의 시를 볼 때 그의 현실인식의 철저성이 드러난다. 또한 센티멘털하고 이국취향의 허무적의적 댄디보이가 아니라 주입된 문명의 언어로부터 개성과 사고의 자유를 누리기 위해 사회 현실과 싸우며 시를 썼던 시인, 박인환이 보이는 것이다.

주제어 : 박인환, 탈식민주의, 미적 모더니티, 반제국주의, 제국의 이미지 해체

◆ **참고문헌**

1. 기본자료

박인환 외, 『새로운 도시와 시민들의 합창』, 도시문화사, 1949. 53쪽.

———, 『박인환 선시집』, 산호장, 1955.

———, 「19일간의 아메리카」, 『조선일보』, 1955. 5. 13; 17.

2. 단행본

고부응, 『초민족 시대의 민족 정체성』, 문학과지성사, 2002.

권성우, 『모더니티와 타자의 현상학』, 솔, 1999, 202쪽.

김명인, 『한국좌파의 목소리』, 민음사, 1998.

김영철, 『박인환』, 건대출판부, 2000.

박윤우, 『한국 현대시와 비판정신』, 국학자료원, 1999.

송기한, 『한국 전후시와 시간의식』, 태학사, 1996.

양애경, 『한국 퇴폐적낭만주의시 연구』, 국학자료원, 1999.

당대비평 편집부, 『기억과 역사의 투쟁』, 삼인, 2002, 235쪽.

빌 애쉬크로프트, 이석호 역, 『포스트콜로니얼 문학이론』, 민음사, 1996.

아이스테인손, 임옥희 역, 『모더니즘 문학론』, 현대미학사, 1996.

에드워드 사이드, 김성곤·정정호 역, 『문화와 제국주의』, 창, 1995.

에마뉘엘 레비나스, 강영안 역, 『시간과 타자』, 문예출판사, 1996.

———————, 서동욱 역, 『존재에서 존재자로』, 민음사, 2001.

팰릭스 가타리, 윤수종 역, 『분자혁명』, 푸른숲, 2001.

프란츠 파농, 남경태 역, 『대지의 저주받은 사람들』, 그린비, 2004.

3. 논문

강웅식, 「한국 문학의 모더니즘 수용과 기술 이데올로기의 문제」, 『서정시학』 21호, 2004년 봄호.

고명수, 「박인환론」, 『한국 모더니즘 시인론』, 문학아카데미, 1995.

김병태, 「박인환 시에 있어서의 모더니즘 수용과 시대인식」, 『한국현대시인론』, 국학자료원, 1991.

김영철, 「박인환의 현실주의 시 연구」, 『관악어문연구』 21집, 1996.

김종헌, 「탈식민주의의 해체적 문화 이론」, 『현상과 인식』 제28권, 2004년 봄·여름호.

임병권, 「탈식민주의와 모더니즘」, 『민족문학사연구』 23집, 2003. 12.
박성현, 「한국 전후시의 죽음의식 연구」, 건국대 석사논문, 1998.
오세영, 이동하 편저, 「후반기 동인의 시사적 위치」, 『박인환』, 문학세계사, 1993.
이건청, 이동하 편저, 「박인환과 모더니즘적 추구」, 『박인환』, 문학세계사, 1993.
임미화, 「박인환 시에 나타난 현실인식 연구」, 건국대 교육대학원 석사논문, 1997.
정재찬, 구인회 외, 「예술가의 초상에 관하여–박인환론」, 『한국전후문학연구』, 삼지원, 1996.
정효구, 「해방후 한국시에 나타난 미국」, 『어문논총』, 충북대 외국어교육원, 1999. 7.
한명희, 「박인환 시 '아메리카 시초'에 대하여」, 『시문학』 제85호, 2000.

◆ **국문초록**

이 논문의 목적은 박인환의 시에서 보이는 탈식민주의 발전과정을 추적하여 그의 미적 모더니티의 구체성을 확보하는데 있다. 박인환은 1926년 태어나 스무 살에 해방을 맞이하였고 청년기에 미군정기와 전쟁을 경험하였다. 그는 등단 이후 모더니스트로서의 자의식을 일관되게 유지하며 폭압적 사회현실에 대응하며 시작(詩作) 활동을 진행하였다. 하지만 그의 모더니즘 시에 대한 평가는 서구적 모더니즘 기준 하에서 대부분 부정적이었다. 그의 센티멘털리즘이 강조되면서 그의 미적 모더니티에 대한 연구는 미흡하였다. 센티멘털리즘을 서구의 모더니즘과 비교하여 열등한 한국 모더니즘의 표상으로 인식하는 지적인 식민화 풍토에 따른 결과로 보인다. 그러나 박인환의 시들에서는 뚜렷한 현실인식이 센티멘털리즘과 어울려 시적 긴장을 유지할 수 있었다. 박인환은 특히 식민국과 피식민국의 관계 안에서 한국의 현실과 세계 역사의 흐름에 주목하였다.

박인환은 식민과 피식민이 식민지공간 안에서 밀착되어있는 양상을 형상화하는데 성공한다. 제국의 착취와 피착취의 구조가 서로에 어떻게 기대어 있는지를 확인시키며 공간의 시간적 복수성을 통해 서구중심의 진보적 역사관의 부정성을 드러내고 있다. 나아가 새로운 제국주의 전략을 세계사적 맥락에서 이해하여 아시아 연대의 희망을 노래하고 있다는 점이 주목된다. 캄보디아, 인도네시아 등의 식민상황의 제시를 통해 한국 상황의 각성을 꾀하는데 그치지 않고 더불어 투쟁할 의지를 관철함으로써 서구 근대 기획이 내재한 폭력적 구도에 적극적으로 저항하고 있다. 전쟁 직후 미국여행을 통해 이전에 식민지 안에서 바라보던 제국의 이미지는 제국 안에서 분열된다. 제국 내부의 모순을 마주하면서, 그리고 제국 안에서 개인과 개인의 관계맺음을 통해 견고한 중심부로서의 제국의 허구성이 드러나는 것이다. 하지만 여전히 타자성을 견지하며 식민/피식민 관계의 문제를 새롭게 확인한다. 이는 이분법적인 사고로 배제의 원칙을 관철하는 근대기획의 모더니티에 균열을 내는 부정성으로서의 미적 모더니티의 성격을 보여준다.

박인환을 반제국주의로 독해하면 그의 미적 모더니티를 발견하는 것은 무척 어렵다. 반제국주의적 관점 자체가 근대 기획의 이분법적 발상에 기초하기 때문에, 모든 문제는 체제 내로 재흡수되고 공회전 될 수밖에 없다. 따라서 이분법적 기획을 부정하는 미적 모더니티를 확보해낼 수 없다. 박인환 시의 미적 모더니티를 규명하기 위해서 탈식민주의 관점이 요청되는 것은 이 때문이며 이는 또한 모더니즘 시로서의 박인환 시를 이해하는데 중요한 열쇠를 제공하게 될 것이다.

◆ SUMMARY

A study on Postcolonialism of Bak, In-hwan(1926~56)

Jeoung, Young-Jin

This article attempts to trace the postcolonial aspects in Bak, In-hwan's poetry and in turn to establish the concreteness of his aesthetic modernity. In his twenties, he experienced the 1945 Liberation, the American Military Government and the Korean Civil War. Since the entrance of the literary world, he has held self-consciousness as a modernist consistently. Thus, his poetry contains the distinctive recognition of reality and history, specifically the circumstances of Korea and the world in the relationship between the colonizer and the colonized.

Bak, In-hwan succeeded in figuring how closely related the colonizer and the colonized were. He also efficiently demonstrated the structure of the persecuter and the persecuted linked each other. Then he criticized the negativity of Eurocentric progressivism by means of the temporal multiplicity of space. The most notable characteristic of his works is to understand the imperialist strategies in the context of the world history and reflect his hope of the solidarity of Asia. In showing the situations of colonies such as Cambodia, Indonesia, he leads us to face the real conditions of Korea. Furthermore, he actively resisted the violent structure immanent in modern project of the West by resolving his will of struggle against Imperialism. However, through the journey of America shortly after the Korean Civil War, this view of his in the Liberation period was changed remarkably. His modified view is that the empire's images, which had shown inside the colony before, were destructed inside the empire. In other words, he observed the inner conflicts of empire and revealed the falsehood of the empire as the solid center by relating individual with individual inside the empire. Nevertheless, he still considered otherness and reexamined the question of the colonizer/the colonized newly. This provides us the features of aesthetic modernity as negativity which could destruct modern project characterized the principle of elimination by means of the dichotomic thought. The postcolonial attitude of Bak, In-hwan could coincide with his modernist ideal, because he pursued the concrete aesthetic modernity based on historical reality.

Keyword : Bak, In-hwan, postcolonialism, aesthetic modernity, anti-imperialism, temporal multiplicity of space, solidarity of Asia, destruction of image of empire

-이 논문은 2005년 6월 30일에 접수되어, 소정의 심사과정을 거쳐 2005년 8월 19일에 게재가 확정되었음.

대중문화 현상으로서의 최인호 소설

−1970년대 청년문화/문학의 스타일과 소비풍속

송 은 영*

목 차

1. 1970년대 청년문화의 위상과 대중문학

언제나 시대와 사회로부터 왕성히 영양분을 섭취해왔던 한국 문학이 1960년대 중반부터 급속한 산업화가 낳은 사회 현상에 관심을 쏟기 시작하여 1970년대에 이르러 자본주의 사회의 다양한 양상들에 대해 깊이 천착하게 된 것은 당연한 일일 것이다. 그 중에서도 고도성장의 그늘에 소외된 하층민들에 대한 관심이 1970년대 문학 생산의 핵심적 원천으로 작용하고 있다는 점은 수없이 논의되어 왔다. 그러나 이 시기의 문학이 사회 구석구석에 침투한 자본주의 체제의 부작용 못지 않게 대중문화의

* 연세대 강사.

범람과 경제적 여유가 가져다준 사회변화에 대해서도 끊임없이 관심을 기울였다는 사실은, 아직까지 상대적으로 연구되지 않은 부분이다.

1965년 이후 가시화된 박정희 정권의 경제개발계획의 성과와 베트남전 참전과 중동 특수 등으로 인해 1970년대 후반까지 계속된 사상 유례없는 장기 경제호황이 가져다준 사회변동은, 이 시기 지식인들과 문학인들의 사회적 상상력에도 영향을 미쳤다. 이미 1967년 후반과 1968년 초부터 몇몇 한국의 지식인들은 경제적 고도성장과 사회적 인프라의 확충이 가져다줄 장밋빛 미래를 상상하면서, 1970년대에 대한 막연한 기대감을 표출하는 모습을 보여준다. 1970년대에도 지식인들과 문학인들은 경부고속도로의 개통과 TV와 아파트의 빠른 보급 속에서 레저, 스포츠, 대중 문화에 대한 관심이 범람하는 한국 사회를 목도하게 되자, 갑자기 눈앞에 전개되기 시작한 대중소비사회의 의미를 진단하는 노력을 멈추지 않았다. 이러한 기대감을 배척하면서 1970년대의 지성사적 흐름과 문학적 관심을 주도하던 민중주의에도, 과거에 비해 상대적으로 풍족해진 경제력을 바탕으로 사회의 전면에 등장한 '대중'들의 영향력이 숨겨져 있기는 마찬가지다. 다만 '민중문화론'과 '민중문학론'은 사회개혁과 변혁의 주체로서의 '민중'과 문화와 소비의 주체로서의 '대중'을 분리시킴으로써, 다시 말해 현실에서는 뚜렷하게 분리되어 있지 않은 집단을 개념과 이론상으로 분리시킴으로써 이 골칫거리를 비껴나갔을 뿐이다.

1970년대 문학에 대한 지금까지의 연구 역시 '민중문학'과 '대중문학' 텍스트를 분리시키는 방식에서 크게 벗어나지 못했다. '민중문학'은 도덕적 정당성과 계급적 각성에 기반한 세계관을 인정받아, '진지한' 순수문학으로 다루어졌기 때문이다. 그러나 이른 바 '대중소설'로 알려진 텍스트들과 대중문학론에 대한 연구들이 대중문학에 꼬리표처럼 붙어있는 통속성과 저속성의 낙인을 떼어내고, 순수문학과 대중문학의 이분법을 해체하려는 문제의식을 공유하고 있다는 점은 매우 중요하다.[1] 대중문학에 대한 최근의 연구들이 대중소설에서 반복되는 서사적 패턴이나 각 인물들의 행위를 추동하는 통속적 욕망에 대한 분석에 그치기보다, 그러한 소설들이 재현하고 있는 사회상과 그 의미에 대해서도 조명하고자 하는 것은 이 때문일 것이다. 그러나 그러한 의도는 아직 문제의식에 그쳐 있을 뿐, 아직 대중소설들이 광범위한 인기를 끌 수 있었던 사회적 조건을 밝히거나 그 소설들이 당시의 맥락에 어떻게 참여하고 있었던가를 1970년대의 현실과 실증적으로 대조하여 조명하는 연구들은 아직 불충분한 감이 있다. 게다가 대중문학에 대한 지금까지의 연구들은 대중소설의 통속성과 상업성에 대한 설명을 벗어나려고 하면서도, 여전히 그 범주들을 문제제기의 출발점으로 삼으면서 다시 그 이분법적 틀을 반복하고 있다.

따라서 이 연구들로부터 한 발 더 나아가기 위해서는 대중문학이라는 용어 자체와 통속성, 상업성 등의 주제에서 벗어나, 당시 그 소설들이 어떤 측면에서 사회적 공감과 반향을 얻어낼 수 있었는가 하는 점에 초점을 맞추는 작업이 필요하다. 1970년대에 생산된 소위 대중소설들 중에서도 최인호의 『별들의 고향』, 조선작의 『영자의 전성시대』, 조해일의 『겨울여자』 등만이 집중적으로 조명을 받은 이유가 이 소설들의 문학적 의미보다 그 소설들이 영화화되어 대중적으로 성공했던 배경에 있다는 사실은, 이 시기의 대중적 문학 텍스트들을 문화적, 사회적인 맥락 속으로 되돌려 보내야 한다는 점을 암시한다. 즉 대중문학 또는 대중소설에 대한 연구는 당대 사회에 대한 문화사적 혹은 문학사회학적 탐구와 병행되어야 한다는 것이다.

이상의 측면에서 볼 때, 1970년대의 사회 분위기 속에서 매우 독특한 문화현상이었던 청년문화는 매우 중요한 연구주제이다. 이 시기의 청년

---

1) 대표적인 연구로, 정덕준 외 9인, 『한국의 대중문학』, 소화, 2001; 강현구, 『대중문화와 문학』, 보고사, 2004; 장영우, 「대중소설의 유형과 특질」, 『한국문학연구』 제20집, 1998; 장서연, 「1970년대 대중소설 연구」, 동덕여대 박사학위 논문, 1998; 김춘식, 「대중소설과 통속소설의 사이: 60년대 후반－70년대 대중소설에 대해서」, 『한국문학연구』 제20집, 1998; 안낙일, 「한국 현대 대중소설 연구」, 한림대 박사학위 논문, 2003. 참조.

문화는 서양에서 수입한 대중문화의 스타일과 풍속들을 외피로 두르고 있으면서도, 국가권력의 지배 이데올로기 및 민중문화론의 민족주의적 엄숙성에 대한 거부와 이탈을 동시에 보여준 특이한 케이스에 해당하기 때문이다. 분명 청년문화는 소비, 유행, 취향의 문제를 중심으로 전개된 대중문화의 한 지류이지만, 동시에 민중주의가 독점해온 지배권력에 대한 거부와 비판의 의식 또한 보여준다. 이는 청년문화가 1970년대를 대변하는 대표적인 두 영역이었던 대중문화와 사회비판적 운동을 매개할 수 있는 특이한 위치를 점하고 있음을 의미한다. 청년문화의 수혜자인 최인호, 한수산, 박범신 등의 청년작가들이 순수문학과 대중문학에 양다리를 걸치고 있었던 것도, 두 영역의 경계에 서 있는 청년문화의 위상에서 유래한다. 1970년대에 두드러진 청년문화 현상과 그 영향력이 문학과 문화연구에서 중요한 배경으로 간헐적으로나마 지적된 것은,[2] 이러한 사정에서 연유할 것이다. 하지만 청년문화에 대한 연구들은 지금까지 본격화되지도 못했을 뿐만 아니라, 몇 편의 연구들조차 1974년에 전개된 청년문화 논쟁과 담론의 나열에만 한정되는 경우가 대부분이며, 당시 청년문화의 풍속과 스타일이 지닌 심층적 의미를 분석하는 데까지는 전혀 이르지 못하고 있다.[3]

이러한 상황은 청년문화의 논쟁과 풍속이 산출되었던 원인과 조건과 의미를 이해하고 1970년대를 살았던 사람들의 내면화된 계급의식과 자기표현방식을 살펴봄으로써 그 시기를 다채롭게 조명하고, 그 토대 위

2) 대표적인 연구로, 강영희, 「10월 유신, 청년문화, 사회성 멜로드라마: 『별들의 고향』과 『어제 내린 비』를 중심으로」, 『여성과 사회』 3호, 창작과비평사, 1992, 223-226쪽; 김현주, 「1970년대 대중소설연구」, 연세대 박사학위논문, 2003, 20-29쪽.

3) 1970년대 청년문화를 논쟁과 담론의 측면에서 살피고 있는 대표적인 연구로, 김양미, 「담론 분석을 통해 본 세대문화론: 청년문화론과 신세대론의 비교」, 연세대 석사학위논문, 1994; 허수, 「1970년대 청년문화론」, 『논쟁으로 본 한국 사회 100년』, 역사비평편집위원회 편, 역사비평사, 2000. 등이 있으며, 이를 대중음악의 측면에 초점을 맞춰 조명한 연구로는, 이혜림, 「1970년대 청년 문화구성체의 역사적 형성과정」, 서강대 석사학위 논문, 2002. 참조. 참고로, 청년문화에 대한 연구나 최인호의 소설에 대한 연구에서 『바보들의 행진』이 본격적으로 다루어진 적은 한 번도 없다.

에서 전개되었던 문학의 대중문화적 양상을 새롭게 살펴볼 것을 요구한다. 이제 청년문화 논쟁과 풍속들이 '그때 그 시절'을 무모했지만 젊고 순수했던 시기로 상기하곤 하는 세대들의 추억거리를 넘어설 때가 된 것이다. 이 글이 청년문화 논쟁의 전개과정부터 간략하게 살펴보면서 시작하는 것은, 1970년대를 식민지 시기처럼 멀고 낯설게 느끼는 세대들은 물론 그 시기를 개인적 체험에 한정시켜 기억하는 세대들에게도 당시의 상황에 대한 새로운 재조명이 필요하기 때문이다.

2. 공적 담론장과 현실의 간극: 1974년 청년문화 논쟁

장발, 청바지, 통기타, 포크송, 생맥주, 고고춤. 1970년대 청년문화의 상징적 기호들이 지금까지도 우리의 뇌리에 선명하게 각인되는 데 가장 큰 기여를 한 것은, 뭐니뭐니해도 1974년의 '청년문화' 논쟁일 것이다. 1974년 봄과 여름, 청년문화라는 낯선 단어가, 즉 "어쩌면 사회학계 혹은 소수의 문화인 외에는 덤덤히 지나쳤을 이 귀에 익지 않은 용어가 신문·잡지와 방송·텔레비전에서, 캠퍼스와 술집과 다방에서, 강연장과 대학생들의 페스티벌에서, 그러니까 고급한 학자들로부터 10대의 청소년들에 이르기까지 인구에 회자되고 찬반의 고성을 올리게"[4] 할 만큼 한국의 모든 담론장을 뜨겁게 달구었고, 이와 함께 사회 일각에 조용히 존재하던 여러 풍속들이 갑자기 한 시대의 이슈가 되어버렸던 것이다.

이 짧고 격한 논쟁 과정을 통해 사회 전반에 퍼져나간 문화적 파문과 담론의 파편들은, 1970년대를 멀고 먼 역사 속의 풍문으로만 알고 있는 세대들이 당시 평범한 젊은이들의 일상적 삶과 정서에 대해 알고 있는 거의 전부이기도 하다. 이 논쟁은 유신 정권 하의 엄혹한 현실에 걸맞지 않는다는 안팎의 비판과 언론의 선정주의 때문에 이론과 인식의

4) 김병익, 「청년문화와 매스컴」, 『문화와 반문화』, 문장, 1979, 211쪽.

측면에서 별 다른 성과를 남기지 못한 채 금방 스러져버렸다. 하지만 역설적으로 이 사건은 허무한 소멸의 운명을 맞이하게 한 공적 담론장의 질타들을 비웃기라도 하듯, 청년들이 본격적으로 문화적 힘을 사회에서 발휘하고 사람들이 그것을 의식하게 되는 계기가 되었다.

소위 '청년문화 논쟁'이 1974년 3월 29일 『동아일보』에 김병익 기자가 쓴 「오늘날의 '젊은 偶像'들」이라는 기사에서 시작되었다는 것은 널리 알려진 사실이다. 그는 여기서 블루진, 통기타, 생맥주와 포크송 등을 중심으로 대학생들의 유행과 풍속도를 소개하면서, 최인호, 이장희, 양희은, 김민기, 서봉수, 이상룡을 청년문화의 기수들로 다루었다. 그 누구도 이 기사에 대해 "특히 젊은 층으로부터 그처럼 혹독한 비난·매도가 들어오리라고는, 그리고 그 논쟁이 다른 일간지·방송·잡지·대학신문·강연·토론·대학 축제의 핫 이슈가 되리라고는 거의 예상치 못했다."[5] 뒤를 이은 것은 『동아일보』, 『중앙일보』, 『조선일보』, 『경향신문』 등의 일간지였다. 이 신문들은 이어령, 남재희, 한완상, 김성식, 선우휘 등 유명인사들이 청년문화의 본질과 현상을 분석하는 강연과 좌담을 다투어 실었으며, 『한국일보』는 앞의 기사에서 청년문화의 우상으로 선정된 최인호의 '청년문화선언'을 시작으로 4월말부터 6월 중순까지 매주 그의 '수요 에세이'를 연재했다. 『신동아』, 『세대』 등 주요 잡지들도 뒤늦게 청년층의 풍속과 문화를 탐구하는 좌담과 기사를 게재하면서 청년문화 열풍에 동참했다.

대학 언론들의 반응은 사실 이 기사들보다 더 빨랐다. 지금보다 훨씬 더 강력한 영향력을 발휘하고 있던 대학 언론들은 몇 달 동안 이어진 언론의 청년문화 보도와 대립구도를 형성하면서 반발했다. 1974년 4월부터 7월 사이에 『고대신문』, 『대학신문』, 『연세춘추』 등은 청년문화가 "딴따라패"들의 "도깨비 문화" 따위가 아니라고 주장하는 대학생들의

---

5) 김병익, 앞의 글, 213쪽. 원래 1974년 『신문평론』 11월호에 실렸던 이 글에는 청년문화 논쟁의 발생과 전개과정 및 그것이 금세 시들어버린 이유에 대한 상세한 소개가 담겨 있다.

반박문을 게재하기 시작했다. 이 매체들은 대중매체가 대학생들의 건강성과 진정성을 오도하고 일부 퇴폐적인 소비 문화를 청년문화의 실체인 양 주장하고 있다고 비판했으며,[6] 이러한 견해는 당시 개최되었던 청년문화 관련 강연회에 참석한 학생들의 목소리에도 나타났다.[7] 즉 당시 청년문화론의 논쟁구도는, "일간지들은 대부분 바람직하든 그렇지 않든 청년 문화가 형성되고 있다는 데 동의하는 반면 청년 세대의 엘리트들은 그것이 우리에게 존재하지 않는다는 강경한 부정론을 편 것"[8]이라고 할 수 있다. 대부분의 지식인들도 청년문화란 서양 유스 컬쳐 혹은 카운터 컬쳐의 맹목적인 모방이며 블루진과 장발 등 표피적인 스타일의 복제에 불과하다고 보고 대학생들의 민족주의적 반발에 동조하는 입장을 취했다. 공적 담론장의 양상만 보면, 이 시기의 청년문화는 청년들 자신이 뚜렷한 자부심으로 만들어내고 호명한 문화가 아니라, 마치 기성세대가 먼저 촉발시키고 대학생들 자신이 극력 거부한 문화인 것처럼 보인다.

그러나 지식인들과 일부 대학생들의 이러한 태도는 설사 당시 청년문화의 외적 스타일이 외국의 청년문화의 모방과 번역에 불과하다 하더라도, 그러한 문화를 받아들이고 유행시킬 수 있는 동력은 한국 사회 내부의 변화된 상황에 있다는 사실을 무시하고 있다. 1974년 이전에 서양의 청년문화를 소개하는 다양한 글들이 꾸준히 언론에 실렸지만 조용히 무시되었던 사정은 이와 관련된다. 이미 1960년대 초반부터 『사상계』, 『신동아』, 『세대』 등에는 앵그리 영맨, 로스트 제너레이션, 비트족 등을

6) 대학 언론들의 반발 과정과 내용에 대해서는, 김양미, 앞의 논문, 1994, 43-50쪽 참조.

7) 당시 학생들의 견해를 잘 볼 수 있는 대표적인 기사는 「청년문화 오도되고 있다」(『경향신문』, 1974년 5월 7일)로, 이 기사에는 고려대 청년문제연구소가 주최한 강연회에 참석한 한완상, 김성식 교수의 발표 요지 외에도, 다양한 학생들의 의견이 실려 있다. 『한국일보』에 최인호의 수요에세이와 함께 연재된 「대학과 문화」 시리즈에는, YMCA 강연(1974년 4월 24일), 경희대 춘계학술대강연(1974년 5월 1일)에서 다루어진 청년문화론이 실려 있다.

8) 김병익, 앞의 글, 216쪽.

다루는 글이 꾸준히 실렸으며, 1960년대 말부터는 서양의 청년문화를 직접 목격하고 돌아온 사람들이 '스튜던트 파워'와 '히피 문화'를 소개하고 그들의 정치적 주장과 문화를 설명하는 글들이 계속하여 발표되고 있었다.[9] 그러나 이 글들은 4년 전이었던 1970년 2월 남재희가 처음으로 한국의 청년문화에 대해 『세대』에 썼던 글이나 그해 2월 19일 김병익 기자가 『동아일보』 문화면에 쓴 「청년문화의 태동」이 그러했듯이, 정작 그 시기에는 아무런 사회적 반향을 일으키지 못한 채 시간의 흐름 속에 묻혀버렸다. 또 다른 예로, 1970년대 청년문화의 옹호자였던 이어령이 이미 1963년부터 자신이 논설위원으로 있던 『조선일보』에 「오늘을 사는 세대」라는 제목으로 서양의 청년문화를 소개하는 글을 연재하고 단행본으로도 간행했지만, 사회적 반향과 공감은커녕 사대주의적이라는 비판만 받았다는 사실도 간과할 수 없다.[10] 이 글들은 1969년 『거부하는 몸짓으로 이 젊음을』이라는 제목으로 다시 출간되었을 때 비로소 큰 호응을 얻어 1970년대 내내 꾸준하게 팔려나갔다.

---

9) 『세대』, 『사상계』, 『신동아』에 실렸던 서양 청년문화에 대한 글 중에서, 대표적인 글 일부를 소개한다. 폴 웰취, 「미국의 사회문제: 동성애, 가두로 진출한 동성애」, 『세대』, 1966년 3월호; 강동진, 「세계의 학생세력」, 『세대』, 1968년 7월호; 대담(이만갑 · 이홍구), 「스튜던트 파워」, 『세대』, 1969년 4월호; 남재희, 「청년문화론—젊은 세대의 문화형성고」, 『세대』, 1970년 2월호; 한동세, 「히피와 스튜던트 파워」, 『세대』, 1970년 3월호; 김형효, 「성혁명과 문명의 질환」, 『세대』, 1970년 8월호; 이부영, 「환각제」, 『세대』, 1970년 8월호; 오광수, 「환상세대의 성풍속」, 『세대』, 1970년 8월호; 하길종, 「장발과 기타와 마약의 시대: 현지에서 본 히피의 생태」, 『세대』, 1971년 7월호; 김종빈, 「한국의 청년문화」, 『세대』, 1971년 9월호; 이광주, 「자기만족의 세대들: 서독학생운동의 이념과 현실」, 『세대』, 1973년 6월호; 한승주, 「버클리캠퍼스의 정치운동: 미국 대학의 최근 학생운동이 의미하는 것」, 『사상계』, 1965년 10월호; 최경식, 「미국 흑인의 저항음악」, 『사상계』, 1969년 6월호; P. J. Opitz, 최영 역, 「히피론: 주로 정치현상에 대한 고찰」, 『신동아』, 1968년 11월호; 좌담(고영복 외), 「스튜던트 파워의 사상: 대학의 고민」, 『신동아』, 1969년 9월호; 윤명로, 「히피족과 밝힌 유럽의 밤」, 『신동아』, 1971년 4월호; 한완상, 「청년문화의 동과 서」, 『신동아』, 1971년 4월호; P. J. Opitz, 「구미 젊은 세대의 반항: 새 세대와 새 생활방식의 추구」, 『신동아』, 1973년 8월호.

10) 그러한 비판을 잠재우기 위해, 이어령은 한국 고유의 문화론을 주창한 당대의 베스트셀러 『흙 속에 저 바람 속에』를 썼다. 양평, 『베스트셀러 이야기』, 우석, 1985, 30-31쪽.

이러한 사실들은 청년문화에 대해 관심을 가지고 대중들이 호응할 만한 상황이 이 시기에 이르러서야 마련되었다는 것을 암시하고 있다. 많은 사람들이 공감하듯, 1974년의 청년문화 논쟁이 매스미디어의 선정주의 때문에 부풀려진 것은 사실이지만, 1970년대 초반부터 이미 장발, 청바지, 팝송 등을 비롯한 청년문화의 스타일과 풍속들은 이미 성행하고 있었다. 1971년에도 이미 "너희들 무슨 뜻이나 알고 머리를 기르느냐, 그 원인을 알고 블루진 입느냐, 팝송을 가사나 알고 부르느냐"는 사람들의 비판이 언급되고 있었고 "어째서 청년문화적인 것이 기타치고 노래부르는 데는 가능한데 똑같은 감각을 가지고 정치 경제에 참여하는 데는 안되느냐"는 반문이 나오고 있다는 점은 이를 증명한다.[11] 김병익 기자도 1974년 3월의 기사에서 이미 블루진, 통기타, 생맥주 등의 풍속이 4~5년 전부터 유행하고 있었다는 점을 말하고 있으며,[12] 그 기사가 오직 담론적 유행의 수용에서 비롯된 것이 아니라 "현실적 감각"에서 파생된 사회판단의 산물이라는 점 또한 밝힌 바 있다.[13] 1974년 청년문화 논쟁 이후에는 사회 일부에 조용히 존재하던 이 풍속들은 대학 바깥으로 광범위하게 확산되어 1970년대가 끝나도록 계속되었는데, 여기에는 젊은 대학생들과 대중들의 의식적인 동참이 큰 역할을 했다.

이는 지금까지의 연구에서와 같이 1970년대 청년문화의 의미가 1974년 논쟁에서 드러난 내용에만 한정될 수 없다는 것, 따라서 청년문화의 스타일을 유행시키고 적극적으로 받아들일 수밖에 없었던 한국 내부의 상황을 이해하는 동시에 1970년대 내내 계속되었던 청년들의 문화세력화 현상 전체를 청년문화에 대한 논의에 끌어들이는 작업이 중요하다는 것을 의미한다. 즉 지금까지 그래왔듯 청년문화가 배부른 허영심의 소치라고 무시하기보다, 청년문화의 풍속이 대학생들의 스타일로 자리잡

---

11) 김종빈 · 남재희 · 이어령 · 이영호, 「좌담—한국의 청년문화」, 『세대』, 1971년 9월호, 140-141쪽.

12) 김병익, 「오늘날의 젊은 우상들」, 『동아일보』, 1974년 3월 29일, 5쪽.

13) 김병익, 「청년문화와 매스컴」, 213쪽.

고 심지어 대학 바깥을 벗어나 대중적으로 확산되는 모순적 현상의 장이 된 이유를 밝히는 일이 필요하다는 것이다.

3. 청년들의 스타일과 소비 풍속: 『바보들의 행진』

1970년대가 청년문화의 시대인 동시에 유신정권의 폭압과 노동자들의 희생으로 점철된 시대라는 사실은 청년문화에 대한 평가가 부정적인 방향으로 흐를 수밖에 없었던 가장 큰 이유이다. 1974년 청년문화 논쟁은 '민청학련 사건'과 거의 동시적으로 발생하여 진행되는데, 두 사건을 동시에 조망해보면 한국에 청년문화가 존재한다는 주장이 사치스러운 소리로 들리는 것도 무리는 아니다. 1974년 논쟁과 그 이후의 평가에서 청년문화가 비판받았던 가장 큰 이유도, 서양 청년문화의 참된 정신이 아닌 겉모습만의 모방이자 유행의 추종에 불과한 소비문화라는 점에 있다. 이는 청년문화를 논하는 거의 대부분의 글에서 빠지지 않고 반복되는 주장이다.

물론 논자들 대부분이 서양의 청년문화가 지닌 저항과 반(反)문명의 정신에 대해서까지 부정하는 것은 아니다. 1973년에 이미 『현대 사회와 청년문화』(법문사)를 냈던 한완상은 청년문화에 대해 드물게 호의적인 태도를 보였던 사람 중 한 명이지만, "청년문화는 팔려야 할 상품문화가 아니며 유행문화도 아니다. 건전한 청년문화가 꽃피지 못할 때 소비지향적인 저질의 대중문화가 판을 치게 된다"고 말하고 있다.[14] 청년문화의 실체는 청바지를 입고 통기타를 치는 스타일에 존재하는 것이 아니라 건전한 저항의 정신에 있다는 것이다. 이는 결국 "부루진과 통키타를 곧 청년문화의 실체로 파악하는 태도는 청년문화를 위험하고 퇴폐적인 문화로 인식하려는 기성인의 색안경 때문"일 뿐이며, 한국의 청년문화

14) 「청년문화 오도되고 있다」, 『경향신문』, 1974년 5월 7일.

는 아직 "미국의 청년문화를 모방하는 단계를 넘지 못하고 있"다는 다른 글들의 논리와 다르지 않다.[15] 대개 이러한 주장들은 "이 땅의 사회풍토는 「빠다 문화」의 사회풍토와 전혀 이질성을 띠고 있"기 때문에 "우리는 투철한 민족주의자라야만 한다"[16]는 주장들과 쌍을 이루고 있다. 이들은 그 시기에 자생적으로 존재했던 청년들만의 고유한 의식세계와 사회 일각에서 일어나고 있던 현상을 관념적으로 부정할 뿐 아니라, 청년문화를 외국의 개념과 현상에 비추어서만 인정하려 하는 서양의존적 시각을 민족주의적 거부감 뒤에 은폐시키고 있는 것이다.

하지만 공적 영역에서 드세게 울려 퍼지던 일부 대학생들과 지식인들의 질타와 상관없이, 청년문화의 상징적 스타일들은 사라지기는커녕 점점 더 대중적으로 확산되었다.[17] 그것은 당시 대학생들의 의식과 취향이 공적 담론장에서 드러난 것처럼 결코 균일하지 않았기 때문이며, 이를 잘 보여주고 있는 것은 청년문화의 풍속과 정신을 반영한 일부 문학 텍스트들이다. 이 텍스트들은 1970년대의 삶과 사람들을 이해하기 위한 중요한 단서 중의 하나다. 1970년대 한국 사회를 조명하는 연구들은 주로 유신정권의 군화발 아래 짓밟힌 정치와 참혹한 노동현실을 파고들지만, 그러한 방법만으로는 평범한 사람들의 존재 양상과 사회적 갈등의 내부를 밝히기는 어렵다.

청년문화와 그것을 적극 반영한 청년문학의 의미는 바로 이 지점에서 드러난다. 보통명사가 아닌 고유명사로서의 1970년대 '청년문화'와 그것을 반영한 문학 텍스트들은 대학생 집단이 애호하던 지식, 교양, 취향, 감수성 등을 뚜렷한 스타일과 문화상품의 소비를 통해 자의식적으로 표현하고 있는 점에서, 앞선 세대에 대한 공격과 구호만으로 세대의

---

15) 이상회, 「청년문화론은 선정주의의 가면」, 『문학사상』, 1974년 7월, 267쪽: 비슷한 입장으로는, 김윤수, 「청년문화는 반문화인가」, 『월간 중앙』, 1974년 4월호 참조.

16) 편집부, 「지금은 진정한 목소리가 들려야 할 때다」, 『대학신문』, 1974년 6월 3일.

17) 당시 젊은 청년들의 풍속도를 가장 자세하게 그리고 있는 글로는, 김동현, 「젊은 세대」, 『신동아』, 1974년 7월호, 150-167쪽 참조.

식을 표현했던 이전의 청년들과는 명백한 차이를 보여준다. 그리고 그 텍스트들에 재현된 외적 스타일과 풍속들은 1950년대 이후 집적되어 온 '학력자본'과 '문화자본'의 동향을 사회적으로 가장 첨예하게 외화시키고 있다.[18] 1974년 당시 최인호가 「청년문화선언」에 이어 재빠르게 써낸 소설 『바보들의 행진』은 그 중에서도 특히 중요한 텍스트다. 다른 청년문학가들이 젊은 청춘남녀의 사랑과 연애를 그리는 방식으로 청년문화라는 유행을 이용하는 데 그친 데 반해, 이 소설은 당시 대학생들의 독특한 스타일과 그 의미는 물론 청년문화에 대한 뚜렷한 자의식과 시대정신을 가장 잘 보여주고 있기 때문이다.

먼저 이 소설에 그려진 청년 대학생들의 스타일과 풍속을 살펴보자. 여자 주인공 영자는 "엉덩이가 꼭 붙는 청바지에 너덜너덜한 블라우스를 입고 생머리 늘어뜨려 가운데로 가르마 탄" 모습에 "늘 운동화를 신고 다니는데 뒷축을 눌러 신고 다닌다."[19] 병태가 안달할 정도로 매력적인 영자의 자태는 전통적인 여성상에서 완전히 벗어나 있다. 치렁치렁 늘어뜨린 여성들의 긴 생머리는 인위적인 꾸밈으로부터의 해방과 자유를 표현하고, 꽉 끼는 청바지는 1960년대 말 선풍적인 인기를 모았던 미니 스커트처럼 선정적인 효과를 주면서도 치마가 주는 여성성을 제거해 버린 활동적인 모습이다. 한술 더 떠 단정하지 못한 블라우스를 입고 뒷축을 눌러 운동화를 신은 모습은 보수적인 사람들의 눈살을 찌푸리게 하기 충분할 만큼 불량스럽다. 당시 최신 유행이었을 영자의 스타일은 의도적으로 여성스러움을 배제하고 자유분방함을 강조한 패션이다. 이는 소설 속의 한 에피소드('영자의 이상한 경험')에서처럼 때로 방탕한 여자처럼 오해받을 수도 있는 모습이지만(117-123쪽), 일부 여대생들은 아랑곳하지 않고 이러한 스타일을 특권처럼 감행하고 있었다.

---

18) '학력자본'와 '문화자본'의 의미에 대해서는, P. Bourdieu, 최종철 역, 『구별짓기: 문화와 취향의 사회학』 상·하, 새물결, 1995. 참조.

19) 최인호, 『바보들의 행진』, 예문관, 1974, 22-23쪽. 앞으로 이 책에서 인용할 경우, 따로 출처를 표시하지 않고 본문 내에서 쪽수만 밝힌다.

1970년대 내내 일부 남학생들의 고민거리 중 하나였던 장발도 비슷한 맥락 위에 놓여 있다.[20] 남자 주인공 병태는 경찰들의 장발 단속에 외출조차 삼가는 "장발족"이다. 청년들의 긴 머리는 의도적으로 남성성을 약화시키고 남성과 여성이라는 성 정체성에 부과된 규격화된 자기표현양식에 대해 도전한다는 의미를 지닌다. 대학생들의 "긴 머리에 불루진으로 통일된 외양은 이미 남학생인지 여학생인지조차 구별할 수 없는 중성인간들을 생산해 내놓고 있"다는 개탄이[21] 나올 수밖에 없는 것이다. 물론 병태를 비롯한 당시 남학생들이 머리를 길렀던 것이, "남성다운 특징을 인정치 않겠다는 뚜렷한 이유에서 시작되는 것은 아니다."[22] 한국의 대학생들은 장발이 저항의 상징이기 때문이 아니라, 단지 긴 머리가 멋있다고 느껴지기 때문에 머리를 길렀을 뿐이다.

당시 한국 남학생들의 장발과 여대생들의 거친 옷차림은 성적 분할 체제를 혼돈시키는 일종의 유니섹스 모드라는 공통점을 지닌다. 그러나 이를 당장 의식적인 저항이라고 부르기는 어렵다. 병태와 영자의 스타일이 남성성과 여성성의 경계를 굳건히 지켜가던 한국 사회에 불쾌함을 안겨주고 그 경계선에 흠집을 내게 된 것은 사실이지만, 그것은 그들이 의도하지 않았던 결과일 뿐이다. 그러나 서양 청년들의 유니섹스 모드가 그저 기성 사회가 응고시킨 성적 정체성의 표현 방식에 대한 막연한 불만과 감수성의 우연적 표출이었던 사정은 마찬가지다. 당시 젊은이들이 뚜렷하게 이유를 의식한 것은 아니었다 해도, 장발은 아버지의 권위가 상실된 시기에 남자라는 정체성에 대해 아무런 매력을 느끼지 못했던 젊은이들이 모던하고 자유로운 자아에 대한 욕망을 투사하기에 충분

20) "자칭 통기타 가수들을 공돌이와 공순이들만이 심취하는 속물들로 간주해버리는 일부의 대학생들조차도 머리를 기르고 있는가 하면 남녀공용의 티셔츠가 유행되고 있다. 여자들이 그 멋진 각선미를 가리려는 바지를 입는 저의(底意) 깊숙이에는 자신들의 특징, 이를테면 우라는 한계선을 극복해내려는 수상한 음모가 숨겨져 있다. 장발도 그런 의미에서 이해되어야 한다." 최인호, 「청년문화선언」, 『한국일보』, 1974년 4월 24일.

21) 김주연, 「문명화의 안팎」, 『문학사상』, 1974년 7월호, 쪽.

22) 최인호, 앞의 글.

한 매개가 될 수 있었다.

젊은 청년들의 막연하고도 무의식적인 욕망이 더 노골적으로 표출되는 곳은 그들이 소비하는 문화상품이다. 남자 주인공 병태는 외출할 때마다 첫 페이지도 읽어보지 않았으면서 "뒷주머니에는 〈갈매기의 꿈〉이라는 책과 〈어린 왕자〉라는 책을 늘 꽂고 다닌다." "한마디로 말해서 폼, 폼생폼사인 셈이다."(21쪽) 가끔은 병태의 호주머니에 "노벨상 작가인 패트릭 화이트의 작품이 다소곳이 꽂혀 있"을 때도 있다.(57쪽) 이 외국의 소설책들은 서구적 감수성과 교양의 표시물들이다. 이는 대학생들이 "읽지도 않으면서 타임즈지, 뉴스위크지를 꽂고 다니고, 원서는 무겁다는 핑계로 팔에 끼고 다닌"[23] 것과 크게 다르지 않다. 이 책들은 읽기 위한 책이기에 앞서 그들의 감수성과 욕망을 표현하는 도구들인 셈이다. 대학생들이 '폼을 잡기 위해서' 장식품처럼 활용한 이 책들은 현실의 때에 물들지 않은 꿈과 희망을 담고 있는 당대의 베스트셀러로,[24] 대학생들의 지적 능력과 취향, 시간적 여유 등을 사람들 앞에 의도적으로 과시할 수 있는 장식품이다. 저런 책들을 읽을 수 있는 사람들은 꿈 많은 10대 문학 소녀이거나 문학작품을 여기처럼 볼 만한 시간과 영어를 읽을 수 있는 능력을 가진 대학생들 밖에 없기 때문이다. 이처럼 허영심 가득한 대학생들의 자기과시에는 현실세계와 분리된 낭만적 세계의 환상이 침투해 있을 뿐 아니라,[25] 예술작품의 향유와 지식의 습득이 가능한 인간적 삶에 대한 욕망이 젊은이들다운 치기 어린 방식으로 반영되

23) 이혜림, 앞의 논문, 2002, 59쪽에서 인용. 참고로 『바보들의 행진』에서 병태가 미팅 나갈 때 타임지를 들고 나가는 장면도 이러한 맥락에서 이해될 수 있다(206-207쪽).

24) 『어린 왕자』와 『갈매기의 꿈』은 각각 1973년 베스트셀러 소설 분야 1위, 2위에 올랐으며, 『어린 왕자』는 1974년에도 2위에 올랐다. 이임자, 『한국출판과 베스트셀러』, 경인문화사, 1998, 359-360쪽 참조.

25) 병태가 한 번도 테니스를 쳐보지 않았으면서 외출할 때마다 책과 함께 "정구채를 들고 다니는 것"도 마찬가지의 맥락이다. 테니스는 부르조아들의 경제적 여유와 레저 문화를 상징하는 스포츠의 기표로, 병태의 '폼'은 1960년대 후반부터 대중소비사회가 도래하면서 현실세계에서 관심은 폭증했지만 실제로는 보통사람들이 누리지 못했던 여가생활과 놀이문화에 대한 동경심을 담고 있다.

어 있다고 볼 수 있다.

뿐만 아니라, 대학생들이 당시 대중 가요의 주조를 이루고 있던 트로트를 무시하는 경향에는 더욱 노골적인 '구별짓기'의 의식이 담겨 있다. 통기타와 포크송은 기성세대의 감수성에 대한 정면 거부인 동시에, 집단적 정체성을 차별화시키는 상징물이다. 대학생들은 포크송 중심의 새로운 음악을 환영함으로써 기성세대는 물론 공돌이, 공순이들과도 자신을 차별화시킨다. 그들에게 소위 "뽕짝조"는 공돌이, 공순이나 듣는 음악에 불과하기 때문이다.[26] 대학생들이 송창식, 윤형주, 이장희 등이 부른 한국의 포크송을 환영하는 행태는, 이른 바 '빽판'으로 보급되는 외국의 팝송을 듣는 감수성을 과시하는 의식과 건전한 '생산'에 종사하는 사람들에 대한 경멸감을 숨기고 있다. 많은 사람들이 청년문화의 낭만적인 풍속에 불쾌함과 우려를 표시할 수밖에 없었던 것도 당연했다.

그러나 동시에 어떤 사람들은 청년들의 낭만적인 행동들을 통해 일종의 카타르시스를 맛보기도 했다. 예컨대 청년문화 논쟁이 일어나기 직전인 1974년 3월 중순 대학가에서 한 청년이 나체로 거리를 질주하고 그것을 카메라로 담는 "한국 초유의 스트리킹"과 같은 파격적인 사건[27]이 일어나고 곧 그것이 곧 사회적으로 확산되었던 사실은, 이러한 대중들의 심리와 관련되어 있다. 김병익은 논쟁의 발단이 된 "기사를 생각하던 그 3월은 주지하다시피 대학가에 심상치 않은 분위기가 감돌고 있음을 누구나 예감하던 무렵이었다. 지식인・학자들과 더불어 기자들도 이 심상치 않은 분위기에 들떠 있었고 끊임없이 무력감・패배주의에 젖어 있었던 우리들에게 그 분위기는 가치의 문제를 배제하더라도 적어도 감정적으로는 상당한 드릴을 일으켜 주었다."[28]고 말한다.

---

26) 청년들은 트로트가 주류를 이루던 대중음악에 대해서 "고리타분하고 한없이 느린 노래, 노인들 혹은 '공순이, 공돌이'들이나 좋아하는 삼류의 노래"로 여기는 경향을 보였다. 이혜림, 앞의 논문, 57쪽 참조.

27) 「서울에도 스트리킹」, 『한국일보』, 1974년 3월 14일.

28) 김병익, 앞의 글, 213-214쪽.

전국적으로 확산된 스트리킹은[29] 신체적 노출과 몸을 통한 감정의 표현을 터부시하는 한국 사회에서는 생각지도 못한 충격적 사건이었다. 게다가 당시 스트리킹 수사본부까지 만들어져 100여 명의 수사관들이 '음란죄' 위반자들을 검거하기에 나섰지만 아무런 성과도 얻지 못했다.[30] 이는 1974년 봄 1973년 이후 또 다시 불어닥친 장발단속[31]을 우습게 만들고 공권력을 조롱거리로 삼을 수 있었던 사건이자, 엄격하다 못해 질식할 듯한 사회 분위기를 활기있고 즐겁게 만든 해프닝이었다.[32] 김병익의 위의 발언처럼 청년들의 낭만적이고 자유분방한 행태들을 일종의 자유와 해방처럼 생각하는 분위기가 존재했던 것이다.

청년문화의 풍속들은 국가의 근대화와 개인의 경제적 자립을 위해 뛰어가던 현실세계와 그 대립적 공생자로서 개혁 담론과 사회운동의 장을 장악하고 있던 민족적 민중주의 모두에 대한 반감을 표시하고 있다. 예컨대 1970년대에 일부 대학생들이 갑자기 값싼 소주나 막걸리가 아닌 생맥주를 마시기 시작한 현상은, 경제발전이라는 지상과제 앞에서 그동안 금기시되던 '사치'와 '과소비'를 제한된 범위에서나마 의도적으로 실천하는 행위라고 할 수 있다. 대학생들이 이전보다 좀더 경제적 여유를

---

29) 1974년 3월 15일에는 경남 충무시, 서울 용산구, 경기도 파주군, 양주군 등에서 4건의 스트리킹이 등장했다. 「쏟아진 스트리킹 어제 4건-충무선 여고교정에」, 『경향신문』, 3월 16일.

30) 「경찰 애먹이는 스트리킹」, 『경향신문』, 1974년 3월 20일. 이 기사는 나체질주자의 동선이 담긴 지도는 물론 100여 명의 수사관들이 범인을 잡지 못한 채 허탕만 치고 있는 상황과 대학생, 지식인들의 반응을 단편적으로나마 다루고 있다. 참고로, 『경향신문』과 『동아일보』 3월 18일자 사회면은 스트리킹에 '음란죄'를 적용한다는 치안국의 방침에 대한 기사를 싣고 있다.

31) 『한국일보』, 1974년 3월 17일.

32) 앞의 3월 20일 『경향신문』 기사는 스트리킹이 외국의 풍속을 호기심에서 모방한 충동적 행위라고 비판하는 대학생들과 교수의 의견을 싣고 있지만, 최인호의 『바보들의 행진』 스물두 번째 이야기 '병태의 스트리킹'은 대학생들이 서로 스트리킹을 하겠다고 허풍을 치면서 "다들 공연히 싱글벙글"하는 장면을 보여준다(189쪽). 이 일화는 말이 통하지 않는 권위적인 교수에 항의하기 위해 병태가 옷을 입은 채 달리면서 "한국적으로 토착화된 스트리킹"을 하는 장면으로 끝난다(193쪽).

가졌다 해도, 실제로 과소비를 할 수 있을 충분한 여유가 있었던 것은 아니다. 검정색 코트 한 벌을 살 돈이 없어서 고민하는 영자의 모습과 술값이 없어서 옷과 시계를 모두 맡기고 나오는 병태 일행의 모습은, 사치스럽다고 지탄받던 1970년대 대학생들에게는 흔한 장면이다. 하지만 그들은 일부러 비싼 생맥주를 마시면서, 대량생산과 대중소비의 도래 앞에서도 근검절약과 '민족 중흥의 역사적 사명'을 강조하던 지배 이데올로기와 기성 세대의 질타를 무시한다. 유니섹스 모드, 사치, 과소비, 서양 문화의 은밀한 향유 등으로 상징되는 청년문화의 여러 풍속과 스타일들이 박정희 정권과 일반 서민들, 민족주의적 지식인들 모두에게 퇴폐와 음란의 상징으로 낙인찍혀 1970년대 내내 사회적 논란과 단속의 대상이 되었던 것은 우연이 아니다. 청년문화와 최인호로 대변되는 청년작가들의 문학은 적극적이고 실천적인 저항은 아니지만, 사회의 지배 담론과 이데올로기에서 이탈하고 싶었던 젊은이들의 새로운 자기 표현 방식이었던 것이다.

4. 청년들의 문화권력에서 대중들의 유행으로

1970년대 청년문화의 스타일과 풍속들은 단지 일부 대학생 집단의 유행에 그치지 않고 대중들의 소비문화로 광범위하게 확산되었다. 이미 1974년 이전부터, 즉 그보다 "4, 5년 전부터 의식되기 시작한 청년 문화는 이미 대학가와 재수로(再修路)에서 뻗어 명동과 무교동의 기성문화 지대로 범람하고 있다. 20대를 단골로 하는 다방으로부터 여자전용다방, 학생들이 노래하고 학생들이 대부분의 고객을 이루는 맥주집이 현대식 통술집과 함께 솟아나고 기타 대열의 「젊음의 행진」이 안방극장에 침투하기 시작했다. 송창식, 이장희, 윤형주, 김세환, 서항석, 양희은, 이성애, 방의경 등 작사작곡을 겸한 학생가수들은 이제 40대의 팬을 얻고 있으며 최인호 씨의 소설은 기성신진세대에 제2의 「감수성의 혁명」으로 받아들여지고 있"[33]었던 것이 현실이었다.

한 논자는 당시 젊은이들이 영화계에서 발휘하던 위력에 대해 다음과 같이 이야기한다. 그는 1970년대 한국 영화의 불행이 "제품에 크레임을 다니는 사람이 최대수의 고객(어느 시대나 젊은이들이다)이 아니고 노인네들 같은 사회의 보수층이라는 사실"에 있다고 말한다. 또한 그는 "한때 영화관객의 주력으로 일컬어졌던 고무신이라는 중년여성이 안방에 느긋하게 앉아 TV의 오락프로 앞에서 넋을 잃고 있는 상황"에서 "영화 역시 불특정 다수가 아니라 특정 소수, 말하자면 하이틴물처럼 청소년층이라든지 폭력영화처럼 저변 청춘이라든지 하는 사태에 직면해 있"다고 보고 있다.[34] 또 다른 논자는 출판계를 점검하면서, 대학생들이 1970년대 내내 "대학생층이 베스트셀러 시장의 단골 고객"이며, "우리나라 출판시장의 확대는 곧 대학생층의 독서인구를 졸업후에도 계속 소비자로 붙잡아두는 데 달려 있다"고 진단하기도 한다.[35]

아울러 1978년의 여러 글에서 거론되고 있는 1977년의 '문예물' 붐도 대학생들이 주도한 흐름으로 봐야 할 것이다. 이 시기는 1976년 이청준의 『당신들의 천국』을 필두로, 1977년 한수산의 『부초』, 조해일의 『겨울여자』, 최인호의 『도시의 사냥꾼』, 박완서의 『휘청거리는 오후』, 윤흥길의 『아홉켤레의 구두로 남은 사내』, 조세희의 『난장이가 쏘아올린 작은 공』 등의 문예물이 베스트셀러 목록을 장식한 시기로,[36] 대학생들의 문학적 취향과 사회적 관심들이 대중적 출판물의 생산으로 이어진 경우에 해당한다. 1970년대의 대학생들은 영화시장에서 영향력을 발휘했을 뿐만 아니라 문학과 출판시장의 흐름까지도 주도하면서, 자신들의 문화적 힘을 전사회적으로 과시하고 전파시킬 수 있었던 것이다.

이러한 현상은 곧 대학생들이 입는 청바지, 그들이 들고 다니는 책,

---

33) 김병익, 「오늘날의 '젊은 偶像'들」, 『동아일보』, 1974년 3월 29일.

34) 이명원, 「TV시대의 영화가 가는 길」, 『세대』, 1978년 5월호, 254쪽.

35) 유재천, 「출판·독서와 대중문화」, 『세대』, 1978년 5월, 244쪽 참조.

36) 이임자, 앞의 책, 189-193쪽 참조.

그들이 듣던 음악, 그들이 마시는 술, 그들이 가는 장소가 대학생들만의 전유물이 아니라, 사회의 다른 계층과 집단으로 확산되는 과정과 궤를 같이 하고 있다. 처음엔 청년문화에 아무런 관심이 없던 대학생들도 갑자기 청바지를 입고 통기타를 배우거나 머리를 기르기 시작했는데, 대학생들은 그러한 스타일을 통해 그러한 파괴를 감행할 수 있는 집단적 정체성을 의식적으로 표현할 수 있었다. 어서 대학생이 되기를 바라는 10대들과 재수생에게 이러한 스타일이 선망의 대상이었던 것은 말할 것도 없다.[37)]

특히 사회에서 무시받고 천대받던 공돌이와 공순이들에게는 이러한 스타일의 추종이 대학생처럼 보일 수 있는 방법이었다. 소위 '공순이'들은 "공휴일에 시내로 쇼핑을 가거나 영화를 보러 갈 때 항상 시집이나 잡지를 손에 들고" 다니는 경우가 있었다.[38)] 그것은 「어린 왕자」와 「갈매기의 꿈」을 순전히 '폼 내기' 위해서 들고 다니던 『바보들의 행진』의 병태 같은 대학생들을 모방함으로써 사회의 경멸적 시선에서 벗어나고자 했던 서글픈 노력이었다. 그들은 사치스럽다는 오해를 받을 망정, 그리고 도리어 어색하게 보일 망정 오히려 옷차림에 더욱 신경을 써야만 했다.[39)] 아무리 일부 대학생들과 지식인들이 청년문화의 진정성과 의미에 대해 거부감을 가졌다 해도, 청년들의 풍속과 스타일들은 하층 계급들이 도달하고 싶었던 삶 혹은 적어도 그들이 타인들에게 내보이고 싶

---

37) 최인호가 『바보들의 행진』의 고등학생용 판본이라 할 만한 하이틴 소설 『우리들의 시대』(상 · 하, 예문관, 1975)를 쓸 수 있었던 것은 이 때문이다. 또한 1970년대 후반의 '하이틴 영화' 붐은 10대들이 문화소비의 중심부로 진입했음을 보여주는 현상이라고 할 수 있다. 정종화, 『자료로 본 한국 영화사 2: 1955~1997』, 열화당, 1997, 110-112쪽 참조.

38) 구해근, 신광영 옮김, 『한국 노동계급의 형성』, 창작과비평사, 2002, 190쪽.

39) 여성 노동자들은 휴식 시간에 잠깐 전화를 걸기 위해 공장 밖으로 나갈 때조차도 옷을 갈아입곤 했다고 한다. "그래도 공순이들은 공장 다니는 표시가 난다. 아무리 옷을 잘 입고 화장을 잘 해도 표시가 난다. 그 표시를 안 낼려고 일부러 옷에 신경 쓰고 머리를 하고 화장을 더 한다. 사람들은 돈도 못 벌면서 사치를 부린다고 하지만, 공순이 딱지를 뗄려고 그런다." 김경숙 외, 『그러나 이제는 어제의 우리가 아니다』, 돌베개, 1986, 111쪽(여기서는 구해근, 앞의 책, 190쪽에서 재인용).

은 삶에 대한 광범위한 욕망을 건드리고 있었던 것이다.

그것은 청년문화의 스타일과 소비의 풍속들이 교육과 부모의 도움을 통해 학력자본과 문화자본을 축적하고 그것을 사회적으로 표현할 수 있게 된 청년층들의 자기표현이라는 차원을 넘어, 사회적으로 천시되던 계층의 계급적 소외감과 욕망들까지도 외화시키는 매개체였음을 의미한다. 최인호가 청년문화 논쟁이 벌어지던 1974년 4월 말부터 8월 초까지 영화 『별들의 고향』으로 유례없는 관객동원을 해낸 것, 1975년 하길종 감독이 『바보들의 행진』을 영화화시켜 젊은 관객들을 극장에 모이게 하고 그 속편격 영화인 『병태와 영자』까지 만들 수 있었던 것은, 대학생들이 1970년대 내내 문화와 소비를 주도하는 세력으로 힘을 과시하던 풍토에서 가능했다. 김현의 지적대로, "앞 시기 소설가들의 인기가 돈벌이보다 명성에 가까운 것이었다면, 대중사회적인 요소들이 생겨난 1970년대 인기소설가들의 인기는 다른 장르에서 의미하는 인기처럼 명성과 돈이 같이 들어오기 시작"한 상황은 이와 맞물려 있다.[40] 최인호를 비롯한 청년작가들이 1970년대 내내 상업주의적이라는 비판을 받게 되었던 이유 역시, 청년들이 거대한 문화세력으로 성장했던 당시의 사회적 여건과 이들이 이것을 이용하려는 서사전략을 사용했다는 사실과 관련이 있다.

물론 1970년대 청년문화가 시초에서부터 확산과정에 이르기까지 스타일의 과시와 의도적 과소비를 통해 전개된 일종의 소비문화이며, 최인호의 소설이 젊음의 이름으로 이러한 소비문화를 환영하고 있다는 사실을 부인할 수는 없다. 이 현상들 뒤에는 분명 1960년대 중반부터 1970년대 후반까지 계속된 장기 경제호황이 조성해준 경제적 여건이 자리잡고 있다. 더욱이 그 풍속들이 대학 사회 전반과 대학 바깥으로까지 광범위하게 확산된 현상은 대중소비사회의 도래 앞에서 젊은이들의 고유한

---

40) 김현은 1970년대 이후 인기소설가들의 위치는 일제하 이효석, 1950년대 손창섭, 1960년대 김승옥과 같은 인기소설가의 그것과 상당히 다르다고 말하면서 이같이 지적한다. 김현, 「대중문화 속의 한국문학」, 『세대』, 1978년 5월호, 238쪽 참조.

자기 표현이 원래의 의미를 잃을 수밖에 없었음을 암시한다. 이는 1960년대 서양 청년문화와 하위문화를 다룬 다양한 책들에서도 수없이 논의된 사항이기도 하다. 스타일이 계급과 미시권력의 지배력을 표현하는 기호라는 점을 밝힌 푸코와 바르트의 구조주의적 사유를 이론적 전거로 삼은 그들의 논의는, 청년들의 하위문화적 스타일이 일시적으로 기성 규범에 저항하는 집단적 의식을 표현하는 기호로 기능했지만 곧 광고와 의류 등 소비산업으로 흡수되고 말았다는 사실에 대해 이의 없이 동의한다. 그러나 자본주의 사회에서 상품의 형식과 소비 체제의 그물망을 완전히 벗어날 수 있는 개인은 없다. 중요한 것은 소비문화, 상업문화라는 꼬리표를 붙이는 것이 아니라, 그 소비가 사회적, 시대적 맥락 안에서 가지는 의미일 것이다.

이런 점에서 1974년 김병익이 어떤 이론적 전거를 빌리지 않고도 파악해낸 청년문화의 의미는 다시 한 번 되새겨볼 만하다. 그는 "한 시대 혹은 한 세대의 의식 또는 잠재된 의식과 정서는 무의식적으로 수행되는 풍속에서 보편적인 의미로 드러날 수 있"고 "의복 · 음식 · 오락" "혹은 오늘의 대중 가요나 팝송에서" 젊은이들의 "의식의, 정서의, 가치관의 공감대를 유추"할 수 있다고 말한 바 있다. 아울러 그는 "정치적으로든 사회적 혹은 도덕적으로든 기성 세대로부터 가장 비난받고 견제받는 젊은 생태를 이해하고 나아가 그것들이 갖는 미덕을 밝혀낼 때 여타의 정치적 사회적 액티비즘을 승인할 수 있게" 되며 거기서 "새로운, 적나라한 가치지향의식을 발견할 수 있"다고 덧붙인다.[41] 이는 당시 청년들이 행했던 서양 청년문화의 외적 모방에 당시 젊은이들의 무의식적인 가치지향의식이 담겨 있음을 말해준다. 어떤 새로운 스타일이 멋있다고 느껴지려면, 그 이미지에 적어도 자신들이 소망하는 대상이나 가치가

41) 김병익, 「청년문화와 매스컴」, 215쪽에서 모두 인용; 파시즘 체제 하에서 청년들의 스타일, 여가생활, 재즈 옹호 등의 풍속도가 정치적인 저항으로 기능했던 외국의 사례에 대해서는, 데틀레프 포이케르트, 김학이 역, 『나치 시대의 일상사』, 개마고원, 2004, 제8장 참조.

내장되어 있어야 하기 때문이다. 즉 서양 청년들의 외적 스타일과 행동 양식을 근사하다고 느끼는 감수성에는 맹목적인 서양 모방의 차원을 넘어서는 자발적인 욕망의 세계가 담겨 있는 것이다.

당시 청년들이 서양의 청년문화에서 목도한 것은, 서양 문명에 대한 근본적인 반성과 거부가 아니라 새롭고 창조적이고 혁신적인 공동체 문화와 그 어떤 일탈도 용납되는 서구의 자유로운 풍토였다. 머리를 기르고 신체적 노출도 꺼리지 않는 자유롭고 분방한 서양 청년들의 모습, 그리고 거대한 공간에서 수만 명이 모여 정치적 반대 의견을 표현하는 공동체적 풍경은, 신문과 잡지를 통해 이것들을 접하는 청년들에게 동경의 대상일 수밖에 없었다. 정치적으로나 일상적으로나 사람들에게 생활의 지침처럼 울려퍼진 것은 엄숙주의의 목소리였기 때문이다. 조국의 근대화를 절대 지상과제처럼 부르짖는 관제 구호와 민족문화의 부흥을 진보와 개혁의 다른 이름으로 간주하는 민족적 민중주의는 모두 '근검절약'과 '외래 퇴폐문화 추방'이라는 한 목소리를 내고 있었다. 이 아래서 미래를 설계해야 했던 청년들에게, 청년문화의 스타일과 풍속들은 주류 이데올로기들로부터 해방되고 싶었던 무의식적 욕망의 표현수단이었다. 공적 담론장에서 청년문화를 옹호했던 사람들이 서양에서 청년문화를 직접 목격하고 돌아온 기성 세대 지식인이거나 혹은 기성의 문화적 풍토에서 답답함을 느끼고 있던 문화인들이었던 것은 이 때문이다. 1970년대 한국의 청년문화는 서양의 청년문화처럼 고도로 진전된 문명의 병폐를 반성하고 거부하는 반(反)문명적 문화라기보다, 지배 이데올로기에 대한 거부와 반대를 표현할 수 있을 만큼 자유롭고 개방적인 문명을 희구하는 문명지향적 욕망의 표현이었던 것이다.[42]

42) 이런 의미에서 한국의 청년문화는 서양의 청년문화와 달리 반문명적인 것이 아니라 문명적이라고 지적하는 노재봉의 주장은 타당성이 있다. 그러나 그는 대학생들의 풍속을 중산층 이상의 욕망과 동일시하는 한편, 이를 이유삼아 한국에 청년문화가 성립하지 않으며 기존의 세대론으로 이를 포괄할 수 있다고 주장하고 있다. 이는 서양의 Youth Culture와 동일한 정신적 지향을 지닌 문화현상만 청년문화로 인정할 수 있다는 서구 편향적인 시각일 뿐 아니라, 청년문화의 문명지향성에 내포된 자유와 창조성에

결론적으로 말해, 1970년대 청년들의 행동양식들, 즉 지적 교양과 서구적 감수성을 드러내는 자기 과시, 생산의 신성함을 조롱하는 과소비, 불쾌함을 유발할 만큼 기성의 관습에서 벗어난 의상 착용 등은, 당대 사회의 지배 이데올로기들에 대한 무의식적 거부의 발현이다. 『바보들의 행진』에서 그 거부감은 "영원히 낳을 수 없는 임자 없는 애새끼를 배 속에 안고 있는 임산부"들의 "입덧"으로 표현되는데(67쪽), 청년들은 주류 이데올로기로부터 이탈하고자 했던 자신들의 지향들을 뚜렷하게 의식하지도 못했음에도 불구하고 그것이 세상에 온전한 형태를 갖추어 태어나지도 못한 채 사산되리라는 것을 미리 알고 있었던 것으로 보인다. 그러나 1970년대 청년들이 청년문화를 통해 근대화의 구호와 민족·민중주의의 근엄한 이데올로기, 엄격한 성적 차이의 분할 체제를 빠져나가려 했다는 사실과, 그것을 상징적으로 보여주고 있는 매개물이 통속적 대중소설 정도로 치부되어왔던 최인호의 소설이라는 점은 계속하여 상기될 것이다.

주제어 : 청년문화, 대학생, 최인호, 스타일, 풍속, 자기표현, 유니섹스 모드, 과시적 소비, 문화자본, 지배 이데올로기의 거부, 문명지향성

대한 욕구를 자본주의의 물질적 욕망에 한정시키는 것이라고 할 수 있다. 좌담(노재봉, 이어령, 최인호, 한완상, 현영학, 오갑환), 「심포지움 한국의 청년문화—유행이냐 반항이냐」, 『신동아』, 1974년 7월호.

◆ 참고문헌

1. 자료

『경향신문』, 『동아일보』, 『한국일보』, 『사상계』, 『세대』, 『신동아』 등

2. 논문과 저서

고길섶, 「청년문화, 혹은 소수문화론적 연구에 대하여」, 『문화과학』 제20호, 1999년 겨울, 145-158쪽.

권명아, 「'청년' 담론의 역사화와 파시즘적 주체화의 문제」, 『오늘의 문예비평』 제55호, 2004년 겨울, 57-69쪽.

김종대, 『독일 청년 문학과 청년 문화』, 문학과지성사, 1990.

김창남, 「청년문화의 역사와 과제」, 『문화과학』 제37호, 2004년 봄호.

이경훈, 「청년과 민족—『학지광』을 중심으로」, 『대동문화연구』 제44집, 269-300쪽.

이기훈, 「청년, 근대의 표상—1920년대 '청년' 담론의 형성과 변화」, 『문화과학』 37호, 2004년 봄호, 207-227쪽.

이중한 편, 『청년문화론』, 현암사, 1974.

주은우, 「4·19 시대 청년과 오늘의 청년」, 『문화과학』 37호, 2004년 봄호, 86-117쪽.

한완상, 『현대 사회와 청년문화』, 법문사, 1973.

홍성태, 「세대갈등과 문화정치」, 『문화과학』 37호, 2004년 봄호, 154-172쪽.

Pierre Bourdieu, 최종철 역, 『구별짓기: 문화와 취향의 사회학』 상·하, 새물결, 1995.

Diana Crane, 서미석 역, 『패션의 문화와 사회사』, 한길사, 2004.

Joanne Finkelstein, 김대웅·김여경 역, 『패션의 유혹: 욕망의 문화사』, 청년사, 2005.

Dick Hebdige, 이동연 역, 『하위문화: 스타일의 의미』, 현실문화연구, 1998.

Detlev Peukert, 김학이 역, 『나치 시대의 일상사: 순응, 저항, 인종주의』, 개마고원, 2004.

Dick Pountain & David Robins, 이동연 역, 『세대를 가로지르는 반역의 정신 Cool』, 사람과책, 2003.

◆ **국문초록**

이 글은 1970년대를 청년문화와 청년문학이라는 프리즘을 통해 살펴봄으로써, 공적 담론장에서 미처 표현되지 못했던 평범한 사람들의 내면화된 계급의식과 자기표현방식을 탐구하려는 데 목적을 두고 있다. 아울러 이 글은 1970년대 대중적 문학 텍스트들을 문화사적 혹은 문학사회학적 관점에서 실증적으로 연구할 필요성을 제기하고, 그러한 방법론을 적용한 연구의 예를 제시하고자 했다.

지금까지 한국의 1970년대 청년문화는 서양 청년문화의 맹목적인 모방이거나 일부 철없는 청년들의 퇴폐적인 풍속으로 간주되었다. 1974년 대학생들과 지식인들 사이에 일어난 청년문화 논쟁에서도 대학생들의 과감한 행동양식들은 비난의 대상이었다. 그러나 당시 청년들은 보여준 스타일과 풍속들은 사회의 지배 이데올로기들로부터 벗어나고자 하는 정서를 적극적으로 표현했다는 점에서 과소평가될 수 없다. 이러한 청년문화의 정서와 가치지향을 가장 잘 드러내고 있는 것은 당시 청년문화의 아이콘으로 불렸던 최인호의 소설이다.

그의 소설 『바보들의 행진』은 자신들의 지식, 교양, 취향, 감수성 등을 의도적으로 과시할 수 있는 행동과 상품 소비 등을 감행하는 청년들의 풍속과 스타일을 상징적으로 보여준다. 청년들은 성적 분할 체제를 교란시키는 유니섹스 모드의 의상을 착용하거나, 서구적 감수성과 지적 교양을 드러내는 문화상품을 과시적으로 소비하는 행태를 보였으며, 스트리킹과 같은 파격적인 해프닝 등을 보여주기도 했다. 이를 통해 그들은 서구 청년문화가 보여주는 자유롭고 개방적인 세계에 대한 동경을 표시했을 뿐 아니라, 근대화를 위해 근검절약을 외치는 관제 이데올로기와 외래 퇴폐문화 추방을 외치는 민족적 민중주의의 엄숙주의에 대해서도 반발을 표시했다.

청년들의 이러한 정서와 무의식은 1970년대 내내 청년들이 전사회적으로 출판, 영화, 문학을 넘나들며 문화와 소비의 주도세력으로 성장할 수 있었던 원천이기도 했다. 또한 1970년대 청년문화는 대학생들의 자기표현의 장이라는 차원을 넘어, 사회적으로 천시되던 계층의 계급적 소외감과 욕망들까지도 외화시키는 매개체 역할을 수행하기도 했다.

◆ SUMMARY

Choi Inho's Novel as a Phenomenon of Mass Culture

- The Style and Consumption of Youth Culture/Literature in 1970's Korea

Song, Eun-Young

This article aims at searching for common people's mentality and their way of self-expression which were not revealed in 1970's public discourse by looking at Youth Culture and Youth Literature. It is also intended to suggest that a positive study with actual proofs on popular literary texts should be achieved in terms of cultural history or cultural sociology and show a sample study based on this methodology.

Youth Culture in 1970's Korea has been devaluated as a blind imitation of Western Youth Culture and the demoralized manners and customs of young people. The unique styles and manners of some university students were severely criticized by other students and intellectuals on Youth Culture Debate in 1974. But their styles, manners and customs cannot be underestimated because they actively expressed their feeling to be free from social controlling ideology. Their feelings and emotions are fully shown in the novels of Choi Inho who was called a popular icon of 1970s' youth culture.

His young characters in 『The March of Fools』 show various actions of their own, like wearing unisex mode style for disturbing the strict gender system, consumption of cultural goods for showing off their knowledge and modern sensibility, and shocking happening like streaking for breaking the stern environment. They represented not only longing for a free and open society like Western Youth Culture but also the unconscious disapproval of the national ideology for a rapid industrialization, the standardized nationalism and populism of dogmatic progressivism.

Such an unconsciousness was the sources for which young people could take the leadership in culture and consumption including publication, cinema, literature and so on. The 1970's Youth Culture also has a significance in that it played a mediative role to disclose many desires and a sense of alienation of the lower class beyond youth's self- expression.

Keyword : youth culture, university student, Choi Inho, style, manners and customs of youth, self-expression, unisex mode, over-consumption for demonstration, cultural capital, disapproval of social controlling ideology, longing for a free and open world

— 이 논문은 2005년 6월 30일에 접수되어, 소정의 심사과정을 거쳐 2005년 8월 19일에 게재가 확정되었음.

III

부 록

자료발굴

Trick[1]

金基鎭

(문예면 2쪽)

『……글세 그런말은 나도다-이믜들은말이닛가 할것업고 하여간 한 학교의선생님으로서 학생들이 보는압헤서 더군다나녀선생을더리고 싸움을하얏다는것은 조치안은일이아니요 金군도 그만한일씀은 짐작할만 한사람인데?』

한참동안 光洙가 하는말만 듯고잇다가 光洙의말이쯧나자 뎡중하게 위엄잇는목소래로 천천히 한마듸한마듸를쑥쑥잘라가며 그리고저윽히 교활하야보히는눈동자를궁굴리어가면서 이와가티말하는鈴木校長의태도는 어느구석으로보든지 한개의보통학교 교장다워보히는것이며 쏘한 그것은 이늙은 중대가리로하여곰 十餘年동안 교장생활을하여온경험이 잇다는것을 충분히보증할만한것이엇다. 光洙는 그말을듯고 고개를 한번 더 수구리엇다. 오냐 그러케말하면 참말로 나도잘못하엿다. 물론처음에야 田中(タナカ)의잘못이지 하지만 철도안난여러학생들이보는압헤서 점잔치못하게녀선생을더리고 싸움을거럿다는 것은 내잘못이로구나. —이러케생각하자 光洙는 이때것 자긔가 田中(タナカ)가 무슨말을하엿고 엇더한 행동을하

1) 띄어쓰기, 문장부호, 맞춤법, 면수의 표기는 원문의 것을 그대로 따랐다.

고 엇더한 잘못을범하얏스닛가 田中(タナカ)가잘못햇지 자긔는잘못한것이업노라고 중언부언 교장압헤서 구차한변론을 느러논것이 도로혀 붓그러운일이라고 생각되얏다. 그는다시 머리를수구리고서 들줄을 몰낫다. 鈴木교장은 속마음으로 유쾌한듯이 조고만화로가에노앗든새로부친「시기시마」를 한입 쑥 빠러마시어가지고 맛치 큰 功이나이루운듯이 위대하게 光洙의 수구린머리우으로 그연긔를휘―내뿜는것이엇다.

그날은 第二學期試驗을 압흐로 몃주일남기어놋코 열니게된 全校學生學藝會ㅅ날이엇슴으로 그날

(문예면 3쪽)

은맛침土曜日이엇다 이보통학교는 물론이요 이곳조고마한 고을의한부락까지도 제법왁자직걸하게활긔를씌엇섯다. 학교직원들과 학생들은 몃주일전부터 이 학예품전람회준비에밧버왓섯다. 그리하야드듸어 이날이당도하자 그들은 이방 저방으로도라다니며설비하기에 밧밧스며 코흘니는어린학생들은 멋도모르면서도 가로쒸고 세로쒸며 즐거워하는것이엇다. 그리고 흰흔겁 복판에 붉은물로 동구랏케해를그린 긔ㅅ발은 학교정문과 마당과 교실안에서 펄넝거리엿다. 해ㅅ볏이 간얄피어진 十一月의태양은 바람에일어나는 몬지에가리어서 희미하엿다.

이 학예회는 이곳에 이 보통학교가 설립된후로 한해에한번이나 또는 두해에한번식하든것에 지나지 안튼것인데 재작년에 교장이갈니고 지금잇는 鈴木교장이온뒤로 비롯오일년에두번식이나 열니게된것이다. 鈴木교장은 학예회를 하는것은 학생들로하여곰 공부를열심히하게하는 자극을주는것이닛가 될수잇스면 자조하는것이조타고주창하엿다. 사실 학생들은 그러케함으로인하야서 공부들을 더욱열심히하게되얏다. 그리하야 자긔가 이학교로 전임되야온지 불과 만두해가못된 오늘날에 자긔가 오기전보다 일반학생들이 성적이진보된것을볼때에 鈴木교장의 스사로 만

족하는빗을 얼골에가득히씌이는것이며 또한 그것이 이곳학부형들로하여곰 누구누구할것업시 거지반다—이鈴木교장을 숭배하게하는 충분한 리유도 되는것이엿다.

道廳에서 視學官이 나오게되면 鈴木교장은 자긔가이곳으로온뒤에 일반학생들의 성적이 이루 말할수업시 진보되엿다는말을 의례히처음으로 쓰내는것이엇다. 그리고 그다음으로는 三四年級학생들로하여곰 녀름방학에 집신을 한죽식 삼어오게하야서 그것을팔어가지고 그돈으로 밧을몃坪이나사가지고 지금은거긔서 馬鈴薯가얼마가되고 호배채가얼마가되고 또무엇이얼마가나는데 그것을 판돈은 삼사년급학생들압흐로 저금을하야 현재몃백몃십몃원이잇다는말을 일일히장부를조사하야가며 이야기하는것이며 또는 오륙학년학생들을위해서는 圖書部를신설하고서 回覽文庫를지어 학생들의 지식을 넓히기에 힘쓴다는말을 하는것이엇다. 그리고 나서는 오륙학년학생들의 作文을 책상설합속

(문예면 4쪽)

에서쓰내어놋는것을 니저버리지는 안는것이엇다. 그학생들이지엇다는 作文의제목은 『明治天皇陛下聖德』이라든가 『我が攝政宮殿下』라든가 『乃木大將』이라든가하는 것이 그全部이엇다. 그리고교장은 그다음으로 자긔가十餘年동안 싸어온보통학교교장으로서의경험과 포부를 이야기하는것을 빼어놋치는 안는것이엇다.

그날 학예회의 순서는 式辭가잇슨뒤에 五六학년학생들은 理化實驗을하고 그후로 一二三四학년생도들은 연설과독본랑독을하고그후로는 전교학생련합운동경기가잇게되엿섯다. 시간이되자 교장은 회의순서를 짜라식사의마당에들어섯다. 그는 뻔질뻔질하는중대가리를 萬國旗알에에서 번득어리며연단으로발을옴기엿다.

그는먼저 연단에올나서자 방안에가득히모힌부형들의머리를골고루 휘둘러보앗다. 그리고 이所謂新附의백성들의주의를잇글고자 기침을한번 크게하얏다.

『本校가創立된지 不過午年만에 이제第九回全校學生學藝會의意義잇는오늘을맛게된것은 本職의無上의 榮光으로생각하는바이올시다.』

그는 방한가온대에서 밝앗케불타는 란로를바라보며 렬셩을다하는목소리로 이와가티화두를쓰내엇다. 그의말이씃나기도전에 도야지라는별명을듯는朴선생이 개가튼소리로통역하기시작하얏다. 늙은교장은 학예회의셩질과그價値 더나아가서는 敎育의本領 國民의本分 皇室에對한臣民의義務—이와가튼 槪念 또는 觀念에대해서 다른모든 보통학교교장들이맛찬가지로 「敎育勅語」로써 콩크리-트된그의머리속의 전지식을다하야가며 시간이가는줄도몰으고 오래인동안을 기드랏케 셜명하기시작하얏다 그리는동안에 그의식사는점점웅변으로되얏다. 그는「敎育勅語」를 처음서부터씃까지 외웟다. 그리자그의 씃까지감격된마음속으로는 왼세게 모든나라의 忠臣이라는 충신들의 환영이 번개불가티 번득어리고지나가는것이엇다. 그는 눈을한번크게쓰고 공중을노리어보고 그눈압헤『皇恩』이라는두글ㅅ자를 허공중에다 커드랏케 써보앗다. 그리고그는 한번더소리를놉히어 반씀고함질릿다.

(문예면 5쪽)

『진실로교육의임무는 큼니다. 우리들은하해가튼 황은을보답하기 진충갈력하지안으면안되겟습니다.』

그의결론은 다식판에박은드시 항상 쏙이말에더지나지안앗다. 그는 가장만족한 듯이 연단에서나리어왓다.

그리고서 얼마더지나지안아서 茶와果子를벌리어노흔다른방으로 방안의ㅅ사람들은인도바닷다. 鈴木교장은 자리에안저서 과자를입으로 집어날르면서도 오히려 악가하든말을되푸리하야가며 더자세히 일반부형이알아듯도록이약이를하기시작하얏다. 그는 이조고마한고을의 한부락인 이곳의백셩들로하여곰 충실한 뎨국신민이되기를바랏든것이며 또는 자긔가 이와가티셜명하면 반듯이 이우둔한백셩들도깨달음이잇스리라고 튼튼히 미덧든까닭이엇다. —너의들은 그래도 아직까지도 독립의꿈을꾸느냐? 그러면조선이독립한다고하자. 그러나 무엇을가지고 조선이독립할 수잇다고너의들은생각하니? 너의들에게 독립할힘이잇느냐? 총이 잇느냐? 대포가 잇느냐? 군함이 잇느냐? 비행긔가잇느냐? 무엇으로 독립을하느냐? 지금 조선안에와잇는 우리나라의군대들만가저도 하로아침에 이땅을평정하기는 쉬운일이다. —이 번들바우 중대가리의늙은교장은 이와가튼뜻의말을 그들로하여곰 영원히 니치지못하리만큼 말하엿든것이다.

조용하고 평화하여야만할 이자리에 한개의험악한 폭풍은일어낫다. 학부형들은모도들 돌아가겟다고 일어섯다. 흥분이된얼골과얼골이 방안에가득하엿다. 그리하야그들은 모든직원들이 간절히만류함도듯지안코 그대로들 돌아가버리고마랏다.

金光洙는 처음부터 끗까지 거지반本能的으로 교장에게대하야反感을 늣기는 동시에 쏘한막연한슬픔이일어나는것을엇지할수업섯다. 다만그는 안절부절을못하야 나종에는뒤편운동장으로나와버렷섯다. 그의가슴은 暗憺한것으로 가득채워젓섯다.

학예회는 교장의실태로인하야 생각하든바와는 일느게끗이낫섯다.

(문예면 6쪽)

교장도돌아가버리고 다른선생들도거지반들어간후에 光洙는 외투를 치켜올니어 얼굴을파뭇고 모자를우그리어쓴후에 책보를엽헤끼고 사무실문을 나왓다. 그는 오늘반나절동안에일어난 모든일을생각하기시작하얏다. 교장의時代錯誤—이라함보다도 찰하리 더욕하야 말하야『교장의頑冥』은 오늘에이르러비롯오시작 된것은 안이지만은 오늘날光洙가그로부터늣긴 모욕되는말과행동은 도저히 긔억에서 씨서버릴수업도록 光洙를괴롭게하얏다. 보통학교교육은 이와가튼사람으로인하야 조선전 의[2] 구석구석에 그넝쿨을점점뻐치어들어간다. 그리하야 어린학생들은 구하

---

2) "조선전국의", "조선전토의" 혹은 "조선전역의"의 오식(인용자).

여볼수업슬만치 그 敎化에물드러지고말지안느냐? 오늘의학예회는 진실로 이와가튼敎化의成績을 웅변으로셜명하앗다. 그어린사람들이 입으로하는노래 또는 몸짓으로하는작란의온갓종류와운동 또는 붓끗으로적어놋는온갓종류의글 그것들의다만하나일지라도 이 쑤부정한 잘못된교화에 물젓고 구더버리지안이한것이잇느냐? 그들은 지금 성숙되야간다. 성숙되면되여갈수록 그들은버리는물건에지나지안는다.

光洙는 이와가튼 생각을하며 발을무겁게 뚜벅뚜벅 마루우에내려노으며뒤뜰로향하야거러갓섯다. 그러나 이와가튼생각이머리속에서휘말니는한편으로 이와가튼생각과는근사하지도안은 강한놈에게찍어눌리우는듯한그엇던다른한개의생각이빙글빙글돌기시작하는것이엇다. 그의눈압헤는 鈴木교장의번들거리는두골이낫하낫다. 그리고그커드란눈이빙그르르도라서 짝자긔를노리어보는것이엇다. 그는엇던눈에보히지안는힘에 강제되야 꼼작하고잇는듯십흔늣김을늣기엇다. 그가 西편 出入口를나서서뒤뜰로 쏘부러지려할때 그때 그는 그곳에 여닐곱사람의사년급녀학생들이 웅긔중긔 모히어잇는것을발견하앗다. 그는 내어드듸엇든발굼치를돌니고서이러케 무럿다.

『엇재 이때것 돌아가지를안코잇나……응?』

녀학생들로부터는대답이업섯다. 그는여러번뭇다가 그들의겻흐로 다가서서허리를굽흐리고 학생들의억개를흔들며 재처무럿다. 그러나학생들은 얼골을파뭇고 흙흙늣기기만하는것이엇다.

『웬일들이요? 응? 무슨까닭이야?』

(문예면 7쪽)

『……다, 다, 다나가선생이 저의들을……으으……응—』

하고 한학생이 마지못하야 이약이를하려하다가 속으로부터 밀니어올러오는 분함과슬픔을참지못하고 맛츰내 소리내어울고야마는것이엇다. 光洙는『올치 또무슨일이잇섯구나!』하엿다.

『田中선생이 그러구……?』

그는이가티무럿다.

『다, 다나가 선생은 낫븐년에요!』

한학생이 가슴속에파무덧든두눈이퉁퉁하게 울음으로말미암아부은듯십흔얼골을처들면서 엽헤서이가티 말을가로찻다. 그들중에서는 제일나백이인듯한 그는흥분되야서쩔니는목소리로 허둥지둥 사실의 전말을 이약이하는것이엇다.

교장이돌아간뒤에 학생들에게는 과자한봉지씩을 나누어주게되엿섯는데 맛침 그과자를가지고 나누어주는책임을 五년급남학생들이 맛하하게되엿든것이다. 학생들이모도다 정렬하야서잇게되자 과자상자를가진학생들은 상자를가지고돌아다니며 한사람한사람에게 과자를 돌리엿다. 그리하야 田中녀선생의담임반인 사년급학생들에게도 그과자의차례가돌아왓슬째 그처녀들은 키큰남학생이 집어주는 과자봉지를 수집은마음으로인하야 밧지를못하얏든것이다. 한학생이 밧지안차 그에짜라서 다른학생들도 고개를돌니고 밧지안앗다. 이모양을본 田中녀선생은 성을내어가지고

『왜 안바더요?바더요!』

하고소래를질럿다. 처녀들은 그래도주저하엿다.

『선생님의말을 복종해야지!……바더요!』

두번째 녀선생이호령하엿슬째 그중에도제일나희어린학생들만 그과자를밧고 그남아지학생들은 씃씃내 점점더 그것을밧기가게면쩍어서밧지를안엇다. 田中녀선생은 성이잔뜩나가지고.

『오나! 선생님의 말을 안드른학생들은가지말고 거긔남아잇서! 저모양이닛가 조선사람들은野』

(문예면 8쪽)

『蠻人이란말이야!』

하고 西편으로향한뒤뜰로 그학생들을더리고가서 그곳에서잇게한후 자긔는사무실로드러가버리 고마랏든 것이다.—

그처녀는 이와가티 이약이를하고나서『선생님!엇재서 저의들이 野蠻人입닛가?저의들이 野蠻의ㅅ짓을 한것이무어에요? 저의들은 분해서 분해서 죽겟서요!왜 野蠻이라는 말을드름닛가? 조선사람은 저모양이닛가 野蠻이라니 그러면저의들이野蠻이면 金선생님도 野蠻이란말슴이지요? …… 왜조선사람이 野蠻人예요?』

아모 꿈임업는 순진한소녀의 이가튼호소를듯고나서 光洙는 가슴속이 찌르르하는것을 깨닷지아니치못하얏다.

『오냐 엇던편[3] 野蠻인가 가려어보자! 너의들이 野蠻人인가 우리들이 野蠻인가 따지어보자』

光洙는 이러케 마음을먹고 주먹을부르쥐고나서 그녀학생들을보고

『우리가 野蠻人될까닭이잇소걱정말고 도러들가우.』

하얏다.

『다, 다나가선생이 여긔 이러케남어잇스라고햇는데 엇더케 감닛가』

한학생이 이러케말하자 또한학생이

『저의들마음대로 갓다가 나종의또 무슨벌을쓰게요』

한다.

『상관업스니 걱정말고 돌아들가요. 내가田中선생한테 잘말할터이니 응 내가잘말할터이니……』

光洙는이러케말하고 즉시 사무실로 향하얏다. 그의꼭쥐여진주먹은 외투복랑속에서떨니엇다.

田中녀선생은 맛침그때 사무실문을열고 책보를 손에들고 나오는것이엇다. 光洙는쪼차가서 그를 불러세웟다.

(문예면 9쪽)

『다나가 상!』

『네—?』

---

3) '엇던 편이'의 낙자(인용자).

『당신은악가 당신담임인 사년급생도들에게 무슨말을하엿슴닛가 긔억하십닛가?』

『말을하다니요』하는 田中녀선생이[4]눈초리는 금시로 아래로 축처젓다.『무슨 말을햇다고그리서요? 네?』

『아—니 당신은 당신이악가한말을 니저버리섯단말이요?』

『—?』

『남학생들이 주는과자를밧지안는다고 당신은 무에라고말을 햇서요? 그래도몰르겟서요?』

『왜요?……저모양이닛가 조선사람들은 野蠻人이라고 말햇서요? 왜, 그말이 엇잿답닛가?』

田中녀선생의 되바더넘기는듯한 가징스러운태도에 光洙는 곳그당장에서 주먹이나아가는것을 억지로참앗다.

『왜요? 왜라니! 그래당신은 녀생도들이 남학생이 집어주는 과자봉지를밧지안은것은 야만이고도 그리구 그짜닭에 그생도들을 이치운날 한시간이상이나벌을세워두어도관게치안을만큼 그러케대단히잘못한것으로 생각하심닛가?』

『그럼은요! 그러케잘못한것이고말고요. 엇재서선생의말을듯지안아요?!』

이때에 사무실엽방에서 십여명의어린학생들이 무슨일이나낫나하야 웅게중게 모도들밧그로쏘다저나왓다. 그들은 이고을N村에서 긔차로통학하는학생들인데 학예회가씃난뒤에도 긔차시간을기달리느라고 아직까지 교실안에 남어잇든것이엇다.

光洙의분한마음은 그들로하야곰 거지반 반이나 줄어드러바렷다. 그는어린학생들의눈압헤서 아름답지못하게 녀선생과 다토기를주저하는생각이든짜닭이엇다. 이와가튼생각이들자 어느구석에서예비하고잇섯든거와가티 光洙의마음한편에서 鈴木교장의 대가리가 낫하나기시작하얏다.

4) '선생의'의 오자(인용자).

그리하야 교장의눈

(문예면 10쪽)

은빙그르르돌더니 光洙의얼골을똑바로보는것이엇다. 그는 다시금엇던눈에보히지안는힘에 찍어눌니우는듯한늣김을 금치못하얏다.

그러나 光洙는 내어뻐덧든주먹을 얼른 도로놋치는안엇다.

『그래 남학생의손으로주는것을 밧지안앗다고 그것은왁野蠻이로구먼요?네?그래서한시간이상이나 벌을씨웟구먼이요?』

『그러치요! 현대의교육은 남녀공학까지도 허락하지안앗습닛가……벌을써야 맛당하지요!』

『엇재요?남녀공학? ―그래 남자하고물건을주고밧고하는것이 남녀공학의정신인거나가티 당신은생각하시는구료?남녀공학은 남녀공학이고 오늘일은오늘일이지……이건무슨 어림업는소리요?』

『아이 몰르겟서요! 김선생 마음대로생각하십시요그러[5]!』

田中녀선생은 비꼬는듯십흔어조로 이가티 한마듸말을 내여붓치고서 『공연히트집을잡는다 나는감니다』하는듯이 홱돌아서서 짤각짤각 게다소리를내이며 나아가버렷다.

光洙는 잠간동안 엇더케하면조흘는지를몰랏다. 그러나 어차여피 하는수업는일이라고생각한그는드듸어 쓰듸쓴침을한번삼킨후 자긔의집으로향하야 발길을내노앗다. 그는 모자를다시눌러쓰고 고개를 파뭇고서 논도랑길로드러섯다. 해는 서 쪽넘어로들어가고 바람은 몬지를모라가지고 들복판에노힌학교교사까지와서 길을막혀엇다는듯이 집을둘너싸고서 울부짓는것이엿다. 초가집이 점점히허터진동내에는 저녁연긔가가득하엿다.

그는이제 광대무변한 사막가온대에섯다. 그의마음은 쓸쓸하얏다. 슷업시 슯헛다. 분하얏다. 모든것을 저주하고 십흔마음과 모든것을 부시어

5) '그려'의 오식(인용자).

버리고 십흔충동이그윽히 그의가슴속에서 끌엇다. 그러나 그와가튼충동은 그를잇쓸지는못하얏다. 드듸어그는생각하얏다. 엇더케하면 오늘바든 온갓모욕을 씨슬까?자긔는 너머도못낫다. 조곰전에 자긔에게 눈물로써 「우리들은 야만이아니라고 호소하든그어린쳐녀들만도하지못하지안은가?그러면 자긔는엇더한방법을취하면 조흔가? 지금이길로田中녀선생을

(문예면 11쪽)

차저가서 반드시 잘못하엿슴니다 제발용서하십시요」하는말을밧고말까? 그런데 만약 종시잘못하얏다는말을 하지안는경우에는? 그때에는 이일을 가지고 鈴木교장에게가서 사단이 이러저러한데田中녀선생이 종시잘못하지안엇다고생각하고잇스니 이일을잘재판하야달나고할까?……그러나 그게무슨소용이잇스랴!그러면엇더케하나?무엇으로써 이 설욕을하면조흐랴? 그래엇재서 우리가 우리가 야만인가? 우리들의누의들은 남자의손으로부터직졉 물건을주고밧고 하지는안아도 훌늉하게야만은아니란말이다!우리들은 총은업서도 대포는 업서도 비행긔는업서도……야만은아니란말이다!—정말 우리들은 이 설욕을하지안으면안되겟다. 이따위말을한 교장과田中에게 우리들은 이와가튼말을 내어동댕이치지안으면안된다. 그러자면엇더케하나? 오냐 만약에 교장까지도 田中의편을들고잘못되얏다는말을하지안커든 그때에는 나는이따위보통학교에서 밥을비러먹는짓을고만두자. 그리고엇더케하나? 그리고 나는이학교를내어놋는동시에 학부형들을선동하자. 이와가튼학교에 자질을 보낼필요가업는점을 힘끗설명하자. 그러면 학부형들도 곳 찬성하렷다. 그러면 나는 학생들로하여곰곳同盟休學을하게하자. 그러나! 同盟休學을 하자!……

光洙는이와가티 생각하고서한숨을 휘―쉬엇다. 그의가슴은 얼마콤훌연하야지고 그의흥분되얏든마음은 얼마큼 가라안게되얏다. 그는 주머니에서단풍표한개를쓰내어붓처물엇다.

『同盟休學—?』

그는담배연긔를 휘―내뿜으면서 입속으로 이러케한번 중얼거렷다.

『그러케하고 나서는 엇더케하나?』

그는또이러케 자긔자신에게 무러보앗다. 그러자그의눈압헤는 또다시 鈴木교장의얼골이 언뜻낫하낫다가 사라지고 그리고이곳 警察署의서장의얼골이 그뒤를니어낫하나고서사러젓다. 그리고서는 六七年전에 자긔가 수업시만흔 여러사람들과함씌 경찰서에붓들리어갓슬때의 긔억이 번개불가티 머리속을 스치고지나가는것이엇다.

(문예면 12쪽)

『반항하는놈을랑 죽여라!』

하고소래치든 경찰서구류간의 첫날밤일이력력히 눈압헤낫하낫다.

경부의칼에 이마를맛고서 흘리는 모르는동무의 피……피……. 그리고서는 온갓 侮辱과酷使와辛苦의지옥인감옥안의 정경이 눈압흐로 오락가락하는것이엇다. —

『同盟休學?—그리고서나는엇더케하나?—』

光洙는 깁흔한숨을쉬이면 이가티스스로 다시더한번 자신에게무러보앗다. 그의눈에는 자긔 늙은어머니의모양이낫하낫다. 그리고 자긔가사랑하는 안해 올에세살된 큰아들 또그리고는 인제젓먹이는 갓난아이. — 光洙는 조러붓는듯한마음에 밋칠듯이 담배를길바닥에 탁 메여부치고서 헛침을 두어번삼키엇다.

그날밤에 鈴木교장은 田中녀선생으로부터 光洙가 적어도일본사람인 田中녀선생에게 엇더한말을하고 더구나 어린학생들이보는압헤서 싸움을걸드란 전후이약이를 다듯고나서 크게분개하얏다. 그리하야『그놈을 月曜日에 학교에오기만오거든 당장에면직을식히랴』고까지생각하엿섯다. 누가잘하고누가잘못하얏다는것보다도 시비는고사하고 무엇보다도 제일중요한점은 조선사람으로일본인녀선생에게공경하지는안코 오히려 싸움을거럿다함에대하야 교장은 크게분개하엿든것이다.

『고한놈가트니!』

그는 입속으로이러케중얼댓다. 그리고그는 내일이라도 빨리 이일을

道廳學務課에보고하리라고생각하얏다. 그러다가 다시마음을도리키어가지고 오늘날까지光洙를더리고지내여오든 二三年동안의 일을더듬어가며 생각해보기시작하얏다. 光洙는 아모탈이업는사람이다. 직원중에서는 가장 공부가잇고 쏘한셩실영민한사람으로 오늘날까지 조고만한잘못이 업섯슴에도 게관[6]치안코 한번잘못하얏다하야 면직을식히는것은 너무가혹한일이안인가하고 생각하얏다.

『으—. 그것은 너무 참혹한일이로군……』

(문예면 13쪽)

교장은이모양으로 고개를한번쓰덕어리엇다. 그리고서는 교장은 이러케생각하얏다. — 光洙는젊은놈으로 잘붓잡고 사람을맨들면 조흔사람이니 내어보낼것이아니라 엇더케이번에 한번 싹 얼러서 긔를썩거놋는것이조타. 그리고나서 한번어루만저주면조흔게야. 올치 언젠가 한번 상급학생들에게는 朝鮮地理와歷史를 教科書에잇는것만가리켜주는것보다도 조선녯적부터나리어오든 전설과쏘는실담가튼것을석거가지고 教材를하나맨들엇스니 檢閱하여달나고 하든것이엇것다. 맛침잘되엿스니 이번에 이것을가지고『이놈너는 상급학생들에게 총독부에서금하는 조선력사를 가르친다니될말이냐』고 싹얼러놋차 그러면반듯이이놈이 몸이콩쪽만하야서 발발쩔렷다. 그런뒤에는 내가여러가지로 설교를하야노코서 나종에 田中으로하여곰 좀싹은싹은하게정답게 하도록만하면 光洙는바로 同化될사람이다. 올타 그러케하자—이와가티생각하고서 교장은 가장 쾌한듯이 빙그레히고[7] 써기엇다. 그리고 그날밤에 교장과 田中녀선생은 나직한목소리로 오랫동안을이약이한후에 田中녀선생은 교장이일르는말에약속하고서야물러갓다.

---

6) '계관(係關)'의 오식(인용자).

7) '빙그레하고'의 오식(인용자).

月曜日아침에 이보통학교는 여전히상학을시작하고 선생들중에도한사람도빠지지안코여전히 출근하얏다. 光洙는하루종일 하학이될때까지교장의 눈치만보는것이엇다. 무슨일을하다가도 田中이가 그적게ㅅ일을교장에게 쑈아박앗슬터인데 교장의입에서무슨말이 나올가 그것이념려가되야 힐씀힐씀 교장을곗눈질하는것이엇다. 그리다가 그때맛침 교장의눈방울이 빙그르돌아서 光洙의얼골에시선이떠러지는것과 마조치게되면光洙는황당하게 눈을 얼른 아래로 떠러트리고서 안본척하는것이다.진실로光洙는 빈충마진사람이엇는것이다.

저녁때가되야 선생들이 죄다나아간후에교장은 光洙를갓가이불러가지고

『드르닛가 金君은 학생들에게 조선력사를가르친다지?』

하고 光洙의얼골을 뚤어질듯이 드려다보는것이엇다. 光洙는 가슴이덜컥 내려안는것가튼 늣김을

(문예면 14쪽)

맛보앗다.『올쿠나 인제는 트집을잡는구나. 잇지도안은 말을지어내가지고 사람을골닐게무엇잇나.』그는 그순간에 이러케생각하얏다. 그리고서떨니는목소리로

『아니올시다 력사를가르치다니요!……』

하고 더말을 닛대지못하얏다. 교장은 그큰눈방울을아래로궁굴리면서

『그런일이 업단말이요? 언젠가 내게 教材를보힌일이 잇지안소? 그것을가지고 요사이에와서는 教材와도달르게 교수를한다는말을드럿는데—』

『아니올시다 그것은 그教材는 그때선생님에게 檢閱을바든것이아닙닛가그리구그教材이외에 저는 생도들에게 다른말을 짓거린일은절대로절대로 업습니다.』

光洙는 변명하지안으면안되겟다고생각하고서 한숨에 이가티 중얼대엿다. 교장은

『정녕코 업단말이지? 그런일이—응?』

하고한번다진뒤에

『게 안소. 그럼 내가아마 잘못전하는말을고지들엇나보. 그런데 그적게土曜日에 金君은 엇더한 일을하얏서? 내가들어간뒤에 말이요—?』
하고 다시금 光洙의 얼골을 드려다보는것이엇다. 光洙는 번가라가며 자긔를포위하고 들어오는 시썸언손을 늣기엇다. 그는 한씃불안한 마음으로 교장압헤 걸터안저가지고 될수잇는대로 교장의시선을피하얏다. 그리고는 어대싸지든지 이 긔회에자긔가 잘못한것이업다는것을 변명하야두지안으면안되겟다고 마음을가다듬엇다.

그리하야그는 얼마씀썰니는목소리로 지난 土曜日오후에 지극히흥분되엿든거와는아조짠판으로 거지반 同意를엇기위한懇切한표정을낫하내가지고 사건의자초지종을이약이하고서 씃흐로 田中은 과연잘못하얏노라고붓처서말하얏다. 그러나 교장은

『글세 처음에누가잘하고 누가잘못한것을 가리자는게아니라폐일언하고 어린학생들이 보는곳에서

(문예면 15쪽)

적어도 생도를가르치는선생이라는사람이 더구나 내지인녀선생을거러서싸움을한것이 잘못되지안엇느냐는말이요? 金君은 그래 잘햇다고생각하나』
하는것이엇다. 光洙는아모말도못하고다만고개만숙우리엇다. 그리고서 교장이 다시한번 잘햇느냐고무를째에 맛침내

『과연 잘못햇습니다』
하고대답하고야마랏다. 교장은 한번 빙긋이 우슨뒤에 맛치 인제는내가 이약이를좀할판이라는듯키말씃을쓰내엇다. 교장의말은 끗어질줄을 몰랏다. 日鮮兩族의利害—東洋平和의基礎—人種戰爭의豫想—帝國臣民의義務—軍國의精神—兒童教育의使命—教員의天職—이와가튼문제와 또는이외의허다한문제에관해서 장구한설교를베푸른후에

『하여간 金君과가튼사람은 더욱주의하야 이사람의 소망을저버리지

말기를바라오』

하고말하는것이엇다. 光洙는『네 감사합니다』하고대답하얏다. 그리고서 그는 교장의방에서나왓다. 해는 ᄯᅩᆨ빠저버리고 쌍위는 어둠컴컴하얏다. 光洙는발등만내려다보며 집으로향하얏다. 그의가슴속은 갈피업는생각으로뒤심란하얏다. 土曜日하로고동안을지내인일과ᄯᅩ는日曜日하로ㅅ동안을 번민하든일과 ᄯᅩ는오늘하로ㅅ동안을 지내고듯고보고한것에대한생각이 순서업시감돌며솟이나지안는것이엇다. 그는다만

『아—아 하는수업거든!』

하고 한숨을쉬일ᄲᅮᆫ이엇다.

『나는못생겻다! 「우리들은 야만이아니라」고 호소하든 처녀만도못한 못난백성이다!』하고 스스로욕할ᄲᅮᆫ이엇다. 그러자별안간 그의등뒤에서는 사람이ᄯᅡ라오는발자최소래가들니는것이어다.[8)]

『金상!』

光洙가 그발소래를ᄭᅢ닷고서 뒤를돌아다보는그순간에 ᄯᅩᆨ가튼시간에 田中녀선생은은 이가티불르는것

(문예면 16쪽)

이엇다. 그는자긔의뒤에 그적게싸움을할ᄯᅢ와는아조판달르게 상냥해보히고다정해보히는 웃는낫의 田中녀선생을발견하얏다.

『느즈섯습니다그려 어대갓다오서요?』

녀선생은 가장다정한목소리로이러케뭇는다. 光洙는잠간동안 무에라고할말을몰라서머뭇머뭇하다가

『네. 저—잠간 느젓습니다』

하얏다. 녀자는 무슨생각을하는지 잠간아모말업더니

『찬찬히—가티거르시지안으시겟서요? 밧브시지안으시면……』

한다.

8) '것이엇다'의 오식(인용자).

『별루 밧븐일은업슴니다―』

두사람은 아모말업시 얼마를거럿다. 녀자가먼저입을열엇다.

『저－土曜日날 말슴에요……저를 퍽 낫브게생각하섯지요?』

이것은 光洙의뜻하지못하엿든말이다. 그는속마음으로 미운생각을하면서도 그정다운목소래에잇쓸리어 무에라고대답을준비하느라고 입쑷이 쫑긋쫑긋하기시작하얏다. 그러나그는마츰내 적당한대답을발견하지못하얏다. 녀자는 얼골에우슴을 하나가득히담어가지고 산애의겻흐로 얼골을 갓가히부치고서

『실례햇슴니다. 낫브게생각하여주지마시기바람니다. 그리구 그적게일은 깨긋하게서로 니저버리는것이엇대요?』

한다. 그는이번에도 잠간머뭇거리다가드듸어이러케대답하얏다.

『네 깨긋하게 긔억에서 씨서버리지요』

그는 이러케말하고 숨이차서 한숨을내쉬엇다. 그리고그는 이한사건이 이와가티쉬웁게락착된것을은근히깃버하얏다.『이만하얏스면 평온무사하게 씃나는것을 공연히속을태윗고나』하는 생각이 그의가슴속에서울어나왓다. 그러케생각하자 지금까지 무겁게갓친것이 뻑은하든가슴속이 풀리는듯하얏고그리고악가까지 미웁게보히든 田中이가도로혀 이졔와서는싹은싹은하고 정다웁게보히는것이엇다. 그는 마음속으로 자긔의녀편네와田中두사람을 나란히그리어보면서 거러가는것이엇다. ― 씃 ―

출전:『개벽』63호(호외1판), 1925. 11. 1, 문예면 2-16쪽(아단문고 소장자료)

상허학보 총목차

상허학보 1호(1993.12)

—이태준 문학연구

3. 이태준 생애 연보 · 민충환
4. 이태준 작품 연보 · 강진호
5. 이태준 생애 자료 및 연구목록 · 이병렬

상허학보 2호(1995.5)

—박태원 소설연구

Ⅰ. 총론: 박태원의 모더니즘과 리얼리즘
1. 박태원 연구의 현황과 과제 · 정현숙
2. '구인회'와 박태원의 문학관 · 강상희
3. 이상과 어머니, 근대와 전근대 · 류보선
—박태원 소설의 두 좌표
4. 박태원 소설의 미적 모더니티와 근대성 · 나병철
5. '구인회'의 문학적 의미와 성격 · 강진호
—이태준과 박태원을 중심으로

Ⅱ. 주제론: 기교, 문체, 그리고 역사의식
1. 박태원 단편소설의 서사구조 · 강헌국
2. 관조와 사유의 문체 · 황도경
—『소설가 구보씨의 일일』의 문체 분석
3. '산책자(flaneur)'의 타락과 통속성 · 최혜실
—「애경」, 「명랑한 전망」, 『여인성장』을 중심으로
4. 영화적 기법의 수용과 작가의식 · 손화숙
—「소설가 구보의 일일」과 『천변풍경』을 중심으로
5. 일상성과 역사성의 만남 · 김종욱
—박태원의 역사소설
6. 박태원 역사소설의 특징 · 이미향
—해방 직후 작품을 중심으로
7. 박태원과 여성의식 · 이명희
—단편소설을 중심으로

Ⅲ. 작품론: 근대적 삶과 전통적 가치

상허학보 3호(1996.9)

−근대문학과 구인회

6. 『시와 소설』과 '구인회'의 의미 · 이명희

Ⅱ. 작가론

1. 계몽의 내면화와 자기확인의 서사 · 하정일
   —이태준론
2. 이상 소설의 창작 원리와 미적 전망 · 차혜영
3. '현대적 글쓰기'의 기원 · 차원현
   —박태원론
4. 완벽한 시간의 꿈과 아름다움의 추구 · 김신정
   —정지용 시의 시간의식 연구
5. 근대성의 지표와 과학적 시학의 실험 · 이혜원
   —김기림의 시와 시론
6. 절망적 현실과 화해로운 삶의 꿈 · 김한식
   —'구인회'와 김유정
7. 부정적 현실과 윤리의식의 표현양상 · 박선애
   —이무영 초기소설을 중심으로
8. 1930년대 순수문학의 한 양상 · 전승주
   —김환태론
9. 사회적 신념과 추상적 계몽소설 · 강진호
   —박팔양의 『정열의 도시』론

Ⅲ. 부록

—『시와 소설』

상허학보 4호(1998.11)

—1930년대 후반문학의 근대성과 자기성찰

Ⅰ. 1930년대 후반문학의 근대성

1. 1930년대 후반 시의 '새로움'에 관한 연구 · 오문석
2. '시어의 혁신'과 '현대시'의 의미 · 김신정
3. 1930년대 한국소설의 근대성과 모더니즘적 전망 · 차혜영
4. 1940년대 전후 동양담론 분석 · 소영현

상허학보 5호(1999.12)

－근대문학과 이태준

Ⅲ. 일반논문

1. 정지용 산문 연구 · 김신정
2. 인간성 회복을 향한 비극적 삶의 호흡 · 박선애
   —김소엽론
3. 염상섭 초기 소설과 문화주의 · 박현수

상허학보 6호(2000.8)

—1920년대 동인지 문학과 근대성 연구

Ⅰ. 특집—1920년대 동인지 문학과 근대성

1. 1920년대 초기 문학의 재인식 · 박현수
2. '폐허'의 시간 · 차승기
3. 1920년대 초반 '동인지'에 나타난 예술이론 연구 · 오문석
4. 1920년대 동인지 문학의 성격과 여성인식의 관련성 · 이혜령
5. 문학 텍스트에 나타난 자기 구성 방식에 대한 시론 · 이은주
6. 1920년대 초반 문학의 상황과 의미 · 김예림
7. 민족과 국가 그리고 '문화' · 김현주
8. 전영택의 초기 소설 연구 · 김세령
9. 나도향과 욕망의 문제 · 박헌호

Ⅱ. 이태준 연구

1. 이태준 소설의 여성적 층위 · 이명희

Ⅲ. 일반논문

1. 『무정』 연구 · 장영우
2. 현대소설에 표현된 '세대갈등' 모티브 연구 · 김현숙
3. 이청준 초기 소설 연구 · 정영아

상허학보 7호(2001.8)
－1920년대 문학의 재인식

상허학보 8호(2002.3)
－희귀잡지로 본 문학사

Ⅱ. 이태준 연구
1. 이태준의 『성모』 연구 · 심진경
2. 이태준의 「먼지」 연구 · 이병렬

Ⅲ. 일반논문
1. 20세기 초 한국서사문학의 두 가지 양식 · 김현숙
2. 『서유견문』의 과학, 이데올로기 그리고 수사학 · 김현주
3. 실험실의 야만인 · 이경훈
4. 식민주의의 내면화와 내부 식민지 · 이혜령
5. 전후 피난지 체험소설 연구 · 남상권
6. 이문구 소설의 구술적 서사전통 연구 · 구자황
7. 에고의 좌표 그리기로서의 소설 · 권명아

상허학보 9호(2002.8)
–90년대 한국문학연구의 동향

Ⅰ. 특집 1–90년대 한국문학연구의 동향
1. 근대 초기 문학을 바라보는 시각의 과제 · 박진영
2. '동아시아' 담론의 문제와 가능성 · 정종현
3. 전후소설의 재발견 · 유임하
4. 90년대 한국 '여성문학' 담론에 대한 비판적 고찰 · 김영옥

Ⅱ. 특집 2–이태준 연구
1. 몰락하는 신생(新生): '만주'의 꿈과 『농군』의 오독(誤讀) · 김철
2. 이태준의 「농토」론 · 김은정

Ⅲ. 일반논문
1. 기록서사와 근대소설 · 이경돈
2. 두 개의 '나'와 소설적 관습의 주조 · 박현수
3. 해방 직후 수기문학의 한 양상 · 한기형
4. 김수영의 「반시론」에서 '반시'의 의미 · 박지영
5. 민족과 국가, 그리고 세계 · 이상갑

상허학보 10집(2003.2)

–한국 근대문학 양식의 형성과 전개

상허학보 11집(2003.8)

문제 · 한수영
5. 서정주 시 텍스트의 몇 가지 문제 · 최현식
6. 김수영 시론 연구 · 강웅식
7. 분열된 만보객(漫步客) · 신형기
8. 개발 독재 체계의 알레고리 · 서은주
9. 사이버 소설 연구 · 이명희
10. 조기천의 『백두산』과 북한 서사시의 형성 · 오성호

Ⅱ. 일반논문
1. 「가마귀」에 관한 몇 개의 주석 · 김동식
－계몽의 변증법과 관련해서
2. 이태준 중편소설의 플롯과 작가 지향성 · 명형대/김은정

상허학보 12집(2004.2)
－1960년대 소설의 근대성과 주체

Ⅰ. 특집－1960년대 소설의 근대성과 주체
1. 1960년대 소설의 주체와 지식인적 정체성 · 임경순
2. 불안한 주체와 근대 · 김영찬
－1960년대 소설의 미적 주체 구성에 대하여
3. 1960년대 도시 하위주체의 저항적 성격에 관한 연구 · 오창은
4. '아비 부정', 혹은 1960년대 미적 주체의 모험 · 장세진
5. 성장소설과 발전 이데올로기 · 차혜영

Ⅱ. 일반 논문
1. 문학 · 예술교육과 '동정(同情)' · 김현주
2. 이광수의 「농촌계발」과 '문명조선'의 구상 · 정선태
3. 동일시와 차별화의 지식 체계, 문화 그리고 문학 · 박현수
4. 총후 부인, 신여성 그리고 스파이 · 권명아
5. 1950년대 소설에 나타난 파시즘 연구 · 김진기
6. 시학과 수사학 · 김한식
7. 최인훈 『광장』에 나타난 욕망의 특질과 그 의의 · 문흥술

상허학보 13집: (2004.2)

상허학보 14집(2004.8)

Ⅰ. 특집
1. 한국문학과 탈식민 · 나병철
2. 노란 피부, 노란 가면 · 이경훈
3. 자기의 서벌턴화와 코스모폴리탄이라는 이념형 · 공임순
4. 김수영 지우기 · 허윤회
5. 신동엽 시의 서구 지배담론 거부와 대응 · 김석영
6. 김남주 시의 담론 고찰 · 노철

Ⅱ. 이태준 연구
1. 이태준 기행문 연구 · 권성우
2. 일제 말기 이태준 단편소설의 '사소설' 양상 · 방민호

Ⅲ. 부록
1. 노블, 청년, 제국 · 황종연
2. 신채호의 '역사' 이념과 서사적 재현 양식의 연관성에 대한 연구 · 김현주
3. 태평양 전쟁기 남방 종족지와 제국의 판타지 · 권명아
4. 식민지 문학검열에 의한 복자(覆字)의 복원에 대하여 · 한만수
5. 김수영 시의 '몸'과 그 의미 · 여태천

반공주의와 한국문학

2005년 9월 10일 인쇄
2005년 9월 15일 발행

저 자　상 허 학 회
펴낸이　박 현 숙
찍은곳　신화인쇄공사

110-230
서울시 종로구 낙원동 58-3 종로오피스텔 606호
TEL. 764-3018, 764-3019　FAX. 764-3011
E-mail : kpsm80@hanmail.net
펴낸곳 도서출판 **깊 은 샘**
등록번호/제2-69. 등록년월일/1980년 2월 6일

ISBN 89-7416-154-0
※ 2005년 학술진흥재단의 지원에 의하여 발간함.
※ 잘못된 책은 교환해 드립니다.

값 20,000원